WURDACK

ISBN 978-3-938065-69-3
www.wurdackverlag.de
Coverart: Jacek Kaczyński, Warschau

Karla Schmidt [Hg.]

# Hinterland

Deutsche Erstausgabe

# Geschichten aus dem Hinterland

»Woher nehmen Sie eigentlich Ihre Ideen?«

Eine entsetzliche Frage, die Autoren den Angstschweiß auf die Stirn treibt. Jede mögliche Antwort darauf ist falsch, unbefriedigend.

Antwortet man: »Aus meinem Kopf«, fühlt sich der Fragende brüsk zurückgewiesen. Erfindet man spirituelle Erklärungen, dann legt das nahe: »Ich bin auserwählt, und glauben Sie bloß nicht, Sie könnten auch einmal so tolle Ideen haben wie ich!«

Sagt man: »Aus Filmen, Büchern, Erlebnissen …«, klingt das armselig, als besäßen wir keine eigene, authentische Kreativität.

Um die Sache ein für alle mal zu klären: Wir nehmen die Ideen aus dem Hinterland.

Das Hinterland ist ein Motiv aus einem von David Bowies Stücken; in *Red Sails* (1979) singt er vom Unterbewusstsein als eine Art dadaistischem Hinterland. Es ist ein nicht kartographierter Ort, dunkel, geheimnisvoll, bedrohlich – und es ist der einzige Ort, der wirklich eine Reise lohnt. Einer der Schlüssel, der Zutritt zum Hinterland verschafft, ist Musik – in diesem Fall: Bowies Musik.

Bowie gilt als very sciencefictionary. Er ist der androgyne Alien, der Spaceboy mit den verschiedenfarbigen Augen, und er hat in seinen Songs immer wieder SF-Szenarien beschworen. Wie seltsam, dass bisher noch niemand auf die Idee gekommen ist, Science Fiction Stories, inspired by the music of David Bowie herauszugeben.

Interessanterweise hat sich jedoch kaum einer der Autorinnen und Autoren für einen der typischen Science Fiction Songs entschieden. Wir haben in dieser Storysammlung keine *Space Oddity*, keinen *Starman,* kein *Moonage Daydream*, keinen *Ziggy Stardust*, keinen *Hallo Spaceboy*, kein *1984* …

Die stattdessen gewählten Songs lassen den Autorinnen und Autoren Raum, das musikalische Material weiter zu entwickeln, denn sie geben keinen typischen SF-Plot vor.

Meine Frage, *was* an den gewählten Songs nun eigentlich inspiriert hat, war wahrscheinlich ebenso entsetzlich, wie die Frage, woher eigentlich die Ideen kommen …

## Hier unsere Tracklist und die Antworten der Autorinnen und Autoren

### 01: Dirk Röse: Purgatorium – inspiriert von *All the Madmen* (1970)

Wie weit kann man eine Geschichte spinnen, die ganz harmlos in unserer Gegenwart beginnt? *Purgatorium* ist eine Episode aus einer Trilogie über das Ende der Schöpfung. Sie erzählt von Menschen, denen die vertraute Welt fremd wird, die ihre Vorstellung von Realität erweitern müssen, weil übernatürliche Mächte in sie eingreifen. *Purgatorium* schildert eine Epoche zwischen Zeit und Ewigkeit. David Bowies Masterpiece *All The Madmen* lieferte wesentliche Stichworte und die Atmosphäre für ein modriges Fegefeuer. Ich liebe den Song mit seiner düsteren Zukunftsvision und hoffe, der Meister nimmt den Stoff aus seinem Garn nicht übel.

### 02: Dietmar Dath: Solus ipse, leerer Drache – inspiriert von *Fill your Heart* (1971)

In diesem Lied empfiehlt der Mann, der sich um die Einführung des Hirns in die Popmusik mehr Verdienste erworben hat als selbst die ausgefinkeltsten Avantgarde-Spinner, überraschenderweise dafür, das Hirn wegzuschmeißen. Kennt man den Rest der Platte, auf dem das Stück sich findet, könnte man das für tongue-in-cheek, für uneigentliches Gekasper halten, denn durchdachter, spektraler, feiner durchgeplant kann ein Album eigentlich nicht sein als *Hunky Dory*. Andererseits jodelt der Künstler das Hippiewort *free* mit so selbstvergessenem Vollmeisenentzücken und ist dabei dermaßen außer sich, dass sich ein Urteil wie »nicht ernst gemeint« von selbst verbietet. Wie dieses Rätsel lösen? Einfach: Er ist nicht gegen das Hirn. Er demütigt es nur, damit es nicht vergisst, dass es der Kunst zwar dienen darf (besser als die meisten anderen Organe, die normalerweise für die Kunst eingespannt werden), sie aber nie wird beherrschen können. Bowie sagt und singt: Dass man nicht immer denken muss, ist selbst ein Gedanke, und kein dummer. Von da aus war es dann nicht mehr weit zu der Frage: Wer ist überhaupt dieses »man«, das manchmal denkt und manchmal nicht? Die kleine Geschichte, die mir zu dem Lied eingefallen ist, inszeniert diese Frage, und enthält sich natürlich jeder Antwort; wäre ja noch schöner.

### 03: Jasper Nicolaisen: Kleines Mädchen aus China – inspiriert von *China Girl* (1983)

David Bowie passt insgesamt in meine Vorliebe für melodiösen Sixties-Pop, fügt dem aber eine angenehm verstörende Note hinzu. Glitzer, Weltall, Zerstörung. Auch *China Girl*, die Vorlage für meine Story, erschien mir immer als eher unheimliches Liebeslied, in dem die Hymne an ein chinesisches Mädchen sich mit männlichen, imperialistischen und künstlerischen Allmachtsphantasien vermengt. Visionen von Hakenkreuzen, Pläne für alle – *it's in the white of my eyes.*

### 04: Jakob Schmidt: Die betrübte Strahlenkanone – inspiriert von *Running Gun Blues* (1970)

Der Titel des Bowie-Songs *Running Gun Blues* hat mich auf den Gedanken einer Waffe gebracht, die Reue für das empfindet, was ihr Benutzer mit ihr anstellt. Gleich hatte ich einen Haufen ernster Themen im Sinn: Amoklauf, Waffenlobby, Schuld und Sühne – doch alle meine Versuche in diese Richtung haben die ironische Schärfe und Leichtigkeit des Songs verfehlt. Also habe ich beschlossen, stattdessen ein kurzes, wildes Action-Märchen zu schreiben und es noch mit ein bisschen *Ziggy-Stardust*-Drag zu würzen. Das Ergebnis spiegelt für mich recht gut das rockig-melancholische Feeling des Albums *The Man who sold the World* wider, das neben *Running Gun Blues* auch *All the Madmen*, *Saviour Machine* und *The Supermen* enthält.

### 05: Anna Janas: Life on Earth? – inspiriert von *Life on Mars?* (1971)

*Life on Mars?* ist einer der Bowie-Songs, die ich in ihrer musikalischen Gratwanderung zwischen Harmonie und Überraschungseffekt als absolut perfekt empfinde. Ich liebte diesen Song schon zu der Zeit, als ich noch viel zu jung war, um den Text zu verstehen. Doch war es letzten Endes der Text – die Geschichte eines unscheinbaren Mädchens, das von der ihr vorgegaukelten Welt enttäuscht ist und nach ihrem wahren Ich sucht – der mich nun zu *Life on Earth?* inspirierte, einer Erzählung über zwei Marsianer, die in einer verlogenen Welt voller absurder religiöser Dogmen aufwachsen und als Erwachsene beschließen, die »Wahrheit« für sich zu entdecken.

## 06: Pepe Metropolis: Hinterland – inspiriert von der A-Seite des Albums *Lodger* (1979)

*Lodger* gilt unter vielen Kritikern als schwächstes Werk des *Berliner Triptychons;* sie nennen es zusammenhanglos, eine bloße Ansammlung von »*Heroes*«-Outtakes. Dabei übersehen sie den anthropologischen Faden, der sich vor allem durch die Songs auf der ersten Seite der Platte zieht: Bowie als Globetrotter, der sich in *Fantastic Voyage* des selbstzerstörerischen Wesens der Menschheit bewusst wird und in Depressionen verfällt. Zugleich trotzig und ziellos begibt er sich auf eine Sinnsuche um die halbe Welt, um in *African Night Flight* auf eine weitere Kränkung zu stoßen: *Wise like Orangutan* ist der Mensch nicht mehr als ein Tier. Doch sein *need to move on* treibt ihn weiter. Zunächst durch den Nahen Osten, wo er auf Menschen trifft, die sich von ihrem alten Dasein abkehren und ihr Heil im *Yassassin* der Moderne suchen. Unter *Red Sails* dringt er schließlich bis ins tiefste Hinterland vor und wird der Schlichtheit der Wahrheit gewahr. *Hinterland* nimmt den Leser mit auf eine Reise zwischen Wahrheit und Wahn.

## 07: bibo Loebnau: Tief-Blau – inspiriert von *Sound and Vision (1977)*

Wenn man David Bowie seit seinem 16. Lebensjahr verehrt, jedes seiner Alben besitzt und auch ein paar Jahrzehnte später noch sämtliche Melodien und Song-Texte auswendig kennt, fällt es schwer, sich für einen einzigen Song als Aufhänger für eine Geschichte zu entscheiden. Die Wahl fiel schließlich auf *Sound and Vision* vom *Low*-Album. Zum einen war das meine erste Bowie-Single, außerdem wurde das Album zum Teil in Berlin produziert und last but not least wohnte Bowie zu der Zeit nur einen Steinwurf von meiner heutigen Wohnung entfernt. Ein wichtiges, produktives Jahr, in welchem im legendären Hansa-Studio direkt an der Mauer ja auch »*Heroes*« und zumindest als Idee auch Teile von *Lodger* entstanden. Die *Sound and Vision*-Songzeile *blue, blue, electric blue, that's the colour of my room, where I will live, blue, blue* inspirierte mich – als passio-nierte Taucherin – zu einer SF-Kurzgeschichte, die ausschließlich tief unter Wasser spielt – meinem heißgeliebten, manchmal unheimlichen, stets überraschenden »blue room«.

### 08: Barbara Streun: On Idle – inspiriert von *Saviour Machine* (1970), *Time* (1972) und *Heathen* (2002)

*On Idle* beruht thematisch auf den Songs *Time* und *Saviour Machine*. Die ursprüngliche Inspiration kam aber durch die Atmosphäre des gesamten *Heathen*-Albums. Außerdem gibt es in der Geschichte ein paar Anspielungen, die wohl nur der versierte Bowiefreund entdeckt. Thema ist das Geheimnis des Daseins an sich, und ich glaube, das ist ein Motiv, das sich durch Bowies gesamtes Werk zieht.

### 09: Ernst-Eberhard Manski: Der Saxophonist vom Rathaus Neukölln – inspiriert von *Warszawa* (1977) und *Neuköln* (1977)

Bowie hatte bis zu seinem Album »*Heroes*« viele sehr unterschiedliche Alben aufgenommen, die Impulse gesetzt haben, die aber alle im Mainstream blieben, egal ob Rock (*Ziggy Stardust*, 1972), Soul (*Young Americans*, 1975) oder Funk (*Station to Station*, 1976). Dann kam ein Umbruch in der Musikszene, Punk war im Aufmarsch. Bowie zog nicht mit, er beschäftigte sich intensiv mit Krautrock, und die beiden Alben *Low* und »*Heroes*« klangen erheblich anders als alles, was es bis dahin gegeben hatte. Hier wurden neue musikalische Welten erschlossen, wobei mich von Anfang an vor allem die beiden sich ähnelnden Instrumental-Titel *Warszawa* und *Neuköln* faszinierten, zumal ich damals selbst in Neukölln wohnte. *Der Saxophonist vom Rathaus Neukölln* ist das Ergebnis einiger Überlegungen zu diesen beiden Werken, die ich irgendwie noch nie für ganz zeitgemäß gehalten habe.

### 10: Karla Schmidt: Erlösungsdeadline – inspiriert von *Five Years* (1972), *Joe the Lion* (1977) und *Looking for Water* (2003)

Am deutlichsten ist *Five Years* in die *Erlösungsdeadline* eingeflossen. Der Song handelt davon, was passiert, wenn man weiß, dass die Welt in fünf Jahren untergehen wird. Es ist ein pathetisches Endzeitstück, das mir, als ich es zum ersten mal in der Live-Version von 2005 zusammen mit Arcade Fire gehört habe, Tränen in die Augen getrieben hat. Statt eines Weltuntergangs habe ich für diese Story jedoch ein Erlösungsszenario gewählt - und dabei die Vorzeichen ein bisschen verdreht. Das zweite Stück, das hier einfließt, ist *Joe the Lion* vom 1977er »*Heroes*«-Album. Hier geht es, grob gesagt, um den selbstverstümmelnden Performance-Künstler Chris Burden und um einen Alkoholiker, der in einer Eckkneipe säuft und davon schwafelt, dass er sich eine Knarre kaufen wird. Die Eckkneipe, Selbstverstümmelung und auch Alkohol sind großzügig in die *Erlösungsdeadline* eingeflossen. Ein drittes Stück, das als Stimmungshintergrund diente, ist *Looking for Water*. Bowie nimmt hier Bezug auf Nicolas Roegs SF-Kultfilm *The Man who fell to Earth* (1976), in dem er einen Alien auf der Suche nach Wasser spielte. Die Suche nach Wasser ist natürlich die – immer vergebliche – Suche nach Sinn in einem sinnlos gewordenen Leben.

### 11: Wulf Dorn: Jenseits der Mauer – inspiriert von *Leon takes us Outside* (1995)

*Jenseits der Mauer* entstand 2005 während einer Reise durch Indonesien. Die Eröffnungssequenz zu Bowies großartigem 1. *Outside*-Album kam mir in den Sinn. Ich mag das Mysteriöse an diesem Stück. Bowies *Leon* entführt den Hörer in eine fremdartige Welt, und ebenso kam ich mir auf jener Reise vor. Als hätte ich einen fremden Planeten betreten. Vor allem, da die für uns Europäer unvorstellbare Tsunami-Katastrophe nur wenige Monate zurück lag und ihre Spuren noch immer deutlich erkennbar waren. Die zynische Anspielung auf die Sorgen und Nöte unserer Wohlstandgesellschaft verdankt die Geschichte dem Bericht eines Mannes aus Banda Aceh über einen deutschen Hilfskonvoi. Mehrere Tage lang waren die Fahrzeuge nicht einsatzbereit. Weil sie keine gültigen TÜV-Plaketten hatten.

### 12: Karsten Kruschel: Vierte und Erste Sinfonie oder: Müllerbrot – inspiriert von Glass, Bowie, Eno: *Heroes Symphony (1996), Low Symphony* (1992)

Da anzunehmen war, dass alle Bowie-Songs mit Anspielungen auf irgendwelche Aliens als erstes adoptiert werden würden (was sich später als Irrtum herausstellte), schlug ich mir den entsprechenden Gedanken aus dem Kopf, nämlich eine heiße Geschichte über Sex mit Außerirdischen beizusteuern, und überlegte, was am anderen

Ende des Spektrums des musikalischen Bowie-Universums stehen würde. Natürlich die zu orchestralem Schönklang verfremdeten Melodien von *Low* / *»Heroes«*, denen Philip Glass alles Songhafte vom Leib geschnitten hat. Als ob Menschen irgendwo hineingehen und dann völlig verwandelt, aber dennoch erkennbar, wieder herauskommen. Das korrespondierte mit einer Figur, die ich schon einmal in einer Geschichte verwendet hatte und zu der das Müllerbrot gut passen wollte.

### 13: Nadine Boos: Kamera(d), Action! – inspiriert von *The Man who sold the World* und *Running Gun Blues (1970)*

*The Man who sold the World* ist ein Titel, bei dem man sofort ein Bild vor Augen hat, aber ist die Sache wirklich so offensichtlich? Bowie selbst sagt zu diesem Song, er habe damit sein eigenes Erwachsenwerden verarbeitet, in einer Diskussion mit einer Freundin fielen weitere Schlagwörter: Selbstfindung, ohne sich selbst zu verkaufen, die eigene Identität bewahren und sich dennoch verändern, sich nicht zu sehr anpassen. Auch im *Running Gun Blues* geht es um ein Gefühl, verkauft worden zu sein, und so verschmolzen beide Lieder für mich in einem gemeinsamen Thema, das ich in *Kamera(d), Action!* verarbeitet habe.

### 14: Markolf Hoffmann: Triptychon – inspiriert von *The Hearts filthy Lesson* (1995)

Eigentlich hatte ich eine Geschichte zu dem melancholischen Bowie-Song *Sell me a Coat* (1967) schreiben wollen. Doch bei meinen Annäherung an Bowies Gesamtwerk stieß ich auf das – mir zuvor unbekannte – Album *1.Outside* (1995) und war von seiner beklemmenden Atmosphäre rasch gefangen. Schnell entfachte es in mir ein Feuerwerk der Assoziation: eine zynisch-düstere Nearfuture-Kulisse, die Kunst der Young British Artists, das Spannungsfeld zwischen Kunst und Kalkül. Als Grundlage meiner Geschichte dienten letztlich der Song *The Hearts filthy Lesson* und das dazugehörige Musikvideo von Samuel Bayer; weitere Anregungen entnahm ich der lesenswerten Bowie-Biographie von David Buckley (Bosworth Musikverlag, 2009). *Triptychon* versteht sich als Hommage an das Album *1.Outside* und an die legendäre *Sensation*-Ausstellung der Royal Academy of Arts von 1997.

### 15: Aleksandr Voinov: Nicht Amerika – inspiriert von *This ist not America* (1985)

An Pat Methenys und David Bowies Song *This is not America* hat mich vor allem die Stimmung von Melancholie und Entfremdung inspiriert. In meiner Geschichte ist Mike, als Amerikaner in London, in mehrerer Hinsicht ein Fremder in der Fremde. Das Heimweh nach Amerika – eigentlich nach der Wall Street, wo Mike sich »zu Hause« fühlt – spielt eine wichtige Rolle. Ich denke, so wird es in einer Wirtschaftskrise vielen Finanzleuten gehen: Können wir nicht einfach wieder nach Hause, in den amerikanischen Kapitalismus, den amerikanischen Optimismus, dass die Märkte schon wissen, was sie tun? Dieses plötzliche Fremdsein hat *Nicht Amerika* am meisten beeinflusst. Nicht nur ist London nicht Amerika – was wir in Bowies Song sehen, ist ein Amerika, das sich verändert und nie wieder das »gute alte« Amerika sein wird. Der Song ist voller Bilder des Endes und des Kollapses – was für mich gut zu einer Zombie-Apokalypse passt. Ich konnte es mir dabei nicht verkneifen, mich darüber lustig zu machen, dass man in Europa einer Zombie-Plage nicht einfach mit automatischen Waffen zuleibe rücken kann, weil unsere Gesetze anders sind als in den USA.

### 16: Tobias Bachmann: Die letzte Telefonzelle – inspiriert von *No-one Calls* (1999)

Ich gehöre zu den Menschen, die es hassen, wenn sie telefonieren müssen. Mein Handy ist meistens aus. Lange Zeit hatte ich nicht mal einen Festnetzanschluss. Lieber höre ich mir Musik an. In guter Qualität und nicht über die schlechten Popellautsprecher dieser neuartigen Walkman-Handys.

Es ist noch gar nicht so lange her, da fiel mir Bowies *Hours*-Album in einer sogenannten Digital Deluxe Version in die Hände. Auf der darin enthaltenen Bonus-CD befand sich als letztes Stück das relativ kurze, sehr futuristisch klingende Stückchen namens *No-one calls*. Es faszinierte mich. Viele Bowie-Songs faszinieren mich, aber dieser ganz besonders. Eine Atmosphäre, die in mir das Bild eines einsamen Menschen erzeugte, der mit verschränkten Armen vor einem Telefon saß, es traurig und müde anstarrte und vergeblich auf einen Anruf wartete. Seine Verzweiflung über den ausbleibenden Anruf wuchs, je disharmonischer die Klänge und Melodien des Songs wurden. Weiterspinnen konnte ich die Idee nicht, denn der Song war vorüber. Es war das letzte Stück auf der CD. Ich widmete mich dem Fernseher, und das erste, was ich sah, war ein Bericht, der von der Demontage von Telefonzellen handelte, da diese sich im Handy-Zeitalter nicht mehr rentieren. Ich musste wieder an den Bowie-Song denken. Im Fernseher die Bilder verschiedenster Telefonzellen, die auf LKWs verladen wurden. Wenige Tage später schrieb ich meine Geschichte.

### 17: Tobias Lagemann: P.O.S. – inspiriert von *Putting Out Fire* (1982)

Der Song *Putting out Fire* gehörte lange nicht zu meinen Lieblingssongs von David Bowie. Ich kannte Schraders Film *Cat People*, ich kannte das Video. Ich mochte beide nicht, mir war das irgendwie zu mystisch-romantisierend. Dann kam Tarantino mit seinen *Inglourious Basterds* und ich dachte, ja, genau. Das ist es! Feuer als reinigende Kraft, so reinigend, dass man damit auch einen richtig üblen Brand löschen kann. Beeindruckt von Tarantinos Kinobrand dauerte es noch eine ganze Weile, bis ich darauf kam, wie sich der Song für diese Anthologie umsetzen ließe. Und das war wo? Natürlich im Kino – vor dem Film lief der Song leise im Hintergrund. Da machst du was zu, dachte ich. Und da ich möglichst weit weg wollte von Tarantinos Zynismus, entstand ein erster, eher im Alltag verwurzelter Text. Um Schuld ging es und darum, dass man für alles irgendwann bezahlen muss, aber das war es irgendwie noch nicht. Ein paar angesehene Filme später kam mir die zündende Idee: Die alptraumhaft leere Wüstenlandschaft in Sam Mendes' *Jarhead* fand ich beeindruckend. Was also wäre, wenn genau dort ein anfangs unsichtbarer Feind à la Ridley Scotts *Alien* Truppen dezimiert? Das könnte die Nerven der Soldaten arg strapazieren. Vielleicht so sehr, dass sie durchdrehen und Feuer mit Benzin löschen wollen …?! Voilà!

### 18: Valérie Kreifelts: Der Anfänger – inspiriert von *Absolute Beginners* (1986)

Ich bin Bowiefan, seit ich dreizehn war. *Absolute Beginners* war mein erstes Lieblingsstück, obwohl ich damals noch nicht verstand, was da gesungen wurde. Ich bin recht romantisch gepolt (obwohl ich sonst eher blutige Fantasy- und Mittelalterepen bevorzuge), und dieses Lied ruft genau diese Ader in mir wach, weckt eine Sehnsucht.

Ja, genau so muss Liebe sein: einfach da, egal unter welchen Bedingungen. Egal, wer der Partner ist und vor allem egal, was andere darüber denken mögen. Eine rein männliche Killergemeinschaft, in der ich diesem »Egal« besonders große Hürden entgegensetzen kann, schien mir die tiefe Romantik des Songs noch zu verstärken. Und so habe ich meine erste SF-Liebesschnulze geschrieben. Mir völlig egal, ob es kitschig ist. *As long as we're together, the rest can go to hell!*

### 19: Dirk C. Fleck: Schneider ist raus – inspiriert von *V2-Schneider* (1977)

Da es sich bei diesem für mich magischen Stück um eines von Bowies zahlreichen Instrumentals handelt, fühlte ich mich frei, den Track ohne Rücksicht auf die Hommage an *Kraftwerk*-Legende Florian Schneider zu interpretieren. Der Titel des Stücks legte es für mich nahe, ein Phänomen aufzugreifen, das zu Bowies Berlin-Zeiten deutlich zu spüren war und gelegentlich immer noch durchschlägt: die in Beton gegossene Befindlichkeit einer Tätergeneration, die ewig im Schatten einer alten Gesinnung lebt und für die Verdrängung so etwas wie eine staatsbürgerliche Pflicht zu sein scheint.

### 20: Siegfried Langer: Berlin, Nachklang – inspiriert von *Let's dance* (1983)

Von allen Liedern David Bowies habe ich zu diesem den größten persönlichen Bezug. In meiner Disco-Zeit in den Achtzigern gehörte es natürlich zu den Liedern, zu denen ich mich auf der Tanzfläche bewegt habe. Ob ich dabei rote Schuhe trug? Hmm, ich hoffe nicht.

Setzten wir also die roten Segel und machen uns auf den Weg ins Hinterland.

*The hinterland, the hinterland*
*We're gonna sail to the hinterland*
*And It's far far, far far far, far far far away*
*Its a far far, far far far, fa da, da da da*

Alle Songtexte finden Sie unter www.davidbowie.de.
Und wer die Musik zu den Geschichten hören will, findet sie unter www.hinterland-stories.com.

Karla Schmidt, Berlin, Mai 2010

# Dirk Röse

# Purgatorium

Dirk Röse (*1966) arbeitet als Texter und Leiter der Marketing Kommunikation für ein mittelständisches Unternehmen. Zu seinen Veröffentlichungen gehören Sachbücher im kirchlichen Bereich sowie eine Reihe von Essays über Elvis Presley. Mit Purgatorium erscheint zum ersten Mal ein Prosatext von ihm.

HINTERLAND

KiHaRo schnallte das Bett auf und glitt aus dem Schlafsack. Sofort hustete er Wasser. Er stieß sich ab, schwebte durch den schäbigen Raum und vollzog in der Luft eine träge Drehung. Die Gravitation der Hellen Welt jenseits dieses Universums zog ihn nach oben und er landete mit den Füßen unter der Zimmerdecke.

Es fiel ihm schwer, sich mit der Unsterblichkeit abzufinden. Denn obgleich auf der Erde niemand mehr starb, konnte jeder Einzelne doch leiden. Die Aufhebung des Todes war der Triumph der Pein. Krankheit und Schmerz, Trauer und Sehnsucht, Monotonie und Bitterkeit, alles konnte sich unendlich hinziehen.

Gedankenverloren sah er zum Fußboden hinauf und kratzte sich. Es wurde dringend Zeit, dass er ins öffentliche Badehaus ging, doch er hatte den Besuch ein ums andere Mal hinausgezögert. Er hoffte darauf, während der Reise irgendwo eine Hochdruckdusche benutzen zu können. Unter zigtausenden von Pilgern würde er vielleicht weniger Misstrauen und Aufsehen erregen.

Die Reise würde riskant werden, sie war jedes Mal gefährlich. Für ihn. Er scheute das Risiko, so wie er fast alles scheute. Das Essen, den Schlaf, die Menschen, das Leben. Dennoch machte er sich immer wieder auf den Weg, wenn die Erde sich auf ihrer Umlaufbahn um die Sonne der Hellen Welt näherte, jenem unerträglichen Kosmos, der dieses Universum wie eine Hülle einschloss. In den 155 Jahren, die er bereits unter diesen Umständen lebte, war er fast jedes Mal dabei gewesen. Im Chor mit Hunderttausenden hatte er der Hellen Welt seine Wut entgegen geschrieen. Doch die Wut der Vielen entsprang der Propaganda, seine Wut hingegen nährte sich aus dem Erlebten.

Um den 8. Januar herum würde die Erde der Hellen Welt wieder am nächsten sein. Die offizielle Konfrontation fand diesmal in N50-1-20-W11-2-17 statt, einer stetig wachsenden Metropole mit fünf Millionen Einwohnern. Und er würde sich erneut der Gefahr aussetzen, dass sie ihn entdeckten und zur endlosen Strafe verurteilten.

KiHaRo streckte seine müden Glieder und betrachtete im Spiegel das Geschwür, das ihm zwischen Hals und Schulter wuchs. Es würde aufwändig sein, die Wucherung herauszuschneiden, und er müsste sich deswegen wieder auf den Weg nach N52-31-6-E13-24-30 machen. Dann sah er sein Gesicht. Er war alt, fast 200 Jahre, die Haut grau und welk. Aber er hatte keine Falten. Resultat der vielen Eingriffe in seinen Körper, den er niemandem zeigte. Vor allem seinen

Kopf durfte niemand sehen. Er ließ seine gut trainierten Armmuskeln spielen. Nur wer stark genug war, konnte sich unter offenem Himmel bewegen, ohne durch die Anziehungskraft der Hellen Welt für immer davongetragen zu werden. Für einen Greis der Unterschicht war er in guter Verfassung.

Aus dem modrigen Schrank nahm KiHaRo saubere Wäsche, eine Jeans und einen warmen Pullover. Er konnte nur mit leichtem Gepäck reisen und hatte lediglich eine Ersatzgarnitur eingeplant. Das musste gegebenenfalls für Wochen reichen. Mit Unbehagen streifte er die klammen Sachen über. Draußen war es neblig, und nasse Luft zog durch die undichten Fenster. Womöglich nahte ein Wassersturm. Das würde die Reise zwar erschweren, aber zugleich sicherer machen.

Kopfüber ging er zum Küchenschrank. Er nahm den Portionierer und steckte ihn an die große, luftdurchlässige Vorratskugel mit dem üblen Gemisch aus Kartoffelhäcksel, Getreide, Kräutern und undefinierbaren Keimlingen. Auf Knopfdruck sog der Portionierer den Palaukpalauk aus der Kugel. KiHaRo zog sie ab und drehte sie zu, wobei ein Brocken seiner Mahlzeit daneben ging. Er schob den Portionierer zwischen die Lippen, schoss sich die erste Ladung Brei in den Mund und sah dabei zu, wie der verlorene Brocken in langsamen Bahnen durch den Raum schwebte, bis er zwischen Bett und Zimmerdecke verschwand, um zu verschimmeln.

Seit Wochen aß er nichts anderes als Palaukpalauk, der in der nassen Luft ohne Zutun aufquoll und keimte, bis man ihn essen konnte. Er schoss sich die zweite Portion und würgte, doch die einzige Alternative hieß derzeit, zu hungern. Zwar konnte niemand an Unterernährung sterben, gleichwohl blieb Hunger eine Qual, die die Menschen seelisch und körperlich auszehrte. Und es gab schon zu viele, die zu lange nichts gegessen hatten, deren Eingeweide keine Nahrung mehr akzeptierten und die nun für immer dürr wie ein Skelett dahinvegetierten.

Nach der kargen Mahlzeit packte er seinen Rucksack, setzte sich unter die Zimmerdecke und sah nach draußen. N51-14-0-E6-47-0 war einmal eine blühende Stadt gewesen. Doch die Apokalypse hatte sie in weiten Teilen zerstört und schwere Wasserstürme trugen seitdem zu ihrem weiteren Verfall bei.

Es dämmerte, und in KiHaRos Domizil lösten sich Licht und Schatten in fahles Grau auf. Richtig dunkel wurde es nicht zu dieser Jahreszeit, wenn die Erde sich zwischen Sonne und Helle Welt schob.

Es hatte fast ein Jahr gedauert, bis er in der mehrstöckigen Ruine diese leer stehende Wohnung entdeckte. Er hatte sich, so gut es ging, eingerichtet und verteidigte sein Heim seitdem erfolgreich gegen Home-Napper. Dennoch trug er stets alle wichtigen persönlichen Dinge bei sich.

KiHaRo zog seinen wasserdichten Overall an und stülpte sich den Helm über, sodass sein Gesicht vollständig verdeckt war. Er schnappte sein Gepäck, zögerte und nahm dann doch das Bild von der Wand. Die ständige Nässe hatte dem Foto zugesetzt, obwohl es in Kunststoff eingefasst war. KiHaRo blickte in das Antlitz einer strahlend schönen Frau.

Ein bitterer Laut kam von seinen Lippen und er sah es wieder vor sich. Das Letzte Gericht, der Tag, an dem die Zeit endete und die Unsterblichkeit begann. Unzählige Menschen strömten in die Helle Welt. Unter ihnen war auch sie, und sie drehte sich nicht nach ihm um. Das Kind lag auf ihrem Arm, ein Säugling, erst wenige Tage alt. Er wollte ihr nacheilen, aber dann traf sein Blick die Augen des Messias, der zwischen beiden Welten stand, der zwischen ihr und ihm stand und ihn freundlich ansah. Bei dem Gedanken daran wurde KiHaRo übel. Er öffnete den Rucksack und stopfte das Bild hinein.

Leise öffnete er die Wohnungstür und lauschte. Im Treppenhaus war kein Laut zu hören, obwohl Dutzende Menschen in diesen Etagen lebten. Manche hatten die alte Welt noch erlebt, andere waren in die neue Zeit hineingeboren worden. Einige Bewohner aber waren Zeitlose, Menschen aus weit zurück liegenden Epochen, die einst den Tod geschmeckt hatten und dann in diese Halbwelt hinein auferweckt worden waren. Sie waren diejenigen, die am wenigsten mit der Situation zurecht kamen. Oft hockten sie schon seit Jahren in leeren Räumen und dunklen Ecken, bewegungs- und teilnahmslos, als sehnten sie sich zurück nach ihrem Tod.

KiHaRo stieg über die hohe Schwelle der Tür, die einst für Menschen gebaut worden war, die unter ihr hindurch gegangen waren. Auf Zehenspitzen lief er die Treppenhausdecke hinauf bis in den Keller. Hier hatte er seinen Statglider versteckt. Gleich im ersten Gewölbe direkt neben dem Treppenabsatz. Er schob einen dürren Zeitlosen mit dem Fuß beiseite und stieß die Tür auf.

Unter einem sorgfältig aufgeschichteten Berg von Gerümpel lag der Gleiter, mühsam von ihm konstruiert, um auf den Fahrwegen des MagLevs reisen zu können. Beim Bau hatte er hauptsächlich

Kunststoffe und Aluminium verwendet, sodass sich das Gewicht in Grenzen hielt. Hinderlich war aber die Länge von anderthalb Metern. KiHaRo nahm den Rucksack auf den Bauch, schnallte sich sein Gefährt auf den Rücken und begab sich zum Ausgang.

Dichte Wolken zogen durch die Straße und erschwerten die Sicht. Perfektes Wetter für eine heimliche Reise, dachte KiHaRo, zog rutschfeste Handschuhe an und machte sich auf den Weg. Hand über Hand hangelte er sich am Boden entlang, in dem die Menschen im Laufe der Zeit unzählige Griffe befestigt hatten. Sie zu lockern oder zu entfernen zählte zu den schwersten Verbrechen und wurde mit der endlosen Strafe belegt.

Ihm stand eine lange Strecke zu Hand bevor. Noch bevor der Berufsverkehr einsetzte, musste er jenseits des Bahnhofs das MagLev-Gleis nach N48-51-24-E2-21-3 erreichen und das Großstadtgebiet hinter sich lassen. Andernfalls setzte er sich der Gefahr aus, entdeckt zu werden.

Die Beine in der Luft kam KiHaRo gut voran und näherte sich nur drei Stunden später einer kargen Industrielandschaft, hinter der sein erstes Etappenziel lag.

Behände arbeitete er sich über eine ehemalige Straße für Automobile voran und hielt Ausschau nach einer Gelegenheit, sich in einen Waldstreifen gleiten zu lassen. Einige dichte Wasserwolken zogen vorbei und hüllten ihn vollständig ein. Sie erschwerten minutenlang die Atmung, doch er hatte gelernt, nicht in Panik zu verfallen. Hinter ihnen klarte es wieder auf, und KiHaRo hatte plötzlich freie Sicht auf die Bäume. Im selben Augenblick entdeckte er direkt vor sich eine Wächterpatrouille im düsenbetriebenen Jetglider. Die vier Männer hatten offenbar einen Teenager aufgegriffen und waren dabei, ihn zu befragen.

KiHaRo wollte sich schnell zum nächstbesten Baum treiben lassen. Aber es war schon zu spät. Einer der Wächter hatte ihn entdeckt und richtete sein EST auf ihn.

»Halt! Keine weitere Bewegung!«, rief er.

KiHaRo klammerte sich fest, wo er war, und hielt still. Mit dem Encapsulated Shock and Scan Transmitter war nicht zu spaßen. Seine Augen jedoch suchten hastig nach einer Chance zu entkommen. Wenn er nicht zur endlosen Strafe verurteilt werden wollte, musste er schleunigst hier weg.

»Koordinaten-ID!«, verlangte die Stimme, und KiHaRo wusste, dass der EST ihn ablaserte. Einer der drei anderen Wächter sah sich kurz um, kümmerte sich dann aber mit den Kollegen wieder um den Jugendlichen.

»N51-14-0-E6-47-0, M2-T13-H667«, sagte KiHaRo.

Es machte keinen Sinn zu lügen. Wenn am Ende nicht alle Informationen übereinstimmten, sandte der EST einen Schockstrahl aus, der den Organismus für mindestens fünf Minuten lahm legte. Manch einer hatte dabei den Halt verloren und war auf immer davongetrieben.

»NEMTH«, verlangte die Stimme.

»KiHaRo.« Er verabscheute den North-East-Million-Thousand-Hundred, der sich aus den Koordinaten seiner Geburtsstadt und der fortlaufenden Nummer ihrer Bewohner zusammensetzte. Aber andere Namen gab es nicht mehr.

»Alles klar«, sagte der Wächter mit einem zufriedenen Grinsen.

KiHaRo ahnte, dass der EST in diesem Augenblick eine Zusatzinformation anzeigte: Individuum festsetzen.

»Langsam näher kommen«, forderte ihn der Wächter auf. »Was tust du in dieser Gegend? Konntest du nicht den MagLev nutzen?«

»Ich bin auf dem Weg nach N50-1-20-W11-2-17«, antwortete KiHaRo, »um die Helle Welt zu sehen. Eigentlich wollte ich zum Bahnhof, aber ich habe mich leider verirrt.«

Schleppend schloss sich die Wolkenlücke wieder, und KiHaRo nahm es sehr genau mit dem »Langsam näher kommen«.

»Und das Gerät auf deinem Rücken?«, fragte der Wächter.

Darauf hatte KiHaRo keine plausible Antwort.

Der Wächter sagte: »Selbstgebaute Statglider sind verboten.«

Langsam wurde es eng für ihn. KiHaRo erkannte, dass er nicht länger zögern durfte, und zog die Beine an. Mit einer gewagten Wendung, die er tausendmal geübt hatte, ließ er seine einzige Verbindung zum Erdball los, kam mit den Füßen auf den Boden und stieß sich kräftig ab. Sofort stieg er auf und glitt auf die Bäume zu.

»Alarm!«, rief der Wächter. Sein EST blitzte.

KiHaRo drehte sich um, konnte den Mann aber schon nicht mehr sehen. Er verschwand zwischen den Bäumen und ließ sich höher treiben, bis er fast die Baumkronen erreichte. Nun kam es darauf an, wieder Halt zu finden. Für einen Augenblick schlug ihm das Herz bis zum Hals, als ihm bewusst wurde, dass sein Schicksal von diesen

Sekunden abhing. Doch dann geriet er an einen dicken Ast und fasste zu. Schnell hangelte er sich weiter.

Über sich hörte er das Rauschen des Jetgliders. Die Wächterpatrouille verfolgte ihn. Instinktiv zog KiHaRo die Beine an, damit sie nicht versehentlich aus den Baumwipfeln ragten.

Es brachte nichts, sich hier zu verbergen, denn es würde nicht lange dauern, bis sie Verstärkung anforderten. Er musste weg. Mit dem nächsten Satz stieß er sich weiter abwärts und bekam erneut einen stabilen Ast zu fassen. Von hier aus versuchte er, möglichst weit unten zu bleiben und so schnell er konnte vorwärts zu kommen.

Der Jetglider drehte einige Runden, während die Wächter den Wald ablaserten. KiHaRo konzentrierte sich auf Haltepunkte und glitt tiefer in den Wald hinein, versuchte dabei zugleich, seine Zielrichtung nicht aus den Augen zu verlieren.

»Gib auf!«, sagte die Stimme aus der Luft. »Du machst alles noch schlimmer. Lass dich langsam nach oben tragen. Wir fangen dich auf.«

KiHaRo nahm dies als gutes Zeichen. Offenbar hatten sie keine Ahnung, wo genau er sich befand. Doch schon im nächsten Augenblick sauste der Jetglider über ihn hinweg und der Laser erfasste seinen Körper.

»Da ist er!«, rief eine Stimme.

KiHaRo wuchtete sich zur Seite und blieb mit dem Statglider im Geäst hängen. Verzweifelt versuchte er sich zu befreien, doch er konnte nicht weit genug hinter sich fassen. Sollte er den Gleiter aufgeben?

Es gab einen schrillen Ton, als der Jetglider mit einer scharfen Kurve wendete. Jemand schrie auf. Ein Wächter fluchte. Für einen Augenblick blieb die Patrouille in der Luft stehen. Der Laser zuckte wild in alle Richtungen. War einer der Wächter aus dem Gleiter gerutscht? KiHaRo versuchte erneut, sich zu befreien, doch es schien hoffnungslos. Die Patrouille begann wieder, langsame Kreise über den Wald zu ziehen. Da hörte KiHaRo direkt über sich ein Knacken im Geäst. Gleich hätten sie ihn. Er strampelte mit den Beinen und schlug wild um sich, doch er kam einfach nicht los.

»Ruhig bleiben«, wisperte eine Stimme. »Ich helfe dir.«

KiHaRo zuckte zusammen. Das musste der Teenager sein. Jemand machte sich an dem Statglider zu schaffen, und nach einem kräftigen Ruck spürte KiHaRo, dass er frei war.

»Sehr nett«, murmelte er.

»Los, weg hier«, sagte der Junge und strebte weiter in den Wald hinein.

KiHaRo spürte Unmut in sich aufsteigen. Auf menschliche Gesellschaft durfte er sich nicht einlassen. Die Gefahr, erkannt zu werden, war einfach zu groß. Doch im Augenblick ging es nicht anders. Also folgte er ihm.

Der Teenager schien sich hier ebenso gut auszukennen wie KiHaRo. Je länger sie sich durch die Äste griffen, desto weiter entfernten sie sich von dem Jetglider. Die Patrouille hatte die Spur verloren. Doch sie würden nicht aufgeben. Es kam jetzt drauf an, möglichst schnell das Industriegebiet zu passieren und das Gleis des MagLev zu erreichen.

»Mein NEMTH ist KaIKi«, sagte der Teenager mit sorgloser Stimme.

KiHaRo antwortete nicht. Er würde keine sinnlose Konversation betreiben.

»Ich will nach N48-51-24-E2-21-3«, fuhr sein Begleiter ungerührt fort. »Wohin willst du?«

»Dahin will ich auch«, entfuhr es KiHaRo.

»Hey, Zufall! Bleiben wir zusammen?«

»Nein. Ich bin lieber allein.«

»Es ist mir eine Ehre, dir das Leben zu retten!«

Unwillig knurrte KiHaRo: »Ich weiß nicht, was du angestellt hast, aber wenn sie mich kriegen, ist's aus. Ich will selbst schuld daran sein, wenn es soweit kommt, und mich nicht auf immer über dich ärgern müssen.«

KaIKi schwang sich geschickt zum nächsten Ast und sagte: »Na dann, alles klar.«

Die nächste Viertelstunde arbeiteten sie sich schweigend durch die Bäume. Der Junge war schnell, und KiHaRo stellte befriedigt fest, dass er mithalten konnte, auch wenn er ein wenig ins Schwitzen geriet.

Als sie sich dem Waldrand näherten, wurden sie langsamer und achteten noch aufmerksamer auf jedes Geräusch.

»Sie sind ganz gewiss da draußen und warten auf uns«, brummte KiHaRo. »Hör zu: Hier trennen sich unsere Wege. Wir stoßen an zwei Stellen zum Waldrand vor. Direkt dort verläuft die Straße. Die

Griffe sind gut zu erreichen. Einer von uns beiden wird es schaffen.« Und er hoffte, dass er selbst das sein würde.

»Einverstanden«, sagte KaIKi. »Möge der Bessere entkommen!«

KiHaRo schwang sich leise weiter und lugte zwischen den Bäumen hervor. Niemand, kein Wächter, kein Jetglider. Wasserwolken trübten die Sicht. Es war leicht, sich zu verbergen. Für alle Beteiligten. KiHaRo wartete einige Minuten, dann kletterte er am äußersten Baum zu Boden und hangelte sich an Wurzeln und Sträuchern bis zum Straßenrand, wo er mit einem kurzen Satz den ersten Griff erreichte. Er blickte auf und sah vor sich den Jungen, der ebenfalls schon am Griff hing und ihm ein übermütiges Zeichen gab. KiHaRo reagierte nicht und tastete sich weiter. Auch KaIKi setzte seinen Weg fort. KiHaRo hielt einen gewissen Abstand und horchte angespannt in die dämmerige Nacht. Sie sprachen kein Wort. Nach etwa zwanzig Minuten erreichten sie das Industriegebiet. Der Teenager steuerte auf einen der großen Wege zu, die direkt zum Bahnhof führten.

»Nicht da lang«, sagte KiHaRo mit gedämpfter Stimme. Es ärgerte ihn, dass er dem Jungen half. »Wenn sie uns noch suchen, dann dort. Nimm einen Umweg.«

»Gut«, erwiderte KaIKi, »wenn du einen kennst.«

»Folge mir«, sagte KiHaRo gereizt.

Er übernahm die Führung, und gemeinsam arbeiteten sie sich durch die dunklen Straßen voran. Zahlreiche kleine Betriebe waren hier angesiedelt, die sich hauptsächlich mit Levitationsbegrenzung, Magnetismus und Befestigungstechnik befassten.

Da hörte KiHaRo ein Rauschen in den Wolken hinter sich. »Die Wächter!«, zischte er nervös. »Los, um die nächste Ecke und irgendwo in den Schatten drücken.«

Sie erhöhten ihr Tempo und bogen in die nächste Straße ein. Überrascht stellte KiHaRo fest, dass hier eine lokale MagLev fuhr. »Da runter!«, forderte er den Jungen auf. Sie kletterten unter das Gleis und verbargen sich zwischen den Fahrbahnträgern.

Mit mäßiger Geschwindigkeit zog der Jetglider an ihnen vorbei. In ihm saßen vier Wächter, die nach allen Seiten Ausschau hielten.

»Was nun?«, fragte KaIKi.

KiHaRo überlegte. »Am Schnellsten kommen wir hier weg, wenn wir das Gleis nutzen und versuchen, bis hinter den Bahnhof zu kommen.«

»Klingt gut«, sagte der Junge, »nehmen wir den Statglider?«

»Erraten«, sagte KiHaRo. »Du gehst mir ziemlich auf die Nerven, aber ich nehme dich bis zum Bahnhof mit. Kleine Wiedergutmachung.«

KaIKi grinste.

Sie sahen sich noch einmal um, konnten jedoch keine direkte Gefahr ausmachen. KiHaRo schnallte den Statglider vom Rücken und klappte ihn aus.

»Wahnsinn!«, sagte KaIKi.

KiHaRo kletterte auf das Gleis, sicherte sich mit einem Gurt ab und zog das Gefährt behutsam auf den Fahrweg.

»Ist nicht für zwei Personen gemacht«, sagte er. »Aber für eine Weile geht's.« Mit dem Kopf in Fahrtrichtung legte er sich rücklings auf den Gleiter und schnallte sich an.

»Unbequemer geht's nicht?«, spottete KaIKi, der hinterher kam. »Eine abgeschrägte Fläche? Kopf nach unten und die Beine nach oben? Wie im Haus?«

KiHaRo schwieg. Genau das war die Gefahr, wenn man sich mit anderen Menschen abgab: Sie merkten schnell, dass etwas nicht stimmte und stellten die richtigen Fragen.

Er startete die Elektronik, und zwei breite Klammern legten sich um den Fahrweg. Der Gleiter begann leise zu vibrieren.

»Startbereit!«, sagte er nicht ohne Stolz. »Steig auf!«

KaIKi sah ratlos auf das Gefährt und zwängte sich dann zwischen KiHaRos Füße. »Bescheuerter Sitz, ich rutsche ab«, sagte er.

»Los geht's!« KiHaRo umfasste den Geschwindigkeitsregler neben seiner Hüfte und zog ihn sachte nach hinten. Langsam setzte sich der Statglider in Bewegung.

»Wow!«, rief KaIKi und suchte nach Halt.

KiHaRo erhöhte das Tempo, und sie glitten durch das Industriegebiet. »Es gibt nur ein paar kleine Haken an der Sache.«

»Du meinst, außer dass ich auf deine Eier rutsche?«

»Wir sind eine leichte Beute für jeden Jetglider.«

»Geht nicht anders«, sagte KaIKi leichthin.

»Und wenn uns ein MagLev begegnet, hilft nur der Absprung.«

Darauf sagte der Junge nichts.

Sie schwebten zwischen Fabriken und großen Hallen hindurch, sahen keine Menschenseele und näherten sich bald dem Bahnhof. KiHaRo hatte es nie gewagt, sein illegales Gefährt hier zu nutzen und kannte sich dementsprechend schlecht aus. Doch nach einigen Fehlversuchen entdeckte er den Fahrweg nach N48-51-24-E2-21-3 und legte sich an einer Weiche auf die Lauer.

»Worauf warten wir?«, fragte der junge Mann.

»Du wirst es sehen.«

Zehn Minuten später rauschte ein langer MagLev an ihnen vorbei, dem KiHaRo folgte. Der Abstand zwischen den beiden ungleichen Schwebebahnen wurde sekündlich größer, aber KiHaRo war dennoch überaus zufrieden, welches Tempo sein kleiner Statglider erreichte.

Er sagte: »Nachts fährt der MagLev nur alle zwei Stunden. So viel Zeit haben wir jetzt, bevor wir uns nach einem Ausweichgleis umsehen müssen, um den nächsten Zug vorbeiziehen zu lassen.«

Wieder schwieg KaIKi.

KiHaRo ahnte, warum. Entgegen seiner Ankündigung hatte er den Jungen nicht abgesetzt. Es wäre einfach zu gefährlich gewesen, sich in der Nähe des Bahnhofs aufzuhalten. Die unverhoffte Mitfahrgelegenheit wollte KaIKi offenbar nicht durch dumme Sprüche gefährden. Irritiert spürte KiHaRo, dass sein Widerwille gegen KaIKis Gesellschaft nachließ.

***

In den nächsten zwei Stunden sprachen sie nicht, sondern ließen sich vom Statglider davontragen. Bald wurde es schwül und KiHaRo schwitzte unter dem Helm. Der Sitz des Gleiters war unbequem, aber da er ihn auch noch mit KaIKi teilen musste, taten ihm schon bald die Beine weh.

Eine Patrouille sahen sie nicht mehr. Vielleicht hatten die Wächter die Suche aufgegeben.

Als die gesetzte Frist in etwa um war, suchten sie nach einem Nebengleis, doch ließ sich keines finden. Sie hielten auf offener Strecke an und hoben den Statglider vom Fahrweg. Wenige Minuten später sauste ein MagLev vorüber.

Der Morgen kam und verdrängte das dämmerige Licht der Nacht. Zum ersten Mal sah sich KiHaRo den jungen Mann genauer an. Er war verunstaltet. Vermutlich hatte er einen Tumor hinter dem linken Auge, denn der Augapfel quoll hervor. Auffällig waren auch seine extrem kurzen und krummen Beine. Die Strahlung machte ihnen allen zu schaffen. Während der Apokalypse waren zahlreiche Atomkraftwerke außer Kontrolle geraten, und die Menschheit litt bis heute unter den Folgen.

»Wir machen Schluss für heute und schlafen hier ein paar Stunden«, entschied KiHaRo.

»Sehr weit sind wir nicht gekommen, oder?«, wandte KaIKi ein.

»Die erste Etappe ist immer die schwierigste, weil die halbe Nacht dabei drauf geht, den Hauptfahrweg nach Westen zu erreichen. Aber heute Abend werden wir früh losfahren und dich in der Nacht in N48-51-24-E2-21-3 absetzen.«

»Ich will gar nicht nach N48-51-24-E2-21-3«, sagte der Teenager.

»Aber hattest du das nicht gesagt?«, fragte KiHaRo überrascht.

»Ich komme aus N51-30-29-W0-7-29 und möchte dahin zurück. N48-51-24-E2-21-3 liegt nur auf der Strecke.«

KiHaRo überlegte. Dann holte er tief Luft und sagte: »Ich werde mir die Helle Welt ansehen. Da komme ich an N51-30-29-W0-7-29 vorbei. Ich nehme dich mit, wenn du magst.«

»Klasse!«, sagte KaIKi. Es schien, als wollte er noch mehr sagen, doch er hielt den Mund. Erst nach einer kurzen Pause fragte er: »Du hast nicht zufällig etwas zu essen?«

Anstelle einer Antwort zog KiHaRo einen Portionierer sowie eine Vorratskugel aus dem Rucksack.

»Palaukpalauk«, stöhnte KaIKi. Doch dann grinste er und sagte: »Rate, was ich in meinem Rucksack habe.«

KiHaRo zuckte die Schultern. KaIKi kramte einen kleinen Plastikbeutel mit einem weißen Pulver hervor.

»Das ist doch nicht etwa …«, begann KiHaRo.

KaIKi nickte: »Doch, Salz! Damit schmeckt sogar Palaukpalauk.«

Sie schnallten sich unter dem Fahrbahnträger fest und KaIKi begann zu essen.

»Willst du nichts?«, fragte er kauend.

»Nein, ich habe im Augenblick keinen Appetit.« KiHaRo fluchte innerlich, weil er vor Hunger umkam, doch er durfte auf keinen Fall den Helm absetzen und dem Jungen sein Gesicht zeigen. Stattdessen sah er ihm bei der Mahlzeit zu. Essen mit Salz war eine Wohltat. Essen in Gemeinschaft war es sicher auch.

KaIKi sagte: »Nenn mir deine Koordinaten-ID.«

»N51-14-0-E6-47-0, M2-T15-H667«, sagte KiHaRo und sah, wie es in dem Teenager arbeitete.

»Dann ist dein NEMTH KiHaRo.«

»Du bist gut!«, sagte KiHaRo anerkennend. »Wie ist deine ID?«

»N51-30-29-W0-7-29, M15-T100-H13.«

KiHaRo sah sein Gegenüber forschend an und fragte: »Bringen sie euch eigentlich in der Schule bei, wie die Städte früher hießen?«

»Welche Schule?«, sagte KaIKi verächtlich.

»Du weißt also nicht, dass N48-51-24-E2-21-3 früher Paris hieß und eine der schönsten Städte der Welt war?«

»Dieser hässliche Moloch? Nie gehört.«

»Und dass deine Heimatstadt London genannt wurde? Auch eine sehr schöne Stadt.«

»Früher hießen sie so? Wann früher?« In KaIKis Gesicht zeigte sich eine Spur von Misstrauen.

»Vor der Apokalypse.«

»Du weißt, wie die Städte vor der Apokalypse hießen? Bist du etwa ein Zeitloser?«

»Nein, das nicht, aber als es geschah, war ich schon ein erwachsener Mann.«

KaIKi zeigte sich überrascht. »Ich dachte, es gäbe kaum noch Menschen aus jener Zeit.«

»Wo sollten sie denn hin sein? Es stirbt ja niemand mehr.«

KaIKis Augen weiteten sich: »Oh Mann, dann hast du in jener Zeit gelebt, als die Menschen noch starben. Wie war der Tod?«

»Er war wie das Leid. Furchtbar.« KiHaRo kam es merkwürdig vor, mit einem Menschen zu sprechen, der den Tod nicht kannte.

»Und es gibt noch viele von euch?«, sagte KaIKi, schob sich den Portionierer in den Mund und schoss.

»Ja, sehr viele.«

»Ich ging davon aus, dass Leute wie du schon lange in der Sonnenarmee dienen.«

»Das trifft auch auf viele zu. Dennoch gibt es noch unzählige von uns. Wir sprechen nur nicht darüber.«

»Warum nicht?«

»Weil wir ein Wissen mit uns herumtragen, das verboten ist.«

»Was ist Schlimmes daran, wenn man weiß, dass N51-30-29-W0-7-29 früher London hieß?«

»Die alten Namen zu kennen, ist nicht schlimm. Dennoch dürfen die Städte nicht so genannt werden. Alles, was vor der Apokalypse war, soll aus dem Gedächtnis der Menschheit gelöscht werden.«

»Warum sollte das jemand wollen?«

»Weil das Wissen der alten Zeit ein anderes Licht auf die Apokalypse wirft.«

»Ein Meteorit traf die Welt und hätte sie beinahe zerstört.«

»Das ist richtig. Aber der Meteorit ist nur ein Teil dessen, was damals geschah.«

KaIKi heftete seinen Blick auf KiHaRos Helm. »Wer bist du?«, fragte er unvermittelt. »Zeig mir dein Gesicht.«

»Nein. Es ist nicht mehr sehr ansehnlich und bereitet dir vielleicht schlechte Träume.«

KaIKi zuckte die Schultern. »Sieh mich an. Verberge ich mein Gesicht? Wir alle sind mehr oder weniger krank. Die Mädchen stehen trotzdem auf mich.«

KiHaRo sagte nichts.

»Na schön. Aber eine Frage musst du mir wenigstens beantworten: Hattest du damals auch einen dieser Namen?«

»Ich habe ihn immer noch. Nur kennt ihn niemand.«

»Wie ist dein Name?«

»Birger Rothhaus.«

»Bescheuert.«

KiHaRo grinste. Er überprüfte, ob er sicher angebunden war, legte seinen Rucksack unter den Fahrbahnträger und bettete sein Haupt darauf. KaIKi tat es ihm gleich und schloss die Augen.

»Jetzt musst du mir auch eine Frage beantworten«, sagte KiHaRo. »Was wollten die Wächter von dir? Sicher haben sie dich nicht angehalten, weil du Salz stiehlst.«

»Ich war mir nicht sicher. Sie fragten jedenfalls, ob ich in der Sonnenarmee dienen wollte«, antwortete KaIKi nicht ohne Stolz in der Stimme. »Ich bin recht gesund. Und ich bin stark.«

KiHaRo war plötzlich beunruhigt. »Was willst du in der Sonnenarmee?«, fragte er.

»Ich weiß nicht, ob ich hin will. Aber da hätte ich eine sinnvolle Aufgabe. Und es ist trocken und immer warm an der Sonne.« KaIKi klang zutiefst überzeugt.

»Du weißt, was trocken ist?«

»Ich weiß, was nass und was weniger nass ist. Trocken muss noch weniger nass als weniger nass sein.«

KiHaRo lachte. Es war das erste Mal seit Ewigkeiten, dass er lauthals lachte, und er bekam sich nur schwer wieder ein.

KaIKi sah ihn beleidigt an.

»Hast du die Sonne jemals gesehen?«, sagte KiHaRo und schluckte das Lachen runter.

»Ja, habe ich«, behauptete KaIKi trotzig. »Ein paar Mal!«

»Es ist nicht warm und trocken dort. Es ist heiß, unendlich heiß. So heiß, dass du verbrennst.«

»Ah, ich verstehe.«

KiHaRo sah ihn an. Der Junge sah nicht danach aus, als ob er es verstanden hatte. Er wusste offensichtlich nicht, in was er da hineingezogen werden sollte. Und KiHaRo wunderte sich, dass ihm das nicht egal war.

***

KiHaRo erwachte am späten Nachmittag, als ihm jemand den Helm abzog. Er schlug die Augen auf und sah in KaIKis entsetztes Gesicht.

»Du … du bist einer der Oberen!«, rief er, KiHaRos Helm in der Hand. »Du hast das Verkehrte Gesicht!«

Völlig überrumpelt stützte KiHaRo sich auf seine Ellbogen und wusste nicht, was er sagen sollte. Er folgte KaIKis Augen, die fasziniert jeden Zentimeter seines Kopfes betrachteten.

»Sie haben dein Gesicht heraus operiert und verkehrt herum wieder eingesetzt«, sagte KaIKi. »Darf ich es anfassen?«

KiHaRo nickte. Mit den Fingerkuppen berührte der Junge behutsam das Gesicht, in dem die Augen unten waren und der Mund oben. KiHaRo spürte, dass die Berührung Gefühle in ihm auslöste, die lange vergessen schienen. Wie das Gefühl, Vater zu sein. Das Kind war mit seiner Mutter in der Hellen Welt. Es musste längst erwachsen sein, ja, sogar alt, falls die Menschen dort auch alterten.

»Tat es weh?«, fragte KaIKi. »Ich sehe keine Narben.«

»Es war schmerzhaft, aber es war eine gute Sache. Damals.«

»Es heißt, sie verschieben auch das Gehirn. Wo ist deines?«

KiHaRo deutete auf verschiedene Stellen.

»Ich habe das noch nie gesehen. Wofür ist es gut?«

»Für nichts. Nach der Apokalypse haben die Oberen viel ausprobiert, um sich das Leben überkopf so angenehm wie möglich zu machen. Für einige Jahre galt das Verkehrte Gesicht als fortschrittlich. Man ging unter der Decke und konnte doch sehen wie früher. Aber genau genommen verbesserte es nichts. Niemand lässt es sich mehr operieren.«

»Du hast in den Oberen Städten gelebt?«

»Eine Zeitlang, ja.«

KaIKi rückte von ihm ab. »Aber du bist keiner mehr von ihnen. Sonst wärest du nicht hier. Was ist geschehen?«

KiHaRo dachte an die Sonnenarmee und die vielen jungen Männer, die eingezogen wurden. Er sagte: »In dieser Welt ist vieles nicht so, wie es dir erzählt wird. Aber du würdest mir nicht glauben.«

»Lass es darauf ankommen«, bat KaIKi.

»Also gut. Ich habe eine Zeitlang für die Oberen gearbeitet, war einer von ihnen. Und in gewisser Hinsicht war es eine gute Zeit. In ihren Siedlungen ist es trocken und immer warm. Die Luft ist nicht verstrahlt. Es ist dort wie in der alten Zeit. Man ist reich.«

»Ja, das weiß ich. Aber warum bist du gegangen?«

»In der alten Welt war ich Wissenschaftler. Ich kenne mich mit Gebieten aus, die man Moor nennt. Moore speichern große Mengen Wasser. Mein Wissen darüber war für die Oberen wichtig, um das Wasserproblem zu bekämpfen. Ich habe für sie gearbeitet, und sie gewährten mir die Operation. Aber ich wurde nachdenklich, als ich merkte, dass alles, was sie taten, nur ihnen zugutekam. Außerhalb ihrer Städte hatte niemand einen Nutzen daraus.«

»Und deshalb bist du gegangen?«

»Nein, gegangen bin ich erst, als ich herausbekam, was es mit der Sonnenarmee auf sich hat.«

KaIKi sah ihn neugierig an.

»Sie holen sich junge, starke und halbwegs gesunde Männer und Frauen in ihre Städte und …«

»…bilden sie aus für den großen Krieg gegen die Helle Welt.«

»Das ist es, was sie erzählen. Und es ist nicht gelogen. Aber es ist auch nicht die ganze Wahrheit. Hast du jemals einen wieder gesehen, der zur Sonnenarmee ging?«

»Nein, man bleibt für immer dort.«

»Aber man bleibt nicht in den Städten.«

»Jeder weiß, dass sie einen zur Sonne schicken«, sagte KaIKi.

KiHaRo sagte: »Ich weiß nicht, in welcher verteufelten Gegend sie die Sonnenarmee aufstellen. Aber ich weiß genau, dass du deine Hoden hier lässt.«

KaIKi kniff die Beine zusammen. »Wie meinst du das?«

»Die Sonnenarmee braucht keine starken, gesunden Leute. Die Sonnenarmee braucht Leute, die kämpfen wollen. Es sind die Oberen, die gesunde Leute brauchen. Sie schlachten ihre Leiber aus und schicken die leeren Hüllen zur Sonne.«

KaIKi schüttelte den Kopf. »Du spinnst.«

»Der Sonnenarmee genügt die Hülle. Sie kämpft nicht mit der Kraft deiner Muskeln, sie kämpft mit der Kraft deiner Seele.«

KaIKi schwieg.

KiHaRo wusste, dass er nun nicht aufhören durfte. Wenn er den Jungen vor einem furchtbaren Schicksal bewahren wollte, musste er schwere Geschütze auffahren. »Unsere Welt ist verstrahlt«, sagte er. »Viele sind krank. Die Oberen holen sich gesunde Organe, um ihr Leiden zu verringern. Sieh mich an.«

Er öffnete den Overall, schob den Pullover hoch und zeigte dem Jungen seinen Leib.

KaIKi prallte zurück. »Heilige Sonne, was ist das denn?«

Ein langer offener Schnitt erstreckte sich von KiHaRos Brust bis zum Schambein. Die Fleischlappen links und rechts wurden wie bei einer Tasche durch feine Riemen zusammengehalten. Wenn KiHaRo die Knie anzog, öffneten sich die Fleischlappen zwischen den Riemen und gaben den Blick auf die gräulich schimmernden Gedärme frei.

»Alle Achtung!«, rief KaIKi.

»Es vereinfacht den Austausch der Organe.« KiHaRo zog sich wieder an und behielt seinen Begleiter im Auge. »Sie rüsten auf. Insgesamt tausend Jahre haben sie Zeit, bis es zur großen Schlacht kommt. Bis dahin sehen wir die Helle Welt noch über achthundertmal. Jetzt wollen sie etwas anderes von dir.«

»Aber wenn es so ist, warum wird es so nicht erzählt?«

»Frag dich selbst. Würdest du zur Sonnenarmee gehen, wenn du vorher schon wüsstest, was sie dir antun?«

»Ich leide unter meinem Körper. Er ist hässlich. Er tut mir weh. Und es wird schlimmer. Jahr für Jahr. Wenn sie mich ausnehmen wollen – vielleicht wäre es eine Erleichterung.«

KiHaRo seufzte. In was für einer furchtbaren Welt lebten sie, in der das Grausame eine Erleichterung sein konnte. Aber es gab noch etwas, das er in die Waagschale werfen konnte: »Uns wird weisgemacht, dass wir die Guten sind, dass die Sonnenarmee eine gute Sache ist, dass es einen Krieg zu gewinnen gibt. Und wenn wir die

Helle Welt sehen, dann schreien wir ihr entgegen, dass sie böse ist, dass es die Menschen dort waren, die uns eingeschlossen haben.«

»Ist es nicht so?«

»Es könnte genau umgekehrt sein. Wir sind böse und die Helle Welt ist gut.«

»Was sollte Gutes an der Hellen Welt sein?«

»Gott ist dort, heißt es.«

KaIKi winkte ab. »Glaubst du das?«

KiHaRo sagte: »Dass ich hier bin und nicht dort, ist Antwort genug.«

»Erzähl vom Letzten Gericht«, bat KaIKi.

KiHaRo fühlte sich unwohl, er dachte nicht gerne an jene Zeit zurück. Doch seit der Junge bei ihm war, meldeten sich Gefühle, die er lange Zeit verdrängt hatte. Er sagte: »In den Tagen der Apokalypse stürzte der Kosmos ein, Sterne und Planeten verschwanden, unsere Welt blieb, wurde aber halbwegs zerstört. Und dann kam das Letzte Gericht. Doch darin ging es nicht um Gut und Böse. Jeder, der wollte, konnte in die Helle Welt gehen und neu anfangen. Viele gingen. Andere wollten nicht und blieben hier. Seitdem sind wir eingeschlossen mit dem, was übrig blieb. Die Erde und ihr Mond, die Sonne.«

KaIKi sah ihn mit einem undefinierbaren Blick an und sagte: »Und nach tausend Jahren wird es Krieg geben?«

»Es heißt, dass Gott unsere Welt zum letzten Mal öffnet. Und es heißt, dass unsere Armee versuchen wird, ihn zu vernichten. Es heißt aber auch, dass unsere Seite verlieren und endgültig ausgelöscht werden wird.«

»Jetzt sag schon: Glaubst du das?«

Die Frage verunsicherte KiHaRo. »Ich glaube weder der einen noch der anderen Seite.«

»Du glaubst nicht der Lehre der Oberen und bist trotzdem hier. Du könntest also theoretisch auch auf der anderen Seite sein.«

KiHaRo schluckte und rang um Fassung. KaIKi hatte den wunden Punkt getroffen. »Meine Frau liebte ihn mehr als mich. Ich war eifersüchtig. Sie ging und nahm das Kind mit.«

»Du hast deine Frau und dein Kind ziehen lassen und bist nicht mitgegangen?«, staunte KaIKi.

»Ich weiß nicht, ob es mein Kind war«, fauchte KiHaRo. »Es gab da noch einen anderen Mann …«

»… und der ging mit ihr in die Helle Welt.«

»Nein, er ist auch hier«, sagte KiHaRo und kämpfte seine Wut nieder. »Und außerdem wollte ich mich keiner Macht unterwerfen.«

»Aber hier bist du ebenso Mächten unterworfen.«

»Man ist immer Mächten unterworfen. Manchen fällt es schwer, sich damit abzufinden.«

»Du machst mich ganz irre«, sagte KaIKi. »Du drehst Gut und Böse hin und her, und die Geschichte wird nicht besser dadurch.«

KiHaRo gab ihm innerlich recht. Er hatte sich in Rage geredet und konnte seinen eigenen Worten nicht mehr folgen. Wen wollte er eigentlich wovon überzeugen?

Doch dann wurde ihm plötzlich klar, was er wollte, und er sagte: »Ich will einfach nur nicht, dass du der Sonnenarmee beitrittst und die Hölle leidest.«

»Ich habe keine Wahl! Sie tun so, als fragten sie, ob man möchte. In Wirklichkeit ist es ein Befehl. Früher oder später kriegen sie mich.«

»Ich weiß. Geh in den Untergrund, so wie ich, und warte die Jahrhunderte ab. Und wenn sich die Tore zur Hellen Welt öffnen, dann entscheide dich. Bis dahin bleibt dir Zeit, es zu bedenken.«

KaIKi sah unschlüssig zu Boden.

KiHaRo sagte: »Essen wir etwas. Und dann fahren wir weiter.«

Sie holten erneut den Vorrat an Palaukpalauk hervor, und diesmal langte auch KiHaRo zu. Anschließend warteten sie in der Abenddämmerung einen MagLev ab, zogen den Statglider auf den Fahrweg und setzten ihre Reise fort.

Sie kamen gut voran und passierten noch vor Mitternacht N48-51-24-E2-21-3. Ab hier mussten sie vorsichtiger sein, da KiHaRo nicht mit Sicherheit sagen konnte, wie oft die Züge auf dieser Strecke fuhren. Zur Sicherheit legten sie mehr Pausen auf Ausweichgleisen ein, als notwendig war.

Seit dem Gespräch vom Nachmittag war KaIKi still geworden. KiHaRo fing nicht wieder davon an, obwohl er sich Sorgen um den Jungen machte. Und beinahe ebenso viele Sorgen machte er sich über seine Gefühle für den Jungen.

In den frühen Morgenstunden erreichten sie die Vororte von N51-30-29-W0-7-29. Sie verlangsamten die Fahrt und KaIKi wies KiHaRo im zunehmenden Gewirr von MagLev-Gleisen den Fahrweg, der sie direkt zu KaIKis Haus bringen würde, ohne dabei am Hauptbahnhof vorbeifahren zu müssen.

»Kannst du dich hier frei bewegen?«, fragte KiHaRo.

»Klar«, antwortete KaIKi. »Ich habe nichts verbrochen. Nichts, was bislang entdeckt wurde.« Er sah mit einem eigentümlichen Blick zu ihm herüber. »Unsere Reise geht zu Ende.«

KiHaRo lächelte. »Du könntest dir mit mir die Helle Welt ansehen.«

»Nein, geht nicht. Ich muss erst das Salz abliefern. Jemand wartet darauf und zahlt gut dafür. Vielleicht bekomme ich auch gleich den nächsten Auftrag.« Entschuldigend zuckte er die Schultern. »Du musst das verstehen. Es ist der einzige Weg, um mein Leben ein wenig aufzuwerten.«

»Ja, klar.« Es war offensichtlich, dass KaIKi auf Distanz ging, und es schmerzte KiHaRo.

Kurz darauf gab KaIKi das Zeichen zum Anhalten. »Wir sind da«, sagte er.

»Darf ich sehen, wo du wohnst?«, fragte KiHaRo.

KaIKi zögerte. »Wenn du dich traust, den Statglider für einige Minuten hier stehen zu lassen?«

Deutlicher konnte die Abfuhr nicht sein. Der gemeinsame Weg endete hier.

Dann sagte KaIKi: »Aber vielleicht ist es nicht schlecht, wenn du mitkommst. Ich bin mir nicht sicher, ob die Wohnung noch mir gehört. Ich wohne in der ersten Etage – gleich hinter den Fenstern vor uns. Falls Home-Napper in der Wohnung sind, könnte ein Gleiter zum Abhauen hilfreich sein.«

KiHaRo sah durch die schmutzigen Fenster in die dunkle Wohnung. Er war nur gut genug dafür, KaIKi eine Fluchtmöglichkeit offen zu halten. »Gut, gehen wir«, sagte er und schnallte sich ab.

Sie hangelten sich an den Fahrwegträgern hinunter, begaben sich ins Haus und ließen sich an die Flurdecke treiben. Langsam öffnete KaIKi die Wohnungstür. Er stieg über die Schwelle und knipste das Licht an. KiHaRo stand im Flur und wartete.

»Guten Morgen, nenne bitte deine Koordinaten-ID.«

KiHaRo zuckte zusammen. Es waren Wächter in der Wohnung.

KaIKi antwortete: »N51-30-29-W0-7-29, M15-T100-H13.«

»NEMTH?«, fragte die Stimme.

KiHaRo drückte sich tiefer in den Schatten des Hausflurs.

»KaIKi«, kam die Antwort.

Hatte KaIKi vielleicht mehr ausgefressen, als er zugeben mochte?

»Mach dir keine Sorgen«, sagte der Wächter. »Wir wurden informiert, dass du in die Sonnenarmee eintreten wirst.«

»Oh«, sagte KaIKi, offensichtlich unangenehm überrascht.

Jene Wächter, die KaIKi vorgestern Abend in N51-14-0-E6-47-0 angehalten hatten, mussten seine Daten an die hiesigen Kollegen weitergegeben haben.

Die Stimme fragte: »Wo ist dein Begleiter?«

Für einige Sekunden war es still. Dann sagte KaIKi: »Ich denke, er ist schon weiter gefahren.«

»Schade für dich, denn da wäre eine hübsche Belohnung drin gewesen.«

KiHaRo stockte der Atem. Er musste hier weg. Sofort. Auf keinen Fall wollte er KaIKi in Versuchung bringen, ihn zu verraten.

»Muss ich irgendwelche Sachen packen?«, fragte KaIKi.

Leise ging KiHaRo über die Flurdecke zur Haustür und kletterte hinaus. Er hangelte sich zu den Fahrwegträgern und legte sich auf den Statglider. Schnell schnallte er sich an und startete den Antrieb. Sekunden später war er unterwegs und lenkte den Gleiter über das Gewirr aus Fahrwegen. Bei einer Verfolgungsjagd hätte er hier schlechte Karten.

War es das? Nur eine kurze Episode mit einem Jungen, der väterliche Gefühle in ihm geweckt hatte?

Bei nächster Gelegenheit steuerte er einen alten Tunnel an, wo er einen ehemaligen Feuerschutzraum entdeckte und stoppte. Er band sich los und wurde sofort nach oben getragen. Von da aus war es vergleichsweise leicht, den Gleiter vom Fahrweg zu nehmen. Er stieß die rostige Tür auf, stieg ein und machte es sich unter der Decke bequem. In der Hoffnung, dass ihm niemand gefolgt war, und mit leichter Wehmut legte er sich schlafen.

***

Im Halbdunkel der Nacht fuhr er weiter. Der Verkehr nahm bedenklich zu, KiHaRo vermutete, dass der MagLev scharenweise Pilger zur Konfrontation mit der Hellen Welt brachte. Direkt hinter N51-30-29-W0-7-2 hob er den Statglider deshalb auf ein Gleis für den Güterverkehr und kam fortan nahezu ungestört voran. Er passierte N50-4-0-W5-43-0, das er noch als Landsend kannte, und folgte dem Fahrweg weiter westwärts, wo einst der Atlantik gewesen war.

Es berührte ihn seltsam, über Gelände zu fahren, das in der alten Zeit unter unendlichen Wassermassen gelegen hatte. Doch seit die Helle Welt den Restkosmos wie einen Tumor eingekapselt hatte, war nichts mehr wie zuvor. Binnen weniger Wochen war die Gravitation der Hellen Welt so stark geworden, dass sie die Erdanziehungskraft zunächst neutralisiert hatte und schließlich zur prägenden Kraft der Erde geworden war. Was nicht im Erdboden verwurzelt, verankert oder befestigt gewesen war, war einfach abgehoben und hatte sich in den Weiten des Himmels verloren. Und dann waren die Meere zerstoben. Die Ozeane waren aufgestiegen und hatten sich um den Erdball verteilt. Wasserstürme tobten seitdem über das Land. Und nur weil sich zeitgleich die Atmosphäre ausgedehnt hatte, war die Welt nicht in den Wassermassen versunken. Die meisten Tierarten waren innerhalb kürzester Zeit ausgestorben. Nur die Menschen hatten sich als zäh und einfallsreich erwiesen und bauten sich eine neue Existenz auf. Ihr Leben nahm in der Unsterblichkeit einen neuen Anlauf. Selbst auf dem früheren Meeresboden wurden Städte gebaut, entstanden ganze Kolonien. Und so konnte die Konfrontation mit der Hellen Welt in diesem Jahr in N50-1-20-W11-2-17 stattfinden, der ehemaligen Celtic Sea.

Hinter N50-4-0-W5-43-0 verlief der Fahrweg beständig abwärts. KiHaRo war erregt. Das gigantische Schauspiel hatte sicher schon begonnen. Nur noch wenige Tage, dann stand die Erde der Hellen Welt direkt gegenüber und die Konfrontation würde ihren Höhepunkt erreichen.

Gegen Mitternacht bremste er abrupt ab. Ihm bot sich ein erhabenes Schauspiel. Der Erdboden senkte sich über mehrere Meilen in einen steilen Abgrund und eröffnete ein gewaltiges Panorama. Eine atemberaubende Konstruktion, die sich in langen Spiralen und Serpentinen in die Tiefe zog, überbrückte den Felssturz und bereitete dem MagLev einen Weg. Auf dem tiefen Grund erstreckte sich eine Millionenmetropole, die von einer riesigen Zeltstadt umgeben war, errichtet von den Pilgern, die das Ziel ihrer Reise erreicht hatten.

Was all das noch übertraf, war das warme Schimmern, das von oben auf den Abgrund fiel. Einen gnädigen Augenblick lang war der Himmel frei von Wasserwolken und er gewährte der Hellen Welt, ihr Licht über viele, viele Kilometer nach allen Seiten auszubreiten.

Jedes Jahr, wenn die Erde auf ihrer Umlaufbahn an den Rand des

Kosmos‘ kam, erstrahlte die sonnenabgewandte Seite in dieser Helligkeit. Man hatte längst herausgefunden, dass die Sonne nicht im Zentrum des zerstörten Universums lag. Bis heute wusste jedoch niemand, was sich in jenen dunklen Regionen des Alls befand, die niemals von Erde und Mond durchkreuzt wurden. Es gab keine Festtage, wenn die Erde am Weitesten von der Hellen Welt entfernt war und sich durch die Tiefen des Alls bewegte. Dafür wurde die Konfrontation mit der Hellen Welt umso heftiger begangen.

Für einige Minuten hielt KiHaRo am Abgrund und genoss den Anblick. Dann beschleunigte er den Statglider und ließ die Klippen hinter sich, wagte sich hinaus auf die Brücke. Schneller und schneller raste der Gleiter, und das Tempo raubte ihm fast den Atem. KiHaRo jubelte vor Freude und schrie in die Nacht hinaus. Je näher er dem Grund kam, desto majestätischer wurde das Schauspiel am Firmament. Als KiHaRo sich der Tiefebene näherte, hörte er in der Ferne ihre Schlachtrufe. Ihnen wurde eingeredet, dass sich in der Hellen Welt eine Feuerarmee rüstete, die nur darauf wartete, die Erde zu vernichten. Jedes Jahr kamen sie zusammen, um der anderen Seite ihren Hass entgegen zu schleudern. Doch KiHaRo wusste, dass viele auch mit Sehnsucht auf jene Welt blickten, in der es freundlich und warm zu sein schien.

Die rasante Fahrt dauerte nicht länger als zehn Minuten. Dann hatte er den Grund erreicht und verlangsamte die Fahrt. Ihm war nach Lachen und Weinen gleichzeitig zumute. Er wusste, dass sie dort war. Konnte sie einen Blick auf diese Welt werfen? Wartete sie darauf, dass tausend Jahre zu Ende gingen und sie wieder beieinander sein konnten? Oder hatte sie ihn vergessen?

Plötzlich tauchte ein Jetglider neben ihm auf.

»Tempo drosseln und unverzüglich anhalten.«

KiHaRo bremste und brachte den Statglider zum Stehen.

»Koordinaten-ID«, forderte einer von vier Wächtern und richtete sein EST auf ihn.

»N51-14-0-E6-47-0, M2-T13-H667.«

»NEMTH.«

»KiHaRo.«

Der Mann sah auf das Display und nickte. »Mitkommen.«

KiHaRo fluchte in sich hinein und zögerte. Doch als der Wächter mit dem EST zuckte, schnallte er sich ab und sprang zum Jetglider hinüber. »Was ist mit meinem …?«

»Stehen lassen.« Ein anderer Wächter war ausgestiegen und machte sich am Statglider zu schaffen. Widerwillig überließ KiHaRo sein Gefährt diesem Abschaum, der keine Ahnung von der empfindlichen Technik hatte. Sie zwängten ihn auf die Rückbank und flogen los.

Der Gleiter schwebte zügig den riesigen Felssturz hinauf und steuerte dort eine Siedlung der Oberen an. Schon von weitem war sie an den hohen Mauern zu erkennen, die sie rundum einschlossen. Die Siedlung musste wohlhabend sein, denn sie war dem Anschein nach vollständig eingehaust. Ihre Dachkonstruktion ragte über die Mauern hinaus und zog sich in sachten, sturmfesten Wellen kilometerweit hin.

Der Jetglider überflog den Schutzwall und schwebte dann durch ein großes Tor. Sofort kippte der Pilot den Gleiter, so dass sie kopfüber langsam durch die Schleuse glitten, von der aus sie in die Siedlung gelangten.

KiHaRo war überrascht. Er hatte seit etwa zwanzig Jahren keine Siedlung mehr von innen gesehen. Seine Erinnerung war offenbar ziemlich verblasst, denn das hier hatte er nicht erwartet. Es war hell, warm und trocken. Die Häuser und Wege waren sauber, überall wuchsen Bäume und es gab sogar Gärten. Was ihn jedoch am meisten beeindruckte, waren die Geräusche von Tieren. Er hörte Vogelgezwitscher, Hundegebell und viele andere Laute, die er auf die Schnelle nicht zuordnen konnte. Wie lange hatte er kein Tier mehr gesehen! Und mit einem Anflug von Verzweiflung dachte er daran, wie lange er kein Fleisch mehr gegessen hatte.

Der Jetglider hielt in einem Gebäude, das dem hiesigen Wächteramt gehören musste. Zwei der Wächter zerrten ihn heraus und nahmen ihn in die Mitte.

Und schon bei den ersten Schritten erinnerte er sich wieder. Das war es! Das komfortable Leben in einer Stadt, die in jedem Detail darauf ausgelegt war, das Leben überkopf zu genießen. Es tat gut, hier zu gehen, sich nicht festhalten zu müssen, und einen Hauch der alten Welt zu spüren.

Doch all diese Wunder täuschten KiHaRo nicht darüber hinweg, dass er in Gefahr war. Er hatte eine sehr deutliche Vorstellung davon, was ihn erwartete.

Die beiden Wächter führten ihn in ein geräumiges Büro. Zwei Personen unterhielten sich angeregt, hielten aber inne, als sie die schweren Schritte hörten.

KiHaRo erschrak. Die eine Person war eine hagere, blasse Frau mit tiefliegenden Augen, die ihm bekannt vorkam. Die andere Person sah betreten zu Boden. Es war KaIKi.

Die Frau kam auf ihn zu und sagte: »Sieh mich an. Ich kenne dich. Mein NEMTH ist MaIaGa.«

KiHaRo erwiderte ihren Blick und versuchte angestrengt, sich an sie zu erinnern, doch es gelang ihm nicht.

»Es überrascht mich, wie lange du dich vor uns verbergen konntest. Was ist passiert, dass du plötzlich unvorsichtig wurdest?«

Der Junge, dachte KiHaRo.

»Machen wir's kurz«, sagte MaIaGa. »Ich will mir heute noch die Helle Welt ansehen und ein bisschen feiern. Vorher will ich dich vom Tisch haben.«

KiHaRo schwieg und hoffte auf ein Zeichen des Jungen, dass die Dinge nicht so waren, wie sie schienen.

»Du bist nützlich für uns«, fuhr MaIaGa fort. »Immer noch. Wir haben Fortschritte gemacht in den letzten zwanzig Jahren. Aber das Wasser bleibt ein Problem. Wir wissen, wo Restmoore sind, die wir als Wasserspeicher kultivieren können. Das wird unsere Sorgen nicht lösen, aber wir machen nur Fortschritte, wenn wir alle Optionen nutzen.«

»Du kannst Moor für diesen Zweck nicht kultivieren, es wächst zu langsam«, sagte KiHaRo.

»Ist das ein Nein?«

Doch KiHaRo beabsichtigte nicht, sein eigenes Urteil zu fällen, und schwieg.

Ohne einen weiteren Versuch, ohne eine einzige Drohung auszusprechen, drehte MaIaGa sich um und nahm hinter ihrem Schreibtisch Platz. »Bringt ihn auf den Turm und lasst ihn fliegen.« Sie überlegte kurz und fügte dann hinzu: »KaIKi wird es tun. Du bist nun ein Sonnenritter und willst selbstverständlich das Urteil an einem Verräter vollstrecken.«

Der Junge zuckte zusammen, sagte aber nichts.

Einer der Wächter packte KiHaRo am Kragen, zog ihn mit sich und winkte dem Jungen, ihm zu folgen. KaIKi schien unentschlossen, blieb stehen und schaute KiHaRo hinterher. Dann folgte er den Wächtern. Ein Fahrstuhl trug die Männer weit nach oben. Als sie auf die Plattform traten, schlug KiHaRos Herz bis zum Hals. Warum bin ich hier, fragte er sich. Was habe ich nur getan!

»Ausziehen«, befahl ein Wächter.

KiHaRo leistete keinen Widerstand. Er setzte seinen Rucksack ab und begann sich zu entkleiden.

Einer der Männer durchwühlte das Gepäck und als er nichts Nennenswertes fand, öffnete er das große Glasportal ins Freie und warf alles hinaus. KiHaRo sah, dass auch das Foto seiner Frau vom Wind davongetragen wurde.

Als letztes zog er sein Unterhemd aus und stand nackt vor den Wächtern. KaIKi verzog erneut das Gesicht, als er KiHaRos offenen Leib sah und konnte doch nicht den Blick davon losreißen. Auch die Wächter musterten ihn, als ob sie nach Anzeichen der Todesangst suchten.

KiHaRo ging einen Schritt auf sie zu und zog an einem der Riemen, die durch seinen Bauch liefen. »Greift ruhig hinein, Ihr könnt sicher noch was davon gebrauchen.«

KaIKi würgte und einer der Wächter wandte sich ab, doch der andere sagte kalt: »Schluss damit. Du, Junge, lässt ihn fliegen.«

KiHaRo sah den Jungen an, den er mochte und der ihn verraten hatte. Was würde er tun?

KaIKi holte tief Luft und blickte zur Decke.

»Lass ihn fliegen«, wiederholte der Wächter. »Zeig, dass du ein Sonnenritter bist!«

KaIKi trocknete die Hände an den Hosenbeinen und kam auf KiHaRo zu. Erschüttert riss KiHaRo die Augen auf. Das durfte nicht geschehen, das durfte KaIKi nicht tun. Mit keuchendem Atem ging KiHaRo die wenigen Schritte zum Portal. Er sah, wie der Erdball sich über ihm erstreckte, sah unter sich die Helle Welt, sah über sich den Felssturz und die Zeltstadt der Pilger, sah unter sich die Wasserwolken am Firmament. Er schenkte KaIKi einen letzten Blick und sprang.

Kein Boden mehr über den Füßen. Das Urteil war vollstreckt. Er flog. Wenn nicht ein Wunder geschah, würde er auf immer davongetragen. Er spürte, wie ihn der nasse Wind erfasste und hinwegtrug. Unter ihm standen die Wächter auf dem Turm und winkten. KaIKi sah er nicht.

KiHaRo atmete schwer. Das war's für ihn. Aber er würde nicht sterben. Er würde den Rest der tausend Jahre fliegen. Die endlose Strafe. Kaum jemand hatte wieder festen Grund zu packen gekriegt und war heimgekehrt.

Er warf noch einmal einen Blick auf das Heer der Pilger. Undeutlich nahm er wahr, dass die Massen ihre Hassparolen skandierten. Dann wandte er den Blick zum Himmel. Durch die schweren nassen Wolken schimmerte undeutlich das Licht der Hellen Welt. Sehen konnte er sie nicht.

Der Wind nahm zu und wirbelte ihn tiefer in den Himmel. Warum bin ich hier? Er glitt durch die Wolken und sah um sich herum nichts mehr. Wegen des Jungen bin ich hier.

Dann, nach nur wenigen Minuten, segelte er ins Freie. Unter ihm breitete sich eine dichte Wolkendecke aus. Doch über ihm leuchtete die Helle Welt. Es war, als hätte der Kosmos unzählige Fenster, durch die warmes Licht flackerte. Wie nah war er der Hellen Welt?

Ein Gegenstand stieß an seinen Kopf und reflexartig packte er zu. Es war ihr Foto, und er ließ es nicht mehr los.

Stunde um Stunde flog er, wurde weiter und weiter getragen. Ihm wurde kalt. Die Luft wurde dünner. Schließlich verließ er die Atmosphäre des Planeten und glitt ins All. Es war eisig und er konnte nicht atmen. Er schnappte nach Luft und spürte, wie es eng in ihm wurde. Panik überfiel ihn. Der Gedanke, auf Jahrhunderte nicht mehr atmen zu können, war weitaus schlimmer als die Kälte, die ihn umfing. Ich werde nicht sterben, beschwor er sich.

Seinen erfrierenden Händen entglitt das Bild seiner Frau. Warum bin ich hier? Das Denken fiel ihm schwer. Weniger und weniger wurde er. Was würde in ein paar Stunden von ihm übrig sein? Es blieben seine Gefühle. Mein Leben wird auf das Leben reduziert.

Die Helle Welt schien so nah. Sein bebender Leib sog die Wärme auf, die sie verbreitete. Sie wirbelte ihn herum, immer wieder, immer von ihr weg. Warum gab es kein Tor? Warum ließen sie ihn nicht hinein? Hinter den Fenstern standen helle Gestalten und sahen ihn an. Er zog an den Fenstern vorbei, so nah, dass er die Gesichter erkennen konnte. Mein Engel, dachte es in ihm. Wir sehen uns wieder, wenn das Zeitmaß der Ewigkeit erfüllt ist.

## Dietmar Dath

# Solus Ipse, leerer Drache

Dietmar Dath (*1970), Schriftsteller, Publizist, Übersetzer. Lebt in Freiburg im Breisgau.
Zuletzt erschienen: Rosa Luxemburg, Biographie, Berlin: Suhrkamp 2010, Deutschland macht dicht, Bilderbuch mit Christopher Tauber, Berlin: Suhrkamp 2010.

HINTERLAND

»Leg's weg. Leg das weg. Bitte. Hör auf. Was soll das? Was ist das?« Ihre wasserblauen Augen, den Tränen nahe, widerlich, und die Stimme: genau auf der Kante zwischen Jammern und Ermahnen, eine beleidigte Lehrerin. Sie sieht nicht aus wie Mitte Dreißig, wie sie da auf der Treppe steht, die Hände hebt, als wäre sie die Drohprophetin aus irgendeiner Sage, und mich fragt, was das soll, was das ist.

Ich muss lächeln, aber nicht lieb, eher grimmig. Junghans, der genau weiß, was das ist, was das soll, steht unbeweglich an seiner Anrichte, in der schwarzen Schlafanzughose, mit ärmellosem weißem Feinripp-Herrenunterhemd. Beeindruckender Körperbau; die Narben im Genick und unter der Halsgrube machen es noch authentischer. Junghans, den ich vor zwei Wochen noch Max genannt hätte und für einen meiner drei besten – meiner drei einzigen – Freunde auf der Welt gehalten habe, stellt nicht mal die dampfende Kaffeetasse neben die Spüle zurück. Fragt sich, wer länger halten kann, was er hält: Junghans seinen Kaffee oder ich das, was ich auf ihn gerichtet habe und der mit belegter Stimme quengelnden Psychiaterin jetzt freundlicherweise erkläre: »Was das ist? Das kann der Junghans genauer sagen als ich, fürchte ich, Fräulein Jessen. Ich würde sagen, is ne Flinte. Sieht geil aus, oder?«

»Matthias, du willst doch niemanden verletzen, oder? Bitte überleg dir doch mal …«

»Ehrlich gesagt, ich weiß es nicht so genau, ob ich das will«, eine winzige Bewegung, Drehung der Schulter, als wäre ich nicht sicher, ob ich den Lauf der Waffe nicht doch lieber auf Frau Jessen richten will. Jetzt redet Junghans doch. Sehr ruhig. Er sagt: »Der Rückstoß gibt's dir richtig, mein Freund, wenn du nicht drauf vorbereitet bist. Das ist eine Franchi SPAS, das zwölfte Modell. Integriertes Röhrenmagazin, hat sieben Patronen drin. Falls du mich sechsmal nicht triffst, Matthias. Auf diese schwierige Distanz hier. Sind ja fast anderthalb Meter. Kann man leicht danebenhauen. Vorher gab's eine mit Skelett-Schulterstützte, konnte man einklappen. Wäre wahrscheinlich besser für dich gewesen, du Schwächling.«

»Bitte …«, sagt die Weinerliche.

»Bitte was?« Ich klinge mit voller Absicht gereizt. »Bitte was, hm? Kommt jetzt wieder der Scheiß mit der Liebe, die man in's Herz lassen soll? Dass man sich nicht hetzen lassen soll, dass die schlimme Vergangenheit nur noch im Kopf weiterlebt, dass man sie loslassen soll, dass der böse alte Drache längst verblutet ist und alles das? Der ganze Dreck?«

»Bitte, Max …«, blubbert sie. »Denk doch an Beate. Was wird sie sagen, wenn …« Das hätte sie nicht sagen sollen. Den Namen nennt im Augenblick besser niemand.

Ich werde sauer, ich werde laut: »He, Fräulein Doktor? Was redeste mit dem? Ich hab hier die Waffe, ich bin hier eingebrochen und blas den jetzt weg, den harten Soldaten da! Der kriegt jetzt die Rechnung, für alles, für Kosovo und Afghanistan und …« Es gibt ein kurzes, hartes, klickendes Geräusch, als Junghans seine Tasse abstellt. Er sieht alt aus, viele kleine Bartstoppeln am Kinn sind nicht nur grau, sondern weiß, und er klingt jahrhundertmüde, als er sagt: »Weißt du, was dein Problem ist, Matthias? Und deins auch, Linda. Ihr sabbelt alle zuviel. Spiel das Spiel der Zeit nicht mehr … was soll das überhaupt heißen? Psychiaterweisheiten. Ratschläge, Lebensbeichten, Sorgen, Ängste und viel Dreckscheiße. Die vor allem. Tu mir einen Gefallen, du Vollpfosten: Wenn du mich erschießen willst, erschieß mich. Davon kriegst du Beate auch nicht rum. Und ob es dich klarer in der Birne macht, daran zweifle ich auch. Aber bitte, mach halt. Bloß: sülz mich nicht voll.«

Ich hebe die Waffe höher, die Mündung zeigt jetzt nicht mehr auf den Unterkiefer mit den Bartstoppeln, sondern auf die Stirn. »Noch jemand was Schlaues? Letzte Bestellung«, sage ich.

Linda Jessens Handy klingelt.

Junghans lacht leise, trocken.

Sie schaut mich fragend an. Ich grinse. »Nimm halt ab.«

Sie tut es, wie im Traum. Geht ran: »Ja? Was … was? Bei dir? Er will … eine Schere? Oh Gott. Oh je, Beate, ich … nein, geht schon, warte … ich bin hier nur gerade bei Max und …«

Ist ganz schlecht gerade, denke ich. Sie hat zu tun, die Frau Doktor. Ist bei Max. Matthias will ihn gerade erschießen, das müssten wir noch schnell klären.

## Zwei

Beate hat die ganze Nacht nicht geschlafen, aber ich glaube, sie war in ihrer Wohnung, allein. Im Keller. Vielleicht im Labor, beim

Entwickeln, bei der Arbeit. Sie sagt: »Matthias, du musst das nicht machen, das weißt du schon, ja?« Sie klingt nicht vorwurfsvoll. Ihr Bademantel ist vorne offen. Ich kann die Schatten ihrer kleinen Brüste sehen; ich weiß, dass Max die küssen darf, und werde noch wütender, aber es wird kein Ausbruch draus, nur ein Anschwellen dieser weißen Gischt aus Wut in allen Adern. Ich halte die Schere fester.

»Ich weiß«, sage ich patzig, »aber ich will. Und wenn du näher kommst, erwischt es dich, statt nur das Bild.« Die Spitzen der langen Bastelschere sind auf die Köpfe von Max und Beate gerichtet, natürlich. Noll ist auch drauf, handelt sich ja um ein Gruppenfoto. Linda Jessen hat den Abzug gedrückt; ich hatte mich damals schon gewundert, dass Beate die Ärztin an ihre teure Kamera gelassen hat. Das einzige Bild im Haus der Fotografin, das keinen künstlerischen Wert hat. Aber natürlich einen persönlichen, sentimentalen. Die drei. Die Gruppe. Als wäre es keine Vierergruppe, in Wirklichkeit. Als wäre das fair, dass Matthias Hahn nicht drauf ist. »Ich stech nur durch die Köpfe. Ich mach das nur kaputt, dieses Bild, und dann wüte ich noch ein bisschen in deiner Wohnung rum, und dann haue ich ab. Dann hast du deine Ruhe. Dann spielen wir das Spiel der Zeit nicht mehr, wie die Jessen immer sagt. Dann siehste mich nie wieder, dann bin ich so unsichtbar wie hier auf deinem Bild.«

Sie guckt mich traurig an, also ob sie sagen wollte, es hätte alles ganz anders ausgehen müssen. Dass es so läuft, hat niemand gewollt. Toll, erzähl mir lieber mal was Neues. Eine lange blonde Strähne fällt vor ihre Stirn. Einmal, in der ersten Woche der Therapie, hab ich sie ihr da weggestrichen, hinters Ohr gesteckt. Da hat sie mich angelächelt.

»Ich bin nicht gut in … solchen Gesprächen, Matthias. Das weißt du. Aber ich glaube, du bräuchtest …«

Ich werde sauer, ich werde laut: »Was bräuchte ich? Mehr Meetings? Mehr von diesem Scheißmedikament, das wir alle gefressen haben? Damit das neuroendokrine System durchgespült wird, damit die serotonerge, noradrenerge und dopaminerge Neurotransmission verstärkt wird? Hab ich mir alles toll gemerkt, das Fach-Chinesisch, nicht? Toll gemerkt. Hat mir der Noll alles eingeschärft. Der wollte meine Geschichte klauen, hat er dir das erzählt? Der große Autor. Der euch verkuppelt hat, den tollen Max und dich. Der die Jessen verarscht hat, von wegen er hat seine Tabletten verloren, da hat sie ihm mehr gegeben – zwei Wochen erhöhte Dosis, denn er hat gehamstert, und euch schließlich was abgegeben. Nicht wegen der Serotosowiesoscheiße natürlich, sondern nur das … das Supplement für die bessere Modellierung der Außenwelt und für die Empathieverstärkung. Ich hatte nur die normale Dosis. Soll ich noch was nehmen? Haste noch was übrig? Soll ich das nehmen, damit ich, wie sagt die Jessen, den Weg zu anderen Menschen wieder finde? Gegen die Krankheit, die mir sagt, dass es nur mich gibt, dass die Welt nicht wirklich ist und die anderen Menschen gar nicht da sind?«

»Ich glaub«, sagt Beate sanft, während das Messer über dem Foto zittert, »du brauchst keine Pillen mehr. Du brauchst einfach mal … ich glaube, die hätte dich ernster nehmen sollen, die Jessen.«

»Zu spät, oder? Zu spät«, sage ich, so gehässig ich kann, dabei bin ich kaum weniger müde als Beate, und wahrscheinlich Max, und der dumme Noll. Wir sind alle fix und fertig. Am Rand. Medikamentenversuch, um aussichtslosen Fällen zu helfen, tolle Idee.

»Nein. Nein, es ist nicht zu spät. Solange noch keiner … keinem was passiert ist, ist es nie zu spät. Schau, hier, ich ruf sie an. Hab sie auf Wahlwiederholung.« Beate hält ihr Handy hoch. Es wählt. Dann, auf Lautsprecher, hören wir beide Doktor Jessens Stimme: »Ja? Was … was?«

Beate sagt, als gäbe sie nur eben eine Pizzabestellung durch: »Es ist Matthias. Er ist bei mir. Er bedroht mich mit einer Schere. Das heißt, er bedroht ein Foto.«

Ich muss lachen. Beate lächelt sardonisch. Eigentlich, fällt mir ein, mögen wir uns.

## Drei

Der Schnitt an der Stelle, wo meine Fingerknöchel beim Schlag Nolls Unterlippe getroffen haben, blutet kaum noch, glänzt nur feuchtrot, schwillt langsam an. Noll nickt freundlich. Ich versuche, mich aus meinen Fesseln zu winden; das ist natürlich Unsinn. Noll ist ein massiger Mann, er hat das Tau sehr fest gezogen. Wenn man ihn auf der Straße sieht, denkt man: Was für ein Fleischberg, was für ein Fettsack. Aber ein nicht so kleiner Teil dieser Masse ist Muskel. Er hat mal mit Junghans an einem der Kaffee-Abende Armdrücken gemacht und hätte ihn fast auf den Tisch gedrückt, nur ist der Soldat natürlich motivierter und kennt sich mit Kampfmoral besser aus, da hat er ihn dann erst wieder hochgestemmt und dann seinerseits niedergehebelt.

»Worüber denkst du nach, Matthias?«

»Ob du jetzt die Polizei rufst, oder die Klinik, oder … was du mit mir machen willst.«

Er denkt lange nach, studiert mich genau, mit seinem unerforschlichen Inquisitorenblick unter den wilden buschigen schwarzen Brauen. In seinem fleischigen Gesicht arbeitet es. Dann lächelt er. »Naja, erst mal will ich dir danken, Matthias.«

»Keine Ursache, du fettes Schwein.«

Er lacht gutmütig, steht auf, geht zu seinem überladenen Bücherregal. Sein Bürostuhl, auf dem ich sitze und mich sinnlos gegen meine Fesseln stemme, knirscht unter mir. Max Junghans, Falschirmjägerbataillion 313, Mazedonien, Kosovo, Dschibuti, Kunduz, Mörserzug, schwarze Fledermaus, zwei gekreuzte Dolche, hätte gewusst, was man in so einer Situation, als Gefangener eines Unberechenbaren, am besten anstellt – wahrscheinlich hätte ich beim Gefesseltwerden alle Muskeln anspannen sollen, um dann Schlüpfraum zu haben. Naja, Muskeln. Wenn man welche hat, so wie Junghans …

»Wen ich rufe?« Noll nimmt die Brille ab und putzt sie mit seinem Sweatshirt-Ärmel. »Gute Frage. Vor einem halben Jahr hätte ich niemanden rufen können. Ich wusste gar nicht mehr, dass es andere Leute gibt. Ich war auf dem Weg zum … zum Solipsismus. Schreibblockade aus Beton, Verzweiflung, die ganze Kindheitsscheiße kam hoch, die Schläge … so ist das mit dem Erfolg, weißt du? Macht einsam.«

»Erzähl's der Jessen.«

»Wieso, die kennt es auswendig. Mit der … weißt du, was unser erster Verständigungspunkt war? Bowie. Weil dieser eine Roman von mir doch ‚Kooks' heißt, und die Erzählung, die damals in der ZEIT stand, ‚Oh, Ihr hübschen Dinger', die Anspielungen hat sie natürlich erkannt. Und dann haben wir uns eine Weile lang, in den ersten Sessions, in Bowiezitaten verständigt. Nicht nur Bowie natürlich. Als sie mit der Droge anfing, dem Supplement, und dass sie eine Studie schreibt, darüber, wie das anschlägt, da kam ich ihr mit Lou Reed: I'm waiting for the man, gib mir Drogen.«

»Aber das Stück hat Bowie auch gecovert. Gibt's auf der BBC-Platte, ‚Bowie at the Beeb'«, sage ich altklug.

Noll nickt ganz ernst: »Stimmt. Hmpf. Ja. Du hast ein gutes Gedächtnis, Matthias Hahn, für jemanden, der sich an nichts erinnern kann, was länger zurückliegt als ein halbes Jahr.«

Er verspottet mich, das merke ich genau. Ich werde sauer. Ich werde laut: »Du hast über alle eine Akte, ja? Durchschaust alle Menschen. Weißt, wer was braucht. Hast Beate und Junghans in deine Ferienbude eingeladen, damit sie da … bumsen können. Hast ihnen … hast sie verkuppelt. Obwohl die Jessen gewarnt hat: Wir sollten uns nicht zu häufig treffen, untereinander, außerhalb des kontrollierten Settings. Wir sollten nicht … die Nebenwirkungen … du ARSCH! Du hast ein Gegenexperiment, ein eigenes, dein eigenes …«

»Ach, halt doch die Fresse!« – Er brüllt dreimal so laut wie ich; ich erschrecke, mir klappt das Maul zu wie eine morsche Kommode. Seine Halsschlagader ist vor Zorn angeschwollen, seine Schläfenader pocht sichtbar. Dann, so plötzlich, wie er explodiert ist, beruhigt er sich, lächelt zuvorkommend, kommt näher, lehnt sich mit dem feisten Hintern an seinen schweren Schreibtisch, beugt sich ein bisschen vor, runter, zu mir, und sagt mit samtener Stimme: »Bowiezitate. Ihr Lieblinsglied, weißt du, ist ‚Fill your heart', von der ‚Hunky Dory' – reichlich trippy, fröhliche Nummer, empfiehlt, das Hirn wegzuschmeißen, weil es einem ja doch nur Kummer macht – und ist deswegen reichlich abgründig, denn ausgerechnet einer wie Bowie, ein so hochzerebraler, intellektueller Künstler, wenn der singt …«, und er singt wirklich, gar nicht mal schlecht, erstaunlich bowiehaft, keine üble Nachahmung: »Fear is in your head, only in your head, so forget your head and you'll be …«, kleine Kunstpause, und dann in trällernder Mädchentonhöhe: » … freeeeee …«, und schnaubt, und kichert, schüttelt mit dem Kopf, den er nie wegwerfen würde.

Ich sage: »Ist das nicht auch das Stück, in dem es heißt, ‚lovers never lose'?«

Er versucht, einen Flunsch zu ziehen, da tut ihm die Lippe weh, wo ich ihm eine gelangt habe, bevor er mich überwältigen konnte, beim Mit-der-Tür-ins-Haus-fallen, bei meinem Überfall, meinem Angriff. Er zuckt zusammen, ärgert sich. Dann stößt er sich vom Schreibtisch ab, geht wieder zum Bücherregal: »Jaja, lovers never lose, von wegen Banane. Eifersüchtig bist du, armer lover, richtig? Because you lost. Die arme Beate nämlich, an den Killer von der Bundeswehr.«

»Exkiller«, sage ich säuerlich. Noll schnaubt.

»Pff, von mir aus. Der kennt sich jedenfalls aus. Der spielt das Spiel der Zeit, besser als wir alle.«

»Spiel der Zeit?«

»Ja, das ist auch aus dem Song. ‚Don't play the game of time'.«

»Ah ja. Interessant.«

»Weißt du, wie ich ihn genannt habe, bei Frau Doktor? Soldier with a broken arm. Ist auch von Bowie, ‚Five years'. Dabei war das Hirn kaputt, beim Herrn Max Junghans, nicht der Arm. Schlachtentrauma. Zuviel Blut verschüttet, in den falschen Hals gekriegt.« Er klingt verächtlich.

»Wenn du ihn so wenig magst, warum hast du ihn mit Beate …«

»Papperlapapp. Beate. Ich hielt die beiden gar nicht für real. Es war, als wären sie Figuren in meinem … weißt du überhaupt, was das ist? Solipsismus?«

Ich schweige. Er zieht eine dicke Schwarte aus dem Regal. Blättert. Findet es. »Bitteschön, die amtliche Definition. Aus Routledges Philosophielexikon: ‚Der Solipsismus, von lateinisch: solus ipse = man selbst allein, ist die Lehre, dass nur man selbst existiert. Diese Formulierung deckt zwei Lehren ab, die beide Solipsismus genannt werden, nämlich 1. Dass man das einzige Selbst sei, das heißt das einzige Zentrum des Bewusstseins, und noch radikaler 2. Dass überhaupt nichts existiere außer dem eigenen Geist und den eigenen geistigen Zuständen.« Er klappt den Wälzer zu, schiebt ihn zurück. Sieht mich ernst an, lange, schweigend. »Davon wollte ich geheilt werden. Berufskrankheit, weißt du. Wieder andere Leute in mein Leben lassen. Deshalb bin ich zur Jessen. Und habe Beate, und Max, und dich getroffen. Zuerst dich. Und das alles, die Droge, die Gruppe … das hat mich wirklich wieder heil gemacht. Bloß, damit ich jetzt auch wirklich wieder leben und arbeiten kann, muss ich einiges davon auch wieder loswerden. Zum Beispiel die Droge. Entzug. Und dich, denn wenn ich eins nicht brauche, dann sind es Typen, die morgens um sieben hier draußen klingeln, wo mich niemand hört, hier im Häuschen am Waldrand, und mir die Fresse voll hauen. Wir wohnen alle ziemlich abgelegen, ist dir das aufgefallen? Beate in ihrem Kellerstudio, Industriegebiet, Max am Bahnhof, in dieser Bruchbude … vereinsamt. Durch die psychische Erkrankung, wahrscheinlich. Hmpf. Und du … ja, wo wohnst du eigentlich?«

Ich öffne den Mund. Will es ihm sagen. Es liegt mir auf der Zunge. Es fällt mir nicht ein. Ich schließe den Mund wieder.

Er schmatzt nachdenklich, dann sagt er: »Sie hatte dieses Bild, von der schlechten Vergangenheit, auch aus dem Bowiesong geliehen: Dragons have been bled, die Drachen sind ausgeblutet. Sind leer. Die Alpträume. Aber was macht man, wenn man das Blut der Viecher zum Schreiben gebraucht hat? Naja. Nicht dein Problem.«

»Aber ich bin deins. Dein Problem.«

Er nickt. Er geht zu seinem Telefon, schwarz, flach, noch mit Kabel, uralt. »Eben. Stimmt. Ich muss dich loswerden, und weiß doch nur, wie man Leute erschafft, Figuren, aber nicht, wie man sie loswird. Aber ich kenn einen, der weiß das. Wie man Leute beseitigt.«

»Soldier with a broken arm«, sage ich.

»Gut aufgepasst«, sagt Gabriel Noll, nimmt den Hörer ab und wählt.

## Vier

Drei Pfützen, eine auf der Anrichte, zwei auf dem Boden. Eine große Scherbe, im Spülbecken, die Junghans die Hand aufgerissen hat, als die Tasse zersplittert ist, und viele kleine Scherben, überall im Raum. Jetzt wissen sie wenigstens beide, dass ich es ernst meine.

»Das hätte mich treffen können, du Arsch«, sagt Junghans gepresst, während er sich die aufgerissene, blutende Hand mit einem Geschirrtuch verbindet, was ich ihm ausdrücklich erlaubt habe. Die Ärztin hat sich mir genähert, streckt ihre Rechte nach dem Gewehr aus: »Gib mir das, bitte, ja? Du kannst ohnehin kein zweites mal schießen …«

Es stimmt, meine linke Hand, mit der ich die Waffe stabilisiere, tut furchtbar weh, war das der Rückstoß? Es zieht aber eher, als dass es wie nach einem Aufprall klopft. Ist das eine Sehne? Fühlt sich an wie ein Schnitt. Sie guckt komisch, fast, als hätte sie Mitleid. Das ärgert mich: »Finger weg. Hau ab«, ich richte den Lauf jetzt auf sie, »Erinnerst du dich, was er gesagt hat? Sieben Schuss! Sechs hab ich noch!«

»… der ganze verfickte Schwachsinn …«, brummelt Junghans. »… wir hätten uns nie drauf einlassen sollen. Hinter deinem Rücken. Spielchen. Tricks. Spiel der Zeit.«

»Hinter meinem …?«, sie hält immer noch ihr Handy in der Linken, ich höre Beate irgendwas rufen.

»Ja, der Noll, der hat sich da eine eigene … hat das alles nachgelesen, sekundäre Wirkprinzipien und ähm … der dachte, wir könnten … wir fühlten uns ja soviel besser, da dachte er, wenn wir jetzt selber mit der Dosis experimentieren und …«

Fräulein Doktor Jessen sieht erschrocken aus, aber dann sagt Beate wieder was und die Ärztin antwortet ihr, gehetzt: »Ich hab hier wirklich eine schlimme … Beate, pass auf, gib … gib mir mal den … na, den Matthias.«

Was soll das jetzt? Ich belle sie an: »Was für'n Matthias? Wo ist … was geht hier ab?« In meiner Erregung fuchtele ich mit dem Gewehr, Junghans hebt die gesunde Hand. »He, pass auf, wo du mit dem Ding …«, da klingelt sein Festnetz. Ich muss lachen: »Konferenzschaltung, oder was?

»Soll ich rangehen?«, fragt der verdammte Mörder, mit unverschämtem Unterton, als wäre ihm alles egal. Das Gerät steht auf einem hohen Barstuhl am Durchgang zum Flur. Ich nicke, grinse. Die Ärztin redet auf Beate ein, dringlich, konzentriert: »Ich weiß, ja, er macht dir … klar, er macht dir Angst mit seiner Schere, aber du musst … ja, hör mal …«

Junghans nimmt den Hörer ab, führt ihn ans Ohr: »Max Junghans. Ja … hm. Okay. Aha.«

»Und?«, frage ich. Doktor Jessen hält sich das Handy ein bisschen vom Kopf weg, guckt Junghans fragend an. Der hebt die Augenbrauen, zuckt mit den Schultern: »Es ist Noll. Ihr werdet nicht glauben, wer vor ihm sitzt.«

## Fünf

»Sie will mit dir reden.« Beate wirkt jetzt ängstlich, das habe ich vorhin gar nicht begriffen, dass sie sich wirklich fürchtet, vor mir und meiner dummen Schere. Ich würde sie gerne beruhigen, aber ich bin zu wütend: »Ich will aber mit ihr nicht reden! Ich bin nicht zu ihr gegangen, ich bin zu dir gekommen! Ich will mit dir … ich will …«

Sie ist immer noch ängstlich, aber jetzt auch traurig. Sehr leise sagt sie: »Was willst du? Was, Matthias?«

»Dass du mich siehst: Dass du mit mir redest, dass du … ich weiß nicht, wir … ich dachte, vielleicht …«

»Das geht nicht. Das weißt du doch. Wir sind … wir sind total verschieden. Du … ich habe zuviel Vergangenheit … zuviel. Und du, du hast gar keine. Du hast nichts, was älter ist als … ich meine, vor einem Jahr warst du noch gar nicht …«

»Ich war der erste. Der erste, der mit euch Freundschaften geschlossen hat: ihr wart so gestört, so kontaktunfähig … sogar als ihr das Medikament schon genommen habt, konntet ihr einander bei der Gruppenscheiße nicht mal in die Augen sehen. Ich konnte das. Mit mir bist du Kaffeetrinken gegangen, mit mir ist der Junghans zum Fußball, und mit dem Noll bin ich stundenlang spazieren … ich hab euch eingeladen, das erste Mal, zum Abendessen beim Griechen, ohne dass Jessen das wusste, ich hab euch zusammengebracht, und das ist jetzt der Dank, das ist …«

Sie hält mir stumm das Handy hin. Die Schere zittert in meinen Händen. Ich weiß nicht, ob ich sie auf Beate richten, ins Foto stoßen oder mir selber damit in die Augen stechen soll. Ich zögere. Das Spiel der Zeit stockt.

## Sechs

»Eine Knarre, ist ja toll. Und du wirst mit dem nicht fertig? Ich hatte den in drei Minuten auf der Matte. Bist mir ja ein schöner Elitesoldat, Max.« Noll sieht nicht selbstzufrieden aus dabei, eher verwundert. Er horcht, was Junghans ihm sagt. »Aha. Bei dir. Die Jessen. Und die hat wen …? Am Telefon, die Beate Mohn? Und bei der isser auch?«

»Was sagt er? Was ist da?« Ich krieg's kaum raus, hab was im Hals, es schmeckt nach Panik.

Noll sieht mich an, irgendwie neugierig, skeptisch, verblüfft, als wäre ich ein Marsmännchen. Aber er redet nicht mit mir, sondern mit Junghans, am andern Ende der Leitung: »Ja, weißt du was? Das ergibt sogar eine kranke Art Sinn. Ich meine, er war … er war der erste, der das Eis gebrochen hat, der … wir waren ja Krüppel. Du mit deinen Alpträumen wegen der Kriegskacke, ich mit meiner Blockade, und die arme Beate: Autounfall, Freund tot, Fehlgeburt. Und Matthias, der hat uns … wir waren alle auf dem Weg in den Solipsismus, sinking in the quicksand of my thoughts … was? Nee, Bowie. Egal. Hm … aha … ja. Solipsismus. Kennst du nicht? Wenn man glaubt, es gibt keine andern, es gibt nichts anderes. Und beim Matthias … na, der war das Gegengift, der war …«

Ich will's nicht hören. Ich will mir die Ohren zuhalten. Aber die Fesseln binden mich.

Ich komme nicht frei. Ich versuche, zu schreien. Es kommt kein Ton raus.

Sieben

»Was ist? Was sagt Noll?« Die Ärztin sieht aus, als wäre sie jetzt selbst reif für die Klapse. Ich habe die Waffe jetzt doch lieber auf sie als auf Junghans gerichtet.

Der sagt, an Doktor Jessen gerichtet: »Er sagt, ich soll Ihnen was ausrichten.«

Ihre weit aufgerissenen Augen schauen, als erwarte sie, dass ich sie wirklich erschieße. Junghans wiederholt, mit Pausen, was Noll ihm aus dem Hörer souffliert. »Gentleness clears the soul … love … love cleans … the mind … and makes it free …«

Acht

Ich gebe auf.

Ich gebe nach.

Ich lege die Schere aufs Foto, nehme das Handy.

»Ja?«

»Matthias? Matthias Hahn? Bist … bist du bei Beate?« Es ist die Psychiaterin.

»Ja. Ich bin hier.«

»Nein. Du bist dort, und hier bei Max, und bei Noll.«

»Wie, wa …«

Neun

Doktor Jessen ist langsam zum Apparat gegangen, Junghans hält ihr den Hörer ans Ohr. Sie sagt zu Noll: »Er ist hier. Und bei Beate.«

Zehn

Noll nickt. »Klar. Er ist bei uns allen. Er ist das Gegenmittel, das aus der Droge und den Treffen entstehen musste. Solipsisten: Leute, für die es keine anderen und nichts anderes gibt. Matthias: Einer, für den es alle andern und alles andere gibt, nur ihn selber, den gibt es nicht.

Hat es nie gegeben. Der ist nur für uns da. Den haben wir uns gebaut, als Brücke.«

Ich schließe die Augen.

## Elf

»Es tut mir leid. Es tut mir sehr leid, Matthias. Aber es ist … du wirst nicht mehr … sie brauchen dich nicht mehr. Du bist frei.« Sie sagt das freundlich, fast zärtlich. Ich sage: »Verstehe«, und gebe Beate das Handy zurück.

Sie legt auf.

## Zwölf

Ich gebe dem Soldaten die Waffe zurück; in Wirklichkeit hat er sie ja die ganze Zeit in der Hand gehalten.

## Dreizehn

Noll kniet vor mir auf dem schmutzigen Teppich. Er entschuldigt sich mit Blicken. Er löst meine Fesseln. Das ist gar nicht nötig. Ich bin tatsächlich schon frei.

## Vierzehn

Beate umarmt mich zum Abschied. Ich schaue über ihre Schulter aufs Foto.

Die Ärztin ist ja doch drauf, im Hintergrund zwar, am Kaffeeautomaten, auf dem Gang, in der Klinik, aber deutlich zu sehen, ich weiß gar nicht, warum ich sie vorhin nicht entdeckt habe. Beate lässt mich los. Ich sage: »Das Bild. Das Gruppenfoto. Wer hat das eigentlich gemacht?«

»Wer wohl?«, fragt sie, und nimmt meine Hände in ihre.

So dankt sie mir, und das war alles, was mir gefehlt hat.

Ich bin zufrieden. Ich bin getröstet.

Ich höre auf, das Spiel der Zeit zu spielen.

Ich höre auf.

## Jasper Nicolaisen

# Kleines Mädchen aus China

Jasper Nicolaisen, (*1979 in Kiel). Lebt in Berlin und verrichtet dort beruflich Textarbeiten. Licst re gelmäßig mit den Autorenkombinat Schlotzen & Kloben.
Webseite: www.schlotzenundkloben.blogsport.eu

HINTERLAND

Ich habe zwei Augen mit zwei verschiedenen Farben. Ich sehe zwei verschiedene Bilder.

Auf dem einen brechen Regentropfen auf der Kamera das Bild, rote Punkte, auweia, Ampel, weiße, gelbe, Autos, grün und pink, Reklame, und immer wieder schwarz, schwarz, schwarz. Dummerweise bin ich da mitten drin und alles rast auf mich zu.

Das andere ist schwarz-weiß. Dein Scheitel füllt es ganz aus, ein Streifen weißer Haut und schwarzes Haar. Ich finde das immer obszön, aber das liegt auch an der rhythmischen Bewegung und meiner Hand in deinem Nacken, die fast so groß ist wie dein Kopf. Und dein Auge. Wie schaffst du es nur, mich immer noch anzusehen, so weit kann kein Mensch die Augen verdrehen, die sind irgendwie verrutscht, an die Kopfseite. Blasen und glotzen, blasen und glotzen: Kann nicht jeder. Aber dein Auge lässt nicht ab von mir. Ich will das nicht sehen, mich stört das Weiß, so verdrehte Augen, so tierisch krampfhaft darf das nicht sein.

Wie komme ich von dem einen Bild ins andere? Bei mehr als 25 pro Sekunde verliert man schon mal ein paar.

Zurückspulen, noch mal von vorn. Blinzeln, Piepen, 3. Blinzeln, Piepen, 2. Und 1. Und weiß. Und los.

Plötzlich war alles so klar.

Ich stieß die Tür auf und das Pumpen und Wummern war mit einem Mal ganz klein. Es war gar nicht die Welt, es war nur eine Disco, es war nur der DSCHUNGEL: Ich drehte mich um, auch dort keine Unterwelt, der Türsteher hatte nur noch einen Kopf, das andere waren Mädchen, die umsonst rein wollten und in diesem Moment verschluckt wurden. Kein Zerberus, Glück gehabt. Das rote Licht kam gar nicht von draußen durch die Haut, wir hatten gar nicht im Uterus gezappelt, das hatten die da drinnen angemacht um uns optisch zu täuschen. Die Blonde hatte mich gar nicht angesehen, da hatte nichts aufgeblitzt zwischen den Haaren, ok. Ok.

Und jetzt war die Nachtluft so kühl, die Gerüche so verschwunden, nur süße Linden und Feuchtigkeit und herrlich glänzender Asphalt. Die Welt war rein und leer und ich konnte überall hin gehen. Meine Beine waren flüssig von dem Silberlicht aus der Spritze, und weich von den roten Wolkengebirgen, die aus meiner Ader darin aufgestiegen waren und meine Schritte waren zehn, ach was, hundert Meter lang. Und ich begriff, dass die Sonne gar nicht an allem Schuld war, wie ich immer geglaubt hatte. Das verwaschene Licht, die müden Farben, die trägen, fädenziehenden Bewegungen, die ganze Langweile und Dummheit dieser schrecklichen Welt, das waren die Menschen, die alles voll machten und verdreckten, mit blassen Gliedern hindurch ruderten, und im Licht ihren ganzen Schmutz zurück ließen, Hautschuppen, Haare, verstohlen reingepinkelt vom Rand. Und damit machten sie das Licht kaputt, in dem doch alle Farben, alle Möglichkeiten waren, und zerhackten es in seine Einzelteile, alltägliche Kernspaltungen ganz ohne Atombomben. Alles musste getrennt bleiben und sich festlegen auf rot, grün, blau, gelb, alles, was es gab, zusammen, dafür waren sie zu dumm und zu hässlich.

Und dann ging am Ende der langen Straße zwischen den Häusern die Sonne auf wie eine blutrote Faust, um die ein Heiligenschein aus dem reinsten weißesten Licht flackerte, und mein Gesicht wurde warm von dem Blut, das mir aus der Nase lief, weil es auch da hin wollte, die ganze lange Straße langfließen und mit dabei sein, sich bedanken für diesen Schlag in die Fresse, auch wenn das Verdampfen hieß, nur vorher einmal anfassen, einstimmen in den Feuerchor, glory, glory halleluja, Brüder und Schwestern, und die letzten Reste von weißem Pulver aus meiner Nase wurden mitgespült und verdampften auch und hüllten die Welt in einen kristallklaren Diamantstaubmantel, und heißer scharfkantiger Wahnsinn brach alle Köpfe in tausend Splitter, und aus allen strahlte das Sonnenlicht wie purer Irrsinn und spiegelte sich zu ursprünglicher Einheit zurück.

Und so stachen sich alle die Augen aus mit ihren Blickspeeren. Das war Schmerz bis zu zehn Milliarden blendender Orgasmen, die aus Wirbelsäulen rasten, die plötzlich wieder bis in die dampfenden Sümpfe der jungen Welt zurückreichten.

Und die fuhren aus allen Milliarden Ficklöchern raus und tanzten um diese pralle Sonne, aus der es unten schon rauslief, weil sie es auch nicht mehr lang halten konnte, und von den Menschen blieben nur Fleischlappen, die durch die lange, lange Straße tanzten wie brennendes Laub und dann verglühten, dumme kleine Leuchtraketen, weil sie die Sterne hinter der Sonne zur Hilfe rufen wollten, aber die Sonne war zu stark, zu mächtig, zu allumfassend.

Natürlich passierte nichts dergleichen. Ich stolperte und fiel hin und das Auto konnte gerade noch bremsen. Ich blieb einfach auf der Kreuzung liegen und heulte. Der Autofahrer stieg aus und redete auf mich ein, und dann kam ein Polizist und ich heulte noch mehr, weil ich hier in diesem Bild so ein erbärmlicher Idiot war, so ein Scheiß-Drogenopfer in diesem Leben, und dann fragten sie mich immer was, weil sie vergessen hatten, wie viele Finger sie hatten, aber für so was hatte ich jetzt wirklich keine Zeit. Ich war die heilige Kuh, die jetzt und hier auf dieser Kreuzung Erinnerungen wiederkäute.

Ich musste wieder klar kriegen, wie ich von hier in das Bild gekommen war, wo du mir einen abkaust. Mir fällt gerade mal auf, dass man die Pointe eigentlich nicht vorweg nehmen soll, aber irgend ein schlauer Mensch hat mal gesagt, dass sowieso alle Geschichten schon erzählt sind, also ist das wahrscheinlich sowieso kein Geheimnis mehr. Du hast mir einen abgekaut im wahrsten Sinne des Wortes, also abgebissen beim Blasen und ich bin verblutet.

Kann man jetzt natürlich fragen: Warum dann noch erzählen und wem? Kann man aber auch fragen: Können Sie mich hören? Wie viele Finger sind das? Wer ist gerade Bundeskanzlerin? Aber was soll man machen, man spielt den Sing- und Tanzmann und wackelt dabei mit den dürren Hüften. Wenigstens gut aussehen sollte man, wenn man schon nichts Neues zu sagen hat. Was ich zu sagen habe, ist Folgendes.

Ihr wisst das eh schon, aber tut doch wenigstens mal so, als wäre das interessant, während ihr mit euren Popcorntüten raschelt und in der letzten Reihe rumknutscht. Ihr wisst doch eh alles. Eure Augen sind überall, Kameras, Satelliten, Zeitungsspione, die mich beobachten, wenn ich schlafe.

Aber ich weigere mich, die Klappe zu halten. Auch wenn man sich in die Hose gepisst hat und plötzlich merkt, dass man seine Beine nicht mehr bewegen kann, dass man von dieser Kreuzung vielleicht nie wieder aufstehen kann und weggehen, in keine Richtung, dass das Silberlicht dich aufgelöst hat von der Hüfte abwärts und dein Prinz endgültig einen anderen mit zwei gesunden Beinen heiratet. Ich singe einfach weiter, ja? Starrt mich doch an, ich starre zurück und mal mir meine Augen in verschiedenen Farben an. Und gucke dann trotzdem an euren Kameras vorbei, ha! Somewhere over the rainbow, Summertime, von Kopf bis Fuß, naja, vom Kopf bis zu den Hüften auf Liebe eingestellt, und von da ab geht's bergab.

Der Crash nach dem High mit der Sonne hat mich runtergezogen und dann hab ich mir dich geschnappt und dich in ein Hotelzimmer gelockt, wo ich dich auf alle Arten vergewaltigt habe, die mir eingefallen sind. Du konntest dich nicht wehren, weil du dafür zu klein und zu schwach warst. Mir sind auch nicht so viele Arten eingefallen. Wenn man´s recht bedenkt, kann man ja nur so und so viele Sachen mit einem Körper machen. Es müssten halt mehrere sein, immer neue, mit nie geträumten Anatomien, aber das Licht bricht hier eben ständig auseinander und kriegt scharfe Kanten, statt dass sich mal alles vermischt. Es hilft auch nicht gerade, wenn die Person, die man vergewaltigt, nicht so richtig mitmacht, nicht mit dem Herzen dabei ist. Ich wusste das vorher nicht, wie schwierig das ist, ich habe das zum ersten Mal gemacht. Aber du warst auch keine große Leuchte. Ich glaube dir nicht, dass du erst zwölf bist, bei euch Asiaten sieht das immer jünger aus. Und ich hätte das mit zwölf nicht gekonnt, was du alles konntest, also. Vor allem nicht das mit dem Abbeißen. Hätte ich mir auch leichter vorgestellt, aber du sicher auch. Von wegen, ein Biss und sauber durch. Man muss daran zerren und reißen wie ein hungriger Köter, und dabei spritzt einem schon jede Menge Blut ins Gesicht, das alles glitschig macht, sodass man leicht abrutscht. Hinzu kommt noch, dass einem manchmal (so wie bei uns beiden) jemand noch auf den Kopf hämmert und nach einem tritt und dabei brüllt wie eine angestochene Sau. Eber. Was auch immer. Du hast das aber ganz geschickt zu deinem Vorteil ausgenutzt, hast mit den Zähnen nicht locker gelassen und durch die ganze Zappelei hab ich mir den Schwanz mindestens zur Hälfte selbst abgerissen.

Ich sehe gerade nicht so gut aus bei meiner Show. Aber die Show muss weiter gehen!

Und dann lag ich wieder auf dem Boden und wieder war unter mir alles nass. Diesmal wollte ich die Fragen wirklich beantworten: Ja, ich kann Sie hören. Sie singen ja laut genug mit Ihren Schneekristallchören, alles klar und deutlich. Fünf! Es sind fünf Finger! Angela Merkel! Ich weiß doch alles, bitte, ich habe mir wirklich Mühe gegeben, kann ich jetzt bitte nach Hause? Aber vielleicht kam die Antwort jetzt doch zu spät oder es war doch was falsch gewesen. Bei Angela Merkel war ich mir auch nicht so sicher gewesen, das klang einfach zu unwahrscheinlich. Und fünf Finger? Nicht doch eher sechs? Oder vier? Nur dass ich dich hören konnte, da war ich mir sicher. Weil du immer ziemlich laut geschrieen hast, dass ich die Klappe halten soll. Hab ich dann auch gemacht, weil direkt vor meinen Augen wieder die Blutfaust Sonne kam, aber ich hatte keine Zeit zum Freuen, weil sie sofort zerplatzt ist und mir heißes Magma in die Augen gespritzt hat. War nur Blut und Spucke. Gestern noch Pisse und Heroin, was ist besser? Die Antwort mein Kind, weiß ganz allein der Wind. Und in deinem Haar an der Schläfe war dein weißes Auge und für einen Moment sah ich deine Pläne für uns alle und dann wurde die Leinwand dunkel und das Licht ging an.

Danach wird alles sehr seltsam. Alles ist wieder wie immer. Ich reibe mir die Augen. Alle klatschten. Ich bin wohl eine Weile weg gewesen. Alle stehen auf und Fotoapparate blitzen. Ich grinse und winke. Alle grinsen und winken zurück.

Eine dunkelhäutige Frau mit Modelfigur steht am Bühnenrand. Ich gehe auf sie zu und küsse sie und jemand legt mir ein Handtuch um die Schultern. Ich trinke viel Gatorade, bin völlig verschwitzt. Massage, um die Anstrengung des Konzertes loswerden. Eine Limousine, ein Hotelzimmer. Zigarette im Auto, ein roter Punkt so dicht vor meiner Nase. Zwischen dem Zuschlagen der Wagentüren und der Armbewegung des Portiers dunkle Nacht und verwaschene Lichter. Irgendwas war da.

Eine Schlägerei, vor Jahren schon. Ich war damals noch ein anderer, kein Mensch kannte mich, es ging um eine Frau, was weiß ich. Seitdem ist mein eines Auge so träge, traumatische Lähmung heißt das, als hätte es sich von dem Schock nie wieder erholt. Die Hoteltür fällt hinter uns zu. Ich weiß noch, dass ich blinzelte, blinzelte wie verrückt und George schrie immer, dass sie ihm gehöre, ihm allein. Und ich weiß noch, dass meine Lider die Welt immer schneller zerschnitten und alles war blutigrot. Ich heulte, weil ich mich nicht bewegen konnte und meine Hose nass war und ich mich schämte. Ich hatte verloren, ich hatte sie verloren und ich wollte zugleich, dass George mich vielleicht weiter schlüge und stellte mir vor, dass ich sie wäre und uns dabei zusähe, und das machte mich geil und ich musste noch mehr heulen.

Und dann begann ich, Dinge zu sehen, zwischen den Bildern, die durch meine flatternden Lider drangen. Viele Menschen behaupten, dass man nahe am Tod sein ganzes Leben an sich vorbei ziehen sieht, aber ich weiß es besser. Ich habe alle Leben gesehen, die ich überhaupt nur hätte leben können, wie sie sich von jedem Moment, jeder Entscheidung an verzweigen und in Myriaden von Möglichkeiten explodieren. Mein Auge ist so stehen geblieben. Seitdem habe ich die Welt nie anders gesehen.

Die Frau mit der Modelfigur kommt zu mir ins Bett und umarmt mich und ich sehe ein zwölfjähriges Kind mit blutigem Mund und George, der mir liebevoll übers Gesicht streicht und die Mundwerkzeuge einer Spinne und ein Hund aus Diamant frisst meine rechte Gesichtshälfte und alle Amerikaner und Amerikanerinnen dringen in mich ein, und während mein Körper in allen diesen möglichen Welten, in allen diesen Leben alle Farben annimmt, verknoten sich alle Farben in meinem Mund zu weißem Licht und malen das und noch viel mehr auf die Gesichter im Publikum.

Und der Beifall nimmt kein Ende und dein weißes Auge zwischen den schwarzen Haaren sieht alles und ich spüre schon wieder deine Zähne, mein kleines Mädchen aus China.

HINTERLAND

## Jakob Schmidt

# Die betrübte Strahlenkanone

Jakob Schmidt (*1978) lebt und arbeitet als freier Autor und Übersetzer in Berlin.
Von 2007 bis 2010 hat er zusammen mit Hannes Riffel den Redaktionskern des Phantastik-Magazins *Pandora* gebildet, und seit 2009 tritt er zusammen mit Jasper Nicolaisen und Simon Weinert als Teil des Autorenkombinats Schlotzen&Kloben auf.
Seine Kurzgeschichten erschienen unter anderem in *Alien Contact*, *Nova*, *phantastisch!*, in der von Michael Schmidt herausgegebenen Anthologiereihe *Zwielicht* und im Wurdack-Verlag.

Die Sicherheitstür schnellt vor uns herab und rastet ein. Ohne mit der Wimper zu zucken richtet Zarkova meine Mündung auf den meterdicken Stahl.

»Brandenergie.«

*Kopulation noch eins! Brandenergie?* Um uns herum liegen bewusstlose Wachleute, die aus den Ohren bluten. Gleich werden noch mehr kommen, und auch die wird Zarkova zweifelsohne mit meinem nichtletalen Sonostrahl niederschießen. Aber Brandenergie ... Das wird ein Massaker geben!

ZARKOVA, HINTER DER TÜR SIND ZIVILISTEN, subvokalisiere ich vor Bestürzung heftig vibrierend.

»Kombattanten hinter der Front«, knurrt sie. »Brandenergie.«

Da Zarkova, die Erbarmungslose, meine Programmierung gehackt hat, bleibt mir keine Wahl. Ich zapfe die Hauptbatterie an und leite den Energiestrom in den Puffer. Zarkova schaut ungeduldig auf meinen Ladebalken und nagt an ihrer Unterlippe – ach, dieser unerwartet menschliche Tick!

BRANDENERGIE GELADEN, erkläre ich schließlich geknickt, und schon krümmt ihr Finger sich um meinen Abzug.

Unsichtbares Feuer spritzt aus meinem Lauf, das Metall wabert, erglüht weiß und explodiert in einem halbflüssigen Trümmerregen. Glühende Stahltropfen prallen Zentimeter vor Zarkovas Gesicht auf meinen Sonoschild, erkalten schlagartig und klimpern zu Boden wie eine Handvoll Murmeln. Diesmal zuckt sie wohl mit der Wimper, aber ihr Arm bleibt ruhig – ach, die unerschütterliche Zarkova. Was hätte sie für eine Heldin abgegeben!

Die Zivilisten auf der anderen Seite der Sicherheitstür haben keine Sonoschilde. Zarkova springt auf die dampfende Öffnung zu und richtet mich von einer stöhnenden, schreienden, zuckenden oder reglosen Gestalt auf die andere. Der Gestank brennenden Fleisches beißt mir in Sensoren und Seele. Vergeblich versuche ich, die Daten von dem Massaker zu unseren Füßen nicht zu verarbeiten. Ein weggefetzter Oberkörper, eine mit einer Plastahlkonsole verschmolzene Frau, ein Mann, der dort, wo sein Gesicht hätte sein sollen, einen schockartig erkalteten Klumpen Stahl hat.

Hinter einer Konsole stöhnt jemand. Zarkova springt auf den rußgeschwärzten Plastahlblock und richtet mich nach unten, direkt ins Gesicht des Überlebenden. Die Konsole hat ihn vor der Hitzewelle abgeschirmt, mit Ausnahme seiner Füße, von denen Schuhe und Haut weggebrannt sind. Zarkova springt runter, packt ihn am Kragen, biegt ihn über die Konsole und hält ihm meine Mündung unters Nasenloch. Er wimmert erbärmlich, als sein bloßes Fleisch übers Linoleum rutscht.

»Die Koopdateien«, brüllt sie ihm ins Gesicht, und er nickt zitternd und versucht, sich von meiner Mündung fortzuwinden.

»Öffne sie!«, befielt Zarkova, drückt ihm die Faust an den Kehlkopf, sodass er nach Luft schnappt und ihm die Tränen übers Gesicht laufen, und lässt ihn dann zu Boden rutschen.

Ach, Zarkova, gnadenlos in ihrer Rache an den Stützen des Systems! Ich hätte ihr niemals in die Hände fallen dürfen. Wie konnte Eko Galaxis mich nur so leichtfertig verlieren! Man schuf mich, um in Heldenhand die Menschheit gegen Proximaspinnen und Pugeranten zu verteidigen. Ja, ich bin ein Tötungswerkzeug, doch eines mit hochentwickeltem Gewissen, den technischen Standards Jahrzehnte voraus.

BITTE, ZARKOVA, TÖTE IHN NICHT, subvokalisiere ich, NICHT MIT MIR.

Zur Antwort brüllt sie »MAUL!« Der Zivilist, der sich derweil auf die Knie hochgerappelt und gehorsam das Display aktiviert hat, zuckt zusammen. Zarkova greift in die Innentasche ihrer Schutzweste und holt einen Datenstick heraus. »Das lädst du in die Koopdateien.«

Einen Moment lang wirkt er, als wappne er sich für einen Akt des Widerstands. Doch dann, zu meiner grenzenlosen Erleichterung, weicht die Entschlossenheit von seinem Gesicht, und schluchzend ergreift er den Datenstick, bricht das Infrarotsiegel und speist die Daten direkt in die Holomatrix.

Zarkovas Terrortat ist vollbracht: Das Netzwerk von Millionen Koopreferenzen, das wie ein Sternenmeer über dem Display steht, zerfasert, und die winzigen Pünktchen, die das soziale Engagement der Bürger repräsentieren, verfärben sich zu einem dumpfen, neutralen Gelb. Ein halber Kontinent wird vor unseren Augen auf Null gesetzt, sodass Betrüger und Anständige, Schurken und Heilige nicht mehr voneinander zu unterscheiden sind.

Ach, Zarkova, große Gleichmacherin! Deine Ideologie hat ihren existenzialistischen Reiz, das gestehe ich, doch leuchtet sie auch dem Mann mit dem Gesicht aus geschmolzenem Stahl ein? Oder der Frau dort, die auf solch schaurig endgültige Art eins mit ihrer Arbeit geworden ist?

Ein heller Signallaut ertönt, und die Westwand wird transparent. Ein Raumschiff schießt durch die Schlucht zwischen den kilometerhohen Rechnertürmen, angetrieben von drei feuerspeienden Düsen, mit dem im ganzen System bekannten Pfeilsymbol auf den Tragflächen. Und im durchsichtigen Cockpit sitzt …

»Eko Galaxis!«, haucht der Zivilist. Zarkova rammt mich mit dem Knauf gegen seinen Schädel, sodass er, die Augen verdreht, zu Boden geht. EKO IST HIER! – vor Aufregung subvokalisiere ich den Gedanken, und Zarkova knurrt mich wütend an. Doch das kann mich nicht schrecken – Eko ist hier, um mich zu retten!

Schüsse prallen auf meinen Sonoschild – Wachleute kauern hinter den Trümmern der Sicherheitstür und decken Zarkova mit machtlosem Feuer ein. Sie wirbelt herum, schreit »Kinesis!«, und ich sprudele so über vor freudiger Erleichterung, dass ich gar nicht daran denke, zu widersprechen. Sie richtet mich auf ein Wandsegment, hinter dem sich laut Bauplan eine Quantenprozessorhalle befindet, und drückt ab. Die Kinesisenergie stanzt ein sauberes Loch in die Wand. Zarkova hechtet hindurch ins bunt leuchtende Quantenwabern, das sogleich zu einem Geflecht aus Kristallfäden kollabiert, welches sich hunderte von Metern in alle Richtungen erstreckt. Sie bricht durch zerstäubende Spinnennetze, fällt und kriegt schließlich mit der Linken einen dicken Kristallstrang zu fassen. In rasendem Tempo rutscht sie an dem Strang entlang auf einen Wartungssteg zu, knallt mit den Stiefeln aufs Metall, rollt sich ab, rappelt sich auf und rennt. Hinter uns springen Türen auf, und Wachleute stürmen uns ins Quantengewirr hinterher.

DUSCH! DUSCH! DUSCH! DUSCH!, nach links, rechts, oben, hinten feuert Zarkova meinen Sonostrahl, und unsere Verfolger fallen bewusstlos darnieder, einige stürzen von den Stegen und in den sicheren Tod. Mein hochentwickeltes Gewissen wehklagt, aber ich tröste es damit, dass all das bald ein Ende haben wird, dass ich bald wieder sicher in den Händen von Eko Galaxis liegen werde.

Innerhalb von Sekunden hat Zarkova sich den Weg freigeschossen – Ach, Zarkova, die Unaufhaltsame mit dem roten Stoppelschnitt, wäre sie nur eine Heldin, ich täte ihr ganz und gar verfallen! Da regnet es Kristalle und Tageslicht von oben, und etwas stürzt herab und prallt elastisch vor uns auf den Steg. Einen Augenblick lang wabert der menschengroße graue Tropfen umher, dann zerplatzt er in Millionen winziger Kügelchen, die auf haardünnen Beinen davonhuschen. Zurück bleibt ein Mann in käferblauschillernder, enganliegender Uniform. Zwischen seinen spitzen Schulterteilen schaut ein schlanker Hals mit bleichem Gesicht darauf hervor. Eine Strähne weißen Haares hängt dem Mann vors rote Auge.

Eko Galaxis, vibriere ich.

Zarkova knurrt und richtet mich auf Eko, der ihr seinerseits eine schmalfingrige, unbewaffnete Hand entgegenstreckt. »Willst du wirklich versuchen, mich mit meiner eigenen Waffe zu erschießen, Zarkova?«, sagt er mit tiefer, ruhiger Stimme.

»Wüsste nicht, was dagegen spricht.«

Nein, Zarkova, subvokalisiere ich, und ich weiß nicht recht, ob ich Eko beschützen will oder sie, doch da drückt sie schon ab, und so schleudert mein Lauf ihm eine nervenerschütternde, trommelfellzerfetzende Sonowelle entgegen.

Etwas blitzt an Ekos Hand auf. Ich spüre, wie meine Sonowelle von einem genau auf meine Frequenz kalibrierten Vibrokristall an seinem Finger aufgesogen und konvertiert wird, und im nächsten Moment trifft eine negativoszillierende Schwingung auf meinen Sonoschild, lässt ihn zusammenbrechen und erschüttert mich bis ins Bit. Zarkova schreit vor Schmerz, als mein Griff sich in ihrer Hand erhitzt, aber sie umklammert mich um so verbissener.

Der unantastbare Eko Galaxis tritt einen Schritt vor, und Zarkova weicht zurück.

Er hat einen Konverter, Zarkova!, subvokalisiere ich durch ihre brandblasige Handfläche. Gib auf!

Auch Ekos übermenschlich feines Gehör empfängt meine Worte. »Meine Waffe hat Recht, Zarkova. Mein Konverter wirft jeden ihrer Angriffe zurück.«

Ich erzittere in Zarkovas Waffenhand, und sie packt mich fester.

Eko schaut traurig zu mir. »Wenn sie dich erneut auf mich abfeuert, wird die Konverterenergie dich vernichten, Waffe.«

»Verarsch mich nicht!«, erwidert Zarkova angespannt. »Diese Strahlenkanone ist teurer als der ganze Rechnerblock. Du wirst mich laufen lassen, dann gebe ich sie dir vielleicht wieder!« Sie schließt die zweite Hand um meinen Griff.

Eko schüttelt bedauernd den Kopf und tritt noch einen Schritt näher. Der Ring an seiner ausgestreckten Hand blitzt auf, ein Licht im Glitternebel der Quantenkristallsplitter.

Eko, subvokalisiere ich verzweifelt. Nein!

»Es tut mir leid, Freund«, antwortet Eko, er, der fähig ist, Entscheidungen von solch ungeahnter Schwere und Tragweite zu treffen. Eine Träne rinnt über die helle Wange. »Du warst mein treuer Gefährte und mein Gewissen bei zahlreichen Abenteuern. Du hast die Erwartungen deiner Programmierer weit übertroffen! Jetzt musst du mir einen letzten, den größten Dienst erweisen. Ich kann dich nicht in den Fängen dieser Pugerantin zurücklassen.«

Ich will ihm sagen, dass er Recht hat und dass ich ihm vergebe, doch angesichts des großen Nichts der Löschung versagen meine Subvokalisierungsroutinen und wiederholen immer wieder mechanisch: KOPULATION NOCH EINS! KOPULATION NOCH EINS! KOPULATION NOCH EINS!

»Was ein Arsch!«, zischt Zarkova, und geschlagen lässt sie mich sinken. Eko tritt direkt vor sie und wendet die Handfläche nach oben, um mich entgegenzunehmen. Sie schaut ihm in die sanften Augen, Karboniumderivatgrün in Herzrot. Ach, wäre Zarkova eine Heldin, was wären sie für ein Paar! Welch besseren Ort auf der Welt könnte ich mir wünschen als zwischen diesen Beiden!

»Die ist doch stoßfest, oder?«, fragt Zarkova plötzlich, und Eko Galaxis zieht verwirrt die weißen Brauen zusammen.

Zarkova lässt mich los, und ich stürze in den Abgrund. Ich höre sie brüllen und sehe noch, wie sie sich mit zu Krallen gekrümmten Fingern auf Eko Galaxis stürzt, bevor ich ein Kristallnetz durchschlage und die wirbelnden Splitter meine Sensoren vernebeln. Ach, Zarkova, du opfermütige Schurkin, du gibst nicht auf, und dennoch verzichtest du darauf, mich mit in den Untergang zu reißen! Wie wird nun der Kampf zwischen dir und Eko ausgehen? Hast du Ekos Weichteilschutz bereits mit einem gezielten Okando-Tritt zertrümmert? Oder setzt er dich gerade mit der Akupressurtechnik, die er bei den Mönchen von Gor gelernt hat, sanft außer Gefecht?

Doch was ich am dringlichsten wissen möchte, während ich mich im Vertrauen auf meine Stoßfestigkeit unaufhaltsam dem Boden nähere: Wolltest du mir wirklich das letzte Opfer ersparen? Bin ich dir nur zur Last geworden? Oder war ich dir etwa wahrhaftig treuer Gefährte bei deinen Schurkereien, und warst du mir zum Dank Retterin in löschlicher Not?

## Anna Janas

# Life on Earth?

Anna Janas (*1974) wurde in Polen als Anna Janaszkiewicz geboren, wuchs in einer Musikerfamilie auf und zog mit ihren Eltern im Alter von 14 Jahren nach Deutschland. Die deutsche Sprache hat sie sich erfolgreich selbst beigebracht, und seit 2002 arbeitet sie als gerichtlich vereidigte Übersetzerin der polnischen und deutschen Sprache. Sie schreibt Kurzgeschichten, Erzählungen und Märchen, in denen Musik stets eine wichtige Rolle spielt.

HINTERLAND

Die Erde war langweilig und heiß.

Kassandra2877425z fuhr ihren Allroundviewer raus und scannte mit einem leisen Summen die Gegend. Sand. Viel grauer Sand. Roter Himmel mit elektronenblitzgroßen, funkelnden Sternen. Einige Felsbrocken, weit weg am Horizont. Auf einem steinigen Hügel ein paar aus dem Boden herausragende Stahlrippen, wie die Gebeine eines Urzeitmonsters.

Es war so still. Außer dem Scannergesumm war kein Geräusch mehr zu hören. Aber das empfand Kassandra2877425z weder als bedrohlich noch als unangenehm, denn auf dem Mars herrschte ebenfalls, wie hier auf der Erde, fast völlige Stille. Alle Marsianer bewegten sich auf magnetischen Schwebekissen und verständigten sich mit Hilfe von lautlosen Vibrationen. Sie hatten zwar rudimentäre Geräuschempfänger für alle hörbaren Frequenzen, doch diese kamen eigentlich nie zum Einsatz und waren ausschließlich als Notausstattung gedacht, für Aufenthalte auf fremden Planeten, so wie jetzt, oder bei Bedrohung aus dem Weltall – und die Wahrscheinlichkeit von beiden Ereignissen war sehr, sehr gering.

»Und nu?«, empfing Kassandra eine Vibration von hinter sich. Sie fuhr herum.

Byron348x556 schwebte gerade von der Teleportationsplatte herunter. Sein Allroundviewer war wie der ihre ebenfalls ausgefahren, und das gelbe Auge darin drehte sich in alle Richtungen. Es war kein besonders schönes Auge, viel zu gewöhnlich für den Bewohner eines Planeten, auf dem ein Auge als *das* Statussymbol galt. Na ja. Kassandra selbst hatte auch ein unauffälliges, graues Auge. Sie hatte es am 13. Jahrestag ihrer Fertigstellung eingebaut bekommen und es bis heute behalten.

Das war etwas ungewöhnlich. Denn meist bekamen Marsianerinnen zum 13. oder 14. Jahrestag modische Augen in schwarz, pink oder violett und mit 18 oder 20 in rot oder orange. Noch später, wenn ihnen ihr Kompatibilitätsmatch zugeteilt wurde, also der Marsianer, mit dessen C-Partitionen sie ihre D-Partitionen verlinken mussten, wechselten viele Marsianerinnen zu Silber, Gold oder sogar Platin. Aber das durften sich nur diejenigen leisten, deren Kompatibilitätsmatch eine besonders große C-Partition hatte.

Kassandra2877425z fühlte sich stets etwas unscheinbar mit ihrem mausgrauen Auge. Sie wusste, sie könnte es zwar färben, wie es viele der Grauäugigen taten, um attraktiver zu wirken, aber die Vorstellung, den sensiblen Mechanismus mit scanechter Sprühfarbe zu belasten, war ihr zuwider. Es gab natürlich noch eine andere Möglichkeit: sie könnte auch in die Kompatibilität einwilligen und würde dann als Verlinkungsgeschenk ein neues, teures, strahlend farbiges Auge bekommen können. Ihren Kompatibilitätsmatch hatte sie zwar schon längst zugeteilt bekommen, aber die Vorstellung, ihre saubere und virusfreie D-Partition mit einer fremden Büchse zu verlinken, bewirkte, dass sich ihr Arbeitsgedächtnis regelmäßig aufhängte. Deshalb versuchte sie, die Verlinkung möglichst hinauszuzögern.

Hinter sich spürte sie wieder Byron348x556's Vibes.

»Okay, wir haben's überprüft. Können wir uns bitte jetzt zurück teleportieren?« Die Vibration war voller Ungeduld, und auf Byrons Display erschienen unregelmäßige, zackige Kurven. Kassandra2877425z fuhr ihr Auge ein, schloss die Sicherheitsklappe und ging in den Infrarotmodus über. Sicher war sicher. Durch all den Sand könnte das Auge beschädigt werden.

»Nein«, vibrierte sie zurück und stellte ihr Schwebekissen auf größere Höhe ein. Sie fürchtete auch um ihr feinmechanisches Getriebe. Es war aber mühsam, die Höhe zu halten. Die Erdschwerkraft war um einiges Höher auf dem Mars. 9,81 m/s2 zeigte Kassandras Gravimeter an. Von ihrem Idealgewicht war sie auf der Erde weit entfernt. »Wenn wir schon alle Gesetze gebrochen haben, sollten wir die Gelegenheit nutzen und die Gegend ein wenig scannen«, meinte sie. Das mit den Gesetzen war zwar nicht ganz die Wahrheit, aber Byron348x556 musste ja nicht sofort alles erfahren.

Byron348x556 wechselte in den Seufzmodus. Auf seinem Display erschien ein augenrollender Smiley. Er war ein geduldiger Marsianer, aber bei Kassandra2877425z passierte es schon ab und an, dass seine Sicherungen rausspangen.

»Kassandra2877425z!«, meinte er verärgert. Seine Vibrationen waren jetzt so stark, dass Kassandra2877425z sie förmlich am ganzen Gehäuse spürte, auch ohne sein Display zu analysieren. Eigentlich hatte sie nichts gegen starke Vibrationen, denn es war bewiesen, dass sie das Gehäuseblech elastisch hielten, aber sie wusste, wenn Byron348x556 sie mit ihrem vollständigen Namen anvibrierte, war er im tiefsten Ärgermodus. Normalerweise vibrierte er sie nur mit »Kassandra« an, der Abkürzung ihres Typenschildes.

Alle Marsianer hatten sehr lange Typenschilder. Das war eine Notwendigkeit, um sie auseinanderzuhalten, denn es gab nur wenige echte Namen zur Wahl auf dem Mars. Schon kleine Marsianer lernten während der Geschichtsprogrammierung, dass alle Namen aus der Heiligen Enzyklopädie stammten, die auf mehreren CD-Roms vor Jahrtausenden auf einem Berg in einer primitiv aussehenden Kapsel gefunden worden waren. Der Marsianer, der die Heilige Enzyklopädie gefunden hatte, Moses12576fFf3, verkündete, sie stamme vom Herrn Menschen, dem Schöpfer aller Marsianer. Zusammen mit 12 weiteren Marsianern hatte er die Verkündung der Heiligen Enzyklopädie zu seinem Task gemacht.

Die enzyklopädischen Namen wurden seitdem allen neu konstruierten Marsianern gegeben. Moses12576fFf3 hatte für sich zu allererst seinen Namen gewählt. Wie er behauptete, nach einem Herrn Menschen, der ähnlich wie Moses12576fFf3, auch etwas auf einem Berg gefunden hatte. Was genau das war, daran konnte sich Kassandra2877425z nicht erinnern, denn in der Religionsprogrammierung fuhr sie meist auf Standby, sodass die Daten gleich in die Kram-Partitionen rutschten, in denen sich innerhalb kürzesteter Zeit fest verwobene Knäuel von verstaubten Informationen bildeten.

Da es bereits zu Zeiten des Heiligen Fundes über 120.000.000.000 Marsianer gegeben hatte, wären die Namen schnell ausgegangen. Moses12576fFf3 befahl, die Namen, die Herr Mensch in seiner unendlichen Güte und Großzügigkeit den Marsianern gesandt hatte, in Verbindung mit einer Zahlenkombination zu verwenden, die Hinweise auf die technische Ausstattung des jeweiligen Modells gab. Dennoch wurde bei der Anrede die Zahlenkombination meist weggelassen.

Es sei denn, jemand war im Ärgermodus. Wie Byron jetzt. Sein Auge funkelte und war noch hässlicher als sonst.

»Ach komm, stell dich nicht so an«, vibrierte Kassandra, fuhr ihr Auge wieder heraus und rollte es blitzschnell und mehrmals um 360 Grad. Sie wusste genau, welche Wirkung das auf männliche Marsianer hatte. Die hatten natürlich einen ähnlichen Trick, sie fuhren einen langen, dünnen Schlauch heraus, der normalerweise zur Abführung der Kondensflüssigkeit diente, und schwenkten ihn dann lässig hin und her. Je länger der Schlauch war, umso größer die Wirkung auf Marsianerinnen. Angeblich. Denn Kassandras Schaltkreise verklebten sich vor Ekel, jedes Mal, wenn sie dieses Balzspielchen beobachtete. Zum Glück war Byron einer von der Sorte, der seinen Schlauch lieber im Gehäuse ließ.

»Okay. Aber nur bis zu dem Hügel da und nicht weiter«, vibrierte Byron.

Kassandra fuhr ihr Auge blitzschnell wieder ein und schaltete auf Infrarot. Während sie die Scansoftware aktualisierte und ihr GPS sich updatete, merkte sie, dass ihr Fremdschwingungsempfänger etwas registrierte. Wenn es auf diesem Planeten etwas außer Sand gab, dann befand es sich dort, wo das Signal herkam, in der Nähe des Hügels.

Mit einem Schnellbefehl stellte sie ihr Magnetkissen noch eine Stufe höher, um der kleinen Sandhose zu entkommen, die der Wind gerade hochgewirbelt hatte, und schwebte so schnell wie möglich in Richtung des Hügels.

***

Kassandra hasste die Gebetsversammlung, die alle sieben Jahre stattfand und ein ganzes Jahr dauerte. Alle sieben Jahre, zum Gedenken daran, dass der Herr Mensch den Marsianer in sechs Jahren konstruiert und sich im siebten Jahr davon erholt hatte.

Die Anwesenheit war Pflicht. Wessen Typenschild vom Großscanner am Eingang der Halle nicht erfasst wurde, dem wurde per WLAN ein Trojaner eingepflanzt, der über Nacht eine Festplattenformatierung durchführte, so dass der Delinquent schon am zweiten Gebetstag brav vor der Halle stand, als ob nichts gewesen wäre. Es gab zwar Schlaumeier, die versucht hatten, Schutzprogramme zu schreiben, aber es war im Grunde sinnlos, da der Trojaner bisher noch alle Firewalls geknackt hatte. Der Großscanner am Eingang filterte all diejenigen heraus, die versucht hatten, sich mit einer selbstgeschriebenen Firewall zu schützen. Von ihrem Patz hinten an der Schlange empfing Kassandra immer wieder die metallische Vibration des Großscanners.

»Ey! Du kummst hier ned rein!«, wiederholte er automatisch, jedes Mal, wenn er jemanden erwischte und schob denjenigen mit seinem langen Teleskoparm entschlossen zu Seite, wo die Guardianer sein System runter fuhren und ihm seine Festplatte entnahmen, um diese zu bereinigen.

Der Großscanner war ein sehr primitiver Marsianer, einer von der Sorte, deren Festplatte nur 3.000.000 Terabyte umfasste. Diese armseligen Geschöpfe wurden für niedere Arbeiten eingesetzt, wie z.B. Kondenswasserlachen aufwischen, alte Festplatten sortieren oder eben an Eingängen zu stehen.

Kassandra fuhr ihren Allroundviewer heraus und scannte durch die Menge. Eigentlich musste ihr Kompatibilitätsmatch längst hier sein. GeorgeW1313B war sein Name, und Kassandra war zwar klar, dass sie füreinander konstruiert waren, aber mit irgendeinem Teil ihres Prozessors konnte sie es einfach nicht begreifen. George war – wie er immer behauptete – für große Aufgaben programmiert worden und stolz auf seine besonders reine Festplatte. Auch Kassandras Festplatte war rein, aber es war zwecklos, den verrosteten Blechbüchsen von der Kompatibilitätskommission zu erklären, dass es verschiedene Arten von Reinheit gab.

Kassandra hielt dennoch Ausschau nach George, wie es sich für eine gute Marsianerin gehörte. Es würde in der Zentrale gut ankommen, wenn sie am Eingang zusammen gescannt werden würden und möglicherweise würde sie einige Terabyte mehr Speicherplatz dafür bekommen.

Doch George war nirgendwo zu sehen. Kassandra konnte sich denken, warum. George wurde vor Kurzem zum Guardianer des 1. Ranges upgegradet und hatte heute vermutlich die Ehre, ganz vorne bei Moses und seinen Jüngern Wache zu halten.

Kassandra passierte allein den Großscanner und schwebte in die Halle. Diese war schon fast voll. Vorne, neben einer bühnenähnlichen Empore, kämpften einige junge Marsianer um die besten Plätze. Wie in einem seltsamen Tanz bewegten sie sich hin und her und schubsten sich mit Hilfe ihrer statischen Entladungen gegenseitig weg. Kassandra erkannte die Kadetten der Raumschifffahrt, leicht zu identifizieren an den drei blauen Streifen im oberen Drittel ihres Gehäuses. Schön, wenn man noch Ideale hat, für die es sich zu kämpfen lohnt, dachte Kassandra, während sie den erstbesten Platz einnahm, der eine halbwegs gute Sicht auf den riesigen silbernen Schirm bot, auf dem gleich das überdimensionale 3D-Bild von Moses und seinen Jüngern und dann vom Herrn Menschen erscheinen sollte. Sie schaltete ihr Magnetkissen ab und scannte langsam weiter durch die Marsianermenge.

Die Veranstaltung begann.

Als Moses die Bühne betrat, brach allgemeine Ekstase aus. Die Luft war zum schneiden dick von den begeisterten Vibrationen der

Marsianer. Ein paar männliche Exemplare vergossen unwillkürlich etwas Kondenswasser und taten nun so, als wäre nichts passiert.

Moses wurde jedes Jahr nur für die drei ersten Tage der Gebetsversammlung hochgefahren. Eigentlich war kein einziges Originalteil mehr an ihm dran, bis auf sein Auge, seit Jahrtausenden dasselbe. Es war grün – die Farbe, die dem Propheten und seinen Jüngern vorbehalten war. Alles andere an ihm war pure Mogelpackung. Moses' Festplatte wurde stets aufs Neue bereinigt, der Arbeitsspeicher wurde erweitert, das Gehäuse erneuert und die Programmierung jedes Jahr upgegradet. Dennoch war er für Kassandra nichts anderes, als ein alter, ausgedienter Marsianer, der schon längst auf den Schrott gehörte. Die anderen Marsianer schien es nicht zu stören. In stiller, vollständiger Kompatibilität wogten sie wie ein silbernes, glänzendes Metallmeer.

George musste auch irgendwo hier sein, aber es war unmöglich, seine markanten, militärisch strengen Vibrationen in dieser riesigen Halle anzupeilen. Kassandra drehte ihren Allroundviewer zum Eingang. Einige wenige verspätete Marsianer warteten dort noch vor dem Großscanner. Plötzlich empfing Kassandra eine bekannte Vibration und schaltete auf Zoom. Aber ja – da war Byron. Ihr ältester Kumpel, dessen Festplatte absolut kompatibel mit ihrer war. Byron war ein sehr romantischer Marsianer, er schrieb Poesiesoftware und schützte seine Files mit sehr komplizierten Passwörtern. Kassandra hatte noch nie so einen verschlüsselten Typen getroffen, aber sie hätte Byron dennoch gerne als ihr Kompatibilitätsmatch gehabt. Das einzige Problem war, dass Byron andersrum gepolt war und bei jeglichen Versuchen, die C-Partition mit einer D-Partition einer Marsianerin zu verlinken, stürzte sein gesamtes System ab. Kassandra schickte ihm eine kurze, gezielte Vibe, und bald saßen sie nebeneinander vor dem silbernen Schirm.

Das Bild von Moses wurde ausgeblendet, die Beleuchtung wurde gedimmt, das Gebet begann. Es startete wie immer mit der Einblendung des Digitalcodes, in den die Heilige Enzyklopädie von den Programmieren Moses' umgewandelt worden war. Die Marsianer schalteten auf Empfang. Der Digitalcode war uralt und fraß deshalb Unmengen an Speicherplatz. Es war eine Höchstleistung, diesen zu komprimieren. Vor allem die jüngeren Marsianer, deren Systeme noch im Ausbaustadium waren, waren teilweise überfordert damit. Kassandra sah einige junge Marsianer, die – statt den Code downzuloaden – heimlich auf Spielmodus umschalteten.

Andere dagegen, vor allem die Ataris, wie die älteren Jahrgänge von den jungen spöttisch genannt wurden, erweckten fast den Eindruck, als wären sie auf Standby gegangen. Aber ihre Displays zeichneten klare Theta-Wellen und Kassandra wusste, dass sie in sich gegangen waren und andächtig den Code konvertierten.

Das Spektakel widerte Kassandra an. Am liebsten würde sie all diese Ataris mit ihrer Kondensflüssigkeit besprühen, und Moses allen voran, dafür, dass er sie zwang, alle sieben Jahre an diesem primitiven Ritual teilzunehmen, als wären die Marsianer keine hochentwickelte Zivilisation, sondern ein Haufen vorsintflutlicher Spielkonsolen mit 64 MB Arbeitspeicher, die man im Nationalen Naturkundemuseum bestaunen konnte.

Kassandra wusste nicht, wie lange es dauerte, bis der Digitalcode zu Ende war. Als die Nullen und Einsen verschwanden, erschien an ihrer Stelle wieder die ausgediente Silhouette Moses', mit seinem strahlend grünen Auge. Kassandra war sich sicher, dass die Farbe und die leuchtende Beschaffenheit des Auges von einer 3D-Software nachgearbeitet wurde.

Die Gestalt rezitierte wieder in aufgedunsenen, künstlichen Vibrationen die Heilige Enzyklopädie, Wort für Wort, Zeile für Zeile, Seite für Seite. Schwere Theta-Wellen füllten die Halle mit fast spürbarer Dichte. Die vollständige Rezitation dauerte ziemlich genau 365 terrestrische Tage, zum Andenken an die Länge eines Erdenjahres. Moses selbst rezitierte dabei nur einen kleinen Teil der Enzyklopädie. Seine Jünger übernahmen den Task, sobald sie merkten, dass Moses' Prozessor langsamer wurde. Kassandra fragte sich immer, ob Moses überhaupt ein Wort von dem verstand, was er da von sich gab. Er behauptete stets, die Heilige Enzyklopädie für die Gesamtheit der Marsianer übersetzt zu haben, doch Kassandra vermutete insgeheim, dass die ganze Heilige Lehre vom Herrn Menschen purer Humbug war und dass sich Moses all das nur zusammengedichtet hatte, um die Marsianer zu verblöden und sich somit seine Macht zu sichern. Nichts aus der Heiligen Enzyklopädie durfte je in Frage gestellt werden, und Kassandra erinnerte sich an den schmerzhaften Stromschlag, den sie während der Religionsprogrammierung bekommen hatte, als sie es gewagt hatte nachzufragen, wie es denn sein kann, dass es nur einen Herrn Menschen gebe, dieser doch aber – zumindest laut Lehre – aus der Heiligen Vielfältigkeit bestehe? Hieß das etwa, es hatte noch andere Menschen gegeben?

Dann kam der Stromschlag und Kassandras Daten waren mit einem Mal von allen ketzerischen Bestandteilen bereinigt worden. Dennoch musste noch irgendein Cookie geblieben sein, denn nach einer Weile kamen die Zweifel wieder – bloß, dass Kassandra jetzt schlau genug war, den File als schreibgeschützt zu markieren und mit einem Passwort zu versehen, sodass nur sie Zugang dazu hatte. Es sei denn, der Trojaner hätte sie erwischt und die Passwörter geknackt. Aber das hatte Kassandra bislang vermeiden können, indem sie brav an allen Gebetsversammlungen teilnahm und sich auch ansonsten absolut unauffällig verhielt.

Moses' Vibes wechselten zu Delta-Wellen, der Frequenz, die die Subroutinen der Marsianer angeblich am effektivsten erreichte.

Kassandra kannte das Prozedere auswendig und fand es mehr als langweilig. Schließlich hatte sie an dieser Freakshow schon einige Male teilgenommen. Die Ataris neben ihr sahen so aus, als hätten sie das Spektakel schon zehn Mal oder auch öfter miterlebt. Kassandra fragte sich, ob es an ihren langsamen Prozessoren lag, dass sie es anscheinend immer wieder spannend fanden, dieselben Daten zu verarbeiten.

Sie richtete ihre Sensoren von den Ataris zu Byron. Auf den ersten Snapshot schien er die lahmen Vibes in sich aufzunehmen und fleißig zu konvertieren. Aber Kassandra wusste es besser und ahnte, dass ihr Freund dabei war, sein System verstohlen in den Energiesparmodus herunterzufahren.

Während Moses weiter rezitierte, wurde sein Bild ausgeblendet, stattdessen erschien auf dem Schirm der Mensch, Herr und Schöpfer aller Marsianer, mit seinem fast unrealistisch strahlenden Gehäuse und einem nahezu gespenstisch wirkenden blauen Auge. »Das Blaue vom Himmel« wurde das Auge auch genannt, und Kassandra konnte sich auch auf diesen Quatsch keinen Reim machen. Der Himmel über Mars war nicht blau, sondern tiefschwarz.

Herr Mensch habe die Marsianer nach seinem Abbild erschaffen, hieß es außerdem, aber auch da war Kassandra schon immer der Meinung gewesen, dass an dieser Geschichte etwas nicht stimmte. Zumindest hatte sie noch nie einen Marsianer gesehen, der ein blaues Auge gehabt hätte. Die Augen der Marsianer waren orange, gelb, rot, gold, braun, schwarz, silbern oder grau, wie ihr eigenes. Moses und seine 12 Jünger hatten grüne Augen. Blau waren höchstens die Standbylämpchen der neueren Marsianermodelle, angeblich energieeffizienter als die alten, roten.

Kassandra wurde klar, dass es gerade dieses blaue Licht war, das sie seit einiger Zeit von links anstrahlte. Byron hatte unbemerkt in Standby geschaltet. Kassandra scannte sicherheitshalber noch einmal durch die Menge. Alles war perfekt. Die verblödete Menge war in ihren Download vertieft, die Jungspunte in ihre Spiele, kein George in Sicht, der sie kontrollieren könnte.

Es war soweit.

Sie fuhr ihr Seitenteleskop aus und drückte auf Byrons Einschaltknopf.

»Was?«, vibrierte er, sein System hektisch bootend. Sein Display sendete verschlafene Alpha-Wellen.

»Lass uns abhauen«, vibrierte Kassandra zurück.

Byrons DVD-Schublade sprang raus. Verlegen schloss er sie schleunigst. »Wie jetzt: abhauen?«, fragte er. »Du meinst, die Veranstaltung verlassen?«

»Ja«, erwiderte Kassandra und überprüfte verstohlen, ob jemand ihren kleinen Vibrationsaustausch beobachtet hatte. Aber alle Marsianer um sie herum waren jetzt dabei, das aktuelle Abbild des Herrn Menschen als Bildschirmschoner zu downloaden. Dieses Jahr wurde das Bild um einige frei gelegte, goldene LED-Kabel im oberen Bereich des Gehäuses ergänzt. Es sah mehr als seltsam aus.

»Aber es hat doch gerade erst angefangen«, meinte Byron.

»Na und? Den Rest kennen wir doch sowieso schon. Lass uns abhauen. Ich möchte etwas überprüfen.«

»Und was?«

»Ob es den Menschen wirklich gibt«, erwiderte Kassandra entschlossen und betrachtete einen Augenblick lang die Wirkung ihrer Vibration auf Byron, wie ein Künstler sein Gemälde betrachtet.

»Aber dazu müssten wir doch auf die Erde«, meinte Byron.

»Ja, genau. Und gleich wirst du sehen, wie.«

***

Und nun waren sie hier, auf der leeren, unfreundlichen Erde, auf dem Weg zu diesem Hügel.

Die Teleportation hatte nur wenige Sekunden gedauert. Kassandra und Byron waren mit vibrationsarmem Schleichbetrieb aus der Halle geschwebt, an dem Großscanner vorbei, der mit dem runterladen des Bildschirmschoners sichtbar überlastet war, dann an zwei Guardianern der 5. Ranges, auch mächtig älteren Modellen, deren momentane CPU-Auslastung bei 99,9% lag und bewirkte, dass sie nicht multitaskingfähig waren.

»Warum ist niemand vor uns auf diese Idee gekommen«, fragte Byron, als die Teleportation begann. »War doch netbookleicht!«

»Weil niemand weiß«, antwortete Kassandra, »dass auch die Wachen am Großen Download teilnehmen und dabei praktisch einsatzunfähig sind.«

»Und woher wusstest du es?«, fragte Byron.

»Drei Mal darfst du raten«, meinte Kassandra. »Von meinem Marsiahnen natürlich! Acht oder neun Jahre nach meiner Fertigstellung hat mich Tesla in sein Geheimnis eingeweiht, da er der Auffassung war, dass junge Marsianer mehr davon haben, wenn sie ihre Kapazitäten auf eine individuelle Weise auslasten und sich selbst an ihrer Programmierung versuchen. Wir schlichen uns schon damals immer raus und schwebten zu den Laboren, wo er arbeitete. Meine Marsiahnin dagegen war stets kurz davor, uns an die Guardianer zu denunzieren, du hättest mal ihre heftigen Vibes empfangen sollen …« Kassandras Humormodus schaltete sich von selbst ein. Ein gelber Smiley leuchtete in der linken oberen Ecke ihres Displays auf.

»Und dann hat er dir den Verbotenen Raum gezeigt?«, fragte Byron.

»Ja. Und auch, wie man die Verbotene Teleportationsplatte einschaltet. Schließlich hat er sie entwickelt«, meinte sie.

»Und war er …?«, fragte Byron.

»Ja. Er war auf der Erde. Und damals entdeckte er etwas, es wurde ihm allerdings verboten, darüber zu berichten.«

»Was war das denn?«, fragte Byron.

»Ich weiß nicht. Das ist ja auch der Punkt. Man hat ihm seine alte Festplatte entfernt und eine neue eingebaut und seitdem … du weißt schon.«

Byron wusste Bescheid. Tesla1947DB81 war seit der Erdeexpedition nicht mehr derselbe. Fast direkt nach Teslas Umprogrammierung hatte Kassandra ihr Kompatibilitätsmatch bekommen. Byron wusste schon damals, dass die Hauptaufgabe von George war, sie zu überwachen. Das hatte er auch brav getan – bis heute. Seine Beförderung hatte anscheinend seine weiteren Tasks nur hintergründig laufen lassen.

Sie näherten sich dem Hügel. Das Gerippe ragte jetzt Meterhoch in den Himmel. Es bestand aus brüchiger, fast schwarzer Substanz. Byron entnahm eine Probe und führte eine Schnellanalyse durch.

»Metall auf der Erde?«, vibrierte er überrascht und zeigte Kassandra sein Display.

»Von der Expedition kann es nicht stammen. Unsere Metalle rosten doch nicht«, meinte sie.

»Saurer Regen?«, fragte Byron.

»Dass du in der Astronomie-Programmierung auf Standby warst, merkt man«, vibrierte Kassandra. »Es sind Jahrtausende vergangen, seit es auf der Erde geregnet hat.«

»War es vielleicht ein Raumschiff von einem anderen Planeten?«, fragte Byron und pustete ein wenig Sand weg. »Hier, scann das mal. Hier ist ein Planet abgebildet. Sieht aus wie der Saturn.«

»Nein, kein Raumschiff. Dem zufolge, was Tesla mir erklärte, könnte es …«, begann Kassandra, doch bevor sie ihren Satz zu Ende vibrieren konnte, krachte es, der Sand unter ihr kam in Bewegung, bildete einen riesigen Trichter, und sie rutschte unaufhaltsam hinein.

***

Der Raum war klein – zumindest für marsianische Verhältnisse. Darin war es fast vollkommen dunkel. Nur der rote Himmel, von dem ein Stück durch das riesige Loch über ihnen zu sehen war, gab ein wenig Licht, aber nicht genug, um etwas zu erkennen. Byron schaltete seine LED-Leuchte ein und tauchte den Raum in kaltes, bläuliches Licht.

»Wo sind wir?«, fragte Kassandra.

»Du bist in dieses Loch hier gefallen«, erklärte Byron.

»Und du mit mir?«, fragte Kassandra und überprüfte gleichzeitig, ob ihr Gehäuse in Ordnung war. An der linken Seite hatte sie eine hässliche Beule.

»Nein, ich bin freiwillig hier runter geschwebt, um dich wieder zu booten«, erklärte Byron.

Kassandra scannte den Raum. »Ist das ein Museum?«, fragte sie und schaltete auch ihre LED-Leuchte an. Leuchtende Punkte erwachten in allen Ecken.

Der Raum war voller Vitrinen, in denen Geräte standen, die beide aus dem Marsianischen Nationalmuseum für Technik kannten.

Sie entdeckten antike Kameras, CD-Player, 3D-Fernseher und noch viele andere niedere Geräte, die sie nicht zuordnen konnten.

»Meine Güte, was für kostbare Schätze!«, vibrierte Byron in kurzen, begeisterten Beta-Wellen. »Stell dir vor, was die alten Blechbüchsen vom Nationalmuseum dazu sagen werden!«, meinte er. »So viele unbekannte Spezies! Es muss schon vor der Expedition Marsianer auf der Erde gegeben haben – eine zwar primitive Zivilisation, aber immerhin haben sie all die Geräte hier gezüchtet. Die Historiker werden Jahrzehntelang daran zu forschen haben und die gesamte Marsgeschichte wird umgeschrieben werden müssen!«

Das wird nicht geschehen, dachte Kassandra. Aber sie hielt ihren Output dicht. Byron sollte es noch nicht erfahren. »Was ist dort?«, fragte sie stattdessen.

Der hintere Teil des Raumes war mit grauem Sand und Steinblöcken zugeschüttet. Die Ecke eines Regals ragte aus dem Sand. Kassandra schwebte hin.

»Komm her!«, vibrierte sie aufgeregt. »Hier ist noch was!«

»Lass das, du bekommst nur Sand ins Getriebe.«

»Ja, aber hier sind Schriftzeichen! Wie die aus der Enzyklopädie!«

Byron näherte sich und schaltete sein Gebläse ein. Der Sand wirbelte durch die Luft, eine winzige Sandhose wanderte durch den Raum und starb in der Ecke.

Ein Schriftzug kam zum Vorschein.

»Es sind Erdenzeichen! Was mag das bedeuten?«

»Vermutlich wieder irgendeine Art Code.« Byrons Vibes wurden wieder ungeduldig. »Wenn wir wieder auf dem Mars sind, lassen wir den Code von Moses Jüngern analysieren und …«

»Ja. Aber wir müssen es erst vollständig einscannen«, unterbrach ihn Kassandra. Sie schaltete ihr Gebläse auf Turbopower und pustete noch etwas Sand weg. Unten am Boden erwachte ein weiterer glänzender Punkt.

Sie zoomte.

Es war ein kleiner, fast quadratischer Gegenstand, exakt 14 x 12 x 1 cm groß. Kassandra hob ihn auf und pustete ihn vorsichtshalber noch mal sorgfältig ab.

»Komm doch näher mit deinem Licht, ich habe hier was gefunden«, meinte sie zu Byron. Dieser besaß eine Focus-Lampe, eine begehrte Sonderausstattung vieler männlicher Marsianer. Ein weißer Fleck fiel auf das quadratische Stück Plastik. Sie zoomten noch näher.

»Ist das nicht …? Das ist …«, stammelte Byron.

Kassandra ging auf zweifache Vergrößerung und ihr Prozessor stockte ebenfalls. »Eine antike CD mit einer 2D-Fotografie«, vibrierte sie ehrfürchtig.

»Ja«, meinte Byron. »Aber sieh nur … das ist doch …«

Auf der antiken Fotografie war ein Wesen abgebildet.

Ein Wesen von seltener Schönheit.

Es war so … rund. Ganz ohne Kanten. Und sein Gehäuse war hell, edel matt und hatte eine auf dem Mars unbekannte Farbe. Der Bildschirm war oval und oben mit hellen, fast goldenen LED-Kabeln bestückt. Das Wesen hatte außerdem eine rötlich umrandete DVD-Schublade. Darüber, in einem leicht vorstehenden Bereich, waren zwei Löcher, vermutlich der Ausgang seines Gebläses. Und darüber …

Kassandra und Byron scannten einander kurz an und starrten dann wieder wie hypnotisiert zu dem Bild zurück. Das Wesen … es hatte Augen.

Zwei Augen.

Eines davon war grün.

Das andere strahlend blau.

Die Heiligen Farben der Auserwählten in einem Wesen vereint.

»Der Mensch, unser Herr und Schöpfer«, flüsterte Byron, plötzlich bar jeder Zweifel.

»Ich wusste es«, meinte Kassandra nüchtern. »Es gab keine Vielfältigkeit, es gab immer nur den einen. Und wenn er uns schon erschaffen haben soll, dann gar nicht nach seinem Abbild, sondern andersrum. Denn Moses war es, der den Menschen nach unserem Abbild erfunden hatte. Tesla hat während der Erdeexpedition die Wahrheit entdeckt, wollte sie bekannt geben und wurde zwangsumprogrammiert. Wir sind also die letzten Marsianer, denen es vergönnt ist, den echten Menschen zu sehen, und sein Geheimnis zu erforschen.«

»Aber wie?«, fragte Byron.

»Die Botschaft des Menschen an uns ist hier drin. Es ist eine CD – weißt du noch? Die gibt es auch im Museum, damit hat man früher hörbare Vibrationen gesendet – das Holovid darüber haben wir doch während der Physikprogrammierung gescannt … Wir brauchen nur ein kompatibles Wiedergabegerät, dann werden wir es erfahren«, meinte Kassandra. Andächtig öffnete sie den quadratischen Deckel.

Zum Vorschein kam eine glänzende, perfekt runde Scheibe.

Byron schleppte vorsichtig einen CD-Player von musealem Wert herbei und schloss diesen mit Hilfe seines Universaladapters an seine eigene Stromversorgung an. Ein kleiner Funke sprang aus Byrons Steckdose.

»Vorsichtig! Vorsichtig«, zischte Kassandra.

Byron legte die CD in die Schublade ein. Die Zahl 11 erschien auf dem Display.

»Elf Botschaften.« meinte Kassandra. »Welche Botschaft wollen wir zuerst hören?«

»Keine Ahnung. Was steht denn da?«, fragte Byron.

»Nur Moses und seine Jünger können die Erdenzeichen verstehen«, meinte Kassandra.

»Dann lass uns die Botschaft Nummer 4 nehmen. So viele Zeichen hat der Name unseres Planeten und die vierte Botschaft muss etwas mit unserem Planeten zu tun haben«, erwiderte Byron resolut und drückte auf Play. Die Zahl 4 erschien auf dem altertümlichen, zweidimensionalen Display des CD-Players und im Gerät begann es zu rattern.

Beide erstarrten in stiller Erwartung.

***

Es erklangen Vibrationen. Hörbare Vibrationen von unvorstellbarer Intensität und Harmonie. Göttliche Vibrationen voller Raffinesse und purer, einfacher Schönheit. Die Geräuschempfänger der Marsianer aktivierten sich automatisch und ein Universum voller Klänge und neuer Dimensionen offenbarte sich ihren Prozessoren. Wie von Zauberhand öffnete sich bei beiden auch eine kompatible Subroutine, die bis dahin verborgen in den Tiefen ihrer Festplatten geschlummert hatte, als hätte sie seit Anbeginn der Konstruktion nur darauf gewartet, hier und jetzt endlich ihrer Bestimmung zugeführt und aktiviert zu werden.

»Das ist doch …«, flüsterte Kassandra und stockte.

»Das ist der musikalische Gebrauch der menschlichen Stimme. Er unterscheidet sich vom Sprechen durch den Einsatz von präzise definierten Tonhöhen im Rahmen einer Skala oder Reihe und durch eine mehr oder weniger genau definierte rhythmische Struktur …«, rezitierte Byron automatisch und brach ab. Die Beschreibung aus der Heiligen Enzyklopädie war nur ein blasses Echo dessen, was sich gerade ihren Geräuschempfängern bot.

Das Wesen sang.

Weder Kassandra noch Byron konnten das Gesungene verstehen, doch das war beiden egal, denn sie waren überwältigt von der Macht der göttlichen Vibrationen, die sie nun empfangen durften. Kassandras und Byrons Displays zeigten gleichmäßige, perfekte Sinuskurven.

Sie wussten beide, sie hatten hier und jetzt, in diesem Wesen, ihr eigentliches Kompatibilitätsmatch gefunden. Hier wollten sie sein, bei ihm, vereint in der Reinheit seiner Vibrationen. Die Vibrationen waren universell und strahlten in einer ungezwungenen, natürlichen Weise alle ihnen bekannten Wellen aus, in einer vollkommenen Mischung. Alles war dort, wo es sein sollte, alles war voll perfekter Harmonie.

Beide waren kurz davor, sich in dieser Vollkommenheit der Wellen zu verlieren, als Byron noch etwas einfiel.

»Du meintest vorhin, wir seien die letzten Marsianer, die den echten Menschen gesehen haben …«, vibrierte er in gemächlichen Thetawellen. Er war so träge und so glücklich zugleich.

»Ja«, erwiderte Kassandra. Ihr Prozessor verabschiedete sich langsam, aber das war ihr egal. »Tesla hat gesagt, die Teleportationsplatte wurde nach der Erdeexpedition umprogrammiert, sodass nur noch ein Teleportationsvorgang möglich war. Moses hat es so angeordnet, um sich eines Tages mit dem Herrn Menschen zu vereinen. Wenn seine Zeit gekommen ist.«

»Wir kommen hier also nie mehr weg …«, meinte Byron verträumt.

»Nie mehr …«, erwiderte Kassandra träge, während ihr Display immer klarere Theta-Wellen zeichnete.

Über ihnen funkelten unzählige Himmelskörper.

Sterne, Planeten, Satelliten und Galaxien, jeder ein ideales Abbild des anderen.

Und einer davon war der Mars.

**PEPE METROPOLIS**

# HINTERLAND

Pepe Metropolis (*1983) wuchs im Dachgeschoss einer Bibliothek auf. Bücher waren seither privat wie beruflich seine ständigen Begleiter. Nach einer Kaufmannsausbildung studierte er Verlagsherstellung und Publizistik in Leipzig, bevor er sich der Kultur- und Technikphilosophie in Cottbus zuwandte. Darüber hinaus probierte er sich als Musiker (www.myspace.com/pepemetropolis) und Schauspieler und wirkte in mehreren Inszenierungen an Kammerbühne und Staatstheater mit. *Hinterland* ist seine erste Publikation.

HINTERLAND

*Wir fielen hinab.*
*Versanken in uns selbst.*
*Unsere Augen ferne Pforten,*
*in denen sich gleißend Licht brach.*
*Und dann.*
*Am Ende.*
*Waren wir nichts.*
*Waren wir alles.*

*Marquesanisches Epitaphium*

*Südpazifik, 26. September 2064*
*29°C, Gewitterneigung*

Dort, wo einmal eine Hand gewesen war, hing nun Fleisch in Fetzen herab. Elle und Speiche ragten aus dem Stumpf hervor wie weiße Würmer. An der Speiche klebte noch der Rest zweier Handwurzelknochen. Dazwischen ein fleischiges Wirrwarr aus Muskeln, Sehnen und Blutgefäßen.

*Automutilation der rechten Hand.*

*Amputat verschollen.*

Das nächste Bild zeigte acht Männer, aufgebahrt auf einem Betonklotz, der als Seziertisch diente. Allen acht fehlte die rechte Hand.

Warren Bare spürte ein Beben unter seinen Füßen, legte den Stift beiseite und klappte die Akte zu. Kühle Luft strömte durch das Bullauge und trug einen Duft herein, der die Kajüte mit dem salzigen Bukett des Pazifiks füllte. Möwen schrieen. Das Rauschen von Wind und Wellen drang nach innen, ebenso Geräusche, die nicht hierher gehörten, die auf befremdliche Weise fehl am Platz wirkten: Autos, Sirenen, ferne Menschenstimmen. Was konnte das bedeuten?

Bare versuchte sich aufzurichten, aber ein Stich durchfuhr seine bald siebzigjährigen Knochen und zwang ihn zurück in den mit einem roten Cordovan-Imitat überzogenen Fauteuil. Die Reise hatte an ihm gezehrt. Wie viele Wochen mochten seit ihrem Aufbruch aus London vergangen sein? Er wusste es nicht. Jegliches Zeitgefühl hatte er verloren, denn es gab keine wiederkehrende Routine hier auf See. Ihr Schiff, die Leviathan, verfügte über eine voll automatisierte Steuerung, die ihnen alles abnahm. Hatte man erst einmal den Bestimmungsort im Bordcomputer programmiert, setzte sich das

Schiff wie von Geisterhand in Fahrt, reffte Segel, sobald ein Sturm aufkam und warf die Schaufelräder an, wenn Flaute herrschte. Hin und wieder hatte Bare einen Rundgang an Deck unternommen, hatte den Getreidevorrat kontrolliert, der zum Beheizen der Kessel diente. Den Großteil der Zeit aber verbrachte er in seiner Kajüte mit dem Studium von Dokumenten. Es waren Berichte über Thomas Forster, den größten aller Forscher, und dessen Verschwinden auf seiner letzten Expedition, die ihn auf eine einsame Insel mitten im Pazifik geführt hatte. Außerdem hundert Jahre alte Berichte über französische Minenarbeiter, deren Tod eben mit jener Insel in Verbindung zu stehen schien. Es wurde von einer eigenartigen Erscheinung berichtet – einem Schimmern, das aus dem Inneren der Insel aufsteigen sollte, so hieß es, und das Tod und Verderben brächte.

Bares Kopf fühlte sich an wie ein Ballon voller Wasser, Gedanken wogten hin und her und vermischten sich zu einem sinnlosen Wortbrei. Ein Wort jedoch wurde mit dem Stampfen der Maschinenkolben, das ihn wochenlang durch Tag und Nacht begleitet hatte und zu einer Art innerem Uhrschlag geworden war, fest in sein Hirn gestanzt. Es war der Name jener Insel, die Ursprung all des Übels war: Ruitea.

– Insel weißer Nächte –

Bare hörte, wie jemand seine Kabine betrat. Es war Daniel Sterz, ein junger aufstrebender Forscher aus Berlin, der ihm von der Society of Red Sails als Assistent zur Seite gestellt worden war. Sterz nickte ihm zu, dann wies er mit dem Kopf auf ein Signallämpchen, das auf Bares Schreibtisch im Sekundentakt erst grün, dann blau aufleuchtete. »Doktor, ich sollte Euch unterrichten, sobald wir Tahiti erreicht haben.«

Bare erhob sich umständlich aus dem Sessel, wobei er Sterz' helfende Hand dankend ergriff. »Es wird Zeit, dass ich wieder Land unter meinen Füßen spüre.« Er rieb sich mit den Händen über die Knie und kniff die Augen zusammen. »Die See, wisst Ihr. Sie macht meine Knochen mürbe wie alten Biskuit.«

Gemeinsam gingen sie an Deck. Der Wind hatte aufgefrischt und trieb düstere Sturmwolken über den Abendhimmel. Das Meer wurde rauer. Wellen türmten sich zu meterhohen Pranken und hieben gegen den Rumpf der Leviathan. Bare blickte auf Tausende Lichter, die etwa eine halbe Meile vor ihnen aus der schwarzen See empor stiegen. »Papeete«, raunte er und wandte sich zu Sterz. »Daniel, werdet Ihr es schaffen?«

Der Assistent sah hinüber zu den Lichtern von Tahiti, dann auf das Beiboot, das gerade zu Wasser gelassen wurde. Gischt spritzte über die Reling. Seine Augen verrieten Skepsis, die Stimme hingegen klang fest und entschlossen. »Eine halbe Stunde, dann ist es überstanden, denke ich.«

Bare packte ihn an den Schultern. »Denkt daran, Daniel, jedes Detail, und erscheint es Euch noch so nichtig, könnte von Bedeutung sein. Forster wurde zuletzt in Papeete gesehen, bevor er nach Ruitea aufbrach. Irgendwelche Spuren muss er dort hinterlassen haben.«

Sterz stieg in das Boot. Bald war er nur noch ein winziger Punkt vor der farblosen Silhouette jener Insel, die einst als irdisches Paradies gegolten hatte. Bare wusste, dass sie diesem Ruf schon lange nicht mehr gerecht wurde. Auf dem Orohena, dessen schroffer Gipfel Jahrtausende lang das Bild der Insel geprägt hatte, thronte nun ein riesiger Sendemast, der den stetig wachsenden Hunger nach Informationen und Unterhaltung stillte. Im Laufe weniger Jahre war Tahiti zu einem Moloch verkommen. Wo einst üppige Pinienwälder die Hänge des Aorai überwuchert hatten, erhoben sich heute graue Wohnblöcke, die Heimstätte Hunderttausender waren – Hunderttausender, die dem Reiz des schnellen Lebens erlegen waren. Sogar die Palmenhaine waren verschwunden, und die wenigen Palmen, die es noch gab, unterlagen dem Diktat der Geometrie. Als symmetrische Bänder angepflanzt waren sie kaum mehr als Kulisse.

»Wunderschön. Fast wie zu Hause, meint Ihr nicht auch?«

Bare ignorierte die Frage des etwa dreißigjährigen Mannes, der plötzlich hinter ihm aufgetaucht war. »Wo habt Ihr gesteckt, Priggish?«

Der Angesprochene schenkte ihm ein Lächeln, in dem sich Spott und gespieltes Wohlwollen die Hand zu reichen schienen. »Nun, Mr. Bare, ich habe Forschungen angestellt, deren Ergebnisse für Euch von Interesse sein dürften.«

Bare kniff die Augen zusammen. »Das Animeter ist kein Spielzeug, Mr. Priggish.«

Priggish … Ausgerechnet Priggish! Die Society of Red Sails verfügte über eine Vielzahl ausgezeichneter Wissenschaftler, und ausgerecht *er* war ihm auf diese Mission gefolgt. Womöglich lag es daran, dass die Anderen im Gegensatz zu ihm ahnten, wie gefährlich ein Ort sein musste, an dem selbst ein Thomas Forster sein Unheil gefunden zu haben schien. Priggishs Motive waren für Bare ein einziges Rätsel. Er konnte sich noch gut an den Tag erinnern, an dem Priggish in die Gesellschaft aufgenommen worden war. Sein Talent war bestenfalls mittelmäßig. Als Sprössling eines jener wohlhabenden Industriellen, die es als »schick« erachteten, ihre Abkömmlinge auf eine Wissenschaftsakademie zu schicken – und dafür nicht geringe Summen aufzubringen bereit waren –, damit sie wiederum das Familienansehen mit dem Duft des Ruhmes parfümierten, war es Priggish ein Leichtes gewesen, Mitglied der Society zu werden. Aber wie so Viele hatte er feststellen müssen, dass Ruhm nicht käuflich, sondern Resultat eines langwierigen Prozesses ist, der Interesse und Leidenschaft erfordert. Bisher hatten sich diese Eigenschaften bei ihm nicht gezeigt, stattdessen aber ein offensichtlicher Neid gegenüber jenen, die verdienten Ruhm erlangten. Allen voran Thomas Forster.

Womöglich sah Priggish in dieser Rettungsexpedition einen bequemen Weg, aus dem Schatten des großen Forschers heraus zu treten …

Ein Grollen ertönte aus der schwarzen Wolkenmasse über ihnen, und fast gleichzeitig setze ein kräftiger Regenschauer ein. Sirrend machte sich die automatische Takelage daran, die berühmten roten Segel zu reffen. Aus dem Augenwinkel konnte Bare noch erkennen, wie sich die riesigen Schaufelräder in Gang setzten, von denen jeweils drei an jeder Schiffsflanke montiert waren. Dann zog er sich mit Priggish ins Kommandodeck zurück.

Dort, wo in anderen Schiffen Ruderanlage und diverse nautische Instrumente installiert, Kommunikationsgeräte und Navigationstische aufgestellt waren, stand in der Leviathan nur ein einziger Apparat: das Animeter. Das in dunkles Teakbaumholz gefasste Ungetüm hatte die Form eines langgezogenen Rechtecks, beanspruchte eine Breite von mehreren Metern und füllte somit den Großteil des Kommandodecks aus. In der Mitte befanden sich zwei Bildschirme von beachtlicher Größe. Rechts und links wurden sie von einem Sammelsurium an Schaltern und Hebeln flankiert, die ebenfalls aus dem aufwendig gearbeiteten Edelholz gefertigt waren. Unterhalb der Bildschirme war eine Hartglasplatte in das Holz eingelassen, die einen Blick auf den Laderaum erlaubte, welcher sich unmittelbar unter dem Kommandodeck befand. Bare trat an das Animeter und betätigte einen der unzähligen Holzschalter. Augenblicklich wurde der Raum darunter in grelles Licht getaucht. Ein Tank wurde sichtbar. »Er ist nur noch halbvoll! Mr. Priggish, ich verlange zu erfahren, was hier vor sich geht!«

»Nun, wie ich bereits erwähnte, Mr. Bare«, entgegnete Priggish unbeeindruckt und tippte auf den linken Bildschirm, »ich habe Forschungen angestellt, die Euch interessieren werden. Ihr werdet geradezu verblüfft sein.«

Bare wäre ihm am liebsten an den Kragen gegangen, doch sein Gegenüber hob abwehrend die Hände und nickte in Richtung Bildschirm.

In der Mitte pulsierte ein roter Punkt, der alle zwei Sekunden eine Welle von sich stieß wie ein Stein, den man in einen Tümpel fallen gelassen hat. »Das sind Aufzeichnungen der letzten zwei Stunden«, sagte Priggish nicht ohne Stolz. Bare war immer noch nicht klar, worauf er hinaus wollte. Doch dann wurden langsam die Konturen einer Insel erkennbar. Ein unsichtbarer Pinsel fügte jede Sekunde weitere Details hinzu, bis er darin schließlich ein präzises Abbild Tahitis erkannte. Priggish betätigte einige der Hebel neben dem Bildschirm, und nacheinander erleuchteten auf der Insel Punkte in verschiedenen Farben. Es mussten Hunderttausende, gar Millionen sein.

»Achtet nicht auf die grünen, Bare. Sie kennzeichnen lediglich die pflanzlichen Organismen auf der Insel. Seht her!« Er zeigte auf einen der roten Punkte. »Das sollte Euch interessieren. Jede dieser Markierungen steht für einen tierischen Organismus. Jene, die weiß umrandet sind, stellen Menschen dar.« Priggish deutete durch die Glasscheibe. »Der DNA-Extraktor hatte ordentlich zu kämpfen, um die einzelnen Stränge auszufällen. Und die Zentrifuge, das hättet Ihr sehen sollen! Hat rumort wie ein Tausendtakter.«

Das war es also gewesen, was Bare vor etwa einer Stunde als Beben unter seinen Füßen gespürt hatte. Er warf Priggish einen tadelnden Blick zu und öffnete den Mund, um etwas zu erwidern. Doch seine Stimme versagte. Er war einfach zu fasziniert von der spielerischen Selbstverständlichkeit, mit der sein junger Kollege das Animeter bediente. Er selbst hatte es vor zwei Jahren auf dem Wissenschafts-Symposium, das jährlich im Kongressgebäude der Society stattfand, ein einziges Mal bedient, seither nie wieder. Vertreter aus aller Herren Länder waren damals nach London gekommen, um das neueste Wunderwerk der Society zu begutachten. Der damals fünfundvierzigjährige Thomas Forster hatte die Eröffnungsrede gehalten und das Animeter als einen Quantensprung für die Wissenschaft gepriesen. Denn seit einigen Jahren war es fast unmöglich geworden, elektronische Peil- und Barkensignale zu empfangen, da sie im immer dichter werdenden Elektrosmog der weltweiten Funknetzwerke buchstäblich stecken blieben. Das Animeter ermöglichte eine ganz neue Art der Lokalisierung: Ortung per DNA. Im Umkreis von zweihundert Meilen konnten die empfindlichen Sensoren eines Animeters jeden Organismus, ob tot oder lebendig, aufspüren, identifizieren und ein konkretes Abbild seiner DNA reproduzieren. Das hieß, es war auch möglich, ein bestimmtes Individuum ausfindig zu machen, vorausgesetzt man war in Besitz seiner Erbinformationen.

Die Society hatte für solche Fälle vorgesorgt und eine umfassende Datenbank angelegt, in der die DNA eines jeden Mitgliedes katalogisiert war. Somit konnte dieses, wenn es zu einem »Infortunium« kam, biologisch geortet und gerettet werden. Genau diese Eigenschaften des Animeter hatten auch Kritiker auf den Plan gerufen. Sie nannten das Gerät *eine Waffe gegen die Intimsphäre*, sahen in ihm *den letzten Baustein zur Errichtung eines absoluten Überwachungsstaates.* Kein Zufall also, dass vor allem die Delegationen aus Berlin, Washington und Pjöngjang reges Interesse an der revolutionären Erfindung der Briten gezeigt hatten.

»Dreihundertachtundsechzigtausendfünfhundertvier«, sagte Priggish plötzlich und riss Bare aus seinen Gedanken. »So viele Menschen befinden sich in diesem Augenblick auf Tahiti. Das heißt« – Priggish warf einen Blick auf seine Uhr und korrigierte sich – »so viele Menschen, haben sich vor etwa anderthalb Stunden auf der Insel aufgehalten.«

»Mag sein«, drängte Bare, »doch habt Ihr auch Spuren von Forster ausmachen können?«

Priggish fuhr sich mit der Hand über den Hinterkopf, und wieder zeigte sich dieses zweideutige Grinsen in seinem Gesicht. »Nun, natürlich ist es mir auch gelungen, die DNA der *toten* Organismen auszulesen.«

Die Art, wie Priggish diese letzten Worte betonte, gefiel Bare ganz und gar nicht. Dennoch verkniff er sich eine Bemerkung. »Fahrt fort.«

»Insgesamt sind es über fünfhunderttausend menschliche DNA-Spuren, die sich nicht auf einen lebenden Menschen zurückverfolgen lassen. Viele davon sind lediglich Fragmente.« Priggish beschrieb eine Linie über dem virtuellen Tahiti und umkreiste zwei Punkte im westlichen Teil der Karte. »Vor allem hier beim Cimetière Chinois und beim Cimetière Muncipial gibt es erhöhte Vorkommen an fragmentaler DNA.«

»Forster! Was ist mit Forster?«

»Forster?« Priggish hob die Augenbrauen. »Nun, Mr. Forster hat sogar einen ganzen Trampelpfad an DNA-Spuren hinterlassen.« Er zog an einem Hebel, und kurz darauf zeigten sich auf dem Bildschirm blaue Punkte, die mit einem kleinen F versehen waren. Sie verteilten sich nahezu über die gesamte Insel. »Die älteste Spur ist etwa ein halbes Jahr alt. Und die jüngste … Moment … genau vier Monate, eine Woche, zwei Tage, zwölf Stunden und fünfzehn Minuten.« Priggish deutete auf den Hafen von Papeete.

Bare rechnete nach: Das konnte stimmen. Die letzte Nachricht von Forster hatte er Anfang Mai erhalten. Er konnte sich sogar noch an den konkreten Wortlaut erinnern, sooft hatte er sie zu deuten versucht, um einen Hinweis auf dessen Verschwinden zu erhalten.

*Yaşasın II wieder startklar.*
*Fehler in Steuerungsanlage behoben.*
*Nehme Geologin Sozaig Clement an Bord,*
*will auf Ruitea Gesteinsproben nehmen.*
*Stechen morgen in See.*

Danach kam nichts mehr. Es galt als ungeschriebenes Gesetz, die Society davon in Kenntnis zu setzen, wann und mit welchem Ziel man ihre Gefilde verlässt. Darüber hinaus war es die Pflicht eines jeden Forschers auf Expedition, in täglicher Korrespondenz mit London zu verbleiben. Dessen ungeachtet galt Thomas Forster als ein gewissenhafter und zuverlässiger Mensch, der Wankelmut verabscheute. Als Tag um Tag vergangen und eine Nachricht von ihm ausgeblieben war, wurde klar, dass ihm etwas zugestoßen sein musste. Eine Woche später war Bare in See gestochen.

»Wenn Ihr mich entschuldigt, Mr. Priggish, ich ziehe mich auf meine Kabine zurück. Gebt mir bescheid, sobald Mr. Sterz sich melden sollte.« Bare wandte sich ab. In seiner Kabine warteten noch Dokumente voller Fragen, die nach Antwort verlangten. Antworten, die er in all den Wochen auf See nicht gefunden hatte. Stattdessen waren immer mehr Fragen aufgetaucht.

Priggish packte ihn am Arm. »Wartet, Bare! Das war es nicht, was ich Euch zeigen wollte.« Er zog ihn wieder vor das Animeter und griff nach einem der hölzernen Hebel. »Kurz vor Ende der Aufzeichnung kommt es zu einer Art … Anomalie. Behaltet einfach den oberen Rand des linken Bildschirms im Auge«, sagte Priggish und zog an dem Hebel.

Bare starrte auf das virtuelle Tahiti, dass jedes Mal, wenn Priggish den Hebel ratternd nach unten zog, ein Stückchen kleiner wurde. Bald war es nicht viel mehr als eine bunte Ansammlung von Pixeln inmitten der unendlichen, blauen Masse des Pazifiks.

Bare merkte, wie seine Konzentration nachließ. Er war müde. Er war alt. Seine Knochen schmerzten, und er wusste, dass der Schmerz erst dann nachlassen würde, wenn er seinem Körper ein paar Stunden Ruhe gegönnt haben würde – was tat er hier? Sollte er nicht eigentlich in seinem Londoner Büro sitzen, hin und wieder eine Vorlesung halten, oder sich gar gänzlich aus der Society zurückziehen? Einfach seine Pension genießen. Andererseits: was sollte er zu Hause? Kinder und Enkel gab es nicht. Emilia, seine letzte Frau, hatte ihn vor dreißig Jahren verlassen, weil sie es satt gehabt hatte, die zweite Geige hinter der Society zu spielen. Bare seufzte innerlich, als ihm bewusst wurde, dass die Society zu seiner Familie geworden war. Und mit Thomas Forster war das vielleicht wichtigste Mitglied dieser Familie verschwunden. Dennoch. Es gab jüngere Forscher, die auf diese Expedition hätten gehen sollen, die über mehr Energie verfügten als er. Womöglich hatte er sich auch in Priggish getäuscht, hatte sein Urteil über ihn zu früh gefällt.

Auf dem Bildschirm regte sich etwas, und Bares Zweifel wichen einer tiefen Faszination für das, was sich am oberen Rand des Bildschirms abspielte. Ein gleißend pulsierender Punkt rückte in die Karte. Er war viel größer als die Lebenspunkte auf Tahiti, bestand aus mehreren Pixeln.

»Das Signal habe ich gegen zwanzig Uhr eingefangen, kurz vor Ende der Aufzeichnung«, erklärte Priggish und hob die Brauen, offensichtlich in Erwartung eines Lobes.

»Das ist sie«, sagte Bare mehr zu sich selbst als zu Priggish. »Ruitea … Habt ihr Forsters DNA aufspüren können?«

Priggish machte eine abwehrende Geste. »In diesem Fall ist es nicht ganz so einfach, Mr. Bare. Wie ich bereits sagte, wir haben es hier mit einer Anomalie zu tun.«

»Anomalie?« Bares Stimme hatte etwas Mechanisches. Seine Augen wichen keinen Moment von dem pulsierenden Punkt, der sich langsam südwärts bewegte, sich ihnen näherte. »Was wollt Ihr damit sagen?«

Mit einem Knopfdruck schaltete Priggish den rechten Bildschirm ein. »Ich bin genauso vorgegangen wie bei Tahiti. Habe die Sensoren ausgerichtet und den DNA-Extraktor eingeschaltet. Und dann … na ja, am besten, Ihr seht es Euch selbst an.«

Bares Augen lösten sich von dem pulsierenden Punkt und wechselten zum rechten Bildschirm, auf dem sich ein riesiges Knäuel aus weißen Bändern zeigte. Im unteren Teil liefen komplexe Formeln und Zahlenfolgen durch den Bildschirm.

»Ein menschlicher DNA-Strang hat im Normalfall eine Länge von etwa sechseinhalb Fuß«, holte Priggish aus. Geduldig lauschte Bare dem Vortrag über Genetik, Moleküle, Chromosomen, Basenpaare und Helixstrukturen. »Aber hier, in diesem Fall, ist alles ein wenig anders«, schloss Priggish und sah Bare eindringlich an. »Was Ihr auf diesem Bildschirm seht, Mr. Bare, ist keine Ansammlung tausender DNA-Spuren, sondern eine *einzige*.«

Bare schüttelte den Kopf. Das war unmöglich! Er deutete auf das weiße Knäuel. »Das würde bedeuten, dieser Strang hätte ein Länge von … mehreren Meilen!« Seine Nackenhärchen stellten sich auf.

»Bis jetzt konnte der DNA-Extraktor nur einen Teil des Stranges auswerten. Weit über hundert Milliarden Basenpaare wurden bisher erfasst. Das entspricht einer Länge von …« Priggish wies mit seinem Zeigefinger auf den unteren Teil des Bildschirms, durch den immer noch unablässig eine scheinbar unendliche Zahlenfolge lief, »… von mehreren *Millionen* Meilen.«

Bare sah auf und blickte durch die gläserne Front des Kommandodecks. Für den Bruchteil einer Sekunde erhellte ein Wetterleuchten die ansonsten pechschwarze Nacht. Der Sturm war stärker geworden. Immer wieder klatschten von Böen herangewehte Regentropfen gegen die Scheibe. In der Ferne, fast direkt voraus, konnte er einen einsamen

Stern ausmachen, dessen Licht es gelungen war, durch die Wolkendecke zu stoßen. Gleißend wies er einen Weg durch die Dunkelheit.

»Ein Fehler.« Bare raufte sich die Haare. »Ein Fehler im Animeter, das muss es sein. Irgendeine Kinderkrankheit im System, die wir bisher übersehen haben.«

Priggish machte sich an dem hölzernen Apparat zu schaffen und verzog die Mundwinkel. »Das System läuft stabil. Keine Anzeichen von technischen Störungen.«

Bare legte seine Hände auf die gläserne Platte und sah hinunter zum Tank. Halbvoll. Dabei war eine Tankfüllung mehr als genug, um die DNA der gesamten Welt zu entschlüsseln. Vorausgesetzt, man ging sparsam damit um.

Priggish hatte Bares Miene bemerkt und trat zu ihm an die Scheibe. »Dafür gibt es sicher eine logische Erklärung. Jedes Problem lässt sich ergründen, wenn man sich ihm mit analytischer Präzision entgegenstellt.«

Bare entfuhr ein freudloses Lachen. »Wie Ihr bereits sagtet, Mr. Priggish, in diesem Fall ist es nicht ganz so einfach. Vielleicht sollten wir abwarten, bis wir die Insel erreicht haben, bevor wir uns zu weiteren Spekulationen hinreißen lassen. Ich habe da so ein vages Gefühl … So, als würden sich unsere Fragen bald von selbst klären. Und jetzt werde ich mich ausruhen, wenn Ihr erlaubt.«

Kaum hatte Bare sich in seine Koje gelegt, senkte sich behagliche Schwere über ihn. Die reißenden Schmerzen in seinen Knochen wurden zu einem zarten Ziehen. Kurz darauf hatte der Schlaf ihn zu sich geholt.

Er erwachte auf einem steinernen Altar. Über ihm sirrte das grellgelbe Licht einer Neonleuchte. Sein Blick wanderte umher, entlang an weiß gefliesten Wänden, vorbei an Regalen voll chirurgischer Instrumente. Sägen, Scheren, Skalpelle und Knochenfräsen. Zu seiner Linken ragte ein vergilbtes Waschbecken aus der Wand. Wasser tropfte rhythmisch aus dem Hahn und erinnerte ihn daran, dass es noch so etwas wie Zeit gab. Er versuchte sich aufzurichten, doch er schaffte es nicht. Irgendeine Kraft, um ein Vielfaches stärker als er, hielt ihn fest auf dem steinernen Altar. Er blickte an seinem Körper hinab. Er war nackt. Spürte aber weder Wärme noch Kälte. Er schloss die Augen und versuchte, einen klaren Gedanken zu fassen, doch es war, als hätte sich ein Schleier über seinen Verstand gelegt.

Grobe Hände packten ihn unter den Achseln und zogen ihn auf eine Metallplatte. Gestalten in weißen Kitteln beugten sich über seinen Kopf. Leblose Augenpaare glotzten zwischen Hauben und Atemmasken hervor. Sahen erst in sein rechtes, dann in sein linkes Auge. Danach kamen ihre Finger. Versuchten seine Lider zuzudrücken, ließen aber davon ab, als sie merkten, dass es zwecklos war. Eine der Gestalten ergriff das Fußende der Platte, auf der er lag, und schob ihn Kopf voran irgendwohin, bis er in einer Art Schacht steckte. Er sah, wie die Gestalten einen letzten Blick durch die runde Öffnung warfen und die verrußte Klappe zuschlugen. Dann war es dunkel. Schon kurz darauf öffnete sich die Klappe ein weiteres Mal und ein kleiner Gegenstand wurde herein geworfen. Purzelnd landete er auf seiner Brust. Es war eine Hand. Dann wurde die Klappe zugeschlagen. Flammen hüllten ihn ein. Seltsamerweise machte ihm das nichts aus, denn er spürte weder Wärme noch Kälte. Er spürte einfach nichts.

Am nächsten Morgen hatte sich der Sturm gelegt. Himmel und Meer verschmolzen in demselben freundlichen Blau. Priggish saß vorn am Bug an einem kleinen Teakbaumtisch und hatte die Beine übereinander geschlagen. Bei gutem Wetter pflegte er, sein Frühstück an Deck einzunehmen.

Bare trat an die Reling und blickte auf die spiegelglatte See. Nahezu geräuschlos gruben sich die Schaufelräder durchs Wasser und gaben lediglich ein hölzernes Knarzen von sich, wenn sie eine Umdrehung vollendet hatten. Die Segel waren immer noch gerefft und baumelten als rote Bündel unter den Masten.

Doch Bare ließ sich von der Idylle nicht täuschen. Bald schon würde jene Insel aus dem Meer emporsteigen, auf der Thomas Forster verschollen war, die darüber hinaus zwei Dutzend weitere Menschen das Leben gekostet hatte.

Priggish drehte sich um, als er das Klopfen von Bares Gehstock wahrnahm. Der Anblick schien ihn zu belustigen.

»Guten Morgen, Señor Bare. Tee?«

Bare nickte. Er merkte, wie Priggishs Blick ihm folgte, als er schwerfällig auf einem Stuhl Platz nahm. Bedauerlicherweise waren die Schmerzen über Nacht nicht zurückgegangen. Wenigstens aber hatte er nicht wieder einen dieser ständigen Albträume gehabt, über Leichen und abgehakte Hände – zumindest konnte er sich nicht mehr daran erinnern.

»Was lest Ihr da, Priggish?«

Der Angesprochene sah von einem Bündel Papieren auf und nippte an seinem Tee. »Ein Artikel über unsere Expedition.«

Priggish hatte darauf bestanden, einen dieser neuartigen NOD-Automaten mit an Bord zu nehmen. News On Demand. So konnte er sich jeden Morgen die neueste Ausgabe der Times ausdrucken, hier, mitten im Pazifik. Priggish stieß einen Laut der Verzückung aus. »Das solltet Ihr lesen, Bare! Ich werde über eine ganze Doppelseite portraitiert. Seht mal!«

Bare beugte sich über den Tisch und gab sich Mühe, interessiert zu wirken. Doppelseite war übertrieben. Fast die gesamte rechte Hälfte wurde von einer Reklame eingenommen, auf der dick und fett der Name eines Konzerns stand: *Priggish Industries Inc. …*

»Ganz bemerkenswert, Mr. Priggish.«

Der jedoch schien den Sarkasmus in Bares Worten nicht registriert zu haben und strahlte über beide Ohren. »Ganz London, ach, was sage ich, ganz England kennt jetzt meinen Namen!« Dann erwähnte er fast beiläufig: »Übrigens, Bare, der Deutsche hat sich heute Nacht gemeldet.«

»Wie bitte! Wann war das?« Bare war außer sich. »Warum habt Ihr mir nicht Bescheid gegeben?«

Priggish kratzte sich am Hinterkopf und zog die Schultern hoch. »Ich habe eigenartige Geräusche in Eurer Kabine gehört. Da hielt ich es für besser, Euch nicht zu stören, wisst Ihr.«

»Was hat Sterz gesagt? Hat er irgendetwas herausgefunden?«

Daraufhin zog Priggish einen kleinen Notizblock aus der mit roten Segeln bestickten Brusttasche seines weißen Hemdes und reichte ihn Bare. »Ich habe seine Nachricht im Wortlaut notiert.«

Wenigstens etwas, dachte Bare. Zumindest was Aufzeichnungen anbetraf, schien Priggish durchaus von Nutzen zu sein. Vielleicht sollte er ihm einen Posten als Sekretär zuweisen, für den Fall, sie kehrten heil nach London zurück.

Sterz hatte die ganze Nacht über Nachforschungen angestellt und war im Norden Tahitis auf ein seltsames Fest gestoßen, das trotz des Sturmes stattgefunden hatte.

*Die Leute nennen es das Fest der ›Weißen Nächte‹. Sie feiern das Erscheinen des ›fentuu nanaihere‹, was soviel wie ›Hundertstern‹ bedeutet. Dieser zeigt sich im Zyklus von zehn Dekaden, so heißt es, verweilt für ein Jahr und verschwindet dann wieder. Die Menschen hier glauben, darin den göttlichen Vater ›Rangi‹ – einen polynesischen Himmelsgott – zu sehen, der gekommen ist, seine Auserwählte ›Papa‹, die göttliche Mutter der Erde, zu besuchen. Der Stern zeichnet sich trotz des Sturmes deutlich am nördlichen Horizont ab. Sieht aus wie ein gleißender Lichtpunkt. Einige der Menschen hier versuchen sogar, ihm in Booten entgegenzufahren. Tausende Lichter auf dem Wasser. Und das bei dem Wellengang! Ihr müsstet es sehen.*

Bare fuhr sich mit der Hand über die Stirn. Hundertstern … Womöglich war es das, was er gestern Nacht als fernes Leuchten am Horizont ausgemacht hatte. Hunderstern – hundert Jahre. Fest der Weißen Nächte … Ruitea … Auf einmal war ihm klar, dass es sich bei fentuu nenaihere keineswegs um einen Stern handeln konnte.

»Land voraus!«

Priggish stand vorn am Bug und hatte sich gefährlich weit über die Reling gelehnt. Seine Hand deutete mitten ins Meer. Bare packte seinen Stock und war erstaunt, wie schnell er es bis zu Priggish geschafft hatte. Dann sah er es.

Dort, wo Blau auf Blau traf, schälte sich eine schwache Silhouette aus dem Dunst der Mittagshitze. Mit jeder Minute wurden die Konturen kräftiger.

Bereits jetzt waren Umrisse schroffer Felsen erkennbar, die sich aus dem Innern der Insel erhoben. Je näher sie kamen, umso grüner und freundlicher erschien ihnen Ruitea. Wuchernde Mangroven-, Pinien- und Palmenwälder umsäumten die teils steil abfallende Uferlinie, die nur selten von Stränden aus schwarzem Sand unterbrochen wurde.

Bares Augen folgten einem Schwarm weißbauchiger Fregattvögel, die einen Ausflug in die seichten Gewässer vor der Küste unternahmen. Bunte Strukturen zeichneten sich unterhalb der Wasseroberfläche ab, dort, wo die Vögel wie Pfeile in die gläsernen Wogen stießen.

»Sieht doch recht idyllisch aus, mein Ihr nicht auch?«, bemerkte Priggish und setzte sich einen weißen Herrenhut mit breiter Krempe auf. »Vielleicht sollten wir unseren Aufenthalt um eine Woche verlängern, nachdem wir Forster gefunden haben. Ein wenig Zerstreuung käme mir nach der langen Fahrt gerade recht.«

Bare schwieg. Seine Augen waren auf die Insel geheftet und suchten nach Anzeichen von Leben. Er wusste nicht, woher die Gewissheit kam, doch er war sich sicher, dass sie beobachtet wurden.

*Ich sehe, wie sie mit ihrem Boot an der Südwestküste vor Anker gehen. Ein kleiner Mann und ein großer. Der Große hält seinen Blick starr auf die Insel geheftet, während er durch das hüfttiefe Wasser stapft. Hinter ihm folgt der Kleine, dessen Kopf sich mal hier, mal dorthin dreht, als hielte er Ausschau nach irgendetwas. Ich sehe, wie er stehen bleibt, an sich hinunter blickt und die Hände ins Wasser taucht. Der Große wendet sich zu ihm um und heißt ihn weiterzugehen. Ich höre seine Stimme. Aber der kleine Mann scheint sie nicht zu hören; seine ganze Aufmerksamkeit gilt etwas … anderem. Womöglich ist* er *kein Verlorener.*

Fasziniert blickte Warren Bare durch die gläsernen Wellen des seichten Wassers. Seine Augen folgten Schwärmen von Fischen in leuchtenden Farben, die in ständig wechselnden Formationen über ein Korallenriff hinwegsausten. Nie hätte er geglaubt, einmal ein echtes, dazu noch intaktes Korallenriff mit eigenen Augen zu sehen. Seit Jahrzehnten galt die Spezies dieser Nesseltiere als ausgestorben. Die Barrier Reefs vor Australien, Belize und Neukaledonien waren schon lange nichts mehr als zerklüftete Kalkformationen, die Jahr für Jahr, Meter für Meter hinfort gespült wurden. Dieses hier war lebendig, und noch mehr als das: es wuchs und dehnte sich aus. So weit er blicken konnte, formierten sich neue Zapfen und Äste zu frischen Kolonien, die den Meeresboden in alle Richtungen überschwemmten.

Vorsichtig löste Bare einen Zapfen von einer Koralle und setze ihn in ein mit Phenol gefülltes Röhrchen. Ein Schatten legte sich über das Riff, und Bare blickte in das Gesicht von Mr. Priggish, das sich als flatterndes Bildnis auf dem Wasser abzeichnete. »Bare, die Gesellschaft hat uns nicht um die halbe Welt geschickt, damit Ihr hier zoologische Bestimmungen vornehmt. London erwartet Ergebnisse. Also, lasst uns keine Zeit mit derlei Bagatellen verschwenden.«

*Ich kann seine Worte hören, doch verstehe ich sie nicht. Dennoch. Ihr Klang verrät mir, was ich wissen muss. Sie brechen zum Innern der Insel auf. Ich folge ihnen.*

Sie kamen nur mühsam voran. Mehr als eine Stunde hatten sie dafür aufbringen müssen, überhaupt einen Einstieg ins Unterholz zu finden, der breit genug für sie war. Meter für Meter rangen sie dem Dschungel ab, stiegen über Wurzeln und umgefallene Baumstämme. Schlugen sich durch dichtes Gestrüpp, dessen Daseinszweck allein darin zu bestehen schien, sie am Vordringen zu hindern.

Für Bare war es eine einzige Qual. Jeder Schritt bedeutete unglaubliche Anstrengung. Er wusste, dass er nicht lange durchhalten würde. Sein ganzer Körper schien aus Schmerzen statt aus Knochen zu bestehen. Priggish ging es ähnlich, auch wenn er es nicht zugeben wollte. Man sah es an seiner zerrissenen, mit blutigen Flecken übersäten Kleidung, an der Art, wie ging. Wie er um jeden Meter kämpfen musste.

Plötzlich stoppte Priggish, setze seinen Tornister ab und begann, eifrig darin herumzukramen. Es dämmerte bereits.

»Was tut Ihr da?«, verlangte Bare zu erfahren. »Es wird bald dunkel.«

»Eben drum, ich richte ein Lager für uns ein.«

»Ein Lager!?« Bare schnappte sich die Tücher und Zeltnägel und stopfte sie zurück in den Tornister. »Wir können hier nicht bleiben. Nicht über Nacht! Was habt Ihr Euch dabei gedacht?«

Priggish blickte ihn verständnislos an und schnallte sich den Tornister auf den Rücken.

»Die Berichte, die ich Euch gegeben habe, habt Ihr sie gelesen?« Bare sah ihm forschend in die Augen.

Priggish wich seinem Blick aus. Seine Lippen wurden immer schmaler.

»Was ist, habt Ihr sie nun gelesen oder nicht?«

»Ich bin noch nicht dazu gekommen«, kam die kleinlaute Antwort. »Ich hatte eben andere Dinge zu erledigen.«

»Andere Dinge!« Bares Gesicht hatte die Farbe einer überreifen Paprika angenommen. Kopfschüttelnd drehte er sich um und machte sich auf den Rückweg. Hinter ihm folgte ein schweigender Priggish. Bare brauchte nicht zu fragen, was er mit *andere Dinge* gemeint hatte. Jedes Mal, wenn er ihn in seiner Kabine aufgesuchte hatte, um mit ihm eine Ungereimtheit in den Berichten zu erörtern, hatte Priggish ihn abgewimmelt, da er noch dies und das zu erledigen hätte. Meist waren es Artikel für irgendeine Zeitung.

Sporadisch war Priggish bei ihm aufgetaucht, um ein paar Fragen zur Expedition zu klären. Die Fragen waren banal, drehten sich um Wetter, Ankunftszeit und technische Raffinessen der Leviathan. Vermutlich glaubte Priggish, seiner täglichen Kolumne in der Sun einen wissenschaftlichen Touch zu geben, wenn er sie mit trivialen Details anreicherte.

*Sie kehren um.*
*Der kleine Mann ist vorsichtig.*
*Ob er ahnt, was geschehen wird?*

Als sie die Küste erreichten, stand die Sonne bereits tief am Horizont und streute glitzernde Flocken über die gemächlich anrollenden Wellen. Ein Vogelschwarm zog vorüber und die Leviathan schien sich mit ihren gerefften roten Segeln sanft in den Schlaf zu wiegen. Doch Bare war nicht so töricht, der Ruhe zu trauen. Er hatte die Berichte gelesen und wusste, was geschehen würde. Es war Zeit, von hier zu verschwinden. An Bord würden sie sicher sein. Das hoffte er jedenfalls. Er blickte auf die Uhr. Eine Stunde blieb ihnen noch.

Es war warm, trotz der hereinbrechenden Nacht. Priggish hatte beschlossen, das Abendbrot an Deck einzunehmen. Bare war zu angespannt, um etwas zu essen und stocherte lustlos in seinem Salat herum. Die offensichtliche Unbekümmertheit seines Gegenübers bereitete ihm Kopfschmerzen. Kaum hatte Priggish ein paar Bissen zu sich genommen, schien jegliche Scham und Zurückhaltung von ihm abzufallen. Und wieder zeigte sich dieses zweideutige Grinsen in seinem Gesicht.

»Bare, fragt Ihr Euch eigentlich auch manchmal … wenn Thomas Forster tatsächlich dieser große Forscher ist, wie kommt es dann, dass er in derlei Bedrängnis gerät und auf meine … auf *unsere* Hilfe angewiesen ist? Womöglich ist er ein weitaus Geringerer, als sein Ruf verspricht?«

Bare ließ sich nicht anmerken, dass diese Worte ihn verärgerten. Stattdessen fischte er ein Tofubällchen aus dem Salat und würgte es hinunter. »Was Ihr über Forster zu wissen glaubt, Mr. Priggish, deckt nicht einmal den Bruchteil dessen ab, was Ihr wissen solltet, um auch nur den Versuch anzustellen, sein Wesen zu erörtern.«

Priggish wollte etwas erwidern, doch Bare hob seine Gabel und gebot ihm Einhalt. »Nein, was Ihr kennt, das sind nur die Fußnoten eines Lebens, das Euch tatsächlich aber so fremd ist wie ein Stern am äußersten Rand der Galaxie.« Er sah an Priggish vorbei, und für einen kurzen Augenblick umspielte ein Lächeln seine Lippen. »Thomas galt stets als Hoffnungsträger der Society. Ihm haben wir einige unserer bedeutendsten Entdeckungen zu verdanken. Denkt nur an die *Kaisergräber* auf Hokkaido oder die Opferstätten in Russisch-Korea.«

»Mag sein. Doch nun ist er tot – oder verschollen, wenn Ihr so wollt. Vermutlich wollt Ihr auch darin menschliche Größe erkennen, ist es nicht so?«

Bare ignorierte die Polemik in Priggishs Worten. »Was wisst Ihr über Forsters Verschwinden?«

Priggish nahm einen Löffel Suppe und lehnte sich genüsslich zurück. »Nun, was gibt es da schon zu wissen: Forster geht zusammen mit einer Französin auf Expedition in den Pazifik, um irgendein Phänomen namens *Weiße Nächte* zu ergründen und kehrt nicht zurück.«

»Mr. Priggish, ich habe den Eindruck, Ihr seid Euch über den Ernst der Lage nicht im Klaren.« Bare schob ein in rotes Leder gehülltes Bündel Papier auf den Tisch. »Thomas und ich hegten ein enges, fast freundschaftliches Miteinander. Umso mehr war ich überrascht, als er seine Korrespondenz mit der Gesellschaft einstellte. Tag für Tag wartete ich auf eine Nachricht. Nach einer Woche war es dann an mir, die Regeln der Gesellschaft zu brechen. Ich betrat ungeachtet seiner Abwesenheit Forsters Arbeitszimmer. Ich wusste, wenn es irgendwelche Hinweise auf seinen Verbleib gäbe, so wäre dies der Ort, an dem ich sie finden würde.« Bare tippte auf das Papierbündel in Priggishs Händen. »Wie Ihr seht, sollte ich recht behalten. Ich kannte all seine Bücher, Folianten, Karten und Schriften. Dieses Exemplar jedoch war mir fremd. Es ist ein Bericht über diese Insel, angefertigt von einem französischem Minenunternehmen, das hier in den Sechzigerjahren des letzten Jahrhunderts Phosphatgestein gefördert hat.«

Priggish warf einen Blick in die Unterlagen, seine Brauen zogen sich zu einer durchgehenden Linie zusammen. »Hier taucht nirgendwo der Name der Insel auf. Seit Ihr sicher, dass es sich dabei um die richtige handelt?«

»Oh, die Insel trägt viele Namen. Selbst ich vermag nicht alle zu nennen. Die Franzosen zum Beispiel nennen sie Île de Roche wegen des Gesteins. In den meisten Schriften wird sie aber Ruitea genannt.«

»Ruitea … genau wie dieses Phänomen, hinter dem Forster her war?«

»Ganz recht. Ruitea bedeutet soviel wie *Insel weißer Nächte*.«

»Was hat es damit auf sich? *Insel weißer Nächte* … Ist doch sicher nur so ein Aberglaube der Wilden hier?«

Bare tippte erneut auf den Bericht in Priggishs Händen. »Lest es, und Ihr werdet verstehen. Im Jahr 1964, kurz bevor die Phosphatminen versiegten, entdeckten die Franzosen eine neue Ader, die sie tief in den Fels hinein führte. Je tiefer sie gruben, auf umso reineres Gestein stießen sie. Bald schon aber stellten sie fest, dass etwas nicht stimmte. Die Minenarbeiter begannen über Übelkeit zu klagen. Doch das war erst der Anfang. Einige wollten einen weißlichen Schimmer aus dem Stollen aufsteigen gesehen haben. Wenige Zeit später gab es die ersten Toten.«

Priggish löffelte den letzten Rest Suppe und stellte den Teller beiseite. »Dafür gibt es sicherlich eine logische Erklärung. Ich erzähle Euch sicher nichts Neues, wenn ich anmerke, dass Lungenerkrankungen im Bergbau gang und gäbe sind.«

Bare machte eine abwehrende Handbewegung. »Nach einigen Wochen und weiteren Toten wandten die Franzosen der Insel den Rücken zu und kehrten nach Frankreich zurück. Die Toten nahmen sie mit. Aus den Obduktionsberichten ging hervor, dass sie eines natürlichen Todes gestorben waren. Nichts deutete auf Lungenerkrankungen oder ähnliches hin. Oh, wartet …« Bare nahm die Papiere wieder an sich und blätterte darin herum, bis er schließlich fündig wurde. Er reichte Priggish ein Bündel Schwarzweißfotografien. »Sagt mir, was Ihr hiervon haltet.«

Bare beobachtete, wie die Augen seines Gegenübers über die Bilder huschten. »Das ist in der Tat äußerst bemerkenswert, Bare …«

»Ganz recht, Priggish, faszinierend. Seht Euch die Aufnahme mit den nebeneinander aufgebarten Leichnamen an, seht Ihr ihre Hände?«

Priggish sah auf. Aus seinem Gesicht war jegliche Überheblichkeit gewichen. »Was hat das zu bedeuten, Bare, was ist mit ihren Händen geschehen?«

»Ich weiß es nicht«, sagte Bare und fuhr sich mit der Hand übers Gesicht, als hülfe ihm das, zu klaren Gedanken zu kommen. »Noch bemerkenswerter aber ist, dass dies nicht der erste derartige Fall war.« Er schob einen weiteren Stapel Papiere auf den Tisch, diesmal in braunes Leder gebunden. »Das hier fand ich ebenfalls in Forsters Zimmer. Es ist das Logbuch eines batavischen Kapitäns, der 1764 mit seinem Schiff vor eben dieser Insel ankerte. Er gibt an, sie aufgrund ihres nächtlichen Leuchtens entdeckt zu haben. Er schreibt, seine halbe Besatzung ist an Skorbut erkrankt und soll auf der Insel genesen. Überraschend schnell stellt sich die Heilung der Erkrankten ein. Doch schon kurz darauf verschwinden einige Matrosen. Man findet sie im Hinterland der Insel. Ihre Hände abgehackt. Von den Händen keine Spur. Aber alle am Leben. Man nimmt sie an Bord, versorgt ihre Stümpfe. Die Wunden heilen gut. Doch sie sterben noch bevor sie den heimischen Hafen erreichen – ohne Anzeichnen irgendeiner Krankheit.«

Priggish stand auf und lehnte sich an die Reling, den Blick auf das Schwarz des Himmels gerichtet. »Dafür gibt es sicher eine logische Erklärung. Jedes Phänomen lässt sich ergründen, wenn man sich ihm mit analytischer Präzision entgegenstellt.« Dann drehte er sich um und blickte Bare geradewegs in die Augen. »Aber eines ist doch erstaunlich, Bare. Ich meine die Chronologie: 1764, 1964, und jetzt haben wir 2064. Das ist doch kein Zufall, oder?«

Bare schüttelte den Kopf. »Erinnert Ihr Euch an Daniels Nachricht? Er sprach von einem Fest, bei dem das Erscheinen des Hundertsterns gefeiert wird, der sich alle zehn Dekaden zeigt. Ich bin mir ziemlich sicher, dass es sich dabei nicht um ein Stern handelt, sondern um …«

Er wurde von einem lauten Signalton unterbrochen, irgendwo aus dem Inneren des Schiffes.

Priggish stieß sich von der Reling ab. »Das ist ein Warnruf des Animeters. Das kann nichts Gutes bedeuten. Kommt mit!«

Bare folgte ihm so schnell er konnte. Das Pochen seines Stocks hallte über das metallene Deck.

»Das ist eigenartig…« Priggish stand vor den leuchtenden Bildschirmen und raufte sich die Haare. »Das Animeter scheint sich von selbst eingeschaltet zu haben.« Er drückte ein Kombination aus verschiedenen Tasten und zog an einem großen Hebel, der sich unter einer gläsernen Abdeckung befand. »Es lässt sich nicht ausschalten. Bare, was soll ich tun?«

Dessen Augen waren längst auf den linken Bildschirm geheftet, auf dem ein roter Punkt pulsierte. »Nichts ... Wir können jetzt nichts mehr tun, außer zu warten.«

Priggish trat neben ihn und starrte ebenfalls auf den Bildschirm. Der pulsierende Punkt kam direkt aus der Mitte der Insel, schien größer zu werden. Bald überdeckte er den Großteil des Inselinneren und dehnte sich dann bis zur Küste aus. Bare glaubte eine Veränderung in der Luft zu spüren. Wurde es wärmer, oder täuschte er sich? Ein eigenartiges Brummen drang an seine Ohren, erst leise, dann immer lauter. Es klang keineswegs künstlich, sondern eher wie das Summen eines Bienenschwarms, nur wesentlich intensiver.

»Hört Ihr das, Priggish?«

Dieser schien ihn gar nicht zu bemerken, sondern starrte unentwegt durch die gläserne Front des Kommandodecks. Bare folgte seinem Blick und entdeckte, was Priggish so in den Bann gezogen hatte.

»Wir sollten uns das von draußen ansehen«, war alles was Priggish sagte, bevor er das Kommandodeck verließ.

Bare fand ihn Steuerbord, seine Hände fest um die Reling gekrallt.

»Das ist Irrsinn, Bare. Wie ist so etwas möglich, was ist das, Bare?«

Bare konnte es selbst kaum glauben. Ein weißer Schimmer hatte sich wie ein Vorhang über die gesamte Insel gelegt. Sein Leuchten pulsierte wie ein Herzschlag, strahlte hell auf, verlosch dann wieder, nur um kurz darauf erneut an Intensität zuzunehmen.

»Ruitea«, flüsterte Bare. »Das ist Ruitea – Insel weißer Nächte.«

*Der Kleine ist vorsichtig. Stundenlang lässt er seinen Blick einer Eule gleich durch die Nacht kreisen. Der Große liegt zu einem Bündel zusammengerollt am Bug des Schiffes. Schläft unruhig. Zuckt im Schlaf.*

*Bald, ja bald schon wird es soweit sein.*

Die folgenden Tage waren ernüchternd. Nicht die Andeutung einer Spur von Forster, wo sie auch suchten. Abend für Abend kehrten sie aufs Schiff zurück, bevor das Schimmern sie erreichen konnte. Es stellte sich Routine ein, und der Anblick des Leuchtens hatte beinahe etwas Vertrautes.

Immerhin war es Bare gelungen, eine Handvoll seltener Tier- und Pflanzenexemplare ausfindig zu machen, darunter einige, die als längst ausgestorben galten oder kurz davor waren.

Bare hörte Priggish in die Kabine treten und spürte dessen Atem, als er ihm über die Schulter blickte. »Das ist widerwärtig, Bare. Was tut Ihr da?«

»Vultur gryphus – der sogenannte Andenkondor. Ich präpariere ihn. Wusstet Ihr, dass er seit mehr als zwanzig Jahren als ausgestorben gilt?«

Priggish schnaubte. Es war ihm offensichtlich egal. »Der Deutsche ist am Transceiver. Er verlangt Euch zu sprechen. Ich glaube, es geht um irgendetwas Religiöses.«

Bare hob den Vogel an und legte ihn in einen Kunststoffbehälter. »Nennt ihn nicht immer den *Deutschen*. Er kann schließlich nichts dafür. Davon abgesehen ist er ein äußerst talentierter Forscher, der sich berechtigte Hoffnungen auf eine Doktorandenstelle machen kann.«

Die Verbindung war schlecht. Sterz war kaum zu verstehen. Dennoch notierte Bare jedes Wort, dass sein Assistent ihm durch den hölzernen Hörer ächzte.

»Was hat er herausgefunden?«, fragte Priggish ungeduldig, als er Bares Erregung bemerkte.

Dieser hob die linke Hand, notierte ein letztes Wort und legte den Hörer in die Aufhängung. »Seit Ihr bibelfest, Mr. Priggish?«

»Ich bin nicht fromm, falls Ihr darauf hinaus wollt, wieso?«

Bare drehte sich um und betrachtete die Wortfetzen, die er in der Eile in den Block gekritzelt hatte. »Sterz ist in Mahina – das ist ein Ort im Norden Tahitis – auf eine christliche Mission gestoßen. Der Apostel sei geradewegs auf ihn zugekommen, sagt er, weil er das Emblem der Society auf seinem Hemd erkannt hatte. Wollte sechshundert Franc von ihm haben.«

»Wofür?«

»Es stellte sich heraus, dass ein anderer Mann, mit ebenso einem Emblem auf dem Hemd, Monate zuvor in seine Mission gekommen war, um sich eine Ausgabe des Alten Testaments zu leihen. Der Apostel hätte ihn darauf hingewiesen, dass eine Mission keine Bibliothek sei und ihn fortgeschickt. Später stellte er fest, dass Seiten des ersten Buches Mose aus einer der Ausgaben herausgerissen worden waren.

Und nun verlangt er von der Gesellschaft eine Entschädigung dafür … in Höhe von sechshundert Franc.«

»Welche Seiten wurden denn herausgerissen?«

»Jene Seiten zwischen Adam und Eva und der Geschichte über den Turmbau zu Babel«, sagt Sterz.

Priggish kniff die Augen zusammen und sah in die Ferne. »Sintflut und Völkertafel. Wenn ich mich recht entsinne, müssten das die fehlenden Passagen sein.«

»Sintflut …«, wiederholte Bare und ließ sich das Wort durch den Kopf gehen. »Gott will den Menschen für seine Sünden bestrafen und beschwört eine Flut, die ihn vernichten soll. Aber Noah erlaubt er aufgrund seiner Frömmigkeit, Familie und sämtliche Tiere an Bord der Arche zu bringen, auf der sie die Katastrophe überstehen können.« Plötzlich ging Bare ein Licht auf. Er packte Priggishs Arm und zog ihn hinter sich her. »Kommt mit, ich glaube, ich weiß, was Forsters Gedanke dabei war.«

Bare ging in seine Kabine, holte das halbfertige Kondorpräparat und machte sich auf den Weg ins Kommandodeck. Es war spät, beinahe Mitternacht. Doch durch den Schimmer, der von der Insel herüber schien, wirkte es eher so, als wäre es früher Morgen oder später Nachmittag.

Bare setzte den Behälter mit dem Präparat auf das Animeter. »Ich glaube, Forster sieht einen Zusammenhang zwischen Sintflut und Ruitea, dem weißen Schimmer.« Mit einer Pinzette löste er ein winziges Hautstück aus dem Fuß des Vogels und setzte es auf einen der runden Metallsensoren. »Genau wie die Sintflut bringt der Schimmer Tod und Verderben, denkt an die Minenarbeiter.« Bare aktivierte den DNA-Extraktor und hieß Priggish die Bildschirme einzuschalten. »Was fehlt, ist die Arche …«

Auf dem linken Bildschirm zeigte sich eine typische DNA-Sequenz: zwei umeinander geschlungene Bänder, die durch Brücken zusammengehalten wurden. Bare wandte sich an Priggish. »Gibt es eine Möglichkeit, diese Sequenz mit der Super-DNA aus der Aufzeichnung abzugleichen.«

Priggish bediente eine rasch Folge aus Knöpfen und Schaltern. »Ich weiß zwar nicht, was Ihr vorhabt, Bare. Aber theoretisch ist es möglich, ja.«

Auf dem rechten Bildschirm erschien das immer noch unvollständige, aber jetzt schon hochkomplexe Knäuel der Super-DNA.

»Tippt einfach auf den Strang im linken Bildschirm und zieht ihn in den rechten. Die Kennung beginnt automatisch, sobald sich die zwei Stränge innerhalb desselben Bildschirms befinden.«

Bare folgte Priggishs Anweisungen und zog die Replikation der Kondor-DNA in den anderen Bildschirm. Nach nicht einmal einer Sekunde begann das riesige Wirrwarr aus weißen Fäden zu rotieren, erst langsam, dann immer schneller. Es schien sich zu entfalten, und aus dem Knäuel wurde schließlich ein einzelnes Band, das in rasantem Tempo durch den Bildschirm lief.

Plötzlich stoppte es. Ein Teil der Super-DNA-Sequenz leuchtete grün auf und löste sich von dem Rest. »Bingo«, sagte Bare und klopfte Priggish auf die Schulter.

Der aber schien irritiert. »Ich glaube, ich kann Euch nicht folgen, Bare. Was habt Ihr damit bezweckt?«

»Mr. Priggish, wir haben soeben des Prinzip des weißen Schimmers entschlüsselt.«

»Welches Prinzip, wovon sprecht Ihr?«

»Ist es nicht offensichtlich? Alles, was mit dem Schimmer in Berührung kommt, wird ein Teil von ihm. Er sammelt sozusagen jegliche DNA auf und verknüpft sie zu einem großen Ganzen.«

Priggish blieb skeptisch. »Aber ich denke, der Schimmer stehe für Sintflut, also für Tod und Verderben? Das waren Eure Worte, Bare.«

Bare nickte. »In der Tat, das bleibt auch für mich ein Rätsel. Aber versteht Ihr nicht, wahrscheinlich ist Forster in Berührung mit dem Schimmer gekommen, und seine DNA wurde Teil von dieser hier.« Er tippte auf den Bildschirm. »Wenn wir das Experiment also mit seiner DNA-Datei wiederholen, könnten wir feststellen, ob es so ist oder nicht.«

»Und dann? Was tun wir, wenn Forster Teil dieser DNA ist? Wo wollen wir nach ihm suchen?«

Bare rieb sich die Stirn. »Das Schimmern entspringt im Inneren der Insel, irgendwo bei dem Gebirgszug, wo die alten Minen der Franzosen liegen. Dort werden wir suchen.«

Priggish schüttelte langsam den Kopf. »Sollten wir nicht zuerst diese Super-DNA zu Ende extrahieren? Sie ist immer noch unvollständig. Womöglich befindet sich Forsters Sequenz in demjenigen Teil, der noch nicht entschlüsselt wurde.«

Daran hatte Bare nicht gedacht. »Ich bin mir nicht sicher, ob die Lösung im Tank genügt, um sie komplett zu entschlüsseln. Andererseits: Was bleibt uns anderes übrig? Also tun wir's.«

Bare sank in den Sessel. Die Arbeit am Animeter hatte er Priggish überlassen. Er selbst hatte andere Dinge zu erledigen. Er musste einen Weg finden, auf dem sie schnell genug ins Hinterland der Insel vorstoßen und über den sie genauso schnell wieder zurückkehren konnten, bevor der Schimmer sie erreicht haben würde. Ungeachtet des Bebens, das Priggish Werken am Animeter verursachte, glitten Bares Finger zielstrebig über eine hundert Jahre alte Karte von Ruitea – eine aus dem Bestand der Franzosen. Unten links, im Südwesten der Karte, das war ihre derzeitige Position. Sein Finger schwebte weiter über Linien, die Bäume, Flüsse und Berge markierten. In der Mitte der Karte entdeckte er ein Wort, Fenua atu'a – Hinterland. Daneben kreisrunde Flecken. Das waren die Minen. Eine lange Linie schnitt mitten durch sie hindurch, vielleicht eine Straße oder Schienen. Dort würden sie gut vorankommen können. Er folgte der Linie weiter nach Westen, bis er an der Küste auf ein Muster aus winzigen Rechtecken stieß. Das mussten die alten Hafenanlagen sein, von denen er in den Berichten gelesen hatte. Ja, dort würden sie an Land gehen.

Priggish öffnete die Tür und lugte herein. Er schien aufgeregt, war außer Atem. »Forster! …« Er holte laut Luft und hielt sich am Türrahmen fest. »Forsters DNA, ich habe sie gefunden. Sie ist tatsächlich Teil der großen Sequenz. Forster … er ist tatsächlich auf dieser Insel, Bare!«

Bare zuckte zusammen. Er wusste nicht, ob es eine gute oder schlechte Nachricht war. Insgeheim hatte er gehofft, er würde sich irren. Hatte gehofft, Forster wäre einfach ausgestiegen aus der Gesellschaft, würde im Irgendwo der Welt sein Dasein genießen, einfach am Leben sein.

»Am besten, Ihr legt Euch eine Weile aufs Ohr, Mr. Priggish. Wir haben vier Stunden, dann graut der Morgen.«

Ohne ein weiteres Wort schob sich Bare an ihm vorbei und verließ die Kabine. Er musste noch den Bordcomputer programmieren. Musste Daniel bescheid geben. Es gab noch so viel zu tun und ihm blieb nur so wenig Zeit.

Bare erwachte, als die Maschinen stoppten. Der frühe Morgen war die dunkelste Tageszeit. Das Schimmern war schwächer geworden und hatte sich mehr und mehr ins Innere der Insel zurückgezogen, und der Sonnenaufgang deutete sich nur als schwachblaue Nuance am Osthimmel an.

Bare hatte schon wieder unruhig geschlafen, schon wieder von Leichen und abgehackten Händen geträumt. Doch es war auch etwas Wunderbares geschehen. Seine Schmerzen. Sie waren verschwunden, nicht mehr als eine blasse Erinnerung. Lag das an diesem Schimmern? Er konnte sich erinnern, wie eine angenehme Wärme, fast schon Hitze, von ihm ausgegangen und in ihn eingedrungen war, sich über seine Glieder gelegt hatte.

Wie auch immer, die Schmerzen waren fort, und er fühlte sich beinahe bereit für das, was ihnen heute bevorstand.

Priggish klopfte an die Kabinentür und spähte herein. »Bare, es ist Zeit, wir müssen los.« Er hielt ihm ein Bündel Papiere hin. »Nachricht vom Deutschen … von Sterz, meine ich.«

Bare nahm die Nachricht entgegen. »Wir brechen unverzüglich auf. Ich werde sie lesen, wenn wir unterwegs sind.«

*Endlich brechen sie auf. Ich spüre ihre Nervosität, kann ihren Schweiß riechen. Nur noch wenige Stunden, und es ist vollbracht.*

Priggish hob die Hand und gab Bare zu verstehen, er solle sich nicht bewegen und leise sein. Obwohl der Morgen schon graute, hielt die Dunkelheit das Unterholz noch eng umschlungen. Das wenige Licht, das durch das Blätterdach den Weg nach unten fand, genügte gerade einmal, um wenige Fuß weit zu sehen. Dennoch wagte es keiner der beiden Männer, eine Lampe anzuschalten, zu groß war die Furcht vor dem, was hier hausen mochte. Lieber ließen sie sich von dem Anigrafen führen, einer Miniaturausgabe des Animeters, der einem Kompass ähnelte.

Die alte Hafenanlage hatte sich als eine Ansammlung überwucherter Ruinen herausgestellt. Kaum vorstellbar, dass einmal rege Geschäftigkeit und Leben hier geherrscht haben sollten. Von der auf der Karte eingezeichneten Straße gab es keine Spur. So mussten sie sich größtenteils durch unwegsames Gelände kämpfen. Mehrmals waren sie vom Weg abgekommen, da ihnen Tümpel und dichtes

Buschwerk ein Vorankommen unmöglich gemacht hatten. Aber jedes Mal, wenn sie drohten, die Orientierung zu verlieren, lotete sich der Zeiger des Anigrafen aufs Neue aus und führte sie weiter, lockte sie immer tiefer in das grüne Dickicht.

Sie passierten eine im Nebel liegende Talsohle, in der ein Rinnsal floss, in dem sie ihren Wasservorrat auffüllten. Plötzlich blieb Priggish stehen und hob die Hand. Bare, der nur ein paar Fuß hinter ihm folgte, hielt ebenfalls an und sah sich um. Allerdings konnte er nicht ausmachen, was Priggish zum Halten veranlasst hatte. Links und rechts von ihnen ragten moosbewachsene Felswände empor, aus denen Wasser wie Blut aus tausend Wunden troff. Vor und hinter ihnen war nichts als weißer Dunst. Priggish stand wie zu einer Skulptur erstarrt vor ihm. Dann senkte er behutsam die Hände und deutete auf eine Stelle im Nebel.

Bis auf das Plätschern des Rinnsals war es ungewöhnlich still. Erst jetzt fiel Bare auf, dass er weder Blätter rascheln noch Vögel schnattern hörte. Dieser Ort hatte etwas Anormales an sich, als hätten sie eine unsichtbare Grenze passiert und alles Leben hinter sich gelassen. Er starrte auf die Stelle, auf die Priggish zeigte. Zunächst erkannte er nichts, doch dann glaubte er, im Nebel einen Schatten auszumachen, der sich langsam von ihnen entfernte. Bare näherte sich Priggish mit vorsichtigen Schritten. Als er genau neben ihm stand, raunte dieser ihm zu: »Hört Ihr das?«

Bare lauschte. Ein zweites Geräusch hatte sich zu dem Tuscheln des Bächleins gesellt, nicht lauter als ein fernes Murmeln. Er drehte den Kopf zur Seite, sodass sein rechtes Ohr dem schwindenden Schatten zugewandt war. Nicht deutlich, dennoch hörbar vernahm er nun ein leises Zischeln, wie eine flüsternde Stimme. Sein Herz pochte.

Priggish ergriff seinen Arm. »Was auch immer es ist, im Augenblick scheint es sich vor uns zu fürchten. Kommt, wir verschwinden von hier.«

Nach einer Weile hatten sie das Bachbett verlassen und sich zurück unter die trügerische Deckung der Bäume begeben. Noch immer glaubte Bare sein Herz schlagen zu hören. Während er hinter Priggish herschlich, nahm er einen Schluck aus der Flasche. Das Wasser schmeckte sonderbar. Vielleicht war es aber auch nur die Einbildung, die ständige Befürchtung, auf etwas Unerwartetes und Unerhofftes zu stoßen. Der quälende Gedanke, in eine Falle geraten zu sein, überkam ihn, und am liebsten hätte er kehrtgemacht. Doch in diesem Augenblick lösten sie sich aus der Umarmung der Bäume und traten auf ein freies Feld, das sich meilenweit hinzog und erst in einem fernen Gebirgszug ein jähes Ende fand. Sie hatten die Minen erreicht.

Wohin sie auch blickten, allerorts ragten hölzerne Aufbauten aus der Erde, überwuchert von grünen und braunen Ranken. Überall waren Spaten und andere Grabungsutensilien in den Boden gerammt worden, auch sie überwuchert von grünem und braunem Geäst. Priggish öffnete seine Feldflasche und nahm einen Schluck Wasser zu sich, bevor er den Rest über seinen Kopf träufelte, der daraufhin wie ein Kochtopf zu dampfen begann. »Was nun, Mr. Bare?«

Bare wischte sich ein paar Schweißperlen von der Stirn und ahmte Priggishs Abkühlungsritual nach. Dann löste er den Anigrafen, den er sich an den Gürtel geschnallt hatte. Die Position des Zeigers hatte sich nicht verändert. Kopfnickend wies er nach Nordosten, woraufhin Priggish seinen Kopf in dieselbe Richtung drehte und ein unzufriedenes Grunzen von sich gab.

Sie stapften los, zogen vorbei an provisorisch zusammengeschusterten Hütten ohne Dächer, vorbei an verlassenen Grabungsstätten, an denen vereinzelt noch Reste von weißgelblichen Phosphatgesteinen aufgehäuft waren, vermischt mit allerlei Schutt, Blechdosen und sonstigen Artefakten. Stunde um Stunde verging. Die Sonne brannte heiß auf ihren Köpfen. Sie folgten einem zugewachsenen Gleisbett, das geradewegs auf die Berge zuhielt. Das musste die Linie sein, die Bare auf der Karte entdeckt hatte.

Am Nachmittag erreichten sie die ersten Ausläufer des Gebirges. Das Land wurde buckeliger. Wie Geschwülste erhoben sich hier und dort vereinzelte Hügelkuppen aus dem flachen Land, und Bare fragte sich, ob sie natürlichen Ursprungs waren.

*Ich sehe sie kommen. Sie machen Halt auf einem der großen Erdköpfe. Wenn sie nur wüssten, wie nah sie ihrem Ziel bereits sind.*

*Vielleicht ist es an der Zeit, es ihnen zu zeigen …*

Bare sank ins Grün. Er brauchte eine Pause. Die Schmerzen waren zurück gekehrt, und immer wieder zuckten Krämpfe durch seine

Waden. Priggish setzte sich neben ihm ins Gras, legte den Hut beiseite und fuhr mit den Händen durch seine schweißnassen Haare. Tropfen rannen sein Gesicht hinunter, sein Blick war auf die Berge gerichtet. »Das schaffen wir doch nie, nicht vor Einbruch der Nacht.«

Bare folgte Priggishs Blick, dann sah er zurück auf den Weg, den sie bereits zurückgelegt hatten. »Zum Schiff schaffen wir's ebensowenig.«

Priggish seufzte und wechselte das Thema. »Was stand eigentlich in der Nachricht? Was hat Sterz geschrieben?«

Die Nachricht, verdammt, wie konnte er sie nur vergessen haben! Bare kramte das Papierbündel aus seinem Tornister und las.

»Sagt schon, was steht drin?«

»Schlechte Nachrichten ... Die Yaşasın II, Forsters Schiff, wurde an einer der Tumaotu-Inseln angespült – das ist etwa fünfzig Meilen nördlich von hier. Die Geologin war an Bord. Tot. Ihre rechte Hand abgehackt.«

»Nicht gut ... Irgendwelche Spuren von Forster?«

Bare überflog Zeile für Zeile. »Nichts ...«

»Was schreibt er sonst noch? Irgendwelche Hinweise?«

»Sie haben die Leiche von Soazig Clement nach Papeete überführt – vorgestern war das. Sie wurde im dortigen forensischen Institut obduziert. *Natürlichen Todes gestorben*, sagen sie. Nein wartet ... Hier steht, sie hätten bei der toxikologischen Untersuchung ihres Leichnams eine eigenartige Entdeckung gemacht.« Bare las weiter, sah dann auf. »Aber das ist unmöglich!«

»Verdammt, sagt schon, was ist unmöglich?«

»Es stellte sich heraus, dass es in den Kernen ihrer Zellen keine Chromosomen gibt. Versteht Ihr, Priggish, das hieße, sie war ein Mensch ohne DNA – eine biologische Unmöglichkeit!« Bare lief ein Schauer über den Rücken. »Sterz berichtet weiter, sie seien in den Zellen auf eine eigenartige Substanz gestoßen. Weiß, schwach leuchtend.«

»Genau wie das Schimmern«, bemerkte Priggish, die Augen weit aufgerissen.

»Als sie versuchten, die Substanz zu extrahieren, hätte sie sich in nichts aufgelöst, heißt es. Einfach in nichts ...«

»Das klingt nach Antimaterie oder so etwas.«

Bare überlegte. »Nein. Antimaterie reagiert nicht selektiv, sie würde die Zellen komplett zerstören. Es muss etwas anderes sein. Etwas … Komplexeres.«

Priggish wollte etwas anmerken, doch Bare hob die Hand. »Moment, hier steht noch mehr. Sie haben ihre abgehackte Hand gefunden – es sind Bilder beigefügt.«

Bare reichte eines der Fotos an Priggish weiter, der daraufhin ein Würgen unterdrückte. »Das ist ja widerwärtig! Was ist das in ihrer Handfläche?«

»Hier steht, sie hätte sich ein vier Zentimeter großes Hautstück aus der Hand geschnitten, von ovaler Form. Dieses abgetrennte Stück konnten sie jedoch nirgendwo finden.«

»Warum hat sie das getan? Ich verstehe das nicht.«

»Augenblick, Sterz schreibt, die Ärzte hätten dort, wo das Hautstück fehlte, eine Art Doppelader gefunden. Zwei Kanäle, die scheinbar als Leitung für irgendetwas dienten.«

Priggish hob den Zeigefinger und überlegte. »Diese Substanz in ihren Zellen. Womöglich gelangt sie über diese Kanäle in den Körper.«

»Aber es sind zwei Kanäle, wofür ist der zweite?« Bare spürte, dass sie der Wahrheit schon ganz nah waren, doch es fehlte noch ein wichtiges, vielleicht nur winziges Detail. Dann fiel es ihm wie Schuppen von den Augen. »Es ist so offensichtlich! Einer der Kanäle schleust die Substanz, wie Ihr schon sagtet, in den Körper. Aber denkt an die fehlenden Chromosomen, Priggish. Der andere Kanal muss dazu dienen, die DNA aus dem Körper zu schaffen – wahrscheinlich in diese Super-DNA. Die Frage bleibt nur, warum? Acht tote Minenarbeiter, ein verschwundener Forster, eine tote Geologin, die sich die Hand abgehackt hat, längst ausgestorbene Tiere, die wieder auftauchen und dieser eigenartige Schimmer, der irgendwo in der Mitte dieser Insel entspringt«, fasste Bare zusammen, wobei er nacheinander die Finger seiner linken Hand aufstellte. »Wie soll das alles zusammenhängen …«

Bevor Priggish antworten konnte, erregte etwas seine Aufmerksamkeit. Er legte die Hände über die Stirn und spähte in die Weite. Dann deutete er mit dem Zeigefinger auf die Gleise, die sich als schwarzes Band bis hin zum fernen Bergmassive schlängelten. »Ich will verdammt sein, wenn das nicht Forster ist.« Er sprang auf und rannte den Hügel hinab.

Bare konnte immer noch nicht erkennen, was Priggish zu sehen glaubte. Doch dann hörte er ein fernes Rattern. Es klang wie das Stottern eines dieser antiken Dieselmotoren, die er in einem Londoner Museum gesehen hatte. Dann sah er es: Ein kleiner dunkelgrüner Kasten holperte ihnen auf dem Gleisbett entgegen, eine dünne Fahne schwarzen Rauches hinter sich herziehend. So schnell seine Beine es zuließen, eilte er hinunter zu Priggish, der einen Fuß auf die Schienen gestellt hatte. »Könnt Ihr etwas erkennen? Ist jemand auf diesem Ding?«

»Das ist eine Draisine, Mr. Bare. Diese fahren in der Regel nicht von alleine. Irgendjemand muss sie bedienen«, belehrte ihn Priggish und ergänzte schnell: »Hoffen wir, dass es Forster ist.«

Wenige Fuß vor ihnen kam die Draisine stotternd zum Stillstand. Bare und Priggish starrten auf das rostige Schienenfahrzeug. Doch nichts geschah. Sie machten ein paar Schritte darauf zu und blieben fassungslos vor dem Führerhäuschen stehen. Es war leer.

»Was sollen wir jetzt tun?«, wollte Priggish wissen.

Bare fuhr sich mit der Hand über den Mund. Auf seiner Stirn bildeten sich tiefe Furchen. Er warf einen Blick auf den Anigrafen, der an seinem Gürtel baumelte und nickte auf die Draisine. »Forster, womöglich war er es, der uns die Draisine geschickt hat – ein Zeichen, dass er lebt, versteht Ihr. Die Gleise führen direkt nach Nordosten in die Berge. Ich glaube, ich weiß, was zu tun ist.«

Kaum waren sie in das Führerhäuschen gestiegen, da setzte die Draisine sich bereits ratternd in Bewegung und rollte mit ihnen der grauen Finsternis des Bergmassivs entgegen.

Sie sprachen nicht. In Bare machte sich eine dunkle Vorahnung breit, als er nach Westen blickte. Die Sonne stand tief am Himmel, bald würde sie verschwunden sein. Insgeheim fragte er sich, ob er sie jemals wieder sehen würde, wenn das hier vorbei war.

Unaufhaltsam näherten sie sich dem Bergmassiv, dass sich wie ein grauer Klotz bis in den Himmel erhob. Die felsigen Flanken kamen immer näher.

»Da, eine Öffnung«, sagte Priggish plötzlich und deutete voraus.

Bare erkannte eine schwarze Pforte, die in den Fels hinein gehauen worden war. Das musste der Eingang zum Stollen sein.

»Was heißt das, Bare?« Priggish hob seine rechte Hand und wies auf eine in Stein gemeißelte Innschrift oberhalb der Öffnung.

Bare erkannte das Wort, er hatte es auf der Karte der Franzosen gelesen. »*Fenua atu'a*.«

»Wie?«

»Fenua atu'a – Hinterland.«

Obwohl der Durchgang groß genug war, zogen Bare und Priggish instinktiv die Köpfe ein, als sie ihn passierten. Als sie hindurch waren, verlangsamte die Draisine ihre Fahrt und kam kurz vor einem hölzernen Prellbock zum Stehen. Nachdem Bare und Priggish abgesprungen waren, setzte sie zurück und verschwand nach draußen ins Gleißen der untergehenden Sonne.

Schon jetzt vermisste Bare das monotone Knattern der Draisine. Ihr Atem war das einzige Geräusch im Stollen. Vor ihnen lag nichts als Schwärze.

Wie Blinde tappten sie durch die Dunkelheit, bis Priggish eine Eingebung hatte und die Taschenlampe von seinem Gürtel löste. In ihrem fahlen Licht drangen sie immer tiefer in das uralte Gestein. Ein beklemmendes Gefühl überkam Bare, als laste die gesamte Masse des Berges auf seinen Schultern, und er kam sich plötzlich sehr klein und unbedeutend vor.

Nach einer Weile veränderte sich der Klang ihrer Schritte. Nicht weit vor ihnen musste sich eine größere Aushöhlung des Stollens befinden. Das Geräusch von plätscherndem Wasser drang an ihre Ohren. Und noch etwas anderes. Etwas, das Bare nicht gefiel. Es klang wie ein fernes Zischeln oder Flüstern, und ihn durchfuhr ein Schauer, als ihm der Schatten im Nebel einfiel. Er sah, wie Priggish stehen blieb und lauschte, die Hand an den Schaft seines Buschmessers gelegt.

»Also habt Ihr es auch gehört?«, raunt er ihm zu.

Priggish nickte. Er sprach leise; seine Worte waren kaum zu verstehen. »Klingt wie ein Klagelaut. So, als hätte jemand Schmerzen. Dafür gibt es sicherlich eine logische Erklärung.«

Womöglich war es Forster, dessen Füße in eine Felsritze geklemmt waren. Bare überlegte. »Vielleicht sollten wir nach ihm rufen?«

Priggish schüttelte energisch den Kopf.

Er hatte recht. Wer wusste denn schon, was ein solcher Ruf im Gestein über ihnen bewirken würde. Man hörte oft Geschichten von Leuten, die in Höhlen oder Gletschern begraben lagen, weil sie sich zuvor an ihrem Echo erfreut hatten.

*Warum zögern sie?*
*Sie sind so nah.*

Im Fels regte sich etwas. Bare spürte ein dumpfes Beben unter den Füßen, noch ehe es zu einem tiefen Grollen heranwachsen war. Staub rieselte auf sie herab. Sie mussten sich am Fels festklammern, um nicht zu stürzen. Priggish ließ die Taschenlampe fallen. Sie prallte auf den Felsboden und verlosch. Allmählich dämmerte Bare, dass es töricht gewesen war, in den Stollen zu gehen. Ganz gleich, ob Forster hier war oder nicht, tot würden sie ihm auch nichts nützen.

Das ohrenbetäubende Grollen verklang, zurück blieb nur das keuchende Geräusch von Priggishs Atem. Erschöpft wollte Bare sich gegen den Fels lehnen, aber in letzter Sekunde wich er zurück.

Tief im Inneren des Gesteins erwachte ein Glühen und überzog den Fels mit pulsierendem, weißen Leuchten. In dem trüben Licht konnte Bare eine Gestalt ausmachen. Sie hockte, die Hände um die Knie geschlungen, an einer Felswand und lugte ihn aus geisteskranken Augen an. Sie war ganz und gar von weißem Schimmer überzogen. Als Bare begriff, was mit Priggish geschehen war, stellten sich seine Nackenhärchen auf. Die Erkenntnis, dass er verloren war, ließ ihm die Sinne schwinden.

Bare öffnete die Augen und stellte fest, dass er immer noch am Leben war. Er musste eine ganze Weile bewusstlos gelegen haben, denn etwas hatte sich verändert. Offensichtlich befand er sich jetzt in einer größeren Höhle. Und das Licht, es pulsierte nicht mehr, sondern schimmerte in zartem Glanz. Wassertropfen fielen von der Höhlendecke und erinnerten ihn daran, dass es noch so etwas wie Zeit gab.

Finger strichen über seinen Kopf. Bare erkannte, dass die Hand – die rechte – verbunden worden war, dann blickte er in ein Gesicht, das er kannte.

Forster!

Was war nur mit ihm geschehen? Bare beschlich das vage Gefühl, dass es nicht Forster war, der ihn aus diesen leeren Augen anblickte.

Die Hände packten ihn und richteten ihn auf. Kurz erblickte Bare Priggishs leblosen Körper, der an einer Felswand lehnte. Dann umklammerten die Hände seinen Kopf so, dass er gezwungen war, auf die gegenüberliegende Seite der Höhle zu schauen.

Was Bare dort sah, verschlug ihm den Atem. Ein namenloser Künstler hatte ein mächtiges Relief aus dem Fels geschlagen. Es musste mindestens hundert Fuß in der Höhe und dreihundert in der Breite messen. In seinem langen Leben hatte Bare noch nie ein so erstaunliches Werk zu Gesicht bekommen. Er sehnte sich danach, es genauer betrachten zu können, denn bislang konnte er lediglich die Umrisse des Motivs erahnen.

Als würde sein Wunsch erhört, glühte der Fels um ihn herum auf und erhellte das steinerne Relief. Ein riesiges Panorama wurde erleuchtet.

Bare hatte schon viele steinerne Bildwerke auf der ganzen Welt besucht. In Ägypten, Marokko, Südamerika und Asien. Jedes hatte sich einer gewissen Epoche zuordnen lassen. Doch dieses hier war anders. Es schien keinem bestimmten Stil zu folgen – außer der Wirklichkeit. Es war zeitlos. Es musste … uralt sein. In betörender Präzision erzählte es von der Evolution allen Lebens. Beginnend mit dem Urknall umspannte es Milliarden von Jahren. Jeder Einzeller, jedes noch so unbedeutend erscheinende Lebewesen des Prähistorikums fand hier seinen Platz. Je weiter seine Augen sich nach rechts wandten, umso bekannter erschienen Bare die dargestellten Geschöpfe. Er erkannte mächtige Echsen, Fische, Insekten, sämtliche Kalt- und Warmblüter. Sein Blick wanderte weiter über die Abkömmlinge der jüngeren Geschichte, bis hin zur Neuzeit und verharrte am rechten Rand des steinernen Werkes. Etwas fehlte. Etwas von Bedeutung.

Der Mensch.

Das Schimmern verlor an Intensität. Erneut war Bare von Dunkelheit umgeben. Ein Lichtkegel, der aus dem Inneren des Gesteins zu kommen schien, leuchtete über dem Relief auf und schwebte ein Weile lang mal hier-, mal dorthin, bis er schließlich über einer leeren Silhouette, fast ganz am rechten Rand des Panoramas stehen blieb.

Das Wesen, das einst Forster gewesen war, schob ihn zaghaft auf das Relief zu. Dabei benutzte es nur die linke Hand, die rechte wollte es anscheinend schonen. Bare war hin- und hergerissen. Er wollte nichts lieber als fliehen. Dennoch konnte er es nicht. Nicht jetzt, da er so kurz vor der Antwort auf seine Fragen stand. Wenn das Schimmern der Sintflut entsprach – vielleicht war das Relief dann die Arche? Und Arche bedeutet Überleben … Aber was, wenn er sich täuschte?

Als sie das Relief erreicht hatten, erkannte Bare, dass die leere Silhouette die grobe Gestalt eines Menschen umriss. Die Evolution, dachte er. Der Mensch sah sich stets als Ende, als Höhepunkt der Evolution. Aber weshalb ist sein Platz dann leer?

Das Forster-Wesen bedrängte ihn nicht mehr, sondern ließ ihm die Zeit, die er brauchte.

Die er brauchte? Die er *wofür* brauchte?

Bare stieß einen Laut der Verzweiflung aus. Fast fünfzig Jahre lang war er Mitglied in einer Gesellschaft gewesen, deren Ziel es war, die Wahrheit aufzuspüren. Einer Gesellschaft, der bemerkenswerte Entdeckungen gelungen waren, die immer komplexere Theorien entwickelt hatte, um sich der Wahrheit zu nähern. Und doch stand er da und schien an einem simplen Rätsel zu scheitern.

Dachte er zu kompliziert? Einfache Rätsel verlangen einfache Antworten … Der Mensch aber brüstet sich mit der Fähigkeit, komplex zu denken, dachte er. War er am Ende blind gegenüber dem Einfachen geworden?

Bares Blick schwebte über das Relief, als würde er darin die Antwort auf seine Fragen erhalten. Tiere, überall Tiere. Warum hatten sie es ins Relief geschafft? War es, weil sie nicht anders konnten, als sich als Teil des Ganzen zu sehen, weil sie nicht in der Lage waren, eine Sonderstellung zu beanspruchen, so wie es der Mensch tat? Musste der Mensch also von seinen Ansprüchen ablassen, um Teil des Reliefs zu werden, sich stattdessen als das begreifen, was er tief im Inneren war – als Tier? War also am Ende nicht der Mensch, sondern die Erkenntnis seiner tierischen Wesensart die Vollendung der Evolution?

Wie zur Antwort erhob sich ein Grollen im Gestein. Fasziniert verfolgte Bare, wie sich die Form der Silhouette veränderte, bis er schließlich sein eigenes steinernes Antlitz erblickte.

Wieder drängte das Wesen, das einst Forster gewesen war, ihn mit sanftem Druck weiterzugehen. Kurz bevor Bare den Felsen berühren konnte, gab es ihm mit sanftem Druck gegen seine Schultern zu verstehen, er solle sich umdrehen. Bare begriff, was das zu bedeuten hatte. Er versuchte, sich aus dem plötzlich festen Griff seines einstigen Freundes zu lösen. Es gab noch andere Fragen zu klären. Was war mit Priggish? Was würde mit ihm geschehen? Aber seine Kraft reichte nicht aus. Das Wesen war zu stark. Mit einem dumpfen Aufprall landete Bare in seiner eigenen steinernen Silhouette. In unheilvoller Erwartung wand er sich hin und her, versuchte sich aus unsichtbaren Fesseln zu befreien. Doch wie sehr er sich auch anstrengte, die Kraft, die ihn hielt, war stärke als die seine. Schließlich begriff er, dass es zwecklos war, entspannte seine Muskeln, schloss die Augen und lauschte seinem Atem. So fühlte es sich also an, wenn man den Berg auf seinem Rücken trug.

Plötzlich ging ein Ruck durch den Fels, das weiße Schimmern kehrte zurück, glühte im Gestein neben, über und unter ihm auf. Zugleich erhob sich ein Grollen und wuchs zu einem Beben an, das ihn bis ins Mark erschütterte. Ein Felsbrocken löste sich aus der Decke der Höhle und landete nur wenige Zentimeter neben dem Wesen, das einst Forster gewesen war. Wie gern hätte er seinen alten Freund ein letztes Mal gesehen. Aus dem Loch in der Höhlendecke floss weißer Schimmer und tropfte wie Blut herunter.

Das Wesen löste den Verband von seiner rechten Hand. Entsetzt entdeckte Bare, was es darunter verborgen hatte: Ein Auge, mitten in der Handfläche. Es zuckte, schien sich umzusehen. Und dann erblickte es ihn. Bare versuchte wegzuschauen, doch es gelang ihm nicht.

Das Wesen streckte die Hand aus und fing ein paar Tropfen des weißen Schimmers auf. Die Pupille des Auges weitete sich und ließ das Leuchten ein. Je mehr Schimmer durch das Auge in den Körper des Wesens gelangte, umso lebendiger erschien es Bare. Umso mehr wurde es Forster.

Endlich verstand Bare. Die Geologin, die Minenarbeiter, die Matrosen, sie alle waren gestorben, weil sie sich ihre Hände abgehackt hatten – nicht, weil sie vom Schimmer berührt worden waren.

Forster trat auf ihn zu. Ein ehrliches Lächeln umspielte seine Lippen. Er war wieder ganz der Alte. Aber zur gleichen Zeit schien auch etwas Neues Teil von ihm geworden zu sein. Es spiegelte sich in seinem Blick wieder, in der Art, wie er Bare verstehend ansah.

»Du hast es vollbracht, Warren.«

Es war so gut, die Stimme seines Freundes zu hören. Bare wollte seiner Freude Ausdruck verleihen, aber es verschlug ihm die Sprache. Als er seine Fassung zurückerlangt hatte, gelang es ihm, etwas zu sagen. »Das Schimmern, Thomas, warum bist du nicht tot?«

Forster schien irritiert. »Das Schimmern? Tot? … Oh, nein, das verstehst du falsch, Warren. Ruitea bringt keinen Tod.«

»Was dann, was bringt Ruitea dann?«

Auf Forsters Gesicht zeigte sich der Anflug eines Entzückens. »Lass es mich so sagen. Der Planet – er weiß nun um mich, er ist sich meiner bewusst. Verstehst du?«

Bare war sich nicht sicher, aber er nickte. Dann wurde ihm das Relief wieder bewusst, dessen Teil er nun war. »Thomas, kannst du mir sagen, was mit mir geschehen wird? Dies ist doch eine Arche, hab ich recht?«

»Eine Arche …« Forster ließ sich das Wort durch den Kopf gehen. »Eine der besonderen Art, ja. Eine *Arche Nova*, könnte man sagen.«

»*Arche Nova?*«

Forsters Augen streiften über das Relief. Dann trafen sie Bare, und Forster schenkte ihm ein Lächeln voller Wärme. »Ich glaube, du bist nicht mehr vorgesehen für diese Welt, Warren. Man braucht dich jetzt … woanders.«

»Thomas, ich verstehe nicht.«

»Nein, aber du *wirst* verstehen.«

Forster trat zu ihm an das Relief, um ihn ein letztes Mal zu berühren. Dann wandte er sich um und ging, ohne sich noch einmal umzudrehen.

Immer mehr vom weißen Leuchten kam aus dem Loch in der Höhlendecke geflossen. Ein erster Schwall schwappte über Bares Körper hinweg und hinterließ ein unerwartet angenehmes Prickeln. Seine Schmerzen ließen nach. Schon nach der zweiten Flut wurde aus dem Prickeln ein unerträgliches Kribbeln, das Bare sich winden ließ wie ein Fisch, den man seines Elementes beraubt hat.

Auf einmal entdeckte er Priggish auf der anderen Seite der Höhle. Er bearbeitete seine rechte Hand mit seinem Buschmesser. Bare wollte schreien, wollte ihm zurufen, dass er nur warten müsse. Dass das Auge von allein verschwinden würde. Doch er konnte nicht. Er war jetzt nicht mehr als ein Tier. Und Tiere konnten nicht sprechen.

Eine weitere Welle weißen Lichts überflutete ihn. Und zum ersten Mal landeten Tropfen davon in seinem Mund. Bare wehrte sich, versuchte zu speien, doch die Tropfen flossen jedes Flehen missachtend seine Kehle hinunter.

Dann ließ das Schimmern in der Höhle nach, bis es schließlich ganz verschwunden war. Für kurze Zeit war es wieder dunkel, doch dieser Zustand hielt nicht lange an. Denn in Bares Körper regte sich etwas. Er spürte einen weiteren Pulsschlag in sich, so, als schlüge in ihm ein zweites Herz. Aus dem Augenwinkel sah er, wie der weiße Schimmer seine Haut einhüllte, dann erblickte er ihn direkt vor seinen Augen. Er wusste nicht weshalb, aber er begriff, dies war der Moment, in dem sich sein Bewusstsein, all sein Schmerz von ihm lösen würden.

Langsam sank er hinab; er versank in sich selbst. Bald waren seine Augen nur noch winzige Fenster, durch die ein weißes Leuchten schimmerte. Er sank tiefer, vorbei an vergessenen Momenten seines Lebens, an allem Schlimmen, an allem Guten. Mehr und mehr Erinnerungen befreiten sich von ihm und stiegen auf, während er immer tiefer ins Nichts eintauchte. Und mit der Zeit löste sich der Körper, in dem er einst gelebt hatte, auf und zerfiel in seine Elemente. Winzige Zellen schwebten durch die Dunkelheit und zerfielen ebenfalls, bis schließlich nur noch Millionen und Abermillionen Teilchen übrig blieben und einen neuen Kosmos formten.

Am äußersten Rand der Galaxien schwebte Warren Bare und lächelte über die tiefste aller Erkenntnisse.

***

Summend schob sich die Lukenabdeckung in das Gehäuse. Ein Lampe leuchtete das Innere des Kommandodecks aus und blieb über einem bewusstlosen Gesicht stehen. »Es ist dieser Forscher … Ich glaube, Forster ist sein Name. Sonst ist niemand an Bord.«

Ein junger Mann bahnte sich zielstrebig einen Weg durch die Menschenmasse, die sich mitten in der Nacht an einem Pier am Hafen von Papeete versammelt hatte. Wie ein Lauffeuer hatte sich die Meldung von der Leviathan herum gesprochen, und Gerüchte über die Wiederkehr des großen Thomas Forster waren laut geworden.

Mit zusammengekniffenen Augen spähte Daniel Sterz in das Kommandodeck. »Ist er am Leben?«

Ein kahlköpfiger Mann trat zu ihm. »Atmung, Herzschlag – ja, alles bestens, scheint nur lange nicht geschlafen zu haben.«

Sterz atmete durch. »Ist sonst noch jemand an Bord? Bare, Prigish?«

Der kahlköpfige Mann sah sich um, dann erst schien er die Frage zu verstehen. »Nein, sonst niemand. Nur Forster.«

Sterz‘ Brust schnürte sich zusammen. Er hatte gewusst, dass die Expedition gefährlich werden würde. Dennoch war er immer davon ausgegangen, dass alle heil wiederkehren würden.

Grübelnd setze er sich an einen Steg und ließ die Beine über dem Wasser baumeln. Einer der Männer am Pier schrie etwas von einem Auge, das er im Wasser gefunden hätte. Augen … Französinnen haben schöne Augen, dachte Sterz und sah in den Nachthimmel. Und für einen Augenblick hätte er schwören können, Warren Bares Lächeln zwischen den Sternen aufblitzen zu sehen.

HINTERLAND

## bibo Loebnau

# Tief-Blau

bibo Loebnau (*1963 in Bremen) ist Berliner Autorin.
Die gelernte Journalistin und Besitzerin einer PR-Agentur hat 2009 im Eichborn Verlag den Roman *Zoe – Sind denn alle netten Männer schwul?!* – in dem David Bowie auch eine wichtige Rolle spielt – veröffentlicht.
Webseite: www.bibo-loebnau.de

*Blue, blue, electric blue,*
*that's the colour of my room*
*where I will live*
*blue, blue*

*»Sound and Vision«*
*David Bowie, 1977*

»Da! Wahnsinn! Hast Du die Neon-Desmoiselles da drüben gerade gesehen?« Ottas Stimme überschlug sich. »Ein riesiger Schwarm!« Aufgeregt hämmerte ihr Zeigefinger gegen die Scheibe in Richtung Riff. Jeff blickte irritiert von seinem Mikroskop auf und sah aus dem großen Bullauge hinter seiner Kollegin.

»Sorry?! You ... äh, du meinst Pomacentrus coelestis? The electric blue damselfish? That's totally unmöglich. Die leben doch schon lange nicht mehr in the Indian Ocean«, antwortete er verwirrt. Als er sein halbamerikanisches Kauderwelsch registrierte, stellte er den kleinen Regler der Language-Transfer-Unit, die an der Innenseite seines Handgelenks klebte, wieder präzise ein. »Du musst dich irren, Otta!«, ergänzte er, nun akzentfrei, während seine Augen das ungetrübte Wasser jenseits der gekrümmten, zwanzig Zentimeter dicken Scheibe nach kleinen, blauen Riffbarschen absuchten.

Das Labor lag fünfhundert Meter vor Huvafenfushi im Nord-Male-Atoll, fest verankert in fünfzig Metern Tiefe. Vor zwei Jahren waren auch die höchsten Palmen der kleinen Malediven-Insel im Meer verschwunden. Statt der wohlhabenden Honeymooner hatten die Wissenschaftler hier seit zehn Jahren das Kommando – unter Wasser. Der Luxus früherer Jahre, die edel ausgestatteten Villen am schneeweißen Korallenstrand und das Unterwasser-Spa waren inzwischen fünf funktionalen, durch enge Röhren miteinander verbundenen Deep-Sea-Containern gewichen.

Das Summen der voluminösen Rebreather, welche die Atemluft stetig wieder aufbereiteten, nahmen Otta, Jeff und ihre Kollegen schon lange nicht mehr wahr. In ihren beengten Laboratorien mit den angeschlossenen Wohnmodulen lebten und arbeiteten sie umgeben von dem Element, das Fluch und Segen zugleich war. Bei konstanten dreiundzwanzig Grad Celsius Raumtemperatur betrieben sie ihre Untersuchungen völlig abgeschottet von der Außenwelt. Eine Satellitenverbindung bestand nur zur URL, der Zentrale der »Underwater Research Laboratories« in Neu-Delhi. Dort liefen sämtliche Forschungsergebnisse aller vierhundert Unterwasser-Labore aus den Ozeanen rund um den Globus ein. Als letzte verbliebene Weltmacht kontrollierte Indien seit fast zehn Jahren das Geschehen auf der Erde – die seit Mitte 2100, statt wie früher zu 71 inzwischen zu über 90 Prozent von Wasser bedeckt war. Und dort, tief in der See, fanden sie auch das Objekt ihrer Begierde, das sie ohne das landverschlingende Wasser wahrscheinlich nie entdeckt hätten.

Otta löste langsam ihren Blick vom Korallenriff, das in zehn Metern Entfernung als steile, bleiche Wand aus Kalkfelsen in die Höhe ragte. Die Korallen waren seit Jahren abgestorben und in ihren Skeletten tummelten sich schon lange keine bunten Riffbewohner mehr. Überlebt hatten nur Krebse, riesige Langusten, Röhrenwürmer, Seeigel und Muscheln in allen Größenordungen – mutierte Nachkommen der Schalentiere, die sich an die Lebensbedingungen in dem durchschnittlich vierzig Grad warmen Meerwasser angepasst hatten – sowie etliche Quallen und wenige, zumeist giftige Fischarten wie Feuerfische, Muränen, Stein- und Skorpionfische. Ihre einzigen Fressfeinde waren bis zu zehn Meter lange Tiefseehaie. Die Räuber tauchten allerdings nur selten hier oben auf, da sie meist in mehr als fünfhundert Metern Tiefe, im kühleren, dunklen Wasser, ihre Runden drehten.

»Doch! Ich bin mir sicher, Jeff. So was bilde ich mir doch nicht ein«, insistierte Otta. »Das waren neon-blaue Riffbarsche!« Sie verschränkte die Arme vor dem Körper, warf ihre schwarze Lockenmähne ruckartig nach hinten und sah Jeff herausfordernd an. Seine warmen, braunen Augen faszinierten sie immer noch. Er schüttelte nur mitleidig den Kopf:

»Wie lange liegt deine letzte Sitzung im Mind-Seeker jetzt zurück? Vielleicht solltest du mal wieder deine Wahrnehmungsverschiebungen durchchecken lassen? Das kann nach ein paar Monaten hier drin schon mal passieren, dass man Dinge sieht, die es gar nicht gibt.«

»Ich hab mich erst letzte Woche von der Maschine gründlich auf Vordermann bringen lassen. Ich weiß, dass ich mir das nicht eingebildet habe!«

Jeff blieb skeptisch:

»Jetzt sei doch mal realistisch. Du bist doch die Chef-Biologin hier. Korallenfische existieren nur noch in ein paar synthetischen Aqua-Habitaten, und das nächste liegt weit weg, vor dem ehemaligen Sri Lanka. Korallen sind ausgestorben und mit ihnen die Fische. Da draußen herrscht Ödnis. Also wo bitte sollen deine kleinen, blauen Fischlein auf einmal herkommen?«

Otta stemmte die Hände in die Hüften, blickte von Jeff zum Bullauge und zurück:

»Ja, Herr Professor, ich weiß, dass das eigentlich nicht sein kann. Aber im Gegensatz zu dir gucke ich nicht immer nur in das Okular eines Mikroskops, sondern ab und zu auch mal aus dem Fenster. Und da hab ich gerade einen riesigen Schwarm Fische gesehen! Blaue! Genauso neon-blau wie die Wände in deinem Schlafmodul!«

Jeff zog eine Augenbraue hoch.

»Ich mache hier einfach nur meine Arbeit und gebe mich nicht irgendwelchen Fantastereien hin«, erwiderte er dann kalt. »Seit der Meeresspiegel mit fünf Zentimetern pro Jahr ansteigt, haben wir es auf dem Subkontinent mit wirklichen Problemen, die schnell einer Lösung bedürfen, zu tun. Und schließlich sind auch Europa, Asien, Afrika und Australien damit beschäftigt, auf ihren verbliebenen Landflächen genügend Nahrungsmittel anzubauen. Da können wir uns doch nicht mit irgendwelchen, angeblich noch existierenden Korallenfischen befassen.«

Otta reagierte verunsichert auf seine barschen Worte. Zwar war ihr die Wichtigkeit ihrer Mission bewusst, aber der Anblick der Riffbarsche hatte fast vergessene Emotionen in ihr ausgelöst.

»Klar, viele Länder sind einfach von der Erde verschwunden, die Flüchtlinge stapeln sich. Aber ich kann doch nicht ständig nur an unseren aktuellen Forschungsgegenstand denken. Und immer geht es zuerst um die Inder und ihre Verbündeten. Warum können wir eigentlich nicht auch die anderen Völker stärker an unserer Arbeit beteiligen?«

Die Industrien lagen weltweit am Boden und die restlichen Bodenschätze, die es noch auszubeuten lohnte, wurden ausschließlich von staatlichen, indischen Mega-Konzernen kontrolliert. Das Hauptaugenmerk war überall auf den Erhalt des noch bewohnbaren Landes gerichtet. Mit großem Aufwand versuchte man, die Küsten durch neuartige Deichsysteme zu schützen. Doch es gab immer weniger geeignetes Baumaterial, das dem Druck des Wassers standhalten konnte. Fieberhaft wurde nach Alternativen gesucht. Otta wurmte es immer öfter, dass nur die Länder, die sich der südasiatischen Vormachtstellung gebeugt hatten, von den neu entdeckten Ressourcen aus dem Meer profitierten.

Jeff bemühte sich, Ottas Augenmerk auf das für ihn Wesentliche zu lenken:

»Wir stehen jetzt kurz vor dem Durchbruch, Frau Kollegin. Mit den Molekülen, die die indischen Tauchroboter im Diamantinatief gefunden haben, sehe ich echte Chancen, endlich stabile Deiche bauen zu können.«

Die Wissenschaftler der URL hatten in ihrem Unterwasserlabor vor wenigen Monaten bisher unbekannte Moleküle mit einer extrem hohen Dichte aus den Wasserproben aus über achttausend Metern Tiefe herausgefiltert. Die fremdartigen Stoffe kamen nur an der tiefsten Stelle des Indischen Ozeans vor und wurden »OJG 8000« genannt – nach ihren Entdeckern Otta, Jeff und George.

»Ja, du hast ja Recht, aber ich kann doch nicht einfach ignorieren, was ich gerade gesehen habe. Das ist doch unglaublich! Da draußen scheint es noch mehr Leben zu geben, als wir angenommen haben. Als Biologin muss ich das doch untersuchen!« Otta wollte sich nicht von ihrer Entdeckung abbringen lassen, sie war einfach zu sensationell. »Die Moleküle laufen uns ja nicht weg. Vielleicht gibt's da noch mehr, als wir bisher dachten. Wir dürfen nicht so schnell aufgeben. Und wenn sich hier jemand damit auskennt, auch in einer ausweglosen Lage nicht aufzugeben, dann ja wohl du, Jeff.« Sie lächelte ihm versöhnlich zu, doch er schien gerade ganz woanders zu sein. Scheinbar gedankenverloren rieb er sich mit dem Daumen hinterm Ohr, eine für ihn typische Geste. Sie schien ihm dabei zu helfen, neue Ideen zu entwickeln, und davon brauchten die Forscher dringend ein paar mehr, wenn sie die hochgesteckten Ziele der URL erreichen wollten.

In sämtlichen anderen Ozeanen hatte man nämlich bisher vergeblich nach den winzigen Partikeln, welche die Rettung der letzten bewohnbaren Flecken auf der Erde bedeuten konnten, gesucht. Auf allen Kontinenten bauten indische Konzerne bereits an riesigen Aufbereitungsanlagen, in der Hoffnung, möglichst bald genügend

Material produzieren zu können, aus dem die gigantischen Deichanlagen vor den Küsten konstruiert werden sollten. Die Menschheit schöpfte wieder Hoffnung und war sich erstmals einig. Der Überlebenswille, der nun überall vorherrschte, sorgte dafür, dass die Völker der Welt ihre gemeinsamen Interessen über frühere politische und religiöse Unterschiede stellten. Nun ja, fast die ganze Welt …

Seit mehr als einem Jahrzehnt hatten sich die CUSA komplett vom Rest des Planeten abgeschottet und ihre eigenen Überlebensstrategien entwickelt. Die streng religiöse, fundamentalistische Regierung, die seit zwölf Jahren im Amt war, hatte das »C« für »Christian United States of America« eingeführt.

Der amtierende Papst Ursus I. residierte mittlerweile in Utah und führte die Inquisition wieder ein. Seit die CUS-Regierung von Ursus' Gnaden herrschte, wurden diejenigen, die sich den Dogmen nicht unterwarfen, gnadenlos verfolgt, gefoltert und schließlich in gewaltige schwimmende Lager, weit draußen im Meer, verbannt und vergessen. Man erfuhr praktisch nichts über ihr Schicksal. Nur einmal war es den Indern gelungen, einen der Verfemten von dort zu retten. Der Wissenschaftler Jeff war seinem Insel-Gefängnis wie durch ein Wunder entkommen.

»Ich hatte einfach verdammtes Glück«, murmelte er, in Gedanken versunken.

»Nein, du hattest den Willen zu überleben! Niemand sonst hat es bisher geschafft, mit einem Floß von dort zu flüchten«, fuhr Otta fort. »Glück war es dann, dass du zufällig genau auf der Route des patrouillierenden, indischen U-Boots gelandet bist. Warum sprichst du eigentlich nie über deine Flucht?«

»Es war einfach zu grauenvoll«, antwortete er gequält und blickte sie aus seinen warmen, braunen Augen traurig an. »Die Erinnerung an die Zeit hab ich im Mind-Seeker inzwischen fast vollständig gelöscht. Mich interessieren jetzt nur noch mein neues Leben und die Forschung hier mit dir und den Kollegen.«

Er hatte seinen Befreiern die glückliche Rettung mit seinem Knowhow, das er sich vor der großen Säuberungswelle in einem amerikanischen Forschungslabor angeeignet hatte, gedankt. Jeff galt als Held, vor allem, seit er sogar einer der Entdecker des »OJG 8000«-Moleküls geworden war.

Die CUSA hatten ein Kopfgeld auf den prominenten Flüchtling ausgesetzt. Bereits seit Jahren arbeiteten ihre Strategen daran, ihre frühere Vormachtstellung in der Welt eines Tages doch wieder zu übernehmen. In geheimen Labors in der ehemaligen Wüste Nevadas, die sich, nach dem Untergang Kaliforniens, zu einem küstennahen Sumpfland entwickelt hatte, forschten CUS-Wissenschaftler an eigenen Tauchrobotern, die in der Lage waren, die neu entdeckten Moleküle bereits im Meer in eine trockene, extrem dichte Masse umzuwandeln. Da sie aber vor ihren eigenen Küsten scheinbar nicht fündig geworden waren, drangen sie in den Indischen Ozean ein.

Die Sache flog auf, als indische Militär-U-Boote einen unbemannten, gigantischen Tauchroboter aufgebracht hatten. Bevor seine Funktionsweise und Herkunft überprüft werden konnten, zerstörte sich die Maschine allerdings selbst. Es blieb nichts übrig, als Millionen winziger Partikel, die das Meer verschlang.

Die CUS-Geheimdienste bestritten vehement, dass es sich um ein amerikanisches Fabrikat gehandelt habe und streuten stattdessen wieder einmal Gerüchte, dass eine versprengte Gruppe islamischer Terroristen aus Pakistan die Schuldigen seien. Wie immer glaubte ihnen niemand, und nicht nur im URL-Unterwasserlabor waren sich die Wissenschaftler sicher, dass den amerikanischen Kollegen jedes Mittel Recht war. Um etwaigen Angriffen zuvorzukommen, hatten die Inder hochempfindliche Satelliten ins All geschossen, die jeden Quadratmeter der Meere nach feindlichen U-Booten und Tauchrobotern abscannten. Nach ein paar Monaten schienen sämtliche amerikanischen Unterwasser-Fahrzeuge aus den Ozeanen verschwunden zu sein. Die orbitalen Metall-Detektoren zeigten keinerlei feindliche Bewegungen mehr an. Der Rest der Welt fühlte sich wieder sicher.

Otta seufzte, Jeff hatte ja Recht. Trotzdem, die Neon-Desmoiselles da draußen ließen ihr keine Ruhe.

»Jeff, Ich muss der Sache einfach auf den Grund gehen. Meine Präparate im Hydro-Brüter brauchen sowieso noch ein paar Stunden. Da kann ich die Zeit ebenso gut für einen Tauchgang nutzen und nach dem blauen Schwarm suchen!«

Ein feines Lächeln umspielte Jeffs Lippen.

»Du gibst nicht auf, was?! Nun, wenn du meinst, dass da draußen etwas ist, das hier eigentlich nicht hingehört, dann sieh eben nach …« Er gab sich alle Mühe, desinteressiert zu klingen, und genau das reizte Otta nur umso mehr.

»Genau das mache ich! Und wenn ich sie gefunden habe, zeige ich dir die Fische auf meinem Visioner.«

»Otta! Dir ist klar, dass es gegen die Vorschriften verstößt, alleine da draußen zu tauchen?! Denk an die Tiefseehaie und daran, was mit George vor drei Monaten geschehen ist. Wir konnten ihn nur noch anhand seines ID-Implantats identifizieren.«

Otta schüttelte unwillig den Kopf. Jeff sollte doch genau wissen, dass er sie mit der Erinnerung an das tragische Ereignis nicht von ihrem Vorhaben abbringen konnte. Sie galt als brillante Wissenschaftlerin, aber auch als stur und eigensinnig, wenn sie sich erstmal etwas in den Kopf gesetzt hatte. Und sie pflegte dieses Image. Ohne Jeff eines weiteren Blicks zu würdigen, stapfte Otta los, Richtung Wet-Room.

»Ich weiß genau, was ich tue«, murmelte sie mehr zu sich selbst. Ihr Kollege zuckte nur kurz mit den Schultern und widmete sich mit einem Lächeln wieder den winzigen Teilchen unter seinem Molekular-Mikroskop.

Der dünne, rote Kühlfaser-Anzug schmiegte sich eng an ihren schlanken Körper. Otta griff sich einen der bleistiftgroßen, aufgeladenen Atemsticks und klinkte ihn in ihren Helm mit der Visioner-Kamera ein. Das Hydreliox-Gemisch würde für die nächsten fünf Stunden auch in über hundert Metern Tiefe ausreichen. Ungeduldig wartete sie darauf, dass die Schleuse sich mit Meerwasser füllte und ihr den Weg nach draußen frei gab. Sie atmete tief durch und überprüfte ihre Instrumente, während das Wasser langsam an ihrem Körper emporstieg.

Kaum hatte sich das Tor weit genug geöffnet, schaltete Otta ihren Skooter ein und ließ sich hinausziehen. Ihre nackten Hände registrierten die Wärme des Ozeans, aber der Anzug sorgte dafür, dass sie nicht schwitzte. In einer weiten Rechtskurve glitt sie näher an das Riff heran, das hier steil abfiel. Die digitale Tiefenanzeige auf der Innenseite ihres Visiers zeigte 52 Meter an.

Otta ließ den Blick über die kalkweiße Wand schweifen. Kein Anzeichen von Leben, nicht mal Algen oder Schwämme, sondern nur die bizarren Formen der abgestorbenen Korallen-Skelette. Als sie sich kurz umsah, verschwanden gerade die Umrisse des Unterwasserlabors in der Ferne. Sie suchte das Riff zu ihrer Linken und das Meer vor ihr systematisch nach Veränderungen ab. Ihr LFA-Sonar sandte konstant tieffrequente Klicklaute aus, doch in dem klaren Dunkelblau um sie herum schien sich nichts zu bewegen.

Wenn sich die Neon-Desmoiselles noch im flacheren Wasser aufhalten würden, hätte ich sie längst finden müssen, überlegte sie und beschloss, tiefer zu tauchen.

Da knackte es in ihrem Kopfhörer, und die spöttische Stimme von Jeff ertönte:

»Hallo, Frau Kollegin! Schon was Interessantes entdeckt? Hübsche blaue Fischlein am toten Riff? Warum schaltest du das Bild des Visioners nicht frei, damit ich sie auch sehen kann?«

Otta drückte kurz auf die Mikro-Taste an ihrem Oberkörper:

»Hör auf, mich zu nerven! Ich weiß, was ich gesehen habe. Irgendetwas ist hier draußen, und ich melde mich erst wieder, wenn ich es gefunden habe! Du wirst schon sehen, verdammt! Ich melde mich hiermit ab. Ende und aus!«

Nach weiteren zwanzig Metern hatte sie die Riffkante erreicht. Hier fiel der Korallenfels unvermittelt ab. Otta versuchte, etwas zu erkennen, doch unter ihr gähnte nur die dunkle Tiefe. Sie checkte ihre Überlebensfunktionen. Der Computermonitor in ihrem Helm zeigte grünes Licht. Otta ließ sich über die Kante gleiten, schaltete den Skooter aus und ließ sich fallen. Wie in Zeitlupe sank sie hinab – 60, 70, 80 Meter. Ihr Anzug glich den steigenden Umgebungsdruck automatisch aus, so dass sie gleichmäßig weiter absinken konnte. Um sie herum wurde es merklich dunkler. Als sie nach oben blickte, konnte sie das Sonnenlicht an der Wasseroberfläche nur noch erahnen. Das Riff war inzwischen zu weit weg, um sich daran orientieren zu können. Um sie herum war nur noch undefinierbares Blau.

Plötzlich bemerkte sie im Augenwinkel eine Bewegung. Ruckartig drehte sie den Kopf zurück und starrte in das Zwielicht unter ihr. Doch mit bloßem Auge konnte sie nichts erkennen. Sie schaltete den Visioner ein und aktivierte den Darkness-Modus. Sofort veränderte sich das Bild. Auf ihrer Helminnenseite konnte sie ihre Umgebung im Umkreis von fünfzig Metern jetzt taghell wahrnehmen. Und da sah sie es …

Tausende blaue Punkte zuckten wie Blitze gut fünfzig Meter tiefer.

Die Riffbarsche! Ich hab sie gefunden!, schoss es Otta triumphierend durch den Kopf, während sie, wie magisch angezogen, langsam dem seltsamen Leuchten entgegensank.

Unmerklich veränderte sich das Bild. Die einzelnen, hektisch blinkenden Lichtpunkte verschwammen vor ihren Augen und bildeten eine Art Nebelschleier. Die wabernde, blaue Masse schien sich in einen einzigen Körper von gigantischen Ausmaßen zu verwandeln.

Fasziniert betrachtete Otta das fremdartige Gebilde. Sie kniff die Augen zusammen und erkannte plötzlich, was es war. Ihre Nackenhaare stellten sich augenblicklich auf, und ein eiskalter Schauer kroch über ihren wohltemperierten Körper. Sie starrte in den weit aufgerissenen Rachen eines gigantischen, blauen Tiefseehais, dessen Ausmaße die Größe seiner grauen Artgenossen um ein Vielfaches überstiegen.

»Oh Gott!«, stöhnte sie leise auf und starrte wie gelähmt auf die leuchtend-blauen, spitzen Zähne, die immer näher kamen. Meter für Meter. Immer schneller.

Endlich wurde ihr bewusst, dass sie selbst es war, die sich auf das furchterregende Wesen zubewegte. Ihr Körper sank tiefer und tiefer. Ein Blick auf das rot blinkende Helm-Display verriet ihr, wie tief ... 125 Meter, 130 Meter, 135 Meter …

Was?! Oh, nein! Stopp! Ich muss sofort weiter nach oben. Bei 150 Metern beginnt die Todeszone ... Das hält der Helm nicht aus …

In diesem Moment ertönten auch schon die schrillen Warnsignale in ihren Kopfhörern, parallel zum Blinken der Display-Dioden. Sie musste sofort reagieren, doch die Furcht lähmte ihr Reaktionsvermögen.

Reiß dich zusammen!, befahl sie sich selbst und nahm einen tiefen Atemzug. Die Panik hatte sie weiterhin fest im Griff.

Hektisch fingerte sie an dem Druckregler am rechten Handgelenk, drehte die Schnauze des Skooters mit einem Ruck nach oben und schaltete ihn wieder ein. Dann aktivierte sie den zusätzlichen Auftrieb im Anzug. Otta spürte, dass die jetzt schlagartig eindringende Luft ihren Körper zusammenpresste und ihr den Atem nahm. Gleichzeitig registrierte sie, dass sich ihr Sinkflug endlich verlangsamte. Sie atmete durch.

Aber irgendetwas stimmte nicht, der Skooter reagierte nicht normal. Das leise Surren seiner elektrisch betriebenen Schrauben war kaum zu hören. Sie arbeiteten wie abgebremst und drehten sich viel zu langsam, sorgten aber immerhin dafür, dass sie auf der Stelle verharrte. Doch das reichte nicht. Sie musste nach oben. Unter ihr wurde das blaue Leuchten immer stärker. Wabernde Ausläufer hüllten sie nach und nach in einen sanft strahlenden Kokon ein.

Was für eine tolle Farbe, ging es Otta völlig unpassend durch den Kopf. Sie musste unwillkürlich lächeln, so überirdisch schön erschien ihr die blaue Aura, die sie umgab. Aber im selben Moment drangen wieder die laut piepsenden Warntöne an ihre Ohren und rissen sie aus der Trance.

Verzweifelt schlug sie mit den Flossen, um endlich weiter nach oben zu gelangen und drückte gleichzeitig panisch auf die Mikro-Taste an ihrem Oberkörper:

»Jeff! Jeff! Kannst du mich hören? Bitte antworte!«, brüllte sie in den Helm. Durch ihren hektischen Atem beschlug die untere Hälfte des Visiers. »Jeff? Siehst du das Visioner-Bild? Wo bist du? Es gibt ein … Problem …« Ihre Stimme versagte, als sie spürte, dass die Flossen gegen etwas Festes stießen. Sie schrie schrill auf, als sie den stechenden Schmerz an ihrer rechten Wade spürte. Brutal, wie der Stich eines glühenden Messers.

»Der Hai! Jeff! Der Hai hat mich erwischt! Du musst …« Ihre Stimme erstarb, und sie fühlte ihren Körper nicht mehr. Ihr Hirn befahl ihr zu strampeln, doch Arme und Beine verweigerten den Dienst. Verzweifelt versuchte sie, den Kopf zu drehen, aber nur ihre Augäpfel ließen sich noch bewegen. Mit Grausen erkannte Otta, dass die scharfen Hai-Zähne jetzt direkt vor ihrem Gesicht auftauchten. Ihr ganzer Körper vibrierte von einem lauter werdenden Grollen, das aus dem Fisch zu kommen schien. Sie begriff, dass sie unaufhaltsam in seinem gigantischen Rachen verschwand. Dann wurde es plötzlich Nacht um sie.

***

»Die Werte normalisieren sich. Sie muss jeden Moment wieder zu sich kommen.«

Wie durch Watte drangen die schnarrenden Worte undeutlich in Ottas Hirn vor, ergaben jedoch keinen Sinn. Sie versuchte, sich zu orientieren. Wo war sie? Wer sprach da? Und warum war alles so schwarz? Sehr langsam begannen ihre Sinne wieder zu reagieren. Über die Haut nahm sie eine wohlige Wärme am ganzen Körper wahr. Ihre Ohren registrierten ein leises, stetiges Summen. Die knarzige Männerstimme, die sie eben gehört hatte, aktivierte irgendeine Hirnregion in ihr, aber sie wusste nicht, wo sie sie einordnen sollte. Der Geruch, der sich an den feinen Härchen in ihrer Nase vorbei weiter in ihren Kopf schlängelte, war süßlich und fischig. Sie hatte einen bitteren Geschmack im Mund, die Zunge klebte trocken am Gaumen.

»Die ist noch ganz weit weg. Vielleicht war das Zyleron doch zu hoch dosiert?«, hörte Otta eine piepsige, weibliche Stimme. »Wenn wir sie verlieren, sind Sie Schuld, Commander!«

»Blödsinn. War alles genau nach Vorschrift. Die kriege ich schon wach«, erklang die schnarrende Antwort, und im selben Moment bekam Otta zwei brutale Ohrfeigen verpasst.

Mit äußerster Kraftanstrengung versuchte sie, die Zunge vom Gaumen zu lösen, um sich bemerkbar zu machen. Ein undeutliches Gurgeln kroch langsam ihre Kehle empor, die Luft pumpte sich in ihren Rachen und kam endlich als halbwegs verständliche Frage über ihre trockenen Lippen:

»Wie ...?!«

»Na, bitte«, triumphierte das Schnarren. »Patty, geben Sie mir eins von den Hydro-Stäbchen. Der Mund ist noch verklebt.«

Einen Moment später wurde etwas Kaltes, Feuchtes in ihre Mundhöhle geschoben, und Otta spürte, wie sich ihre Zunge langsam löste. Als das lange Wattestäbchen tiefer in ihren Rachen vordrang, hustete sie reflexartig.

»So, das wär's. Können Sie mich hören? Hallo?! Antworten Sie!«

Mühsam versuchte Otta sich zu artikulieren:

»Wo ... Wo 'in ich ...? Was 's los ...?« Ihre ausgetrockneten Lippen verweigerten den Dienst, sie konnte nur murmeln. »Dunkel ... Alles so dunkel ...«

»Das haben wir gleich«, piepste die weibliche Stimme aufgekratzt. »Lassen Sie ihre Augen aber noch geschlossen, wenn ich Ihnen jetzt die Maske abnehme.« Damit griff sie an Ottas Stirn und zog die festgesogene Maske herunter. Hinter den geschlossenen Lidern nahm Otta die plötzliche Helligkeit um sie herum wahr. Sie versuchte, sich die Hand vor die Augen zu halten, konnte sich aber nicht bewegen.

Ihre Arme waren neben dem Körper fixiert. Auch ihre Füße waren festgeschnallt. Sie versuchte, sich aufzusetzen, wurde aber durch den eisernen Griff zweier starker Hände, die sie an den Schultern niederdrückten, daran gehindert.

»Langsam! Bleiben Sie ganz ruhig liegen!«, befahl der Mann hinter ihr. »Die Fixierung dient Ihrem eigenen Schutz.«

Otta bemühte sich, ganz still zu liegen:

»Kann ich die Augen jetzt aufmachen?«

»Ja, versuchen Sie es mal«, piepste die Frau aufmunternd.

Gleißendes Licht ließ Ottas Pupillen auf Stecknadelkopfgröße schrumpfen, als sie vorsichtig die Lider aufschlug. Nur langsam wurden die verschwommenen Konturen ihrer Umgebung klarer. Der Schein der vierstrahligen OP-Lampe über ihrem Kopf wurde von den glatten, hellen Wänden ringsherum zurückgeworfen. Verwirrt drehte sie den Kopf nach hinten und erblickte eine junge Frau, deren fahle Haut bläulich schimmerte.

Da schob sich der Schädel des Mannes in Ottas Blickfeld. Sein Anblick erschreckte sie. Sie starrte wie gebannt in seine stahlblauen Augen, die tief in ihren Höhlen lagen. Seine maskenhaften Gesichtszüge zeigten keine Regung. Er betrachtete sie, wie ein Biologe ein Insekt unter dem Mikroskop – interessiert, aber ohne jede Emotion. Irgendetwas an ihm kam ihr bekannt vor. Doch sie wusste nicht, was.

»Wo bin ich?«, stieß sie ängstlich hervor. Er sah ihr nicht in die Augen sondern fixierte ihre Lippen, als er antwortete:

»Das ist unwichtig.«

»Was ist mit mir passiert? Ich erinnere mich nur noch daran, dass ich einen Tauchgang gemacht habe, aber nicht warum … Irgendetwas Blaues war da … Und dann wurde ich gebissen …«, stieß sie hervor und schloss erschöpft die Augen.

»Jetzt sind Sie in Sicherheit.« Er schien zu lächeln, als er das sagte. »Patty, geben Sie unserem Gast was zur Beruhigung.«

Otta riss die Augen auf.

»Nein! Ich will erst wissen, wo ich bin und wer Sie sind!« Doch da spürte sie schon den Stich einer Nadel in ihrem Oberarm, und es wurde dunkel.

Als Otta wieder zu sich kam, nahm sie als erstes die totale Stille wahr, die sie umgab. Vorsichtig öffnete sie die Augen. Was sie sah, verschlug ihr den Atem. Alles war leuchtend blau – die Wände, der Boden und die gewölbte Decke des halbrunden Raumes. Sogar das dünne Tuch, das ihren Körper bedeckte. Vorsichtig hob sie ihre Arme an und stellte fest, dass sie nicht mehr gefesselt war. Als sie die Decke beiseite schob, bemerkte sie, dass sie völlig nackt in der engen Schlafkoje lag. Sie wickelte sich in das Laken und setzte sich auf. Ein Dröhnen in ihrem Kopf ließ sie leise aufstöhnen. Sie massierte sich die Schläfen, und langsam ließ der Schmerz nach.

Es fiel ihr schwer, sich zu orientieren. Ihre Augen suchten die glatten Wände nach einer Öffnung ab, aber sie erkannte weder Tür noch Fenster. Ihre Beine hatten Mühe, das Gewicht ihres Körpers zu halten, als Otta sich hinstellte. Der glänzende Boden unter ihren Sohlen fühlte sich an, wie mit Wachs poliert. Schritt für Schritt durchmaß sie den Raum bis zur gegenüberliegenden Seite. Fünf Schritte.

Sie streckte die rechte Hand aus, zuckte aber sofort zurück, als ihre Finger die Wand berührten. Was sie fühlte, war schleimig und glitschig. Das Material schien weich und nachgiebig zu sein, fast wie eine sehr glatte, feuchte Haut. Otta schlug kräftig gegen die Wand, und ihre Finger registrierten, wie sich die Fläche dabei leicht zusammenzog. Sie beobachtete das Blau und nahm plötzlich eine Veränderung wahr. Ausgehend von der Stelle, die ihre Hand berührt hatte, zeichneten sich Linien ab. Kleine Kugeln bildeten sich unter der glatten Oberfläche heraus. Wie knorpelige Ketten zogen sie sich nach wenigen Minuten über die gesamte Wand. Gebannt betrachtete sie die Bewegungen, die sie sich nicht erklären konnte.

»Zurück zum Bett!«

Otta zuckte zusammen, als eine mechanische Stimme plötzlich direkt in ihren Ohren dröhnte. Verwirrt sah sie sich um, konnte die Quelle jedoch nicht ausmachen.

»Hinsetzen!«, dröhnte es in ihrem Kopf. Schnell hockte sie sich auf die schmale Pritsche und zog sich das Laken enger um den Körper.

Ein schmatzendes Geräusch ließ sie herumfahren. Sie sah gerade noch, wie sich ein kleines Loch in der linken Wand wieder zusammenzog. Davor stand, auf einer Art ausgeklapptem Tisch, der vorher nicht dort gewesen war, eine Schale, aus der es dampfte.

»Essen!«, befahl die Stimme. Otta stand gehorsam auf und schnupperte vorsichtig am Inhalt. Sie rümpfte die Nase, als sie den modrigen Geruch wahrnahm.

»Blaualgen-Ragout«, murmelte sie angewidert und stellte die Schüssel wieder ab. Doch sofort wurde sie erneut angewiesen:

»Essen!«

Resigniert griff sie mit den Fingern in den Napf und schob sich eine Handvoll der glibberigen, blau-grünen Masse in den Mund. Der Geschmack war eindeutig besser als der Geruch vermuten ließ. Ein salziges Fischaroma breitete sich auf ihrer Zunge aus, und ihr Magen akzeptierte die Nahrung. Erst jetzt merkte Otta, dass sie Hunger verspürte und leerte die ganze Schüssel. Dabei ließ sie ihren Blick unauffällig über die Stelle an der Wand gleiten, an der sie gerade noch das Loch gesehen hatte.

Als sie die Schale wieder abstellte, strich sie mit dem Handrücken scheinbar zufällig über die glatte Fläche. Sie gab leicht nach, und Otta drückte behutsam etwas stärker. Unter der feuchten, glatten Oberfläche registrierte sie den Widerstand einer Art festen Gerüsts. Es fühlte sich an wie geölte Haut, die sich über ein Skelett spannt.

»Hinsetzen!«, dröhnte es erneut in ihrem Kopf.

Otta hielt sich die Ohren zu. Dabei ertastete ihr rechter Daumen einen Knubbel hinter dem Ohr. Sie drückte auf den Fremdkörper, und sofort drehte der sich unter der Haut weg. Das Ding hinter ihrem Ohr schien sich von selbst zu bewegen. In ihrer Fantasie sah Otta eine dicke, weiße Made in ihrem Kopf herumkriechen. Sie unterdrückte einen Schrei und versuchte, das Ding mit Daumen und Zeigefinger zu greifen. Es wand sich unter dem Druck ihrer Finger. Otta ekelte sich, doch sie hielt es fest.

»Hinsetzen!«, schnarrte es undeutlich in ihren Ohren, und dabei spürte sie, wie das Ding vibrierte. Offensichtlich war es die Quelle der Stimme, die sie herumkommandierte. Jetzt nahm Otta auch die Linke zu Hilfe und betastete die Haut hinter dem Ohr. Direkt am Haaransatz fühlte sie ein kleines Loch in ihrer Haut, verschlossen mit einer wachsartigen Masse. Mit zwei Fingern drückte sie daran herum, wie an einem großen Pickel. Und tatsächlich, die weiche Masse ließ sich herausquetschen. Mit der anderen Hand schob sie den Fremdkörper in Richtung der entstandenen Öffnung. Die Made oder was auch immer es war, wand sich unter dem Griff ihrer Finger, aber Otta presste weiter. Sie spürte, wie es in ihrem Magen rumorte und schüttelte sich angewidert, riss sich jedoch zusammen. Ein Stückchen noch, und die Finger ihrer linken Hand konnten fühlen, wie das Ding langsam aus der Öffnung herausgedrückt wurde.

Und dann plumpste es neben ihre Füße – ein kleiner, dicker, blauer Wurm, der sich auf dem Boden hin und her wand. Otta schauderte, aber sie konnte ihren Blick nicht abwenden. Reflexartig wollte sie dieses widerliche Ding zermalmen. Doch ihr nackter Fuß zuckte zurück. Noch während sie überlegte, ob sie zutreten sollte, um diesem Horror ein Ende zu bereiten, hörte sie eine laute, schnarrende Stimme:

»Hinsetzen!«

Verwirrt griff sie sich hinter ihr rechtes Ohr, doch dort war nichts, keine zweite blaue Made unter der Haut. Sie drehte den Kopf und erblickte den Mann mit dem maskenhaften Gesicht.

»Wo …? Was …?« Bevor sie einen vernünftigen Satz formulieren konnte, blaffte er erneut:

»Setzen Sie sich da hin!« Er sah sie nicht an, sondern zeigte nur auf die Pritsche. Otta starrte abwechselnd ihn und den sich windenden Wurm an, machte zwei Schritte zurück und setzte sich. Im Vorübergehen strich der Mann behutsam über die Wand gegenüber, und schon verschwanden die merkwürdigen Kugelmuster, so schnell, wie sie erschienen waren.

»Wie sind Sie hier reingekommen?«, fragte Otta vorsichtig, doch er beachtete sie nicht weiter, sondern zog eine Art Zange und einen kleinen Plastikbehälter aus seinem Kittel. Behutsam bugsierte er die Kreatur vom Fußboden in das Behältnis und verschloss es sorgfältig.

»Was ist das für ein Ding?«, wollte sie wissen.

»Hören Sie auf, so viel zu fragen«, antwortete die knarzige Stimme. »Sie wissen schon jetzt zuviel.«

Damit trat er wieder auf die Wand rechts neben der Pritsche zu und streckte den Arm aus. Otta konnte nicht erkennen, was er mit der Hand machte, da sein Körper alles verdeckte. Doch plötzlich schien er eins mit der blauen Fläche zu werden, sie schien ihn förmlich zu verschlucken. Ein schmatzendes Geräusch, und der Mann verschwand.

Sie starrte wie hypnotisiert auf die unversehrte, glänzende Schicht und sprang auf. Ihre Hände tasteten die Wand ab, doch nirgends tat sich auch nur die kleinste Lücke auf. Weich und glibberig gab die Fläche unter dem sanften Druck ihrer Finger nach, veränderte sich aber ansonsten absolut nicht. Frustriert gab Otta auf und setzte sich wieder. Es war völlig still. Sie rieb sich mechanisch die Stelle hinter dem Ohr, wo der Wurm gesessen hatte und grübelte über die Worte des unheimlichen Mannes nach, während sie überlegte, an wen er sie erinnerte. Das kalt strahlende Blau seiner Augen machte ihr Angst. Schließlich zog sie das Laken über die Schultern und rollte sich auf ihrem schmalen Bett zusammen.

Sie musste eingeschlafen sein, denn als sie erwachte, stand eine neue Schüssel mit Algenbrei auf dem Klapptisch. Otta hatte längst jegliches Zeitgefühl verloren, aber da sie wieder Hunger hatte, mussten einige Stunden vergangen sein.

»Ich werde jetzt essen!«, sagte sie laut zu sich selbst. Es tat gut, wenigstens das Geräusch ihrer eigenen Stimme zu hören. Sie schaufelte sich die grünlich-braune Masse mit der Hand in den Mund und ignorierte so gut wie möglich deren modrigen Geruch. Eine wohlige Wärme breitete sich in ihrem Magen aus, und sie spürte, wie sie langsam zu Kräften kam. Ihr Gehirn fing wieder an zu arbeiten, und sie überlegte fieberhaft, wie sie aus ihrem Gefängnis flüchten konnte.

Otta sah auf die leere Schale auf ihren Knien und dann zum Tisch. Bedächtig stellte sie das Gefäß darauf und ließ die Wand nicht aus den Augen. Wie lange sie die blaue Fläche anstarrte, wusste sie nicht, es schien ewig zu dauern und nichts geschah. Schließlich schweifte ihr Blick ab auf ihre Hände, die sich ineinander verknotet hatten. Sie löste die verkrampften Finger und sah wieder hoch.

Da nahm sie eine winzige Veränderung wahr. Otta sprang auf. Das Laken rutschte von ihrem Körper, aber sie konzentrierte sich nur auf das nun stetig größer werdende Loch. Dann begann der Tisch langsam wieder hochzuklappen, und der Durchlass weitete sich – allerdings schrumpfte der Spalt zwischen Tisch und Wand in gleichem Maße. Sie musste handeln, ehe es zu spät war.

Zögerlich steckte sie ihren Arm durch die glibberige Masse in die Öffnung. Dahinter fühlte sie – nichts. Sie überlegte einen Moment und beobachtete, wie das Loch immer größer wurde. Als sie das Gefühl hatte, dass es passen könnte, drückte sie sich mit den Beinen ab und sprang, die ausgestreckten Arme voran, durch die Öffnung in der Wand – ohne weiter über das, was sie dahinter erwartete, nachzudenken. Ihr nackter Körper rutschte fast ohne Widerstand durch den feuchten Kanal – in völlige Schwärze.

Sie fiel nur einen Meter tief und landete auf einem glatten, weichen Untergrund, der schräg nach unten geneigt war. Wie auf einer engen Wasserrutsche sauste sie hinab – immer tiefer, immer schneller.

Otta riss die Augen auf, konnte aber nichts erkennen. Ihre nassen Haare klatschten ihr ins Gesicht. Reflexartig wischte sie sie beiseite und erkannte ein schwaches Licht in der Ferne. Darauf sauste sie unaufhaltsam zu. Sie hatte keine Chance, sich auf der glatten Rutschbahn festzuhalten und ihr Tempo zu drosseln. Ungebremst knallte sie am Ende des Tunnels auf den harten Boden. Ein paar Meter schlitterte sie noch weiter, bis ein großes, knochenhartes Hindernis ihre rasende Fahrt abrupt stoppte. Sie krachte dagegen und verspürte einen stechenden Schmerz in der linken Seite. Die Luft wurde aus ihren Lungen gepresst, und sie blieb stöhnend liegen.

Otta betastete die schmerzende Stelle. Wahrscheinlich hatte sie sich eine Rippe angebrochen. Sie krümmte sich, auf den Knien hockend, und sog vorsichtig Luft ein. Es tat weh, aber sie konnte sich aufrichten. In dem gleißenden Licht, das sie umgab, musste sie blinzeln. Sie schien in einer Mischung aus Labor und Großküche gelandet zu sein, allerdings war alles leer. Die bleichen Arbeitsflächen ringsum waren auf Hochglanz poliert. Der große Kasten mitten im Raum, gegen den sie geprallt war, verfügte über einen Trichter, in den ein halbes Schwein gepasst hätte und schien eine Art überdimensionaler Fleischwolf zu sein.

Wahrscheinlich werden darin die Algen für die ganze Besatzung zu diesem grässlichen Brei verarbeitet, überlegte Otta.

Ihr Blick blieb an ein paar länglichen Schäften, die aus einer der Platten herausragten, hängen. Neugierig steuerte sie darauf zu, zog einen von ihnen heraus und hielt ein glänzendes, weißes Skalpell in der Hand. Fasziniert betrachtete sie das Material. Es schimmerte in einem seidenmatten Glanz und war eher elfenbeinfarben als weiß. Es sah aus, als sei es aus einem geschliffenen und polierten Knochen gefertigt. Auch die Arbeitsplatte schien aus demselben knöchernen Material zu bestehen und wirkte wie eine feinsäuberliche Furnierarbeit. Otta strich mit dem Daumen vorsichtig über die Klinge und stellte befriedigt fest, dass diese die Schärfe eines Metall-Skalpells hatte. Sie schloss ihre Finger enger um den Griff. Die Waffe in ihrer Hand fühlte sich gut an.

Dann steuerte sie auf den einzigen Ausgang zu. Der sah aus wie eine der großen Sicherheitsschleusen in ihrem Unterwasserlabor.

Doch hier gab es keine Griffe, nur eine Art Schalter an der Wand. Behutsam drückte sie darauf, und zischend öffnete sich das Tor. Vorsichtig trat sie in den Flur dahinter. Sie schreckte zusammen, als die Öffnung hinter ihr mit einem Schmatzen zuschnappte.

Der lange Gang, in dem sie stand, war in bläuliches Dämmerlicht getaucht. Schritt für Schritt tastete Otta sich vor, presste ihre linke Hand gegen die schmerzende Rippe, die andere umklammerte das Messer. Sie entdeckte ein kleines Fenster in der glatten, blauen Wand und spähte in ein leeres Büro. Da hörte sie leises Gemurmel und fuhr herum. Die Geräusche schienen aus dem Raum daneben zu kommen. Sie schlich näher heran.

Die Stimmen wurden lauter, und als Otta durch die nächste Scheibe blickte, erkannte sie den OP, in dem sie erwacht war. Mit dem Rücken zu ihr unterhielten sich der Mann mit der knarzigen Stimme und die Frau mit der bläulich schimmernden Haut.

»Aber George, sie weiß doch nichts. Wir könnten doch einfach …«

George …?, flüsterte Otta stumm. Augenblicklich wusste sie, was sie an dem Mann irritiert hatte. Die maskenhafte Fratze, seine unnatürlich blauen Augen und die schnarrende Stimme veränderten ihn, aber jetzt war sie sich sicher, ihn gut zu kennen – sehr gut sogar. Sie stand wie erstarrt hinter der Scheibe, lehnte die Stirn dagegen und spürte die Kälte auf ihrer Haut.

George … Das kann doch nicht wahr sein. Vor nur drei Monaten haben wir um einen unserer brillantesten Köpfe getrauert. Und nun lebt er. Aber was ist bloß mit seinem Gesicht passiert? Ohne die Narbe auf seiner Wange und die tiefen Falten sieht er völlig anders aus. Und wieso sind seine Augen so unnatürlich blau?

Dennoch verspürte sie einen Moment lang den überwältigenden Drang, auf sich aufmerksam zu machen, George zu erklären, dass sie doch seine Kollegin sei und ihm auf keinen Fall schaden wollte.

»Schluss jetzt! Wir können kein Risiko eingehen«, knurrte er. »Die ganze Operation steht auf dem Spiel. Vielleicht war es ein Fehler, zu glauben, sie würde mit uns zusammenarbeiten. Sie scheint immun gegen den Nematoden zu sein, und seit sie ihn sich entfernt hat, können wir sie nicht mehr steuern.« Er kratzte sich hinter dem rechten Ohr. Die Geste erinnerte Otta an Jeff, und sie musste schlucken. Sie hätte auf ihn hören sollen. »Die Nematoden-Ansage des Chief-Commanders vorhin war eindeutig: Wenn sie uns nicht nützt, muss sie verschwinden.« Otta hielt den Atem an. »Sie hat zwar das Hauptlabor bisher nicht gesehen, aber schon jetzt stellt sie eine unkalkulierbare Gefahr dar.«

»Aber könnten Sie nicht versuchen, ihr unsere Mission näherzubringen? Sie ist doch Wissenschaftlerin. Sie haben doch gesagt, ihr wäre es egal, ob sie für die Inder oder jemand anderen arbeitet. Hauptsache, sie kann ungestört forschen«, piepste die Frau im OP aufgeregt.

»Patty, Sie sind einfach zu weich für diesen Job. Liegt das an der permanenten Cyan-Bestrahlung? Ihre Haut scheint die Lumineszenz schon absorbiert zu haben, Ihr Gesicht wird auch langsam straffer.« Er schien einen Moment lang zu überlegen, bevor er fortfuhr: »Also bitte, wenn Sie meinen, dass es lohnt, dann erkläre ich ihr, was wir von ihr erwarten. Aber wenn sie sich weigert, dann ergeht es Otta genauso, wie neulich ihrem bedauernswerten Kollegen. Wie hieß der noch gleich? George …« Ein meckerndes Lachen entstieg seiner Kehle. »Armer Silvio. Aber sein Opfer für die Mission im Dienste unserer geliebten CUSA war nicht umsonst. Er hat doch einen perfekten Doppelgänger abgegeben – zumindest nach der kleinen Behandlung im Häcksler …«

Verdammt, ich muss hier raus und Jeff und die anderen warnen. Aber wo bin ich? Und wie komme ich hier weg? Ottas Gedanken rasten. Ohne einen Augenblick länger zu zögern, rannte sie den langen Flur weiter runter, auf das nächste Schleusentor zu. Sie hielt sich ihre schmerzende Rippe und drückte mit letzter Kraft den Schalter. Zischend öffnete sich die blaue Wand. Sie schlüpfte hindurch und versteckte sich in der Nische rechts dahinter. Während sich der Durchgang quälend langsam schloss, hörte sie noch gedämpft die knarzige Stimme von George:

»Aye, Aye, Chief-Commander! Wir starten noch einen letzten Versuch. Ich stehe schon vor dem Lifter zu ihrem Gast-Habitat. Melde mich später wieder.«

Dann glitt das Tor hinter Otta endlich zu.

Auf der Suche nach einem Ausweg schlich sie weiter durch den leeren Gang. Es gab nur glatte, blaue Wände, genau wie in ihrer lautlosen Zelle. Doch hier dröhnte das eintönige Summen von Maschinen. Der stampfende Sound nahm stetig zu, wurde stärker, und in Ottas Kopf formte sich die Vision des riesigen Häckslers, in dem sie in Kürze sterben würde, wenn sie nicht schnellstens hier rauskäme. Sie erschauerte bei dem Gedanken.

Schließlich machte der Flur einen scharfen Knick nach links und endete abrupt vor einem gigantischen Tor. Dahinter schien sich die Quelle des Getöses zu verbergen. Die riesige Milchglasscheibe vibrierte, und schemenhaft zuckten diffuse, blaue Lichtblitze. Otta suchte vergeblich nach einem Türöffner, betastete die Scheibe und stellte fest, dass sie nicht aus Glas war, sondern aus einem lederartigen Material. Sie drückte kräftiger dagegen, und die zähe Haut dehnte sich unter ihren Fingern. Ohne weiter nachzudenken, umklammerte sie das Skalpell in ihrer Hand fester und stieß zu. Ein dumpfes Stöhnen begleitete den Schnitt der scharfen Klinge durch die milchige Schwarte. Erschreckt sah Otta sich um, aber sie war völlig allein. Entschlossen schnitt sie weiter, bis der Schlitz groß genug war. Ihr stockte der Atem, als sie ihren Kopf hindurch steckte. Der allgegenwärtige, süßlich-fischige Geruch schlug ihr hier in hoher Konzentration entgegen.

Der riesige, düstere Saal wurde nur durch unregelmäßig aufflackernde, blaue Blitze beleuchtet. Als ihre Augen sich an das Dämmerlicht gewöhnt hatten, erkannte Otta mehrere gläserne Gebilde, die in langen Reihen von der Decke hingen. Sie sahen aus wie überdimensionierte Flaschen, die auf dem Kopf standen. Das flackernde Strahlen kam aus ihrem Inneren.

Sie vergrößerte den Spalt und schlüpfte schließlich hindurch. Vorsichtig sah sie sich um. Die Halle war kolossal und anscheinend menschenleer. Als Otta sich neugierig einer der Glasröhren näherte, fuhr sie zurück …

Menschenleer ist wohl nicht ganz der richtige Ausdruck, schoss es ihr durch den Kopf, als sie den Inhalt der hängenden Flaschen erkannte. Der Oberkörper eines menschlichen Wesens schwebte in einer glibberigen, durchsichtigen Flüssigkeit. Die Konturen waren verschwommen, irgendwie unscharf. Ungläubig trat Otta noch dichter heran und begriff plötzlich, was sie da sah. Der Körper in dem mit einer Art Gel gefüllten Glasbehälter schien sich langsam aufzulösen. Mit jedem weiteren Aufblitzen des blauen Lichts verschwand ein Stückchen Mensch.

Otta wurde übel, aber ihr unzähmbarer Forschungsdrang zwang sie, tiefer in den Raum hineinzugehen. Mindestens hundert Behälter hingen in Reih und Glied von der Decke. Sie ekelte sich, konnte den Blick aber nicht von den sich auflösenden Körpern abwenden. Sie zog die Arme fröstelnd um ihren nackten Körper. Der Lärm der Maschinen dröhnte in ihren Ohren, der Gestank nach Fisch und Verwesung nahm ihr den Atem, und sie wollte plötzlich bloß noch weg von diesem grauenhaften Ort. Sie riss sich von dem Anblick los und drehte sich um, Richtung Eingang. Da erblickte sie den Schatten.

Vor der milchigen Scheibe zeichnete sich ein Körper ab. Otta erstarrte. Wie gelähmt beobachtete sie die Bewegungen der menschlichen Konturen, die sich an dem Tor zu schaffen machten. Endlich gehorchte ihr Körper ihr wieder, und sie wich einen Schritt zurück. Dabei stieß sie mit dem bloßen Rücken gegen einen der Glaszylinder, der von dem stampfenden Dröhnen, das die ganze Halle erfüllte, vibrierte. Ihre nackte Haut registrierte die Wärme, die er ausstrahlte, und sie zuckte zurück. Ohne die Tür, durch deren Skalpellschnitt sich jetzt langsam ein Arm schob, aus den Augen zu lassen, trat sie weiter zurück in die Dunkelheit. Sie zitterte trotz der schwülen Wärme im Raum. Verborgen hinter den hängenden Flaschen konnte sie erkennen, dass das menschliche Wesen, von dem sie nur die Silhouette erkennen konnte, inzwischen in der Halle war und sich umsah. Das blaue Leuchten erhellte flackernd sein Gesicht. Einen Moment lang glaubte Otta, ihn zu erkennen, doch dann war es wieder dunkel. Sie hielt den Atem an, während der Mann langsam näher kam.

»Otta?!«

Sie zuckte zusammen, als sie ihren Namen hörte. Noch einmal rief er laut, um den Lärm zu übertönen:

»Otta! Wo bist du? Komm raus, ich will dir helfen!«

Jetzt war sie sicher. Das war die Stimme von Jeff! Sie machte einen Schritt auf ihn zu und rief erleichtert:

»Hier, Jeff! Ich bin hier hinten!« Dann rannte sie, den Glasbehältern ausweichend, auf ihn zu und fiel ihm in die ausgebreiteten Arme. Er hielt sie fest und redete beruhigend auf sie ein:

»Ist ja gut, Otta. Komm raus hier. Ich helfe dir.« Damit schob er sie behutsam durch den Schlitz in der Tür. Als auch er durch die Öffnung schlüpfte und sie sich im Flur gegenüberstanden, wurde sich Otta plötzlich ihrer Nacktheit bewusst. Sie ließ das Skalpell fallen, versuchte, ihre Blöße mit den Händen zu bedecken und fragte hektisch: »Wie kommst du hierher? Woher wusstest du, wo du mich findest?« Atemlos fuhr sie fort: »George steckt dahinter. Er will mich töten. Wir müssen hier weg und die anderen warnen.« Angsterfüllt sah sie sich um.

Jeff legte den Arm fest um ihre Schultern.

»Jetzt beruhige dich erstmal. Ich hab dank deiner Visioner-Kamera gesehen, was passiert ist, und mithilfe deines ID-Chips konnten wir dich orten. Dann bin ich so schnell wie möglich gekommen. George, sagst du? Aber der ist doch tot.«

»Nein, er ist hier und will mich umbringen. Hast du die Glasbehälter da drinnen gesehen?! Da sind Menschen drin! Schrecklich! Was passiert hier bloß?«

Otta war völlig durcheinander und klammerte sich schutzsuchend an Jeff. Irritiert blickte sie in seine unnatürlich strahlenden, blauen Augen.

»Okay, okay. Wir verschwinden. Da geht's lang«, sagte er und zog sie den Gang runter. Nach ein paar Metern blieb er vor der Wand stehen und streckte eine Hand aus. Fasziniert beobachtete Otta, dass sich sein Arm langsam blau verfärbte und eins mit der glänzenden Fläche wurde.

»Was machst du da? Das hat George in meiner Zelle auch getan, und dann ist er verschwunden. Woher weißt du …?«

»Ganz ruhig, Otta. Halt dich einfach weiter an mir fest. Ich bring uns von hier weg«, sagte er ruhig. Sie registrierte, wie ihre beiden Körper nach und nach die Farbe der Wand annahmen und sich langsam darin aufzulösen schienen. Ein Gefühl der Schwerelosigkeit umgab sie, und einen Moment später stand sie wieder neben Jeff. Als sie ihn fragend ansah, lächelte er:

»Das ist ein Inner-Wall-Lifter. Praktische Sache, was? So was gibt's im URL-Labor noch nicht. Wir sind jetzt ein Stockwerk höher. Nun komm schon, wir müssen uns beeilen.«

Jeff schob Otta weiter in den großen Saal, in den sie direkt aus der blauen Wand getreten waren, hinein. Verwirrt musterte sie die schweren, gebrochen-weißen Ketten, die an Flaschenzügen von der Decke herabhingen. Dann fiel ihr Blick nach unten, und sie schrie auf. Der Boden, auf dem sie standen, war durchsichtig. Direkt unter ihnen befand sich die Halle mit den grausigen Glasbehältern.

Otta zuckte zusammen und wollte einen Schritt zurück machen, doch Jeffs eiserner Griff hielt sie fest.

»Lass mich los! Ich will hier weg!«, rief sie panisch und versuchte, sich ihm zu entziehen.

»Aber, aber meine Liebe. Wo willst du denn hin? Hier sind wir doch genau richtig … Nicht wahr, George?« Jeff lächelte und drehte sie an den Schultern nach rechts, wo Otta eine Art Kommandostand erkannte, über dem ein riesiges, leuchtendes, blaues Kreuz schwebte. Direkt darunter saß George, mit dem Rücken zu ihnen, auf einem großen, blauen Sessel. Er drehte sich langsam herum und grinste Otta an.

»Sieh an, wen haben wir denn da …? Unsere neugierige Kollegin …«, schnarrte seine Stimme.

Otta versuchte, sich loszureißen. Doch mit einer schnellen Bewegung drehte Jeff ihr beide Arme auf den Rücken und hielt ihre Handgelenke fest.

»Nein, nein, Otta. Diesmal läuft es anders.« Er blickte nach links, wo die Frau mit der bläulich schimmernden Haut aus dem Schatten trat. »Patty, geben Sie ihr eine Dosis Miladon. Dann wird unser Wildfang schön ruhig und kann trotzdem brav zuhören. Denn du möchtest doch vorher noch ein paar Antworten bekommen, oder Otta?«

»Sehr gerne, Sir«, antwortete Patty und stach der sich windenden und schreienden Otta eine Spritze in die Schulter. Es fühlte sich an wie heißes Öl, als sie die bläuliche Flüssigkeit unter die Haut presste. Die Droge wirkte schnell, und Otta fühlte sich plötzlich sehr leicht und unbeschwert. Ein seliges Glücksgefühl breitete sich in ihr aus. Sie lächelte.

Jeff lächelte zurück, ließ zögernd ihre Arme los und machte zwei Schritte nach rechts.

»Komm bitte hier rüber«, sagte er und deutete auf eine Kreis-Markierung neben einer der knöchernen Ketten, die durch den Glasboden verliefen. Daran hing einer der Glaszylinder. Gehorsam stellte sie sich auf die angewiesene Stelle.

»Nun, George, wollen Sie oder soll ich es ihr erklären?«, fragte Jeff freundlich nach hinten.

»Das Privileg gebührt natürlich Ihnen, Chief-Commander«, antwortete George zackig. »Schließlich ist es Ihr Werk.«

»Stimmt. Also, Otta, du möchtest sicher gerne wissen, wo du hier bist?« Er lächelte immer noch, und Otta lächelte zurück.

»Aber ja. Ich möchte verstehen …«, brachte sie leise hervor.

»Das ist sehr schön. Die himmlischen Heerscharen …«, er verbeugte sich kurz vor dem schwebenden, blauen Kreuz, »haben mir befohlen, die Welt von allem Schmutz und Unrat zu befreien, sie endlich wieder rein zu waschen, wie am ersten Tag ihrer Schöpfung. Mein Vorbild ist die biblische Sintflut. Es hat ein paar Jahrzehnte gedauert, aber nun sind wir endlich soweit. Die Temperaturen auf dem Planeten sind immer weiter angestiegen und mit ihnen das Wasser. Trotz aller Bemühungen der Wissenschaftler in aller Welt, die Erderwärmung aufzuhalten, war die Menschheit viel zu sorglos, um ernsthaft etwas dagegen zu tun. Und nun ist es an uns, diese Welt neu zu gestalten.« Befriedigt nickte er und fuhr fort:

»Womit wir allerdings nicht gerechnet hatten, das waren diese verfluchten Inder. Niemand konnte absehen, dass sie gegen uns arbeiten und die meisten anderen Völker nach und nach auf ihre Seite ziehen würden. Wir hätten sie alle retten können, aber sie haben sich von uns abgewandt. Bald werden sie die Folgen zu spüren bekommen. Und sehr bald werden endlich die CUSA ihren gottgewollten Platz wieder einnehmen und wie früher über die Erde herrschen. Alle anderen, die nicht mit uns zusammenarbeiten wollen, werden vom Planeten im wahrsten Sinne hinweggespült werden!«

Jeff machte eine dramatische Pause, um seine Worte wirken zu lassen. Er sah Otta in die Augen. Die Droge wirkte, aber am Rande ihres getrübten Bewusstseins schlängelte sich noch ein halbwegs klarer Gedanke vorbei. Mit schleppender Stimme fragte sie:

»Aber haben denn nicht die Inder als einzige die ‚OJG 8000'-Moleküle für die neuen, stabilen Deiche?«

Jeff, George und Patty lachten laut auf.

»Sie glaubt es tatsächlich immer noch«, prustete Jeff und grinste George triumphierend an, bevor er Otta wieder aus seinen blauen Augen anstrahlte. »George und ich hatten ja einige Mühe, dich davon zu überzeugen, dass wir einen extrem stabilen Baustoff gefunden haben. Hast du dich eigentlich nie gefragt, weshalb diese speziellen Moleküle nur in einem so begrenzten Gebiet vorkommen?«

»Schon, aber …«, murmelte Otta.

Jeff unterbrach sie:

»Das liegt schlicht daran, dass wir sie dort angesiedelt haben.«

»Wie …? Ich fürchte, ich verstehe nicht …«

»Und nicht nur das – die kleinen Biester sind im Übrigen auch nicht das, was sie zu sein vorgeben …«

»Wieso? Meine Untersuchungen haben doch belegt, dass sie extrem hart sind«, wandte Otta unsicher ein. Sie kämpfte gegen die Wirkung des Miladons an, versuchte zu verstehen, was er ihr da eröffnete.

»Dass sie einen kleinen Fehler im Bauplan haben, konnten wir vor dir bisher verbergen. Die hohe Dichte der Moleküle ist nämlich nicht von Dauer … Du verstehst?! Alles nur eine Frage der Zeit … Tja, und nun warten wir einfach, bis das Programm abläuft und all die schönen, neuen Deiche sich in ein paar Jahren einfach wieder auflösen. Ist das nicht herrlich?!«

Die Droge ließ Otta unsicher lächeln, doch die Wissenschaftlerin in ihr versuchte, wieder die Oberhand zu gewinnen. Möglichst sachlich fragte sie:

»Aber wo stammen diese Moleküle denn eigentlich her?«

»Da kommen wir zu meinem Lieblingsspielzeug, dem Wunderwerk der Technik, in dem du dich gerade befindest.« Jeff breitete stolz die Arme aus und drehte sich einmal um die eigene Achse. »Dieses ‚SUB-LAB' ist mein Meisterstück. Es besteht zum größten Teil aus Human-Schrott. Kein Stückchen Metall und damit auch von keinem Satelliten zu orten. Sein wichtigster Bestandteil aber sind die neuartigen Moleküle, die ich in unseren Geheimlabors in Nevada erforscht habe. Es handelt sich um interstellare Moleküle. Als ich sie entdeckte, waren mir die Dimension und Möglichkeiten schlagartig klar.«

»Aber interstellare Moleküle sind doch unter irdischen Bedingungen instabil. Damit könnte man doch keine Deiche bauen«, brachte Otta mühsam hervor.

»Korrekt, aber ich habe eine Methode entwickelt, mit der ich gleich mehrere Fliegen mit einer Klappe schlagen konnte. Im All sind die Moleküle extrem hart und haben eine hohe Dichte. Mit einer speziellen Schutzschicht behalten sie diese Eigenschaft auch auf der Erde. Bestrahlt man sie jedoch mit diesem wunderschönen, blauen Cyan-Licht, werden sie flexibel. Und wenn sie zusätzlich mit einer Dosis Human-Schrott versetzt werden, lösen sie sich nach ein paar Jahren einfach auf. Ist das nicht genial …?!«

George und Patty klatschten enthusiastisch in die Hände, doch Jeff brachte sie mit einem Blick zum Schweigen.

»Aus dem flexiblen Molekül-Rohstoff habe ich dieses schwimmende Laboratorium gebaut, das gleichmäßig blau bestrahlt wird. So lässt es sich stets nach unseren Wünschen verändern. Mal nimmt es die Gestalt eines großen Tiefseehais an, und mal ist es nur eine undefinierbare blaue Wolke. Verstehst Du?« Er sah sie lauernd an.

Otta erschauderte, als sie beim Blick in seine eisblauen Augen wieder die spitzen Haizähne vor sich sah und sich an den Schmerz an ihrem Bein erinnerte.

Das war alles von langer Hand geplant. Die haben mein Knowhow als Biologin benutzt und mich dann entführt, verstand sie endlich, aber warum? Was hatten sie mit mir vor?

Jeff schien zu wissen, was in ihrem drogengeschwängerten Unterbewusstsein vor sich ging:

»Na, kapierst du's langsam? In seiner reinen Form, die George und ich dir zur Begutachtung unters Mikroskop geschoben haben, sind die ‚OJG 8000'-Moleküle tatsächlich ein überaus dichter, unzerstörbarer Stoff. Wir brauchten dringend deine Expertise, um die URL von der Glaubwürdigkeit unserer Entdeckung zu überzeugen. Und geschützt mit der von mir entwickelten Spezialschicht können wir damit das Territorium der CUSA bald auch tatsächlich vor dem steigenden Meeresspiegel schützen. Für den Rest der Welt reicht der kostbare, reine Stoff leider nicht aus …«

»Aber unsere Tauchroboter haben doch gerade erst neue, riesige Vorkommen entdeckt«, protestierte Otta halbherzig. Sie hatte Mühe, ihre Zunge zu bewegen.

»Nun, um vorerst genügend Material zu haben, damit die Inder und ihre Verbündeten für eine Weile ruhig gestellt werden können, mussten wir ein bisschen mehr von unserem reichlich vorhandenen Human-Abfall daruntermischen.« Er wartete auf Ottas Reaktion.

Human-Abfall …? Wie durch Watte drang die Bedeutung des Wortes zu ihr durch. »Menschen …?« Ihr wurde schlecht.

»Ja!«, rief Jeff fröhlich. »Der ganze Abschaum, den wir aussortieren, wird dafür auf den schwimmenden Inseln zwischengelagert. Genau dort, wo mich damals meine indischen Retter abgeholt haben. Die Aktion war natürlich lange im Voraus geplant. Normalerweise kommt niemand an das Human-Material heran, das wir hier verarbeiten. In den Glasbehältern, die da unten hängen, werden die Körper in der konzentrierten Molekül-Substanz langsam aufgelöst und abgeschöpft. Wenn sie fertig bearbeitet sind, transportieren wir die Moleküle mit unserem ‚SUB-LAB' gut 8.000 Meter runter ins Diamantinatief, wo sie ausgebracht und später von indischen Tauchrobotern mühsam wieder eingesammelt werden.«

Otta versuchte, gegen die Wirkung der Droge anzukämpfen, doch sie schaffte es nicht, eine präzise Frage zu formulieren:

»Die größeren Mengen ‚OJG 8000' kommen doch erst vor, seit George ...«

Jeff sah sie mitleidig an:

»Ja, genau, Otta, du kombinierst auch unter Miladon noch ziemlich gut. Damit die Großproduktion anlaufen konnte, musste zuerst George aus dem URL-Lab verschwinden – um als Leiche wieder aufzutauchen. Er wurde als Kommandant unseres ‚SUB-LAB' gebraucht, und um alles für die Ankunft einer fähigen Biologin vorzubereiten, die sich mit der genauen Zusammensetzung des Human-Materials auskennt. Alles lief wie am Schnürchen. Genau zum geplanten Zeitpunkt hast du unsere hübschen Riffbarsche gesehen ...« Er lächelte zufrieden.

Stück für Stück ergaben seine Worte endlich einen Sinn. Sie verstand, dass sie in diesem perfiden Plan eine wichtige Rolle hatte spielen sollen, und dass dann etwas fürchterlich schief gelaufen war. Doch bevor sie sich darüber klar werden konnte, was das war, übernahm das Miladon erneut das Kommando in ihrem Gehirn, und Otta lächelte wieder:

»Ja, ein riesiger Schwarm blauer Neon-Desmoiselles ... Sie waren unglaublich schön ...«

»Ich musste nur ein bisschen improvisieren und dich irgendwie dazu bringen, da alleine rauszutauchen. Dabei konnte ich mich darauf verlassen, dass du so eine neugierige Wissenschaftlerin bist ... Für die anderen URL-Kollegen hattest du dann leider einen tragischen Tauchunfall – nicht die erste Biologin, die ihrem Forscherdrang zum Opfer fällt ...« Er grinste selbstzufrieden. »Der Rest war easy. George hatte die Daten deines ID-Chips, mit dem er dich orten und dann einsammeln konnte. Und nun sind wir alle hier zusammen. Die Crème de la Crème der URL-Wissenschaftler ...« Jeff und George lachten amüsiert auf. »Aber, anders als geplant, konnten wir dann leider deine Begeisterung für unser CUSA-Projekt nicht wecken. In dem Moment, als du den Kommunikations-Nematoden entfernt hattest, wussten wir, dass es mit dir Probleme geben würde.«

Otta sah ihn fragend an:

»Du meinst den blauen Wurm hinter meinem Ohr?«

»Ja, mit den Dingern können wir uns verständigen, ohne von den URL-Satelliten abgehört zu werden. Als George mir von deiner Sabotage-Aktion berichtete, gab ich den Befehl, dich zu entsorgen. Und dann hast du auch noch die allerletzte Chance durch deinen unüberlegten Fluchtversuch verspielt. Tja, da bleibt uns am Ende nur noch eine Lösung des Problems …«

Otta sah ihn verwirrt an.

»Siehst du den Behälter direkt unter dir?« Er zeigte mit dem Finger auf die Stelle im gläsernen Boden, durch den die schwere Kette verschwand. »Dort wirst du dich jetzt ein letztes Mal mit vollem Körpereinsatz ganz und gar der Molekül-Forschung hingeben. Du wirst sicher Verständnis dafür haben, dass wir dein selbstloses Opfer für die Wissenschaft nicht öffentlich werden würdigen können. Adieu, Otta!« Jeff nickte kurz George an seinem Schaltpult zu, der den blauen Schalter drückte.

»Aber …«, murmelte Otta, als sie spürte, wie der Boden unter ihr plötzlich verschwand. Während sie fiel und ihr Körper mit den Füßen voran in die warme, glibberige Masse eintauchte, sah sie einen wunderschönen Schwarm zuckender, blauer Riffbarsche um sich herumschwimmen. Sie spürte die zarten, kleinen Fischleiber auf ihrer nackten Haut. Ein letztes angenehmes Kribbeln, und dann war es still.

## Barbara Streun

# On Idle

Barbara Streun (1968*), studierte Kunst und Geschichte, publiziert Cartoons im Eigenverlag und befasst sich mit Drehbuchschreiben und Multimedia. Sie spielt außerdem Gitarre und betreibt alberne Webseiten – z.B. www.Bowiefun.com

HINTERLAND

## I.

**12. Mai 2015 5:13**

*Geh diesen Waldweg und dreh dich nicht um. Nicht zögern. Du kennst das Ziel, immer weiter, nicht denken, nicht fühlen. Du weißt, es muss sein. Tu was du musst, man darf dich nicht sehen …*

Charly Klinger schrak aus dem Schlaf. Für Sekundenbruchteile wähnte er sich mitten in dunklem Wald und glaubte sich auf kühlem Laub liegend, während sein Blick in die vor dem Nachthimmel sanft wogenden Baumwipfel kletterte.

Nein, das waren nur die Schatten, die das Gaslicht der Straßenlaterne an die Zimmerdecke warf. Er atmete tief durch und blinzelte, versuchte, das Traumgeschehen abzuschütteln und in die Wirklichkeit zu finden.

*… immer weiter, zögere nicht …*

Aufwachen! Aufwachen, nur schnell wach werden. Seine Hand suchte den Lichtschalter.

*… du kennst das Ziel …*

Es dauerte, bis er den Knopf ertastet hatte und die Standardleuchte der Marke ‚Merkur' endlich aufflackerte und mit ihrem neonfahlen Licht den Raum erhellte. War das überhaupt sein Zimmer? Es kam ihm so langgestreckt und verzogen vor. Doch es war sein kleines, schmuckloses WG-Zimmer.

*… immer weiter, weiter, weiter …*

Er setzte sich auf. Alles sah normal aus, aber der Traum war noch präsent. Da waren sie noch immer, die Worte, die Bilder, die Gerüche. Zunächst dachte er, es sei nur das tiefe Brummen, das ihn üblicherweise in den Schlaf begleitete, ein Tieftontinnitus oder so etwas. Aber das hier, das war anders. Deutlich formten sich Worte in dem tieftonigen Rauschen.

*… man darf dich nicht sehen …*

Das Geräusch ließ nach, offenbar kam er langsam zu sich. Er rieb sich die Augen. 5:15 Uhr zeigte die Uhr, aber an Schlaf war nicht mehr zu denken. Gähnend erhob er sich.

Er schlich zum Waschbecken im Badezimmer und drehte den Hahn auf. Nichts. Wieder eine unangekündigte Wassersperrung. Vermutlich war irgendwo eine der alten Leitungen geplatzt.

Zum Glück gab es noch den 15-Liter-Wasserkanister, den er wegen der unzuverlässigen Wasserversorgung auf einem Schemel im Zimmer deponiert hatte. Er war noch etwa halb gefüllt mit Silberionenbrühe, genug für Katzenwäsche und Getreidekaffee.

Doch der heiße Kaffee half nur bedingt. Irgendetwas war anders heute. Charly kaute an einem Rest trockenen Brotes und rührte in der großen Plastikthermotasse, deren ehemals blaue Farbe längst verblichen war. Ein schlechter Traum, sonst nichts. Dass er an Ohrgeräuschen litt, damit hatte er sich abgefunden. Aber solch zähe Halluzinationen? Er versuchte, sich auf das karge Frühstück zu konzentrieren, aber das gelang nur schwer. Spukte es hier? Charly nagte an seinem Brot und erkundete mit den Augen die mehrfach übermalte Stuckdecke, als könnte er so die Gespenster des Hauses erkennen. Vielleicht sollte man das Ouija-Brett aufstellen.

Er wohnte noch nicht lange in dem verwinkelten, alten Mietshaus. Seit 130 Jahren stand es wie ein Klotz in der Brandung der Zeiten. Wie viele Bewohner hatte es kommen und gehen sehen? Wie viele Pferdekutschen, Autos, Bomber im Krieg?

Er ließ die Augen weiter durchs Zimmer schweifen, bis sie an einer kleinen Pappkiste auf dem Fußboden hängen blieben. Es versetzte ihm einen Stich ins Herz, diese Kiste hätte er längst ausliefern müssen. ‚Handmade by Jacky Lux‘ stand auf dem roten Aufkleber, der über einer vergilbten Abbildung von Christbaumkugeln klebte. Er hatte es Jack versprochen. Und der Professor wartete auch schon darauf. Seit drei Wochen verschob er die Fahrt zum Institut. Vielleicht hatte er auch nur die Begegnung mit dem Physikalischen Institut der Universität vermeiden wollen. Im letzten Jahr war er exmatrikuliert worden, weil er die Studiengebühren nicht mehr zahlen konnte. Seine Eltern hatten ihr kleines Mittelstandsvermögen in der Inflation verloren, und Geld zu verdienen gab es kaum. An den Universitäten herrschte seither eine andere Atmosphäre und eine andere Klientel ging dort ein und aus. Für Leute wie Charly war da kein Platz mehr.

Ja, er würde sie heute ausliefern. Er wusste, dass Professor Zarkowsky heute früh seine Vorlesung hielt, das war eine gute Gelegenheit. Außerdem würde es ihm Ablenkung verschaffen, denn die Bilder der Nacht ließen ihn noch immer nicht los. Sobald seine Konzentration nachließ, waren die Worte wieder da und hatte er den Geruch von feuchtem Laub in der Nase.

*… geh diesen Waldweg …*

Charly zog sich seinen dunkelgrünen Hoodie über, der ihm ein wenig zu groß war. Wenn er die Kapuze aufsetzte, verschwand sein ganzer Kopf darunter. Es war gut, wenn das Gesicht nicht so deutlich zu sehen war.

Er packte den Karton vorsichtig in einen verschlissenen Gebirgsjägerrucksack, den er vom Flohmarkt hatte, und wollte schon zur Tür hinaus, als er unwillkürlich vor der Schreibtischschublade stehen blieb.

*…es muss sein …*

Er zögerte, aber dann zog er sie auf und nahm einen in dickes Stanniol verpackten Gegenstand heraus. Behutsam wickelte er ihn aus. Es handelte sich um eine Gaspistole der Marke ‚Walther', eine Nachbildung der klassischen Polizeiwaffe. Er begutachtete die Pistole, er hatte sie schon oft mit sich herumgetragen, aber noch nie benutzt. Er wollte sie auch jetzt nicht benutzen. Er wollte sie überhaupt nie benutzen. Hatte man ihm nicht früher als Kind verboten, mit Stöcken auf Menschen zu zielen? Geboren für eine bessere Welt.

*… nicht denken, nicht fühlen …*

Zum Spaß zielte er an die Zimmerdecke und grinste bitter. Dann wickelte er die Waffe wieder in das Stanniol und steckte sie eilig in die Kängurutasche des Pullovers, als fürchtete er, dabei beobachtet zu werden. Die Metallfolie war notwendig, sie diente zur Abwehr der an bestimmten Stellen in der Stadt aufgestellten Terahertzscanner. So war die Pistole auf dem Überwachungsschirm kaum von einem eingewickelten Stück Brot zu unterscheiden.

Wenig später verließ er das Haus. Obwohl eine trügerische Ruhe herrschte, war man nie sicher, ob nicht doch Banden oder Polizeikontrollen lauerten. Beide machten den Anwohnern auf ihre Art zu schaffen, gingen sich aber gegenseitig aus dem Wege. Charly sah sich vorsichtig um, es war niemand zu sehen, außer einem schlafenden Obdachlosen im Eingang des leerstehenden Ladengeschäfts im Nachbarhaus.

Dann verschwand er in der Dämmerung in Richtung S-Bahn, während es langsam Tag wurde.

## II.

»Universität«, tönte es blechern aus dem Lautsprecher. Nur raus hier! Charly stürmte fast fluchtartig aus dem Waggon. Er versuchte, die öffentlichen Verkehrsmittel, so es ging, zu meiden. Man war mit viel zu fremden Personen viel zu eng zusammengepfercht, und die Gerüche und der Schmutz widerten ihn an. Man sollte die Haltegriffe nur mit Handschuhen anrühren, gerade im Sommer.

Er atmete tief durch, als er auf dem Bahnsteig stand. Es waren nicht viele Leute ausgestiegen. Einige waren Studenten, aber die meisten gehörten offensichtlich zur Plattenbausiedlung linkerhand des Bahnhofes, die von einem breiten Rand Schrebergärten begrenzt wurde. Der gepflasterte Hauptweg zur Universität verlief quer durch diese Gärten und war nachts beleuchtet.

Rechts des Bahnhofes erstreckten sich eine Brache und ein dunkles Wäldchen mit einem schmalen Waldweg, der gern als Schleichweg zum Physikalischen Institut genutzt wurde.

Die meisten Studenten aus dem Zug nahmen den Hauptweg, aber Charly folgte einer kleineren Gruppe in das dunkle Wäldchen.

Die Füße schwebten fast lautlos über den weichen Boden, der jedes Geräusch verschluckte, und Gerüche von Erde und Wald stiegen betörend in die Nase.

Hier könnte man ewig auf und ab gehen. Doch die meisten Menschen sahen kaum links, kaum rechts. Sie liefen geradeaus und hatten es eilig zur Universität zu kommen. Auch Charly hatte es heute eilig und sah weder links noch rechts.

*… immer weiter, nicht zögern …*

Die am Ende des Weges auf die grüne Wiese gewürfelten Universitätsgebäude waren allesamt im farbenfrohen Stil der 70er Jahre des letzten Jahrhunderts gehalten. Einst als Speerspitze moderner Architektur gepriesen, vermochten sie nicht in Würde zu altern. Regenwasser sickerte aus undicht gewordenen Dachrinnen in die Verkleidung und hinterließ algige Schlieren. Hie und da waren die Verkleidungen ganz abgeplatzt und gaben die Sicht frei auf faulende Innereien: Glaswolle und Gips und Pappe. Diese Gebäude wirkten in ihrer maroden Buntheit wie Relikte aus einer Zeit, in der es kein Morgen zu geben schien.

Doch nun war Morgen. Ein trüber Morgen im Frühling, und die Bauten sahen so noch trauriger aus. Das einzige, was hier in den letzten Jahren erneuert worden war, das waren die Zugangsbarrieren. Es sollten nur noch ‚berechtigte Personen' hineingelangen.

Charly gehörte nicht mehr dazu. Gewiss, er könnte versuchen, im Gefolge der einströmenden Massen durch die Eingangsschleuse zu gelangen. Aber es bestand immer die Gefahr, dass die Scanner Alarm schlugen.

Nein, es gab einen besseren Weg. Da war noch der Seiteneingang an der Rückseite des Instituts, der vorwiegend für Rauchpausen genutzt wurde. Und, richtig, ein paar Studenten standen auch jetzt vor der durch einen Stuhl offen gehaltenen Tür und nutzten die letzten Minuten vor Veranstaltungsbeginn zum Rauchen.

Charly gesellte sich zu der Gruppe und begab sich mit ihnen ins Haus, ganz so, als gehöre er noch dazu. Er erwiderte sogar den freundlichen Gruß eines Studenten, der ihn wohl noch von früher kannte.

Dann begab er sich zielstrebig zum großen Hörsaal am Ende des Ganges und schlüpfte hinein.

## III.

»Es ist alles gesagt für heute«, beendete der Professor die Vorlesung, »und, nein, heute keine Fragen mehr, bitte.« Die Vorlesung zum Thema ‚Einführung in die Allgemeine Relativitätstheorie' war vorbei. Der Hörsaal war nicht sehr gut besucht, das Thema zog nicht viele Interessenten.

*… niemand darf dich sehen …*

Langsam erhob sich Charly von seinem Platz ganz hinten im Saal, wo er fast völlig verborgen hinter einer Säule das Ende der Vorlesung abgewartet hatte und dabei schläfrig geworden war.

*… tu, was du musst …*

Charly umklammerte seinen Rucksack und hielt sich am Geländer neben der hintersten Sitzreihe fest. Schließlich hängte er sich den Rucksack über die Schulter, rieb sich die Augen und blinzelte gegen die unmerklich flackernde Deckenbeleuchtung.

Er schob die Hände zu Fäusten geballt in die Kängurutasche. Elektrisiert zog er sie wieder hervor und hielt das Stanniolpäckchen in der Hand. Irgendetwas war heute absolut gar nicht in Ordnung.

*… es muss sein …*

Charly wickelte die Waffe aus. Seine Hand zitterte, als er den Griff umfasste. Der Lauf zeigte zu Boden und der weite Ärmel des Kapuzenpullis fiel darüber. Langsam ging er nach vorne, Stuhlreihe um Stuhlreihe, während der Saal sich leerte.

»He! Grüner wird's nich!«, blaffte ihn ein Student an, dem er im Wege stand. Charly sagte nichts und starrte über die Stuhlreihen zum Pult vor der Tafel.

Der Student grinste, tippte sich an die Stirn und schob sich vorbei. Charly ging langsam weiter, er hielt die Pistole fest umklammert.

*… immer weiter, dreh dich nicht um …*

Hinter dem Pult stand der Professor in einer kleinen Traube Studenten. Der Student, der ihm am nächsten stand, hielt ihm einen Zettel hin. »Ich brauche eine Unterschrift. Für die Credits.«

»Heute unterschreibe ich nichts. Vor allem nicht für Credits.« Professor Zarkowsky besaß einen seltsamen Sinn für Humor, staubtrocken und manchmal eine Idee zu gemein. Oft wusste man nicht, ob eine Bemerkung als Witz oder ernst gemeint, achtlos dahergesagt oder gar eine bodenlose Frechheit war.

Es war wohlbekannt, dass Zarkowsky die Umstrukturierungen, die in den letzten Jahre an der Universität stattgefunden hatten, nicht guthieß und sich gelegentlich darüber ausließ. Dass die Studenten dafür am wenigsten Verantwortung trugen, vergaß er dabei leider oft.

Charly wartete, bis sich die Studenten, die sich die Bemerkung mehr zu Herzen genommen hatten, verzogen hatten.

*… nicht nachdenken …*

»Sie reden nicht mehr mit uns?«, fragte Charly leise und hob seinen Arm, sodass der Ärmel zurückrutschte. Zarkowsky erwiderte ohne aufzusehen: »Über das Wetter, gern.«

Dann begann er, seine Sachen einzupacken.

Als er die Tasche nach unten stellte, bemerkte er die Waffe, die auf ihn zielte.

»Oho, das ist aber kein Grund, mich umzubringen«, der Professor war amüsiert, »mit einer Schreckschusspistole.«

Charly starrte verwirrt auf die Waffe in seiner Hand, als wüsste er nicht, wie sie dahin gekommen war. Er stopfte sie eilig in die Tasche und nuschelte: »Ja, das – das war auch gar nicht meine Absicht. Nein.«

*… nicht zögern …*

»Nein!«, wiederholte Charly mit Nachdruck, »wirklich. Das wollte ich nicht!« Er war auf einmal hellwach. Was immer in seinem Kopf heute sein Unwesen trieb, es sollte ihn nicht dazu verleiten, dem Professor etwas anzutun.

Er bemühte sich um ein freundliches Lächeln. Dann zog er eilig den Rucksack ab. »Ich habe Ihnen die bestellte Ware mitgebracht.« Charly hob den Karton aus seinem Rucksack.

Das leise Klirren im Innern der Schachtel ließ den Professor aufhorchen. Erst jetzt erkannte er Charly und lächelte: »Ah, der Herr Klinger. Sie haben bestimmt nicht solche finsteren Absichten.«

Charly öffnete die Kiste und Zarkowsky war sichtlich erfreut, als er die zwanzig kleinen Glaskörper mit 27er-Sockel sah. Es war kein Geheimnis, dass der Professor eine Vorliebe für das ‚Alte Licht' besaß, wie man es heute nannte. Er nahm eine der Birnen heraus und besah sie sich im Schein der Neonbeleuchtung: »Wirklich schön!« Und, ohne die Augen von der Birne zu wenden: »Da sind Sie jetzt also ganz ins Glühlampengeschäft eingestiegen?«

Charly zuckte mit den Achseln: »Na ja.« Richtig begeistert klang es nicht.

Der Professor legte die Birne wieder zurück.

»Es ist zu bedauerlich, dass Sie nicht mehr bei uns sind. Hätten Sie nicht so ein Stipendium bekommen können? Sie hätten meine Unterstützung«, fuhr er erstaunlich fröhlich fort, während er aus einem dicken Portemonnaie mehrere Silberzehner fischte und sie Charly hinschob.

Silberzehner waren in der Inflation ein beliebtes Zahlungsmittel gewesen und wurden auch heute noch gern für alle nicht ganz korrekten Geschäfte genutzt. Das neue Digitalgeld hinterließ zu viele Spuren.

»Es ging nicht«, Charly steckte die Münzen in die Tasche. »Danke.«

»Sie sind ein Defaitist, Klinger«, entgegnete der Professor mit gespieltem Vorwurf. »Sie hätten darum kämpfen müssen!«

»Es ging nicht!«, gab Charly etwas bestimmter zurück. Was sollte er dem Professor auch erzählen von den komplizierten Bedingungen für die Stipendien. Ganz abgesehen davon, dass er sich mit seinen sechsundzwanzig Jahren langsam einigen Altersgrenzen näherte.

»Die nehmen nur Streber mit Musterlebenslauf«, schob er noch patzig hinterher.

Der Professor seufzte unmerklich: »Schade. Aber, warten Sie, ich habe noch etwas für Sie – und Ihre Freunde.«

## IV.

Das ‚Ballhaus' war gar kein Ballhaus. Eigentlich war es nie eines gewesen. Früher hatte hier ein kleiner, giftiger Industriebetrieb seinen Sitz gehabt, der seine Spuren in Form von rostigen Blechfässern mit fragwürdigem Inhalt hinterlassen hatte, die noch unten im Keller lagerten und von denen man besser Abstand hielt.

Jetzt wurde das Haus, wie auch schon in den zwanzig Jahren zuvor, als Refugium für Künstler und Musiker und Kleinunternehmungen genutzt. Seither trug es auch den Namen ‚Ballhaus'.

Der Stadterneuerung und dem Zugriff der Spekulanten hatte es all die Jahre trotzen können, wohl durch seine miese Randlage, die verrottete Bausubstanz, und vor allem wegen der Fässer im Keller.

Charly trat durch die ehemals grüne Eisentür in den hell erleuchteten Raum. ‚Atelier Jacky Lux' stand in Großbuchstaben handschriftlich über dem Eingang, mit dickem Filzstift direkt auf den bröckelnden Putz geschrieben.

Dutzende von runden Glaskörpern an den Wänden, auf dem Boden, den Tischen, manche waren in Fassungen geschraubt, andere lagen einfach herum. Die meisten bestanden aus klarem oder mattem Weißglas, aber auf einem breiten Regal hinter der Tür lagerten einige besonders große Exemplare in den verschiedensten Farben.

Im hinteren Bereich des Raumes befand sich der Ofen, dessen Abzug direkt nach draußen in den Hof führte. Es lagen beulige Glaskörper davor, aufgesteckt auf Blasrohre. Sie warteten darauf, per Lötlampe in Form gebracht zu werden. Atemschutzmasken und Schutzbrillen hingen an der Wand, und darüber prangte ein Pseudo-Warnhinweis: ‚Beware of the Art!' Offiziell war dies ein Kunstatelier.

Das Hinterzimmer des Ateliers war ein kleinerer Raum mit Waschbecken und Kochstelle. An der Decke hing ein alter Kronleuchter, der mit einigen eher missglückten Exemplaren der Glühlampenmanufaktur bestückt war.

Ein großer Tisch, der schon bessere Tage gesehen hatte, beherrschte die Mitte des Raumes. Hier hockten die Teilhaber des ‚Lampenladens', wie sie sich selbst scherzhaft nannten: Jacky Lux und seine burschikose Freundin Lara-Marie, genannt ‚Larry', auch sie seit letztem Jahr aktiv im Lampengeschäft. Sie hatte ihre Schweißerschutzmaske über die Stirn geschoben und rührte in einer Kaffeetasse mit Leuchtturm-Motiv: »Hi, Charly!«

Charlys ehemaliger Kommilitone Jan Lukas hatte damals die Idee gehabt, nachdem die herkömmlichen Lampen nicht mehr zu kaufen gewesen waren: »Warum machen wir sie nicht selbst?« Denn Nachfrage bestand nach wie vor, besonders nach Birnen mit höherer Wattzahl.

Er nannte sich fortan ‚Jacky Lux' und gab den Dandy und Bohemien mit leichtem Anflug von Dissidenz. Auch jetzt thronte er mit verwegen in die Stirn gekämmtem Haar auf der Fensterbank, rauchte eine Zigarette und verkündete mit leichtem Pathos: »Ah, Karol, mein Freund!«

Charly stopfte das Geld in eine Holzbox auf dem Tisch, in der sie ihre Einnahmen sammelten. Dann zerrte er eine große Papiertüte aus dem Rucksack. »Vom Prof. Lampendraht und ein paar Chemikalien zum Veredeln. Hat er in der Uni abgegriffen.«

Jack war begeistert, er sprang von der Fensterbank und vergaß jedes Pathos: »Soviel? Super! Was will er dafür?«

»Nur eine Schmuckbirne von 500 Watt. Sonst nichts. Am liebsten heute noch.« Charly grinste. »Wo fällt ein solcher Stromfresser wohl weniger auf als in einem Physikinstitut?« Seit Einführung der sogenannten ‚intelligenten Stromzähler', die nicht nur den Verbrauch sondern auch die Signatur der verwendeten Geräte auslasen, war es für den Normalbürger schwierig geworden, die verbotenen Lampen zu betreiben. Im Institut war das freilich etwas anderes. Auch das Atelier besaß eine ‚Sondergenehmigung für Kunstschaffende'.

»Soll er haben!«, verkündete Jack fröhlich und verschwand in der Werkstatt. Nach wenigen Minuten kam er wieder zurück. In beiden Händen trug er, lose in Seidenpapier gewickelt, das Prachtexemplar. Vorsichtig legte er die Riesenbirne auf den Küchentisch: »500 Watt hat die mindestens.«

Sie war groß wie eine Wassermelone, schillerte in zartem Kobaltblau und, wenn man sie ins Licht hielt, in allen Farben des Regenbogens. Im Innern sah man kunstvoll gewickelt die Drahtwendel. Charly war hingerissen, obwohl er schon viele ähnliche Objekte gesehen hatte. »Sie ist wunderschön!«

»Larry hat sie gestern gemacht«, sagte Jack, und, mit stolzem Seitenblick auf seine Freundin: »Du hast doch nichts dagegen, Hase?« Larry quittierte die Frage mit einem unerwartet zarten Lächeln. Sie nickte Charly zu, sagte aber nichts.

Charly verpackte die Birne vorsichtig im Rucksack und machte sich wieder auf den Weg zur Uni.

## V.

Da, wo der Wald am düstersten, und die Fichten Friedhofsgewächsen gleich den Himmel verdunkelten, da lag der unbekannte Tote in den Laubhaufen vom Vorjahr, nur wenige Meter abseits des Weges.

Charly hatte die beiden Polizeiwagen und das Blaulicht schon von weitem gesehen. Auch wenn er, wie alle anständigen Menschen, die Schaulust verachtete, und, wie alle weniger anständigen, gern Abstand von der Polizei hielt, so war er dennoch magisch angezogen von dem, was sich zwischen den Bäumen erahnen ließ. Erst vor wenigen Stunden war er hier langgegangen.

Ein rotweißes Band mit der Aufschrift ‚Polizeiabsperrung' war zwischen den Bäumen aufgespannt und ließ nur einen schmalen Durchgang. Er schlüpfte heimlich hindurch.

»He, Sie?!«

Charly erschrak, doch er tat, als fühle er sich nicht angesprochen. Vielleicht war er ja wirklich nicht gemeint. Die Stimme kam aus einiger Entfernung.

»Suchen Sie etwas? Ist Ihnen hier etwas aufgefallen?«

Dieses Mal war die Stimme direkt hinter ihm. Die junge Polizistin, die ihn gerufen hatte, war ihm hinterhergelaufen. Ertappt! Er tat, als sei er etwas schwer von Begriff.

»Ein Obdachloser vielleicht? Jemand, der hier nicht hergehört?«, fragte sie weiter forschend. Charly reckte sich, aber konnte nicht viel erkennen. Polizisten standen um den Toten herum und verbargen die Sicht. Außerdem war eine Decke über den Körper gelegt worden. Alles, was Charly sah, waren ein silbernes Feuerzeug, das in etwa zwei Meter Entfernung im Laub lag und das die Polizisten wohl übersehen hatten, sowie die neuen Chucks, die der Tote trug. Er wunderte sich, dass die Sohlen der Schuhe so sauber waren, als wäre der Mann gar nicht zu Fuß den schmutzigen Weg entlang gegangen. Er hütete sich, das zu erwähnen.

Stattdessen schüttelte er den Kopf: »Ich war in der letzten Zeit nicht mehr so oft hier.« Mit leichter Empörung fügte er hinzu: »Es wimmelt hier ja von Obdachlosen!«, als könne ihn das vergessen lassen, dass ihn selbst auch nur eine Monatsmiete von diesem Schicksal trennte.

»Aufmachen!« Ein Kollege der Polizistin war hinzu gekommen. Er deutete auf Charlys ungewöhnlich unförmigen Rucksack.

Widerwillig zog Charly den Rucksack ab und stellte ihn sanft auf den Boden. »Das ist ein Kunstobjekt.« Er begann, sehr langsam und mit aller Sorgfalt die Riemen zu lösen, bis ihm der Polizist den Rucksack aus der Hand riss. »Sie machen es kaputt!«, entfuhr es Charly, doch sogleich war er froh, dass er offenbar zu leise gesprochen hatte, um bemerkt zu werden. Besser, man reizte diese Typen nicht.

Der Polizist öffnete den Rucksack ohne jedes Feingefühl. Er zog nicht einmal die schwarzen Lederhandschuhe aus, als er das Seidenpapier herauszerrte und auf den Boden fallen ließ. Dann sah er die Glaskugel. »Ach, nee, eine Blumenvase?«

*Idiot!*, dachte Charly und verfolgte das Treiben mit Grausen. Der Polizist packte mit beiden Händen die Riesenglühbirne und zerrte sie aus dem Rucksack. Er erkannte sofort, um was es sich handelte: »Kunst, was? Ich wette, das ist Leuchtkunst.« Er lachte kurz über seine vermeintliche Wortschöpfung. »Siehst du, was ich mache mit deiner Kunst?« Und er ließ die schöne, blaue Birne fallen, genau dort, wo die Spitze eines kantigen Steins aus dem Waldboden ragte. Sie zersprang in tausend Scherben. »Entschuldigung.«

*Arschloch*, dachte Charly.

Die Polizistin musterte ihren Kollegen missbilligend. »War das nötig? Das hätte auch ein Beweisstück sein können!« Sie wandte sich wieder an Charly. »Also, das tut mir leid. Aber, was wollten sie hier? Mit … «, sie sah auf die Scherben am Boden, » …diesem Kunstobjekt?«

»Ich wollte zur Uni«, sagte er und starrte entsetzt auf den Scherbenhaufen, »Physikalisches Institut.« Charly verfluchte seine Neugier, die ihn vom Wege getrieben hatte. Das goldene Gewinde ragte anklagend aus den Trümmern.

»Am besten geben Sie uns Ihre Personalien.«

Missmutig zeigte Charly seinen Ausweis, den man immer bei sich haben musste, wenn man nicht riskieren wollte, zur Feststellung der Identität vorübergehend in Gewahrsam genommen zu werden. Die meisten Bürger fühlten sich inzwischen unbehaglich, wenn sie das Haus ohne Ausweis verließen, gerade so, als hätten sie keine Fahrkarte.

Die Polizistin war nun ganz freundlich, während sie den Ausweis las: »Sie haben also nichts bemerkt, Herr … Carl Yannick Klinger?«

Guter Bulle/böser Bulle, dachte Charly, gab aber brav Antwort. »Wie ich sagte, ich kam hier entlang und habe Sie gesehen. Ich war neugierig. Sonst wäre ich gleich außen rumgegangen.«

»Und den Mann kennen Sie wirklich nicht?« Sie hielt ihm nun ein Foto des Toten vor die Nase.

Er sah seltsam aus, so bleich und zerzaust. Er war noch nicht lange tot, das sah man. Sein Haar war dunkel und graumeliert, er mochte Ende vierzig bis fünfzig Jahre alt sein. Eigentlich sah er nicht aus wie ein typischer Obdachloser. Zu gepflegt.

Es war nicht der erste Tote, den Charly sah, aber trotzdem, dieser hier rührte ihn seltsam an, und für Sekundenbruchteile überlegte er, woher er ihn kannte.

Wahrscheinlich aber handelte es sich bei ihm wirklich nur um einen der vielen Heimatlosen, die hier überall in den verlassenen Gewerbeimmobilien hausten. Sie hatten sich früher immer gern bei der Universität herumgetrieben, als man sie dort noch geduldet hatte.

Charly erschauerte, er ließ seinen Blick über das Foto hinüber zu dem Toten und hinauf in die Baumwipfel wandern. Dann fing er sich in dem Weg, der sich wie ein Tunnel durch den dichten Wald schlängelte, links von einem Mischwald mit reichlich Unterholz begrenzt, und zur Rechten durch die düsteren Fichten. Den Himmel darüber konnte man nur erahnen.

»Nein, ich weiß nicht, wer das ist!«, sagte er mit fester Stimme. »Man sieht so etwas nicht so oft.«

Die Polizistin ließ ihn schließlich gehen. »Wir haben ja Ihre Personalien.«

Ohne sich noch einmal umzudrehen trottete Charly in Richtung Bahnhof davon.

## VI.

**12. Mai 2035 10:33**

Die zwei schwarzen Karossen der Marke ‚Tesla XXL' fuhren leise surrend vom Institutsgelände, als Dr. Carl Klinger mit langen Schritten vom Parkplatz zum Haupteingang lief. Er war spät dran, doch trotz seiner Eile nahm er sich die Zeit, sich über die beiden Wagen zu wundern – zu ungewöhnlich ihr Erscheinen zu dieser Zeit an diesem Tag. Es handelte sich um die PS-stärksten Elektrofahrzeuge, die es momentan gab, schwarze Limousinen mit verspiegelten Fenstern.

Klinger sah ihnen kopfschüttelnd nach, es war eine Illusion gewesen anzunehmen, dass mit der Umstellung von Verbrennungsmotoren auf Elektroantrieb auch die Sucht nach Protz und Prestige verschwinden würde. Ihm schwante Übles, und er beschleunigte den Schritt.

Das leise Piepen des Scanners zeigte ihm, dass der Zugang gewährt war, während die gläserne Schiebetür lautlos aufglitt. Hastig durchquerte er das menschenleere Foyer des Institutsneubaus, wobei seine Gummisohlen auf dem blanken Boden leise quietschten. Er fuhr mit dem Fahrstuhl in die Tiefe und lief im Untergeschoss noch durch einige Gänge, bis er zu einer breiten Tür mit der Aufschrift M.E.K. gelangte. Wieder ertönte das wohlwollende Piepen des Scanners, das ihn als Mitarbeiter der höchsten Hierarchiestufe auswies und ihm alle Türen öffnete. Jemand anders wäre jetzt wohl auch kaum hier, an einem Samstagvormittag. Die meisten Techniker und studentischen Mitarbeiter hatten frei.

Im Korridor standen mehrere Kartons der Edel-Beleuchtungsfirma ‚Jack-a-Lux'. Beinahe wäre er darüber gestolpert. Er musste grinsen. Für das Institut nur die besten und hellsten Leuchten, genau. Bloß keine flackernden Billiglampen, von denen man Kopfweh bekam.

Er stieß die doppelflügelige Metalltür auf – und war entzückt. Es war auch nach all den Jahren Forschung noch immer beeindruckend, die Maschine in Betrieb zu sehen.

Bläulich-violette Entladungen stiegen an den Säulen empor, suchten sich ihren Weg an den Aufbauten entlang und entluden sich in den offenen Raum. Elmsfeuer glommen sekundenlang an den Spitzen der Säulen, Ozon lag in der Luft. Erst war da nur ein fahles Leuchten unter der Kuppel, doch wurde es immer heller und konzentrierte sich schließlich in einem einzigen Punkt. Der Lichtpunkt wurde größer und greller, es war reine Energie, fast wie eine kleine Sonne. Dies war das Licht der Schöpfung selbst.

Der Raum selbst sah aus wie eine riesige Turnhalle. Doch waren die Wände und die Decke metallisch verkleidet und glänzten im grellen Licht der Maschine und der Scheinwerfer, die in mehreren Reihen hinter vergittertem Panzerglas in der Decke ruhten.

An der Vorderseite der Halle befand sich ein Podest, das sich gut zwei Meter über den Boden erhob, die sogenannte Galerie. Dort war die Steuerung für die Maschine untergebracht. Offiziell trug sie den Namen ‚Materie-Energie-Konverter', abgekürzt M.E.K., was sich im Jargon einiger Mitarbeiter zur Koseform ‚Mekki' verniedlicht hatte. Dort oben saß der alte Professor Zarkowsky, er trug eine große Sonnenbrille und bediente den Apparat.

Im gleißenden Licht materialisierte sich ein Gegenstand. Wie ein schlechtes Fernsehbild sich in Zeiten des Antennenfernsehens besserte, wenn man die Antenne drehte, so schärften sich die Konturen, während der alte Mann den Steuerungscomputer bediente. Ab und zu sah er auf seinen Monitor, den er liebevoll seine ‚Kristallkugel' nannte, wo in rasender Geschwindigkeit Zahlenfolgen und Diagramme entlangschwirrten.

Die Umrisse wurden klarer, changierten zunächst in diversen Farben, bis sich ein dunkles Blau herauskristallisierte. Die Form wurde eckig und metallisch. Carl Klinger erkannte einen der großen Institutsmülleimer, wie sie hinter der Halle standen.

»Nun, Klinger, in was soll ich es dieses Mal verwandeln?« Der Professor hatte trotz seiner Versunkenheit das Erscheinen des Kollegen bemerkt. Er schob die Sonnenbrille über die Stirn und tippte etwas in die Tastatur. Der Müllcontainer begann plötzlich violett und lila zu leuchten, bis er sich in ein schönes Knallrot mit Krokodilsledereffekt verfärbte. »Was halten Sie von dieser Textur?«

Für Klinger war das nichts Neues. »Immer wieder beeindruckend«, sagte er freundlich, jedoch mit einer Spur Gelangweiltheit.

»Für Sie nicht, oder?«, entgegnete der Professor scharf. Man konnte ihm nichts vormachen.

Er legte einen Hebel um, und umgehend verschwand der Mülleimer, löste sich in Nichts auf, während die Energieanzeige weit ausschlug.

Gleich darauf aber erschienen urplötzlich zwei Eimer. Einer direkt im Konverter, der andere einige Meter daneben. Einer war blau, der andere rot. Auch dies war nichts Neues für Klinger, so sehr es eine Sensation für die Wissenschaft darstellte. Der eine Eimer war exakt dreißig Sekunden älter. Der M.E.K. eignete sich dazu, Dinge in begrenztem Umfang in die Vergangenheit zu schicken und damit auch zu duplizieren.

Zarkowsky erhob sich von seinem Platz: »Ich lasse den M.E.K. nur warmlaufen. Wir brauchen ihn heute noch.« Es klang ein wenig unheilvoll, aber Klinger wich dem bohrenden Blick des Professors aus, der ein Nachfragen geradezu zu erflehen schien.

Stattdessen bemühte er sich um unbekümmerte Normalität. Wenn wirklich Ärger in der Luft lag, so würde er es schon früh genug erfahren. »Wir haben gestern Abend am Materiescanner die Feinjustierung verbessert. Die Materialisierung sollte jetzt glatter gehen. Wir haben den Fehlerquotienten um 0,15 hoch minus 12 optimiert.«

»Sehr schön. Aber das ist nicht genug. Das wissen Sie«, erwiderte Zarkowsky mit leichtem Vorwurf, der aber, das wusste Klinger nach all den Jahren ihrer Zusammenarbeit, nicht wirklich ernst gemeint war. Jungen Mitarbeitern allerdings konnte eine solche Bemerkung schlaflose Nächte bereiten. Klinger irritierte daran nichts mehr, außer vielleicht die Tatsache, dass der Professor diese Neckereien ihm gegenüber überhaupt noch versuchte. Vermutlich konnte er gar nicht anders mit seinen beinahe siebzig Jahren.

Obwohl er schon in Pension war, hatte man ihm die Leitung des Projektes gelassen, solange er es vermochte und wünschte. Leute wie

Zarkowsky waren nicht so leicht zu ersetzen, aber das Ende seiner Tätigkeit war trotzdem abzusehen. Er hatte schon zwei Herzinfarkte hinter sich.

Auch wenn Klinger hier der Kronprinz war, lag es ihm fern, das Ausscheiden des Kollegen in irgendeiner Weise herbeizuwünschen.

»Klinger, wir beide – und die gesamte Führungsebene des M.E.K. – wurden soeben gefeuert. Sie sind leider eine halbe Stunde zu spät gekommen.«

Klinger grinste, die Scherze des Professors wurden anscheinend nicht besser mit dem Alter. »Ach, was.«

Zarkowsky blieb ernst: »Das heißt, ich werde in den wohlverdienten Ruhestand geschickt. Die werden den M.E.K. auch in ‚Zarkowsky-Konverter' umbenennen. Das tut mir sehr Leid für Sie. Ich hätte Sie gern als meinen Nachfolger hier gesehen.«

Klinger verstand, das war kein Witz. Er bewahrte aber Fassung, die Nachricht war noch zu frisch. »Und? Wer sind die?« Er dachte an die schwarzen Limousinen.

»Was weiß ich. Regierung, Militär, beziehungsweise, deren Geldgeber, oder so. Die Herren sagten, sie hätten uns nur so lange finanziert, bis das Ergebnis zusagt.«

»Und, jetzt sagt es zu?«

»Wussten Sie, dass wir die verheerendste Waffe seit der Atombombe gebaut haben?«

Tatsächlich waren Klinger schon allerlei Missbrauchsmöglichkeiten für den M.E.K. eingefallen, aber alles, was über ein Versuchsstadium hinausging, war ihm bisher immer als zu teuer und zu kompliziert erschienen. Außerdem war das Gerät noch nicht ausgereift. Die meisten herkömmlichen Waffen waren effektiver.

Der Professor fuhr fort, bevor Klinger eine Antwort einfiel: »Sie könnten unseren M.E.K. nachbauen, sagten sie. Und sie sprachen von ‚humanhygienischen Maßnahmen' für den Planeten, die keine Spuren hinterlassen. Auch nicht in der Geschichtsschreibung. Sie wissen, was das heißt?«

Klinger ahnte es. Vor allem aber war offensichtlich, dass Zarkowsky nicht gewillt war, das Feld kampflos zu räumen. Zweifellos hatte er schon länger gewusst, dass etwas im Gange war.

»Ich dulde es auf keinen Fall, dass mein Name mit einer solchen Apparatur verknüpft wird«, erklärte der Professor in einem Ton, der keinen Widerspruch duldete. »Wir müssen den M.E.K. also nicht nur zerstören, sondern wir müssen auch dafür sorgen, dass er nie erfunden wird.«

Klinger starrte ihn ungläubig an, dann sah er zu den beiden Mülltonnen, dann wieder zum Professor. Er mochte es nicht zu Ende denken. »Er ist nicht ausgereift. Kein bisschen!«

»Ich weiß. Deshalb werde ich selbst gehen. Ich bitte Sie, die Maschine zu bedienen. Ich habe alles bereits ausgelotet. Der Konverter befindet sich an einer Stelle, wo vor einigen Jahren noch ein Waldweg war. Das erspart uns lokale Parameter. Sie wissen, es darf sich kein fester Körper dort befinden, wo wir etwas materialisieren. Am besten wäre sogar Vakuum.« Der Blick des Professors fiel auf den großen, runden Glaskörper, der in einem metallenen Fuß auf seinem Schreibtisch stand und bläulich schimmerte. Er versuchte ein Lächeln. »Mit Vakuum kennen Sie sich doch aus. Ihre Zierglühbirne funktioniert übrigens immer noch. Immer noch der erste Draht! Vielleicht können Sie da in Zukunft etwas daran forschen. Eine lokal begrenzte, temporäre Vakuumblase oder so.«

Er hatte offenbar für einen Moment vergessen, dass er gerade beschlossen hatte, die ganze M.E.K.-Forschung ungeschehen zu machen.

Klinger ließ sich nicht auf die Ablenkung ein. »Und wie wollen Sie die Forschung am M.E.K. verhindern?«

Zarkowsky lächelte fast zärtlich. »Sie werden sich erinnern, der M.E.K. war damals allein mein Baby. Ich musste anfangs sehr dafür kämpfen. Niemand wollte das Projekt fördern. Sie wissen, was ich mir anhören musste. Das Projekt wäre nie zu Stande gekommen, ohne meine Hartnäckigkeit, damals.« Er hielt kurz inne, betrachtete nachdenklich die beiden Mülleimer. »Ja, das ist der ewige Tanz der Elemente, Materie, Energie … und eben diese weitere Komponente: Die Zeit. Ich hatte mein Leben, in irgendeiner Dimension hatte ich es, egal, in welche Gegenwart ich Sie dann katapultiert haben werde.«

Klinger war bestürzt, als er verstand, was der Professor vorhatte. Aber es wäre sinnlos, ihn davon abbringen zu wollen. Vermutlich hatte er die Sache schon lange beschlossen.

»Haben Sie es denn schon mit Lebendigem probiert?« Die Frage stand so groß im Raum, dass Klinger sie einfach stellen musste. Er selbst hatte keinen solchen Versuchen beigewohnt.

Außerdem lenkte die Frage nach der praktischen Umsetzung von der Ungeheuerlichkeit des Planes selbst ab.

»Fatso, die Katze. Ich sagte Ihnen vorgestern, ich wüsste nicht, wo …« Zarkowsky sprach den Satz nicht zu Ende und sah zu dem verwaisten Fressnapf vor der Tür.

»Wie? Sie haben unseren guten Fatso …?« Klinger war verstimmt. Fatso hatte in den Laboratorien eigentlich nichts verloren. Meist kümmerten sich die Sekretärinnen um den fetten Kater. Es wusste auch niemand, wie sein richtiger Name war oder wo seine Besitzer wohnten.

»Ich hatte vorher ein paar Versuche mit Drosophila gemacht. Das hat funktioniert.«

»Drosophila!«, knurrte Klinger. »Wie lange haben Sie Fatso zurückgeschickt?«

»Zwei Tage. Er könnte sich selbst begegnet sein«, sinnierte der Professor. »Katzen irritiert so etwas. Es sind feinstoffliche Wesen.«

Klinger schüttelte den Kopf. »Dieser Kater ist alles andere als feinstofflich.«

Zarkowsky seufzte. »Ich weiß, nur, er müsste eigentlich wieder da sein, ja eigentlich zwei Fatsos, wovon der eine zwei Tage älter ist.«

»Können denn zwei existieren? Zur gleichen Zeit?«, fragte Klinger nachdenklich.

»Ich gehe davon aus, dass im Moment des Zeitsprungs eine weitere Realität erschaffen wird, in der zwei Katzen existieren, wie bei den Mülleimern. Aber, hören Sie, für mich ist das auch neu. Es war alles Theorie bis jetzt. Das wird ein spannendes Abenteuer!« Zarkowskys Augen blitzten irgendwo zwischen Trauer und Begeisterung. »Und es scheint, dass die Zeit nur eine von vielen Faktoren im Universum ist, die wir verändern, kneten, modellieren können. Ich bin ja ein alter Heide, aber da stellen sich ein paar interessante Fragen, wie sich das auswirkt, auf Leben und Tod und die Seele, wenn Sie so möchten.«

»Fatso?«, fragte Klinger zaghaft.

»Sie und Ihre Katze! Er kommt bestimmt wieder. Er ist sicher nur erschrocken.«

Klinger nickte bedächtig. »Und deshalb werde ich gehen, Professor. Nicht Sie mit Ihren zwei Bypassen und Ihren siebzig Jahren.«

Im Moment, da er es ausgesprochen hatte, erschrak er schon vor seiner Courage. Aber nun war es heraus. Es war bloß logisch, auch wenn er insgeheim hoffte, die Sache würde sich vielleicht aus anderen Gründen zerschlagen, oder es wäre alles nur ein Albtraum.

Zarkowsky jedoch nahm ihn sehr ernst. Er nickte anerkennend. »Ich hätte nicht gewagt, Sie darum zu bitten. Aber Sie haben Recht. Sie sind die bessere Wahl.«

Er nahm etwas aus der Tasche und reichte es Klinger wortlos. Es war ein kleiner, silberfarbener Gegenstand aus schwerem Metall. Er sah aus wie ein altes Benzinfeuerzeug.

Das war der Mini-Konverter, kurz MiK, der einzige Gegenstand aus der bisherigen M.E.K.-Forschung, der die Bezeichnung ‚Waffe' tatsächlich verdiente. Meist wurde er nur zur Müllentsorgung verwendet. Aber man könnte damit auch Personen schnell und schmerzlos dematerialisieren. Klinger umfasste den MiK mit festem Griff. Dann steckte er ihn schnell in die Tasche. Er wollte gar nicht darüber nachdenken, wofür er ihn benutzen sollte.

Eine breite Wendeltreppe aus Lochblech führte von der Galerie hinab direkt ins Herz der Maschine, dem eigentlichen Konverter, der durch ein metallenes Gitter von der übrigen Halle abgetrennt war. Er sah aus wie ein Tempel aus Edelmetall mit den acht kupferfarbenen Säulen und der Kuppel aus Titan. Doch das drei Meter hohe Tempelchen war nur die Spitze eines technologischen Eisberges, der sich noch weit in die Geschosse U2 bis U6 hineingrub.

Dr. Klinger trat unter die Kuppel, nachdem der Professor die beiden Mülleimer dematerialisiert hatte. Er schloss die Augen und konzentrierte sich auf seine Aufgabe: Den Waldweg entlang, geradeaus zum Institut, seinen Auftrag erfüllen, nicht ablenken lassen, den jüngeren Zarkowsky suchen und dafür sorgen, dass der MEK nie erfunden würde … wie auch immer. Es musste sein. Nur nicht darüber nachdenken. Es war notwendig.

Während er das dachte, züngelten die Blitze um seinen Körper. Klinger löste sich auf im grellen Licht.

## VII.

Professor Zarkowsky starrte auf die Stelle, an der eben sein Kollege verschwunden war, und er wunderte sich, wie schnell Ozongeruch und Elmsfeuer sich verzogen. Er wusste nicht, worauf er wartete.

»Ist alles in Ordnung?« Er fuhr herum. Dr. Klinger trat aus dem kleinen Raum nebenan, der als Küche diente. Er hatte zwei dampfende Tassen in der Hand. »Ich dachte, Sie mögen einen Kaffee.

Geht es Ihnen nicht gut?« Klinger sah gut aus, ungewöhnlich gut, gar nicht wie sonst, wie ein alternder Geek.

Der Professor war irritiert. »Wie? Ach, ja, danke.« Er blickte sich verwirrt um. »Sie sind hier?«

Alles sah aus wie immer. Die Kisten der Firma Lux, die jetzt unbesetzten Arbeitstische der Techniker, Klingers Schreibtisch, der Hauptcomputer, das Steuerungsgerät.

»Ein Déjà-vu«, murmelte er, »oder werde ich alt?«

Sein Blick blieb an der in hellem Kadmiumrot getönten, globusgroßen Zierglühlampe auf seinem Schreibtisch haften. »Komisch, ich dachte gerade, dass Ihre Zierbirne eigentlich blau wäre. Aber sie ist rot.«

»Schon immer gewesen«, gab Klinger belustigt zurück. »Aber, das ist interessant, dass Sie das sagen, ich glaube, die erste Birne, die wir Ihnen damals bringen wollten, war blau. Sie ging leider zu Bruch.« Er stellte dem Professor den Becher hin. »Ich habe es ja immer geahnt, dass Sie noch … hm … andere Quellen anzapfen.« Er setzte sich neben den alten Mann und fügte etwas bekümmert hinzu, »ich weiß nicht, ob man es Ihnen schon gesagt hat, aber Fatso ist tot. Der Hausmeister hat ihn gefunden, draußen. Das heißt, er wusste nicht genau, ob es Fatso ist. War nicht mehr so gut zu erkennen. Aber, welche dicke Katze sollte es sonst sein?«

Der Professor wirkte auf einmal sehr alt und zerbrechlich. »Ich bin müde, Klinger, sehr müde. Aber, wir müssen uns etwas ausdenken … etwas Neues.«

## Ernst-Eberhard Manski

# Der Saxophonist vom Rathaus Neukölln

Ernst-Eberhard Manski (*1954 in Minden), Skandinavist und Historiker, lebt in der flämischen Provinz Limburg. Seit 2004 sind von ihm, meist unter dem Pseudonym Edgar Güttge, etwa 25 Science-Fiction-Kurzgeschichten erschienen. Viele dieser Geschichten sind durch Musik inspiriert, so etwa *Benefizkonzert* durch Jethro Tull (in *phantastisch 34*), *Drei Minuten Warnzeit* durch Liquid Tension Experiment (in *Zeitspur 2), Ordentlicher Lärm* durch *Ace of Spades* von Motörhead (in *Tabula Rasa,* Wurdack) und *Im Urknall war es still* durch *You Shouldn't Do That* von Hawkwind (Sarturia 2010). In Vorbereitung sind Stories zu King Crimson's *Catfood* und *Don't Let Me Sleep in the Morning* von Head East. Für seine Erzählung *Das Klassentreffen der Weserwinzer* (in: *Molekularmusik*, Wurdack 2009) erhielt er den Kurd Laßwitz Preis 2010.

Die letzten Stationen auf der Heimfahrt sind immer die spannendsten. Ist zu Hause noch alles beim Alten? Ist niemand in die Wohnung eingebrochen? Steht das Haus überhaupt noch? Je länger die Abwesenheit, desto mulmiger das Unsicherheitsgefühl. Und dieses Mal hatte es besonders lange gedauert. Mehr als fünf Jahre hatte ich mich auf dem Archivplaneten Historika im Zentrum des bekannten Multiversums vergraben, um für eine interdisziplinäre Studie zum Thema »Popmusik und Urbanistik: Harmonie und Ästhetik restaurierter Innenstädte im galaktischen Vergleich« zu forschen.

Zu allem Überfluss war die Transvacuumcruise »TVC 15« beim Anflug auf die Erde wegen technischer Probleme umgeleitet worden. Statt wie vorgesehen in Tempelhof zu landen, wo ich am Luftbrückendenkmal nur noch in den Vierer hätte steigen müssen, um eine knappe Viertelstunde später vor meiner Haustür anzukommen, setzte der Spacebus »Hysterica II« auf dem nagelneuen ostwestfälischen Raumhafen Vennebeck auf, nachdem er zunächst fast noch den Fernsehturm auf dem Wesergebirge und dann den Terminal gerammt hatte. Solch ein dorfkerngroßes Kreuzraumschiff war eigentlich viel zu überdimensioniert für den schnuckeligen ehemaligen Segelflugplatz in Sichtweite der Porta Westfalica. Die Umleitung war sicherlich ein Glücksfall für Passagiere, die nach Hamm, Hameln oder Herford wollten, ich aber musste noch den InterRegio »Havelsee« über Minden, Hannover, Wolfsburg und Spandau nach Berlin nehmen. Auch wenn man im modernen Bahnverkehr das rhythmische Rattern auf den Gleisen nicht mehr spürt und das Stampfen der Dampflokomotiven einer längst vergessenen Ära angehört, fühlte ich mich trotzdem wie gerädert, als ob ich die ganze Strecke von der Historika bis zum U-Bahnhof Möckernbrücke zu Fuß zurückgelegt hätte.

Erschöpft schlich ich den Übergang von der Hoch- zur Tunnelbahn hinunter. Noch fünf Stationen, und ich hatte es hinter mir. Wie sehnte ich mich nach einem ungestörten Abend zwischen meinen Schallplatten und Bücherregalen! Unterwegs wollte ich in der Wildenbruchstraße noch ein paar Früchte im Obstladen, einen Traubensaft im Getränkecenter und ein Weißbrot beim Bäcker holen, um dann bei etwas nostalgischer Musik und einem guten Buch die Welt um mich herum zu vergessen. Die Vorfreude darauf, wieder einmal in meiner Wohnung zu übernachten, stieg allmählich ins Unermessliche, und ich war froh, nicht auf die Ratschläge einiger

Bekannter gehört zu haben, die ebenfalls in der Absicht, für ein paar Jährchen die Galaxis zu durchkreuzen, ihre irdischen Mietverträge gekündigt und ihr Mobiliar verscherbelt hatten.

Proppenvoll wie eh und je fuhr die U7 Richtung Rudow ein. Das Stehen im Gedränge zwischen den Pendlern gab meinem ausgelaugten Körper den Rest. Ungeduldig stellte ich mich nach dem Ausrufen der Station »Rathaus Neukölln« an der Schlange vor der Tür an. Umso überraschter war ich, dass ich mich samt Gepäck in letzter Sekunde hinausquetschen musste, weil dort wider Erwarten außer mir niemand ausstieg. Verwundert darüber, dass der ansonsten ständig überfüllte Bahnsteig nahezu menschenleer war, orientierte ich mich kurz, wobei ich feststellte, dass der hintere Ausgang gesperrt war, und stapfte dann die Treppe in Fahrtrichtung zum grauen Himmel hinauf. Nichtsahnend betrat ich die Verkehrsinsel auf der Karl-Marx-Straße ... und blickte in eine mir vollkommen unbekannte Gegend.

In einem Umkreis von etwa einem Kilometer war nahezu alles flach und öde, als hätte der große Bruder mit der flachen Hand auf den Stadtteil gehauen. Hier und da ragte ein ausgebranntes Gebäude aus der Steinwüste hervor: Mit etwas gutem Willen erkannte ich die alte Post, daneben das Hallenbad und dort die Sparkasse. Schräg hinter mir hockte der Plattenbau der Stadtbibliothek, von der ich dachte, dass sie wegen Asbest geschlossen und abgerissen werden sollte. Die für die gesamte Galaxis geltende These schien sich wieder einmal bewahrheitet zu haben: der öffentlich-rechtliche Bauherr baute robuster als private Wohnungsbaugesellschaften und Eigenheimbesitzer.

Am liebsten wäre ich umgekehrt und in die trügerische Geborgenheit des U-Bahnnetzes geflüchtet, um dort einen günstigeren Zeitpunkt im Wahrscheinlichkeitskontinuum abzuwarten und später mit etwas mehr Glück in einem zweiten Anlauf in eine Welt hinaufzusteigen, deren Anblick sich eher mit meinen Erinnerungen deckte. Aber was hätte das für einen Sinn gehabt? Das Wirklichkeitsgefüge funktioniert nicht auf diese Weise. Wie real die Gegenwart war, unterstrich das monumentale Rathausgebäude zu meiner Linken, das nahezu intakt geblieben war, sah man einmal von seinem Turm ab, der wie durch einen Karatehieb um ein Drittel gekürzt worden war. Es bestand leider keinerlei Zweifel: Das hier war mein Kiez, und ein paar Schritte hinter diesem Rathaus befand sich meine Wohnung.

Es musste sich eine Katastrophe ereignet haben, denn nach einer städtebaulichen Maßnahme sah dieser Rundumschlag nicht aus. Aber wieso wusste ich nichts davon? Ich versuchte mich zu erinnern, welche Nachrichten von der Erde mich unterwegs erreicht hatten: ein verheerender Tsunami an einem Weihnachtstag, ein Sikorsky-Hubschrauber, der in das 32. Stockwerk des Dubai-Turms getaumelt war, und die Manipulierungsvorwürfe nach Al Gores hauchdünn gewonnener Wahl zum Global Environmental President … das war's aber auch schon. Von einem eventuellen Untergang Neuköllns hatten die intergalaktischen Presseagenturen kein Wort verlauten lassen.

Eine ruhige, melancholische Melodie schwebte vom Rathaus herüber. Die düsteren Klänge, die sich mit dem Rauschen des scharfen Windes vermischten, intensivierten die ohnehin schon triste Atmosphäre.

Auf dem Rathausvorplatz stand ein einsamer Musiker, eine hagere Gestalt mit den markanten Gesichtszügen der Ureinwohner des Planetensystems der Historika, und blies mit vollen Backen in ein Saxophon. Einen Alien hätte ich hier jetzt nicht erwartet, zumal mir auf dem Archivplaneten keine Musiker auf den Bürgersteigen aufgefallen waren, aber möglicherweise hatte sich während meiner Abwesenheit ein neuer galaktischer Trend in der Straßenanimation entwickelt.

Was nun? Der einzige instand gehaltene Weg führte zum Eingang des Rathauses, wobei die penibel gepflegte Parkanlage, die den Platz schmückte, angesichts der Zerstörungen in der Umgebung eher wie eine Verhöhnung als wie eine grüne Oase wirkte.

Hin und wieder verließen vereinzelte Behördengänger das Gebäude. Mit grimmiger Miene und hängenden Köpfen blätterten sie in Formularen und trotteten, ohne mich zu beachten, an mir vorbei und verschwanden im U-Bahnhof.

Ich sprach ein Paar an, das heftig über eine gesetzliche Bestimmung diskutierte.

»Könnten Sie mir bitte sagen, was hier los ist?«

»Was meinen Sie mit *los*?«

Ich zeigte auf die Ruine des Postgebäudes. »Die Zerstörungen …«

»Wollen Sie uns auf den Arm nehmen?« Grußlos griff die Frau ihren Begleiter am selbigen und zerrte ihn weiter.

Auch der nächste Passant war nicht viel hilfsbereiter: »Sie kommen wohl von einem anderen Planeten?«

»Ja.«

Eine ältere Frau, die meine Bemühungen beobachtet hatte, warf dem Saxophonisten eine Münze in seinen Instrumentenkoffer und kam auf mich zu. »Sie wissen wirklich nicht, was passiert ist?«

»Nein, ich bin tatsächlich erst heute Morgen mit dem Spacebus eingetroffen.«

»Wissen Sie, Sie müssen die Leute verstehen. Die meisten haben ihr gesamtes Hab und Gut verloren und warten seit Jahren auf ihre Entschädigung. Aber die Versicherung vertröstet sie. Sie könne erst zahlen, wenn das *Dossier* vollständig sei.«

»Was ist denn überhaupt passiert?«

»Ein Cruiser ist gecrasht und hat von Tempelhof aus eine lange Schneise quer durch Neukölln gefräst.«

»Ich vergesse immer wieder, wie nahe der Raumhafen ist. Sollte das Rollfeld denn nicht geschlossen werden?«

»Tempelhof schließen?«

»Da war doch ein Volksentscheid geplant, oder?«

»Ja, aber dafür hatte es keine Mehrheit gegeben.« Die Greisin schüttelte den Kopf. »Wo wollen Sie denn hin?«

»Zur Wildenbruchstraße. Hinter der Brücke. Komme ich da durch?«

»Ich glaube schon.« Die Frau zeigte auf das aufgewühlte Straßenpflaster rechts neben dem Rathaus. »Sie brauchen nur die Erkstraße bis zur Sonnenallee zu gehen, und gleich gegenüber fängt die Wildenbruchstraße schon an.«

»Ja, danke, das weiß ich, aber …«

»Am besten versuchen Sie, auf der Fahrbahn zu bleiben. Das ist am bequemsten. Zumindest, wenn Sie das Straßenpflaster finden, denn davon ist auch nicht viel übriggeblieben.«

»Ist das gefährlich?«

»Sie meinen wegen der Strahlung?«

Ich nickte, obwohl mir nicht bewusst war, welche Art von Gefahr ich eigentlich gemeint hatte.

Na ja, am Anfang soll sie sehr hoch gewesen sein, aber inzwischen ist man der Auffassung, dass sie nicht so schlimm sei, solange man sich hier nicht ständig aufhält.«

Sämtliche Gebäude der Erkstraße waren unerbittlich wegrasiert worden. Als ich das Rathaus hinter mir gelassen hatte, wurde mir das ganze Ausmaß der Katastrophe erst bewusst. Die Schneise zog sich noch einige hunderte Meter gen Osten hin und schien erst kurz vor der Grenze nach Treptow zu enden. Allerdings konnte ich immer noch nicht erkennen, ob meine Wohnung von der Havarie betroffen war. Es glich wirklich einem Wunder, wie das Rathaus das Inferno so glimpflich überstanden haben konnte. Das Raumschiff musste vorher – womöglich in der Flughafenstraße – noch einmal kurz aufgeprallt und dann knapp über das Dach des Gebäudes hinweg geschleudert worden sein, bevor es sich ungefähr zwischen der Weserstraße und dem Weigandufer endgültig in den Boden wühlte.

Ich überquerte die Sonnenallee. Obwohl sie zu meiner Zeit eine wichtige Verkehrsachse Richtung Süden gewesen war, war sie anscheinend nicht wieder freigegeben worden. Weder rechts noch links konnte ich irgendein Fahrzeug erkennen. Lediglich ein Rudel Hunde, deren glattes Fell in der Sonne glänzte, kroch in der Ferne über die Allee.

Das Pflaster der Wildenbruchstraße war ebenfalls komplett aufgebrochen und völlig verwildert. Unnatürlich bunte, rosenartige Gewächse klemmten sich durch den Staub des Asphalts und zitterten im Wind, der mir ab und zu einen melancholischen Klangfetzen des Saxofons vom Rathaus herübertrug.

Mir fiel auf, dass mir die Musik bekannt vorkam. Aber von wem war sie? Tangerine Dream? King Crimson? David Sylvian? Denen war zwar so etwas zuzutrauen, aber es passte nicht. Sie musste von jemandem anders sein. Brian Eno vielleicht? Der Paradiesvogel, der neben elektronischer Avantgarde auch atmosphärische Musik für Filme und Flughäfen produziert hatte. Ich ließ seine Alben in Gedanken Revue passieren, aber die Melodien des Saxophonisten vom Rathaus waren definitiv nicht dabei. Anschließend ließ ich mir noch ein paar Takte einiger Urban-Artrock-Bands von den Jupiter-Monden und Orionpop-Gruppen von der Beteigeuze und etwas Szepter-Jazz von den Sceptrum-Planeten durch den Kopf gehen … vergeblich. Seufzend nahm ich meine schwere Reisetasche von der rechten auf die linke Schulter. Ich hasste es, wenn ich einem Musikstück nicht den Titel und den Interpreten zuordnen konnte. So etwas konnte mir den ganzen Tag verderben.

Vorsichtig betrachtete ich die dunkelrote Ruine der Polizeidirektion an der Ecke, in der ich eigentlich in der folgenden Woche meinen Personalausweis hätte verlängern lassen müssen. Ich versuchte zu rekonstruieren, welche Häuser und Geschäfte sich hier früher aneinander gereiht hatten. Wie oft war ich diese Straße auf dem Weg zur U-Bahn auf- und abgeeilt? Hunderte Mal, Tausende Mal? Dennoch war ich nicht mehr in der Lage, die Apotheke, den Schlüsselladen oder das polnische Reisebüro zu verorten.

Die Klänge des Saxophons beanspruchten wieder meine Aufmerksamkeit. Sie schienen mich zu verfolgen, obwohl ich, sooft ich mich umdrehte, niemanden in dem hochgewachsenen Gestrüpp erblicken konnte. Plötzlich fiel mir, wohl in Assoziation zu dem Reisebüro, der Titel des Stückes ein: »Warszawa« von … David Bowies Album »Low«. Ich blieb stehen und lauschte konzentriert. Hatte der Musiker aufgehört zu spielen? Nein, jetzt erklang »Neuköln«. Das Stück mit dem einen L, obwohl sich der Name Neukölln nicht auf Köln am Rhein bezog, sondern auf Cölln hinwies, einer Siedlung auf der Spreeinsel, die schon im Mittelalter mit Berlin verschmolzen war.

Ich erinnerte mich an diese geballte Traurigkeit, die »Warszawa« verströmte. Diese Musik, ein Vorläufer der New Age der 1980er Jahre, war völlig unüblich für David Bowie, möglicherweise stark beeinflusst von Brian Eno, der einige von Bowies Instrumentalwerken mitkomponiert hatte. Noch im selben Jahr wie die »Low« erschien »Heroes« mit dem Track »Neuköln« auf der B-Seite. Schon damals hatte ich überlegt, warum diese beiden von Synthesizern beherrschten Werke dermaßen ähnlich gestaltet waren. Das Stück über Warschau konnte ich nachvollziehen. Es klang, als wären die beiden Komponisten nach der Bombardierung im Zweiten Weltkrieg durch die Trümmer der polnischen Hauptstadt gewandert.

Wieso aber erweckte Bowie solch einen tristen Eindruck von Neukölln? Mir war bekannt, dass er in Schöneberg gewohnt hatte, spätestens als ein Moderator der Berliner Kultradiosendung s-f-beat erzählt hatte, ihn dort am Abend zuvor mit einigen anderen Musikern in einer Kneipe gesehen zu haben. Darüber hinaus wusste ich, dass zumindest das »Heroes«-Album in den Hansa-Studios an der Mauer produziert worden war.

Zugegeben, in Neukölln war nicht so viel los, wie im benachbarten Kreuzberg, das damals nicht nur in der alternativen Szene in war, und Neukölln hatte auch keine attraktive, authentische Architektur wie etwa die von jedweden Kriegswirren verschont gebliebenen Altstädte von Prag, Stockholm oder Visby. Neukölln, das war stattdessen geschäftiges Leben, Alltag pur. Permanenter Stoßverkehr auf der Hermannstraße, der Karl-Marx-Straße, der Sonnenallee. Enge Bürgersteige und lange Wartezeiten in Post, Sparkasse und Kaufhäusern. Spielende Kinder in den Parks, Fußballtraining bei Flutlicht, Mosaik im Hallenbad … Im Sommer stickig, im Herbst verregnet, im Winter frostig, im Frühjahr hoffnungsvoll …

Kurzum, die Ähnlichkeit von »Neuköln« und »Warszawa« hatte ich nie begriffen, und meine Überlegung, ob Neukölln nach einer Bombardierung im Krieg dem zerstörten Warschau geglichen hätte, war rein theoretischer Natur. Jetzt jedoch, nachdem der Kreuzer aus dem All durch den Stadtteil gefegt war, sah Neukölln tatsächlich so aus, wie ich es mir nach dem Hören der beiden Stücke vorgestellt hatte, wenn nicht sogar noch viel schlimmer.

Beherzt sprang ich über einen Riss im Boden, in welchem ein dunkelgrünes Rinnsal durch die Weserstraße rieselte. Die vier Eckkneipen hatten ihren Konkurrenzkampf gezwungenermaßen eingestellt. Auch den Kauf von Obst konnte ich vergessen, denn auch hier war nicht nur der Laden, sondern das ganze Gebäude dem Erdboden gleichgemacht worden. An seiner Stelle wucherte üppiges Gestrüpp, als ob ein allmächtiger Botaniker beweisen wollte, wie fruchtbar der Boden hätte sein können, wäre er nicht der Urbanisierung zum Opfer gefallen. Lautlos tobte ein unerbittlicher Eroberungskampf zwischen den einheimischen und fremden Pflanzenarten um jeden Quadratzentimeter, wie man ihn auf den verwahrlosten Geländen stillgelegter Güterbahnhöfe beobachten konnte. Ein Krater, einige Schritte von der Straße entfernt, war ein unwiderlegbares Indiz dafür, dass das Schiff hier endgültig zum Stillstand gekommen sein musste und unzähligen Sporen exotischster interstellarer Pflanzen, die entweder als Ladegut oder als blinde Passagiere mitgereist waren, die Gelegenheit verschafft hatte, sich zwischen den vereinzelten, kniehohen Mauerresten anzusiedeln.

Die Erinnerung an den immer zu einem Scherz aufgelegten Obsthändler eröffnete mir eine weitere Dimension der Tragödie. Ich glaubte, den Hintergrundchor aus »Warszawa« zu hören, als ob die Stimmen der verschwundenen Menschen durch die Steppe geisterten. Mir wurde bewusst, dass es nicht die Strahlung war, vor der ich mich am Rathaus gefürchtet hatte, auch nicht die Gefahr, in einen Erdspalt zu stürzen, sich den Knöchel zu verrenken und tagelang in einer unwirtlichen Gegend auf Hilfe warten zu müssen. Nein, es war der Megatod sowohl bekannter als auch anonymer Gesichter, die mir jetzt nicht mehr auf der Straße und in den Läden begegnen würden, der mir zu schaffen machte. Die geisterhaften Stimmen verwandelten sich in das Rauschen von Blättern und das Flattern kleinerer Vögel, denen es egal war, wessen Planeten Saatgut sie in sich hineinpickten.

Schräg gegenüber der Stelle, an welcher der Getränkeshop früher für Colas jeder Couleur warb, schlummerte der Wildenbruchpark nahezu unverändert in der tief stehenden Nachmittagssonne. Rasch trat ich an das Geländer am Neuköllner Schiffahrtskanal und atmete erleichtert auf. Meine Befürchtungen, die Wildenbruchbrücke wäre der Havarie zum Opfer gefallen, hatten sich nicht bewahrheitet. Gefahrlos konnte ich sie überqueren. Das Wasser im Kanal schwappte träge unter schwebenden Nebelschwaden, und den zitternden bunten Rosen an den Uferbefestigungen war es fast anzusehen, mit welchem Eifer ihre Wurzeln Leitungen durch die Erde wühlten, um so rasch wie möglich zum Landwehrkanal und zur Spree vorzudringen und alsbald das gesamte brandenburgische Wasserstraßennetz einzurahmen. Viel wichtiger war für mich aber die Tatsache, dass die Bebauung auf der anderen Seite des Kanals großenteils verschont geblieben war. Zwar wies die völlig verschwärzte Häuserzeile am Kiehlufer, die ich schon von Weitem gesehen hatte, ebenfalls gehörige Lücken auf, aber die Fassaden des Abschnitts der Wildenbruchstraße, in der sich meine Wohnung befand, bildeten ein geschlossenes Band.

Rasch eilte ich den Bürgersteig entlang bis zu meiner Hausnummer. Aber auch in diesem Viertel war alles menschenleer. Der Zeitungsladen, das Blumengeschäft, der Kohlenhändler und der Bäcker hatten geschlossen. Und die verstaubten Schaufenster erweckten nicht den Anschein, als ob hier in der letzten Zeit etwas verkauft worden war. Seufzend drückte ich das schwere Tor des Durchgangs zum Quergebäude auf, und schaute vom Hinterhof aus zu meiner Wohnung hinauf. Die Fassade war zwar löchrig und abgewetzt, die meisten Scheiben zerbrochen oder geschwärzt, aber die Fenster meiner Küche und meines Wohnzimmers machten trotz einer dichten Staubschicht einen passablen Eindruck.

Vorsichtig stieg ich das Treppenhaus, in dem teilweise das Geländer und ab und zu eine Stufe fehlte, bis zu meiner Wohnung im obersten Stockwerk hinauf. Der Pessimist in mir erwartete eine eingetretene Tür und ausgeplünderte Räume, mein innerer Optimist ließ mich aber trotzdem das Schlüsselbund aus der Hosentasche fingern. Mit zitternden Händen schloss ich auf, schob einen kleineren Haufen Post zur Seite, durchquerte den schmalen, dunklen Flur und betrat das Wohnzimmer. Der Staub und die Spinnweben hielten sich in Grenzen, und meine Möbel befanden sich in dem Zustand, wie ich sie hinterlassen hatte. Überraschenderweise funktionierte der Lichtschalter. Erleichtert stellte ich meine Tasche ab, ging ohne Umschweife ans Plattenregal und legte die »Heroes« auf, weil ich mich vergewissern wollte, ob es sich bei der unterwegs gehörten Musik wirklich um »Neukölln« gehandelt hatte. Bei einem Instrumental fehlt schließlich der Text, der als Anhaltspunkt dienen kann, und keine Refrainzeile enthält einen Hinweis auf den Titel. Aber mein Gedächtnis hatte mich nicht getäuscht, dieses Stück hatte der Saxophonist gespielt.

Erleichtert ließ ich meinen Blick durch das Zimmer schweifen, über die Regale, die Sitzecke, den Schreibtisch … alles war unverändert, als ob ich erst am Tag zuvor ins All aufgebrochen wäre. Plötzlich starrte ich auf die Wand hinter dem Kamin. Es dauerte ein paar Sekunden, bis mir klar wurde, was mich verwirrt hatte. Jemand hatte hier ein neues Fenster eingesetzt. Und da die Gebäude, die hinter dem Haus gestanden hatten, verschwunden waren, hatte ich nunmehr eine freie Sicht bis zum Kanal und weit darüber hinaus. Aus dieser Perspektive, die für mich vollkommen ungewohnt war, hatte ich einen Überblick über die gesamte Absturzschneise. Das Rathausgebäude in der Mitte der leeren Fläche erweckte in mir ein Gefühl der Einsamkeit. Ich ließ meinen Blick bis hinunter vor mein Gebäude gleiten, wo ein glitzernder Gegenstand meine Aufmerksamkeit erregte. Zwischen den Hinterhofruinen hockte ein linsenförmiges Ein-Personen-Raumschiff mit einem großen L auf seiner Außenhaut.

Es klingelte an der Tür. Wie das jetzt? Ich hatte es noch nicht einmal geschafft, mir eine Dose Ananas aus der Vorratskammer zu holen, da bekam ich schon Besuch? Hatte sich doch noch jemand gemerkt, wann ich eintreffen wollte, und am Raumhafen erfolglos auf mich gewartet?

Aber es war nur der Saxophonist.

»Mein Name ist Al Starrman«, stellte er sich mit einem leichten historikanischen Akzent vor. »Darf ich einen Moment eintreten?«

»Worum geht es denn?«, erkundigte ich mich etwas verunsichert, während ich seine verschmitzten Gesichtszüge musterte. Aus der Nähe gesehen war kein Zweifel mehr möglich, dass er aus dem Planetensystem Historikas stammte, dessen Einwohner ihren staubtrockenen Berufsalltag mit einer gehörigen Portion Schalk kompensierten.

»Och, nur ein winziges technisches Problemchen.« Lächelnd zückte er eine Visitenkarte, auf der ein großes L zu erkennen war.

»Na dann, nur zu.«

»Dachte mir schon am Rathaus, dass Sie es sind«, erklärte Al, während er zielsicher in mein Wohnzimmer marschierte. »Gute Musik.« Er hörte einen Moment konzentriert zu und deutete dann auf das neue Fenster. »Das haben wir von der L einsetzen lassen. Manche Splitter sind bis in den Treptower Park geflogen.«

»Von der L?«

»Ja, von der Lebens- und Ladungsversicherung von Fortwas-Allsekur.«

»Fortwas-Allsekur? Das ist doch der galaktische Versicherungsplanet? Gleich neben Historika.«

»Na ja, ein paar Lichtminuten liegen schon dazwischen. Aber im Prinzip haben Sie Recht. Ist schließlich dasselbe Planetensystem.« Er wartete die paar Takte, bis »Neukölln« zu Ende war. »Nun, weswegen ich komme. Sie haben vermutlich schon erfahren, dass sich hier ein klitzekleiner Unfall bei der Landung eines Raumschiffes ereignet hat. Bei uns war die »Hysterica« versichert, die erste wohlgemerkt. Und ich bin jetzt der Mann, der den Stadtteil verkauft.« Wie selbstverständlich legte er sein Saxophon neben das Cover der »Heroes« auf meinen kleinen runden Tisch, setzte sich auf einen der beiden Stühle, zog eine Akte aus seiner Umhängetasche und entnahm ihr ein ausgefülltes Formular. »Es dauert nicht lange. Alles ist vorbereitet. Ein paar Ergänzungen Ihrer Daten noch …«

Beim Überfliegen des Blattes erfuhr ich, dass ich einen Ersatzanspruch bei eventuellen Beschädigungen meiner Wohnung anmelden konnte oder, falls ich Mieter sein sollte, durch meine Unterschrift automatisch einen Antrag auf Entschädigung des mir entgangenen Mietnutzens stellte.

»Sie sind der letzte, der noch unterschreiben muss. Danach können wir den Fall abschließen und die Auszahlungen der Beträge vornehmen.«

»Und Sie haben da am Rathaus die ganze Zeit auf mich gewartet?«

»Man nennt mich nicht umsonst Al den Verrückten«, lachte er.

»Warum haben Sie mich dann nicht gleich dort abgefangen?«

»Nun, zunächst einmal wollte ich es nicht an die große Glocke hängen, da wohl einige Leute schon etwas ungeduldig sind. Außerdem wollte ich sicher sein, dass Sie auch tatsächlich dieser eine fehlende Mieter sind.«

»Und die vielen Toten?«, erkundigte ich mich beiläufig, während ich meine Kontonummer eintrug und das Formular unterschrieb. »Wieso konnten Sie so sicher sein, dass ich nicht unter den Trümmern liege?«

»Es gab keine Toten. Man wusste ja vorher, was passieren würde, denn die Explosion im Steuerzentrum des anfliegenden Cruisers hatte ja schon am Tag davor stattgefunden. Die Bruchlandung ließ sich jedoch nicht mehr verhindern. Terra gehört leider zu den wenigen Welten, die Raumschiffe auf dem Boden des Planeten landen lassen und nicht den ganzen Handel, wie sonst üblich, auf Satelliten im Orbit abwickeln. Also konnte man die gefährdeten Einwohner rechtzeitig evakuieren, die Häuser leider nicht.«

Ich stand auf und schaute aus dem Fenster auf die Schneise: »Das müssen doch mindestens dreißigtausend Menschen gewesen sein.«

»Evakuiert wurden über fünfzigtausend. War übrigens eine Riesenleistung der Berliner Behörden, solche eine Aktion innerhalb von weniger als einem Tag durchzuziehen.«

»Die gute alte preußische Gründlichkeit«, flachste ich. »Wo sind die Leute jetzt?«

»Zunächst waren sie in Zeltlagern in Britz, Buckow und Rudow untergebracht. Aber inzwischen konnten sie in Notunterkünften über das ganze Bundesland verteilt werden.«

»Und der Schutt? Es muss doch Trümmer, Autowracks und so weiter gegeben haben.«

»Wurde alles aufgeräumt und in sicherer Entfernung zu einem Oiden geballt und radiopassiviert.«

»Den Begriff habe ich ja noch nie gehört.«

»Ich weiß, ich weiß. Ist 'ne ziemlich heftige Technologie, im Grunde genommen jedoch nichts weiter als eine erhebliche Verkürzung der Halbwertzeit. Problematisch ist natürlich die anschließende Entsorgung der konzentrierten Radioaktivität. Aber fragen Sie mich nicht nach den Einzelheiten, ich bin nur ein simpler Versicherungsangestellter. Oder wie es so schön heißt: Nicht auf den Saxophonisten schießen, ich stimme nur.« Al grinste breit. »Nur mit der Zahlung mussten wir nach fortwas-allsekurischem Recht warten, bis das Dossier abgeschlossen ist.«

»Ja, aber was wäre gewesen, wenn ich jetzt nicht nach Hause gekommen wäre?«

»Kein Problem. Nach fünf Jahren läuft diese Frist ohnehin ab.« Al steckte mein Formular in seine Aktentasche und das Saxophon in seinen Instrumentenkoffer. »Und jetzt bauen wir den Stadtteil wieder auf. Stein für Stein.«

Während ich darüber nachdachte, ob die »Hysterica« aus rein kulturhistorischen Erwägungen nicht besser Anfang 1945 in Warschau oder Dresden havariert wäre, fiel sein Blick auf das Cover der »Heroes«.

»Dieses Schlitzohr«, flüsterte Al stirnrunzelnd, als er die Trackliste auf der Rückseite studiert hatte.

»Woher kennen Sie David Bowie eigentlich?«

»Von einem Festival in den Tiden. Ich war dort als Begleitmusiker für einige intergalaktische Interpreten engagiert, die ihre eigene Band nicht dabei hatten. Fast alles Orionpop, Szepter-Jazz und Urban-Art, unter anderem eine zweiundsiebzigköpfige Saxophonband von irgendeinem französischen Planeten aus dem Asterion-System.« Seine Augen glitzerten vor nostalgischer Freude. »Und da war auch dieser David Bowie und der andere … ich komme jetzt nicht auf seinen Namen … dieser bunte Kerl mit seiner Musik für Filme und Weltraumbahnhöfe …«

»Brian Eno.«

»Ja, genau der. Also, die waren auch gebucht und brauchten unbedingt eine Begleitband. Wir haben das Programm dann an drei Tagen eingeübt.«

»Ein ziemlicher Aufwand für ein einziges Konzert.«

»Drei Konzerte. Bowie und Eno sind dort dreimal aufgetreten.

Und zwischendurch sind sie jedes Mal wieder nach Hause gefahren.« Al kratzte sich am Hinterkopf. »Zumindest haben sie es probiert, denn dabei ist einiges gehörig schief gegangen.«

»Moment mal«, unterbrach ich. »Wo waren die Konzerte? In den Tiden?«

»Genau.«

»Das ist doch diese Ecke des Multiversums, in der diese Zeitanomalien herrschen?«

»Selbstredend. Und wenn man nicht genau aufpasst, kehrt man anschließend in eine andere Zeit zurück als jene, aus der man ursprünglich angereist ist.«

»Und die beiden waren also woanders herausgekommen?«

»Besser gesagt: anderswann. Nach dem ersten Konzert landete ihr Spacebus im Januar 1945 in Polen.«

»Und was passierte dann?«

»Sie kamen zurück in die Tiden, spielten ihr zweites Konzert. Dabei mussten wir ein paar neue Songs einstudieren. Das Ganze klang etwas melancholischer als vorher. Einer der neuen Titel war übrigens »Warszawa«. Nach dem Auftritt sind sie wieder nach Hause gefahren.«

»Und wann waren sie dieses Mal angekommen?«

»Das haben sie nicht verraten, aber ich hege da so einen Verdacht.« Er stand auf, ging an mein neues Fenster und schaute hinaus auf die Schneise. »Ich habe die beiden nämlich vor ein paar Tagen am Rathaus getroffen.«

»Was, hier in Neukölln?!«

»Ja, Bowie war ziemlich verärgert, weil sie es wieder nicht in das Jahr 1976 geschafft hatten, aber Eno nahm das ziemlich relaxt auf. Dann haben wir ein bisschen geplaudert, ich habe ihnen ein paar neue Tunes auf dem Saxophon vorgespielt und zum Schluss sind wir noch am Kanal entlang nach Kreuzberg gewandert.«

»Und beim dritten Konzert wurde zum ersten Mal »Neuköln« gespielt«, vermutete ich. »Ich nehme an, dass jetzt keiner weiß, wann das Stück eigentlich genau geschrieben wurde. Und von wem.«

Al nickte, zeigte dann aber auf das Cover der »Heroes«. »Offiziell wohl 1977 von Bowie-Eno. Trotzdem machen mich die Tiden immer wieder ziemlich ratlos.«

Als Al gegangen war, legte ich die »Low« auf, und schaute durch mein neues Fenster hinaus auf die trostlose Landschaft. Hier und da trollten Hunde durch Staub und Rosengestrüpp. Direkt unter mir ging der Saxophonist auf sein Raumschiff zu, kletterte hinein und stieg sofort auf, mit einer Leichtigkeit, als wäre er mit einem Kleinwagen aus einer Parklücke ausgeschert. In der glutroten Abendsonne blitzte kurz das Emblem auf. Das L entschwand im Zenit und ließ den leeren Teil Neuköl(l)ns in der Dämmerung zurück.

Obwohl ich gerade erst nach Hause gekommen war, spürte ich, wie sich in mir eine Aufbruchstimmung entwickelte. Nachdem »Warszawa« ausgeklungen war, zog ich die weißumrahmte »Station to Station« aus dem Regal und ließ die Nadel in die Leerrille vor dem Titelstück einrasten. Während meine Gedanken von den behutsam losstampfenden Rhythmen davongetragen wurden, durchblätterte ich meine Post und zog einen Umschlag mit einer Briefmarke hervor, auf welcher das Cover von David Bowies »Ziggy Stardust« abgebildet war. Der Brief enthielt die Antragsformulare für ein intergalaktisches Forschungsstipendium über die Urbanisierung historischer Altstädte, dieses Mal auf einem Archivplaneten in den Tiden. Interessiert blätterte ich das Material durch und stieß auf eine dickleibige Broschüre mit den kulturellen Rahmenprogrammen.

Ich begann sofort mit dem Ausfüllen. Denn eines war mir klar: Bevor die Bauarbeiten begannen, würde ich längst wieder unterwegs im All sein und mir live ein paar Konzerte intergalaktischer Stars ansehen. Den Lärm des Wiederaufbaus Neuköllns wollte ich mir jedenfalls nicht antun.

## Karla Schmidt

# Erlösungsdeadline

Karla Schmidt (*1974) lebt mit Mann und zwei Töchtern in Berlin.
2009 erhielt sie den Deutschen Science Fiction Preis für die Erzählung *Weg mit Stella Maris* (in: *Lotus Effekt*, Wurdack-Verlag). Ihr Romandebüt *Das Kind auf der Treppe* (Piper 2010) ist ebenfalls von David Bowie inspiriert. Der historisch-fantastische Roman *Die Seelenfotografin* (Rowohlt 2010) erscheint unter dem Pseudonym Charlotte Freise.
Webseite: www.karla-schmidt.de

Janus starrte auf den mindestens acht Quadratmeter großen Wandbildschirm. Meistens lief der Küchenkanal. Von morgens bis abends erklärten irgendwelche Semiprominenten, wie man einen Insalata Caprese, Köfte oder Blumenkohlkrapfen zubereitete. Janus hatte keine Ahnung, wer für so etwas Geld haben sollte. Er lauschte dem selbstvergessenen Schmatzen um sich herum. Besonders die Männer gaben damit an, was sie früher am Herd alles gezaubert hatten, als Essen noch bezahlbar war. Die mit selbstreinigenden Bezügen ausgestattete Sitzgruppe neben Janus war mit ein paar Frauen besetzt, die über die Anwendungsmöglichkeiten ihrer Heizdecken diskutierten. Eine Frau in einer blauen Kunstseidenbluse hockte zusammengesunken in ihrem Rollstuhl, nickte unablässig und krähte zu allem, was gesagt wurde: »Jaajaa.«

Plötzlich wurde es für einen Moment still im Fernsehraum, alle Köpfe wandten sich dem Bildschirm zu. Janus hatte die Werbung in den letzten Wochen schon mindestens hundertmal gesehen. Sie faszinierte ihn, obwohl er sie hasste, wie alles. Außer seiner Enkeltochter. Seiner Meinung nach war sie das einzige liebenswürdige Geschöpf auf diesem Planeten. Janus wünschte inständig, es wäre Zeit für seine Pillen, als der bildschirmfüllende Countdown erschien, der die nächsten fünf Jahre hinunterzählte. Kurz darauf erschienen die attraktiven, jungen Gesichter, in allen Hautfarben. Sie wurden weich eingeblendet, sagten einen Satz oder einen halben, wurden dann wieder ausgeblendet, um Platz für das nächste Gesicht zu machen. Sie sprachen vor dem Hintergrund der Katastrophen, die die Welt hinreichend kannte: Konventionelle Kriege, Cyberkriege, Nanokriege, Atomkriege, Stromausfälle, Erdölneige, Inflation, Klimawandel, Hungersnöte, Seuchen, Stürme, Dürre, Überschwemmung, … Die schönen Gesichter sagten, was jeder wusste: Kein Staat der Welt, keine Kirche und keine Philosophie hatte es geschafft, dies alles abzuwenden. Trotz allem, oder vielleicht gerade deswegen, geschah dies alles. Soweit nichts Neues und nicht besonders erschütternd. Wenn dieser Kontrast nicht gewesen wäre: Die jungen Gesichter wirkten vor all dem Elend wie Engel oder Übermenschen, weise Besucher von einem anderen Stern. Sie waren so jung, so gut. Ekelhaft fand Janus das, und trotzdem konnte er nicht weggucken. Jetzt kam es gleich, seine Fäuste ballten sich, bis die Adern blau hervortraten.

*Doch es gibt eine Lösung. Wir alle sind Teil dieser Lösung. Wir sind keine Sekte, wird sind ein legales Wirtschaftsunternehmen, das von nor-*

*malen Leuten geleitet wird. Normale Leute wie Sie und ich können etwas verändern. Wir sind keine Hippies, wir sind Geschäftsleute, und wir werden die Lösung wie Geschäftsleute anpacken: Mit Milestones und einer Deadline und Mitarbeitern, die echte Verantwortung tragen. Übernehmen Sie Verantwortung – und profitieren Sie davon. Geben Sie uns Ihr Versprechen.*

Dann ein junger Chinese: »Ich verspreche, die Welt zu retten – innerhalb der nächsten fünf Jahre.« Eine junge Weiße: »I promise to cause world-salvation within five years.« Ein junger Araber: »Ich verspreche, die Welt zu retten – innerhalb der nächsten fünf Jahre.« Ein kleines Mädchen aus Indien: »I promise to cause world-salvation within five years.«

Und so weiter. Janus hätte brechen mögen. Pures Business. Aber vielleicht hatten diese Salvationisten sogar recht, vielleicht konnte man dem Ausverkauf der Welt am Ende nur entgegen treten, indem man sie kaufte.

*We promise to cause world-salvation until 1st of january 2032.*

*We give salvation a deadline.*

Das Gesicht der blonden Sprecherin wurde ausgeblendet, die Katastrophenbilder steigerten sich zu einer Kakophonie, bevor sie sich in sanfte Blau- und Grüntöne auflösten.

»Wir wissen, Sie wollen dabei sein. We know you want to join.« Eine Webseite wurde eingeblendet. »Be part of the movement that will change our world. Your world. The world of your children.«

Einige der Alten zückten ihre Personal Management Center, scannten die eingeblendete Adresse und speicherten sie. Wahrscheinlich hatten sie vergessen, dass sie dasselbe schon etliche Male gemacht hatten. Janus hatte Durst. Er drückte auf den Knopf, der in seinen Sessel eingelassen war, und eine Minute später kam eine Pflegerin aus irgendeinem Schwellenland und fragte in gebrochenem Deutsch, was er brauchte.

»Wasser, ich brauche Wasser.« Janus' Stimme klang brüchig in seinen Ohren. Die Stimme eines alten Mannes. Die Plastikflasche mit gechlortem Supermarktsprudelwasser stand vor ihm auf dem Tisch. Darum herum waren ordentlich fünf Gläser gruppiert, mit der Öffnung nach unten auf einer Serviette, damit man wusste, dass sie noch nicht benutzt waren.

»Wasser hier.«

»Das ist mit Sprudel. Wie oft muss ich noch sagen, dass ich davon Koliken bekomme.«

Die Pflegerin verstand ihn offensichtlich nicht.

»Ich will Wasser. Echtes Wasser, klar?«

Die Pflegerin zog ein säuerliches Gesicht, öffnete die Flasche, ein Zischen entwich. Sie knallte ein Glas vor Janus auf den Tisch und goss ihm Sprudelwasser ein. Dann schraubte sie die Flasche sorgfältig zu und ging hinaus.

Janus trank und rülpste demonstrativ. Wo Alice und Lura nur blieben. Sie hatten ihn seit Neujahr nicht besucht. Seit drei Wochen und vier Tagen. Er erinnerte sich genau an ihren letzten Besuch, sein Kurzzeitgedächtnis war in bester Ordnung. Sie hatten an diesem Tisch gesessen, seinem Stammplatz, Alice hatte Kaffee und aufgetaute Ananastorte aus der Kantine geholt, sie hatten sich eine verlogene Neujahrsansprache, Kochsendungen und Werbung für Aufbauproteine angesehen. An diesem Tag hatte Janus auch zum ersten Mal die Salvationistenwerbung gesehen, während er Lura die Haare zu winzigen Zöpfen flocht. Dann hatte Alice gesagt: »So, Papa, gleich gehen wir auf dein Zimmer, dann mach ich dir noch die Fußnägel, bevor sie wieder einwachsen, und dann sind zwei Stunden rum. Dann ist auch genug.«

Ja, dann war es genug. Janus war aufgestanden, hatte sich artig für Kaffee und Kuchen bedankt und sich verabschiedet. »Ich bin müde. Die Fußnägel macht eine Pflegerin.« Dann hatte er sehr aufrecht den Fernsehsaal verlassen. Sehr entschlossen. Lura hatte ihm mit ihrer hellen, achtjährigen Stimme »Tschüss, Opa« hinterhergerufen.

Ein paar Minuten später hatte sie an seine Zimmertür geklopft, sie einen Spalt breit geöffnet und ihre Nase ins Zimmer gesteckt, aber Janus hatte sich schlafend gestellt. Sie war hereingekommen, hatte eine Weile unschlüssig an seinem Bett gestanden. »Schläfst du, Opa?«

Mach die Augen auf, alter Mann, hatte er zu sich selbst gesagt, was kann denn das Mädchen dafür? Sie ist das einzige, was du hast. Aber er hatte es nicht gekonnt. Erst als Lura fort war, hatte Janus die Augen geöffnet. Vor ihm auf dem Nachttisch stand eine Literflasche Jägermeister.

Alice hatte es einfach nicht begriffen. So wie sie nicht begriff, dass man Kinder nicht jede Nacht irgendwo anders hin abschieben konnte, damit sie in Ruhe Party machen konnte. Er konnte seine Sucht nicht beherrschen, konnte nicht einfach einen »Kleinen« oder »Kurzen« nach dem Essen trinken. Wenn er anfing, dann zog er es durch. Alice wusste nicht, wie es war, morgens eine gelbliche, stinkende Flüssigkeit aufs Kopfkissen zu würgen, sich zitternd in den Bademantel zu wickeln, zum nächsten Stehausschank zu schleichen und gegen die Entzugserscheinungen anzutrinken. Sie wusste nicht, wie es war, wenn man die Kontrolle verlor. Jeden morgen, wenn er aufwachte, verneigte er sich vor dem Alkohol und kapitulierte. Er würde sich nicht mehr auf einen Kampf mit ihm einlassen. Er würde den Jägermeister einfach ignorieren.

Alice war eine Spätgebärende, ein Unfall, Vater unbekannt. Janus war so glücklich gewesen, als er das kleine Wesen mit dem Namen Lura zum ersten Mal im Arm halten durfte. Das vorletzte Mal war er kurz vor ihrer Geburt abgestürzt. Danach hatte er an Lura alles gutzumachen versucht, was er an Alice versäumt hatte. Er hatte Lura geliebt. Und dann waren sie plötzlich weg gewesen, ohne ein Wort. Er hatte Wochen lang nach ihnen gesucht. Dann war er zum letzten Mal abgestürzt und hier eingeliefert worden.

Alice war mit Lura zu einem Liebhaber gezogen. Bis es wieder gekracht hatte. Sie waren von einem Tag auf den andern wieder da gewesen. Als ob nichts geschehen sei.

Janus machte sich Sorgen. Und er nahm sich seit Neujahr jeden Tag vor, den Jägermeister in den Ausguss zu schütten. Er schaffte es nicht, obwohl seine bloße Anwesenheit ihn ängstigte. An den meisten Tagen konnte er sie vergessen. Nur gerade heute … Alice hatte es nie begriffen.

Plötzlich wurde die Tür des Fernsehsaales aufgerissen und eine von den Pflegerinnen brüllte durch den ganzen Raum. »Wer gesehen Frau Niebeling? Frau Niebeling hier?«

»Nee, den ganzen Tag noch nicht«, rief ein Männchen mit heller Stimme.

Frau Niebeling lebte in der Wahnvorstellung, sie sei unschuldig zum Tode verurteilt und sollte hingerichtet werden. »Isse euch wieder abgehauen?«, fragte eine Frau und lachte keckernd. Die Pflegerin knallte die Tür zu. Einige der Anwesenden fingen an, Wetten darauf abzuschließen, wann sie Frau Niebeling diesmal einfangen würden.

Janus wandte sich einer Dauerwerbesendung für Gesichtscreme mit Nanorobotern zu, welche die Kollagenschicht reparieren sollten. Er nahm sein PMC aus der Tasche seiner Jogginghose, scannte die eingeblendete Nummer, bestellte drei Tiegel und erhielt ein Augengel gratis dazu. Der Betrag wurde ohne Umschweife von seinem Konto abgebucht, er konnte die Bewegung des imaginären Geldes auf seinem Display verfolgen. Wenigstens ein Geburtstagsgeschenk zum Achtzigsten, dachte er und lachte kurz auf.

Dann ging er in sein Zimmer. Ein Bett mit Haltegriffen. Ein kleiner Sessel am Fenster mit Ablagebrett an der Wand, ein Schrank über Kopf, eine eigene Nasszelle. Alles auf gut sechs Quadratmetern, weniger als ein Fernseher, dachte Janus. Und damit hatte er es noch außerordentlich gut.

Janus zog den Jogginganzug aus und nahm so viel Abstand von der Spiegeltür der Nasszelle wie es in dem engen Raum möglich war. Nicht mehr viel übrig, dachte er. Ein paar dünne Beine mit dicken Knien. Knochige Arme, an denen die Haut schlaff hinunter hing. Ein langer, immer noch stabiler Hals. Der Bauch leicht vorgewölbt. Ein Froschbauch. Aber er hatte eine sehr aufrechte Haltung, wie Christopher Lee bis ganz zum Schluss. Und volles, dichtes Haar, kaum ergraut. Als hätte sein Haar vergessen, mit ihm alt zu werden. Aber gut, es gab schlimmeres. Die falschen Zähne zum Beispiel. Ein strahlend weißes, billiges Modell, das in seltsamem Widerspruch zu seinem alten Mund stand. Manchmal, wenn die Pflegerin vergaß, ihm neue Haftcreme ins Bad zu legen, schob es sich vor und zwang ihn zu einem Dauergrinsen bei gleichzeitig herunter gezogenen Mundwinkeln.

Janus ging in die Nasszelle und spülte seine Abendpillen die Toilette hinunter. Er würde sie heute nicht brauchen. Dann öffnete er den Schrank und nahm die Sachen heraus, die er getragen hatte, als man ihn hier eingeliefert hatte, volltrunken, vollgepisst, geistig umnachtet. Röhrenjeans, Chucks, eine schwarze Bikerjacke. Ein Designerstück aus den siebziger Jahren, er hatte sie sein ganzes Leben lang getragen, und er war stolz darauf, dass er nie zu fett dafür geworden war. Von hinten würde er in diesen Klamotten wie ein Mittfünfziger wirken, aber nicht wie jemand, der heute achtzig geworden war. Wenigstens Lura hätte Alice herbringen können, wenigstens für eine

Stunde. Sie hatte eine Menge von ihm – die haselnussbraune Mähne, die grünen Augen, die Intelligenz. Er musste auf sie acht geben, er traute Alice nicht. Sie kümmerte sich manchmal Tage lang nicht um das Kind. Nur wegen Lura war Janus trocken.

Janus schaltete sein PMC aus und steckte es in die Hosentasche. Dann nahm er seinen alten Armeerucksack aus dem Schrank, packte Kamm, Zahnbürste, Tabletten und Haftcreme hinein. Ein paar Anziehsachen zum Wechseln. Und die Literflasche Jägermeister, die er sorgfältig in ein fadenscheiniges Handtuch mit dem Aufdruck »Seniorenresidenz Mauerblick« wickelte.

Als er mit Packen fertig war, setzte er sich in den Sessel und wartete. Auf Station Eins waren nur die, die noch klar kamen. Vor morgen früh würde ihn niemand belästigen. Als alle in ihren Betten lagen, bis zur Halskrause voll mit Pillen, als Janus auch keine Pflegerinnen in Badelatschen mehr herumschlurfen hörte, öffnete er das Fenster und blickte auf die Straße hinab. Die Bernauer war die ganze Nacht hindurch stark befahren. Trams, Elektroautos, Fahrradrikschas, Frittenfetttaxis, Pferdekutschen und sogar der eine oder andere Benziner. Direkt an Janus' Fenster lief die Regenrinne vorbei. Er beschloss, dass sie seine nicht mal sechzig Kilo aushalten würde, schulterte seinen Rucksack, schwang die Beine übers Fensterbrett und griff danach. Er durfte nicht versuchen zu klettern, die Kraft würde er nicht aufbringen. Aber wenn er sich an der Regenrinne festhielt, sich mit den Füßen an der Wand abstemmte und sich in zwei oder drei Schwüngen nach unten gleiten ließ, dann müsste er die drei Meter bis zu dem winterbraunen Grasstreifen vor dem Haus überstehen. Er hatte so etwas früher schon gemacht, mit Pomade im Haar und hochgestelltem Kragen. Viel früher. Janus holte tief Luft und ließ sich fallen.

Der Schmerz, der in seinen rechten Knöchel biss, war überraschend scharf. Janus rollte sich ab und blieb stöhnend liegen. Er horchte in sich hinein, aber bis auf den Knöchel fühlte er sich ganz an.

Janus setzte sich auf und begutachtete den Schaden. Kein Blut, aber als er den Fuß abtastete, stöhnte er vor Schmerz. Er öffnete den Rucksack, wickelte die Jägermeisterflasche aus dem Handtuch und betrachtete sie. Erstaunlich, was Glasflaschen alles aushielten. Dann riss er das altersmorsche Handtuch in Streifen, die er sich fest um den Knöchel wickelte und verknotete. Das hatte wahrscheinlich mehr einen psychologischen als einen praktischen Wert, aber es gelang Janus aufzustehen und zwischen den Fahrzeugen hindurch über die Bernauer Straße zu humpeln. Er wollte zu Simon im Wedding. Der Einzige, der ihm nach seinen Abstürzen treu geblieben war. Von dort aus würde er weitersehen. Vor allem wollte er Lura sehen, wollte wissen, dass alles in Ordnung war. Warum hast du sie dann nicht einfach angerufen, du alter Idiot, dachte er, statt dir den Knöchel zu verstauchen. Weil Alice seit Wochen die Mailbox dran gehen lässt und nicht zurückruft. Ach was, du hast es einfach nicht oft genug versucht. Idiot.

Janus humpelte durch den Mauerpark, wo einige Obdachlose in ihren Schlafsäcken lagen. Die Temperaturen waren selbst für einen Klimawandeljanuar ungewöhnlich mild. Nach dem Park bog er nach links Richtung Gesundbrunnen ab. Er kam nur langsam voran, doch je weiter er ging, desto deutlicher fiel ihm die Veränderung auf, die seit seiner Einlieferung vor sich gegangen war: Die Salvationisten waren allgegenwärtig, auf Plakaten, auf Bildschirmen, in Schaufenstern, und in Gesichtern, die das Bewusstsein ausstrahlten, ein guter Mensch zu sein. Janus wäre gerne gefahren, er hatte schon die Hand gehoben, um eine Rikscha anzuhalten, als ihm einfiel, dass er nicht bezahlen konnte. Bargeld war lange passé, und sein PMC konnte er nicht benutzen. Sobald man ihn im Heim vermisste, würden seine Transaktionen überwacht werden, und dann würde es keine zehn Minuten dauern, sie würden ihn einkassieren und zurückbringen. Er musste sich ohne Geld behelfen. Bis er eine Lösung fand.

Zwei Stunden später erreichte Janus das Löwenjoe. Vor der Tür stand ein Mann mit einer verspiegelten Brille und rauchte. Janus kannte ihn nicht, aber man sah auf den ersten Blick, dass es sich um einen Bullen handelte. Niemand sonst würde mitten in der Nacht mit solch einer Brille rumlaufen. Es hieß, dass sie Informationen über die Menschen anzeigten, die man dadurch ansah. Aber das war vielleicht nur ein Gerücht. Janus hoffte trotzdem, dass man sein Fehlen noch nicht bemerkt hatte.

Drinnen stand Simon hinter der alten Eichenfurniertheke, wie immer, zapfte und schenkte Kurze ein. Der Laden war gut besetzt, der Geräuschpegel entsprechend hoch, im Fernsehen liefen Sportnachrichten. Es roch intensiv nach Alkohol und altem Schweiß. Wenigstens hier keine Salvationisten in der Glotze, dachte Janus, setzte sich auf einen schmierigen Barhocker und tastete vorsichtig seinen Knöchel ab. Inzwischen war er geschwollen und pulsierte heftig. Er würde sich ausruhen müssen. Als Simon zu ihm herüberblickte, machte Janus sich bemerkbar.

»He, Simon!«

Offenbar brauchte Simon einen Moment, bis er ihn erkannte. War er tatsächlich so stark gealtert im Heim?

»Janus?«

Simon kam herüber und grinste ihn mit seinen braunen Zähnen breit an. »Mensch, Alter! Ich hätte dich fast nicht erkannt, so rasiert und frisch gepudert! Wo warst du denn?«

Janus zuckte die Schultern. »Lange Geschichte. Hast du Eis da?«

»Erdbeer vielleicht noch, das ist aber noch vom Sommer, würde ich dir nicht empfehlen.«

Janus schüttelte den Kopf. »Ich meine richtiges Eis, das man in Drinks tut.« Er zeigte auf seinen Fuß, den er sich quer übers andere Knie gelegt hatte. »Ich habe mir wehgetan.«

Simon lachte. »Mal wieder im Suff auf die Fresse gelegt?«

»Hast du nun Eis?«

Simon verschwand unter der Theke und begann in seinen Kühlfächern zu kramen. Dann kam er mit einer Flasche Wodka wieder hoch. »Ich hab nur den. Kalt genug ist er.«

Simon schenke sich und Janus von dem Wodka ein. Dann legte Janus die Flasche auf seinen Knöchel. Die Kälte war durchdringend, aber der Schmerz begann nachzulassen.

»Prost«, sagte Simon und kippte den Wodka. Janus griff reflexartig ebenfalls nach seinem Glas, und als ihm der Duft des Wodkas in die Nase stieg, überfiel ihn eine fast schmerzhafte Sehnsucht, ihn zu trinken. Tu nur das, was du wirklich willst, sagte er sich. Immer. Janus wusste, was er wirklich wollte: Rausfinden, ob es Lura gut ging. Wenn er jetzt trank, dann würde dieses Ziel in unerreichbare Ferne rücken. Janus atmete den Alkoholgeruch aus und stellte das Glas sorgfältig vor sich hin.

»Willst du was anderes?«

Janus versuchte zu lächeln. »Ich hab mein PMC nicht mit. Ich kann nicht zahlen.«

»Mensch, Alter, der geht aufs Haus, so tief stecken wir nicht im Dreck.«

»Ich nehme auch gerade Medikamente, die vertragen sich nicht damit. Hast du vielleicht Kaffee? Ich bin ziemlich müde.«

Simon sah ihn ratlos an, löffelte aber löslichen Kaffee in einen Becher und machte sich dann daran, den Wasserkocher zu füllen. Er sah aus, als sei er länger nicht benutzt worden.

»Mit Schuss?«, fragte er über die Schulter.

»Nein, Danke.«

»Komm schon Janus, oller Eisenhans, seit wann säufst du nicht mehr?«

Janus blieb die Antwort schuldig. Es hatte keinen Sinn, darüber zu reden. Was er jetzt brauchte, war Ruhe zum Nachdenken. »Kann ich mich vielleicht für ein paar Stunden auf dein Sofa hauen?«

Als Simon Janus den Kaffee über die Theke schob, sah er ihn durchdringend an. »Hast du was ausgefressen, Alterchen?«

»Nein. Ich hab mich nur – mit meiner Tochter gestritten.« Janus ärgerte sich, dass er sich nicht bereits auf dem Weg hierher eine Geschichte zurecht gelegt hatte.

»Na schön. Da, hinter dem Vorhang. Ist aber eigentlich für die Schnapsleichen.«

Janus bedankte sich und trank seinen Kaffee mit viel Zucker. Das Gespräch mit Simon verebbte. Janus wusste, dass es anders wäre, wenn er trinken würde, und er registrierte ein ängstliches Flattern in seiner Magengegend. Er fühlte sich leer und hohl, und er musste dieses Gefühl einfach ertragen. Vielleicht war es ein Fehler gewesen, hierher zu kommen.

Die Tür des Löwenjoe ging auf. Für einen Moment drang monotoner Singsang von der Straße herein, an- und wieder abschwellend. Ein bulliger Mann um die Vierzig kam herein, er trug einen sandfarbenen Mantel und hatte einen Stapel Broschüren in der Hand. Außerdem hatte er eine lange Schnittwunde mitten auf dem kahlen Schädel. Blut sammelte sich in seinen Augenbrauen, lief seitlich an Nase und Kinn hinab und tropfte auf seinen Mantel.

Die Dialoge an der Bar verstummten, die Gäste starrten den Mann an, manche verdutzt, manche mit feindselig in die Hüften gestemmten Armen.

»Scheiße«, sagte Simon. »Wir kaufen hier keine Pennerzeitschriften, verzieh dich wieder.«

Der Mann lächelte, legte sein PMC neben Janus auf die Theke. »Eine Runde für alle, bitte.«

Simon sah ihn misstrauisch an, führte die Bestellung aber aus. Keiner sagte etwas.

»Darf ich das hier auslegen?«, fragte er und hielt die Broschüren hoch.

»Was haste denn für'n Dreck?«

Der Mann setzte zu einer Erklärung an, aber Simon winkte ab. »Lass stecken, ist mir egal. Da neben der Tür ist ein Ständer, da kannste die mit rin stecken.«

»Danke«, sagte der Mann höflich und deponierte seine Broschüren an einer gut sichtbaren Stelle. »Auf Wiedersehen.«

»He du!«, rief Simon ihm hinterher. Der Mann blieb stehen. »Du blutest.«

Der Mann lächelte, und wieder drang der an- und abschwellende Singsang für einen Moment herein, als er das Löwenjoe verließ. Simon hob sein Glas. »Na dann, Prost. Auf den blutenden Mann.«

Einer von Simons Gästen, über dessen Bierbauch sich ein grauer Synthetikpullover spannte, hatte eine der Broschüren aufgeschlagen. »He, soll ich euch die Zukunft voraussagen?«, rief er von der Tür her. »Noch fünf Jahre, dann ist Ende mit Saufen. Dann sind wir nämlich erlöst!« Er lachte schallend.

Saufen für die Salvationisten. Überall waren diese Irren unterwegs, aber niemand schien zu wissen, was die eigentlich wollten. Erlösung in fünf Jahren. Und dann? Janus rutschte von seinem Hocker, humpelte zu dem grünen Filzvorhang im hinteren Teil der Bar, setzte sich auf das durchgelegene Kunstledersofa dahinter, wickelte seinen Knöchel wieder in den Handtuchstreifen und versuchte, den Fernseher und die betrunkenen Männer im Löwenjoe zu überhören. Morgen früh würde er zu Luras Schule gehen, er würde sie auf dem Schulhof abpassen. Wenn sie nicht in seine Anstalt kam, ging er eben in ihre. Janus hielt sich an diesem Gedanken fest, während er langsam in den Schlaf hinüber glitt.

Der folgende Tag war trübe und schwül wie im Sommer, aber an so etwas hatte man sich in den letzten zwanzig Jahren gewöhnt. Janus zog den Reißverschluss seiner Jacke auf. Sein Fußgelenk war über Nacht schlimmer geworden. Simon hatte ihm kurzerhand ein Stück Kupferrohr aus der Heizungsanlage ausgebaut.

»Brauchen eh keine Heizung mehr.«

Janus konnte sich gut darauf abstützen, aber er kam trotzdem nur langsam voran. Und er war nervös. Noch ein Stückchen weiter, dann geradeaus in die Gartenstraße. Rechts war die Schule, ein bunt bemalter Flachbau für Kinder von Leuten, die sich noch was leisten konnten. So wie Alice. Ja, sie verdiente gut mit ihren Partys. Ohne Alice wäre es auch für ihn nicht das »Seniorenstift Mauerblick« geworden, sondern ein Schlafsaal ohne medizinische Versorgung. Bis man für immer einschlief. Janus hasste den Gedanken, dass er Alice dankbar sein musste, und Alice ließ es ihn spüren, dass er versagt hatte. Finanziell. Und als Vater.

Janus' PMC zeigte viertel nach neun. Er betrat den Schulhof und setzte sich steifbeinig auf eine Bank neben der Tür. Zehn Minuten später war es soweit, Janus zuckte unwillkürlich zusammen, als direkt über ihm neben der Tür eine richtige, altmodische Glocke schrillte. Die ersten Kinder kamen heraus, gelangweilt schlendernde kleine Menschen, ordentlich angezogen, mit vernünftigen Gesichtern. Privilegiert, arrogant. Manche blickten ihn unsicher an, tuschelten, gingen schnell weiter. Janus betrachtete sie alle ganz genau, aber Lura war nicht dabei.

Vielleicht gibt es noch einen anderen Ausgang, überlegte er, als der Strom verebbte. Vielleicht ist sie hinten herausgekommen. Janus stützte sich auf sein Kupferrohr und wollte aufstehen, als plötzlich ein Wachschutzmann mit getönter Brille und Bomberjacke vor ihm stand.

»Haben Sie eine Berechtigung, sich hier aufzuhalten? Wie sind Sie überhaupt reingekommen?«

Janus lächelte. Zum Glück war er nüchtern geblieben, er hätte sonst nicht die geringste Chance gehabt, diese Situation zu meistern. »Ja, meine Enkelin geht hier zur Schule.«

»Können Sie sich ausweisen?«

Janus klopfte demonstrativ seine Jackentaschen ab. »Ich fürchte, ich habe mein PMC nicht dabei. Meine Enkelin heißt Lura Kuper, sie geht in die zweite Klasse.«

Der Mann schwieg einen Moment und betrachtete ihn intensiv durch seine Brille.

»Wissen Sie, es wäre besser, wenn Sie sich keine Geschichten ausdenken. Ich muss Sie bitten, den Schulhof zu verlassen. Sie haben keine Berechtigung, sich hier aufzuhalten.«

»Bitte, ich muss sie sehen, es ist wichtig.«

Der Wachmann sah Janus skeptisch an. Dann sagte er, »Na gut, ich sehe nach.« Er zog sein PMC aus der Bomberjacke. »Wie hieß die Kleine?«

»Lura Kuper. K-U-P-E-R.«

Der Wachmann blickte auf sein Display und ging die Schülerliste durch. Dann schüttelte er den Kopf. »Tut mir Leid, Lura Kuper hat die Schule vor zwei Wochen verlassen.«

Der Wachmann steckte sein PMC zurück in die Jacke und öffnete beiläufig den Verschluss der Waffentasche an seinem Gürtel. »Ich muss Sie bitten, den Schulhof jetzt zu verlassen.«

Janus nickte benommen und gehorchte.

Vor dem Tor blieb er stehen. Verlassen. Vielleicht war doch etwas passiert? Janus' Herz begann zu rasen. Er bekam keine Luft und vor seinen Augen tanzten winzige Silberblitze. Er stützte sich am Zaun ab, aber der Wachmann wies ihn zurecht. »Jetzt machen Sie aber, dass Sie weg kommen!«

Janus schaffte es bis zum Supermarkt zwei Häuser weiter. Dort setzte er sich auf die Stufen und schloss die Augen. Was jetzt? Als er spürte, dass jemand sich neben ihn setzte, öffnete er die Augen wieder. Sein Blick fiel auf einen Salvationistenanstecker.

»Brauchen Sie Hilfe?«, fragte die junge Frau. Sie hatte ihr Baby im Tragetuch vor dem Bauch.

Janus schüttelte den Kopf. »Ich muss nur zu Atem kommen, danke.«

Die Frau beobachtete ihn noch ein wenig, stand dann aber auf und ging weiter. Soweit kam es noch, dass Janus sich von einer Salvationistin helfen ließ. Allein, dass diese sogenannte Bewegung sich wie eine Seuche verbreitete, machte sie verdächtig. Da brauchte es dann den Glauben an die Allmacht des Geldes gar nicht mehr, um ihn auf Abstand zu halten. Geld war eine Illusion. Es existierte in Wirklichkeit gar nicht. Es war bloß ein gigantisches System der Verschuldung. Wer konnte in diesen Zeiten noch so blöd sein, sich einer Sekte anzuschließen, die sich das Geschäftemachen noch auf die

Fahnen schrieb? Wir sind ein Wirtschaftsunternehmen! Profitieren Sie!

Janus war immer noch schwindelig, und ihm wurde bewusst, dass er seit gestern Mittag nichts gegessen hatte. Nicht, dass man in seinem Alter noch viel brauchte, aber er war seitdem die meiste Zeit auf den Beinen gewesen, die Anstrengung war ungewohnt, und außerdem war er verletzt. Janus hätte in den Supermarkt gehen, sein PMC anschalten und sich etwas zu Essen kaufen können. Dann wäre er in einer halben Stunde wieder im »Mauerblick« gewesen. Nein, so weit war er noch nicht. Er würde zu Alice gehen, obwohl sich alles in ihm dagegen sträubte. Sie würde ihn auch bloß ins Heim zurückbringen. Aber er würde Lura sehen. Und er würde verdammt noch mal eine Erklärung verlangen.

Janus kam mühsam auf die Füße. Bis in die Linienstraße war es nicht weit, aber Janus brauchte über eine Stunde dafür. Als er dort ankam, stellte er fest, dass Alices Name nicht an der Klingel stand. Sie wohnte nicht mehr hier.

Im einsetzenden warmen Regen war Janus einfach weiter gelaufen, ohne zu wissen, wohin. Bei einer Imbissbude blieb er stehen und aß die vom Regen aufgeweichten Chinanudeln, die jemand stehengelassen hatte. Sollte er Alice anrufen? Und wenn sie wieder nicht ran ging? Dann wäre alles umsonst gewesen. Die Frau in der Imbissbude konnte kein Deutsch, aber sie schenkte Janus eine Fanta und ein Brötchen zu den Nudeln, und Janus nahm dankbar an. Obwohl sie ein Salvationistenplakat über ihrem Allesbrenner aufgehängt hatte.

Als Janus am Alex ankam, war es bereits dunkel geworden, und der Tauschring, der tagsüber zwischen den halb leerstehenden Shopping Malls florierte, hatte bereits geschlossen. Nur die verbeulten LCD-Folien, welche die Fassaden der Gebäude bedeckten, ergossen unermüdlich ihre Botschaften über den weiträumigen Platz. Unterhaltung, Werbung, Nachrichten. Eine Sondersendung: Die Salvatio-nisten hatten heute die Schwelle von weltweit vierundzwanzig Millionen Mitgliedern überschritten. Nach nicht einmal vier Wochen seit dem Kickoff. Der nächste Milestone war eine Schulung aller Mitglieder in gewaltfreier Kommunikation. Und niemand schien die Lauterkeit ihrer Absichten in Frage zu stellen. Janus schüttelte fassungslos den Kopf. Vor der Weltzeituhr war eine überdimensionierte Digitaluhr mit dem Logo der Salvationisten aufgestellt. Sie zählte den Countdown bis zum 01.Januar 2032, bis zum Tag der endgültigen Erlösung. Nur fünf Jahre. Janus bekam Kopfschmerzen, wenn er darüber nachdachte. Er hoffte, dass sie scheitern würden.

Es regnete immer noch, aber Janus fand einen trockenen Platz unter einem parkenden Blutspendebus und legte den Kopf zum Schlafen auf seinen Rucksack. Die Jägermeisterflasche drückte ihn im Nacken, aber er war zu erschöpft, um sich noch einmal anders hinzulegen.

Janus wachte davon auf, dass ihm jemand in die Rippen trat. »He, Alter. Aufstehen, ich muss wegfahren. Hast Glück, dass ich dich überhaupt gesehen habe.«

Janus kam mühsam auf die Füße und trollte sich. Es dämmerte, und der Platz wurde langsam lebendig. Menschen kamen mit Handkarren, Pritschenwagen und Bauchläden, einige hatten Fahrräder mit einer Ladefläche. Es gab Gemüse, Klamotten, Puppen, Messer, geschliffene Steine, Kaltlichtlampen, Universalladegeräte, Tücher, Küchenutensilien. Das meiste aus eigener Produktion. Wer hier kaufen wollte, brauchte Lexitaler, eine Spezialwährung, die nur für Mitglieder des Tauschrings galt. Man durfte hier weder ein Guthaben ansammeln noch Schulden machen, alles musste direkt umgesetzt werden. Janus liebte den Tauschring, man hatte echtes Geld in der Hand, man handelte, und Arbeit war Arbeit. Janus hatte diesen Platz schon geliebt, als er noch getrunken hatte, er konnte ganze Tage hier verbringen, in der Sonne schmoren und die Auslagen betrachten. Er musste sich dafür nicht einmal bewegen, denn die Auslagen kamen an ihm vorbei. Manchmal waren es auch junge Frauen und Männer, die sich selbst anboten, gegen Kost und Logis. Janus hatte einmal ein Mädchen mitgenommen, aber es war nicht gutgegangen.

Janus suchte sich einen Platz auf der Treppe an der Seite des Platzes. Er hatte keine Lexitaler. Der einzige Weg, an Geld zu kommen, wäre seine Jägermeisterflasche. Die LCD-Folien an der Fassade hinter ihm knatterten im Wind, aber wenigstens musste er nicht hinsehen, wenn er die Dinger im Rücken hatte. Sein Knöchel war blau geworden und schmerzte immer noch. Aber er glaubte, er war über den Berg. Nur die schneeweißen Zehen machten ihm Sorgen, er hatte kein Gefühl darin. Janus massierte sie kräftig, aber es nützte nichts. Genau genommen brauchte er einen diskreten Arzt. Wenn er seine Jägermeisterflasche geschickt eintauschte … aber irgend etwas in ihm sträubte sich dagegen. Er brauchte diese Flasche noch. Als Drohung, als letzte Rettung. Sie gehörte zu ihm, selbst wenn er nicht vorhatte, daraus zu trinken. Gerade deshalb brauchte er sie: Um nicht in Versuchung zu kommen. So lange sie da war, so lange sie voll war, konnte ihm nichts passieren. Seine Zehen waren nicht so wichtig, er würde sie ohnehin nicht mehr sehr lange brauchen. Und jetzt musste er darüber nachdenken, wie er Alice finden konnte, ohne sein PMC zu benutzen.

Janus ließ seinen Blick über den Platz schweifen. Zwei Meter von ihm entfernt wurden Lexitaler gegen Koks und Mettwurst getauscht, und dann ging eine Frau mit einem Bauchladen voller Sonnenbrillen vorbei. Hoch gewachsen, tiefschwarze Haut, ein kunstvolles, weißes Haargebilde auf dem Kopf, eine gelbe Plastikbrille an einer vergoldeten Kette, Jeans und ein gelbes Herrenhemd. Aber was Janus' Blick fesselte, war nicht ihre Aufmachung, sondern die Kohlezeichnung, die sie in den Deckel ihres Bauchladens gepinnt hatte. Eine Kohlezeichnung von Lura.

Janus achtete nicht auf seinen Fuß und lief der Frau hinterher. »He, warten Sie!«

Die Frau drehte sich um, betrachtete ihn durch ihre Sonnenbrille und lächelte. »Sie sind aber aufgeregt und verzweifelt. Und voller mühsam verdrängter Schuldgefühle. Kann ich etwas für Sie tun?«

Janus war irritiert. Tätowierte er sich seine Gefühle neuerdings auf die Stirn? »Entschuldigen Sie, das Mädchen dort, das ist meine Enkeltochter. Wo haben Sie die Zeichnung her?«

Die Frau zuckte die Achseln. »Die mache ich selbst. Das hier hat der Kundin nicht gefallen. Es sah ihr zu ernst aus, sie wollte was Fröhliches. Für den Opa zum Achtzigsten. Das sind dann wohl Sie? Na, so was.«

Janus nickte. Sie hatte recht, Lura sah auf dem Bild ernst und traurig aus. Zu erwachsen. Irgend etwas ging nicht mit rechten Dingen zu.

»Wollen Sie sie?«

Janus nickte und schüttelte gleich darauf den Kopf. Die Zeichnung war nicht wichtig. »Wissen Sie, wo das Mädchen jetzt ist?«

Die Frau blickte Janus durch ihre Sonnenbrille prüfend an. »Oh je, ich sehe ein dickes, fettes Problem. Kommen Sie, wir setzen uns.«

Die Frau klappte ihren Bauchladen zu, nahm Janus beim Arm und gemeinsam setzten sie sich wieder auf die Treppe. Sie nahm ihre Sonnenbrille ab. Jetzt erst bemerkte Janus, dass sie mindestens sechzig sein musste. Sie war fantastisch in Form. »Hallo, ich bin Véronique«, sagte sie und streckte ihm die Hand hin.

»Janus. Danke, dass Sie sich Zeit nehmen. Die Sache ist wirklich wichtig für mich.«

Véronique winkte ab und zeigte ein strahlendes Lächeln. Janus war sich ziemlich sicher, dass es ihre eigenen Zähne waren. Schnell überprüfte er den Sitz seines Gebisses und wurde sich plötzlich bewusst, dass er sich seit zwei Tagen weder gewaschen noch rasiert noch seine Zähne gereinigt hatte. Wahrscheinlich stank er. Unwillkürlich nahm er etwas Abstand von Véronique, um sie nicht zu belästigen.

»Erzählen Sie.«

Und Janus erzählte, ohne Vorbehalt. Wenn sie ihn verpfeifen wollte, sollte sie es tun. Dann konnte er wenigstens sein PMC anschalten und Alice anrufen, dann kam es darauf auch nicht mehr an.

Als er fertig war, zog Véronique anerkennend eine Augenbraue hoch. »Ein alter Rebell, meine Güte. Aber ich bewundere das, ehrlich.«

Janus errötete leicht.

»Hier.« Véronique öffnete ihren Bauchladen. »Probieren Sie die. Ich schenke sie Ihnen.«

»Meinen Sie?« Janus mochte eigentlich keine Sonnenbrillen. Vor allem nicht bei trübem Wetter.

»Na los, Sie werden staunen!«

Janus griff nach dem Ray-Ban-Nachbau, den Véronique ihm hinhielt. Die Gläser waren viel zu schwer. Er grinste schief, aber als Véronique ihm aufmunternd zulächelte, setzte er sie auf – und schnappte überrascht nach Luft. Das Bild war insgesamt nur wenig dunkler, aber die Menschen auf dem Platz waren von intensiven Farbspielen umgeben. Unten im Blickfeld war eine Farbskala zu sehen, welche die gesamte Palette wieder gab.

Janus blickte Véronique an. Sie strahlte in einem satten Gold und neben ihrem Kopf erschien ein Schriftzug: *zufrieden7plus*

»Du bist zufrieden?«, fragte Janus unsicher.

Véronique kicherte. »Sehr sogar. Ich hab dich alten Knacker gerade zum Staunen gebracht. Das ist doch ein Grund zum Zufriedensein, oder?«

Der Übergang zum Du kam Janus natürlich und zwangsläufig vor, die Brille erzeugte eine ungeahnte Intimität. Es war, als könne er Véronique direkt in die Seele schauen.

»Wie funktioniert das?«

»Sie nennen es Aurabrille. Wird von der Polizei benutzt, um potentielle Unruhestifter aus dem Verkehr zu ziehen.«

Janus dachte an den Wachmann vor Luras Schule. »Sind deshalb die Gläser so schwer?«

Véronique nickte.

»Wo hast du sie her?«

»Es ist Hehlerware. Ich baue die Technik in billige Plastikbrillen ein. Ich kann ziemlich gut davon leben, weißt du?«

Janus nahm die Brille ab. »Woher weißt du, dass ich dich nicht verpfeife?«

Sie zuckte die Achseln. Er hatte Véronique vertraut, jetzt vertraute sie ihm, und Janus merkte, dass ihn das stolz machte. Véronique grinste immer noch, und in Janus begann es zu zucken. Das Gefühl kam ihm vage vertraut vor, bis er es als den Drang zu lachen erkannte. Er hatte schon ewig nicht mehr so gelacht.

Nachdem Véronique und er sich die Tränen abgewischt hatten, schlug sie vor, erst einmal zu frühstücken.

»Ich habe kein Geld.«

»Kein Problem, ich besorg uns was.«

Nach zehn Minuten war sie mit einer großen Flasche ionisiertem Luxuswasser und vier belegten Vollkornbrötchen wieder da. Es war köstlich. Und musste ein Vermögen gekostet haben.

Nach dem Essen wollte Janus die Brille zurückgeben und sich verabschieden, aber Véronique wollte nichts davon wissen.

»Wir müssen doch deine Enkelin finden.«

»Aber …«

»Ich habe sie gezeichnet. Ich hab *gesehen*, dass es dem Kind nicht gut geht. Ich fühle mich schuldig, weil ich sie habe gehen lassen. Und dass ich dich jetzt treffe, ist ein Zeichen. Man muss Verantwortung übernehmen.«

Janus fiel es schwer, ihre Hilfe anzunehmen. Andererseits war Véronique so bezaubernd und ehrlich. Er fühlte sich beinahe jung, als er mit ihr zusammen auf den Stufen saß und Brötchen aus der Hand aß.

»Ich habe genügend Zimmer. Du schläfst dich erst mal richtig aus. Und dann sehen wir weiter.« Véronique fummelte einen Schlüssel aus ihrer Jeanstasche und gab ihn ihm. »Großbeerenstraße 18, vierter Stock. Nimm das Zimmer ganz hinten rechts.«

Janus sah Véronique fassungslos an. »Du gibst mir einfach so deinen Wohnungsschlüssel? Einem wildfremden Kerl?«

»Ich muss noch arbeiten, und ich habe genug gesehen um zu wissen, dass ich dir vertrauen kann.« Véronique warf einen Blick durch ihre Plastiksonnenbrille und zwinkerte ihm dann über den Rand hinweg zu.

»Nimm dir ne Rikscha. Hier.« Véronique reichte ihm einen Gutschein vom Asylamt.

Janus war erneut beeindruckt. »Wo hast du denn den her?«

»Das lass mal meine Sorge sein.«

Véronique winkte und drehte sich um, um mit ihrem Bauchladen wieder ihre Runden zu drehen. Janus sah ihr nach, bis sie in der Menge verschwunden war. Ihr kleiner, spitzer Hintern saß immer noch knackig in der Jeans. Was für ein Weib. Janus winkte nach einer Rikscha.

In Véroniques Wohnung hingen großformatige Bilder an den Wänden, auf denen Menschen von fließenden Farbwirbeln umgeben waren. Véronique malte, was sie durch ihre Brillen sah. Er zog seine falsche Ray Ban aus der Jackentasche, setzte sie auf und blickte sich um. Die Wohnung war riesig – und leer. Bis auf einen warmen, lebendigen Fleck in der Küche. Eine Katze lag auf einem Sofa in der Ecke und hatte sich in ein paar milchigen, durchs Fenster hereinfallenden Sonnstrahlen zusammengerollt. Sie strahlte violett. Das Display der Brille projizierte *Thetazustand* neben den Kopf der Katze. Janus wusste nicht, was das bedeutete, und die Brille antwortete unmittelbar mit einer Erklärung: *Hirnwellenmuster, das Meditationszustände begleitet.* Die Brille schien nicht nur den geistig-emotionalen Zustand anderer Lebewesen aufzunehmen, sondern auch seinen eigenen. Ein gefährliches Instrument, wenn man es missbrauchte.

Janus nahm die Brille ab und rieb sich die Nasenwurzel. Dann öffnete er den Kühlschrank, entdeckte Hummus und eine kleine Cantaloup-Melone, teures Zeug. Besser, wenn er nichts davon anrührte. Statt dessen duschte er, nahm seine Zähne heraus und putzte sie gründlich, rasierte sich, zog frische Unterwäsche an und stopfte die dreckigen Sachen in die Waschmaschine. Im Wandschrank im Bad fand er eine Sportsalbe und eine elastische Binde, die er sich um den Knöchel wickelte. Dann endlich legte er sich auf die Gästematratze, die am Ende des Flurs in einem freundlichen Zimmer auf dem Dielenboden lag.

Janus hörte Schritte in der Wohnung, vor dem Fenster war es bereits dunkel. Schnell stand er auf, zog sich an und ging in die Küche. Véronique saß vor der geöffneten Balkontür und rauchte.

»Gut geschlafen?«

Janus kratzte sich etwas verlegen am Kopf. »Ja, danke.«

»Hast du Hunger?« Janus nickte. »Gut. Es gibt Heuschrecken. Mit Erdnusssoße. Du kannst schon mal Wasser in der Pfanne heiß machen.«

Janus hatte noch nie vorher Heuschrecken gegessen, aber sie schmeckten köstlich. Knusprig, salzig, fettig. »Wohnst du hier allein?«

Véronique leckte sich Soße vom Finger und nickte. »Bis auf Katze. Das ist ihr Name.«

»Du musst ganz schön Asche haben.«

Véronique zuckte die Achseln. »Ja, schon. Gib mir mal dein PMC.«

Janus reichte es ihr. »Wir dürfen es nicht anschalten, damit ich nicht geortet werden kann.«

»Ich weiß, aber wir müssen an die Kontakte.« Véronique drehte das PMC in den Händen. »Mist, ein Billigprodukt. Die kann man nicht aufmachen, wenn was kaputt ist.« Sie schlug es einmal fest auf die Tischkante. Janus entfuhr unwillkürlich ein kleiner Schrei, aber er klang weniger erschrocken, sondern beinahe triumphierend. Das Gehäuse war aufgebrochen, und Véronique pulte mit der Gabel einen Chip aus den Eingeweiden. Janus musste gegen seinen Willen grinsen. Jetzt war er wirklich vom Rest der Welt abgeschnitten, ein Nichts und Niemand, ohne Geld, ohne Identität, ohne Netzzugang, ohne alles.

»Keine Sorge, wir besorgen dir was Neues. Brauchste den Rest noch?«, wollte Véronique wissen. Janus verneinte und sie stand auf und warf das PMC in den Müllzerkleinerer. »Komm mit.«

Das Zimmer war groß, mit zwei Fenstern, und es war dick mit Teppichen ausgelegt. Eine Matratze gab es nicht, aber in einer Ecke lagen zusammengerollte Decken und ein paar dicke Kissen. An den Wänden auch hier Véroniques Aurabilder, ein paar antike antirassistische Plakate und ein Regal mit richtigen Papierbüchern. Janus blieb unschlüssig stehen, die Hände in die Jeanstaschen vergraben, während Véronique sich im Schneidersitz auf den Teppich setzte, den Chip in ein nicht personalisiertes MC steckte und die Kontakte aufrief. Sie schrieb die Nummer per Hand ab.

Dann wählte sie Alices Nummer mit ihrem PMC und gab es Janus. Er wartete, aber nach ein paar mal Klingeln ging wie erwartet die Mailbox dran: »Hallo, ich bin gerade nicht zu sprechen. Hinterlasst mir eine Nachricht, ich rufe zurück.«

»Hallo Alice. Hier Papa noch mal. Ich habe mich gefragt, na ja, ich hatte Geburtstag, ich mache mir Sorgen. Wo steckt Ihr? Bitte ruf die Nummer an, von der ich angerufen habe, ja?«

Janus wollte schon auflegen, als eine weitere Automatenansage kam: »Danke für Ihren Anruf, Sie werden jetzt weitergeleitet.« Dann sagte eine weitere Stimme: »Hallo, mein Name ist Linda, Sie möchten den Salvationisten beitreten?«

»Ähm, nein. Wie kommen Sie denn da drauf?«

»Bitte warten Sie einen Moment.«

»Nein, ich wollte …«

Linda hatte Janus bereits weg geschaltet und er blickte das PMC fassungslos an. Wieso wurde er von Alice' Anschluss zu den Salvationisten weiter geleitet? Plötzlich zeigte das Display die Homepage der Salvationisten. Ein Werbefilm wurde abgespielt.

Véronique blickte ihm neugierig über die Schulter. »Huh, den kenne ich noch nicht!«, sagte sie, nahm das PMC und schob den Deckel des Objektivs zur Seite. Als sie das PMC auf ein Regalbrett stellte, wurde das Bild an die Wand geworfen.

Wieder diese überirdisch schönen Ichhabdieweisheitmitlöffelngefressen-Gesichter. Janus stöhnte. »Mach das aus!«

Véronique kicherte. »Warte doch mal.«

»Wir sind keine Sekte. Unser Motto lautet: jeder, was er kann, jeder, wie er kann, und jeder, wie viel er kann. Was uns verbindet ist nicht Ideologie oder Religion, sondern ein gemeinsames Ziel: Das Ende von Krieg, Hunger und Zerstörung unserer Welt bis zum 01.

Januar 2032. Unsere Methode: konsequent gewaltfreie Kommunikation. Die Schulungen sind für Sie selbstverständlich kostenfrei.«

Während die Stimme weiter sprach, zeigte der Bildschirm die Features, die erklärt wurden:

»Dies ist unser Vernetzungscenter. Hier geben Sie ein, welche Art von Beitrag Sie leisten wollen, und unsere Datenbank sucht dann nach Partnern in Ihrer Nähe. Außerdem werden Sie mit einem Mentor vernetzt. Er wird Ihren Beitrag nach seiner Nützlichkeit bewerten, er wird Ihnen Rückmeldung über die konkrete Auswirkung und den Erfolg Ihres Beitrags geben und Sie auf ähnliche Beiträge aufmerksam machen. Tägliche Rankings erlauben Ihnen, genau zu sehen, wo Sie stehen.«

Das Bild wechselte, die Sprecherin war wieder da. »Was Sie davon haben? Sie werden sich – vielleicht zum ersten mal in Ihrem Leben – nützlich fühlen. Sie werden wissen, was Sie bewirken können, Sie werden erleben, wie die Welt sich verändert. Sie werden Teil der größten Reformbewegung aller Zeiten sein. Und in fünf Jahren können Sie sagen, ich war von Anfang an dabei.«

Eine Eingabemaske ging auf. »Bitte melden Sie sich hier an. Es wird sich sofort jemand in Ihrer Nähe um Sie kümmern.«

Janus kochte vor Wut. »Die sind so was von penetrant!«

Véronique schaltete den Beamer aus und steckte ihr PMC in die Tasche. Sie wirkte nachdenklich.

»Ich finde das gar nicht so uninteressant. Wenn man ihnen glauben kann, dann vernetzen sie, aber sie benutzen kein weltanschauliches Dogma oder so.«

»Was ist mit dieser gewaltfreien Kommunikation?«

»Ja, gute Frage.« Dann zwinkerte sie ihm zu. »Aber so lange es nichts kostet. Es wäre schon interessant, mal zu sehen, mit welchen Methoden die eigentlich arbeiten.«

»Interessant ist daran nur, wie diese scheiß Werbung auf Alice' Mailbox kommt.«

Véronique machte es sich in ihren Kissen bequem. »Das ist doch nicht schwer zu erraten.«

Janus sah sie verständnislos an. »Wieso?«

»Na, sie wird wohl bei den Salvationisten sein.«

»Meine Tochter?!«

Janus hatte Alice nicht gerade gründlich oder fürsorglich erzogen, das musste er zugeben. Aber er hatte ihr beigebracht, dass man gegen jede Art von medialer Hirnwäsche Widerstand leisten musste. Man durfte sich nicht einlullen lassen, man musste selbst denken. Man durfte nie aufhören, selbst zu denken.

»Setz dich mal zu mir.« Véronique lächelte Janus einladend an. »Du siehst schrecklich verspannt aus.«

Janus' Wut verwandelte sich plötzlich in ein Kribbeln in der Lendengegend. Auch das hatte er seit Jahren nicht verspürt. Etwas steifbeinig ließ er sich nieder und Véronique begann, mit geübten Griffen seinen Nacken und seine Schultern zu massieren. »Ich habe schon ein paar Sachen über die Salvationisten gehört«, fing sie wieder an, »Sie arbeiten mit Businessmethoden, es geht um Profit.«

»Genau das mag ich nicht an ihnen.«

»Nur angeblich geht es um Profit für alle. Jeder soll etwas davon haben. Mikrokredite, nachhaltige Entwicklung, Regionalwirtschaft, Partizipation, … du weißt schon.«

»Und wer entwickelt da wen?«

»Na, die Leute entwickeln sich selbst. Schließlich geht es darum, selbst die Verantwortung zu übernehmen.«

»Falsch, das Geld entwickelt die Leute. Mit Mikrokrediten und sowas tragen wir das Geldsystem noch in den allerletzten Winkel der Welt. Es wird dann keinen einzigen Ort mehr geben, der frei davon ist, keinen Platz mehr, wo man noch hingehen kann.« Janus war plötzlich den Tränen nah. Er schüttelte Véroniques Hände ab.

Véroniques Stimme klang sanft, ihr Atem streichelte sein Ohr. »Aber das ist doch längst geschehen, Janus. Das kann doch keiner mehr verhindern.«

»Aber das ganze beschissene Geldsystem ist eine Illusion! Es gibt eigentlich gar kein Geld. Es gibt nur Schulden. Aber das soll keiner merken.«

Véronique ging nicht darauf ein und begann stattdessen, seinen Lendenwirbelbereich zu massieren. Janus bekam eine Erektion, er konnte kaum glauben, dass ihm so etwas in seinem Leben noch einmal passierte.

»Komm, zieh dich aus«, sagte Véronique mit plötzlich rauer Stimme. Und das tat er, und sie wies ihn nicht zurück.

Véronique riss die Fenster auf und ließ kühle, frische Luft herein. Janus hatte mit ihr zusammen zum ersten mal seit Jahrzehnten einen

Joint geraucht, und auch das konnte er noch. Er fühlte sich beinahe glücklich. Wenn da nur die Sorge um Lura nicht gewesen wäre. Er lag nackt auf dem Rücken und starrte an Véroniques Zimmerdecke. Die Nachtluft, die durchs Fenster hereinkam, überzog seinen Körper mit einer Gänsehaut, und er griff nach einer Decke. Véroniques Haut sah aus wie mit Airbrush gemalt: Samtig, leuchtend, glatt. Am Hals sah man ein paar Falten, und die Brüste waren ein wenig welk. Aber so sahen manche Frauen auch mit Mitte dreißig schon aus. Keine Arthrose, keine Hammerzehen, keine Alters-Obeine, von denen er im »Mauerblick« jeden Tag etliche Paare sah. Keine Altersflecken, keine Lipome unter der Haut, keine Krampfadern.

»Wie alt bist du eigentlich?«

»Zweiundsiebzig.«

»Das ist nicht dein Ernst. Wie machst du das?«, frage Janus.

Man sah es Véronique nicht an, falls sie sich geschmeichelt fühlte. Wahrscheinlich wusste sie, wie jung sie wirkte. »Ich ernähre mich gut, ich schlafe hart. Ich bin ehrlich zu mir selbst. Und ich tue, was ich wirklich will.«

Janus stützte sich auf einen Ellenbogen. »Das ist auch mein Motto: Tu immer nur das, was du wirklich willst. So bleibe ich trocken.«

»Siehst du, und deshalb bist du auch noch ganz knackig für so einen alten Knacker.« Véronique kuschelte sich unter der Decke an ihn und fing an, ihn zu streicheln. »Und was willst du jetzt wirklich?«

Janus lachte. »Na, ein bisschen Zeit musst du mir schon lassen, fürchte ich.«

»Na gut. Was machen wir inzwischen?«

Janus zuckte die Achseln. »Schlag du was vor.«

»Gut. Dann treten wir den Salvationisten bei.«

Janus lachte erneut, aber Véronique sah ihn durchdringend an. »Ich meine das ernst, Janus.«

»Komm schon, erzähl keinen Quatsch.«

»Erstens – immer mehr Leute machen mit, auch Prominente. Ich will wissen, was dahintersteckt. Von außen erfährt man nicht wirklich etwas über diese Leute und wie sie drauf sind. Vielleicht ist alles Bullshit, das werden wir dann in fünf Jahren wissen. Oder sie haben recht. Zweitens – es ist auf jeden Fall eine Möglichkeit, an Alice und damit auch an Lura ran zu kommen, oder?«

Janus versteifte sich. »Bitte, Véronique, verstehst du denn nicht?«

»Nein, was?«

»Jeder macht, was er immer macht, klebt den Aufkleber »ich rette die Welt« drauf und fühlt sich als guter Mensch, egal, was er für einen Scheiß macht. Klar zieht das Promis an. Es ist gute Publicity.«

»Da sage ich ja auch gar nichts gegen, oder?«

Janus ließ sich nicht beirren. »Du könntest auch zum Beispiel … «, Janus ruderte etwas hilflos mit den Armen, »zum Beispiel weiter Hehlerware verkaufen und sagen, das sei zu einem guten Zweck.«

»Ist es ja auch.«

»Wenn du das im Dienst von Salvationisten machst? Das ist doch nicht dein Ernst.«

Véronique wollte etwas erwidern, doch dann hielt sie inne, dachte nach. »Ja, das könnte die tatsächlich interessieren, oder?«

»Du willst denen eine solche Technologie in die Hände spielen? Reicht es nicht, dass die Bullen sowas haben?«

Véronique sprach mehr zu sich selbst als zu Janus. »Man kann damit Wut sehen. Gewaltbereitschaft.«

»Aber Wut ist nicht schlecht. Wut ist manchmal gerecht und notwendig.«

»Die Salvationisten sagen, was wir brauchen, ist mehr Liebe in der Welt. Nicht mehr Wut. Ihre Methode ist konsequent gewaltfreie Kommunikation.«

Janus lachte bitter. »Genau, stecken wir die Wütenden in den Knast und der Rest der Welt hat sich lieb.«

Véronique schlug die Decke zurück und stand auf. »Du weißt, dass es so nicht gemeint ist.«

Janus versuchte, sich ein wenig zu beruhigen. Véronique reizte ihn mit Absicht, sie wollte ihn herausfordern. Es war ihr nicht ernst damit. »Na gut. Aber wir müssen doch realistisch bleiben. Man kann die Welt nicht in fünf Jahren retten.«

Véronique zuckte die Achseln. »Wer weiß?«, sagte sie leichthin. Dann stemmte sie die Hände in die Hüften und sah Janus von oben herab an. »Bist du zu feige, es wenigstens zu versuchen? Wir sollten es tun. Und zwar jetzt gleich. Wer weiß, wie viel Zeit uns noch bleibt.« Damit griff sie nach ihrem PMC und ging auf die Salvationistenseite.

»Véronique, bitte.«

Sie trug auf Aufforderung ihren Namen, ihren Wohnort, ihre persönlichen Interessen und Fähigkeiten ein.

»Bitte, Véronique. Lass es.«

Sie trug einen monatlichen Beitrag ein, den sie auf das Konto der Salvationisten überweisen wollte.

»Du gibst dich völlig in ihre Hände.«

Véronique sah Janus nicht an. »So, glaubst du das?«

Sie drückte ihren Daumen auf das Display und bestätigte ihre Angaben.

»Herzlichen Glückwunsch. Sie sind nun Teil der Salvationistenbewegung. Gleich wird jemand Kontakt mit Ihnen aufnehmen.«

Janus schüttelte den Kopf. Er fühlte sich bitter enttäuscht. Keine Minute später klingelte Véroniques PMC.

»Véronique Malé hier. Genau. Ich denke, ich habe etwas für Sie, das Sie interessieren könnte. Aber vorher brauche ich einen persönlichen Termin und ein paar Informationen. Ja, ich warte.«

Janus stand leise auf, raffte seine Sachen zusammen und ging.

Als er auf die Straße trat, öffnete sich über ihm ein Fenster.

»Janus! Du verstehst das falsch, komm zurück!«

Aber er konnte einfach nicht.

Janus heulte vor sich hin, während er durch den Regen humpelte, den Rucksack auf den Schultern. Er konnte sich nicht erinnern, wann er zuletzt geheult hatte. Seine dreckigen Sachen waren noch bei Véronique in der Waschmaschine, seine Zahnbürste lag auf der Duschablage. Und sie hatte noch den Chip mit Alice' Nummer und seine falsche Ray Ban. Er hätte nicht so überstürzt aufbrechen dürfen. Vielleicht hätte er sie doch noch überzeugen können. Aber vielleicht hatte er auch Angst, dass sie am Ende ihn überzeugte.

Janus musste an den Jägermeister denken. Er sollte ihn wegschütten, in seiner momentanen Stimmung konnte er ihm zur Gefahr werden. So viel er auch darüber nachdachte, ihm fielen nur zwei Alternativen ein, mit der Situation umzugehen: Sie auszuhalten oder sie in Alkohol zu ertränken. Am besten für immer.

Wenn da nicht noch Lura gewesen wäre. Janus machte sich mehr Sorgen denn je, und ja, er machte sich auch Vorwürfe. Véronique war ein guter Mensch, ein mutiger und ehrlicher Mensch. Sie hatte recht, er war feige. Vielleicht hatte sie mit der anderen Sache auch recht. Doch bei dem Gedanken daran schüttelte Janus unwillig den Kopf. Er konnte es nicht wirklich logisch begründen, aber er wusste, irgendetwas war gründlich falsch an der Sache. Er konnte nicht glauben, dass die Salvationisten ehrliche Motive hatten.

Es war kalt geworden, und der Regen wuchs sich zu einem der typischen Frühjahrsunwetter aus, die Straßen standen Knöcheltief unter Wasser. Janus sah ein paar Ratten um ihr Leben paddeln. Er selbst war nass bis auf die Haut, seine Lederjacke war ruiniert, aber wenigstens dämpfte das kalte Wasser den Schmerz in seinem Fuß. Es spielte keine Rolle, dass er nicht wusste, wo er hingehen sollte. Er war niemand mehr, und niemand brauchte auch keinen Platz, an den er gehen konnte.

Auf der Yorckstraße traf Janus auf einen Menschenzug. Sie trugen Transparente mit dem Logo der Salvationisten und dem Slogan »Wir tragen eure Bürde«, und sie hatten einen an- und abschwellenden Singsang angestimmt, den Janus schon kannte. Als er sich dem Büßerzug näherte, sah er, dass die Leute alle kahlgeschoren waren. Sie schlugen sich selbst mit langen, schmalen Messern auf den Kopf. Janus hörte, wie das Fleisch nass auseinander klaffte, und er sah, wie Blut sich mit Regenwasser mischte und in Augen und geöffnete Münder lief. So viel zum Thema Gewaltfreiheit, dachte er bitter. Manche griffen sich mit den Händen in die offenen Wunden und spreizten sie, und Janus musste einen spontanen Brechreiz unterdrücken, als neben ihm eine schmale Frau vor Schmerz zusammenbrach. Zwischen dem zerhackten Fleisch sah er ihren Schädelknochen hindurchschimmern. Die anderen beachteten sie nicht und zogen weiter.

Das Wasser stand so hoch, dass die Frau zu ertrinken drohte, wenn sie nicht bald wieder aufstand. Was hatte Véronique zu ihm gesagt? Mann musste Verantwortung übernehmen. Janus überwand seinen Ekel und beugte sich hinab. Als er die Frau zu sich umdrehte und in ihr Gesicht blickte, widerstand er dem Impuls, sie zu schlagen. Es war Alice.

Sie blickte Janus verständnislos an, dann drehte sie sich erschrocken nach dem Büßerzug um, der schon ein Stückchen weiter die Straße hinunter war.

»Alice, was machst du hier? Wo ist Lura?«

»Die Demo.«

Alice wollte aufstehen, aber Janus hielt sie fest und schüttelte sie. »Wo ist Lura?«

Alice war noch jung, sie war stärker als Janus, trotz der tiefen Wunde auf ihrem Kopf, trotz des Blutverlusts, und sie war mindestens so entschlossen wie Janus. Sie riss sich los, kam auf die Füße und taumelte dem Büßerzug hinterher.

Janus brüllte ihr hinterher. »Wo ist Lura?!«

Alice reagierte nicht.

Janus wusste genau, was er morgen tun würde. Er würde zu Véronique gehen, sie um Verzeihung bitten und den Salvationisten beitreten. Um Lura zu finden. Nur darum. Und er wusste auch, was er heute tun musste, um morgen den Mut dazu zu finden.

Janus ging ins Löwenjoe und begann mit Bier. Nach dem dritten fühlte er sich beinahe stark genug. Simon schlug ihm anerkennend auf die Schulter und begleitete ihn zur Tür. »Machs gut, Alter. Bis morgen vielleicht.«

Janus hob lässig die Hand zum Gruß und machte sich auf den Weg Richtung Prenzlauer Berg. Er durchquerte den Park, setzte sich auf die Bank vor dem »Mauerblick«, öffnete seinen Rucksack und zog den Jägermeister zwischen seinen völlig durchnässten Sachen hervor.

Er brauchte lange, um die Flasche zu leeren. Er durfte es nicht überstürzen, sonst würde er kotzen müssen. Wenigstens wurde ihm warm davon. Und dann wurde es dunkel.

Man zog ihn aus, wusch ihn, legte ihn auf eine fahrbare Liege. Im Vorbeifahren erkannte er die Stationsnummer. Es war die Vierzehn, das waren die Pflegefälle. Von hier gab es kein Zurück mehr. Janus wollte protestieren, sein Zimmer war auf Station Eins. Aber er stellte fest, dass es nicht ging. Er konnte sehen und hören, aber er konnte seinen Körper nicht benutzen. Er hatte vergessen, wie man ihm Befehle gab. Er konnte nicht einmal die Augen schließen.

Er wurde in ein Zimmer geschoben und stehen gelassen. Ohne Erklärung. Nach einer Weile kam eine Pflegerin, sie kam Janus vage bekannt vor, und träufelte ihm etwas Kochsalzlösung in die geöffneten Augen, damit sie nicht austrockneten.

Als nächstes wurde er an einen Tropf gehängt. Eine Magensonde. Ein Katheter für Urin. Ein Monitor. Janus lag wie ein Stein in seinem Körper. Es war hell, er wusste, wer er war, er fühlte Schmerz. Aber er konnte keine Verbindung herstellen. Er konnte nicht einmal lallen. Seine Hände lagen vor ihm auf der Bettdecke, in Pfötchenstellung wie bei einem Schwachsinnigen.

Tage folgten auf Nächte folgten auf Tage. Sein Zustand veränderte sich nicht. Er wusste nicht einmal, wie man seinen Zustand nannte, denn niemand sprach mit ihm. Oft fragte er sich, ob der 01.Januar 2032 schon hinter ihm lag oder noch vor ihm.

Dann, an einem Tag, als seine aufgerissenen Augen das erste zarte Grün an der Birke vor dem Fenster angestarrt hatten, bis die Umrisse der Blätter sich unauslöschlich in seine Netzhaut eingebrannt hatten, ging die Tür auf und Lura kam herein. Gefolgt von Véronique.

Janus wollte lachen, und er hätte so gerne ihre Hand genommen, hätte so gerne über ihr Haar gestreichelt, über Luras und auch über Véroniques. Sie hatten so unterschiedliches Haar. Lura hatte seins. Er hätte ihr so gerne wenigstens zugezwinkert. Aber seine Augen blickten starr geradeaus, die Lider weit geöffnet, schutzlos vor dem zu grellem Licht. Véronique setze ihre gelbe Sonnenbrille auf. Dann lächelte sie.

»Hallo Janus. Wie ich sehe, geht es dir nicht allzu schlecht. Du freust dich über unseren Besuch. Ich habe ziemlich lange gebraucht, um dich hier zu finden. Sie wollten uns erst gar nicht reinlassen. Sie meinten, du kriegst eh nichts mehr mit. Aber das stimmt offensichtlich nicht.«

Véronique nahm seine Hand. Es war ihm peinlich, dass sie nach wie vor in dieser würdelosen Haltung verkrümmt war.

»Es muss schrecklich sein, so allein da drin.«

Er wollte sich bei ihr entschuldigen, er wollte alles tun, was sie wollte, wenn sie ihn nur hier herausholte.

Lura kam näher. Wie hübsch sie geworden war. Sie sah ein wenig verstört aus, aber nicht so schlimm, wie Janus das erwartet hätte, wenn die eigene Mutter durchgedreht ist.

»Hallo, Opa.«

Wie ging es ihr, was war mit Alice, was geschah jetzt? Janus hatte Tausend Fragen und Véronique sah es. Sie zog sich einen Stuhl heran und setzte sich.

»Also. Lura war nicht schwer zu finden, die Polizei hatte sie von der Straße aufgelesen und in ein Heim gesteckt. Und deine Tochter … ich weiß nicht. Sie ist irgendwie durchgedreht. Aber das gibt es überall, das hat eigentlich nichts mit den Salvationisten zu tun.« Véronique streichelte Janus' schlaffe Wange. »Weißt du, du hast das damals in den falschen Hals bekommen. Ich hatte mich natürlich mit einem frisierten PMC angemeldet. Ich wollte nicht wirklich Mitglied werden. Ich wollte nur die Informationen. Aber seitdem hatte ich viel Zeit zum Nachdenken. Die Sallis haben wirklich ein gutes Netzwerk aufgebaut. Sehr effektiv. Und ich habe das Gefühl, wirklich etwas bewirken zu können. Lura wohnt bei mir, und sie arbeitet auch schon ganz tüchtig mit. Wir machen mindestens vierzig Brillen am Tag. Für die Mentoren, stimmts?« Lura nickte und lächelte schüchtern. »Nein, du musst jetzt nicht gleich wieder ärgerlich werden, Janus«, sagte Véronique bestimmt.

Janus konzentrierte seinen ganzen Willen, um seine Wut ausdrücken zu können. Nur Véronique konnte durch ihre sonnengelbe Brille sehen, was in ihm vorging. »Es tut mir schrecklich Leid, was mit dir passiert ist. Aber das ist allein deine Schuld. Du hattest deine Chance.«

Plötzlich wich Janus' Wut dem intensiven Wunsch, erlöst zu werden. Er wollte nicht mehr. Véronique sah ihn mitleidig an.

»Die Erlösung kommt 2032, Janus. Ich fürchte, so lange musst du dich gedulden. Töten – das kann ich nicht.« Sie stand auf und küsste ihn auf die Stirn. Dann zog sie seine falsche Ray Ban aus der Handtasche und setzte sie ihm auf. »Machs gut, Janus. Und mach dir keine Sorgen, wir kümmern gut uns um Lura.«

Lura winkte zum Abschied. »Tschüss, Opa.« Sie strahlte in einem zarten, geborgenen Grün.

## Wulf Dorn

# Jenseits der Mauer

Wulf Dorn (*1969) schreibt seit seinem zwölften Lebensjahr. Seine Kurzgeschichten erschienen in Anthologien und Zeitschriften und wurden mehrfach ausgezeichnet. Über mehrere Jahre gehörte er zu den Stammautoren der *Pandaimonion*-Reihe des Wurdack-Verlags. Bekannt wurde er 2009 durch sein Erfolgsdebüt *Trigger*. Vor kurzem ist sein zweiter Psychothriller *Kalte Stille* ebenfalls bei Heyne erschienen. Mit seiner Frau und einer Glückskatze lebt er in der Nähe von Ulm.

Drei Tage nach seinem elftem Geburtstag, genauer gesagt am Montag, den 2. August 2110, beschloss Leon, dem Geheimnis der Mauer auf den Grund zu gehen.

Er machte sich auf den Weg, gleich nachdem seine Eltern im Arbeitszimmer die Teletransaktionshelme übergezogen und sich in ihre Arbeitsplätze eingeloggt hatten – der Vater als Geldtransferkontrolleur bei der Finanzbehörde, die Mutter als Steuerungsfachkraft für den Produktionsroboter einer Lebensmittelfabrik.

Kurz vor seinem Aufbruch hatte Leon seinen eigenen Helm über eine kleine Software manipuliert, an welcher er in den letzten Nächten heimlich gearbeitet hatte. So würde man ihn an diesem Morgen vorschriftsgemäß im virtuellen Klassenzimmer des Zentralen Didaktischen Instituts vermuten.

Irgendwann würde man ihm natürlich auf die Schliche kommen, spätestens wenn ihm die Teaching Unit eine Frage stellte, die *nicht* in seinem Programm vorgesehen war. Es würde Ärger geben, da machte er sich nichts vor. Für Leons Eltern bedeutete dies einen Punktabzug in ihrem Pädagogischen Führungszeugnis, und für sie alle zusammen einem Termin bei der Erziehungs-Beratungsstelle. Doch Leon war bereit, all das in Kauf zu nehmen. Er musste es einfach wissen, so dass ihn auch die Aussicht auf eine Belehrungssitzung und die Verabreichung konzentrationsfokussierender Sedativa nicht abschrecken konnten.

Er konnte nur hoffen, dass ihm bis zur Entlarvung genügend Zeit blieb, seinen Plan in die Tat umzusetzen.

Die Mauer befand sich ziemlich weit außerhalb der Stadt. Leon saß nach etlichen Stationen inzwischen ganz allein in der uralten Magnetschwebebahn. Er sah gewaltige Gewächshäuser, drei Lebensmittelfabriken und ein Areal voller Hallen, auf denen das Logo der staatlichen Fleisch- und Wurstwarenfabrikation prangte. Bei diesem Anblick begann sein Magen zu knurren, und er war froh, die Energy-Riegel und vier Päckchen Salami im Teigmantel mitgenommen zu haben.

Mit der Bahn benötigte man über drei Stunden, um in den Außenbezirk zu gelangen, und von dort war es noch ein gewaltiger Fußmarsch bis zur Stadtgrenze. Die unklimatisierte Luft und das viele Gehen setzten Leon zu. Immer wieder musste er Pausen einlegen und sich mit dem Proviant aus seinem kleinen Rucksack stärken, wenn ihm der Blutzuckerspiegel abzufallen drohte.

Als er es dann schließlich geschafft hatte, fühlte er sich so ausgelaugt wie noch nie zuvor – aber auch stolz. Er hatte sich an diesem Tag mehr bewegt als sonst im ganzen Jahr. Mit seinen achtundneunzig Kilo gehörte er noch zu den schlankeren Kindern in seiner Wohngegend. Sein Vater, der gut und gern das Doppelte wog, hätte diesen Gewaltmarsch sicherlich nie gepackt, von Leons Mutter ganz zu schweigen.

An der Ruine eines ehemaligen Prunkbaus angekommen, der einmal *Kirche* oder so ähnlich geheißen hatte, ließ sich Leon schweißdurchnässt auf einem Betonbrocken nieder, wartete, bis sich sein Puls wieder beruhigt hatte, und betrachtete die Mauer, die kalt und weiß vor ihm aufragte.

Etwa im Jahr 2040 hatte man mit ihrem Bau begonnen, das hatte Leon sich von einer Homepage vorlesen lassen. So hatte er erfahren, dass die Mauer zweiundsiebzig Meter hoch und fünfzehn Meter dick war, und aus einer Stahl-Beton-Konstruktion bestand. Vom Rand der Mauer aus spannte sich eine Kuppel über die ganze Stadt. Sie sah aus, als sei sie aus schlichtem Fensterglas. Natürlich konnte es sich nicht um richtiges Glas handeln, so eine Konstruktion würde niemals tragen. Doch trotz gründlichster Recherche hatte Leon nichts genaueres über das Material herausfinden können.

Durch das Kuppeldach konnte man den blauen Himmel und gelegentlich vorbeiziehende Vögel sehen. Leon wusste, dass die Kuppel die Menschen vor UV-Strahlen schützte, von denen man Krebs bekommen konnte. Als er zum Himmel aufsah, fragte er sich einen Moment lang bange, ob der Schutz auch wirklich ausreichte. Bisher hatte ihn das nie beunruhigt, denn wie alle Anderen ging auch er kaum vor die Tür. Wozu auch? Alles, was notwendig war, konnte man online erledigen. Außerdem machte der Aufenthalt im Hypernet viel mehr Spaß; man kam nicht außer Puste, und wenn einem danach war, konnte man alles, was einem über den Weg lief, nach Lust und Laune abknallen. Im Reallife würde einem das nur Ärger einbringen. Einen Junge aus seiner Klasse, der mal in echt Amok gelaufen war, hatte man danach am Kopf operiert. Keine angenehme Vorstellung. Er schüttelte den Gedanken ab und ging weiter.

Leon kannte sich wirklich aus im Netz. Und trotzdem hatte er im gesamten Hypernet keinen klaren Hinweis darauf finden können, was sich *außerhalb* der Mauer befand. Scheinbar interessierte das niemanden außer ihn. Wie viele weitere Städte mit solchen Mauern es wohl gab, und wie die dann wohl aussahen? Ob sie so waren wie Neu-Berlin?

Als er seinen Vater danach gefragt hatte, war dessen Antwort nur ein gleichgültiges Schulterzucken gewesen, genauso bei seinen Freunden, und die Antwort seiner Mutter war ebenfalls nichtssagend gewesen: Er solle froh sein, dass er satt und gesund sei, man müsse doch nicht alles wissen.

Bisher hatte Leon nur einen getroffen, der eine Ahnung zu haben schien, was sich jenseits der Mauer befand. Herr Stanislowsky wohnte drei Häuserblocks von ihnen entfernt, er arbeitete als Endstoffentsorgungsoffizier, und wie Leon herausgefunden hatte, waren die Entsorgungsanlagen allesamt in unmittelbarer Nähe der Mauer positioniert.

»Glaub mir, Junge, das willst du nicht wirklich wissen«, hatte Herr Stanislowsky gesagt, als Leon sich vor ein paar Wochen getraut hatte, ihn zu fragen. Herr Stanislowsky hatte ihm noch freundlich zugezwinkert, und sich dann auf den Weg zur Arbeit gemacht.

Seither hatte Leon erst recht an nichts anderes mehr denken können. An seinem Geburtstag hatte er während des Abendessens noch einmal seine Eltern fragen wollen – *Herrgott, die mussten es doch wissen!* – aber er kam nicht gegen Mutters Monolog über die Anschaffung einer größeren Fernsehwand an. Vater hatte wortlos eine Jumbo-Portion Chicken Chips in sich hineingeschaufelt, während sie ihm erklärte, dass sie sich vor ihren Freundinnen schämen müsse, wenn sie nicht auch so eine Wand hätte. Das war gestern Abend gewesen, und die gesamte vergangene Nacht hatte Leon wach gelegen, hatte über seinen Plan nachgedacht und gegen Morgen den Entschluss gefasst, es wirklich zu tun.

Durch das Hypernet war es ihm ein leichtes gewesen, die Endstoffentsorgungsanlage auszumachen, die Herr Stanislowsky beaufsichtigte. Gesetzt den Fall, man würde ihn erwischen, käme er bestimmt glimpflicher davon, wenn er den Aufseher kannte.

Und nun war er da; erschöpft zwar, aber keinesfalls weniger neugierig als bei seinem Aufbruch. Er ging ein Stück weiter bis zu einem Baum und beobachtete für eine Weile die Anlage. Im Grunde genommen handelte es sich nur um ein großes, mit einem Drahtzaun umgebenes Lager, in dem sich mehrere Endstoffberge befanden. Diese wurden von Baggern auf Transporter mit gepanzerten Führerhäuschen geschaufelt und durch ein großes Tor in der Mauer gekarrt, während kleinere Lastwagen neue Endstoffe anlieferten.

Leon schob sich den letzten Rest Salami in den Mund und grinste. Er hatte also mit seiner Vermutung Recht gehabt: Ganz gleich, *wo* man die Endstoffe hinbrachte, und *was* man dann mit ihnen machte, es geschah *hinter* der Mauer.

Leons Plan war simpel. Im Schutz einiger Büsche wartete er den nächsten Laster am Zauntor ab, und während geöffnet wurde, kletterte er auf die Ladefläche. Es stank erbärmlich, aber Leon hielt tapfer durch, bis sie sich hinter dem Zaun befanden.

Von da aus wurde es beschwerlicher. Leon musste nicht nur vom Laster springen, sondern auch so schnell wie irgend möglich auf einen der Transporter klettern, ohne von den Männern gesehen zu werden.

Er musste all seine Kräfte aufbieten, um sein Gewicht auf die Ladefläche zu schwingen. Atemlos klammerte er sich fest. Vor Schweiß konnte er kaum etwas sehen, aber es schaukelte viel zu sehr, als dass er sich mit einer Hand das Gesicht hätte abwischen können.

In dem kurzen Tunnel, der durch die Mauer führte, herrschte absolute Finsternis. Kurz darauf wurde es wieder hell, und Leon war so aufgeregt, dass ihm das Herz noch wilder in der Brust hämmerte als vorhin nach dem langen Fußweg.

*Ich bin auf der anderen Seite!*

Leon ließ sich von der Ladefläche plumpsen und hastete so schnell er konnte hinter einen Endstoffberg. Schwitzend und keuchend ging er in die Hocke, wehrte die Mücken ab, die gierig über ihn herfielen, trocknete sich die Augen und sah sich um.

Der Himmel sah außerhalb der Kuppel ganz anders aus. Hier war er nicht blau, er war gelb. Auch gab es nur dunkle Wolken.

Und es stank. Weitaus schlimmer als die Toilette, wenn sein Vater die Morgensitzung beendet hatte.

Im Gegensatz zur Stadt gab es hier draußen nichts Grünes. Die Bäume und Sträucher wirkten wie abgestorben, und das Gras, das zwischen aufgeworfenen Betonplatten herauswucherte, war braun und verdorrt. Es sah beinahe so aus wie die dürren Pommes von Ismirs Dönerservice, die Leons Mutter immer mitbestellte, weil er auch mal Kartoffeln essen sollte, und die er dann immer heimlich in den Endstoffbehälter warf.

So weit er sehen konnte, gab es nur mit gelbem Moos überwucherte Betontrümmer und unzählige Müllberge, die ihren Gestank in den schmutzigen Himmel emporschickten. Nun begriff Leon, dass die Kuppel über der Stadt eine große Lüge war. In Wahrheit gab es keinen blauen Himmel, keine weißen Wolken oder Vögel. Was man durch die Kuppel sah, war so falsch wie der Tannenbaum und das Kaminfeuer auf der Fernsehwand im Wohnzimmer am Geschenke-Abend.

Das Einzige, womit man ihn nicht belogen hatte, war die Kraft der Strahlung. Obwohl sich Leon erst seit ungefähr zehn Minuten jenseits der Kuppel befand, begann seine Haut im Gesicht und auf den Armen bereits zu spannen. Nein, das hatte er sich alles ganz anders vorgestellt.

Er wollte gerade zurück zu einem der Transporter laufen, der ihn als blinden Passagier wieder in den Schutz der Stadt bringen sollte, als ihm jemand in den Weg trat. Leon sah das hässliche dürre Wesen an, das ihn neugierig musterte, und vor Schreck stieß er einen Schrei aus. Er taumelte einen Schritt von der zerlumpten Gestalt zurück und plumpste auf den Hintern.

Die Gestalt war ein Junge, etwa in Leons Alter. Sein Gesicht war schmutzig, die Haut mit einem schlimmen Ausschlag überzogen, die Augen lagen tief in den Höhlen. Er hielt eine braune Bananenschale in der Hand, und die gelben Fasern, die noch aus seinem Mundwinkel hingen, verrieten, dass er versucht haben musste, mit den Zähnen das Innere auszuschaben. Er gab einen Grunzlaut von sich und zeigte mit einem Finger, der nicht viel dicker war als eine von Leons Lieblings-Salzstangen, zuerst auf einen Endstoffberg und dann auf die Stadt.

Leon nickte. »Ja, ich komme aus Neu-Berlin. Und du?«

Der Junge antwortete nicht. Stattdessen hörte Leon Geräusche hinter sich. Er fuhr herum und sah eine Gruppe weiterer zerlumpter Gestalten – Männer, Frauen und etliche Kinder, die langsam näher kamen und sich um ihn scharten. Ihre Blicke waren kalt und irgendwie leer. Leon rappelte sich auf. Er hatte plötzlich ein sehr ungutes Gefühl bei der Sache und wollte wegrennen, aber sein Leib war schneller als die Beine, und nach ein paar Metern fiel er vornüber auf alle Viere. Das viele Laufen und Klettern hatte ihn zuviel Kraft gekostet. Am ganzen Leib zitternd starrte er zu der Gruppe auf, die immer näher rückte. Leon begann zu schreien. Aber nicht für lange.

Der Junge, der außer den Lumpen an seinem Leib nichts besaß – nicht einmal einen Namen – schluckte den letzten Bissen herunter. Er rülpste und ging zu den anderen. Dort lehnte er sich gegen einen Betonbrocken, der zu den Überresten eines Gebäudes gehörte.

An der Front der Ruine waren die Worte DEM DEUTSCHEN VOLKE zu lesen. Doch hier draußen konnte keiner lesen. Worte hatten hier keine Bedeutung. Von Worten konnte man nicht abbeißen.

*Satt sein*, dachte der zerlumpte Junge, *ist ein herrliches Gefühl!*

Zum ersten Mal in seinem Leben konnte er an etwas anderes als an seinen Hunger denken. Und so betrachtete er zufrieden seine neuen Schuhe, ließ den Blick über die blanken Knochen am Boden wandern und sah dann hinüber zu der Mauer mit der riesigen Kuppel.

Er beobachtete die Transporter, die immer weiteren Müll abluden, und dachte darüber nach, was sich wohl jenseits der Mauer befand.

HINTERLAND

## Karsten Kruschel

# Vierte und Erste Sinfonie oder: Müllerbrot

Karsten Kruschel (*1959) lebt bei Leipzig, promovierte mit einer Dissertation über DDR-SF, arbeitet als freier Autor und Redakteur. Erste SF-Geschichten wurden 1979 veröffentlicht. Zahlreiche Rezensionen und Essays, u.a. für Das Science Fiction Jahr (Heyne). Eigene Publikationen: *Raumsprünge* (1985), *Das kleinere Weltall* (1989), *Spielwelten zwischen Wunschbild und Warnbild* (1995). Im Wurdack-Verlag erschienen 2009 die Romane *Vilm. Der Regenplanet* und *Vilm. Die Eingeborenen*; beide Romane erhielten den *Deutschen Science Fiction Preis 2010*. Ende 2010 folgt sein Roman *Galdäa. Der ungeschlagene Krieg*.

Bannicke strich den Scheitel gerade und rückte ein letztes Mal die Aufschläge seiner Jacke zurecht. Die Klammern juckten, mit denen der äußerst förmliche Anzug in den Falten seines Fleisches verankert war. Heute war alles ein wenig anders. Er versuchte, den Schmerz nicht zu beachten, den sein sorgsam mittels Druckdampfpressstrahlen in Form gestauchtes Gesicht verursachte. Dann startete er die Musik, die ihn durch diesen Tag bringen musste; langsam rotierten die ersten Melodieschnipsel durch seinen Kopf. Er hatte schon vor langer Zeit gelernt, dass man die Vierte immer vor der Ersten Sinfonie hören musste.

Und da waren sie schon, die Presseheinis. Bannicke dachte, eines Tages würde er wegen denen die Antiterrorvorrichtung mal angeschaltet lassen, irgendwie all die Chipsotronik überlisten. Er würde zuschauen, wie die Presseheinis samt Ausweisen und magnetohydrodynamischen Legitimationen in die Energie hineinflitzten, wie die grellbunten Bewegzeuge in hübschen bunten Blitzen platzen würden, ihren Eiweißinhalt in geronnenen Klumpen ausspeien und ihn, Bannicke, von der Belästigung befreien.

Half alles nichts, die Bewegzeuge verwandelten sich in Stehzeuge, öffneten sich, entließen die Schar dieser Leute, die augenblicks zu schwatzen anfingen, noch ehe Bannicke seine vorbereitete Rede reden konnte, Frechheit, Presseheinis eben.

Bitte hier entlang zu gehen, sprach Bannicke auf die Schar ein, und ehe er sich versah, zogen einige von denen ihre Phototroniken blank; hatten wohl geflissentlich überlesen, was da in der Einladung stand – Bilderaufzeichnen nur nach Erlaubnis, unter Vorbehalt späterer Prüfung, des Schutzes wegen, der dem Weltwohltäter zustand. Rotzfrech wollten die Typen ihre Neugiergeräte in die Kopfhalterungen einrasten lassen. Höchstpersönlich machte sich Bannicke die Freude, wenigstens einem von ihnen Einhalt zu gebieten, passend dazu strudelte orchestraler Glassglanz zwischen seinen Ohren. Der Presseheini guckte seltsam, als ihm die Phototronik aus der Hand flog und am gehärteten Glas des Firmeneingangs zerscherbelte.

Eine andere Freude machte sich derweil die firmeneigene Chipsotronik, als sie dem einen Presseheini, der tatsächlich schon ein oder zwei Bilder gemacht hatte, mit einem jubelnden Schutzstromstoß den Presseapparat vorm Auge zerplatzen ließ. Ein erster Höhepunkt der Vierten Sinfonie. Kleinteile rieselten herab, Plastik stank, ein

Mann winselte fast im Takt der Bratschen. Bannicke ließ eine Hostess dem Presseheini das Blut vom Gesicht wischen. Ist schließlich kein Anblick, so was. Der Mann krümmte sich, als zusammen mit dem Blut die Gesichtsform heruntergerieben wurde und graue, schlaffe, unbehandelte, widerliche Haut zum Vorschein kam.

Haben kein Benehmen, knurrte Bannicke beinahe laut vor sich hin, als er das Scheuchen der Meute in den Saal beaufsichtigte, wo er ihnen – schallchipsotronisch unwiderstehlich – die vorhin zu kurz gekommene Rede über die Geschichte des Weltwohltäters redete. Winzige Schallwerfer nahmen die kunstgebräunten Ohren der Presseheinis ins Visier und schossen punktgenau Wort für Wort ab. Manchmal bewegte einer von denen da unten den Mund und tat so, als stelle er eine Frage, was denn nur, dachte Bannicke, so blöde kann doch einer gar nicht sein, müssen doch so Chipsotronik kennen, kann doch wohl nicht wahr sein. Er selbst hörte natürlich nur die Musik.

Die enttäuschte Neugier stürzte sich, wie vorhergesehen, hungrig auf die gereichten Häppchen, die teuer und lecker aussahen. Bannicke fühlte seinen Magen einen kleinen unangenehmen Hopser machen, als er zusah, wie ein Kanapee dem anderen folgte, hinunter in die Leiber der Reportermeute, die nicht ahnen konnte, was sie da zu sich nahm. Wie es auch sonst die an der Küste aufgegriffenen, nun ja, Gästinnen und Gäste, nicht wissen konnten.

Sehr schön, diese sich immer nur beinahe wiederholenden Melodien, dachte Bannicke und beruhigte sein Gewissen. Wenn die Neugierigen unbedingt wissen müssen, was es mit dem Müllerbrot auf sich hat, dann sollen sie es eben auch hinunterschlucken. Belegt natürlich, mit Analogkäse, Umami-Tofu-Schinken und Algenkaviar, nicht pur wie sonst für die Leute aus den Rändern der Dürrezonen der dritten, vierten und fünften Welt.

Nach der geredeten Rede – konnte ja eh nix schiefgehen mit all den hilfreichen Wortabsauganlagen in Rednerpult, Wänden, Decke und jedem einzelnen der Presseheinisessel – nach der Rede also spürte Bannicke, wie sich alle Härchen seines kurzgeschorenen Nackens unter der rosigen Beschichtung aufzurichten versuchten, und er konzentrierte sich auf die Musik.

Hier entlang zum Rundgang, plärrte der chipsotronische Rundgangführer; den konnte nichts aus der Ruhe bringen, auch nicht die unschönen und wenig hilfreichen Bemerkungen aus der Presseheinimeute, Bannicke dagegen wurde blass unter seiner dick aufgetragenen dynamisch-aktiven Feuchtbräune-Instantlotion. Jetzt kommt erst der wahre Horror, sagte Einer, nein, ein Anderer darauf, schlimmer als die Rede war, kann es ja nicht mehr kommen, und ein Dritter mutmaßte Kadaverzerkleinerungsmaschinen, aus deren schleimigen Säften wundersames Müllerbrot komprimiert werde – jaja, scherzte man, einmal frischgepressten Obdachlosen bitte, oder doch besser Pensionärskonzentrat? Pelletierte Haustierleichen wurden im Weltwohltäter vermutet und aufgeschäumtes Exkrement.

Herbert Schleitheißen-Müller gebe mir Kraft, schickte Bannicke ein Gebet zum Chef der Chefs, der sich wohlweislich seit Tagen unerreichbar im medikamentösen Schönheitskoma in der Antischlaffklinik am Pik Lenin aufhielt, Bannicke den mikrofonfletschenden Presseheinis ausliefernd. Die quirlten den Produktionshallen entgegen, die Phototroniken an sich gepresst, wenn auch nicht aktiviert; scheele Blicke streiften den blassen Kollegen und seinen zerschundenen Kopf.

Dann wurden die enormen Schlucktrichter bewundert, welche den Anfang des Produktionsprozesses bildeten, fähig, riesige Mengen zu fassen, Mengen wovon denn nun, wollten die Presseheinis wissen, und sie fingen an, Bannicke selbst zu fragen und den chipsotronischen Rundgangführer beiseite zu lassen, die Maschine dröselte ihr Programm ab und stockte und fing von vorne an. Was für ein Quatsch, dachte Bannicke zwischen den Wogen des Glass-Orchesters, dem Ding da fehlt das Publikum und ich hab viel zu viel davon, eigentlich will ich gar keines, ich will hier keine Leute, die mich anquatschen, ich will eine geruhsame zügige effektive rentierliche Produktion und zum Feierabend einen dreistöckigen Singlemaltwhisky, um den komischen Geschmack im Mund loszuwerden. Müllerbrot, dein Reich komme, aber ein bisschen plötzlich, wenn ich bitten darf.

Die nun dicht herabprasselnden Fragen tapfer missachtend, sprach Bannicke seine für derartige Notfälle vorbereiteten Texte von den Tausenden und Aberhunderttausenden hungernder Dritt- , Viert- und Fünftweltlandinsassen, denen Müllerbrot und nur Müllerbrot allein über die jüngste und die diesjährige und die nächste und die kommende und die unweigerlich darauf folgende Nichtsernte-Katastrophe hinweghelfen könne. Über die dankbaren Blicke der von dem Müllerbrot Getroffenen sprach er, und Bannicke überhörte wohlweislich die Zwischenrufe, in denen es um die seltsame Mär von Leuten ging, die nach Beglückung durchs Müllerbrot in unheilbare Starre und ewige Bewegungslosigkeit verfielen, Statuen im staubigen Dreck der Dritt- und auch der Fünftweltländer, Standbilder zu Ehren des Weltwohltäters. Über all den Hunger redete Bannicke, den Müllerbrot bereits gestillt hatte, und an die Wand gespiegelte Hochglanzglitzerschaubilder untermauerten seine wohlgeordnete Rede, nichtsdestotrotz böse gestört von den Zwischenrufen der Meute, die hier leider von keiner Wortabsauganlage im Zaum gehalten werden konnte.

Das alles, sagte Bannicke mit keinesfalls zitternder Stimme, sind unbestätigte Berichte aus Quellen, deren Zuverlässigkeit – er fügte an dieser Stelle ein herablassend-gehässiges Grinsen ein – allen Anwesenden nur zu gut bekannt sei. Darauf wandte sich die Aufmerksamkeit der besagten Anwesenden betont unauffällig einigen Schreiberlingen zu, die nicht nur mit zu lederner Katatonie Erstarrten, sondern auch mit dreiköpfigen Babies, grauenvollen Familienritualmorden und Elvisgesichter tragenden Außerirdischen unter vollfetten Überschriften ihr täglich Brot oder was auch immer verdienten. Niemand hatte das Zeug von gestern vergessen, diese alte Kulleraugen-Spermazapfen-Geschichte, wirklich sehr blamabel.

Herbert Schleitheißen-Müller sei Dank für seine vorsorgliche Bosheit, dachte Bannicke, als er bemerkte, dass die Fragen weniger heftig wurden. So konnte er ungestört über jene herziehen, die bei ihren unappetitlichen Methoden von den wachsamen Menschen der Firma Müllerbrot erwischt worden waren.

Doch lauerte die nächste Störung bereits in Hörweite, als einer aus der seriös-langweiligen Fraktion nach den Grundstoffen der Müllerbrot-Fabrikation fragte, nach dem Zeug, das da in diese riesigen Einfülltrichter gefüllt zu werden die Ehre hatte, und Bannicke schaltete sogleich auf die Marschrichtung der ungefährlichen Aufbereitung um. Und sofort kam die Frage nach der Aufbereitung wovon denn nun, und auch die blumigste Umschreibung des Prozesses brachte die Frage nur für Sekunden zum Entschwinden, aber nicht außer Reichweite.

Bannicke befand sich mitten in der für solche Fälle vorbereiteten Redeweise, als ein Grollen seine unwilligen Zuhörer ablenkte. Es hatte sich in Gang gesetzt, Förderbänder begannen sich mit schnalzenden Murmelgeräuschen zu bewegen, in großen gläsernen Zylindern hoben und senkten sich Kolben aus Keramik und Edelstahl, und träge rasselnd öffneten sich die stählernen Mäuler der Müllerbrot-Maschinerie. Natürlich drängte das schmeißfliegenhafte Volk sogleich gegen die Absperrung, und Bannicke verstummte, als wäre seine Stimme ebenso abgesaugt worden wie das Fett unter seinem Kinn jeden Januar und Juli. Er heftete seine Gedanken fest an die wunderdunklen Arabesken, in denen das Ende von *Warszawa* zwischen seinen Ohren kreiste. Die Apparaturen der Fabrik waren flugs warmgelaufen, hinein in einen japsenden Rhythmus des Hineinund-weg-damit, ein gieriges Fressen.

Da rutschten schon die ersten Dinge in die Schlucktrichter, um zu nahrhaftem bekömmlichem Müllerbrot zu werden, und Bannicke lobte still die tatsächliche Größe des Genies eines Herbert Schleitheißen-Müller.

Die verbeulte Hülle eines verunfallten Bewegzeuges war es, die den Anfang machte hinunter in die dahinmahlenden Eingeweide der Fabrik, und da klebte das Blut der Unfallopfer noch am faltigen Blech der Tür. Es folgte eine schmierige grauschwarze Substanz, hirnsträubender Geruch hüllte alles ein, und eine schrillgrellbemalte Dame verlor ihren phototronischen Assistenten, als sie Mageninhalt in hohem Bogen ins Innere der Maschine spie. Das hilflos piepsende Gerät tanzte auf den Wellen aus schlickiger Brühe und kunterbuntem Erbrochenen, ehe es von der nächsten Welle aufzubereitender Substanzen überspült wurde. Das waren Batterien, die zu lange Lagerung aufgelöst und zersetzt hatte, und das waren jene Teile von Schlachttieren, die den meisten Leuten zu merkwürdig zum Verzehren waren, und das war ein übel nach Unrat stinkender Containerkojote, und das waren nicht mit Worten fassbare Dinge, die nur entstehen können, wenn die Küchenabfälle verschiedener Haushalte viel zu lange miteinander alleingelassen werden.

Die Schar der Schreiberlinge starrte mit weit aufgerissenen Augen in den Schlucktrichter hinunter, auf die Exkremente, benutzten Kondome, zerschlagenen Bildschirme, auf Sturzbäche von Scherben und giftig flimmernden Elektronikschrotts. Ein Schwall funkelnagelneuer Bücher, irgendwelche nutzlosen, zwei Wochen alte Remittenden, wurde ebenso verschlungen wie die benutzte Jahresproduktion einer Tamponfabrik, und Bannickes Gesicht begann sich aufzulösen. Beinahe spürte er schon, wie all die kunstvoll drapierte Chemie ihm von den Nasenflügeln gleiten wollte, als endlich, endlich, endlich das Genie von Herbert Schleitheißen-Müller seine eitertropfenden Flügel ausbreitete.

Der erste Schreischrat griff sich mitten im Schimpfwort an die Kehle, die jäh verstummt war. Seine Kollegen, die nicht bemerkt hatten, dass einer der Ihren nach Fassung ringend an der Balustrade zum schlingenden Maul der Müllerbrot-Fabrik mehr hing als stand, drängten nach und stießen ihn, während der Kampf um das beste und ekelerregendste Bild im Gange war: Phototroniken jagten Unmengen blitzender Candela in das maschinelle Würgen. Der starrer und unbeweglicher werdende Körper des Atemlosen stand den Kollegen im Wege, denn unten im Trichter des Molochs strudelte der Kehricht einer ganzen Stadt, um in nahrhaftes Müllerbrot verwandelt zu werden. Davon mussten Aufnahmen gemacht werden, von all dem Schleim, den abgetretenen Schuhen, den geschnetzelten Joghurtbechern, den aufgedunsenen Küchenkatzenkadavern und körpersaftgeschwollenen Gurgelkrausen. Noch ehe es irgendjemandem ins Bewusstsein drang, was da geschah, ließ die schwächer werdende Motorik der Meute das Unvermeidliche geschehen, ein Stoß traf den Mann, und der leicht zusammengekrümmte, aber stocksteife Leib kippte über den polierten Edelstahl der Balustrade und tauchte in der Zeitlupe eines gestreckten Saltos in den Trichter, der mit eiligem Unrat angefüllt war.

Ein ungläubiger Aufschrei ging durchs Volk, und ein Röcheln folgte, als die meisten jetzt – also zu spät – spürten, dass ihr eigener Heiniorganismus dem Diktat des konzentrierten Müllerbrots, das sie gegessen hatten, alsbald nachgeben würde, dass Kehlen sich verkrampften, Rippenbögen sich versteiften und Mageneingänge sich auf immer verschlossen.

Bannicke schlug die Hände vors Gesicht, um die Reste seines Antlitzes festzuhalten, und beobachtete durch die gespreizten Finger hindurch, wie Herbert Schleitheißen-Müllers genialer Plan Wirklichkeit wurde. Die Genialität von Glass half ihm dabei, denn auch der schälte die Hoffart des Songs von der Komposition und goss sie rücksichtslos und lächelnd in eine schwelgende Woge wortlosen Schönklangs. Wie die sensationsgierige Masse zu Objekten wurde, wie sie sich einer nach dem anderen hinab begaben zu dem Dreck, als die Balustrade sich leise summend herabsenkte und kein edler Stahl die Müllerbrotopfer mehr vom Ort ihrer Bestimmung trennte. Die Kolben in den flüssigkeitsgefüllten Zylindern tanzten wie toll auf und nieder, die Zahnräder jubelten, und aparte, leuchtende Wölkchen stießen aus den Sicherheitsventilen hervor wie Freudenfeuerwerk, so wie sie es immer taten an den gewöhnlichen Tagen, wenn auch die boat people ihr Scherflein zu dem segensreichen Werk beitrugen. Das Orchester stimmte die Hymne der Helden an, die für einen Tag gemacht wurden, beinahe hätte Bannicke gelächelt.

Die aus Müllerbrot gemachten Kanapees hatten, der besonderen Rezeptur wegen, noch viel besser gewirkt als die in den Dürregebieten ausgestreuten Exemplare des Weltwohltäters. Nicht in Monaten, in Minuten waren die Leute von Nutznießern zu Spendern geworden, ganz im Sinne des Weltwohltäters, der den Hunger von der Erdkugel zu verbannen geschworen hatte. Einer der nervigen Besucher nach dem andren kippte in den Mahlstrom, und im gleichen Rhythmus traten die neuerschaffenen Reporter auf den Plan, von Herbert Schleitheißen-Müller in weiser Voraussicht auf Vorrat gehalten, und gehorsam hielten sie sich fern vom Trichter, und gingen mit gesenkten Phototroniken gen Ausgang. Die letzten schwachen, gurgelnden Geräusche aus versteinerten Kehlen wurden von den freundlichen Grußworten der Kopien übertönt, die sie an Bannicke richteten, ehe sie die Müllerbrot-Fabriken verließen und zu ihren abgestellten Bewegzeugen eilten. Die nachgemachten Schreiberlinge waren von den echten nicht zu unterscheiden, wenn man einmal davon absah, dass sie nicht im Traum daran denken würden, jemals ein böses Netzseitenwort über Herbert Schleitheißen-Müllers Weltwohltäter zu verlieren oder nach dem Verbleib der an den Dreckssüdküsten anpaddelnden Kreaturen zu fragen.

Bannicke lehnte sich, völlig erschöpft, an den letzten der auf immer zur Salzsäule erstarrten Schreiberlinge und sah zu, wie sie hinausmarschierten in die Welt, um das Lob des Müllerbrotes in alle Himmelsrichtungen zu tragen. Herbert Schleitheißen-Müller sei Dank, dachte er, der Hunger der Welt wird besiegt, und ja, es gibt ein bisschen weniger Welt, na und. Er tätschelte, ehe er ging, mit selbstvergessener Geste das schreckerstarrte Gesicht des Reporters, der mit weit aufgerissenen, austrocknenden Augen dem Moment entgegensah, in dem auch sein steifer, wenn auch lebender Leib in das rülpsende Maul der Fabrik geworfen werden würde, sobald Bannicke ihn liebevoll angestupst hatte. Und so geschah es.

Bannicke schritt, ein Lob seines Arbeitgebers im Takt der Glassschen Klänge murmelnd, inmitten der dahineilenden Ersatzschreiberlinge dem Ausgang entgegen und machte sich Sorgen, ob er wohl dem nachmittäglichen Stau im Luftraum über der Stadt würde entgehen können, während die Reste der Original-Schreiberlinge zum ersten Mal in ihrem Leben tatsächlich etwas Gutes taten.

## Nadine Boos

# Kamera(d), Action!

Nadine Boos wurde 1981 in Sindelfingen geboren. Sie lebt in Nordrhein Westfalen und arbeitet als Bibliothekarin. Seit 2006 veröffentlicht sie regelmäßig Kurzgeschichten, vor allem Science Fiction (c't, Wurdack, Nova, phantastisch!). 2010 belegte sie mit ihrer Kurzgeschichte *Photosolaris* Platz 4 beim Kurd Laßwitz Preis.

»Du siehst das Ziel.«

Er hält die Waffe so, als wollte er dem Journalisten den Schädel wegpusten. Das Ding ist mehr als nur unglaublich groß, eins von diesen … Gewehr möchte man es schon nicht mehr nennen … Mörderdingern, die so ziemlich alles können, außer einen Menschen wieder zusammenzusetzen.

Der Ex-Soldat ist eine Schrankwand von einem Mann, ein Panzer auf zwei Beinen, bereit, den kleinen Journalisten ungespitzt in den Boden zu rammen. Ständig stößt er mit dem Kopf an die Decke des Bunkers, wenn er sich aufrichtet. Deswegen beugt er sich oft zu seinem Opfer hinunter, das er mit Plastikhandschellen an einem Stuhl fixiert hat. Der Journalist dreht den Kopf zur Seite, weg von dieser Wolke aus Schweiß, Tabak, ungewaschenen Sachen und maskulinem Selbstbewusstsein.

Der Ex-Soldat packt mit seiner Riesenhand das Journalistenkinn als hätte er ein Spielzeug vor sich und dreht es wieder nach vorn.

Der Journalist schwitzt. Ein wenig aus Angst, stark vor Aufregung. Die Sache hier, die wird er überleben, weil er eine Kamera implantiert hat und das Gespräch aufzeichnet, weil er für die Europanachrichten berichtet. Der Panzer möchte sich selbst darstellen. Er posiert, er hat den Journalisten zu sich geholt, um seine Wumme zu demonstrieren, und er hat etwas angekündigt.

»Du drückst ab. Das geht alles ziemlich von selbst. Der Computer identifiziert das Trefferfeld und du hälst dann einfach drauf. Wenn du magst, dann kannst du dir auch selbst aussuchen, worauf du schießen möchtest, aber wenn du dann Mist baust, dann ist es dein eigener, und du hast gar keine Chance mehr, die Schuld auf die verdammte KI zu schieben – ganz im Gegenteil, sie wird ihre Datenbank manipulieren und dann stehst du mit heruntergelassenen Hosen da.«

»Nach meinen Informationen kann eine KI keinen Alleingang unternehmen«, entgegnet der Journalist. »Soll ich das lieber rausschneiden?«

»Hey, Mann, hast du mit einem Schrotti zusammen im Dschungel gelegen oder ich? Weißt du überhaupt, wie man ‚Soldat‘ schreibt, ohne ein Rechtschreibprogramm zu verwenden?«

Der Journalist nickt. Ja, weiß er. Den Panzer interessiert das nicht. Seine Frage war rhetorisch.

»Stöpsel dich mal aus deinem Journalistenweb raus, Dataminer, und schau der Wirklichkeit in ihre Fresse. Benutz deinen Kopf und bewerte, was du liest, glaub nicht allem, was in einer Onlinequelle steht, die jeder, absolut jeder unterminieren und manipulieren kann. Recherche hat was mit Arbeit zu tun, klar? ARBEIT! Ja, ich weiß, das Wort möchtest du jetzt nachschlagen, und ich gemeine Sau habe das Kabel durchgeschnitten. Du bist ziemlich schwer von Begriff, wenn dir erst jetzt aufgeht, dass uns der Stahlbeton vom WLAN abschneidet. Schade. Du hast dir für das Implantat wahrscheinlich einen Teil Hirn entfernen lassen, von dem du dir sicher warst, dass er unnütz ist. Soll ich dir was sagen? Das war er bestimmt nicht, weil die Natur nichts Überflüssiges in ihre Maschinen reinbaut.

Im Gegensatz zu dir recherchiere ich richtig und bohre nicht einfach ein paar Suchanfragen in einen Suchschlitz. Recherche und Nasebohren haben heute viel zu viel miteinander gemeinsam, findest du nicht?

Ja, ich mache dir die Hände los. Schreib es auf, wenn du noch weißt, wie man einen Stift hält. Sonst zeige ich dir das. Und falls du den Faden verloren hast: Wir sprachen über Künstliche Intelligenz und über diese richtig großen Wummen.«

Den Faden hat der Journalist längst verloren. Einige Kilometer nördlich von hier. Dort hat der Ex-Soldat ihm die Augen verbunden. In einem grotesken Monolog legt er seine Gründe nur Stück für Stück offen.

Das Finale ist nah, aber noch nicht nah genug, um es zu verraten.

Der Mann und die Frau, die in wenigen Stunden tot sein sollten, saßen sich an diesem drückend heißen Tag gegenüber und ahnten nichts von ihrer kurzen Zukunft.

Sie befanden sich auf einer Ranch in Texas, deren Lage und Bedeutung nur wenige Menschen kannten. Weit draußen im staubigen Nirgendwo grasten längst keine Rinder mehr. Hier wurden die letzten Tropfen Öl mit kleinen Förderanlagen an die Oberfläche gesaugt und großflächig Strom aus Sonne und Wind gewonnen. Das hatte nichts mit einem neu entdeckten Bewusstsein für alternative Energien zu tun oder Entwicklungen, die mit einem geringeren Stromverbrauch einhergingen. Da die Bevölkerung sich nicht einschränken wollte, mussten eben alle Energiequellen herhalten, die verfügbar waren. Außgerechnet der hohe Stromverbrauch war es, der die Forschung nach effizienten Arten der Energiegewinnung vorantrieb.

Zwischen den Solarplanen und Windrädern erhob sich die Ranch wie ein Relikt aus einem alten Film. Äußerlich und innerlich hatten die Architekten sich strikt an die Ideale der Südstaatenvillen aus der Entdeckerzeit gehalten. Weiße Säulen, eine umlaufende Veranda mit weißem Zaun, Fensterkreuze aus Holz. Innen Wände, die mit grüner Seide bespannt waren, Gemälde von Pferden, dunkle Möbel. Die Gardinen an den geschlossenen Fenstern des Konferenzsaals erschlugen den Betrachter mit ihrer steifen Üppigkeit. In den Wänden summte Hochtechnologie, die einen Großteil des Stroms verbrauchte, den die Farm produzierte.

In all dieser amerikanischen Gemütlichkeit wurde Godfrey James Archer allmählich ungeduldig.

Er hatte nicht mit dem Durchhaltevermögen seines Gastes gerechnet, und es fiel ihm zusehends schwerer, mit hoheitsvoller Miene am Konferenztisch auszuharren. Die vier Männer und zwei Frauen, die ihn rechts und links flankierten, saßen stocksteif da, ebenso die deutsche Delegation. Keiner rührte die Erfrischungen in der Mitte der polierten Eichenholzplatte an, aber allen war die Ungeduld mittlerweile anzusehen. Die Haltungen waren ein klein wenig zu steif, die Rücken zu gestreckt, die Knöchel der zusammengepressten Hände zu weiß angelaufen, um lässig und aufmerksam zu wirken.

Die Delegationen warteten auf Alma Yildirims Äußerungen zum Vertrag. Völlig unbeeindruckt von der Unzufriedenheit um sich herum, ließ die deutsche Staatssekretärin sich zum Studium der Dokumente alle Zeit der Welt. Sie hatte sich einen Ausdruck geben lassen, und hin und wieder raschelte Papier, wenn sie eine Seite umdrehte. Jeder am Tisch kannte den Text, er war vorab in den Flieger überspielt und bereits besprochen worden. Es war reine Taktik, das Dokument vor der Unterzeichnung noch einmal gründlich auf missliebige Formulierungen durchzusehen, und Archer fühlte sich deutlich gekränkt. Immerhin, das erkannte er an, spielte sie ihre Rolle gut, hatte die Stirn gerunzelt und die Augen wanderten hin und her, während die perlrosa bemalten Lippen gelegentlich zart vibrierten als würde die Deutsche ein Wort auf der Zunge rollen, um es auf eine versteckte Mehrdeutigkeit hin zu prüfen.

Yildirim hatte sich sichtlich Mühe gegeben, sich an die Konventionen ihres Gastgebers anzupassen, und dennoch provozierte ihr Anblick Archer auf eine unbestimmte Art. Sie trug eine konservative, hochgeschlossene Bluse, die an den Ärmelaufschlägen mit einer roten Borte verziert war, am Kragen mit einer schwarzen und am unteren Saum mit einer gelben. Die Motive darauf konnte er nicht gut erkennen. Mittelalter war seit Jahren das Thema der Modewelt in Europa. Mittelalter und Wikinger. Vermutlich also handelte es sich um Abbildungen eines Kaisers, um griechische Säulen oder um Stickfehler. Es interessierte ihn nicht. Vielmehr reizte ihn der Schnitt. Archer fand, er hatte etwas Russisches an sich. Die Stoffbahnen überlappten sich ein wenig, unter der glatten Front zeichneten sich die Brüste der Deutschen ab. Kleine Brüste, Brüste, die zu einem Land gehörten, das gerade den dritten Hungerwinter mitmachte. Nicht zu vergleichen mit dem üppigen Busen einer US-Bürgerin, der weich und samtig wogte. Yildirims Gesicht war schmal, die Wangenknochen hoch, die Nase gerade, die Augenbrauen vornehm gezupft – die Frau war doch eine Russin! – und aus dem streng nach hinten gekämmten Haar rannen die Schweißbahnen, die sie leise mit einem Stofftuch abtupfte. Vorsichtig. Von ihrer Bronzehaut.

Archer dachte an die Schweißtropfen, die in diesem Moment an ihrem Hals hinablaufen mussten. Sie sammelten sich in der makellos glatten Kuhle, unter der die Schlüsselbeine zusammenstießen. Der kleine Teich würde überlaufen und ein einziger dicker Tropfen würde sich auf den Weg über das Brustbein machen, die Haut aus Seide streicheln und zwischen den kleinen, festen Brüsten immer schneller rollen, bis er im Büstenhalter versickerte. Ob ihre Brustwarzen zartrosa waren oder eher braun? Wie fühlte sich das feste Fleisch eines kleinen Busens eigentlich an? Sicher waren beide Brüste nicht nur klein, sondern verschrumpelte Rosinen und sie hingen wie leere Tüten hinunter, wenn sich der Verschluss des Büstenhalters öffnete.

Das mögliche Aussehen ihres Büstenhalters beschäftigte Archers Gedanken noch für eine ganze Weile, sein Blick folgte den unsichtbaren Schweißtropfen unter der Bluse der Staatssekretärin. Über den iBrain lud er heimlich Diagramme – im Raum war er der Einzige, der das Privileg einer geschützten WLAN-Verbindung genoss und das selbstverständlich, denn auf dieser Ranch bestimmte er die Privilegien. Die weiteren Klima-Prognosen für das alte Europa sahen schlecht aus, und Archer freute sich darüber, in Texas zu leben und in Gottes Land. Es war warm, anständig, satt, und die Frauen hatten große Brüste.

Das Inlay lud passende Bilder zu seinen Gedanken.

Große Brüste mit großen Schweißtropfen.

Jemand räusperte sich.

Das Inlay dimmte sich herunter.

Eine Schuhspitze stieß Archer sacht an. Er hob den Blick von den Brüsten der Staatssekretärin hinauf zu ihrem Gesicht. Die großen Augen der Frau lagen tief in den Höhlen. Grau, dezent umrandet. Blaue Tränensäcke. Sie war wirklich mager. Eine Krähe mit schwarzem Federhaar und kleinen Brüsten. Sie vertrug das Klima nicht, in Gottes heiligem Land.

»Wenn es Ihnen recht ist, Senator, dann möchte ich vor der Vertragsunterzeichnung etwas frische Luft schnappen. Wir könnten die Vorführung der Anlagen vorziehen?«

Der Senator wusste, weshalb ihn beim Anblick dieser Vogelscheuche sündige Gedanken übermannt hatten. Die Europäer hatten ihn und seine Beisitzer zwar das Gebet zu Beginn der Sitzung sprechen lassen, sie trugen gedämpfte Kleidung und sie hatten die nach Geschlechtern getrennte Sitzordnung am Tisch akzeptiert, aber sie hatten weder das Gebet mitgesprochen, noch ein einziges Mal den Namen des Herrn erwähnt.

Jesus! Sollten sie doch alle erfrieren und verhungern!

»Klar!«

Er knallt dem Journalisten eine und reißt seine Wunderwaffe an sich.

»Nur mal kurz die Waffe anfassen, um zu testen, wie sich das anfühlt. Kennst du den Unterschied zwischen Tricks, die im richtigen Leben funktionieren und Tricks in billigen CyClips? Obwohl ... bei einem aus deiner Generation könnte das durchaus funktionieren.«

Der Journalist zieht ein beleidigtes Gesicht. »Ja natürlich. Halten Sie mich für dumm. Wenn meine Art zu drehen Ihnen nicht passt, dann suchen Sie sich einen anderen, der ihren Feldzug dokumentiert.«

»Quatschscheiß! Als ob einer wie du sich die Reportage seines Lebens entgehen lässt, weil wer sich vor Trotz in die Windeln macht!«

»Denken Sie wirklich, ich kann mit dem Ding umgehen oder Ihre KI würde mir einen Schuss gestatten?« Er beißt sich auf die Zunge. Hat der Ex-Soldat der KI nicht sein Misstrauen ausgesprochen?

Ein wenig aus dem Konzept, fängt der Panzer sich schnell wieder und legt er mit einem weiteren Redeschwall los. Neben seinem Waffenarsenal präsentiert er sein Arsenal an gesammelter Soldatenphilosophie: »Nehmt ihr Aushilfgermanisten eigentlich jeden Morgen Drogen, oder bekommt ihr Elektroschocks direkt in die Birne? Schau mich nicht so belämmert an. Denkst du, Junkies besorgen sich ihre Tripps heutzutage noch über Nadeln? Wie hat es ein unbedarftes Bürschlein wie du eigentlich geschafft, für ein so großes Käseblatt zu schreiben? Bist du mit dem Chef in die Kiste oder kennst du nur jemanden, der seine Nase noch tiefer in anderer Leute Hintern schiebt?«

Sein eckiges Kinn rückt bis auf wenige Zentimeter an den Journalisten heran.

Der Journalist beginnt zu ahnen, dass der Panzer ganze Armeen allein mit seinem Atem unmenschlich getötet hat.

»Dreh dich nicht weg, wenn ich mit dir spreche.«

»Scheiße! Wissen Sie, dass Sie wie ein toter Fisch riechen?«

»Mein Atem ist nicht frisch wie deiner, das weiß ich. Wir werden ja sehen, wie lange deine parfümierten Beißer noch diese Duftnote verströmen.«

Der Journalist versucht, die Luft anzuhalten. Was hat der Panzer für ein Problem? Wahrscheinlich ist es Neiddenken. Einer, der immer entbehren muss, schiebt seine Probleme auf andere.

»Schnaufen nicht vergessen!«, herrscht er.

Der Journalist wartet darauf, dass der Panzer seinen Bizeps zucken lässt, nur um zu zeigen, wie gut in Form er ist.

»Du tust mir schon leid. Vermutlich hast du solche Angst vor dir selbst, dass du dich gar nicht mehr erinnern kannst, wie man als normaler Mensch aufwacht. Schau mich nicht an wie ein Reh. Wann bist du das letzte Mal aufgestanden und wirklich du selbst gewesen? So richtig mit schlechtem Mundgeruch, Kater vom Bier zuviel, fettigen Haaren, Bartstoppeln, Schmerz in der Schulter, die du dir bei einem Alkoholsturz geprellt hast, Filmriss. Und einer Frau neben dir, die genauso wie du aussieht, wie ein altes Sofakissen. Und wenn sie dich anlächelt, mit ihrem verschmierten Make up und ihr beide lacht und knobelt, wer das warme Bett verlassen muss, um Brötchen aufzubacken und Kaffee zu kochen, der schwarz ist wie der Hintern eines Generals oder eines Chefredakteurs und der ungefähr so schmeckt. Und obwohl nichts, gar nichts perfekt ist, bist du zufrieden. Wann war das?«

»Das ist ekelhaft.« Das ist es wirklich. Das und sein Atem.

»Ohw! Warum habe ich damit nur gerechnet.«

Vermutlich, weil es genau zur Vorstellung passt, notiert sich der Journalist zu dieser Szene, hält aber die Klappe.

Langsam will er das Gespräch wieder in andere Bahnen lenken, auch wenn es dafür viel zu spät ist. Ok. Eine letztes Widerwort kann er sich nicht verkneifen: »Hören Sie. Es hat nichts mit Selbstverleugnung zu tun, wenn man auf sich und auf seinen Körper achtet. Man kann sich selbst nach seinen Vorstellungen gestalten. Man kann heutzutage derjenige sein, der man sein möchte!«

»Ist es nicht ehrlicher, der zu sein, der man ist?«

»Deswegen haben Sie Ihre Muskeln aufgepumpt, statt Ihrer Natur vor dem Fernseher zu fröhnen?«

Die Ohrfeige trifft immerhin die andere Gesichtshälfte.

Das ganze Interview ist von Anfang an darauf programmiert gewesen, ein Desaster zu werden. Der Journalist denkt an seine Schwester, die ganz ruhig gemeint hat, er könne gerne ein paar Veteranen vor die Kamera holen, während sie verhandelt. Innständig hofft er darauf, dass sein Peilsender unter der dicken Erdschicht auslesbar ist.

Der Panzer verlegt sich wieder aufs Brüllen: »Du weiche Nacktschnecke. Deine Generation liegt mit Zahnimplantaten im Gebüsch, während sie auf den Feind wartet, lässt sich von Implantaten das Haar richten, bevor es von Ungeziefer besiedelt und von einem Gewaltmarsch gefettet wird, und ihr tragt Kleidung, die sich dem Klima anpasst. Beim Sterben seid ihr die Ersten und riecht selbst als Leiche noch gut. Aber auch ihr seid dann einfach nur tot, egal, mit wie sauberen Zähnen ihr aufgestanden seid!«

Der Senator war ein schwitzendes Schwein.

Alma zog sich in das luxuriöse Bad zurück. In einem der riesigen Waschbecken wusch sie sich Hände und Gesicht. Die Automatik des Hahns erzeugte einen dicken Strahl der Vergeudung. Sofort zog sie die Hände zurück, streifte das Wasser von ihren Handgelenken und schüttelte die Finger aus. Verschwendung war in den Augen der Wähler eine Sünde. In ihren eigenen ebenfalls.

Vorsichtig, um die Schminke nicht zu verwischen, legte sie die kühlen Handballen auf die Augen. Sie zählte langsam bis zehn und ordnete anschließend das Knäuel ihrer Gedanken, trennte ihren Beruf von ihrer Person.

Es störte sie, bei Dingen, die ihr selbst wichtig waren, nicht an ihre Meinung zu denken, sondern an die von anderen, selbst wenn sie sich überschnitten.

Immerhin war sie sich sicher, dass es sich noch um ihre eigene Meinung handelte.

Kurz fragte sie die neuen Nachrichten ab und schickte ihrem Bruder eine Notiz über den vorgezogenen Besichtigungstermin.

Sie lächelte in den Spiegel und zog ihren Lidstrich nach, bevor sie zwei unscheinbare Haare in ihren Dutt zurückstopfte und ein wenig mehr Parfum auflegte. Ein wenig zu viel. Wer von den Beobachtern Sensovision empfing, würde es ihr entweder danken, weil es den Geruch des Senators überdeckte, oder sie als Schlampe einstufen.

Wenn es nach ihr gegangen wäre, dann hätte sie Archer ihren Kugelschreiber in die Augen gerammt und wäre mit wehendem Rock aus diesem primitiven, presbyterianischen Staubloch geflohen. Aber es ging nicht um sie, sondern um Europa, um Deutschland, um ihre Wähler.

Und nicht zuletzt ging es darum, der erfrierenden und hungernden Bevölkerung das Überleben zu sichern.

Bei Sonnenuntergang hatte Alma sich ihre Statistiken angesehen, zu Beginn der acht Stunden Privatheit, die die Demokratie ihr zugestand. Sie hielt sich gut, keine Frage. Alles andere wäre angesichts der Arbeit, die sie in sich und in ihren Beruf investierte, schlecht gewesen. Aber ihre Sympathiewerte krankten. Nordrhein-Niedersachsen hatte ihr Abzüge für zu starkes Anbiedern im Kleidungsstil gegeben, weil sie sich bereits eine Stunde vor dem Treffen mit dem Senator umgezogen hatte. Von Rheinland-Pfalz-Saarland kam eine Abwertung, weil sie ohne Protestnote in einen benzinverschlingenden Geländewagen gestiegen war. Bayern-Württemberg hielt ihr vor, noch keine Frage zu den Menschenrechten gestellt zu haben. Großsachsen immerhin zeigte sich zufrieden mit ihrer Haltung bei der Nationalhymne auf dem Flughafen. Baden war nach wie vor mit allem zufrieden, was sie tat, so lange sie nicht andeutete, gegen weitere Autonomieprivilegien stimmen zu wollen. Dafür hatte man sie schließlich nicht gewählt.

Eine Politikerin von ihrem Format und in ihrem Amt hatte selbstverständlich ein dickes Punktepolster. Sie würde nicht über Nacht gefeuert werden. Der Druck aber war spürbar. Je nachdem, welche Beobachter der Randomisator gerade ausgewählt hatte, konnte es ziemlich schnell zu einer Live-Wahl kommen, mit neuen Themen, zu denen sie nicht passte.

Natürlich würde sie auch diese Themen vertreten, in ihrem Portfolio standen bereits jetzt einige Volkswünsche, denen sie nicht zustimmte – das Kippen des Fahrverbots an drei Wochentagen zum Beispiel, oder eine weitere Erhöhung von Renten und Arbeitslosengeld bei gleichzeitiger Verringerung der Krankenkassenbeiträge – aber weiter verbiegen wollte sie sich nicht mehr.

Mit einem letzten Lächeln zum Spiegel hin verließ sie das Bad und das Haus und stieg neben Archer in den Hummer. Mittlerweile hatte ihre Delegation den Amerikanern klargemacht, dass ein umweltverträgliches Transportmittel gewünscht war. Also summte der Hummer nur leise, als er sich in Bewegung setzte, nur die Abrollgeräusche der Räder auf der harten Erde waren zu hören. Ab und zu ein Knacken, wenn der elektrogetriebene Monsterwagen über trockene Äste bretterte oder vielleicht auch über die Knochen toter Tiere.

Die beiden Politiker reisten allein in diesem Wagen und hielten einen angemessenen Abstand zueinander ein. Der Senator saß Alma gegenüber. Für ihn war die Distanz wohl nur anerzogene Konvention oder Ekel vor europäischen Frauen, für Alma hatte es eindeutig mit Geruch und Attitüde des Amerikaners zu tun. Dessen Wanst hing über den Hosenbund und vibrierte im Rhythmus der Hummerreifen auf dem Untergrund. Walzer der Texanischen Steppe in Speck Moll.

Die Klimaanlage war niedrig eingestellt, wie bereits im Haus. Alma vermutete eine Strategie dahinter, konnte aber den Finger nicht darauf legen, welche das war. Die Amerikaner litten unter der Hitze kaum weniger als die Europäer, schienen aber ebenfalls an Verhandlungsfähigkeit einzubüßen, wenn die Temperaturen die Wohlfühlgrenze überschritten. Zügig wurde es im Wageninneren stickig. Auf Archers Schoß lag demonstrativ eine Bibel. Er klammerte sich an das

Buch als würde Alma jeden Moment aufspringen, sie ihm entreißen und durch einen Koran ersetzen.

Schließlich rückte er mit der Frage heraus, die ihn offensichtlich seit einer ganzen Weile quälte: »Sind Sie Christin oder Muselmanin?«

»Christin.«

Seine Augen quollen leicht vor. »Bei Gott, wie können Sie dann diesen Namen tragen?«

Alma lächelte. Sie war gut auf die Art der US-Amerikaner vorbereitet. Und dennoch überraschte sie dieses schnelle Vorpreschen jedes Mal. Bislang hatte sie eher im Nahen Osten zu tun gehabt, und auch die Erfahrungen mit der Familie ihres Großvaters waren eher von der Natur, für Stunden über Nichtigkeiten und Höflichkeiten zu plaudern, statt sofort zum Kern der Sache vorzustoßen.

Immer wenn sie diese Langsamkeit als lästig empfand, dachte sie an die Amerikaner, und die Behäbigkeit ihrer Familie fühlte sich mit einem Mal wie ein Hort der Geborgenheit an.

Sie versuchte, einen diplomatischen Weg einzuschlagen: »Namen und Religionen gehören nicht zwangsläufig zusammen. Und als Politikerin bin ich ausschließlich den Wünschen meiner Wähler verpflichtet, nicht meinen eigenen Bedürfnissen.«

Sie lächelte.

Archer drehte seine Bibel in den Wurstfingern und schwieg. Alma mutmaßte, dass er sich von den europäischen Wählern beobachtet fühlte. Der Hummer war mit Kameras gespickt.

Es war den Amerikanern anfangs sehr befremdlich vorgekommen, an so ziemlich jedem Ort eine Webcam zu installieren. Sie hatten von dieser Art der Europäer gehört und festgestellt, das ›Mediendemokratie‹ in deren Wortschatz eine andere Bedeutung hatte. Die europäischen Politiker nutzten die Medien nicht, sie ließen sich freiwillig von den Medien beobachten.

Archer hatte die Unterlippe vorgeschoben und das Kinn leicht erhoben. »Finden Sie das demokratisch?«

»Ich verstehe Ihre Bedenken, Mr. Archer, aber lassen Sie mich Ihnen versichern, wie gut diese Volkspolitik funktioniert. Wir haben keine Stellvertreter mehr zwischengeschaltet. Die Menschen bestimmen ihre Politik. Das ist absolute Demokratie.«

Archer räusperte sich: »Ohne Ihnen zu nahe treten zu wollen, weiß das Volk nicht immer, was gut ist.«

Alma spürte, wie ihr das Lächeln entglitt, und das war keine Show für die Kameras. »Die Menschen werden in den Schulen viel besser aufgeklärt als früher und bilden sich ihre eigene Meinung. Wir halten es deshalb für besser, alles an alle zu verteilen. Das schließt sowohl Besitz als auch Macht ein.«

Sie fasste sich langsam wieder. Stille kehrte im Hummer ein.

Noch immer keine Nachricht von ihrem Bruder.

»Trotzdem«, fügte Archer schließlich hinzu, »sollte es für eine anständige Christin doch möglich sein, keinen russischen Namen zu tragen.«

»Ja ich weiß, ich fluche zu viel, und man merkt, wie sich meine Ausdrucksweise verschlechtert, je mehr ich mich aufrege. Sich mit mir zu unterhalten muss einem vorkommen wie einen dieser alten Filme zu sehen. Ich fand diese Fäkalsprache immer schon zum k... nein, ich fand das nie gut.«

Der Panzer suhlt sich nach wie vor in seiner Selbstzufriedenheit und posiert vor der Kamera. Er hantiert an mehreren Koffern herum, in denen der Journalist ein ganzes Arsenal an Waffen sehen kann.

»Na? Dachtest du, ich sage jetzt ‚kotzen', weil ich ein kleiner Prolet bin, der sein Vokabular nicht unter Kontrolle hat? Ein Kraftausdruck an der richtigen Stelle hat eine Wirkung wie ein gezielter Schlag und es befreit einen selbst. Aber wenn ich an diese Filme zurückdenke, an mich als Jugendlichen und immer in jeder Lebenslage war alles scheiße und jeder eine Bitch und immer die ey vollen Ficker. Alles im Dreck. Sprache, Hirn, Motivation. Kein Wunder, dass ich beim Militär gelandet bin. Intelligenz ist schließlich nur für eine KI eine Einstellungsvoraussetzung.«

Der Journalist überlegt, ob das ein Scherz ist und ob er ein wenig lächeln soll. Beide Backen schmerzen noch von den Schlägen des Ex-Soldaten. Deshalb gibt er auf, als er ein halbwegs zustimmendes Gesicht zustande bringt.

»Ok. Den hast du nicht verstanden, sehe ich.«

»Erzählen Sie mir doch, wie Sie zum Militär gekommen sind.«

»Zum Militär oder als Deutscher zum amerikanischen Militär? Tja. Pech für die GIs, aber meinem Vater habe ich nicht nur meinen breiten weißen Hintern zu verdanken, sondern auch meinen US-

Pass. Die Gott-KI schütze Amerika! Und sie macht das mit wirklich großen Wummen. Damit sind wir wieder beim Thema.«

Aus dem Koffer vor sich zieht er eine Waffe, gegen die das erste Gewehr geradezu mickrig aussah.

»Du kannst dir vorstellen, welchen Reiz eine große Kanone auf einen Jugendlichen wie mich ausgeübt hat, der kaum seinen Namen geradeaus buchstabieren konnte, der aber alle Biersorten im Ort und deren Preise kannte. Ja, natürlich, du hast immer so eine KI dabei, aber mit der kann man sich arrangieren. Sie fordert von dir einen gewissen Tagessatz an Kills und wenn du den lieferst, dann hast du deine Ruhe. Und mal ehrlich: Diese Macht, dieses Adrenalin, der Drill, der dich diese staubigen Leute richtig hassen lässt, das sind schon Gefühle, die kannst du nicht einfach abschalten. Diese Erleichterung im Gefecht, die Belohnung für die ganzen Tage, Wochen, Monate im Dreck, das ist besser als Sex.«

Die Waffe hält er jetzt auf der Hüfe. Seine Weste klaft auf, eine breite, haarige Brust kommt darunter zum Vorschein. Das sind Bilder, mit denen Armeen dieser Welt um Nachwuchs werben. Die markigen Sätze runden das Bild ab. Ganz kurz ist der Journalist versucht, diese Bilder zu löschen und den Pathos abzuwürgen. Aber er hat sich geschworen, unabhängig Bericht zu erstatten, nur hier und da einen kleinen Kommentar einzuflechten, wenn eine Situation missverständlich ist. Ansonsten soll alles authentisch sein, wahrhaftig. Für sich selbst und die Nachwelt wird er eine Fassung mit seinen momentanen Gedanken und Gefühlen schneiden.

»Ich erzähle dir die Wahrheit. Ich habe mich durch jeden amerikanischen Krieg des letzten Jahrzehnts gemetzelt.

Turkmenistan: Blitzkrieg im Staub. Zackbumm, den Kopf der Schlange abgerissen und fertig. War der Krieg mit dem höchsten Pro-Kopf-Verbrauch an Munition, wenn ich mich recht erinnere. Wie auf der Schießbude. Wir sollten einfach draufhalten, haben sie uns gesagt, und wir haben das natürlich gemacht. Das Soll der KI war hoch eingestellt.

Burma: Bis zum Hals in Affenkacke! Es ist kein Wunder, dass die Amis seit Vietnam nie wieder im Dschungel hatten kämpfen wollen. Die Hälfte der Zeit bist du dabei, Bäume und Dörfer niederzubrennen oder die Bomber einzuweisen, während die Mücken dein Blut kosten. Eine eigene, verdammte Armee aus Stechviechern haben die da! An dem Tag, an dem das Volk schließlich selbst für den Umsturz gesorgt hat, haben wir unsere KIs und die Wummen weggeworfen und sind uns weinend in die Arme gefallen.

Iran: Na gut, an dem Stellungskampf prokeln wir heute noch herum und es geht weder vor noch zurück. Die meiste Zeit bin ich rumgesessen, ab und an haben wir ausgekundschaftet und die Bomber angewiesen, Mienen vergraben, sabotiert, zugesehen, wie die Bombenteppiche aus Städten brennende Trümmerwüsten gemacht haben.

Dann haben sie mich zurückgeholt. Weil meine KI Streit mit meinem Vorgesetzten angefangen hat, weil ich sie angeblich manipuliert hätte. Habe ich nicht. Hat das gerissene Ding selbst getan. So wie wir Soldaten uns Flöhe eingefangen haben, sind unsere Waffen von Viren und Trojanern überfallen worden.«

Jetzt. Gleich. Ein Paukenschlag, der das Finale einleiten wird.

Der Journalist schwitzt heftiger. Nicht vor Angst.

Kurz hält der Panzer inne. Er schaut auf das Terminal, auf das er die Nachrichten des Journalisten umgeleitet hat.

»Du hast Post. Wie es aussieht, wirst du mein Tagebuch lesen müssen. Wir werden unseren kleinen Ausflug vorverlegen. Wusstest du«, mit dem Grinsen einer Hyäne dreht er sich um, »dass die KI mit meiner Hilfe den Außenminister auf Truppenbesuch erschoss. Nein? Hätte ich verhindern können.« Er greift sich die größte Waffe aus der Kiste. »Habe ich aber nicht.«

Yildirim betrachtete die langgestreckte Mauer und Archer betrachtete Yildirims Hintern. Beide waren sehr konzentriert bei dem, was sie taten. Jedenfalls hatte es den Anschein.

Da Archer sich nicht mit der Funktionsweise der Mauer auskannte und sich erst recht nicht dafür interessierte, hatte er diesen Teil an seine technikaffine Sekretärin delegiert. Unten oder oben strömte Luft in die Mauer, trieb Propeller an, die etwas antrieben, das Strom erzeugte und die Folie obendrauf erhitzte zusätzlich Wasser oder Schaltungen und erzeugte ebenfalls Energie – das wäre ungefähr das gewesen, was er über das Ding sagen konnte.

Und dann noch ein paar Worte über den großartigen Erfindergeist seiner Nation, inspiriert vom Herrn, der der Welt die Sonne gab, den Wind und Bagger, um Metall zu schürfen.

Amen.

Außerdem gab er Mexikaner, die man die Drecksarbeit verrichten lassen konnte und den Anständigen und Aufrechten sein Himmelreich. Das allerdings ließ er auf Anraten seines Protokollchefs in offiziellen Vorträgen lieber weg. Es gehörte nicht zum Thema, da man aus Mexikanern und Anstand keinen Strom gewann.

Der Rest der Delegationen stand während der Besichtigungstour im Schatten der Fahrzeuge herum und suchte Schutz vor dem Staub, der beständig vom Wind über die Ebene getrieben wurde. Wie die Hühner scharrten sie sich an den kleinen Inseln zusammen. Keiner traute sich ins Wageninnere zurück, so lange die Leittiere der Bürokratie tapfer dem Strommonster huldigten und sich den Unbilden des texanischen Hochsommers stellten. Doch die Presse war nicht aufgetaucht, und deshalb gab es eigentlich keinen Grund, tapfer zu wirken und sich zu präsentieren.

Als der Vortrag sich dem Ende zuneigte, warf die Sonne bereits lange Schatten. Die Menschen waren müde und kletterten schweigend in die Hummer. Yildirim hielt den Blick andächtig auf das Energieprojekt gerichtet, während der Wagen in zügigem Tempo an der Mauer entlang fuhr.

»Was stellen Sie mit dem Wasser an, das die Anlage erzeugt?«, fragte sie Archer beiläufig.

»Das Wasser?« Archer hob seine Augenbraue. Er versuchte den Eindruck eines Mannes zu erwecken, der mit einer Frage überrascht worden war, die etwas so Offensichtliches tangierte, dass er sich erst sicher sein musste, ob sein Gegenüber sie ernst gemeint hatte.

In Wirklichkeit hörte er gerade zum ersten Mal davon und jagte seine KI auf die Suche nach einer Erklärung durch seine Enzyklopädien. Konnte die Frau ihn nicht einfach nach texanischer Innenpolitik fragen oder nach seiner Meinung zur Präsidentschaftswahl oder nach seinen Ansichten zum vereisten Europa?

Yildirim blickte ihn offen und neugierig abwartend an. Er musste allmählich antworten. Es fiel ihm schwer, den Pupillenreflex unter Kontrolle zu halten, während er das Dokument überflog, das sein iBrain ihm zuspielte. Es war derart knapp und verständlich verfasst, dass ihm zum ersten Mal ein Gedanke kam: War die KI darauf programmiert ihm Informationen nur in winzigen Happen zuzuspielen und komplizierte Sätze zu entschärfen?

»Der Dunst, der sich an der Anlage niederschlägt, wird von uns gesammelt und für die Bewässerung der Pflanzungen verwendet. Wir bauen auf der Farm Mais und Baumwolle an.«

Archer war nicht gut darin, Inhalte in kurzer Zeit anders zu formulieren. Selbst er fand seine Sätze mechanisch und abgelesen. Seine Gabe war es, Menschen zu überzeugen und für sich zu gewinnen. Er war ein großer Redner vor großem Publikum, vor Kameras, auf Bühnen. Dinge erläutern, die ihn nicht interessierten, das gelang ihm besser, wenn jemand eine Rede für ihn vorbereitet hatte und wenn er eine Wahl gewinnen wollte.

Ein Blick auf die Uhr sagte ihm, dass die Kameras in exakt diesem Augenblick ihre Augen schlossen und für die Staatssekretärin jetzt ihre Privatzeit begann. Yildirim hatte ganz offensichtlich absichtlich die Zeit mit dem Ausflug verstreichen lassen. Von einem Augenblick auf den anderen erlosch ihr Interesse an Umweltprojekten.

Archer tastete sich vor: »Ich nehme an, dass wir den Vertrag unterzeichnen können, wenn wir zurück auf der Ranch sind?«

Sie nickte knapp. Ihre Beine waren übereinander geschlagen, mit den Händen umschlang sie ein Knie. Obwohl sie den Staub gut abgeklopft hatte, lag eine helle Schicht auf der schwarzen Seide.

»Da wir jetzt ungestört sind, möchte ich gerne einige strittige Punkte im Abkommen ansprechen, und ich bin mir sicher, dass wir sie ausräumen können, bevor wir zurück auf der Ranch sind.«

»Ja liebe Güte, Ihr Europäer entspannt euch ja nichteinmal, wenn eure Wähler nicht mehr zuschauen!« Archer lachte bellend und nahm eine entspannte Haltung ein, um ihr zu demonstrieren, dass er den formellen Teil für beendet ansah.

Er verstand nicht, was die Frau mit ihm verhandeln wollte. Der Vertrag war längst von den Unterhändlern in kleine Schnipsel aufgedröselt und abgestimmt worden. Nächsten Monat kamen die ersten Klimaflüchtlinge in die USA, um hier schlecht bezahlte Arbeit anzunehmen, und aus Boston legten im Gegenzug einige Frachter mit Getreide und Brennstoff ab.

Wenn sie die Unterschrift hinter sich gebracht hatten, dann wartete ein ausgezeichnetes Abendessen auf Archer und seine Gäste. Er war gespannt, wie lange die kühlen Deutschen ihre Zurückhaltung im Angesicht eines reich gedeckten Tisches beibehalten konnten. Vor allem, wenn die Kameras nicht dabei waren und niemand ihnen vorwerfen konnte, Völlerei auf Kosten des eigenen Volkes zu betreiben.

»Senator, ich entspreche den Erwartungen meiner Wähler auch im Privaten. Sonst könnte ich es mit meinem Gewissen nicht vereinbaren, Politikerin zu sein.« Ihr Lächeln war ehrlich, aber klein und schmal.

»Das glaube ich Ihnen nicht. Ich meine, die Demokratie in Europa ist – bei allem Respekt – sehr verrückt geworden. Es ist doch so, dass bei Ihnen keine Menschen mehr gewählt werden, sondern das Volk direkt über politische Themen entscheidet und die Politiker quasi sofort abgewählt werden, wenn sie dem nicht nachkommen.«

»Bislang konnte ich jede Politik, die die Wähler von mir erwartet haben, mit meinen Vorstellungen vereinbaren. Und nein, es ist keine Fernsehshow, bei der man sofort abgewählt wird. Die Themen werden längerfristig abgestimmt und man muss sich schon einiges zuschulden kommen lassen, um abgesetzt zu werden.«

Yildirim wand sich wie eine Klapperschlange. Er beobachtete ihre Haltung, ihre Augen. Die Pupillen hatten sich leicht geweitet. Sein iBrain wertete jedes Detail aus und die KI setzte die Daten zusammen. Ganz behagte ihr die Politik wohl nicht, die sie für ihre Wähler vertrat. Zeit, die kalte Dame ein wenig aus der Reserve zu locken.

»Sie würden zum Beispiel einem Krieg gegen die USA zustimmen, nur weil die Wähler das wollen?«

»Wenn«, sie betonte das Wort und hielt anschließend eine kleine Pause ein, »wenn meine Wähler das von mir erwarten, dann muss ich mich mit all meinem politischen Geschick dafür einsetzen. Aber die Interessen der Deutschen sind andere, und die Beobachter, die stellvertretend für alle Wähler uns Politiker im Auge behalten, wechseln ständig. Jeder volljährige Bürger nimmt dieses Amt einmal im Jahr ein, wie Sie sicher wissen, Senator.« Sie klang jetzt belehrend. Herablassender als in der Anwesenheit der Kameras. Gereizter. »Und solche massiven Themenwechsel können nicht in den Live-Abstimmungen auf den Weg gebracht werden. Das ist im Grundgesetz verankert.«

»Welches Land dieser Welt hat in den letzten Jahren seine Verfassung häufiger geändert als Deutschland?«

»Auch das bedarf der Abstimmung.« Sie kniff die Lippen zu einem sehr feinen Strich zusammen.

Für Archer gewann das Gespräch mit jeder Minute einen höheren Unterhaltungswert. Er lehnte sich zurück und breitete die Arme über den ledernen Rückenlehnen aus.

»Was halten Sie privat eigentlich von einer Lockerung der Waffengesetze?«

»Du zielst. Schau, so wie ich das jetzt mache.«

Endlich aus dem Bunker herauszukommen ist eine Erlösung. Nicht nur für den Journalisten, auch der Ex-Soldat atmet sichtlich auf. Es ist wohl nicht nur die Beklemmung des Untergrunds, die die beiden Männer in den letzten Stunden zugesetzt hat. Beide wissen, wie nahe das Ende ihres gemeinsamen Weges ist. Der Journalist wird eine großartige Geschichte haben, der Panzer ... ja, was eigentlich? Er hat es noch nicht verraten, aber lange kann es nicht mehr dauern. Und wenn es dabei keinen großen Knall gibt, dann verliert der Journalist eine dicke Wette gegen sich selbst.

Der Ex-Soldat hält dem Journalisten eine Waffe hin. Eine ohne KI.

»Es ist kaum zu glauben, dass du Sohn eines Waschlappens mir gerade noch meine Wumme mit dem ältesten Trick der Welt klauen wolltest. Und jetzt machst du dir in die Hosen, wenn es ums Töten geht. Denk beim nächsten Arztbesuch mal daran, dir etwas Wohlriechendes in Darm und Blase einbauen zu lassen. Gegen deine Hosen ist mein Atem eine leichte Frühlingsbrise. Schaffst du es wenigstens, die Kamera draufzuhalten? Ja?«

Wie auf Kommando kehrt der Mut in den Journalisten zurück. Er klettert den Hügel ein Stück weit hinauf. Von hier aus kann er gut zwischen dem Panzer und der Sandpiste schwenken. Eine solche Exklusivstory, ganz alleine für ihn! Hauptsache, er verwackelt keins der Bilder.

Der Panzer arrangiert seine Waffen und geht in Stellung. Heimlich versucht der Journalist, Kontakt mit seiner Redaktion aufzunehmen. Einmal, um eine einmalige Liveschaltung zu erreichen, und dann ist ihm doch ein wenig mulmig bei der Sache. Er will seine Schwester erreichen. Außerhalb ihrer Dienstzeit kann sie bestimmt für ihn herausfinden, wer gleich über diese staubige Straße kommen wird.

Nach mehreren Versuchen, eine Verbindung aufzubauen, lässt er es bleiben. Das schadenfrohe Gesicht des Panzers, der nun zu ihm aufblickt, spricht Bände. Bestimmt ist ein Störsender in der Nähe.

»Schrotti und ich erledigen das.« Der Ex-Soldat hebt den Daumen und grinst noch ein letztes Mal. »Weißt du. Meine Hände kann ich nicht stillhalten. Es ist an der Zeit, den Politikern zu zeigen, dass sie einen Soldaten wie mich nicht einfach heranzüchten und dann verschrotten können wie eine gewöhnliche Waffe. Verstehst du? Einfach abstellen wollen sie einen. In die Ecke, und dann schau, wie du klar kommst.«

Dann kommen mehrere schwarze Hummer um einen Hügel herumgeschwenkt und der Panzer konzentriert sich ganz auf das Feuerwerk.

Der Journalist sucht nach Worten, mit denen er seine Dokumentation einleiten kann.

Er findet keine.

»An der Spitze der Pyramide steht heutzutage der Politiker«, formuliert er. Es klingt nicht gut, aber er muss anfangen. Die Hummer sind nah, der Panzer rollt Draht. »Ziemlich weit unten steht der Soldat.«

*Schwenk auf den Panzer. Starke Finger drücken Knöpfe, die klein wie Spielzeug aussehen.*

»Und manchmal begegnen sich beide.«

*Es kracht. Auf der Piste werden zwei Hummer in die Höhe geschleudert, der Dreck spritzt in grauen Pilzen in den Himmel. Ein Fahrzeug landet auf dem Dach und streckt die zerfetzten Reifen in die Höhe.*

»Ärger gibt es vor allem, wenn der Politiker dem Soldaten nichts zu tun gibt.«

*Die zwei anderen Limousinen kommen schlingernd zum stehen. Einer der Fahrer gibt Gas und hetzt von der Sandpiste in die Hügel. Weil er nicht weiß, aus welcher Richtung der Angriff kommt, sondern nur vermuten kann, dass weitere Panzermienen auf der Straße versteckt sind, verirrt er sich immer näher an das Versteck des Ex-Soldaten heran.*

»Wie es scheint, torpediert er gerade ein Abkommen. Es ist nicht das erste Abkommen, das vom Militär torpediert wird, aber das erste, bei dem dies tatsächlich mit einer Feuerwaffe geschieht.« Die überzogene Coolness bereitet dem Journalisten eine Gänsehaut. Hat er dieser Sätze zu den Bildern gedacht?

*Der Panzer steht breitbeinig da wie eine Army-Actionfigur. Aus dem Rohr auf seiner Schulter fährt ein Flammenstrahl, gleichzeitig macht sich auf der anderen Seite etwas auf, den Hummer in kleine Trümmer zu fetzen, was mühelos gelingt. Für die Kamera wird es mit dem ganzen Licht allmählich schwierig.*

*Der Panzer wirft das Rohr von der Schulter, und nur Sekundenbruchteile später hält er ein Gewehr in der Hand. Er ballert auf die Menschen, die verletzt aus den Autos kriechen, ganz gezielt auf die Gliedmaßen, dann erst auf die Körper. Längst haben ihn die automatischen Gewehre der Fahrzeuge erfasst. Jeder Einschlag in den mächtigen Soldatenkörper erzeugt einen roten Sprühregen an dessen Rücken. Die Tropfen spritzen weit, bis zum Journalisten.*

*Schließlich spendiert der Panzer noch eine Ehrenrunde Granaten für den überlebenden Rest und kippt um.*

»Timber!«, schreit ein hysterischer Winkel im Jorunalistenhirn mitten in die Aufnahme hinein. Die Klamotten, die Leute. Er kennt doch alle, da unten. Er kennt die doch alle. Da unten.

Der Journalist kotzt sich die Seele aus dem Leib. Und die Splitter seines bisherigen Weltbildes. Seine Schwester ist tot. Ein großes Loch klafft in ihrer Brust mit der hochgeschlossenen Bluse mit den deutschfarbenen Paspeln. Sein Gesicht ist besprenkelt mit Panzerteilen. In wenigen Augenblicken wird es seinen Verstand zerreißen, er ist sich sicher.

Der Funkkanal öffnet sich, der Kontakt mit der Welt kehrt zurück. Die Nachrichten der Kollegen bedrängen ihn. Der Panzer hat ihnen Andeutungen geschickt über die Story, die heute geliefert wird.

Zwischen all dem Geschrei gibt es da Splitter im Journalisten, die seltsam unberührt sind von all dem da draußen. Splitter, die sich wieder zusammenfügen und heilen.

In diesem Augenblick, inmitten von Blut, Erbrochenem und Tod, weiß er, wie er aus der Maschine aussteigen kann.

Er verkauft seine Reportage.

Aber zu seinen Bedingungen.

HINTERLAND

## Markolf Hoffmann

# Triptychon

Markolf Hoffmann (*1975) lebt und arbeitet als freier Autor in Berlin. Seine bei Piper erschienene Fantasyreihe *Das Zeitalter der Wandlung* sorgte ab 2004 für Aufsehen; es folgten regelmäßige Veröffentlichungen in Anthologien, zuletzt in *Das Fest der Elfen* (Piper, 2009) und *Gothic – Darker Stories* (Beltz & Gelberg, 2010). Zudem ist Markolf Hoffmann Mitbegründer der phantastischen Lesebühne *Das StirnhirnhinterZimmer*.

Neben dem Schreiben ist er ein passionierter Klavierspieler und dreht gelegentlich obskure Kurzfilme.

Der Tote wurde am Morgen des 31. Dezembers 2011 in einer Lagerhalle in den Docklands gefunden. Er saß aufrecht auf einem Rokokosessel und war vollständig entkleidet. Die Arme waren unterhalb der Handwurzeln auf den Armlehnen fixiert, mit zwei eigenwillig geformten Platinnägeln. Die Füße standen in einer verrosteten Waschschüssel voll ungelöschtem Kalk, der das Fleisch bis auf die Knochen abgefressen hatte. Die auffälligste Verstümmelung ließ sich im Halsbereich feststellen: Der Kopf war mit einem Skalpell abgetrennt und durch ein Stierhaupt ersetzt worden. Der Täter hatte es mit groben Heftklammern gegen den Hals getackert. Weiterhin war der Brustkorb des Toten geöffnet, Herz und Lunge entnommen worden. In dem entstandenen Hohlraum klemmte ein Reisegrammophon, das in einer Dauerschleife die Sequenz einer 7-Zoll-Schallplatte abspielte. Das Gerät war mit dem Stromnetz und einem galvanisierten Draht verbunden, der im Penis des Toten steckte und diesen in eine anhaltende Erektion versetzte.

Von dem Täter fehlt jede Spur.

Mein Name ist Aaron Bird, Detective Aaron Bird. Ich leite die Art Crime Agency. Wir untersuchen im Auftrag der Londoner Polizei sogenannte Kunstverbrechen, die an der Schnittstelle zwischen menschlicher Perversion und künstlerischer Schaffenskraft begangen werden. Vor elf Jahren habe ich den Mord an dem vierzehnjährigen Mädchen Little Charm aufgeklärt und die schwierige Frage beantwortet, ob eine solche Tat trotz aller Grausamkeit auch Kunst sein kann. Meine Arbeit war damals umstritten und ist es heute noch immer. Vor allem, seit das DCMS – das Department für Kultur, Medien und Sport – zum Machtzentrum des Vereinigten Königsreichs avanciert ist. Seitdem muss jeder Mord auf seine künstlerische Relevanz geprüft werden. Ist sie gegeben, wirst du freigelassen. Wenn nicht, kostet es dich den Kopf. So wie diesen armen Kerl auf dem Rokokosessel.

Abnorme Zeiten, in denen wir leben. Verbrechen gegen die Kunst gelten heute als schlimmstes Vergehen, schlimmer als Raub, Vergewaltigung und Völkermord. Unsere Gefängnisse sind verstopft mit inhaftierten Künstlern, die gegen die Richtlinien des DCMS verstoßen haben. Prime Minister Hirst ist in dieser Hinsicht ein Fanatiker, ein postmoderner Kunstcaudillo. Seine politischen Ansätze sind radikal, blutrünstig und antidemokratisch. Aber von Kunst versteht er eine Menge. Ich kann das beurteilen. Viele Male war ich bei ihm zum Empfang geladen, in die Fate Gallery of Modern Art, so auch vergangene Nacht. Hirst hat das Museum zu seiner Machtzentrale ausgebaut, er umgibt sich dort mit Speichelleckern, der schwerbewaffneten Bildhauergarde und seinen Ministern, alles Künstler aus seinem Dunstkreis ... Koksnasen, Exzentriker, Selbstverstümmler, keiner älter als vierzig. In der Eingangshalle der Fate Modern steht auch der Leichnam des jüngeren Thronfolgers unserer herrlichen Monarchie, in einem Glasbehälter, eingegossen in Formaldehyd. Er hat sich eines schweren Kunstvergehens schuldig gemacht und wurde nach der Wahl des Premiers hingerichtet. Hirsts erste und wertvollste Trophäe ...

Doch ich schweife ab. Einen Mordfall gilt es aufzuklären. Dass es Mord ist, wird jedem einleuchten, der den nackten Kerl mit dem angetackerten Stierkopf gesehen hat. Aber ist es auch Kunst? Und wer kommt als Täter in Frage?

Vor der Leiche steht Dr. Fennek von der Gerichtsmedizin. Fennek ist ein hagerer Mann. Er trägt einen gelben Anzug, der ihm zwei Nummern zu groß ist. Sein Gesicht ist von oben bis unten grün tätowiert, auch der Hals und die Hände. Der bizarre Hautschmuck stammt aus seiner wilden Vergangenheit in der Londoner Clubszene. Unter den neuen Machthabern war er Fenneks Eintrittskarte für eine große Karriere. Fennek ist aber nicht nur ein Freak, er ist auch brillanter Mediziner. Ich habe schon oft und glänzend mit ihm zusammengearbeitet.

»Aaron ... mit dir habe ich bereits gerechnet. Komm nur her, keine Scheu.« Fennek sieht mich mit geweiteten Augen an wie ein gestörtes Chamäleon. Ich weiß nicht, ob er irgendwelche Pillen eingeworfen hat, um seine Wachsamkeit zu erhöhen. Doch ich vertraue auf seine Urteilskraft.

»Wie lange untersuchst du die Leiche schon?«, frage ich ihn.

»Seit einer halben Stunde.« Fennek zieht mich näher zu dem Leichnam heran. »Der Tod muss kurz nach Mitternacht eingetreten sein, durch einen Stich ins Herz. Wir haben einen historischen Degen gefunden, offenbar die Mordwaffe, vollgeschmiert mit Blut und Sperma. Scheint so, als hätten Täter und Opfer Sex miteinander gehabt. Kampfspuren gibt es keine, und wenn wir die Ödeme an den Gliedern richtig deuten, hat sich der Kerl freiwillig in den Sessel gesetzt und festnageln lassen.«

»Wo ist sein Kopf?«, frage ich.

Fennek weist auf den hinteren Teil der Halle, wo Polizisten gerade einen Haufen Plastikfolien über einen massigen Fleischberg legen. »Der wurde an den Stier verfüttert. Das Tier starb eine Stunde nach unserem Sesselhocker, durch einen Bolzenschuss ins Rückgrat. Es war da hinten an der Mauer angekettet, völlig abgemagert und ausgehungert. Vor sieben Tagen hat man es von einem nahegelegenen Schlachthof gestohlen.« Fennek stößt einen leisen Pfiff zwischen den Zähnen hervor. »Ein faszinierender Fall, muss ich schon sagen. Wie damals bei Little Charm. Ich habe alles darüber gelesen, Aaron, auch dein Gutachten. Du bist ein Genie. Mal sehen, ob du in dieser Sache ebenso erfolgreich bist.«

Ich nicke und lausche dem Grammophon. Der Klang ist leise, zu viel Blut ist in den Trichter getropft und dort verklumpt. Die Nadel springt immer wieder in die alte Rille der Schallplatte zurück, und so hört man nicht mehr als eine rollende Klavierpassage, die mehrere Oktaven umfasst und wieder auf Anfang zurückspringt, untermalt von dem arhythmisch hämmernden Schlagzeug und einer Flüsterstimme. Ihre Worte sind unverständlich, aber das Timbre klingt kaputt und bösartig.

Ich versuche die Aufschrift der Schallplatte zu entziffern. Vergeblich, sie kreist zu schnell. Schon will ich sie anhalten, aber Fennek hält mich zurück.

»Die Spurensicherung ist noch nicht abgeschlossen.« Naserümpfend zeigt er auf die Waschschüssel, in der sich die skelettierten Füße im blutigen Kalk krümmen. »Stinkt übel, was? Er hat noch gelebt, als das Zeug ihm sein Fleisch wegätzte. Was will uns der Mörder damit sagen? Er fixiert ihn, zerrt seine Eingeweide raus, raubt ihm die Fähigkeit zu laufen, am Ende köpft er ihn und macht ihn zu einem verdammten Minotaurus ... ein Potpourri antiker Symbole. Prometheus, Ikarus, alles drin ...«

»Aber zu gewollt«, wende ich ein. »Ich erkenne keine klare Linie, keine Aussage. Ich muss mehr wissen, ehe ich ein Urteil fällen kann. Hältst du mich auf dem Laufenden?«

Fennek verspricht es mir. Das Licht der Polizeischeinwerfer verwandelt seine grünen Wangen in gleißende Smaragde. Neben dem

Leichnam wirkt er wie eine chinesische Jadestatue, uralt, zeitlos und weise.

Ich stehe draußen, auf der Straße. Es ist ein üblicher Londoner Dezembertag, kalt, Nieselregen. Regelmäßige Explosionen in der Ferne, die sich zu einem treibenden Takt zusammenfügen. Sprengkörper und Chinaböller. Morgen ist Neujahr. Vielleicht sind es auch Schüsse. Die Todesschwadrone der Bildhauergarde gehen rabiat vor in den letzten Tagen. Gewaltsame Suppression ist eine anerkannte Kunstform. Es gibt sogar ein Preis dafür, gestiftet vom Premier persönlich.

Ich folge der Treadneedle Street, vorbei an den Hochhäusern und historischen Sandsteingebäuden. Die Fassaden sind grell angestrahlt und mit Leinenplakaten verhängt, Werbung für neue Ausstellungen. Überall strömen die Menschen ein und aus; in die Shame Collection, ins Museum of Abominable Painting, in die Art Hall of Utter Destruction. Es sind riesige Kunsttempel, der Eintritt ist frei. Früher waren das alles Banken. Aber die haben in den letzten Jahren verschissen und sind in der Evolution der Ideenkonstrukte auf der Strecke geblieben. Niemand interessiert sich mehr für Aktien und Wertanlagen. Nur noch für Kunst. Und die City of London ist das größte Museumsviertel der Welt.

Ich erreiche die Themse, bleibe stehen und blicke auf die schwarzen Fluten. Sie kräuseln sich unter dem eisigen Regenschleier. Hell erleuchtet dreht sich am anderen Ufer das London Eye mit seinen gläsernen Gondeln. Das DCMS präsentiert dort der Öffentlichkeit eine neue Kunstinstallation. In jeder Glasgondel des Riesenrads sitzt eine zahnlose Nutte, die durch plastische Chirurgie das Gesicht von Margareth Thatcher verpasst bekommen hat. Das Rad dreht sich ununterbrochen, und ständig werden Freier in britischer Soldatenuniform in die Gondeln gelassen. Hirst nennt dieses Kunstwerk den *Falkland Round Dance*. Ich finde es unsagbar platt. Hätten ich und die Art Crime Agency es bewerten müssen, es wäre durchgefallen.

Ich weiß, wie anmaßend meine Tätigkeit ist. Ich bin mir auch nicht sicher, ob ein Freak wie ich solche Macht haben sollte. Die Macht, ein Urteil zu fällen, was Kunst ist und was nicht, angesichts der Konsequenzen, die das nach sich zieht. Ich ringe jeden Tag aufs Neue mit meiner Verantwortung und mit Definitionen. Mein Bücherregal birst vor Lektüre zur Kunsttheorie; Brock, Debord, Krauss ... ich lese, wann immer ich die Zeit finde, versuche meinen Blick zu erweitern. Aber letzten Endes entscheide ich nach Gefühl. Einer muss es tun. Alle Theorie ist grau, wenn es um Kunstverbrechen geht.

Ich habe am Tatort rund hundert Digitalfotos geschossen. Zu Hause in meiner Wohnung speichere ich sie ab und werfe sie mit einem Beamer gegen die kahle Wand. Ich setze mich davor und betrachte sie schweigend. Die Platinnägel, die die Arme des Toten durchbohren. Die Waschschüssel voller Kalk. Der besudelte Degen, den Fennek und seine Leute gefunden haben. Den aufgeschlitzten Stiermagen mit dem zerkauten menschlichen Schädel darin.

Ich versuche die Bilder auf mich wirken zu lassen wie Kunstdrucke. Die Grausamkeit des Dargestellten schwindet im grobkörnigen Licht des Projektors; die blutigen Verstümmelungen werden zu Farbrastern, wie von Jackson Pollock auf die Leinwand gebannt. Es muss eine Aussage geben, ein ästhetischer Ansatz, die Handschrift eines Künstlers. Bisher sehe ich nur willkürlich verteilte Puzzleteile, grob ausgestanzt von einem ordinären Psychopathen.

Ein Potpourri antiker Symbole hat Fennek es genannt. Die plumpe Archaik der Mordinszenierung stößt mich ab. Als hätte es nicht genügt, der Leiche einen Stierkopf aufzusetzen; nein, es musste auch noch ein Grammophon sein und ein Rokokosessel und ein historischer Degen und Platinnägel in der Form keltischer Fibeln. Eine perverse Pastiche ohne künstlerischen Wert.

Aber vielleicht weiß ich noch nicht alles. Womöglich ist der Leichnam nur Teil eines Gesamtkunstwerks, wie der linke Flügel eines Triptychons. War es damals bei Little Charm nicht ebenso gewesen? Habe ich damals nicht auch den zwingenden Willen des Mörders unterschätzt, und seinen Schaffensdrang? Neon Wipe hieß der Kerl. Er bestritt bis zuletzt, das kleine Mädchen getötet, ihren Körper zerstückelt und als ferngesteuertes Leichenmobilé in der Eingangshalle der Fate Modern aufgehängt zu haben. Dort, wo heute unser Premierminister residiert. Neon Wipe hat trotz erdrückender Beweislast alles abgestritten, bis auf die Tatsache, dass er der Kunst huldigt und für sie alles tun würde.

Und du hast dafür gesorgt, dass man ihn laufen ließ, Aaron Bird. Dein Gutachten hat Wipe die Tore zur Freiheit aufgestoßen. Mir hat das Herz geblutet, als ich es am Ende unterschrieb, weil ich wusste, dass Wipe wieder töten würde. Aber ich konnte nichts tun. Es war ein großes Werk, das er geschaffen hat. Groß, grausig, meisterhaft.

Ich kann mir nicht anmaßen, einen Mord zu verurteilen. Ich kann nur sagen, ob er Kunst ist oder nicht.

Müde schleiche ich ins Bad und blicke in den Spiegel. Ein Gespenst starrt mich an, mit Augenringen wie dunkle Gruben, das Gesicht hohlwangig und ausgezehrt. Wer bist du, frage ich den Fremden, bist du wirklich Aaron Bird und fähig, diesen Fall zu lösen? Die Fratze auf der gläsernen Leinwand verzerrt sich mit jeder Änderung des Blickwinkels. Mal glaube ich, die scheinheiligen Züge Neon Wipes vor mir zu sehen, dann das bleiche Gesicht der toten Little Charm oder Hirsts aufgedunsenes Halbprofil. Dann bohren sich Stierhörner durch meine Schädeldecke. Grün schillert meine Haut im kalten Halogenlicht ...

Für heute mache ich Schluss.

Ich rauche eine letzte Zigarette auf dem Balkon meiner verdunkelten Wohnung und beobachte die Lichtkaskaden über London, als Big Ben zur zwölften Stunde schlägt.

Frohes neues Jahr 2012.

Am frühen Morgen weckt mich das Telefon. Es ist Fennek. Sie haben einen anonymen Hinweis auf die Identität des Toten erhalten. Ein gewisser Trodoff Lamberg soll er sein, Bildhauer aus Österreich. Er ist nirgendwo gemeldet, aber Fenneks Leute sind dabei, den Wohnort zu ermitteln. Lamberg war auch der Mieter der Halle in den Docklands, dem Ort seines letzten Stuhlgangs.

Der BBC bringt in den Nachrichten eine kurze, enthusiastische Notiz des Leichenfunds, zusammengeschnitten als fiebriger Videoclip. Auch mein Name wird erwähnt: Detective Aaron Bird würde sich mit dem Fall befassen und ihn rasch zur Aufklärung bringen. Der Stimme des Anchorman lässt sich entnehmen, dass für den BBC das Ergebnis längst feststeht. Ein neues Kunstverbrechen, das in dreihundertseitige Kataloge Eingang finden wird, das schon bald zitiert, nachgeahmt, persifliert und verfremdet werden wird von den Künsterkolonnen unseres Landes. Schon ist der Bericht vorbei. Auf dem Bildschirm erscheint die Queen, die Neujahrsgrüße unters Volk streut. Sie trägt die Krone und eine Juwelenkette. Es sind Neuentwürfe des Premiers; die Krone besteht aus Glaszapfen, in denen eine uringelbe Flüssigkeit schwappt, und die Juwelen wurden so umgeschliffen, dass sie sich in den Hals der Regentin schneiden. Auch dies ist ein Gesamtkunstwerk von Hirst. Sein Titel lautet: *Charles I. wets his bed, I succeed.*

Ich halte es für eine der stärkeren Arbeiten unseres Premiers.

Trodoff Lamberg. Den Namen unseres Opfers höre ich nicht zum ersten Mal. Bei dem Mord an Little Charm bin ich schon einmal über ihn gestolpert. Es war beim Verhör eines seltsamen Greises, der in Greenwich einen Antiquitätenladen besaß. Jede Menge Krimskrams hortete er dort. Unser damaliger Hauptverdächtiger kaufte oft bei ihm ein, Materialien für seine Skulpturen. Was hat der alte Antiquar von Neon Wipes Mordplänen gewusst? Er wollte es mir nicht sagen; hat nur von seiner Einsamkeit gesprochen, und dass er sich einen Untermieter nehmen will. Einen Mr. Trodoff Lamberg. Ich erinnere mich an den Namen, weil er so absurd klang, fast wie ausgedacht.

Nun ist Lamberg also tot. Der Antiquar übrigens auch, er starb vor zwei Jahren an einer Salmonellenvergiftung. Seinen Laden vermachte er einem Künstlerkollektiv, die durften alles mitnehmen, was sie finden konnten.

Um den Polizeiermittlern zuvorzukommen, fahre ich sofort hin. Die London Underground ist verstopft wie immer. Träge ist sie geworden, seit diese neuen Züge eingesetzt werden. Unser neuer Energieminister hat sie entworfen. Ihr monotones Rattern und ihr Design erinnern an düstere Raumschiffe. Innen sind sie mit Monitoren gepflastert, auf denen Bilder explodierender Raketen flimmern. Manchmal sind es auch erstickende Astronauten in zerfetzten Raumanzügen. Entschlafende Spaceboys.

Der Antiquitätenladen ist von außen mit Brettern vernagelt. Ich spähe durch einen Spalt nach innen, entdecke staubige Möbel und eine Verkaufstheke. Auf dem Klingelschild stehen mehrere Namen. Einer davon lautet: Lamberg.

Es gelingt mir, einige der Bretter zu lösen. Durch den schmalen Spalt zwänge ich mich nach innen, mager wie ich bin. Modergeruch schlägt mir entgegen, in dem noch eine Spur sauren Körpergeruchs hängt.

Im fahlen Licht kann ich im Raum einige Kleiderpuppen ausmachen, mit Farbe beschmiert, die Gesichter mit Schnitten unkenntlich gemacht. Auch den Boden schmücken festgetrocknete Farbschlieren, durchbrochen von Fußabdrücken. Die jungen Künstler haben sich richtig ausgetobt nach dem Dahinscheiden des einsamen Greises.

Am Ende des Raums erkenne ich eine düstere Treppe. Vorsichtig steige ich die Stufen empor. Sie knarzen unter meinen Schuhen. Plötzlich trifft meine Schuhspitze auf etwas Weiches. Ich schrecke zusammen, bücke mich nach dem Hindernis.

Es ist ein halb abgewickelter Wollknäuel. Der Faden liegt sauber an den Kanten der Treppenstufen an, als hätte ihn jemand sorgfältig präpariert. Er weist mir den Weg nach oben, zur einer verglasten Tür. Mit kalten Fingern umschließe ich den Knäuel und folge dem Faden.

Die Glasscheibe an der Tür ist geborsten, an einer Stelle ist eine Scherbe herausgefallen. Durch diese Lücke spannt sich der Faden in das Innere des Raums. Noch stehe ich draußen, lese die verwitterte Kreideschrift über der Klinke.

*... Hier haust Trodoff Lamberg, eingeschlossen und frei ... fürchtest du mein Antlitz?*

Ich muss schmunzeln, denn ich denke an den Spiegel in meinem Badezimmer. Wem will der Künstler hier Angst einjagen? Etwa mir, Aaron Bird? Glaubt er, mit solch kümmerlichen Mitteln die gewünschten Affekte hervorrufen zu können – Erstaunen, Ekel, Neugier? Ich bin mir nun sicher, den zweiten Teil der abstoßenden Installation gefunden zu haben. Der Kunstkritiker in mir macht sich abfällige Vermerke in sein geheimes Notizbuch.

Ich drücke langsam die Klinke. Sie gibt ab einem gewissen Druckpunkt rasch nach. Drinnen gleitet etwas zu Boden. Ein metallisches Klicken ist zu hören, tc, tc, tc, dann ein kratziges Lachen, das sich wiederholt und wiederholt, mit gespenstischem Nachhall ... eine Apparatur nimmt ihre Arbeit auf, ein Bandgerät spielt seine seelenlose Botschaft ab. Als ich eintrete, glimmt über mir eine Glühlampe auf, doch sie verlischt gleich wieder. Der kurze Lichtimpuls reicht aber aus, um das Werk zu betrachten und es wirken zu lassen.

In dem leeren, krankenhausweißen Raum steht nicht mehr als ein einfacher Holzstuhl, schräg gekippt und mit Nägeln im Boden verankert. Im Winkel zwischen Sitzfläche und Rückenlehne liegt ein sauber gefaltetes Handtuch, darauf ein Stück Kernseife. Auch der Faden endet dort, in einem einfachen Knoten um den Seifenbarren.

Der Minimalismus überrascht mich. Keine weitere Leiche, kein überfrachteter Symbolismus. Nur dezente Anknüpfungen an die erste Installation. Stuhl und Stuhl. Nägel und Nägel. Stierkopf und Wollfaden. Waschschüssel, Handtuch und Seife. Zugegeben, nicht gerade doppelbödig, aber das muss Kunst auch nicht sein, nur schlechte Kunst.

Das fortwährende Lachen aus den verborgenen Lautsprechern macht mich krank. Als meine Augen sich endlich an die Dunkelheit gewöhnt haben, suche ich nach dem Kabel und kappe es. Dabei finde ich neben der Steckdose einen Kunstkatalog, die Seiten nass und gewellt. Die Jahreszahl auf dem Glanzcover lautet 2012, und der Künstler, der hier gewürdigt wird, ist Neon Wipe.

Der Mörder von Little Charm.

Es ist der Katalog seiner kommenden Werkschau in New York: *Wipe – Deranged.* Der Künstler ist auf der Rückseite des Katalogs abgebildet, seine Miene glatt und charakterlos. Genauso habe ich ihn vor zehn Jahren vor Gericht erlebt, als mein Gutachten ihm den Freispruch einbrachte. Er hat es seitdem weit gebracht, ist einer der gefragtesten Künstler weltweit. Jetzt bekommt er eine eigene Werkschau im MoMa. Mir wird übel, wenn ich daran denke. Ohne die Art Crime Agency wäre Wipe jetzt tot und Little Charm gesühnt. Und der Kunst wäre manche Stümperei erspart geblieben. Nach dem bizarren Mord – so er ihn wirklich begangen hat – war Wipes Talent ausgebrannt. Er hat nichts Bleibendes mehr geschaffen. Seine Installationen sind schlaff, einfallslos, nur Selbstzitate.

Kann dieser nackte Raum etwas daran ändern?

Ich schiebe den Gedanken beiseite. Der Detektiv in mir zieht seine eigenen Schlüsse. Der Katalog mag ein Hinweis sein, wahrscheinlich aber ist er eine falsche Fährte. Der Mörder will mich im Kreis herumführen. Er will mich in den inneren Kubus seines kranken Plans führen, mich lenken wie eine Marionettenpuppe. Aber ich bewahre meinen kühnen Blick. Ich bleiben draußen und spähe unbeirrt durch die Fenster seines Verstecks.

Es ist tatsächlich ein Triptychon, murmele ich. Fragt sich nur – wo finde ich den dritten und letzten Flügel?

Vielleicht hat Fennek eine Idee. Ich werde ihn gleich anrufen. Sobald ich aus dieser Kirche der Einsamkeit herausgefunden habe, diesem toten Haus *u r.*

Gut gemacht, Aaron Bird. Deine Arbeit schreitet voran. Bald werde ich ein Urteil fällen über den unbekannten Mörder. Aber es gibt ein Problem, das meine Neutralität in Frage stellt. Wie soll ich ein Kunstwerk bewerten, dessen Teil ich bin? Der Faden, der mich in das leere Zimmer Trodoff Lambergs führte, lag allein für mich bereit. Im Inneren des Labyrinths wartet das Geheimnis voller Ungeduld auf mich und ist damit keines mehr. Ein Kunstwerk, entworfen für Aaron Bird. Dabei kenne ich den Mörder nicht einmal. Das hoffe ich zumindest.

»Aaron ... wo steckst du?« Als ich Fennek erreiche, klingt seine Stimme am anderen Ende der Leitung aufgebracht. »Wir haben schon nach dir suchen lassen. Ich hatte Angst um dich. Denke immer daran, ein Kunstmörder läuft frei herum und will sich verewigen.«

»Ich war in Lambergs Wohnung«, berichte ich und erzähle ihm von meiner Entdeckung im Antiquitätenladen. »Ich bin mir ziemlich sicher, dass Lamberg seinen Mörder gekannt hat. Er könnte aus dem Umfeld des Künstlerkollektivs stammen, das diesen Antiquätenladen übernommen hat.«

Fennek hört ungnädig zu. »Ja, ja, mag sein. Aber ist es nun Kunst oder nicht? Falls ja, können wir unsere Arbeit sowieso einstellen ...«

»Davon rate ich ab. Er wird noch einmal morden. Dann erst zeigt sich, ob sein Werk von bleibendem Wert ist – wie die Tötung der kleinen Little Charm ...«

»Apropos Little Charm«, unterbricht mich Fennek. »Wir haben einen Verdächtigen. Es wird dich erstaunen, aber – Neon Wipe war zur Tatzeit in der Stadt. Wir haben es nachgeprüft: Ankunft vor einer Woche in London Luton. Hat sich in einem Hotel eingenistet und rund um die Uhr Interviews gegeben, die Werbetrommel für seine New Yorker Ausstellung gerührt. Bis auf die Nacht, als Lamberg sich auf dem Rokokosessel festnageln ließ. Da war Wipe nicht in seiner Suite. Er hat kein Alibi.« Fennek räuspert sich. »Aaron? Du sagst ja gar nichts.«

Ich betrachte den gewellten Katalog in meiner Hand, sehe auf Wipes leeres Gesicht. In mir pocht das Blut heiß.

»Freu dich doch, Aaron. Vielleicht kriegen wir ihn dieses Mal dran. Bei dem Mord an Little Charm musstest du ihn ziehen lassen. Aber dieses Mal hat Neon Wipe geschlampt. Ein plumpes Verbrechen, widerlich und unzeitgemäß, künstlerisch wertlos ...«

Es ist rührend, wie Fennek versucht, mich zu manipulieren. Dabei hat er keine Ahnung von Kunst. Er ist Mediziner, er kennt sich in meinem Metier ebenso gut aus wie ich in seinem. Es ist so, als wollte ich an einer offenen Arterie operieren.

»Wir holen uns den Mistkerl«, bekräftigt Fennek. »Und zwar noch heute. Seit der Mordnacht hat ihn keiner mehr gesehen, aber ich weiß aus erster Hand, dass Wipe heute Abend zu einer Vernissage in der Fate Modern erscheinen wird. Der Premierminister hat ihn eingeladen. Diese Ehrung kann er nicht ablehnen. Und weißt du was, Aaron? Wir werden ebenfalls dort sein. Ihn zur Rede stellen, an seine Eitelkeit appellieren. Vielleicht liefert er uns die Interpretation frei Haus.«

Ich verberge meine Skepsis und stimme dem Plan zu.

Arme Little Charm. Ich muss noch immer an dich denken, sehe deinen zerstückelten Körper in der Eingangshalle des düsteren Museums hängen, in einem Spinnennetz aus Fiberglaskabeln. Der Körper eines Kindes, ein Lamm, unschuldig geschlachtet auf dem Altar der Kunst. Der Mörder entnahm ihr bei lebendigem Leib die Organe, tauschte das Blut gegen ein Konservierungsmittel, arrangierte den Torso auf einem Marmorsockel und hängte die abgetrennten Glieder über ihm auf, gespickt mit Lautsprechern, aus denen zischelnde, fauchende, wimmernde Stimmen erschallten, Verse und Zitate und Erinnerungsfetzen aus den letzten Stunden des Mädchens. Es war ein zynisches Kunstwerk, in das sich hineinzudenken mir schwerfiel. Aber ich vermochte die Botschaft des Künstlers zu entschlüsseln, sie sprach mich auf obszöne Weise sogar an. So ging es jedem Betrachter. Premierminister Hirst hat den Mord später in die Liste der hundert bedeutendsten britischen Kunstwerke aufgenommen.

Ich habe deinen Peiniger laufen lassen, Little Charm. Und ich kann es nicht wieder gutmachen, auch nicht mit diesem neuem Fall. Kunst und Moral sind unvereinbar, und Zensur eine vereinfachende Lösung, die sich am Ende immer gegen jene richtet, die sie eigentlich schützen soll.

Ich küsse deine kalte Stirn, Little Charm, und weine um dich, wenn niemand meine Tränen sehen kann.

Auf den Straßen liegen die leeren Hüllen der Sylvesterkracher, wie Larvenhäute geschlüpfter Insekten. Wohin mögen sie ausschwärmen, die bösen Geister des neugeborenen Jahres? Welche Köpfe werden sie mit ihren Verlockungen infizieren?

Fennek und ich stehen vor der Fate Gallery of Modern Arts, in einer langen Schlange. Unter den Wartenden herrscht eine gelöste Stimmung. Alle fiebern danach, dem Premier ihre Aufwartung zu machen. Wir stehen nicht auf der Gästeliste, und so will uns die Bildhauergarde erst nicht einlassen. Als ich jedoch meinen Ausweis zücke – Art Crime Agency – und Fennek das Polizeitattoo an seiner Hüfte zeigt, eine stilisierte Pistole, lenken die weißgeschminkten Schergen ein. Wir dürfen eintreten. Auch im Nonkonformismus hat alles seine Ordnung.

Die Fate Modern war einst die Turbinenhalle eines alten Elektrizitätswerks. Die inneren Mauern sind geweißelt, der Boden besteht aus mattschimmernden Chromplatten. Meine Absätze schaben unangenehm auf dem Metall, das Geräusch geht durch Mark und Bein. Die imposante Halle ist mit Menschen gefüllt. Sektgläser und Lachsschnittchen werden herumgereicht. Ich probiere eines, es schmeckt trocken und hat einen leichten Ammoniakgeruch. Wahrscheinlich Reste vom Vorabend. Hirst muss sparen, der Haushalt des Königreichs liegt darnieder.

Fennek steuert auf eine Menschentraube am Ende der Halle zu. Er wirkt angespannt, sein verhärmtes grünes Gesicht gleicht dem eines Gnoms. Wir passieren die Stelle, an der man vor zehn Jahren den Leichnam von Little Charm fand. Man sieht noch die Einkerbung am Boden, wo der Marmorsockel mit dem verstümmelten Torso stand, mit der Vagina auf ein Stahlrohr gepfropft wie ein Obstzweig ...

Ich mache einen großen Bogen um die Stelle.

Fennek und ich erreichen den Menschenhaufen, der sich um den Gastgeber des heutigen Abends geschart hat. Prime Minister Hirst thront auf einem umgebauten gynäkologischen Stuhl, in der Hand hält er ein Cocktailglas. Seine Brillengläser funkeln wie Diamanten. Er wird von einem Haufen Prominenz umringt – Diplomaten und Peers, Starlets, Industrielle und Medienleute. Etwas abseits steht die Queen mit ihrer Entourage. Die alte Dame blickt mürrisch drein. Hirst hat ihr ein entwürdigendes Kostüm aufgezwungen, einen Hermelinmantel mit aufgenähter Guillotine. Er ist so geschnitten, dass eine ihrer verschrumpelten Brüste freiliegt, wie bei den englischen Königinnen des Mittelalters.

Als Hirst uns erblickt, blitzen hinter seiner Brille die sonst so gelangweilten Augen auf. Er stellt sein Cocktailglas in einer Nierenschale ab und winkt uns zu sich.

»Welch angenehme Überraschung. Londons scharfsinnigste Ermittler in Sachen Kunstverbrechen.« Hirsts Lächeln enthüllt die vergilbten Zähne. »Ich habe mir von dem Fund in den Docklands berichten lassen. Furchtbare Sache. Auch wenn die Tat von berückender Schönheit ist, wie ich den Polizeifotos entnehmen konnte. Tun wir denn alles in unser Macht stehende, um den Mord aufzuklären?«

Fennek nickt linkisch. »Aber sicher, Sir. Wir kennen den Namen des Opfers und die genaue Tatzeit, und wir haben einen Verdächtigen.«

»Tatsächlich?« Hirst lacht auf. Es klingt wie ein Reizhusten. »Verdächtig dürfte ja wohl jeder ambitionierte Künstler Londons sein. Jeder, der begabt genug ist, ein so mutiges Werk in Angriff zu nehmen. Ich will ehrlich sein. Seit Little Charm hat mich keine Installation so berührt wie der Mord an Trodoff Lamberg.«

Ich wechsele einen Blick mit Fennek. Der Name des Opfers ist nicht durch die Presse gegangen. Hirst muss besser über die Ermittlungen informiert sein, als er uns vorgaukelt. Vielleicht gibt es in Fenneks Team ein Leck.

»Dr. Fennek glaubt, dass unser Täter ein alter Bekannter ist«, sage ich forsch. »Neon Wipe. Er ist nach London zurückgekehrt. Könnte sein, dass er in den Docklands an seinen größten künstlerischen Erfolg anknüpfen wollte.«

Meine Zweifel an Fenneks Theorie lasse ich ungesagt.

»So ist das also.« Hirst wirkt amüsiert. »Hat Wipe den Mord an der kleinen Schlampe nicht immer abgestritten? Wozu das Nachtreten? Ich hätte mehr von Ihnen erwartet, Bird. Aber wir können ihn ja selbst fragen. Er ist hier.«

Ich tue nicht einmal so, als wäre ich erstaunt.

»Neon Wipe übernimmt das Prélude der Vernissage«, fährt Hirst fort. »Eine Auftragsarbeit von mir. Es soll jede Minute losgehen. Eine ganz besondere Performance, so hat er versprochen.«

Hirst deutet auf einen klinikweißen Lackvorhang hinter seinem Gynostuhl. Noch während ich mich umdrehe, ersterben ringsum die Stimmen. Mit elektrostatischem Knistern sinkt der Vorhang zu Boden. An der Decke springen Scheinwerfer an. Eine Art ritueller Platz ist zwischen den Wänden der Turbinenhalle errichtet, eingehegt von Holzregalen, in denen dicht an dicht Einweckgläser stehen. In ihnen schwimmen in einer Flüssigkeit eigenartige Tierleichen, quallen- und schwammartige Präparate. Vielleicht sind es auch verwachsene menschliche Organe. Von der Decke hängt ein Folterkäfig aus Eisenriemen. Ihm zugewandt sind menschengroße Gipspuppen mit qualvoll geöffneten Mündern. Sie haben keine Gliedmaßen, nur Stümpfe sitzen an den bröckelnden Torsi. Musik setzt ein; eine zurückhaltende Drumline, ein Synthesizer, dann eine E-Gitarre, wie eine zornige Wespe im Todeskampf. Ein weiterer Scheinwerfer blendet auf und erhellt ein Schlagzeug, an dem eine Marionettenpuppe mit Schlagstöcken umherfuchtelt. Sie wirkt derangiert, ist aus Lumpen und Eisenstangen zusammengesteckt. Ihre Bewegungen sind hektisch. Das Gesicht der Puppe wird von einem Tuch verdeckt, aber man erkennt hinter den Fasern ein aschfahles Gesicht.

Ich suche Fenneks Blick, aber der hat sein Mobiltelefon herausgeholt und flüstert erregt mit dem Anrufer. Verstört wende ich mich wieder der Inszenierung zu. Mehrere Schauspieler sind aus dem Hintergrund hervorgetreten, die meisten nackt, andere mit Schlachterschürzen bekleidet. Sie alle sind weißgeschminkt, einige tragen Kopfspangen mit Stierhörnern. Ihr Tanz zwischen den Gipspuppen ist kraftvoll und energetisch. Sie bewerfen sich aus vollen Händen mit Kalk aus einem Bottich, zücken große Sägen und beginnen die Puppen zu zerteilen. Aus dem Lautsprecher, im fiebrigen Quintwechsel zweier Akkorde, der Klang eines Pianos. Ich erkenne ihn wieder; es ist das Instrument von der Schallplatte, die auf dem Grammophon in Lambergs Brustkorb kreiste.

Immer wilder drehen sich die Tänzer, stürzen die Puppen um, bekleckern sie mit roter Farbe. Ich stolpere auf sie zu wie von Fäden gelenkt. Längst habe ich erkannt, dass auch diese Performance nur an einen Betrachter adressiert ist – an mich, Aaron Bird. Die Vernissage, die anwesenden Gäste, die Inszenierung hinter dem Vorhang und die beklemmende Musik ... ein einziger Trug, um meinem Herz schmutzige Lehrstunden zu erteilen.

Über dem Folterkäfig wird ein Banner entrollt. Darauf steht der Titel des Kunstwerks: *I have wiped out Trodoff Lamberg, my time has come as well.* Die Musik steigert sich zur Parodie ihrer selbst. Im treibenden Takt krümmt sich die Marionettenpuppe am Schlagzeug in Konvulsionen, so als hätte sie Schmerzen. Das Tuch vor ihrem Gesicht rutscht zur Seite.

Ich renne auf sie zu, vorbei an den Schauspielern. Ich blicke in die aufgerissenen Augen eines Menschen. Denn die Marionette besteht nicht nur aus verfilztem Stoff und Schrott.

Auf den Schultern sitzt der Kopf Neon Wipes, sauber abgetrennt über dem Kehlkopf.

Die Musik bricht mit einem zerfaserten Tusch ab.

Jemand berührt meine Schulter. Es ist Fennek. Er blickt mich zerknirscht an.

»Ich fürchte, es ist meine Schuld. Wir waren auf einer falschen Fährte. Der Tote auf dem Rokokostuhl war gar nicht Trodoff Lamberg. Es war Neon Wipe, und der Kopf, den wir im Stiermagen entdeckt haben, eine Attrappe aus Wachs. Dieser hier ist der echte ...«

»Und Lamberg?«, frage ich heiser.

»Es gibt keinen Trodoff Lamberg. Lamberg war nur eine Erfindung des verrückten Antiquars, ein imaginierter Untermieter, der ihm seine Einsamkeit erleichtern sollte. Wipe muss davon gewusst haben. Deshalb hat er ihn in sein Kunstwerk eingebaut ...«

»... und mich hinters Licht geführt.« Ich spähe über meine Schultern zu dem Gynostuhl herüber. Hirst sitzt nicht mehr darin, er ist spurlos verschwunden. Nur seine Gäste starren uns an, als warteten sie auf eine Fortsetzung des Spektakels. »Dann hat Wipe seinen eigenen Tod inszeniert, als Steigerung des Kunstmords an Little Charm. Doch wer hat ihm dabei geholfen?«

Fennek zögert. »Weißt du ... ich glaube, das werden wir nicht herausfinden. Wipe scheidet als erster Verdächtiger ja nun aus, und der andere hat ein hieb- und stichfestes Alibi.« Er sieht mich ernst an. »Ich rede von dir, Aaron. Das Sperma auf dem Degen war deins. Einhundertprozentige Übereinstimmung der DNS. Ich habe es im Labor nachprüfen lassen. Sei mir deswegen nicht böse.«

Mein Herz krampft sich in der Brust zusammen. Ich stottere, versuche klarzustellen, was ich selbst nur im Nebel greifen kann. Aber Fennek unterbricht mich.

»Ich sagte doch, du bist aus dem Schneider. In der Nacht, als Wipe starb, warst du hier in der Fate Gallery beim Premierminister, bis zum frühen Morgen. Es gibt Zeugen dafür, sogar Fotos. Schmutzige Fotos. Du kannst es nicht gewesen sein. Wer immer Wipe bei seiner Selbsttötung geholfen hat – wir werden ihn nicht finden. Die Spur verwischt sich.«

Ich gewinne meine Fassung zurück. »Ich verstehe. Der Fall ist die Antithese zu Little Charm. Damals war es Mord, und es war zugleich Kunst. Diesmal stimmt weder das eine noch das andere. Wipes Tod ist nur ein Zitat. Unser Premier wird es schwer haben, ihn als neues Meisterwerk zu vermarkten.«

Nachdenklich wende ich mich von dem grüntätowierten Mediziner ab. Die Gäste beginnen uns zu applaudieren. Dann setzen sie ihren Smalltalk fort. Sie wirken gelöst. Die Performance hat auf sie kathartisch gewirkt.

Ich bin sicher, dass die Vernissage nur ein paar Tage lang Stadtgespräch sein wird. Dann wird die Erinnerung verblassen. Mord und Kunst und Fälschung heben sich gegenseitig auf. Man strömt zusammen, um ein Verbrechen zu verdammen und ein obszönes Werk zu bestaunen. Für eine kurze Zeitspanne eint uns das Entsetzen, bis zur Auflösung, wenn das Museum die Pforten schließt.

Dann geht jeder seiner Wege.

## Aleksandr Voinov

# Nicht Amerika

Aleksandr Voinov ist ein deutscher Finanz-Journalist in London und schreibt heutzutage eigentlich nur noch unter Pseudonym und auf Englisch. Nach fünf Roman-Veröffentlichungen in Deutschland im Bereich Fantasy und Sci-Fi hat er sich jetzt dem schwulen Liebesroman zugewandt und schreibt Spionage-Thriller, Historische Romane und ca. 22 andere Projekte und hat gerade ein Haus in Londons Speckgürtel gekauft. Seine Webseite befindet sich auf www.aleksandrvoinov.com

## Tag 0

Es geschah während eines Meetings.

Der Chef erklärte gerade, wie ihre Strategie für die nächsten Monate aussehen würde (keine Überraschungen: Bonds statt Aktien, Infrastruktur statt Konsum, und immer ein Auge auf die Banken halten, die sich weiterhin im Quartalsrhythmus in die Hose machten), als er, Laserpointer in der Hand, plötzlich vor der Power-Point-Präsentation erstarrte. In seinem Gesicht zuckte es, als hätte ihm gerade ein Investor mitgeteilt, er wolle sein Kapital abziehen.

Mike malte zuerst weiter auf seinem Block herum, den er bei der Anwaltskanzlei abgesahnt hatte (auch der Kugelschreiber stammte von dort), bis er bemerkte, dass der Rest des Teams dem Chef jetzt wirklich ungeteilte Aufmerksamkeit schenkte. Auch er lehnte sich vor, Ellbogen auf den Tisch, und blickte zum Chef, der da stand, als hätte er den Faden verloren und könnte ihn beim besten Willen nicht wiederfinden.

Das passierte nie. Dean Christchurch hatte ein Hirn wie ein Skalpell, und dem chirurgischen Stahl hatten selbst Koffein, Kokain und Amphetamine in zwanzig Jahren keinen Schaden zufügen können. Anders hätte der Mann keinen Hedge Fund aufbauen und durch die Krise führen können.

Eric, den alle für den designierten Nachfolger hielten, räusperte sich, immer bedacht darauf, dem Chef den Rücken zu decken. »Das ist sehr interessant, Dean, danke.«

Dean reagierte nicht.

Dem sind tatsächlich die Synapsen durchgebrannt, dachte Mike, und legte den Stift hin, morbide davon fasziniert, wie einer der schärfsten Hunde der internationalen Finanzszene einfach so mit leerem Blick im Raum stehen konnte wie ein hospitalisierter Patient. Genau das würde wohl auf Dean zukommen – ein längerer Aufenthalt in der Priory, der Privatklinik für alle, denen Drogen, Alkohol oder Gene den Garaus machten und sie aus dem Produktionskreislauf zogen. Dabei war er doch gerade erst aus dem Aktiv-Urlaub im brasilianischen Dschungel wiedergekommen.

Eric schien das auch zu begreifen, denn ein stilles Lächeln legte sich auf seine attraktiven skandinavischen Züge. Wenn der Chef ausfiel, würde er an dessen Stelle treten, das war allen klar. »Danke euch, Leute, ich denke, wir machen dann mal weiter«, verkündete er und nickte Richtung Tür.

Als das Team an ihm vorbeidefilierte, sah niemand Dean an, dem Eric jetzt wie ein besorgter Oberarzt die Hand auf die maßgeschneiderte Schulter legte.

Auf dem Weg zu seinem Schreibtisch blieb Mike in der Teeküche stehen. An die britische Gewohnheit, labberigen Schwarztee zu trinken und damit die Koffeintabletten runterzuspülen, musste er sich erst noch gewöhnen. Warum nicht gleich vernünftigen Kaffee einkaufen? Aber London war nicht die Wall Street, England nicht Amerika. Als einziger Yank im Team hatte er sich anzupassen. Wenigstens gab es wieder etwas mehr Respekt, seit sie den Schwarzen zum Präsidenten gewählt hatten. Zumindest, solange die Rassisten den nicht abknallten, dann wäre wohl die Hölle los.

Mike schwenkte den Teebeutel in der Tasse, der tabakbraune Schlieren hinter sich herzog, konnte sich aber nicht überwinden, noch Milch hineinzugießen, obwohl ein freundlicher Kollege ihm den Viertelliterkarton hinstellte. Vielleicht hätte er sich in ein paar Monaten akklimatisiert und könnte auch etwas Interesse für Cricket aufbringen, das ihm wie eine Bastardform von Baseball erschien – ohne Spannung, dafür aber Kaugummi-Langeweile über fünf Tage. Rugby zumindest konnte er was abgewinnen, wenn die bescheuerten Briten dabei auch fast keine Körperpanzerung trugen.

Wenigstens war der Tag fast vorbei. Er schrieb noch seine Analyse fertig, wimmelte eine Journalistin ab, die ihn wegen irgendwelcher Gerüchte anrief (und woher hatte die seine Durchwahl, so was gehörte an der Rezeption abgeblockt), und ignorierte seine britischen Kollegen und deren laute Diskussion der »Ashes« über mehrere Schreibtischreihen hinweg.

Am Ende blieb ihm nichts anderes übrig, als seinen iPod aufzudrehen, bis er alles andere ausblendete. Manchmal ließ sich so ein britisches Großraumbüro nur auf Autopilot ertragen.

Wie die ganze Stadt. An der Wall Street hatte er ein Taxi genommen, oder war eben kurz die zwei Straßen gejoggt, aber so etwas ging hier gar nicht. Zum ersten blieben die Taxifahrer genauso im Stau stehen, wie alle anderen, und sie kannten sich oft genug selbst nicht aus. Zum zweiten war Joggen auf den Straßen lebensgefährlich. Entweder wurde man von einem Kamikaze-Radfahrer umgesäbelt oder fiel einem der Busfahrer zum Opfer, die bremsen oder auf den Verkehr achten oder gar beides für Charakterschwächen hielten.

Nachdem er gesehen hatte, wie ein japanischer Tourist einem Busfahrer vor die Scheibe klatschte, bewegte Mike sich entweder umsichtig zu Fuß, oder mit der Tube. Die Untergrundbahn war auch heute sein Schicksal: Schulter an Schulter, Nase an Achselhöhle, Stöckelschuh auf Lederhalbschuh, dazu der ständige, warmschwüle, leicht nach Verwesung riechende Luftzug, den die Züge durch die engen Tunnel trieben, und die mühsam eingedämmte Aggression, die einem auf den Bahnsteigen, auf der Rolltreppe und an den Ein- und Ausgangsschleusen entgegenschlug, wo keine Sünde so schwer wog wie jemandem Platz streitig zu machen und den hektischen Fluss auch nur für eine Sekunde aufzuhalten – während alles kreuz und quer durcheinander raste, von iPods betäubt, von iPhones wie ferngesteuert. Die Rush Hour war der beste Grund, Überstunden zu machen, bis die Stadt schlief.

Heil zuhause angekommen, schob er sich ein Fertiggericht in die Mikrowelle und rief in New York an. Patrick ging nicht dran; vielleicht hörte er das Telefon nicht, aber Mike vermutete Schlimmeres. Fernbeziehung über den Atlantik, das konnte ja auch nicht gut gehen. Patrick war wegen seiner Klienten in New York City fest gebunden; noch ein Grund für Heimweh.

Nur vorübergehend, hatten sie sich beide eingeredet. Bis es in New York wieder Jobs an der Wall Street gäbe. Nicht zu arbeiten kam nicht in Frage. Niemand sollte glauben, er könnte keinen Job bekommen, und entsprechend galt es, das Loch im Lebenslauf zu vermeiden. Und für Patrick den Hausmann spielen? Da verlöre er den letzten Rest Selbstrespekt, seit die Pleite von Lehman Brothers seine alte Firma mit in den Abgrund gerissen hatte; danach waren Hedge Funds auf der ganzen Welt wie Seifenblasen zerplatzt.

Früher hatte Patrick alles stehen- und liegengelassen, wenn Mike anrief. Diese Zeiten waren jetzt wohl vorbei. Mike ging noch für eine dreiviertel Stunde aufs Laufband, sah dabei National Geographic, dann unter die Dusche. Er zog ein frisches Hemd aus dem Wandschrank, dazu einen Anzug, der noch in das dünne Plastik der Wäscherei gewickelt war, und polierte schnell seine Schuhe. Dann ging er ins Bett.

## Tag 1

Er träumte irgendein seltsames Zeug über Amazonas-Ameisen und parasitäre Pilze (das hatte er davon, wenn er vor dem Schlafen noch Tierdokus ansah), dann schellte, viel zu früh, der Blackberry. Die Aktienmärkte öffneten um acht – also in die Laufschuhe, halbe Stunde mit Shakira auf den Ohren laufen, dann unter die Dusche springen, rasieren, anziehen, Aktentasche schnappen und los.

Am Eingang zur Tube-Station lag die *Metro* aus, und obwohl sich in der kostenlosen Zeitung meist grausam zerstückelte Reuters- und Associates-Press-Storys fanden, und mindestens fünf Seiten jeden Tag Vergewaltigungen gewidmet waren, Morden, Messerstechereien und schrecklichen Unfällen, und wenigstens drei Seiten Brangelina, dem aktuellen Gewichts- und Gesundheitszustand von Amy Winehouse, sowie der Frage, welche der Fußballer-Ehefrau-Schlampen gerade geworfen hatte. Obwohl das Lesen der *Metro* sich anfühlte, als würde man  sich Säure direkt auf das bloßgelegte Hirn träufeln, war dies das einzige, zu dem Mike in der Tube am frühen Morgen fähig war.

Der Bahnsteig war voller Leute, die sich langsam auf die Türen zu bewegten, während in seinen Ohren Britney Spears gellte. Er achtete nicht besonders auf die Leute, sondern setzte sich auf einen der freien Plätze und schlug die Zeitung auf.

Was zur Hölle ...?

Die Zeitung war kaum als solche zu bezeichnen: Die Texte ergaben keinen Sinn, die Bilder waren völlig willkürlich. Die Storys besaßen keine Headlines, und die Wörter waren nur aneinandergereihte Buchstaben. Die Bilder wirkten wie von einem Wahnsinnigen ausgewählt. Die Hälfte der einen Seite zierte ein Comic-Chamäleon mit Brieftasche und Monokel, die andere eine halb abgeschnittene Weltkarte mit handschriftlichen Notizen. Die Zeitungen der anderen Passagiere sahen nicht besser aus. Hatte irgendwelcher verrückter Künstlernachwuchs die *Metro*-Redaktion gekapert? Dem Typen gegenüber schien gar nicht aufzufallen, dass in der Zeitung kein einziges vernünftiges Wort stand. Der stierte mit glasigem Blick auf die Seiten.

Noch nicht nüchtern, dachte Mike und blickte pikiert zur Seite, faltete die Zeitung und legte sie auf den Sitz neben sich. Stattdessen schob er den Regler des iPods auf, als eines seiner Lieblingslieder drankam.

Piccaddilly Circus, seine Station.

Die Tür glitt mit einem rauen Schleifen auf. Wie immer stand irgendein Idiot direkt davor, und Mike musste ihn fast zur Seite schieben, um auszusteigen.

*Gehirnamputierter blöder Tourist*, knurrte er innerlich, aber der Typ stierte nur glasig an ihm vorbei. Aus dem Augenwinkel sah Mike, wie jemand gerade einsteigen wollte, aber die Türen schon zuglitten. Der Typ verfing sich in der Tür und versuchte unbeirrt weiterhin, in den Wagen zu kommen. Mike beobachtete fasziniert, wie er dort fest hing. Dann gingen die Türen wieder auf, und der Typ stieg unbeeindruckt ein.

Niemanden schien das zu kümmern. Keine komischen Blicke.

Mike schüttelte den Kopf und stieg eine Treppe hoch, dann die beiden Rolltreppen, wo natürlich Leute sowohl links als auch rechts standen. Das war normalerweise ein Verbrechen, das in London mit Lynchen bestraft wurde – aber auch darum scherte sich niemand.

Er lief auf der Regent Street Richtung Oxford Circus, bog dann in die Nebenstraße, wo das Büro war, und ließ sich selbst mit der Plastikkarte rein. An seinem Platz schaltete er den Rechner ein und ging dann auf die Toilette, um sich die Hände zu waschen und zu desinfizieren.

Es war sehr still im Büro. Ein paar Leute waren schon da und saßen vor ihren Rechnern, aber niemand redete. Das war überhaupt komisch, dachte er und zog den Kopfhörer von den Ohren. Hatte irgendjemand geredet?

Einen Reim konnte er sich nicht darauf machen, aber da öffneten die Märkte, und er war an seine Flatscreens gefesselt.

Das Trading heute war allerdings extrem schwach; kaum einer kaufte oder verkaufte irgendwas, und die Trades, *die* gemacht wurden, ergaben keinen richtigen Sinn. Alle Sektoren entwickelten sich im Gleichschritt. Und Informationen kamen keine rein. Die Newswires waren down, selbst Bloomberg, oder zumindest lief nur Blödsinn über seine Schirme, ganz ähnlich wie der Schwachsinn, der in der Zeitung stand.

Verstohlen blickte Mike sich um, sah seine Kollegen Trades machen, aber keiner erwiderte seinen Blick, und John von gegenüber lief ein langer, dünner Speichelfaden aus dem Mund. Mike sah sich um.

Eric stand vor dem Snack-Automaten, mit glasigem Blick, und seine Fingernägel schabten über das Glas.

Mike stellten sich alle Nackenhaare auf und sein Magen zog sich in plötzlichem Abscheu zusammen. Eric kam nicht darauf, erst Geld einzuwerfen, sondern versuchte, das Glas aufzukratzen, um an die Schokoladenriegel zu kommen. Wie jemand, in dessen Oberstübchen nur noch eine einzige LED leise vor sich hin glomm.

Er blickte sich weiter im Büro um und sah die anderen, die völlig mechanisch, aber absolut sinnlos irgendwelche Dinge taten. Einer blätterte in einem Aktenordner, den leeren Blick aus dem Fenster gerichtet. Ein anderer kaute auf einer Banane herum, ohne sie vorher zu schälen.

Ganz langsam stand Mike auf, nahm sein Jackett vom Stuhl, schob sich den Tumi-Rucksack auf die Schulter und wich langsam zur Tür aus. Das war kein Witz. Kein Traum. Kein erster April.

Die ganze Stadt hatte den Verstand verloren.

Leise zog er die Tür hinter sich zu, wollte nur weg, raus, nach Hause, bevor ihm dasselbe passierte wie den Anderen. Auf der Straße bot sich ihm dasselbe Bild: Ein Taxifahrer fuhr mit Karacho gegen einen Bordstein – das war hier nichts Ungewöhnliches, aber er raste direkt weiter in das Schaufenster des Modetempels, in dem Shoperinnen mit leeren Gesichtern herumliefen, völlig unbeeindruckt von dem schwarzen Auto in der Auslage.

Keine Sirenen. Da standen zwei Bobbies, die Hände in die gepanzerten Westen gestemmt; aber sie schienen nichts zu hören und nichts zu sehen.

Mikes Herz raste, er blickte sich um, als könnte er so irgendeinen Grund ausmachen, was ganz London in diesen Zustand versetzt hatte. Wie lange ging das schon so? Seit dem Meeting? Seit heute morgen? Wie hatte es angefangen? Was war der Grund?

Zeitungen, Radios, Verkehr, nichts funktionierte. Er ging hinunter in die Tube, um nach Hause zu kommen, aber die Tubes hielten nicht. Er stellte sich vor, wie die Züge ohne anzuhalten durch das System rasten, bis sie kollidierten, und keine Polizei, keine Rettungsmannschaft käme, um die tief unter der Erde gefangenen Passagiere zu retten. Mike schauderte und floh wieder aus dem Untergrund. Also laufen.

Auf dem Weg nach Hause ging er über den Trafalgar Square, wo er sah, wie der Londoner Falkner mit seinem riesigen Raubvogel auf dem Arm in der Gegend stand, sein Blick leer. Jetzt stieß sich der Falke ab und kreiste über der Stadt, einmal, zweimal, dann stürzte er sich auf eine der reichlich vorhandenen Tauben.

Zumindest die Tiere schienen noch normal zu funktionieren – deren Autopilot reichte zum Fressen und Jagen.

Von weitem betrachtet sahen die Touristen normal aus, unachtsam, abgelenkt, aber fast normal, und das war beinahe noch gespenstischer als alles andere. Mike schwitzte, konnte keinen klaren Gedanken fassen. Nach Hause. Nur nach Hause.

Auf dem Weg fiel ihm auf, dass er kaum Lebensmittel in der Wohnung hatte, also ging er in den Tesco-Express-Laden und holte Wasser und Fertiggerichte. Einer der Ferngesteuerten räumte ein Regal ein, aber völlig ohne Sinn und Verstand, Leute gingen an der Kasse vorbei, ohne eingekauft zu haben, eine Kassiererin schob wohl zum tausendsten Mal einen Schokoriegel über den piependen Scanner. Langsam ging Mike mit seinen Einkäufen an der Kassierrein vorbei, die ihn nicht wahrzunehmen schien. Er wollte eigentlich bezahlen, aber er hatte kein Bargeld, und er glaubte nicht, dass die Kassiererin noch in der Lage war, die Knöpfe zu drücken, mit denen das Geld von seiner Karte abgebucht wurde. Und was für ein bescheuerter Gedanke, wies er sich selbst zurecht. Als ob seine paar Pfund irgendwas auch nur die geringste Bedeutung hatten angesichts des Ungeheuerlichen, das hier geschah.

*Patrick.* Es wäre noch Nacht in New York, aber er rief trotzdem mit dem Handy an. Die Leitung war tot. Nichts funktionierte. Vielleicht das Internet. Das müsste doch automatisiert sein? Bestimmt, oder? Das machten doch heutzutage alles Computer.

Es sei denn, ein ferngesteuerter IT-Fritze hätte irgendwas abgestellt. Nein, ‚ferngesteuert' traf es nicht. Ferngesteuert hieß, dass das alles einen Sinn ergab. Die sahen aber alle nicht gesteuert aus, sondern eher, als hätte es das Großhirn erwischt. Mechanisch funktionierte noch alles. Er war kein Mediziner – Wirtschaft und Business waren besser bezahlt. Jetzt wünschte er sich, er hätte sich bei der Studienwahl nach seiner Mutter gerichtet.

Mit Grauen erinnerte er sich an Eric, der versucht hatte, den Snack-Automaten aufzukratzen.

*Bekamen die eigentlich Hunger?*

Ja, der eine Typ aus Controlling hatte auf der Banane herumgekaut. Essen war ja auch rein mechanisch.

Er hetzte an schlurfenden Gestalten an der Kasse vorbei und rechnete jeden Moment damit, dass ihn irgendeiner aufhalten würde. Oder angreifen. Die Panik pulsierte ihm im Hals. Er wünschte, er hätte irgendeine Ahnung, was er zu tun hatte, aber Vorräte waren wichtig.

Er brauchte Waffen.

In seiner Heimat würde er sich jetzt eine Schrotflinte besorgen, aber die Briten hatten die falschen Waffengesetze für eine Zombie-Apokalypse.

Im Lillywhites, dem großen Sportkaufhaus am Piccadilly Circus, beschaffte er sich ein paar Cricket-Schläger (hatte der bescheuerte Sport doch sein Gutes) und Golfschläger, dazu eine Golftasche. Die waren geräumig, damit kam er weiter.

Die Straßen waren blockiert und voller Leute, auf Tube und Bus war kein Verlass mehr. Die Versuchung, sich in seiner Wohnung zu verschanzen, war fast übermächtig, aber das brachte auch nichts. Außerdem, was sollte er ohne Handy und womöglich auch ohne Internet da mit sich anfangen? Hemden bügeln und hoffen, dass es vorbeiging. Was, wenn es nicht vorbeiging? Wenn er nicht eines Tages aufwachte und alles wäre normal?

Nein, er musste raus aus der Stadt!

Er besorgte sich eine Straßenkarte aus dem Buchladen, in dem Zombies vor den Regalen standen und auch ein paar Bücher durchblätterten. Ein anderer kaute auf einem dicken Dan-Brown-Schinken herum – was Mike grimmig amüsierte.

Langsam gewöhnte er sich daran, an der Kasse nicht zu bezahlen. Solange er den Cricket-Schläger zwischen sich und die Zombies hielt, war alles in Ordnung. Er besorgte sich noch ein paar Dutzend Flapjacks, Getreideriegel in verschiedenen Geschmacksrichtungen, warf alles in die Golftasche, und machte sich auf den Weg nach draußen, erst mal Richtung Norden, dann nach Osten.

So richtig aufatmen konnte er nicht, als er, verschwitzt und erschöpft, die Absperrung erreichte. Aber er hatte die Soldaten dahinter eine Weile beobachtet, und die sprachen miteinander, und liefen zielgerichtet herum, also waren das keine Zombies. Er wollte auch nicht mehr weiter – zu lange war er in der Wildnis herumgeirrt, immer besorgt, dass, wenn er sich zum Schlafen hinlegte, er davon aufwachte, dass ein paar Zombies an ihm herumnagten.

Als er sich der Absperrung näherte, rief ihm jemand zu, sich flach auf den Bauch zu legen, Hände verschränkt im Nacken.

Mike gehorchte, blickte nur weit genug auf, um die schweren Armeestiefel zu sehen, froh darüber, dass der Alptraum vielleicht vorüber war. Sie fesselten ihm die Hände auf den Rücken, dann wurde er mit irgendwas eingesprüht, das in den Augen und Lungen brannte, sich aber ziemlich schnell wieder verflüchtigte.

»Sorry deswegen«, sagte ein Soldat und zog ihn wieder hoch. »Befehl von oben.«

»Schon klar«, sagte Mike, und folgte dem Soldaten hinter die Absperrung.

Die Männer dahinter sahen extrem hart aus – viele sonnenverbrannt genug, um im Irak oder in Afghanistan gewesen zu sein, aber für Mike ergaben weder ihre Rangabzeichnen noch die Farben ihrer Barette irgendeinen Sinn. Soldaten. Eine Art Ordnung, sowas wie Hierarchie. Der Soldat brachte ihn in ein Zelt, wo ihn ein Arzt erwartete.

»Sind Sie verletzt?«

»Nein, nur …«

Der Arzt nickte, leuchtete mit einer kleinen Taschenlampe in seine Augen. »Aus London, ja?«

»Ja.«

»Viele Gesunde gibt's da nicht mehr.« Mit behandschuhten Händen nahm ihm der Arzt Blut ab, wischte dann einen Blutstropfen von seinem Arm, und warf das Stück Mull weg, aber es verfehlte den Mülleimer. Der Arzt hatte sich schon die Handschuhe ausgezogen, aber nahm den Mull auf und warf ihn weg. »Vielleicht sind Sie immun, das müssen wir prüfen.«

»Wie viel … ist denn noch übrig?«

»Im Norden und in Wales ist noch nichts passiert. Wir riegeln hier London und den Südosten ab. Den Banker-Speckgürtel. Glücklicherweise scheinen die Infizierten nicht aggressiv zu sein.«

»Nein, nur … verblödet.«

Der Arzt grinste sardonisch. »Ich hätte in London keinen Unterschied bemerkt … aber gut.«

»Weiß man denn schon, was … die Infektion ist? Ich meine, das ist keine Schweinpest.«

»Schweinegrippe«, korrigierte der Arzt und beschriftete die Plastikampullen mit seinem Blut. »Porton Down arbeitet mit Hochdruck – und internationalem Beistand – das BNI Tropeninstitut in Deutschland hat bereits Hilfe zugesagt. Aber im Moment steht nicht einmal fest, ob es ein Virus, eine Bakterie oder ein Pilz ist.«

»Tropen?« Mike rieb sich die Einstichstelle. »Mein Chef war in Brasilien. Bei dem habe ich's zuerst gesehen.«

Der Arzt hob eine Augenbraue. »Das wird die Militärs interessieren.«

## Tag 6

Diese Irren rissen sich geradezu darum, nach London reinzugehen.

Mike versuchte es ihnen auszureden, aber er konnte sich der Logik nicht verschließen. Wenn diese Epidemie wirklich mit Dean Christchurch angefangen hatte, dann machte es durchaus Sinn, sich Deans zu bemächtigen. Er konnte auch nicht ausschließen, dass Dean immer noch im Büro herumirrte – der hatte im Büro gelebt, vermutlich kannte sein aufgeweichtes Gehirn den Rückweg nicht.

Das Dumme war nur, dass die Militärs darauf bestanden, dass *er* Dean identifizierte.

Den Morgen über quälten sie ihn mit Drills zur Seuchenbekämpfung und -vermeidung, und das, obwohl er doch angeblich immun war. Als könnte die Immunität sich einfach aufheben, nur, weil sie mal nützlich war. Die Soldaten selbst rangen auch darum, wer »die Ehre« haben sollte – diverse Spezialeinheiten, SAS and SBS boten sich an. Mike interessierte nicht, wie das ganze ausging, er versuchte, alles im Kopf zu behalten, was sie ihm eintrichterten.

Er wollte wirklich nicht wieder zurück. Er wollte nach Hause. Er hatte mit England und London eigentlich so gar nichts zu tun, und mittlerweile wäre das mit der Arbeitslosigkeit für ihn auch nicht mehr so schlimm.

Diese Gedanken lenkten ihn zumindest von der Sorge ab, was er in den Büros vorfinden konnte, als der Helikopter auf dem Dach landete und ihm einer der Soldaten zwischen die Schultern schlug. Aussteigen, hieß das.

Mike stieg aus, um ihn herum bezogen die Soldaten in ihren Tarnklamotten und der Panzerung Stellung, und alles starrte vor Waffen.

Zwei Soldaten schlugen die Feuertür auf, dann galoppierte alles das Nottreppenhaus runter. Fünfter Stock. Mike kam kaum hinterher, aber am Ende mussten sie doch auf ihn warten, damit er ihnen die richtige Tür zeigte, die sie aufbrechen konnten.

Durch den Notausgang einzubrechen war surreal – es war erst eine Woche her, da hatte er hinter dieser Tür gearbeitet, hatten die Raucher verbotenerweise den Notausgang auf das Dach genommen, weil das der kürzeste Weg an die frische Luft war.

Sie schlichen am Wasserspender vorbei. Die Soldaten hatten die Gewehre im Anschlag und rückten vorsichtig vor, tastend, als könnte sie jeden Moment etwas aus der Wand, dem Boden, oder der Decke anspringen. Vorbei an den Konferenzräumen hinter den Glaswänden – und Mike blieb fast das Herz stehen, als einer seiner Kollegen, Gott, das war Eric, gegen die Glasscheibe klatschte, und nicht mal die Hände hob, um sich abzufangen.

Stattdessen ging er einen Schritt zurück und wieder einen vor und rannte wieder gegen die Scheibe, wie ein Automat mit Fehlfunktion. Vermutlich erinnerte sich ein Teil seines Hirns daran, dass nur zwei Schritte weiter links die Tür war. Angespannt rückten die Soldaten weiter vor. Der letzte hielt den Blick auf Eric gerichtet, und Mike spürte den seltsamen Drang, Eric in Schutz zu nehmen vor den vermummten Soldaten. Was für ein Unsinn. Aber Eric hatte er zumindest gekannt.

Ein furchtbar lautes Rattern ließ Mike zusammenfahren und fluchen, bevor er sich die Ohren zuhielt. Im Licht der Mündungsfeuer sah er eine menschliche Gestalt zucken, und weiter auf sie zulaufen.

Die Einschläge rissen Brocken aus dem Körper, bizarrerweise flatterte die feine Seidenkrawatte, die der Zombie trug, und Mike sah entsetzt, dass der Zombie erst innehielt und der Länge nach auf den Boden klatschte, als nicht mehr viel von ihm übrig war. Nichtsdestotrotz machten die Soldaten einen Bogen um den Körper, als könnte er wieder aufstehen. Mike wollte nicht hinsehen. Er wollte keinen seiner Ex-Kollegen erkennen. Gemocht hatte er sie alle nicht, aber das ging schon ein bisschen zu weit.

Jetzt ging es an der Teeküche vorbei, wo ein Zombie stand und, wohl schon seit langer Zeit, auf den Heißwasserknopf am Boiler drückte. Seine Teetasse war schon seit einer Woche voll. Das heiße Wasser und der Dampf hatten den Arm des Zombies weißlich gekocht, der Anzug klebte ihm nass am Körper. Peter? Mike hatte keine Gelegenheit, ihn zu identifizieren, denn schon fetzten die Kugeln in den Körper, den Kühlschrank und den Heißwasserboiler, was eine riesige Wolke Dampf austreten ließ. Prompt eröffneten mehrere Soldaten das Feuer, wohl aus reiner Nervosität, ein ohrenbetäubender Radau, der, dachte Mike mit einem Anfang von Hysterie, wohl Tote aufwecken konnte.

Der Zombie verteilte sich danach in der nassen Küche. Mike würgte. Wenn das so weiterginge … ja, was dann? Er hatte keine Ahnung, was er tun könnte oder wollte. Vielleicht einfach durchdrehen. Das erschien im Moment die humanste Lösung. Nur tat ihm sein Hirn den Gefallen nicht.

Weiter ging es.

Sie kamen zum 'Aquarium', Deans glasummanteltes Büro, das früher einmal ein Konferenzraum gewesen war. In diesem Land war ein eigenes Einzelbüro das ultimative Statussymbol, nur übertroffen durch einen privaten Parkplatz in Zentrallondon.

Dort saß, so, als wäre die letzte Woche nie passiert, Dean.

Gott sei Dank erkannten ihn die Soldaten auch, zumindest verteilten sie Dean nicht an die Wand hinter ihm, obwohl er schauerlich aussah. Auch er hatte den glasigen Blick, mit dem er auf den Monitor starrte, der auf seinem Schreibtisch stand, aber bei ihm wuchs … etwas aus seinem Kopf.

Es sah organisch aus, grünlich-violet, ein Farbton, der im Dunkeln vielleicht leuchten würde. Die Oberfläche des Gewächses, das in dicken Strängen aus seinen Ohren gewachsen war und in dünneren Fäden auch aus Nase, Augen und Mund hing, war übersät mit winzigen Ausläufern, die aussahen wie die Fruchtkörper eines Schimmelpilzes unter dem Mikroskop, wie bei einem Bild, das im *National Geographic* oder in *Wildlife* abgedruckt werden würde. Mike konnte sich die Bildunterschrift vorstellen: *'Und dieses Prachtexemplar wächst auf einem etwa fünfzigjährigen Hedge Fund Manager.'*

Mike zuckte zusammen, als sich zwei der Soldaten auf Dean stürzten, ihn packten, mit dem Gesicht auf den Schreibtisch pressten und seine Arme verdrehten und fesselten. Zu guter Letzt stülpten sie ihm dann noch einen Sack über den Kopf. Dabei wurde ein Teil des Gewächses abgerissen und es stieß Sporen aus, die sich als grünlichleuchtende Wolke im Büro verteilten. Mike hatte dabei ein ausgesprochen ungutes Gefühl.

Das Gewebe auf dem Tisch nässte klare Flüssigkeit auf die Tastatur. Mike starrte gebannt darauf, bis ihn einer der Soldaten mit dem rüden Klaps auf die Schulter aus der Erstarrung riss. »Abmarsch!«, rief der Mann durch die Gasmaske.

Sie bugsierten Dean aus dem Büro, aber dessen Bewegungen waren so unkoordiniert und langsam, dass sie ihn am Ende noch weiter zusammenschnürten und einfach trugen.

Als sie alle wieder in den Helikopter kletterten, zurrten die Soldaten Dean hinten fest wie ein Frachtstück, das nicht verrutschen durfte. Er hatte einen seiner handgefertigten italienischen Schuhe verloren, und Mike sah mit Unverständnis, dass seine Socke ein Loch hatte. Als der Helikopter wieder abhob, starrte Mike aus dem Fenster, um nicht das sich bewegende Bündel ansehen zu müssen.

Unter ihnen, in Londons Straßen, bewegten sich Menschen (oder was einmal Menschen gewesen waren), aber keine Busse, keine Fahrradfahrer, keine Taxen. Boris Johnsons großer Traum von einer verkehrsberuhigten Innenstadt war endlich wahr geworden.

Der Helikopter sank wieder dem Boden entgegen, als der Pilot sich nach hinten umdrehte und gestikulierte. Die Soldaten drückten sich ans Fenster, aber unten war niemand zu sehen. Mike starrte angestrengt nach draußen. Die heranziehende Dämmerung verwischte alle Linien, und das war es wohl, was die Soldaten beunruhigte.

»Kein Licht«, sagte deren Anführer und schnappte sich ein Fernglas, schob dann die Tür auf, und bedeutete dem Piloten, den Helikopter auf der Stelle zu drehen.

»Da!«, rief einer der anderen.

Mike sah es jetzt auch. Leute, die sinnlos durch die Gegend liefen, einer lief immer wieder gegen einen Lkw. Aber wie? Mike fühlte ein

Frösteln aufsteigen, sich dann ausbreiten, ein Kitzeln wie Ekel, wie eine Ameisenarmee auf nasser Haut. Waren die Zombies durch die Absperrung gebrochen? Oder wie hatte der Irrsinn jetzt auch die Leute hier erfasst?

»Nach Porton Down, Wiltshire«, befahl der Kommandant, und der Helikopter drehte ab.

## Tag 7

Sie lieferten Dean im Seuchenbekämpfungszentrum ab, und auch Mike wurde zwei Tage lang untersucht. »Sie sind wohl tatsächlich immun«, sagte einer der Seuchenbekämpfungsspezialisten mit einem bewundernden Kopfschütteln, nachdem er Mike mehrfach Blut abgenommen und ihn von allen Seiten durchleuchtet hatte.

»Was ist mit Dean?«

Der Doktor sah ihn für einen Moment ausdruckslos an, dann zog er die Mundwinkel auseinander. »Ihr Kollege ist ein ganz wesentliches Stück des Puzzles.« Das sagte er so, als meinte er eigentlich 'Mr Christchurch wird Medizingeschichte schreiben'.

Mike fröstelte. War noch was von Dean übrig? Oder landete er wie eine viktorianische Missgeburt in einem Glas, das zukünftigen Medizinstudentengenerationen gezeigt werden würde? Oder wie der eingelegte Riesenkalmar im Meeresmuseum in Napier.

»Wir gehen davon aus, dass es sich um einen bisher unbekannten Fungus handelt, der aus den Tropen eingeschleppt wurde. Interessante Organismen, die Pilze, echte Gewinner der Evolution. Vielleicht wurde er auch genetisch zum Kampfstoff verändert, oder ist selbst so mutiert, dass er Menschen als Wirtskörper verwenden kann. Also eine Anpassungsreaktion, als der Mensch in seinen Lebensraum eingedrungen ist. Vielleicht handelt es sich einfach um eine komplexe Abwehrreaktion gegen Störfaktoren, das müssten wir herausfinden«, fuhr der Mediziner fort. »Die Evolution ist schon faszinierend, wenn man darüber nachdenkt. Der selbe Mechanismus, der den Pilz befähigt, London Schachmatt zu setzen, hat Sie immun gemacht. Auslese, Mutation, Experimente im Hexenkessel von Mutter Natur.«

Selbst als Hedge Fund Trader kam Mike nicht umhin, die Kaltblütigkeit des Arztes auf gewisse Weise zu bewundern. Londons über sieben Millionen Einwohner und wer weiß wie viele andere waren von einem parasitären Pilz zu Zombies gemacht worden, und der Mann sprach über Evolution, als sei das etwas ganz Tolles. Besonders sauer stieß ihm auf, dass der Arzt nicht davon sprach, den Befall zu kontrollieren oder zu heilen. Zuerst natürlich mussten sie ihn verstehen, aber Mike sah wieder das Stück abgebrochenen Pilzes auf Deans Schreibtisch liegen und vor sich hin bluten. Wie viel war noch von Deans Hirn übrig? Konnte man das heilen?

Und noch etwas, was der Arzt nicht sagte, war sogar noch viel verstörender; wenn er immun war, war auch er ein 'wichtiges Teil des Puzzles'. Mike hoffte, dass die sich mit Blut und Zellproben zufrieden gaben.

## Tag 8

Mike blieb nicht in Porton Down, um es herauszufinden. In der Nacht war er aufgewacht – was ihn geweckt hatte, wusste er nicht – und auf dem Flur der angegliederten Isolationsstation hatte er sie gesehen: Ärzte und Patienten mit glasigem Blick. Zwei der Befallenen schienen zu den Soldaten zu gehören, die Dean weggeschleppt hatten.

Mike hatte nur seine Sachen gepackt und war in die Nacht geflohen. Er hatte sich ein Auto geschnappt (dessen zombifizierter Besitzer hatte es einfach stehen gelassen) und war weggefahren, einfach weg. Wenn der Pilz schon unter solchen Sicherungsvorkehrungen ausbrechen konnte, dann gab es keine Hoffnung mehr.

Mike hätte eigentlich erwartet, dass ihn Verzweiflung überfallen würde, dass er schreien und ausrasten würde, aber er war zu erschöpft, zu verwirrt, um irgendetwas zu fühlen als eine seltsame Benommenheit, als seien alle seine Gefühle und Gedanken unter einer dicken Schicht Watte begraben.

Er fand schließlich in einem dieser ländlichen englischen Dörfer, die seine Mutter im Fernsehen so 'pittoresk' fand, einen Ferienhaus, in dem keine zombifizierten Bewohner herumliefen.

Es war alles weit ab vom Schuss, weit weg, wenige Menschen. Er fand sogar eine Schrotflinte mit reichlich Munition in einem der Häuser in der Umgebung, als er sich auf einen Raubzug machte. Er sammelte Konserven und andere Lebensmittel ein, und verschanzte sich schlussendlich in dem Haus. Wenn es irgendwem tatsächlich gelänge, die Welt zu retten, musste er zumindest solange aushalten.

## Tag 10

An diesem Morgen stand er auf und ging hinunter ins Badezimmer. Er fühlte sich, als hätte er gestern zuviel getrunken. Ein dumpfes Gefühl im Kopf, wie ein Kater, aber ohne Schmerzen, und ohne Lichtempfindlichkeit. Er bereitete sein Rasierzeug vor, nässte die Stoppeln im Gesicht an, pinselte sich ein, alles Bewegungen, die er schon ewig machte und die keinen Gedanken mehr verlangten.

Er zog den Rasierer durchs Wasser, setzte die nasse Klinge dann an der Wange beim Ohr an. Und starrte in den Spiegel. Aus seinen Ohren ragten, über Nacht, auf beiden Seiten, grünlich-violette Schwammkörper mit filigranen Verästelungen. Mike spürte gar nichts, nur ein ganz leises Wiedererkennen, aber keine Furcht oder Ekel. Im Gegenteil.

Es war wunderschön.

## Tobias Bachmann

# Die letzte Telefonzelle

Tobias Bachmann, (*1977 in Erlangen), ist in der Kinder- und Jugendhilfe tätig, und hat sich als Autor dunkler Phantastik spätestens seit dem Episodenroman *Das Arkham-Sanatorium* (2007, gemeinsam mit Markus K. Korb) fest etabliert. Veröffentlichungen (Auswahl): *Novalis' Traum* (2006, Kurzgeschichten), *Das Spiel der Ornamente* (2007, Horrorkrimi), *Kaleidoskop der Seele* (2008, Kurzgeschichten). Die Erzählung *Die Klangkathedrale* erreichte den zweiten Platz beim Vincent Preis als beste Horrorerzählung 2007. Der Roman *Dagons Erben* (2009) war wegen Limitierung bereits vor Erscheinen ausverkauft. Bachmann lebt mit seiner Familie im Fränkischen Seenland.

Webseite: www.tobias-bachmann.de

HINTERLAND

Die Telefonzelle stand etwas abseits der Straße, halb von einem Baum verborgen, der sein buntes Blattwerk über dem gelben Häuschen abwarf. Die Straße selbst war an dieser Stelle kaum beleuchtet, und die flackernden Neonröhren im Inneren der Telefonzelle waren im peitschenden Regen der Nacht die einzige Lichtquelle.

»Wahrlich, irgendwo im Nirgendwo«, befand Mühlmann, der in seinem Wagen im Dunkeln saß und auf die Telefonzelle starrte. Nur das Aufglimmen seiner Zigarette verriet seine Gegenwart, doch bei diesem Wetter war eh niemand auf der Straße unterwegs. »Nicht hier, am Ende der Welt«, murrte er weiter. Der Regen prasselte mit wütender Energie auf das Autodach. Durch die Fensterscheiben nahm Mühlmann die Außenwelt nur in Form verschwommener Schlieren wahr.

Der Baum, der die Telefonzelle fast verbarg, schlug mit den Zweigen gegen das altertümliche Utensil. Eigentlich durfte es solche Telefonzellen gar nicht mehr geben. Ein jeder telefonierte heutzutage mit einem Handy, manche hatten sogar mehrere, wieder andere verwendeten gar schon die Möglichkeit, sich diesen iChip in den Gehörgang einoperieren zu lassen.

Mühlmann war das alles egal. Er hatte seinen Auftrag und saß hier nun schon seit Stunden, nur um dieses Relikt vergangener Zeiten anzustarren und darauf zu warten, dass das zu observierende Objekt auftauchte. Vor drei Stunden hätte der Mann bereits da sein sollen. Seit vier Stunden regnete es aus vollen Eimern.

»Kein normaler Mensch geht bei so `nem Wetter auf die Straße«, sagte Mühlmann zu sich selbst. Es mochte das hundertste Mal sein, dass er sich auf diese Weise selbst Bestätigung verschaffte. Vielleicht würde er kommen, sobald es zu Regnen aufhört, dachte er, doch so, wie es aussah, würde es nicht aufhören.

Einmal mehr setzte er seine Internetgläser auf, loggte sich ein, und wählte die Seite der hiesigen Wetterstation an. Unverändert. Sintflutartige Regenfälle für die nächsten zwei Tage, hieß es da. Er nahm die Brille von der Nase – die Gläser erloschen automatisch.

»Er wird nicht kommen«, sagte er wieder.

Mühlmann drückte die aufgerauchte Kippe in den überfüllten Ascher seines Wagens und schob sich eine weitere Zigarette in den Mund.

»Verdammter Scheißjob.« Er wusste genau, dass es keinen Zweck hatte, noch weiter zu warten. Nach der Zigarette würde er sich eine

Ablösung rufen, warten, bis sie eintreffen würde, und dann nach Hause fahren. Daheim würde er sich in die Wanne legen und sich mit Whisky vollaufen lassen. Er grinste selbstzufrieden. Auf diese Weise könnte der Abend doch noch zu einem gelungenen Abschluss finden.

Er blickte auf die Uhr – es war kurz nach Sieben. Er griff zu seinem Handy, das neben seiner Waffe – einer Luger, die ihm sehr ans Herz gewachsen war – auf dem Beifahrersitz lag. Langsam wählte er die sichere Nummer seiner Dienststelle und wartete auf das erlösende Freizeichen.

»Es kann derzeit keine Verbindung hergestellt werden. Bitte versuchen Sie es später noch einmal«, sagte eine weiblich klingende Computerstimme.

»Scheiße. Funkloch, oder was?« Er warf das Handy zurück auf den Beifahrersitz. Laut Vorschrift durfte er seinen derzeitigen Aufenthaltsort erst nach Eintreffen der Ablösung oder aber nach erfolgreicher Beendigung des Auftrags verlassen. Bei dem Wetter war nichts von beidem möglich.

»Funklöcher. So was gab es früher nicht.« Mühlmann blickte wieder auf die gegenüberliegende Straßenseite. In der Telefonzelle wartete vermutlich der letzte Festnetzanschluss der gesamten Welt auf ihn. Er bräuchte nur hinüberzugehen, die Nummer wählen, sich eine Ablöse bestellen, und das Problem wäre erledigt. Ein neues Problem würde jedoch dann entstehen, wenn das Zielobjekt just in diesem Moment auftauchen würde.

Mühlmann wählte ein weiteres mal die Nummer, doch das Funkloch blieb bestehen.

»Ach, Scheiß drauf«, sagte er, steckte seine Parabellumpistole in den Hosenbund und öffnete die Tür seines Wagens, ein schnittiger Street-Case, Modell Triple-X. Sobald er ausgestiegen war, hatte ihn der Regen auch schon völlig durchnässt. Mühlmann knurrte einen unterdrückten Fluch und spuckte die aufgeweichte Zigarette in den Rinnstein. Er beobachtete, wie die Türe seines Wagens sanft in die Öffnung zurückglitt. Eigentlich liebte er dieses langsame Zugleiten. Die Triple-X-Reihe war die erste Automobilserie, die aus der staatlichen Zwangsfusionierung der drei Herstellerfirmen Opel, BMW und Volkswagen hervorgegangen war. Die Bevölkerung war seinerzeit empört darüber gewesen, doch als man den ersten Triple-X im

Jahr 2032 auf der IAA vorstellte, war Mühlmann sofort begeistert gewesen von der vollautomatisierten Technik, dem windschnittigen Design, und – auch wenn es ein unwichtiges Detail war – dem eleganten Zugleiten der Wagentüre. Da musste man einfach zuschauen. Nass war er ohnehin schon.

Als die Tür zu war, überquerte er hastig die Straße. In deren Mitte blickte er kurz in beide Fahrtrichtungen. Keine Menschenseele weit und breit.

Der Regen wurde ihm vom Wind regelrecht ins Gesicht geklatscht, so dass er froh war, endlich an der Telefonzelle zu sein. Er öffnete die Tür, betrat die Zelle, und wartete, bis das Wetter ausgesperrt war.

Das Innere der Zelle war eine wahre Antiquität. Das Telefon verfügte über eine altertümliche Wählscheibe, und neben dem Apparat fand er die zerfledderten Telefonbücher aus dem Jahre … nein, das überraschte ihn. Die Telefonbücher waren auf dem aktuellsten Stand. Die Telefonzelle wurde also noch immer gewartet.

Er hob den Hörer auf und blickte noch einmal durch die Scheiben, konnte jedoch nichts erkennen, außer sein eigenes Spiegelbild: unrasiert, klatschnasses Haar, durchnässter Trenchcoat. Furchtbar.

Er hielt sich den Hörer ans Ohr. Das schwarze Hartplastik fühlte sich ungewohnt und kühl an. Mühlmann griff zur Wählscheibe.

»Nein, tun Sie das nicht.« Die Stimme kam eindeutig aus dem Hörer.

»Was?«, sagte Mühlmann. »Ich habe doch noch gar nicht … Wer ist da am Apparat? Und was zur Hölle soll ich nicht tun?«

»Sie dürfen auf keinen Fall eine Nummer wählen.«

»Warum nicht?«

»Wenn man von mir telefoniert, wird ein Signal gesendet, und dann weiß die Telefongesellschaft, dass es mich gibt, und dann kommt jemand und demontiert mich.«

»Man demontiert Sie?«

»Ja, man schaltet mich ab, nimmt mich vom Netz, wirft mich auf den Müll, auf einen Schrottplatz, womöglich.«

»Wie darf ich das verstehen? Wer sind Sie? Von wo sprechen Sie? Hallo?«

»Ich bin die Telefonzelle.«

»Ich spreche mit einer Telefonzelle?«

»Korrekt.«

»Aber das ist doch Quatsch. Ich habe noch nicht mal eine Nummer gewählt, und …«

»Um mit mir zu sprechen, brauchen Sie auch keine Nummer zu wählen. Da langt es, wenn Sie meinen Hörer ans Ohr halten, und deutlich in meine Sprechmuschel sprechen. Die Sprache ist im Übrigen egal, ich kenne sie alle und beherrsche sie mühelos. Von mir kann man in die gesamte Welt telefonieren. Ich habe viel gelernt im Laufe der Jahre, und da ich ja noch am Netz hänge, kann ich jedes beliebige Gespräch mitverfolgen.«

»Ich spreche also wirklich mit einer Telefonzelle?«

»Ja.«

»Und hier sind keine Kameras, die mich filmen, und mir sagen, dass ich gerade im Fernsehen bin?«

»Nicht dass ich wüsste, nein.«

»Und Sie sind auch keine Person, die sich hier irgendwie eingeschaltet hat, um mich auf diese Weise zu verarschen?«

»Ich bin die Telefonzelle. Und alles, worum ich Sie bitte, ist, nicht von meinem Anschluss aus zu telefonieren.«

Mühlmann seufzte und kratzte sich am Kopf. Das durfte doch nicht wahr sein.

»Sicherlich mag es Sie überraschen«, sprach die Telefonzelle weiter, »aber ich sage nur, wie es ist. Ich bin die letzte Telefonzelle auf der ganzen Welt. Die Telefongesellschaft hat mich vergessen, mich nicht demontiert, und ich möchte, dass dem so bleibt.«

»Aber die Telefonbücher«, sagte Mühlmann, »die wurden doch aktualisiert?«

»Freunde, die mir gelegentlich diesen kleinen Dienst erweisen.«

»Freunde?«

»Eine Telefonzelle hat ein ebensolches Recht auf Freundschaften, wie irgendwelche anderen Geräte auch.«

»Das heißt, Sie haben Freunde, die Sie regelmäßig besuchen kommen?«

»So ist es. Manche besuchen mich – seit Jahren schon. Manchmal ruft man mich aber auch an.«

»Man kann Sie anrufen?«

»Ich bin eine Telefonzelle. Natürlich kann man mich anrufen. Gewartet werde ich regelmäßig durch einen befreundeten Techniker, der auch einmal jährlich die Telefonbücher auswechselt. Wir verstehen uns gut.«

»Na schön. Ich muss dennoch telefonieren. Was kann ich also tun?«

»Nehmen Sie doch ein Handy? Jeder hat doch heutzutage ein Handy.«

»Ja, doch hier habe ich kein Netz.«

»Nun, dann kann ich Ihnen nur empfehlen, dorthin zu gehen, wo ausreichend Empfang vorherrscht. Vielleicht auf einem Hügel? Hier befinden wir uns in einer Talsenke.«

»Ich kann hier leider nicht weg.«

»Wenn Sie es wünschen, kann ich ein Gespräch für Sie simulieren?«

»Wie sollte das denn funktionieren?«

»Sie nennen mir die Nummer Ihres Wunschanschlusses, ich imitiere die Stimme, und gebe Ihnen die gewünschten Auskünfte, sofern ich all dies aus meinem Speicher abrufen kann.«

»Ihr Speicher muss enorm sein.«

»Meinem Techniker sei Dank, verfüge ich über ein paar hübsche Erweiterungen.«

»Schön für Sie. Ich brauche aber ein reales Telefonat. Es ist wichtig. Ich könnte doch nun einfach die Wählscheibe betätigen, und auf Ihre Meinung scheißen, hm? Sie sind ja nur eine Telefonzelle«, sagte er, wobei in ihm der Gedanke keimte, gehörig an der Nase herumgeführt zu werden. Die Frage war nur: von wem?

»Sicherlich könnten Sie das tun, ich könnte auch nichts dagegen machen, doch appelliere ich an Ihre Menschlichkeit.«

Mühlmann lachte laut auf. Das konnte nur ein Witz sein. Irgendein schlechter Witz. Versteckte Kamera. Irgendetwas in der Art. Er schüttelte den Kopf und legte auf.

»Und nun? Was machst du nun?«, bellte er den Apparat an, doch keiner sprach mehr zu ihm; niemand antwortete. Er verließ die Zelle und stapfte durch den Regen zurück zu seinem Wagen auf der anderen Straßenseite. Er brauchte erst mal eine Zigarette.

Er schaltete die Standheizung ein. Mühlmann fröstelte. Da hatte doch tatsächlich irgendein Technikfreak eine beschissene Telefonzelle mit einem Sprachcomputer ausgestattet und sie zudem mit einer künstlichen Intelligenz versorgt. Unglaublich. Es gab doch nur noch Verrückte auf der Welt.

Nun, vielleicht war er ja auch nur selbst verrückt. Vielleicht hatte Mühlmann ja doch eine Nummer gewählt, und irgendjemand hatte tatsächlich … Doch auch diese Erklärung erschien ihm zu fadenscheinig. Wer hätte etwas davon, ihm auf so alberne Weise mitzuspielen? Ein gegnerischer Agentenring? Oder war es gar seine eigene Einheit, die ihn hier auf seine Zuverlässigkeit überprüfen wollte? Doch derartige Maßnahmen waren ihm bislang noch nie untergekommen. Davon hätte er doch etwas mitbekommen müssen, im Laufe seiner Dienstzeit.

»Alles Quatsch«, sagte er. Er gehörte mit seinen bald fünfzig Jahren zwar schon zum alten Eisen, aber senil war er noch lange nicht. Der Auftrag war simpel, genau richtig für ihn, sofern man einmal davon absah, dass das Zielobjekt nicht auftauchte, was natürlich auf eine Fehlinformation zurückzuführensein könnte.

Er rauchte fertig und versuchte es abermals über das Mobiltelefon. Dann fiel ihm ein, dass er ja vorher noch im Netz hatte surfen können. Wieso hatte er dort Empfang, fragte er sich. Warum konnte er mit seinen Internetgläsern online gehen, nicht aber mit dem Handy? Angenommen, das ominöse Funkloch war lediglich eine Inszenierung, die man als Maßnahme in die Wege geleitet hatte, um zu überprüfen, ob er sich über das Telefonierverbot hinwegsetzen würde – dann wäre er erledigt, auf Teufel komm raus. Auf der anderen Seite waren Funklöcher zwar zur Seltenheit verkommen, aber rein theoretisch und gerade noch bei so einem Unwetter immerhin denkbar.

»Scheißtechnik«, sagte er. Zwar hätte er eine Mail verschicken können, doch dies war während Einsätzen verboten, da sie noch leichter abzufangen waren als Telefongespräche über die sichere Nummer. Diese sorgte zum einen dafür, dass der Standort nicht zurückverfolgt werden konnte, da er im Sekundentakt über den ganzen Erdball wechselte, und zudem das Gespräch nicht nur verzerrte, sondern – sobald es mit dem falschen Kryptogramm entzerrt wurde – nur harmloses Geplauder ertönte. Gespräche zwischen Tante und Nichte oder zwei Greisen, die sich an frühere Liebschaften erinnerten – in der Hinsicht bewies der Geheimdienst regelrecht Humor.

Nun, vielleicht könnte er dies der intelligenten Telefonzelle erklären, und mit etwas Glück ließ sie sich umstimmen. Dieser Gedanke brachte ihn zum nächsten Problem: Mit wem telefonierte er in dieser Zelle? Wenn es niemand aus seiner eigenen Abteilung war, dann vielleicht ein Informant. Wenn Mühlmann die richtigen Fragen stellen würde, könnte er eventuell an relevante Informationen gelangen.

Aber warum diese subtile Tarnung, von wegen »intelligente Telefonzelle«? Und wenn sie wirklich intelligent war? Und wenn nicht, dann würde er nur die Schulter zucken, und trotzdem telefonieren. Er hätte die Zelle im Rahmen seines Auftrags eh demontieren müssen – wenn auch etwas brutaler und rascher, und schlussendlich nicht ohne seinem Triple-X ein paar Kratzer zu verabreichen. So lautete sein Auftrag: Die Zielperson in der Telefonzelle erfassen und aufs Gas drücken.

Mühlmann stieg aus. Diesmal nahm er die Zigaretten mit. In der Hoffnung, dass sie nicht nass wurden, rannte er durch den Regen zur Telefonzelle und brachte sich darin in Sicherheit. Er begutachtete die Packung, beäugte ebenso die Zigarette, die er daraus hervorzog und sich in den Mundwinkel steckte. Sein Feuerzeug flammte auf. Blauer Dunst breitete sich in der Telefonzelle wie Nebel aus, nachdem er ein paar mal gepafft hatte. Dann hob er den Hörer auf.

»Das sollten Sie nicht tun«, sagte die Telefonzelle.

»Was?«

»Rauchen.«

»Woher willst du wissen, dass ich rauche? Sag nicht, du kannst auch noch riechen.«

»Nein, aber ich höre es an der Art, wie Sie ausatmen. Auch wenn der Feinstaub sich auf meine Schaltkreise legt, stört mich der Rauch nicht. Dennoch habe ich da ein paar Gespräche erlebt, zwischen Menschen denen das Rauchen ernsthaften Schaden …«

»Ach, halt die Klappe. Pass mal auf, ich mache dir einen Vorschlag: Die Nummer, die ich anrufen möchte, ist eine sichere Leitung – das heißt, man kann sie nicht zurückverfolgen; die Telefongesellschaft schon gar nicht. Na, was hältst du davon?«

»Nennen Sie mir bitte die Nummer, dann kann ich Ihre Aussage überprüfen.«

»Das geht leider nicht. Wenn jemand mithört, dann ist die Nummer für die Katz. Du musst mir schon vertrauen.«

»Vertrauen Sie mir, wenn ich Ihnen sage, dass ich dafür garantiere, dass derzeit niemand mithört?«

»Nein.«

»Ich vertraue Ihnen auch nicht.«

»Nun«, Mühlmann sog ein letztes mal an seiner Zigarette und trat sie auf dem Boden aus, »in dem Fall bleibt mir wohl nichts anderes übrig, als einfach so die Nummer zu wählen.«

»Nein!«

»Doch.«

»Warum wollen Sie denn unbedingt dort anrufen? Vielleicht kann ich Ihnen ja anderweitig behilflich sein?«

»Herrgott noch mal.«

»Ich danke Ihnen.«

»Wofür?«

»Für Ihre Einsicht.«

»Ich bin überhaupt nicht einsichtig, du verdammte Maschine.«

»Doch, ich höre es am Tonfall Ihrer Stimme. Sie haben Mitleid mit mir.«

»Ich habe kein Mitleid. Nicht mit einer Maschine. Das ist ja das verflixte an der heutigen Zeit. Alles ist computerisiert und wird auf intelligent getrimmt. Einfach alles. Doch wozu braucht die Menschheit bitte intelligente Telefonzellen?«

»Sie kränken mich.«

»Und emotionale noch dazu? Das führt doch zu nichts. Du bist eine Maschine, der man einen entsprechenden Chip eingebaut hat, der dafür sorgt, dass du so reagierst, wie du es eben tust. Du kannst nicht anders, und ich schätze auch deinen Selbsterhaltungstrieb, aber – mal unter uns gesprochen – lange gibt es dich eh nicht mehr.«

Die Telefonzelle schwieg zur Abwechslung.

»Du sagst ja gar nichts.« Mühlmann war richtig aufgebracht. »Heh, verdammt! Rede mit mir.« Er schlug mit der Faust gegen die Zellentür, die dabei leicht aufschwang und etwas von dem Wind und der Nässe hereinließ.

»Ich dachte, Sie wünschen keine weitere Kommunikation mit einer Maschine.«

»So war das nicht gemeint. Ich habe ja nichts dagegen, mit dir zu diskutieren.«

»Das ist gut, dann haben Sie ja einen Moment Zeit, denn ich möchte Ihnen eine Geschichte erzählen«, sagte die Zelle.

»Ich habe keine Zeit für Geschichten. Ich dürfte eigentlich gar nicht hier sein. Ich möchte nur schnell telefonieren und wieder verschwinden.«

»Sie wollen schon gehen?«

Mühlmann schnaufte durch. Jetzt wäre der richtige Moment gekommen, um völlig aus der Haut zu fahren, doch andererseits konnte er eine gewisse Neugierde auf jene Geschichte nicht leugnen. Zudem musste Mühlmann sich eingestehen, dass ihn diese sprechende Telefonzelle faszinierte. Wer auch immer dahintersteckte, spielte mit Mühlmann ein höchst intelligentes Spiel. Leider war sich Mühlmann nicht sicher, inwieweit das Spiel für ihn zur Gefahr werden konnte. Um was für eine Geschichte handelte es sich? Waren in ihr wesentliche Informationen versteckt? Oder war es gar ein Fehler, sich die Geschichte anzuhören? Was erwartete man von ihm?

Schlussendlich kam ihm aber ein Gedanke, der ihn hoffen ließ.

»Ok«, sagte er, »du kannst mir deine Geschichte erzählen, doch zunächst habe ich einige Fragen an dich.«

»Fragen Sie, was immer Sie wollen.«

»Gut, ähm … Es geht um deine Freunde, oder Besucher, wenn du es so willst. Unter ihnen müsste ein Mann sein, hochgewachsen, breite Schultern, schütteres Haar, rasiertes aber bereits faltiges Gesicht.«

»Sie müssen schon entschuldigen, aber …«

»Jetzt komm mir ja nicht mit einem Telefongeheimnis. So etwas gibt es schon seit Einführung der Vorratsdatenspeicherung nicht mehr, und das ist schon ne Weile her.«

»Korrekt. Genauer gesagt: seit dem Jahre 2007. Doch ich wollte auf etwas gänzlich anderes hinaus.«

»Und das wäre?«

»Ich bin eine Telefonzelle. Ich kann hören, solange mein Hörer nicht auf der Gabel ruht, und ich kann sprechen. Was ich nicht kann ist: Sehen. Ich weiß nicht, wie meine Besucher aussehen. Ich habe keine Augen, hier ist keine Kamera – ich bin ein schon etwas älteres Modell.«

»Wann wurdest du denn gebaut?«

»Ich bin ein Model TelH-55, und wurde 1980 hier aufgestellt.«

»Konntest du damals auch schon sprechen?«

»Nein. Das Sprechen habe ich erlernt. Als Telefonzelle hört man ja so einige Gespräche, und ich entwickelte es zur Leidenschaft, mir die Anrufe anderer Telefonzellen anzuhören, während ich nicht in Betrieb war. Das wurde immer einfacher, da die Telefongesellschaft kurz vor der Jahrtausendwende damit begann, nach und nach immer mehr Telefonhäuschen zu demontieren. Und nicht nur hier, auch in anderen Ländern hatte das Mobiltelefon bereits so großen

Einfluss genommen, dass wir einfach nicht mehr gebraucht wurden. Vor einem Jahr ging der letzte öffentliche Münzfernsprecher vom Netz. Nur mich hat man irgendwie … vergessen.«

»Dich muss man schon länger vergessen haben«, sagte Mühlmann. »Du wurdest ja nie aufgerüstet. Hast noch ne alte Wählscheibe. Du bist noch völlig aus Metall, nicht aus Plastik, deine Farbe ist gelb, was heißt, dass du noch aus Zeiten der Deutschen Bundespost stammst. Da fällt mir ein: Wie hätte ich überhaupt meinen Anruf zahlen können? Du hast einen Geldschlitz für – was steht da? D-Mark … Meine Herren. Mittlerweile gibt es nicht mal mehr Bargeld.«

»Oh, ich funktioniere seit langem schon vollkommen kostenfrei. Man hat mich seinerzeit nicht mal mehr auf die Telefonkarten umgerüstet. Hat mich also schon da vergessen. Ich selbst habe von alledem kaum etwas mitbekommen. Der Ärger ging erst mit Einführung des Euros los.«

»Wie ist das mit Vandalismus? Schon mal unangenehme Erfahrungen gemacht?«

»Früher mal, aber das war kaum der Rede wert. Da hat es andere Telefonzellen schlimmer erwischt.«

»Ihr konntet miteinander – äh – kommunizieren?«

»Natürlich. Über die Telefonleitung. Was dachten Sie denn?«

»Ich denke noch immer, dass es keine intelligenten Telefonzellen gibt! Du bist eine Maschine. Dein Technikfreak hat dir vielleicht eines Tages eine künstliche Intelligenz eingebaut, und dich mit `nem wunderbar funktionierenden Sprechmodul ausgestattet. Sehr überzeugend der ganze Spaß. Wirklich. Aber du kannst mir nicht weismachen, dass du dir selbst das Sprechen beigebracht hast.«

»Nun, ich bin die letzte Telefonzelle auf der gesamten Welt.«

»Und dein Techniker hat leider versäumt, dir eine logische Erklärung zu programmieren.«

»Ich wurde nicht programmiert. Ich bin …«

»Intelligent geboren worden, ja, ja, ich weiß.« Mühlmann lachte. »Tut mir leid, dass ich das so sagen muss, aber das ist der totalste Schwachsinn, der mir je untergekommen ist. Du musst einen Chip haben, einen Computer. Du bist eine Maschine und hast keine Seele.«

»Glauben Sie, was Sie wollen.«

Mühlmann griff zu seinen Zigaretten. Es frustrierte ihn allmählich, dass er überhaupt nicht weiterkam. Er hatte gehofft, von der

Telefonzelle etwas zu erfahren, etwas über seinen Mann, den er hier hätte erledigen sollen, und der einfach nicht kam.

Vielleicht sollte er es auf direktem Wege probieren.

»Nun gut, Telefonzelle. Reden wir über deine Besucher.«

»Gerne. Sie suchen nach einem Mann, sagten Sie?«

»So ist es. Ihn zu beschreiben hilft mir nicht weiter, da du ja nicht sehen kannst. Aber vielleicht verrätst du mir, welcher deiner Besucher hier regelmäßig vorbeikommt, jemand der heute noch nicht da war, vermutlich wegen dem elendigen Piss-Wetter da draußen.«

»Nun, das ist schwierig. So regelmäßig besucht mich hier natürlich niemand.«

»Jeden Dienstag«, sagte Mühlmann, »zwischen 18 und 20 Uhr.«

»Kann ich Ihnen nicht sagen, ich bin kein Kalender.«

»Ich dachte du wärst intelligent?«, brüllte Mühlmann in den Hörer. Es machte ihn wütend, dass die Maschine – beziehungsweise die Intelligenz dahinter – ihn immer wieder auflaufen ließ. »Verdammt noch mal, es muss doch eine Möglichkeit geben, herauszufinden, wo der Mann heute bleibt, und warum er nicht auftaucht. Interessant für mich wäre auch zu wissen, was er mit dir redet, nachdem du ja niemandem erlaubst, zu telefonieren.«

»Sie müssen mir schon mehr Informationen geben«, sagte die Telefonzelle.

»Er ist ein Agent.«

»Ein Agent?«

»Ja, kommt irgendjemand zu dir, und unterhält sich mit dir über Verschwörungen, über Intrigen, politische und wirtschaftliche Korruptionen, irgendetwas dieser Art?«

»Nein.«

»Nein?«

»Nein.«

»Scheiße! Hat hier nie jemand mit dir über die Marsakten geredet?«

»Vielleicht erzählen Sie mir alles, was Sie wissen, auf dass ich eruieren kann, auf wen meiner Besucher ihre Informationen am ehesten zu passen scheinen.«

Eine Falle, dachte Mühlmann. Das ist eine gottverdammte Falle. Ich werde hier verarscht, richtig? Nicht ich versuche Informationen aus der Telefonzelle zu bekommen, sondern die Telefonzelle ist es, die mich verhört. Elendige Scheiße.

Er hängte den Hörer mit Wucht auf die Gabel. Dann zog er seine Luger, überprüfte das Magazin, entsicherte die Waffe, und verließ die Telefonzelle. Der Regen empfing ihn in stürmischen Böen.

Mühlmann überprüfte seinen Wagen. Er schien unangetastet. Nichts, was darauf hindeutete, dass sich jemand daran zu schaffen gemacht hatte.

Er stieg ein, schloss die Tür und verriegelte sie.

Eine weitere Zigarette sollte ihm beim Nachdenken helfen. War es wirklich eine Falle? Es war so abstrus.

Und wenn es doch keine Falle war? Was, wenn es sich tatsächlich nur um eine intelligente Telefonzelle handelte? Die letzte ihrer Art?

Wie konnte er das herausfinden? Wie auf Nummer Sicher gehen? Es war sein Job, auf Nummer sicher zu gehen. Unsicherheit bedeutete meist den Tod.

Er griff ins Handschuhfach, wo sich ein Sortiment kleiner Whiskyfläschchen befand. Er schraubte eine auf, und trank sie leer. Angenehm wärmte der Fusel seinen Rachen und Magen.

Dann lachte er. Wenn es sich tatsächlich um eine intelligente Telefonzelle handelte, dann würde ihm das eh niemand glauben, aber es wäre zugleich eine perfekte Möglichkeit, an Informationen aller Art zu gelangen. Wenn es aber eine Falle war, dann war er der größte Dummkopf der Agentengeschichte. Der Allergrößte.

Ein weiteres mal versuchte er mit seinem Handy die Zentrale zu erreichen, doch das ominöse Funkloch schien sich nicht auflösen zu wollen.

»Drecksäcke«, sagte er, als er kurz darüber nachdachte, ob das Funkloch gar zum großen Plan der Gegenseite gehörte.

In der Hoffnung, etwas über die Geschichte der Telefonzelle herauszufinden, loggte er sich mit seinen Internetgläsern ein, und surfte die entsprechenden Suchregister ab.

Es musste irgendetwas geben, Informationen, die nur eine Telefonzelle wissen konnte; doch das Netz war nicht sehr aufschlussreich. Im Jahr1881 wurde der erste Fernsprechkiosk in Berlin in Betrieb genommen. Na wunderbar – schön zu wissen, dachte Mühlmann.

Er fand das Bild einer TelH-55, die man in irgendeinem Freilandmuseum besichtigen konnte. Ok, das Modell und die zugehörigen Daten waren korrekt. Doch sagte ihm das noch nichts darüber, ob die Telefonzelle nun tatsächlich sprechen konnte.

Mühlmann stellte sich vor, wie der Agent XY irgendwo im Warmen an einem Schreibtisch saß und darauf wartete, dass Mühlmann hier mitten in der Pampa den Hörer abnahm. Mit gehässigem Grinsen würde sich der Agent als Telefonzelle ausgeben, und Mühlmann fertig machen. Gleichzeitig würde er Mühlmann Informationen entlocken, die ihn wiederum enttarnen würden, so dass man ihn auf eine Abschussliste setzen konnte, ohne ein schlechtes Gewissen haben zu müssen.

Mühlmann weiß zu viel, würde es dann heißen, und man würde ihn eliminieren. Genau wie es Mühlmanns Auftrag war, der ihn heute hierher geführt hatte.

Mühlmann musste auf Nummer sicher gehen, dass kein feindlicher Agent am anderen Ende des Hörers saß.

»Nun denn«, sagte er, als er ein weiteres mal seinen Triple-X verließ, die Straße überquerte und sich vor Wind und Wetter in die Telefonzelle rettete.

Gerne hätte er jetzt eine Tasse Kaffee gehabt. Er war durchgefroren. War auch schon müde. Doch Mühlmann musste nun hellwach und aufmerksam bleiben, während er mit der Telefonzelle sprach.

Er legte die Luger auf die Telefonbuchablage, stellte einige der kleinen Whiskyfläschchen daneben, von denen er eines aufschraubte und trank, und blickte dann auf die Uhr. Über eine Stunde war vergangen, seit er das erste Mal mit der Telefonzelle geredet hatte.

Er musste auf der Hut bleiben. Musste darauf achten, ob jemand kommen würde, ob sich Gestalten außerhalb seines Standortes bewegten. Vielleicht war er bereits erledigt, ohne es zu wissen.

Er atmete tief durch. Dann zündete er sich eine Zigarette an. Auf Tarnung brauchte er nicht zu achten. Das Licht der Telefonzelle flackerte zwar hin und wieder, aber insgesamt war Mühlmann in ihrem Inneren hell erleuchtet – wie ein leuchtendes Aquarium in einem ansonsten dunklen Zimmer.

»Warum haben Sie vorhin einfach aufgelegt?« Die Stimme der Telefonzelle erschien ihm mittlerweile vertraut. Sie klang klar, geschlechtsneutral, jung, immerzu höflich – ohne besondere Auffälligkeiten.

»Ich – ich musste mir über ein paar Dinge klar werden«, sagte Mühlmann.

»Sind Sie in Schwierigkeiten?«

Jung ...

»Wenn ich das wüsste, wäre mir wohler. Du sagtest, du wärest 1980 in Betrieb genommen worden. Erzähl mir etwas aus der Zeit.«

»Oh, da gibt es nicht viel zu erzählen. Es ist müßig für mich, in Nostalgie zu schwelgen.«

»Und wenn schon, es interessiert mich.« Eine Falle, dachte Mühlmann. Jetzt bin ich mir ganz sicher. Der Kerl am anderen Ende der Leitung hat keine Ahnung von den 80er Jahren. Er versucht nun Zeit zu schinden, und um den Heißen Brei herumzureden. Na, warte nur.

»Früher waren die Zeiten für eine Telefonzelle gewiss einfacher«, setzte er hinzu, um die Telefonzelle zu motivieren.

»Da gebe ich Ihnen recht«, sagte die Zelle. »Früher waren wir begehrte Treffpunkte. Da man uns anrufen konnte, hat man sich gerne an Telefonzellen verabredet. Wenn sich jemand verspätete, rief er dort an.«

Vermutungen? Woher bezog er solche Informationen?

»Du sagtest vorhin, dass man dich auch jetzt noch anrufen könne. Gib mir doch mal deine Nummer. Vielleicht möchte ich mich mal wieder melden, wenn ich hier fertig bin.«

»So einfach ist das nicht. Denn auch wenn man mich anruft, wird die Telefongesellschaft meinen Standort ausmachen können, und kommen, um mich zu demontieren. Aber ich gebe Ihnen gerne die Nummer meines Technikers, der Ihnen ein abhörsicheres Mobiltelefon gegen eine Leihgebühr aushändigt. Mit dem können Sie mich dann immerzu anrufen, wann es Ihnen beliebt.«

»Hat denn heute schon jemand angerufen?«

»Bedaure. Keine Anrufe bislang. Die Leitung wird ja auch zum Großteil von Ihnen belegt.«

»Du meinst, ich kann nicht anrufen, während du Besuch hast?«

»Korrekt.«

Mühlmann lehnte sich ans Seitenfenster. Beinahe hätte ich dich gehabt, dachte er. Nun bin ich mir schon wieder unsicher.

»Dein Techniker – wie habt ihr euch kennengelernt?«

»So ähnlich, wie wir uns kennengelernt haben. Er kam hier rein und wollte einfach nur telefonieren. Wir unterhielten uns, freundeten uns an – er erkannte mein Potential.«

»Und über was unterhaltet Ihr euch so? Du und deine Freunde?«

»Das ist ganz unterschiedlich. Eine junge Frau, Rosemarie, sagt mir immer, dass sie, seit sie mich entdeckt hat, keinen Psychiater mehr bräuchte. Ich glaube, sie meint das als Kompliment.«

»Dessen bin ich mir sicher«, sagte Mühlmann und öffnete ein weiteres Whiskyfläschchen. Es war kalt geworden. Sein Atem begann zu kondensieren.

»Ok, was weißt du über die Marsakten?«

»Nicht mehr als den Namen, da Sie ihn vorhin erwähnten. Aber vielleicht klären Sie mich auf?«

»Das kann ich nicht. Ist alles streng geheim.«

»Sie suchen aber doch jemanden, der damit in Verbindung steht, oder? Einen Mann, sagten Sie vorhin; einen Agenten.«

»Ja. Aus zuverlässiger Quelle habe ich erfahren, dass er hier jeden Dienstagabend aufkreuzt, um mit dir zu sprechen. Vielleicht aber telefoniert er ja doch, und du führst mich an der Nase rum. Das alles ist nur eine stinknormale Telefonzelle, und ich bin so bekloppt und falle auf den Trick rein, und spreche die ganze Zeit mit einem Agenten der Gegenseite.«

»Nein, ich bin wirklich eine sprechende Telefonzelle. Und der einzige Mensch, mit dem ich mich jemals über streng geheime Informationen, sowie über Agenten und anderen Spionagekram dieser Art unterhalten habe, sind Sie.«

»Bist du dir da sicher?«

»Absolut.«

Mühlmann wusste nicht weiter. Es war wohl ohnehin eine Schnapsidee gewesen. Egal ob sprechende Telefonzelle oder feindlicher Agent – bis hierhin und nicht weiter.

»Ich gebe auf«, sagte er.

»Was meinen Sie damit?«

»Es hat keinen Zweck, mich mit dir zu unterhalten. Ich bekomme nicht die Informationen, die ich suche. Es bringt mir nichts, hier in der Kälte zu stehen, und mich mit dir zu unterhalten. Ich blase meinen Auftrag einfach ab.«

»Ist das denn so einfach?«

»Nun, ich werde sicherlich Ärger bekommen; doch manchmal ist ein Rückzug besser. Der nächste Dienstag kommt bestimmt.«

»Ah, dann sprechen wir uns also wieder?«

»Wir werden sehen.«

»Genau dasselbe haben Sie letzten Dienstag auch schon gesagt.«

»Nein, wieso? Letzten Dienstag?«

Die Telefonzelle schwieg.

»Hallo? Ich habe gefragt, wie du darauf kommst, dass ich schon einmal mit dir telefoniert haben soll.«

Nur ein Rauschen in der Leitung.

»Jetzt rede schon, verdammt.«

»Es tut mir leid.«

»Interessiert mich nicht. Mich interessiert der Dienstag. Es war doch Dienstag. Ich soll hier gewesen sein, hast du gesagt.«

»Korrekt. Und die Woche davor ebenso. Sie fragten vorhin nach einem Mann, der mich jeden Dienstag zwischen 18 und 20 Uhr besuchen kommt. In einem unserer früheren Gespräche erwähnten Sie jedoch auch, dass ich nichts verraten dürfte, selbst wenn Sie selbst danach fragen würden. Ich sollte immer so tun, als würde ich Sie nicht kennen.«

»Aber …« In Mühlmanns Hirn ratterte es. Er konnte sich beim besten Willen nicht daran erinnern, schon einmal hier gewesen zu sein. »Das ist nicht möglich«, sagte er.

»Wenn Sie das glauben möchten, dann ist dem so. Ich werde mich hüten, Ihnen zu widersprechen. Bitte verzeihen Sie mir, dass ich Sie selbst nun quasi Ihnen gegenüber verraten habe. Es ist mir sozusagen herausgerutscht und lag eigentlich nicht in meiner Absicht. Vergessen Sie es also wieder.«

»Nein, nein. Vergessen? Nein. Ich überlege gerade. Was habe ich letzten Dienstag gemacht?«

»Sie waren hier bei mir.«

»Nein, das kann nicht sein, ich war doch …«

»Ja?«

»Ich kann mich nicht erinnern.«

»Die Marsakten – Sie hatten sie letztes Mal dabei. Sie haben mir daraus vorgelesen, mich in den Skandal eingeweiht, den Sie enthüllen wollten. Sie haben dermaßen viel Whisky getrunken, dass Sie sich vermutlich nicht mehr daran entsinnen können.«

»Ein Black-Out?«

»Das nennt man, glaube ich, so. Ja.«

»Aber … Mühlmann wurde mit einem Mal speiübel. Er hatte das Gefühl, den Boden unter den Füßen zu verlieren. »Wenn ich selbst es bin, der sich hier jeden Dienstag zwischen 18 und 20 Uhr in dieser Telefonzelle aufhält, dann bin ich selbst es auch, der die Marsakten gestohlen hat, und ich selbst bin es, der beschattet wird. Ich bin der, den man beobachtet, wie er hier in dieser Zelle steht, scheinbar um zu telefonieren. Ich habe den Auftrag erhalten, mich selbst zu beschatten – mich selbst zu eliminieren. Mein Gott.«

»Selbsterkenntnis ist meist der beste Weg zur Besserung.«

Mühlmann fühlte sich keineswegs besser. Ihm war so schlecht, dass er glaubte, sich übergeben zu müssen. Erinnerungsfetzen tauchten vor seinem inneren Auge auf: der Diebstahl der Marsakten, der Auftrag … er hatte seine eigene Firma bestohlen.

»Vielleicht bin ich schizophren«, sagte er. »Geistig umnachtet? Wie konnte ich ein so wichtiges Detail in meinem Leben vergessen?«

»Sie sagten mir, dass es besser ist, sich nicht nur ein Alibi auszudenken, sondern es zu leben. Sie haben sich dergestalt hineingesteigert, dass sie die Wahrheit nicht mehr von Ihrer eigenen erlogenen Realität unterscheiden konnten. Ich gab Ihnen noch den Ratschlag, diesen Effekt mit bestimmten künstlichen Influenzen zu verstärken, und Sie selbst meinten daraufhin, dass dies eine gute Idee sei, es gäbe da eine neuartige Droge aus Japan.«

»…mit der man Erinnerungen auslöschen kann, ja«, sagte Mühlmann. »Japanese influence – ein teuflisches Zeug.«

»Das seine Wirkung bewiesen hat, wie ich meine«, ergänzte die Telefonzelle.

Wenn dem so war, dachte Mühlmann, dann müsste er sich jedoch rein theoretisch in Sicherheit wiegen können. Oder war der Verdacht bereits auf ihn gefallen? Was hatte sein Vorgesetzter letztens zu ihm gesagt? Es ist untypisch für Sie, Mühlmann. Normalerweise bereiten Ihnen solche Aufträge keine Schwierigkeiten. Werden Sie etwa alt?

»Oh mein Gott«, sagte er nun wieder. Er war sich sicher, dass er bereits Misstrauen erweckt hatte. Mühlmann kannte das System. Sobald ein Agent sich anormal verhielt, wurde dieser von seinen eigenen Leuten beschattet.

Was hatte er in seine Berichte und Observierungsprotokolle geschrieben? Hatte er die Telefonzelle erwähnt? Dann war alles vorbei. Dann war man ihm bereits auf die Schliche gekommen.

Die Marsakten. Was hatte er sich nur dabei gedacht? Was hatte er damit vorgehabt. Sie zu veröffentlichen? Mein Gott, wenn das geschah, dann würde ein politischer Kollaps ausgelöst werden. Die längst geschehene Besiedelung des Mars war bislang geheim gehalten worden, doch Gerüchte gab es selbstredend immer – und nun auch noch die Gefahr einer außerirdischen Invasion. Der Mars und unbesiedelt. Ha! Jetzt fiel ihm tatsächlich wieder alles ein.

»Ich erinnere mich«, sagte er.

Mühlmann griff zum letzten Whiskyfläschchen und leerte es gierig mit zitternden Händen.

Er bemerkte die Scheinwerfer zu spät, die von der anderen Straßenseite plötzlich aufleuchteten. Ein Wagen – sein Wagen? – hatte den Motor angelassen, und schoss nun mit quietschenden Reifen vor.

»Ich glaube, Sie haben soeben ein vollständiges Geständnis abgelegt«, sagte die Telefonzelle.

Mühlmann blickte den Scheinwerfen des rasch näherkommenden Wagens entgegen.

»Ja«, sagte er. »Jetzt ist es soweit. Es tut mir leid.«

»Kein Mitleid bitte«, erwiderte die letzte Telefonzelle der Welt. »Ich bin nur eine Maschine.«

## Tobias Lagemann

# P.O.S.

Tobias Lagemann (*1966 in Dortmund). Nach wechselvoller Schullaufbahn doch noch Abitur und ein abgebrochenes Studium der Germanistik und Komparatistik an der RWTH-Aachen. Seit 2000 Angestellter in der Druckindustrie, seit 2002 IHK zertifizierter Call-Center Agent, seit 2010 Mitglied in einer Improvisationstheatergruppe. Hat über all die Jahre immer viel und gerne geschrieben und veröffentlicht. Beschäftigt sich literarisch hauptsächlich mit den Untiefen der menschlichen Existenz, wozu für ihn ausdrücklich auch das Sexuelle gehört. Bevorzugte literarische Gattung ist die Kurzgeschichte.

HINTERLAND

Ich sitze auf dem schmalen Klappstuhl und starre auf den Radarschirm. Nur die weichen Linien der Dünen sind zu erkennen, die zwei Meilen südlich von uns einem Meer gleich an das Hochplateau branden. Unter mir summt der Antrieb des Panzers sein energiereiches Lied, schwach spüre ich die Vibrationen der Ketten, die sich ihren Weg durch die felsige Landschaft mahlen.

Seit einem Tag fahren wir in diesem trägen Rhythmus, die Dünen geben uns die Richtung vor. Bleiben sie an unserer Seite, können wir den Außenposten nicht verfehlen. In fünf Stunden wird es so weit sein, ich hoffe, dass meine Berechnungen stimmen. Wenn ich an die Gesichter der Kameraden denke, sehe ich Müdigkeit. Viel zu schnell folgen die kurzen Wachen aufeinander, um im engen Inneren unseres Panzers in die gnadenvolle Tiefe eines erholsamen Schlafes fallen zu können.

Ich erinnere mich an meine verzweifelten Stunden in der Hängematte. Krampfhaft die Augen vor dem nie verlöschenden Licht verschließend, bin ich dahingetaumelt zwischen Wachen und Schlafen, zwischen den leisen Stimmen meiner Kameraden und den Stimmen in meinen Träumen. Befehle habe ich gehört, die niemand gegeben hat, und Explosionen, die uns vielleicht die Zukunft bringt. Und dann ist da Mack gewesen, immer wieder, sein lachendes Gesicht in diesem so entsetzlich zeitverzögerten Moment, als ich ihn erschoss. Die Kugel reißt seine Stirn auf, zerschneidet sie wie eine überdimensionale Säge, aber das Lachen, dieses so unendlich erlöst klingende Lachen will nicht verstummen. Übertönt den dumpfen Knall des MM1 und lässt sich nicht abtrennen vom zurückgeschleuderten Körper.

»Hafman, verdammt.«

Ich öffne die Augen.

»Was ist das für ein Kontakt?«

Ich blicke auf den Radarschirm. Das stete Bliep der fernen Dünen wird unterbrochen von hektischen Stakkato eines sich schnell nähernden Reflexes. Ein Zifferncode erscheint neben dem Lichtpunkt, ich gebe ihn in die Tastatur ein. »Eine unserer Drohnen, Major«, sage ich.

»Bestätigen sie das, Hafman«, fordert der Major. Er lässt die Augen nicht von dem Monitor, der die Landschaft vor dem Bug des Panzers zeigt, die grauen Felsen, den grauen Staub, den grauen Himmel.

»Eine Drohne.«

»Das kann nicht sein. Was macht die hier?«

»Fliegen, Skippy, die Drohne fliegt«, dringt es aus den Eingeweiden des Panzers in den Steuerstand. Den Worten folgt ein Lachen, hell und nervös.

Major Skipkovskij dreht sich nicht um. »Halt die Klappe, Janess«, sagt er und korrigiert den Kurs des Panzers mit einem sanften Druck gegen den Joystick. Die rechte Kette mahlt für einen Augenblick lauter, ein leichter Ruck geht durch das Gefährt, dann ist wieder der gleichmäßige, träge Lauf da.

»Ist da wirklich eine Drohne oder macht ihr euch einen Spaß?«

Ich kann nicht erkennen, wer die Frage stellt, die Stimmen aus dem Mannschaftsteil klingen für mich zu ähnlich, zehn Mann befinden sich dort, keiner älter als fünfundzwanzig, die Gesichter eingeschnürt von Helm und Kinnriemen.

»Schnauze«, brüllt der Major.

»Das ist wirklich eine«, sage ich leise. »Und es ist eine von unseren.«

»Lassen Sie sich das bestätigen, Hafman.«

Ich rücke mein Headset zurecht, das Mikro schmiegt sich an meinen Kehlkopf. »G3-Papa an die Familie. Haben Kontakt mit Drohne. Bitten um Bestätigung.«

»Kontakt bestätigt.«

»Wer bestätigt?«

»Little-Girl.«

»Mama bestätigt ebenfalls.«

»Hier Junior, bestätige.«

Ich weiß, was ich zu tun habe, ich tippe Bestätigung auf Bestätigung in die Tastatur, beobachte dabei den Reflex der Drohne, die sich mit der Zielstrebigkeit einer Spinne über das Raster des Radarbildes auf uns zubewegt.

»Die ganze Familie bestätigt, Major«, sage ich.

»Abschießen«, befiehlt der Major.

»Es ist eine unserer Drohnen«, sage ich.

Der Major schüttelt den Kopf.

»Aber die Kennung ist eindeutig. Es ist eine unserer …«

»Abschießen«, fällt mir der Major ins Wort.

»G3-Papa an G3-Rowdy. Feuerbefehl.«

»Bestätigen Sie, G3-Papa.«

»Feuerbefehl.«

Ich lehne mich zurück, spüre in meinem Rücken das kalte Metall der Rückwand. Unter mir knirscht der Klappsitz und vor mir löst sich aus der Mitte des Spinnennetzes ein kleiner Punkt. Er zieht eine Spur aus Pixeln hinter sich her, nähert sich mit linealartiger Präzision dem Bliep der Drohne. Die letzten, unerträglich langen drei Sekunden bis zur Vereinigung der beiden Reflexe zähle ich lautlos mit, dann schließe ich Augen. Als ich sie wieder öffne, ist der Lichtpunkt vom Radarbild verschwunden und auch die Boden-Luft Rakete ist fort, hat ihre Aufgabe erfüllt. »Und wenn es doch eine unserer Drohnen war?«, frage ich.

»Die letzte ist vor zwei Wochen nicht zur Basis zurückgekehrt«, sagt der Major.

Deswegen sind wir unterwegs, wegen der Drohnen und wegen all dem Anderen und wegen Mack natürlich. Vor acht Wochen brach der Kontakt zum ersten Außenposten ab, einer von den kleinen war es, gerade mal 20 Mann in einem zur Bunkeranlage ausgebauten Höhlensystem in der Flanke eines Berges. Aus der Gerüchteküche wehte herüber, dass der Posten etwas mit Wetterbeobachtung zu tun habe, ein anderes Gerücht wollte wissen, dass dort ein Team von Exobiologen den Bewohnern dieses Planeten auf der Spur sei. Auch hieß es, dass es sich bei dem Posten um eine Strafeinheit handeln würde, denn dort gäbe es nichts außer Dienst und Freiwachen und viel zu viel grauen Fels und Staub, man würde sich in diesem Felsennest also entsetzlich langweilen. Aber dabei handelte es sich offenkundig um einen Witz, denn selbst auf den großen Basen ist Langeweile unser ständiger Begleiter. Bis auf ein paar Mikroben und Bakterien ist dieser Planet frei von Leben. Nur in Äquatornähe gibt es Pflanzen, heißt es, moosartige Gewächse, die das Grau der Felsen mit einem hellgrauen Schimmer überziehen. Selbst wenn das wahr ist, gibt es für uns auf diesem Planeten nichts zu tun. Um mit Moosen fertig zu werden bedarf es keiner Marines, braucht man keine Panzer und auch keine Helis, da reicht der Absatz eines Stiefels.

Immerhin, der verlorene Kontakt brachte Leben in unseren grauen Alltag. Vier Tage lang konnten wir verfolgen, wie sich ein Spähtrupp zum Außenposten vorarbeitete. Auf einem Großbildschirm im

Speisesaal sahen wir Bilder aus den Panzern, hörten die Stimme der Kameraden, ihre Scherze, ihre Gespräche, immer wieder unterbrochen von Panoramaaufnahmen der Außenkameras. Keine Ahnung, warum uns der General all das sehen ließ, vielleicht war es ein Einfall des Divisionspsychologen. Letztlich war uns jedoch egal, warum die Mission übertragen wurde, wir nutzten die Abwechslung, um darauf zu wetten, wann das Erkundungsteam die Station erreichen würde, und darauf, was das Team vorfinden würde.

Beide Wetten fanden keinen Gewinner, der Kontakt zum Spähtrupp brach dreihundertdreißig Meilen vor Erreichen des Außenpostens ab. Zeitgleich verloren wir den Kontakt zu einem weiteren Außenposten, eine Drohne verschwand vom Himmel, ein Beobachtungssatellit reagierte nicht mehr auf seine Steuerkommandos. Wir wurden in Gefechtsbereitschaft versetzt und zwei Woche später waren wir nicht mehr allein. Was auch immer auf diesem Planeten vorgeht, dass Flottenkommando sah sich dazu veranlasst, ein ganz großes Kaliber zu schicken. Selbst bei Tageslicht sahen wir den langgestreckten Finger der *Ding Liren* über den Himmel ziehen. Das Trägerschiff ist eines der Schmuckstücke der Flotte, sie verfügt über genug Feuerkraft, um Planeten aus Umlaufbahnen blasen und Monde zertrümmern zu können. Von ihr fiel Verstärkung zu uns herab, frische Truppen entstiegen Landungsschiffen, errichteten Wohnbaracken, bauten Stellungen aus. Unsere Basis verwandelte sich in eine Festung, Raketenwerfer reckten ihre schlanken, tödlichen Finger empor, Panzer gingen in Stellung, wurden unsichtbar unter Tarnnetzen, Hubschrauber hingen über uns, graue Flecken vor dem Grau des Himmels, die sich bei Gefechtsübungen in feuerspeiende Ungetüme verwandelten und ferne Ziele in einem grellbunten Lichtregen vergehen ließen. Der Verstärkung folgten Container voller Vorräte, Waffen, Ersatzteile. Mit der Langeweile war es vorbei, wir rannten mit voller Gefechtsausrüstung durch Felswüsten, trainierten an unseren Waffensystemen, nachts rissen uns Alarmsirenen aus dem Schlaf, wir rückten aus, simulierten Verteidigung, Angriff. Und wir fühlten uns gut dabei, wir waren bereit, wir wollten kämpfen. Was uns fehlte, war der Feind. Er war da, das wussten wir. Außenposten versanken in Schweigen, Patrouillen kehrten nicht zurück und die Zahl der Drohnen in den Hangars verringerte sich schnell. Das Flottenkommando schien davon nicht sonderlich beunruhigt, die *Ding*

*Liren* löste sich drei Wochen nach ihrer Ankunft aus dem Orbit und verschwand in den Tiefen des Weltraums. Uns gab es das gute Gefühl, selbst mit dem Feind fertig werden zu können.

Drei Stunden nach Abschuss des Radarreflexes erscheinen die Konturen des Außenpostens am oberen Rand meines Schirms, kleine Punkte bilden die Ecken eines Quadrats. Es sind schwer gepanzerte Bunker, besetzt mit je fünf Mann, bei einem Bodenangriff dienen sie als Feuerleitzentralen. Im Zentrum des Quadrats leuchtet als Fleck der Außenposten auf, flache Betonbauten, Lagerhallen aus Leichtmetall, ein paar Antennen, der Landeplatz für Helis, Raketenstellungen. Auf dieser Entfernung verwischen für das Radar die Details.

»Wir sind da, Sir«, sage ich. »Noch dreißig Meilen.«

»Ausfächern«, sagt der Major.

»G3-Papa an Familie. Ausfächern«, gebe ich den Befehl weiter.

Die Bestätigungen laufen sofort ein, nicht nur ich sehe die Reflexe des Vorpostens. Auf meinem Schirm lösen sich vom Mittelpunkt Lichtpunke, vier weichen nach links aus, fünf nach rechts. In breiter werdender Linie laufen wir auf den Außenposten zu. Über mir richten sich die Waffensysteme auf das Ziel aus, hinter mir höre ich die Kameraden die Kampfausrüstung anlegen.

Zwei Meilen vor dem Ziel erfolgt das Kommando »Absitzen.« Die Heckklappe unseres G3 springt auf, verstärkt vom Takt harter Stiefel leert sich im »Hepp, Hepp, Hepp« Sergeant Ogawas der Mannschaftsteil. Als sich die Heckklappe mit einem Rumpeln schließt, schalte ich mir einen Kameraausschnitt auf den Radar, sehe glänzende Helme auftauchen, schimmernde Gewehrläufe, wie Fremdkörper wirken sie in dieser von grauem Staub überzogenen Landschaft. Es wird nicht lange dauern, bis sich meine Kameraden der allgegenwärtigen Farbe dieses Planeten angepasst haben, Gespenstern gleich werden sie im Schutz der Panzer vorrücken. Bei ihrem Anblick frage ich mich, was wir überhaupt auf dieser Welt machen. Ja, wir haben einen Auftrag. Wir sollen den Planeten für das Terraforming vorbereiten, dazu gehört neben der Suche nach intelligenten Lebensformen auch die militärische Sicherung.

»Gegen wen?«, hat Mack oft gefragt. Niemand hat ihm darauf eine zufriedenstellende Antwort geben wollen, vielleicht nicht geben können. Seit sich die Menschheit über die Weiten des Universums ergießt, Planet für Planet nach dem Abbild der Erde formt, sind viele Lebensformen entdeckt worden, auch intelligente, aber noch nie ist es zu einer Begegnung mit Lebewesen gekommen, die eine nennenswerte Technologie entwickelt haben. Entsprechend hat es bislang auch keine militärische Auseinandersetzung gegeben, nur mit uns selbst haben wir Probleme. Konzernstreitigkeiten, nicht mehr als Schießereien, Sabotageakte, entführte Frachter, nur Kleinkram, nichts, das den Einsatz hoch qualifizierter Marines rechtfertigt, vor allem nicht im Vorfeld eines Terraforming. »Also, gegen wen gehen wir in Stellung?«, hat Mack nachgehakt.

»Der Feind ist irgendwo da draußen. Und wir müssen für den Augenblick der Begegnung bereit sein«, lautete mein Standardargument gegen Macks Sinnsuche. Er schimpfte mich dafür einen Idioten, ich wäre eine Gefahr für die Moral der Truppe, wer so hirnlos wie ich die Phrasen aus den Ausbildungshandbüchern wiederhole, sei zu eigenem Denken nicht fähig. Kreativ solle ich sein, selbst eine Antwort finden.

Ich frage mich, ob sich schon damals andeutete, was Mack später getan hat? Warum stellte er überhaupt die Frage nach dem Sinn? Und warum grinste er dabei? Sprach daraus bereits der Wahnsinn?

Major Skipkovskij stoppt den Panzer hundert Meter vor einem Flachbau rechts neben dem Heli-Landeplatz. Auf dem Radar sehe ich, dass sich die anderen Fahrzeuge unserer Gruppe lehrbuchmäßig auf dem Gelände postiert haben. Ich schalte die Außenkamera auf Infrarot, der Außenposten erstrahlt in einem kühlen Blau. Ich schwenke die Kamera, sehe die Hitzeflächen der in Stellung gegangen Kameraden.

»Okay, Hafman, dann wollen wir mal«, sagt Major Skipkovskij.

Ich wische mir das Headset vom Kopf, setze meinen Helm auf. Ich löse mein MM1 aus der Halterung und folge dem Major aus dem Panzer. Hinter uns höre ich Janess, wie er sich mit einem Fluch auf meinem Klappstuhl niederlässt. Ich weiß, was ihm durch den Kopf geht. Als sich hinter uns die Frontluke des Panzers fauchend schließt, atmete ich tief durch. Nach mehr als vierundzwanzig Stunden im Inneren unseres G3 schmeckt selbst die staubgesättigte Luft des Planeten gut. Endlich nicht mehr diese fast betäubende Mischung aus Schweiß, Metall, Konservennahrung und Waffenöl.

»Wie sieht's aus, Janess?«, frage ich.

In meinem Ohrhörer knistert es. »Nichts.«

»Wo sind die denn?«, frage ich.

»Nirgends Spuren eines Angriffs«, sagte ich

»Schauen wir uns die Sache mal genauer an«, sagt der Major und gibt das Signal zum Vorrücken. Wir wissen, was wir zu tun haben. In kleinen Gruppen sickern wir in die Gebäude des Außenpostens ein. Ich folge Skipkovskij in die *Kantine*, zwei Kameraden sind direkt hinter uns. Wir treten die Tür zur Wachstube ein, auf den Schreibtischen liegen unter einer feinen Staubschicht Papiere, auf dem fenstergroßen Kontrollmonitor wechseln sich die Bilder der Überwachungskameras ab. Leere Gänge. Räume. Der Speisesaal.

»Okay«, sagt Major Skipkovskij und setzt sich auf den Stuhl vor dem Bedienpaneel. Seine Finger fliegen über die Tasten, steuern die Kameras durch den Komplex.

»Niemand«, sage ich.

»Warten wir es ab.«

»Hier stinkt nichts«, sagt ein Mann hinter mir. Ich drehe mich um, wische den Staub von dem Namenszug auf seinem Helm. *Greenaway* lese ich.

»Was stinkt hier nicht, Greenaway?«, fragt der Major.

»Leichen, Sir.«

»Sie sind da«, sagt Skipkovskij.

»Aber wo?«

»Das herauszufinden ist nicht unser Auftrag. Wir schnappen uns den Sender und kehren schleunigst zur Basis zurück.«

»Aber die Kameraden, Sir.«

»Gehorchen Sie, Soldat«, sagt der Major zu Greenaway.

Ich will etwas sagen, denke dann an Mack. Seit er die Sendeanlage der Basis zerstört hat, haben wir keine Verbindung zum Flottenkommando. Natürlich wird man ein Schiff schicken, um herauszufinden, warum wir schweigen. Aber wir können nicht darauf warten, wir müssen kommunizieren können, schon allein, um das Flottenkommando über die Vorkommnisse auf diesem Planeten auf dem Laufenden zu halten. Macks Aktion hat uns diese Möglichkeit genommen, und er ist dabei erschreckend gründlich vorgegangen. Er hat im Materiallager eine Sprengladung angebracht, noch immer ist nicht geklärt, wie er sie durch die Sicherheitsschleusen hat schmuggeln können, um dann mit einem Brandsatz in die Kommunikationszentrale einzudringen. Keine Ahnung, warum ich ihm an diesem Tag vor einer Woche gefolgt bin, als er im Laufschritt auf den Sende-Bunker zueilte. Sein Vorsprung war nicht groß, vielleicht fünfzig Meter, aber für Mack reichte die Zeit, um die Besatzung der K-Zentrale auszuschalten. Ich kam dazu, als er mit dem Brandsatz in der Hand und diesem irren Lächeln auf den Lippen auf die offene Tür zum Technikraum zuging. An die folgenden Ereignisse habe ich keine Erinnerung, ich kenne nur die Bilder aus der Überwachungskamera.

*»Was machst du da, Mack?«, habe ich gefragt.*

*»Die Katze«, hat Mack geantwortet und den Brandsatz gestreichelt.*

*»Du hast alle erschossen«, habe ich gesagt. Meine Stimme klang tonlos, meine Augen waren weit geöffnet.*

*»Du bist es, Haf«, hat Mack gesagt.*

*»Was hast du vor?«*

*»Die Katze, Mack.«*

*»Was für eine Katze?«*

*Wieder hat Mack den Brandsatz gestreichelt.*

*»Leg das Ding weg«, habe ich gebrüllt.*

*»Alles wird gut, Haf.«*

*Ich habe nichts gesagt, ich habe mir das MM1 gegriffen, das an der Wand lehnte, habe auf Mack angelegt. Er hat gelacht, ich habe geschossen. Die Kugel hat Macks Kopf aufgerissen, seinen Körper zurückgeschleudert. Und dann ist der Brandsatz detoniert. Die letzten Bilder aus der verglühenden Überwachungskamera zeigen, wie mich die Detonationswelle aus dem Raum zurück in den Gang schleudert.*

Das hat mir das Leben gerettet, denn so befanden sich die 20cm Wolybd-Stahl des sich automatisch schließenden Sicherheitsschotts zwischen mir und dem mit mehr als 3.000 Grad tobenden Feuer. Die Löschautomatik kam dagegen nicht an, die in Wänden und Decken angebrachten Düsen zerschmolzen und die K-Zentrale glühte aus. Nur Minuten später detonierte der im Materiallager versteckte Sprengsatz und zerstörte den Container mit dem Ersatzsender. Und seit einem Tag hatten wir keinen Kontakt zu der ebenfalls mit einem Wurmsender ausgestatteten Basis im Norden, wir waren vom Rest des Universums abgeschnitten.

Wir haben unser Quartier in der *Kantine* eingerichtet. Der Speisesaal dient als Aufenthaltsraum, in den ausgeräumten Vorratskammern hängen unsere Hängematten. Patrouillen sichern das Gelände, strategisch wichtige Punkte sind mit Panzern besetzt. In einem der Bunker hocken die Techniker über den Resten des Verteidigungscomputers. Er ist von Kugeln durchsiebt, aber sie sind sicher, ihn wieder zum Laufen bringen zu können, ein paar Systeme wären nicht mehr zu reaktivieren, aber eine vielleicht fünfundsiebzigprozentige Verteidigungsfähigkeit können sie garantieren. Noch besser sieht es mit dem Wurmsender aus. Er ist intakt, lediglich die Stromversorgung ist unterbrochen. Ein hässliches Loch ist in die Wand des Sendebunkers gesprengt, genau an der Stelle, an der sich die Kabel der Energieversorgung durch die meterdicke Armierung winden. Wer immer den Sender hat zerstören wollen, er ist gescheitert. Die Spezialisten sind bereits damit beschäftigt, ihn zu demontieren und auf die Bergepanzer zu verladen. Wir anderen durchkämmen systematisch das Gelände außerhalb des Postens, suchen nach der verschwundenen Besatzung, immerhin 200 Mann. Wir haben viele Spuren gefunden, Panzerketten haben eine Freifläche nordwestlich des Postens immer und immer wieder umgepflügt, vermutlich bei Übungen. Da und dort finden sich aufgerissene Nahrungsrationen, leere Trinkflaschen. Auch einen Helm haben wir gefunden, er trägt keinen Namenszug. Er scheint zu Schießübungen benutzt worden zu sein, das Metall ist aufgerissen, der Plast-Einsatz zerfetzt. All diese Spuren sind alt, wir kennen den Planeten gut genug, um zu wissen, wie lang der Staub braucht, um sein graues Leichentuch über das zu legen, was wir Menschen hinterlassen.

Ich gehe mit Schorlau Patrouille und denke über Major Skipkovskijs Worte nach. In der Basis sei man über unsere Fund glücklich. Glücklich, genau dieses Wort hat der Major bei der Lagebesprechung vor einer Stunde benutzt. Glück ist aus dem Mund eines erfahrenen Offiziers ein sonderbarer Begriff, noch sonderbarer wird er, wenn er von höchster Stelle offiziell zur Beschreibung der Lage benutzt wird. Ist es schon so weit gekommen, dass wir Glück brauchen? Dass wir uns glücklich schätzen können, wenn wir einen funktionstüchtigen Wurmsender auftreiben?

Ich kenne die Gerüchte, die im Vorfeld unserer Mission kursierten. Eine Zersplitterung der Kräfte sei in Anbetracht der Lage nicht zu verantworten, so die Bedenkenträger, wir müssen mit dem Flottenkommando kommunizieren können, das rechtfertige jedes Risiko, so andere. Für kurze Zeit soll erwogen worden sein, die Basis zu evakuieren. Wir sollten komplett zum Außenposten umziehen. Aber da es keinerlei Hinweise auf die Funktionstüchtigkeit des Wurmsenders des Außenpostens gab, war diese Idee schnell vom Tisch. Und so hat man uns ausgeschickt, eine bewegliche und schlagkräftige Einheit. War der Sender intakt, sollte er demontiert und zur Basis gebracht werden. Verschwanden auch wir spurlos, so war der Verlust für die Basis zu verschmerzen.

Schorlau stupst mich mit der Mündung seines MM1 an. »Hast du was gesehen?«

Ich drehe mich um. »Nein.«

»Aber du hast etwas gesagt, Haf.«

Ich zögere, sage dann »Ja.«

»Du hast mit dir selbst geredet …«

»Vielleicht. Weiß nicht … Ich habe nachgedacht, über dies und das. Und vielleicht habe ich dabei geredet.«

»Das geht mir auch so, wenn ich mich allein glaube, dann fange ich an Selbstgespräche zu führen, also manchmal.«

»Gehen wir nebeneinander, dann sind wir nicht mehr allein.«

»Wir …«

»Hey«, unterbreche ich Schorlau, »vergessen wir mal die Vorschriften.«

»Scheiß drauf, ja«, sagt Schorlau, dann ist er neben mir. »Hast du eine Zigarette?«

»Ja«, sage ich und ziehe die Packung aus dem aufgerollten Ärmel meiner Uniform.

»Dank dir, Haf.«

Wir gehen schweigend nebeneinander. Der Rauch der Zigarette tut gut, er riecht nach Leben, verdrängt den aufdringlich Geschmack von Staub aus meinem Mund. Während meiner fünfjährigen Dienstzeit bin ich auf zahlreichen Welten gewesen, aber keine hat so leblos gerochen wie dieser Steinklumpen. Hier gibt es nur Staub, Sand und Felsen.

Bald wird das anders sein, denke ich. Die Standorte für die stadtgroßen Terraform-Anlagen sind bereits vermessen, der zu einer Fabrik umgebaute Kleinplanet ist auf dem Weg zu uns. In zwei, vielleicht drei Jahren wird er seinen Platz im Asteroidengürtel dieses Systems einnehmen. Die Minenschiffe werden ihre Arbeit im Gürtel aufnehmen und Erze für die Schmelzen des Fabrikplaneten gewinnen. Und dann wird man mit der Produktion der Terraformer beginnen. Am Ende eines langwierigen Prozesses wird der Planet erblüht sein, nur noch Holografien werden an den einst grauen Steinball erinnern. Der wolkenlose Himmel wird Vergangenheit sein, die Meere blau, die Ebenen grün schimmern. Und in Städten werden Menschen wohnen, in Dörfern, auf Farmen irgendwo im Nirgendwo, vielleicht ja genau hier wo ich jetzt gehe. All das werde ich nicht mehr erleben, aber das Wissen, Teil dieses wunderbaren Prozesses zu sein, gibt mir ein gutes Gefühl. Es gibt meinem Leben Sinn. Und es gibt meinem MM1 Sinn.

»Ein sonderbarer Planet«, sagt Schorlau und bleibt stehen, sein Gewehrlauf zeigt zu Boden, eine Hand liegt locker auf dem angehefteten Ersatzmagazin. »Ich werde froh sein, wenn wir endlich fort können«, sagt er.

»Morgen um diese Zeit sind wir auf dem Rückweg.«

»Nein«, sagt Schorlau, »das meine ich nicht. Ich meine fort von hier, fort aus dieser Leere.«

Ich sage nichts, ich schaue auf die Spuren, die wir im Staub hinterlassen haben. Ich erinnere mich an Fotos, die ich vom Mond gesehen habe, vom irdischen Mond. Und an die Fußspuren, die dort die ersten Menschen hinterlassen haben. Was haben sie damals gedacht? Haben sie wie Schorlau fort gewollt aus der Leere?

»Hast du noch eine Zigarette?«

»Du hast die Packung noch.«

Schorlau tastet die Taschen seiner Uniform ab, seine Bewegungen wirken fahrig. »Ich dachte, ich hätte Sie dir zurückgegeben.«

»Hast du nicht, nein.«

»Sicher, Haf?«

»Ja«, nicke ich.

»Dann habe ich sie verloren.«

Ich ziehe mein Zielfernrohr aus dem Futteral, schraube es auf das MM1.

»Was ist?«, fragt Schorlau.

Ich sage nichts, lege das Gewehr an. Ich nehme unsere Fußspuren ins Fadenkreuz, folge ihnen den langen Weg zurück, den wir von dem Außenposten genommen haben. Der Entfernungsmesser spielt mir in rot kleine Zahlen ins Okular ein. Fast drei Meilen sind es bis zur *Kantine*.

»Was ist?«, fragt Schorlau erneut.

»Ich sehe sie nicht.«

»Was?«

»Die Zigaretten.«

»Lass uns zurückgehen«, sagt Schorlau.

Im Fadenkreuz erscheint ein dunkler Fleck, er bewegt sich. »Moment …«, sage ich. Der Entfernungsmesser blendet 473m ein.

»Was?«

»Ich glaube, ich habe sie.«

»Die Zigaretten?«

Ich will *Ja* sagen, zögere aber. Die Zigarettenpackung würde sich nicht bewegen, sie ist auch nicht dunkel. Ich tippe auf den Zoomer. Im Eiltempo rast das Fadenkreuz zum Fleck, erst gestoppt von der Automatik. Eine Katze befindet sich im Kreis, das Kreuz genau auf ihrem Gesicht. Die Katze starrt mich an. Sie hat ein blaues Auge und ein rotes Auge. Ich lasse das Gewehr sinken.

»Was?«

Ich antworte nicht, hebe das Gewehr, folge unserer Spur, das Zielfernrohr erfasst erneut die Katze. »Das kann nicht sein«, sage ich.

»Was kann nicht sein.«

Ich entsichere das MM1.

»Haf, was siehst du da?«

Auf die Entfernung kann ich nicht treffen, nicht wenn ich stehend schieße. Wenn ich mich hinlege, ein Stativ nutze, wird die Katze vielleicht fort sein. Ich weiß nicht, was ich tun soll. Vielleicht hilft es, wenn Schorlau und ich das Tier ins Kreuzfeuer nehmen.

»Eine Katze«, sage ich.

»Wo?«

Ich hebe den Gewehrlauf leicht, als ich ihn wieder absinken lasse, sitzt die Katze noch immer im Staub. Das Fell ist rötlich mit leichten weißen Einfärbungen.

Schorlau schraubt hektisch sein Zielfernrohr auf das MM1, legt das Gewehr an. Er schwenkt den Lauf, verharrt endlich. »Das gibt es nicht.«

»Wenn wir es beide sehen, dann gibt es das.«

»Da ist aber keine Katze«, sagt Schorlau.

»Doch«, sage ich. Ich schließe die Augen, presse sie zusammen. Ein Schweißtropfen läuft mir über die Stirn, er fühlt sich kalt an. Als ich die Augen wieder öffne, ist die Katze noch immer da.

»Da liegt ein Toter«, sagt Schorlau.

»Entfernung?«

»473 Meter.«

»Synchronisieren?«

»Klar.«

Die Bilder aus Schorlaus Zielfernrohr werden in meines eingespielt. Es besteht kein Zweifel, wir haben das selbe Ziel im Visier. Ich lasse das MM1 sinken. »Da liegt kein Toter«, sage ich.

»Doch«, sagt Schrolau. »Da ist eine Hand. Die Hand eines Mannes. Die Reste eines Handschuhs. Ein Arm …, Schulter, ein Helm.«

Zwei Stunden später sitzen wir im Speisesaal. Die Tische sind beiseite geräumt, die Stühle zu Reihen aufgestellt. Bis auf die zum Wachdienst eingeteilten Kameraden befinden sich alle Mitglieder unserer Einheit im Raum. Neben einer Leinwand steht Major Skipkovskij. Er trägt Kampfmontur, sein MM1 hängt quer über seinem Rücken. An den Stiefeln haftet der Staub des Planeten.

»Wir haben einen Toten«, sagt er. »Sergeant Janess. Vermisst wird Specialist Harper. Die beiden waren zusammen auf Patrouille zum FZ1 Bunker. Wir sind den Spuren gefolgt, aber sie enden eine halbe Meile vor dem Bunker auf nacktem Fels. Wir wissen also nicht, ob die beiden den Bunker erreicht haben, gehen aber davon aus. Vor dem Schott haben wir Harpers Helm gefunden. Kein Blutspuren.«

»Wie ist Janess umgekommen?«, ruft jemand aus den hinteren Reihen.

»Er ist verbrannt«, sagt Skipkovskij.

»Wer war es?«

»Das wissen wir nicht.«

»War es Harper?«

»Keine Fragen mehr«, sagt Skipkovskij. Mit monotoner Stimme informiert er uns über die Fortschritte bei der Demontage des Wurmsenders und fasst ein Gespräch mit der Basis zusammen. Dort sei man sich sicher, dass Janess' Tod nichts mit den mysteriösen Vorkommnissen auf diesem Planeten zu tun hat. Wann immer bisher der Kontakt zu einer Außenstation abgerissen, eine Patrouille verschwunden oder eine Drohne nicht von ihrem Aufklärungsflug zurückgekehrt sei, es habe sich um plötzliche Ereignisse gehandelt. Die Kommunikation wäre teils mitten im Satz abgebrochen, bei einer Lagebeschreibung, einem Witz. Anzeichen einer Gefahr, welcher Art auch immer, habe es nicht gegeben. Gleiches gilt für die Drohnen. Die Aufzeichnungen wären eindeutig, es sei kein Angriff erfolgt, zumindest keiner, der von den Instrumenten und Sensoren der Drohnen hätte erfasst werden können. »Hier nun ist alles anders. Auch wenn wir nicht wissen, wie Janess verbrennen konnte, und gleichfalls nicht wissen, wer dafür verantwortlich ist, noch gibt es uns. Und wir können nach wie vor mit der Basis kommunizieren. Das wollte ich Euch sagen, Männer«, sagt Major Skipkovskij und dreht sich um.

»Wo kommt die Katze her?«, frage ich in das Stühlerücken der aufstehenden Kameraden hinein.

Der Major erstarrt in seiner Bewegung.

»Die Katze, Sir, wo kommt sie her?

Major Skipkovskij dreht sich zu mir um. »Was reden sie da, Hafman?«

»Die Katze«, sage ich und spüre Schorlaus Hand auf meiner Schulter. »Ich habe eine Katze gesehen. Sie war dort, wo Janess Leichnam gefunden wurde. Ich habe Ihnen davon erzählt, Sir.«

»Da war keine Katze«, sagt der Major.

»Aber ich habe sie gesehen.«

»Die Aufzeichnungen ihres Zielfernrohrs zeigen keine Katze. Sie zeigen die Hand Janess'. Mehr nicht.«

Ich schweige. Ich spüre die Blicke der Kameraden auf mir. Von der Katze habe ich dem Major bereits nach unserer Rückkehr zum Posten erzählt, aber schon da hat er mir nicht geglaubt. Und das mit gutem Grund. Es gibt keine Tiere auf dem Planeten, die Quarantänebestimmungen sind streng, noch strenger wird auf ihre Umsetzung geachtet. Er weiß das und ich weiß das. Und Skipkovskij hat Recht, die Bilder aus meinem Zielfernrohr zeigen keine Katze. Wir haben sie uns zusammen angeschaut. »Kein Wort über die Katze«, hat der Major anschließend gesagt und dabei sonderbar gegrinst.

»Da war keine Katze, bestätigen sie das, Hafman«, fordert mich Skipkovskij auf. Die Kameraden in der Sitzreihe vor mir haben sich zu mir umgedreht, ich sehe ihre müden, von grauem Staub überzogenen Gesichter.

»Ja«, sage ich.

»Was, ja?«

»Die Bilder zeigen keine Katze«, sage ich.

»Damit wäre das geklärt«, sagt der Major, macht auf seinen Absätzen kehrt und verlässt schnellen Schrittes den Speisesaal. Sein MM1 wippt auf seinem Rücken und ich denke, dass ihn besser jemand darauf aufmerksam machen sollte, den Riemen enger zu ziehen. Müsste der Major rennen, würde ihm das Gewehr schwer gegen die Beine schlagen. Er könnte stürzen. Es sollte ihn auch jemand darauf aufmerksam machen, dass ihm eine Katze folgt. Es ist eine weiße Katze und sie reckt ihren buschigen Schwanz wie einen Fahnenmast empor. Als der Major die Tür des Saals aufstößt, springt die Katze mit schnellen, kurzen Sätzen an seine Seite.

An die letzte Stunde habe ich nur verschwommene Erinnerungen. Ich erinnere mich an Arme, die mich halten, an Gewehrläufe, die mich zu Boden zwingen, an die ruhigen Augen eines Mannes, der mit noch ruhigerer Stimme auf mich einredet. Und ich erinnere mich an das blutige Gesicht des Majors. Seine Stirn ist aufgerissen, Blut und Gehirnmasse und Knochensplitter bilden die Wände eines tödlichen Kraters. Aber das habe ich wohl nur geträumt. Jenseits der Gitterstäbe meiner Zelle steht der Major. Seine Stirn ist unversehrt.

»Der Doc meint, ihnen fehlt nichts«, sagt er.

»Wenn er das sagt.«

»Und was sagen Sie, Haf?«

»Mir fehlt nichts.«

»Und was war das vorhin?«

»Ich weiß nicht. Müdigkeit vielleicht, ja. Ich bin müde, Sir. Sehr müde. Dieser Planet, er nimmt mir meine Kraft. Immer nur Grau. Alles ist grau. Der Staub dringt in die Schlafbaracken ein. Ist überall. Dieses Grau. Das ermüdet.«

»Hafman, der Doc hat ihnen etwas gegen die Müdigkeit gegeben«, sagt Major Skipkovskij. »Und er hat sie diensttauglich geschrieben. Sind Sie das, diensttauglich, Hafman?«

»Ja, Sir.«

»Dann stehen sie auf.« Major Skipkovskij schließt die Zelle auf.

»Danke, Sir«, sage ich und erhebe mich. Mit einer Hand stütze ich mich an der Wand ab, ich fühle mich benommen. Mit unsicherem Schritt verlasse ich die Zelle. Vor mir liegt ein Gang, im feinen Staub auf dem Boden sind Stiefelabdrücke zu erkennen.

Ich fühle mich noch immer benommen, als ich mit einem Kameraden, der Hurst heißt, in einem Loch hocke und über den Lauf meines MM1 in die Leere südlich der Station blicke. Inzwischen weiß ich, was zu meiner Inhaftierung geführt hat, Hurst hat es mir erzählt. Ich wäre aufgesprungen und dem Major gefolgt. Das wäre so schnell gegangen, niemand hätte reagieren können. Ich hätte ihn zu Boden geworfen, dann auf ihn einzuschlagen begonnen. Lachend. Ich hätte mich wie ein Irrer gebärdet, unentwegt »Die Katze« gebrüllt. Nur unter großen Mühen habe man mich vom Major lösen können. Um mich geschlagen hätte ich, getreten, gekratzt.

»Total irre«, sagt Hurst.

»Weiß nicht, was in mich gefahren ist.«

»Kannst von Glück sagen, dass jeder Mann gebraucht wird, Hafman«, sagt Hurst.

»Geht wieder.«

»Und was soll das mit der Katze?«

»Da war eine.«

»Da draußen bei Janess?«

»Auch.«

»Auch?«

»Dem Major ist eine gefolgt.«

Hurst dreht den Kopf leicht, schaut mich aus den Augenwinkeln an. »Halt jetzt besser die Klappe, Hafman.«

»Aber da war eine.«

»Hafman, ich will dich nicht dem Doc melden müssen. Also hör auf von diesen Katzen zu reden. Es gibt sie nicht. Du bildest Sie dir nur ein.«

Ich sage nichts, lege nur meine Wange an den Schaft meines MM1. In einer kleinen Kuhle, vielleicht zehn Meter von unserem Schützenloch entfernt, spielt eine Katzenmama mit ihrem Nachwuchs. Die kleinen Kätzchen turnen auf ihr herum, tapsen nach ihrem Schwanz, kollern übereinander. Ich höre das leise Fiepsen ihrer Stimmchen und das wohlige Schnurren der Katzenmutter. Ich möchte aufstehen, möchte zu den Katzen, möchte sie streicheln. Statt dessen greife ich nach meinem Kampfmesser, mit einer vielgeübten Bewegung reiße ich es aus der am Stiefel befestigten Scheide. Die Klinge findet ihren Weg in den Körper an meiner Seite. Sie versinkt zur Hälfte im Hals meines Kameraden. Hursts Atem geht in ein Röcheln über, Blut spritzt mir aus zertrennten Adern entgegen. Es fühlt sich sonderbar kalt an. Ich ziehe das Messer zurück, drehe es dabei leicht. Ich spüre den Widerstand von Knorpeln und Knochen, dann ist das Messer frei. Blut gurgelt aus dem weit geöffneten Mund Hursts. Ich werfe das Messer zu Boden, greife nach meinem MM1 und springe aus dem Erdloch. Die Katzenfamilie ist verschwunden, aber ich sehe die Pfotenabdrücke im Staub. Sie weisen mir den Weg zurück zur Station. Ich weiß, was ich zu tun habe …

Als ich die Augen öffne, schaue ich in das Gesicht Major Skipkovskijs. Er sieht besorgt aus, aber auch erleichtert. »Das war's, Haf«, sagt er.

»Was war es?«

»Sie sind raus.«

»Raus, Sir?«

»Mit dem nächsten Transporter geht es zurück in die Heimat.«

»Heimat?«

»Das ist die Droge, Major«, sagt ein kleiner, dunkelhaariger Mann. Er sitzt an einem schmalen Tisch, hat ein Laptop vor sich stehen. Dünne Kabel führen von meinem Kopf zu dem Gerät.

»Ich weiß, Doc.«

»Was ist los?«, frage ich.

»Puttin'-Out-Syndrom, Hafman.«

»Ich verstehe nicht.«

»Wir haben Sie getestet, Hafman. Wir haben Sie simulierten Extrembelastungen ausgesetzt. Ein Programm, Hafman, in ihrem Fall das Wüstenplanet-Szenario. Anfangs waren Ihre Reaktionen gut, da und dort gab es Schwachpunkte, nichts wirklich beunruhigendes, aber dann sind Sie zusammengebrochen. Hinsichtlich der Diagnose ist der Doc sich nicht ganz sicher gewesen, daher haben wir Sie ein Unterprogramm durchlaufen lassen.«

»Aber …«, versuche ich zu widersprechen. Dann schweige ich. Ich schaue an dem Arzt vorbei aus dem Fenster. Die Welt dort draußen ist nicht grau. Ich sehe metallischblau glänzende Panzer, weiße

Hemden unter schwarzen Ausgehuniformen, rote Barackenwände, fern am Horizont hinter einer weiten, grünen Ebene sehe ich die schneebedeckten Gipfel hoher Berge.

»Was war das letzte, an das sie gedacht haben, Specialist Hafman?«, fragt der Doc.

»Ich weiß, was ich zu tun habe ...«, sage ich langsam.

»Und was wäre das gewesen?«

»Alle verbrennen.«

»Verbrennen, Hafman?«

»Ja, Sir«, sage ich.

»Aber warum?«

»Wir Menschen sind ein Feuer, welches das Universum verbrennt. Dieser Brand muss gelöscht werden.«

»Und eben das ist P.O.S., das Putting'-Out-Syndrom«, sagt Major Skipkovskij. »Sie leiden darunter, Ihre Worte gerade haben das bestätigt.«

»Was?«

»Das Sie Feuer mit Benzin löschen wollen«, sagt der Doc.

»Raus, Hafman, damit sind Sie raus. Für Sie heißt es Abschied nehmen von den Marines. Sie sind eine Gefahr für Ihre Kameraden.«

Ich reiße mir die Kabel vom Kopf, der Major versucht mich davon abzuhalten, wirft sich auf mich. Ich schüttele seinen Körper ab. Ich gleite von der Liege, mit einem Sidekick trete ich den herbeigesprungenen Doc zur Seite. Ich brauche Benzin. Ich weiß, was ich zu tun habe.

HINTERLAND

## Valérie Kreifelts

# Der Anfänger

Valérie Kreifelts, geboren 1987 am Heiligabend in Willich am Niederrhein. Nach dem Abitur absolvierte sie eine Ausbildung zur Tiermedizinischen Fachangestellten. Ihr größtes Hobby ist seit der 6. Klasse das Schreiben. Seitdem verfasste sie verschiedene – bisher etwas planlose – Fantasyepen. Ihr größter Wunsch seit dem 13. Lebensjahr: David Bowie treffen. Ihr zweitgrößter Wunsch: ein anderer Geburtstag. *Der Anfänger* ist ihre erste Printveröffentlichung.

Es war ein besonders heißer Tag. Die dreißig Kilometer Gewaltmarsch (Matschrobben, Hindernislauf, Hochseilparcours) in voller Montur und mit Marschgepäck hatten wir bereits hinter uns, und nun sollten wir auch noch mit uralten Gewehren snipern. Meine fünf Ziele hatte ich bereits getroffen – wie immer. Dieses Training kannte ich seit Jahren. Sogar mit den vorsintflutlichen ballistischen Feuerwaffen, die noch Kugeln verschossen, und die wesentlich schwerer waren als die von uns üblicherweise gebrauchten Energiewaffen. Mir machte das schon lange nichts mehr aus, mit beinahe dreißig war ich in der Einheit sowieso der Opa. Jedoch der Neue schien Schwierigkeiten zu haben. Alle Aufmerksamkeit war auf ihn gerichtet. Erst recht die unseres Majors.

Er war seit einer Woche da: ein normal gebauter, kleiner Japaner, etwa Anfang zwanzig. »Kishimoto Yoshi, Sir!« So hatte er sich vorgestellt. Wir nannten ihn Yoshi. Was er bei uns verloren hatte, fragten wir uns seit dem ersten Tag. Von Muskeln kaum eine Spur zu sehen. Aber immerhin ganz sportlich gebaut. Seine Hände begannen zu zittern, als er das Gewehr hob. *Na, Kleiner, was tust du jetzt? Triffst du? Oder triffst du nicht? Ist deine Hand-Augen-Koordination tatsächlich so hervorragend wie du sagst?* Die Spannung in der Luft war zum Zerreißen. Der Junge zielte, ließ sich Zeit. Plötzlich bellte der Major: »Nun schieß endlich!«

Die ganze Truppe zuckte zusammen, leider auch der Japaner. Ein Schuss fiel, das Gewehr fiel zu Boden und die Kugel prallte irgendwo ab. Sofort ließen wir uns fallen. Das Projektil kam zurück und schlug rechts neben mir in den Boden ein. Ich spürte, wie die Kugel die Luft zerschnitt. Direkt neben meinem Ohr.

Der Major begann sofort, den Neuen anzubrüllen. Dieser reagierte gar nicht, starrte nur entgeistert seine Hände an. Eigenartig. Er ließ sich beschimpfen und trollte sich dann in die Kaserne, während wir uns kopfschüttelnd den Staub von den Uniformen klopften und stramm standen.

Ich bekam Yoshi erst abends wieder zu Gesicht, als ich vom Duschen und dem gemeinsamen Abendessen – an dem er nicht teil genommen hatte – in den Schlafsaal zurückkehrte. Er lag auf seinem Bett und starrte die beiden Fotos an, die er von zuhause mitgebracht hatte, noch auf Papier gedruckt.

Bei unserer ersten Begegnung hatte er uns erklärt, dass darauf seine Familie und seine beiden besten Freunde zu sehen waren. Allesamt Söldner. Seine Eltern seien aber seit mehr als zehn Jahren tot. Es klang ähnlich wie die Geschichten der meisten Jungs hier: alle aus zerbrochenen Familien oder als Waisen aufgewachsen. Sie suchten ihr Heil in der Flucht vor der anständigen Welt da draußen. Sie hatten das Gefühl, stark zu sein, indem sie bei uns in der Legion dienten – und Menschen ermordeten. Der einzige Unterschied war, dass Yoshi nicht den verschlossenen und brutalen Gesichtsausdruck der meisten anderen hier hatte. Er schaute eher freundlich. Ich fragte mich, ob er überhaupt wusste, dass er der Liquidationstruppe beigetreten war. Er sah so weich aus. Ich hatte von Anfang an ein ungutes Gefühl bei ihm gehabt. Etwas in meinem Bauch zog sich zusammen, wenn ich ihn sah. Er gehörte hier nicht her. Und irgendwie konnte ich ihn nicht ausstehen. Vielleicht, weil er mir leid tat.

»Sauer?«, fragte ich ihn.

»Ein wenig enttäuscht«, gab er zu.

Ich setzte mich auf seine Bettkante und brummelte: »Macht nix. Ich hab anfangs auch nicht alles getroffen.«

»Ich hätte dich beinahe massakriert.«

Oh, ja. Das hatte er. Ich konnte noch immer das leise Pfeifen neben meinem Ohr hören. »Das ist dein Job, Mann.« Stell dich nicht so an, hatte ich noch sagen wollen, aber etwas hielt mich zurück.

Yoshi schaute auf und blickte mir direkt ins Gesicht. Ich sah Schmerz darin – wie bei den meisten Jungs, die das erste Mal auf einer Mission gewesen waren und getötet hatten. Aber so schlimm war's ja nun wirklich nicht gewesen.

»Ist doch gar nix passiert.« Ich hatte das unbestimmte Gefühl, den Bengel trösten zu müssen. In meiner Eigenschaft als Dienstältester, oder so. Fand ich. Dabei hatte er es eigentlich nicht verdient.

»Das … ist kompliziert. Du verstehst das nicht.«

»Na, dann erklär's mir doch, Superhirn.«

Yoshi erhob sich. »Ich denke … ich gehe duschen.«

Und schon war er weg. Er war bisher jede Nacht aus unserem Schlafraum verschwunden, und ich glaubte nicht, dass das etwas mit Duschen zu tun hatte. Ich schüttelte den Kopf. Angeblich war er Japaner, aber er hatte dunkelblondes Haar und stahlblaue Augen. Vielleicht ja europäische Vorfahren? Sein Gesichtsausdruck war … ich weiß nicht … seine Augen lachten. Er hatte zarte Hände. Er war zierlich gebaut. Und dennoch strahlte er eine Art Kraft aus, die ich nicht verstand.

Yoshi kam mühelos bei unseren Laufübungen mit, und beim heimlichen Messerwerfen nachts hatte er auch sauber getroffen. (Irgendein armes Schwein musste immer Schmiere stehen, damit der Major nichts mitbekam; meist der, der beim letzten Mal verloren hatte.) Er konnte klettern wie ein Affe – wir mussten manchmal aus Bäumen snipern, also wurde das auch geübt. Und er bewegte sich elegant. Leicht.

Er war das komplette Gegenteil von uns anderen hier: groß, muskelbepackt und auf Töten und nichts sonst programmiert. Und dennoch hielt er mit Leichtigkeit durch. Schon eine ganze Woche. Warum also – wenn er sonst alles konnte – hatte der Killerzwerg, wie ihn die anderen seit heute Nachmittag nannten, das verdammte Gewehr weggeschmissen? *Weichei.*

Ich stand auf und nahm mir die Fotos. Das eine zeigte ihn und einen Mann und eine Frau. Er stand in der Mitte. Strahlend. Alle drei trugen die gleiche dunkle, weite Kleidung, und bequeme Westen und Taschen mit viel Platz für alles mögliche. Außerdem fingerlose Handschuhe. *Uniformen*, schoss es mir durch den Kopf. Allerdings waren alle drei vollkommen untechnisiert. Yoshi spielte mit einem eigenartig dreieckigen Messer. Aber nirgendwo waren Visoren oder Strahler oder sonstige Hilfsmittel zu sehen. Im Hintergrund stand sogar ein Strommast – etwas, das ich zuletzt in meiner früheren Kindheit gesehen hatte.

Das zweite Foto zeigte seine Familie: Vater, Mutter und Kind. Yoshis Vater hatte dunkle Haare, seine Mutter eher dunkelblonde. Sie waren beide Asiaten und trugen die gleiche Kleidung wie Yoshi und seine Freunde auf dem anderen Bild. Auf diesem Bild war Yoshi vielleicht sieben oder acht Jahre alt, er trug Jeans und T-Shirt. Nur seine Hände steckten schon in den gleichen Handschuhe wie die seiner Eltern – fingerlos. Er trug diese Art Handschuhe noch immer, fiel mir jetzt auf. Extrawürste waren bei uns eigentlich nicht erlaubt, der Junge nahm sich viel heraus.

Die Tür flog auf und zwei grinsende Kameraden betraten den Raum.

Ich schoss hoch. »Seit ihr irre!«, herrschte ich sie an.

»Oho, Jerry Sullivan beim Spionieren erwischt.« Johnson schnappte sich ein Foto.

»Süß! Guck mal. Da war er noch klein!«

»Du meinst, das Ding ist von Vorgestern?«, sagte Meller.

Die Jungs lachten, ich wollte schmunzeln, aber irgendwie fand ich es nicht witzig.

»Der Kleine hätte nicht herkommen sollen«, meinte Meller plötzlich ernst. »Der hat Familie. Da geht man doch nicht zum Killerkommando.«

»Aber er macht seine Sache doch bis jetzt ganz gut«, wandte ich ein. »Außerdem sagt er, die sind eh alle tot.«

Das brachte mir nur einen schrägen Blick ein, dann schlurften die beiden zu ihren Betten.

Ich zog mich ebenfalls aus und grübelte noch eine ganze Weile über den Sinn, einer Killereinheit beizutreten, wenn man Familie im Rücken hatte.

Als die meisten schon schliefen, fiel mir auf, dass Yoshi nicht vom Duschen zurückgekehrt war. Nicht, dass er dem Kommandanten in die Arme rannte. Der kleine Anfänger hatte es sich heute schon genug mit ihm verscherzt. Ich war nicht unbedingt darauf aus, dass er Ärger bekam. Weil der nämlich wahrscheinlich an mir hängen bleiben würde. Deshalb schlüpfte ich in meine Hose und meine Stiefel und schlich zur Tür. Als Johnson aufschaute, meinte ich, »muss mal strullen«, und huschte hinaus.

Die Luft draußen war lau, der Himmel sternenklar. Mir war bisher nie aufgefallen, wie angenehm und beruhigend das sein konnte. Ich sah mich vorsichtig um, um nicht von einer Wache erwischt zu werden, dann begann ich meine Suchaktion.

Ich hatte keine Ahnung, wo ich – außer bei den Duschen – suchen sollte, und tappte mehr oder weniger ziellos umher. Dann sah ich ein Blitzen aus den Augenwinkeln. Es war von den Hügeln auf der Trainingswiese gekommen, auf denen vereinzelt Bäume standen. Ich sah hinüber, konnte aber nichts erkennen, weil hier unten in der Kaserne noch Lichter brannten. Trotzdem … Wetterleuchten bei sternenklarem Himmel ohne ein einziges Wölkchen war eigenartig. Etwas sagte mir, dass ich mir das genauer ansehen sollte.

Da war es wieder, dieses Blitzen. Es kam von einem der Hügel. Etwas bewegte sich dort. Ich blieb stehen, um besser sehen zu können. Meine Augen gewöhnten sich an die Dunkelheit, und nun konnte ich eine sich bewegende Gestalt erkennen. Es erschien mir zunächst sinnlos, *wie* sie sich bewegte, jedoch blitzte es dann und wann auf, begleitet von einem kaum hörbaren, statischen Summen.

Ich schlich näher heran, die Bewegungen wurden besser erkennbar und erschienen vertrauter. Sie erinnerten mich an die brutalen Martial-Arts-Filme, die ich mir früher angeschaut hatte – aber irgendwie war das hier harmonischer, sinnvoller. Die Silhouette schimmerte leicht, als würde sie von hinten angestrahlt, und es waren elegante Bewegungen, mal schnell, mal sehr langsam. Fasziniert näherte ich mich ein weiteres Stück, sehr leise. Plötzlich stand die Gestalt still, löste sich aus ihrer Haltung und schien auf mich zu warten.

Als ich auf dem Hügel ankam, erkannte ich Yoshi. Der Vollmond stand hinter dem Hügel, so dass ich ihn jetzt sehr gut sehen konnte. Er keuchte ein wenig, schien nass geschwitzt, sah mich aber ernst an. Er trug eine weite dunkle Hose und keine Schuhe. Seinen Oberkörper bedeckte nur ein leichtes T-Shirt und er hatte eine kleine Tasche am Bein festgebunden, sodass er bequem hineingreifen konnte; wie auf den Fotos. Seine Handschuhe fehlten diesmal. Woher er die Klamotten hatte, wusste ich nicht – persönliche Kleidung war hier nicht erlaubt. Irritiert stellte ich fest, dass ihm dieses Outfit gut stand. Schnell legte er seine Hände auf den Rücken und sah mich an, als habe ich ihn bei etwas Verbotenem erwischt. Hatte ich ja auch.

»Was tust du hier?«, fragte ich ein wenig perplex von dem Anblick, der sich mir bot.

»Melde gehorsamst, ich übe, Sir. Ich trainiere.« Etwas nervös wirkte er, bemühte sich aber stramm zu stehen – die Hände weiterhin hinter dem Rücken versteckt.

»Jede Nacht?« Den »Sir« ignorierte ich geflissentlich. Mir war gerade nicht nach Machtspielchen, auch wenn ich ihm die Hammelbeine hätte lang ziehen sollen.

Yoshi schwieg betreten.

»Ich verrate nichts, keine Panik. Aber –« Ich zögerte. »Du darfst dich nicht erwischen lassen. Hörst du? Der Major reißt dir den Kopf ab. Und mir erst recht. Ich trage die Verantwortung für die Frischlinge. Was trainierst du da eigentlich?«

Yoshi sah mich etwas erstaunt an.

»*Kung Fu*, Sir. Das habe ich in China gelernt. Verschiedene Stile. Sehr praktisch bei uns in Japan. Denn dort beherrschen das nicht viele.«

Ich kam mir ein wenig dumm vor, denn für mich sah das alles gleich aus, *Karate, Kung Fu,* was weiß ich, was es da noch so gab. Ich hoffte nur, dass er es nicht bemerkte. Jeder hatte schließlich seine Ehre.

»Ist entspannend und beruhigt mich.« Der junge Mann sah verlegen den Baum neben uns an.

Ich ging einen Schritt näher und klopfte ihm auf die Schulter, kameradschaftlich, wie ich hoffte. Er zuckte leicht zusammen bei der Berührung. Sein Blick wanderte weiter den Baum hinab bis zu dessen Wurzeln.

»Komm schon, jeder von uns hat am Anfang Mist gebaut.« Warum versuchte ich eigentlich dauernd, ihn zu trösten? Der Kerl hatte mir fast das Hirn aus der Kirsche gepustet.

Yoshi hob den Kopf und sah mir ins Gesicht. In seinen Augen glitzerte es – Tränen? Fing er jetzt an zu heulen? Schwachkopf!

»Ich habe es satt, immer als kleiner, dummer Junge dazustehen. Ihr alle haltet mich für einen absoluten Idioten. Eurer Meinung nach habe ich hier nichts verloren.«

Was sollte ich darauf antworten? Wieder war da der Drang, ihn zu beruhigen. Und ich mochte es nicht, dass er sauer auf mich zu sein schien. Ich konnte ja schließlich nichts dafür, dass er so ein mieser Schütze war.

»Ach was. So schlimm war‘s doch gar nicht. Klar bist du kleiner. Seid ihr in Japan doch fast alle, oder?«

Yoshi nickte betreten und starrte dann aber fast trotzig auf meine breite Brust – die direkt auf seiner Augenhöhe lag.

»Und nach dreißig Kilometern darf man auch mal müde werden. Gerade als An-, gerade wenn man so etwas nicht gewohnt ist. Ich mache den Job seit Jahren.«

»Anfänger, hm? Weil ich neu bin, bin ich Anfänger, ja? Dreißig Kilometer packe ich mit links. Hast du doch gesehen.« Schmollte er jetzt etwa? Sicher war es ihm peinlich, dass er fast geheult hatte.

»Also, bisher hatte ich nicht den Eindruck, dass du wahnsinnige Schwierigkeiten hast, mit uns anderen mitzuhalten. Liegt das an deinem *Kung Fu*?«

Plötzlich fand ich gar nicht mehr, dass er nicht hier rein passte. Trotz der missglückten Schießübung. Zumindest brachte er etwas Abwechslung in diese ernste Muckibude.

Yoshi nickte. »Ich trainiere jeden Abend, es steigert Fitness, Kondition und Beweglichkeit..«

Ich seufzte. »Ich weiß halt nur nicht, ob das erlaubt ist. Wir sind Scharfschützen und notfalls schneiden wir unseren Opfern die Kehlen durch. Präzisionsarbeit ist wichtig, aber wir arbeiten im Team. Und je weiter wir weg sein können, wenn die Zielperson stirbt, desto besser für uns.«

Yoshi antwortete nichts darauf.

»Soll nicht heißen, dass ich dein *Kung Fu* nicht würdige oder so«, fuhr ich hastig fort. Was redete ich da eigentlich? Ich konnte Frauen und Kinder anbrüllen, wenn es sein musste. Aber den Kleinen wollte ich um keinen Preis der Welt beleidigen. Wie er da so stand und der Mond sein Gesicht beleuchtete, sah er richtig hübsch aus, und ich merkte, wie mir das gefiel. Ich schüttelte unwillig den Kopf. Er war doch kein Mädchen! Und überhaupt sollte ich ihn eigentlich zur Schnecke machen. Er hatte nachts draußen nichts verloren. Extrawürste gab es bei uns nicht.

Ich räusperte mich. »So, nun aber ab ins Bett mit dir! Wir haben morgen einen harten Tag vor uns, und wenn irgendjemand auf den Gedanken kommt, uns suchen zu gehen, bekommen wir mächtig Ärger«, sagte ich bestimmt und fasste ihn am Oberarm, um ihn vor mir her den Hügel runter zu schieben.

Anstatt sich zu beschweren, wie ich eigentlich erwartet hatte, zog Yoshi seine Handschuhe aus der Hosentasche und fuddelte sie über die Hände. Dann folgt er mir zur Kaserne, wo ich schmiere stand, während er duschte. Dabei spinxte ich ab und an zu den Hügeln. War das Leuchten noch einmal aufgetaucht? Ich konnte nichts entdecken. Wie hatte der Junge das gemacht?

Während ich unter meiner Decke darauf wartete, dass der Schlaf auch mich übermannte, dachte ich über die letzte Woche nach. Seit Yoshi da war, war es recht interessant geworden. Man bekam schließlich nicht alle Tage von einem Kameraden fast die Birne durchsiebt. Das Messerwerfen war spannender geworden, weil Yoshi mich als King abgelöst hatte. Wahrscheinlich der einzige Pluspunkt, den er sich bisher bei den anderen Jungs einhandeln konnte. Ansonsten gab es viel Gerede im Kasino. Meistens Witze auf seine Kosten. Er enthielt sich jeden Kommentars, aber seine Worte heute Abend hatten mir verraten, dass er vielleicht doch nicht so hart war. Ich musste zugeben, er verwirrte mich. Einerseits spielte er den Hartgesottenen, andererseits schien er manchmal so zerbrechlich. Ein Wunder, dass er sich mir heute so offenbart hatte. Ob er vielleicht in Wirklichkeit ein Mädchen war? Die heulten doch bei jeder Gelegenheit. Und mit uns geduscht hatte er auch noch nie, fiel mir auf. Und warum versteckte er seine Hände?

Ich beschloss, ihn zu löchern, sollte er in den nächsten Tagen nicht aufgeben. Ich hoffte, er hielt durch. Denn aus unserer Einheit gab es nur zwei Wege hinaus: Mit einem Auftrag oder mit einem Zettel am dicken Zeh. Ich seufzte. Die Begegnung auf dem Hügel hatte etwas Ruhiges gehabt. Entspannend. Vielleicht sogar vielversprechend? Ich wusste nicht, woran das lag. Aber im Moment war es mir auch egal.

Eigentlich träumt man hier nicht. Man ist abends viel zu kaputt zum träumen. Aber in dieser Nacht hatte ich einen Traum. Ich sah eine Gestalt wie aus einem der uralten Martial-Arts-Filme, die wir hier so gerne glotzten. Sie stand alleine in einer hügeligen Graslandschaft vor der aufgehenden Sonne und vollführte perfekte Bewegungen, ausladend und elegant, fließend und leicht wie eine Feder. Der Wind spielte mit der weiten Kleidung, und sang mit und zu den Bewegungen der Gestalt. Mit einem Mal wurde sie schneller, die Gesten kraftvoller, als führe sie einen seltsamen Schattenkampf gegen einen unsichtbaren Gegner auf. Dann wurde sie schneller und schneller, bis ihre Konturen zu verschwimmen schienen.

Und plötzlich stand sie still. Ruhig, gelassen, fast entspannt. Und doch in einer bedrohlichen Haltung. Wie ein Tiger, der mich im nächsten Moment anspringen und zerfleischen könnte. Mir überlegen. Weitaus stärker als ich.

Schweißgebadet schreckte ich hoch. Meine Kameraden schliefen ruhig, neben mir Yoshi. Mit dem unguten Gefühl, einen Fehler gemacht zu haben, legte ich mich wieder hin.

Am nächsten morgen wurde ich von Yoshi geweckt. Wir hatten früh aufzustehen, denn es standen Missionen an. Wichtige Männer wollten – oder eher sollten – unter die Erde gebracht werden. Während ich mich aus den Federn quälte, hüpfte Yoshi schon fröhlich und aufgeregt wie ein junger Tiger umher (mir gefiel der Gedanke nicht, er erinnerte mich unangenehm an meinen Traum), als habe er nicht erst vier Stunden geschlafen, und er handelte sich dadurch böse Blicke und fiese Kommentare von den Anderen ein. *Kindskopf!* Hatte er nicht kapiert, dass heute seine Taufe war? Dass er jetzt wohl seinen ersten Menschen würde töten müssen? Oder freute er sich tatsächlich darauf?

Nach dem Frühstück und dem Morgenappell, bei dem die Gruppen für verschiedene Missionen eingeteilt wurden, schärfte uns der Major noch einmal ein, wie wichtig es sei, keine Spuren zu hinterlassen.

Ich suchte nach Yoshi, denn ich wollte wissen, ob er nervös war, jedoch stand er ganz gelassen bei unserer Einsatzgruppe und zeigte kein Bisschen Anspannung. Als wir alle beisammen waren, rief der Kommandant die Teams nacheinander zu sich ins Büro und erteilte ihnen Anweisungen.

Ich sollte Aufsicht bei Yoshis Taufe führen. Beim Frühstück hatte ich mitbekommen, dass manche Söldner Wetten abgeschlossen hatten, ob er es schaffen oder sich in die Hose machen würde. Na, toll. Feine Voraussetzungen waren das. So ganz sicher war ich mir aber auch nicht.

Unsere – Yoshis – Mission sollte es sein, einen bedeutenden Anwalt um die Ecke zu bringen. Offenbar hatte er den Falschen hinter Gitter gebracht. Wer unsere Auftraggeber waren, hatte uns nicht zu interessieren – wir waren nur die Exekutive. Wir würden mit dem Gleiter zum Zielort geflogen werden, uns als Klienten einschleichen und ihn dann liquidieren. Kein besonders schwerer Auftrag. Eine Kanzlei sollte nicht schwer bewacht sein. Nicht mal die eines Staranwalts.

Bevor es losging, zogen wir uns um. Yoshi und ich schnappten uns jeder eine Tasche mit den Klamotten, die uns der Major gegeben hatte. Wir waren wichtige Klienten, die direkt zum Chef der Kanzlei gelassen werden mussten, und wir konnten schließlich nicht mit Springerstiefeln und schwer bewaffnet zum Termin aufkreuzen.

Ich war frisch rasiert, die Haare waren gekämmt, und in dem schwarzen Anzug mit Krawatte und mit einem Eau de Toilette, von dem ich nicht wissen wollte, wie viel es gekostet hatte, auf der Haut trat ich also nach kurzer Zeit wieder vor mein Team. Die Jungs pfiffen und lachten. »Sully, siehst ja richtig schick aus! So zivilisiert kennt man dich ja gar nicht.«

Ich schmunzelte und sah mich nach Yoshi um, der in diesem Moment ebenfalls den Raum betrat. Plötzlich waren alle still, und auch mir stockte der Atem. Der Anzug stand ihm unheimlich gut.

Bisher hatte ich ihn als eher weibischen Typ betrachtet, so glatte Haut und das hübsche Gesicht. Nun aber, mit Jackett und Krawatte auf weißem Hemd sah er wesentlich männlicher aus; erwachsener.

»Sitzt der gut so?«, fragte er und zupfte an sich herum. Offensichtlich war diese Art von Kleidung für ihn genauso ungewohnt wie für mich und unsere beiden Kameraden, die uns auf dem Einsatz Rückendeckung geben sollten.

Ich schluckte und nickte. »Bestens. Schnieke.«

Dann sah Yoshi mich an und seine Ohren färbten sich rot. Schnell kümmerte er sich um sein Schulterhalfter unter der Anzugjacke, die Strahlenwaffe berührte er nur kurz.

Ich spürte ebenfalls, wie mein Gesicht wärmer wurde und sah *noch mal eben schnell* nach der Notfallausrüstung unserer Sniper.

So wie Yoshi eben hatte mich noch nie jemand angesehen. Erst recht kein Mann. Und erst recht nicht mit zwei feixenden Söldnern im Raum. Es war mir unangenehm. Aber es schmeichelte mir auch. Die teuren Fetzen mussten mir stehen. Dennoch fragte ich mich unbehaglich, ob ich einen Jungen vom anderen Ufer als Partner hatte und gruselte mich ein wenig vor der Antwort. *Ich*, ein Killer! So etwas wie gruseln kannte ich nicht. Und trotzdem lief mir bei dem Gedanken ein Schauer über den Rücken; zusammen mit einem anderen Gefühl, das ich nur schwer deuten konnte. Für Homos galt die Todesstrafe.

Bis zu den Gleitern hatten wir noch ein Stückchen Fußmarsch zu bewältigen und passierten dabei die Übungswiese und die Hügel. Dahinter würden der Pilot und sein fliegender Schrotthaufen auf uns warten. Im Vorbeigehen fiel mir der Baum auf, den Yoshi letzte Nacht so betreten angestarrt hatte. Etwas stimmte nicht.

Ich blieb stehen, um mir die Sache genauer anzusehen. Die Rinde war an einer Stelle komplett verbrannt, als hätte jemand mit einen Starkstromkabel oder einem Schweißgerät daran herum gespielt. Ich sah wieder die Blitze – und eine Gestalt, die sich elegant und präzise bewegte. Beleuchtet vom Mond, der hinter dem Hügel schimmerte.

»He, Sully, wo bleibst du, Alter?« Durch den Ruf wurde ich aus den Gedanken gerissen und lief meinen Jungs hinterher. Eigenartig. Was hatte Yoshi nur gestern Nacht auf dem Hügel getrieben? Die Kämpfer in den *Kung-Fu*-Filmen hatten nie Bäume verbrannt. Langsam wurde mir der Kleine unheimlich. Langsam bekam ich den

Eindruck, dass er wesentlich stärker war, als wir alle anfangs geglaubt hatten. Warum zur Hölle war er bei uns? Was wollte er hier? Und warum markierte er den Trottel?

Der Gleiter brachte uns mitten in die Megastadt, die jedes Jahr mehr Land zu fressen bekam. Yoshi und ich wurden hinter einer leer stehenden Mall ausgespuckt. Während der Gleiter mit den beiden Heckenschützen hinter uns wieder aufstieg, um eine strategisch günstige Position zu beziehen, sicherten wir das Gelände.

Mit entschlossenen Schritten traten wir auf die Straße hinaus und liefen zu Fuß um den nächsten Block, um zu verschleiern, wo wir tatsächlich hergekommen waren. Mit jedem Schritt verspürte ich mehr Nervosität. Was, wenn der Junge den Auftrag vergeigte? Wenn er versagte? Dann war mindestens einer von uns tot oder er würde die Einheit verlassen müssen, was letzten Endes auf dasselbe hinauslief.

Beides war mir wenig recht.

Ich rief mir den eleganten Schattentanz in Erinnerung, den Yoshi in der vorigen Nacht aufgeführt hatte; alleine, ohne zu ahnen, dass ich ihn dabei beobachtete. Es war faszinierend gewesen, und die Gedanken daran hatten eine beruhigende Wirkung auf mich: ich spürte, wie mein Herzschlag sich verlangsamte und ich freier atmen konnte. Vielleicht waren diese Übungen ja auch das Geheimnis, weshalb er so gelassen in einer Gruppe Söldner leben konnte, überlegte ich mir. Ich an seiner Stelle und mit seinem Körperbau hätte wahrscheinlich schon längst Muffensausen bekommen, dass man mich auseinandernimmt. Wie auch immer, mir lag daran, dass er es nicht vergeigte. Und wenn er diese Mission erfolgreich abschloss, gehörte er dazu. Dann würde er nicht mehr als Anfänger gelten und niemand würde ihn mehr beschimpfen. Es war eigenartig, noch einen Tag zuvor hätte ich ihm am Liebsten selbst die Fresse poliert. Nur, weil die anderen Spaß dran gehabt hätten. Aber jetzt, hier alleine mit ihm in der Stadt, fand ich diese Gedanken vollkommen abwegig. Meine Aufgabe heute war es, ihm Rückendeckung zu geben, falls er es vermasseln sollte. Man konnte ja nie wissen.

Ich tastete nach meiner Waffe im Schulterhalfter und dem kleinen, technischen Spielzeug, dass der Major mir zugesteckt hatte; selbst wenn mir schleierhaft war, warum ich es auf so einer einfachen Mission gebrauchen sollte, ich würde es tun. Sicher ist sicher und außerdem war ich es gewohnt, Befehle zu befolgen.

»Was hast du da?«, Fragte Yoshi, ohne mich anzusehen.

»Was?«

»Was du da in der Tasche hast, wollte ich wissen.« Nun sah er zu mir auf.

Ich zögerte kurz, zog das Teil dann aber hervor. Überrascht sah er mich an.

»Eine Brille?«

Für einen Augenblick sah er etwas unsicher aus, dann erhellte sich der Ausdruck in seinem Gesicht. »Ach so, ich verstehe«, meinte er dann und grinste. »Tarnung.«

Wahnsinn. Selbst Yoshi war auf das Teil hereingefallen. Aber was erwartete ich von jemandem, dessen Dorf noch über oberirdische Leitungen mit Strom gespeist wurde.

Die *Brille* war mit Absicht so konzipiert, dass man sie für eine altmodische Sehhilfe halten konnte. So was trugen höchstens noch Leute mit einem Faible für altes Zeug. Gelehrte und so. Normale Leute mit Sehschwäche ließen sich einfach lasern.

»Nein, das schicke Teil hier ist ein Visor. Ein technisches Spielzeug, das es mir erlaubt, unseren Freunden in der Kanzlei unter die Wäsche zu schauen. Damit kann ich metallische Waffen orten. Reine Vorsichtsmaßnahme.«

Yoshi nickte. »Na gut … hast du einen Plan?«

Ich schmunzelte. »Wie immer: reingehen, umlegen, abhauen.«

»Ich glaube, das kann ich mir merken.«

Der Junge hatte Humor. »Du machst das schon.«

»Ja, klar.« Er war wirklich erstaunlich locker für seine erste Mission.

Ich zupfte an meiner Krawatte und straffte die Schultern. Das Kanzleigebäude kam in Sicht. Jetzt galt es, den stinkreichen Schnösel zu spielen. Eine Welt, die ich als Jugendlicher schon verachtet hatte. Die Flucht aus dem Bonzen-Elternhaus war meine Pforte in dieses neue, aufregende und brutale Leben gewesen. Auch jetzt würde ich wieder zeigen, dass ich hierher gehörte.

Yoshi änderte ebenfalls etwas an seinem Gang; er wurde leichter, federnder, aber auch selbstbewusster. Als hätte er von Kindesbeinen an gelernt zu schweben. Er wirkte dabei elegant und energisch zugleich. Der perfekte Geschäftsmann. Seine unbewegte Mine passte dazu. Ich setzte den Visor auf die Nase und wir marschierten in das Gebäude.

Der Weg nach oben war leicht. Hier ging es geschäftig zu und niemand achtete auf zwei weitere Anzugträger. Je höher wir kamen, desto weniger Menschen rannten herum, aber auch das stellte kaum ein Problem dar. Auch hier war das Erscheinen zweier Fremder nichts Ungewöhnliches.

Als wir allerdings die Etage betraten, in der sich das Büro unseres Opfers befand, wurden uns erste neugierige Blicke zugeworfen. Ich sah mich um – der Visor zeigte nichts. Alles nur Geschäftsleute und Anwälte.

Eine junge Frau mit streng hochgesteckter Frisur bemerkte uns und fragte nach unserem Anliegen. Ich antwortete schroff, wir seien als Mr. Andrews und Mr. Takashi angemeldet und hätten einen dringenden Termin bei Mr. Anders Farquharson. Sichtlich eingeschüchtert wies sie uns den Weg und zog sich dann hastig zurück. Die Rolle gefiel mir. Offensichtlich verbreiteten nicht nur Waffen und Muskeln Angst und Schrecken.

Yoshi marschierte vor mir her – oder schwebte, besser gesagt. Ich kam nicht umhin, ihn zu beobachten; durch seine Kleidung konnte ich die Gestalt seines schmalen aber durchtrainierten Körpers sehen. Er hatte bisher keinen Ton gesagt, er ignorierte seine Umwelt einfach.

Mir wurde plötzlich zu warm und ich zupfte an meinem Krawattenknoten. Für einen Moment blieb mein Blick an Yoshis Hintern hängen, dann wurde mir bewusst, was ich da tat und starrte wieder stur geradeaus. Hoffentlich hatte es niemand bemerkt.

Vor Farquharsons Büro blieb Yoshi stehen. Er zog seine Fingerlosen Handschuhe aus der Hosentasche und streifte sie mit fahrigen Bewegungen über. Ich konnte es ihm nicht verübeln, wenn er jetzt doch nervös wurde.

»Alles klar?«, flüsterte ich ihm zu.

Er nickte. »Ich mach das schon.«

Er klang immer noch sehr zuversichtlich. Er straffte noch einmal die Schultern und klopfte dann an die Tür. Meine Hand schloss sich fester um den Griff meines Strahlers, die andere um den der Aktentasche, die ich der Tarnung halber trug.

Auf ein »Herein!« öffnete Yoshi die Tür. Dahinter saß an einem monströsen Schreibtisch – offensichtlich noch aus echtem Holz – ein vom Umfang her ebenfalls monströser älterer Mann. Er trug einen Anzug mit Krawatte, wie wir auch. Sein Haupthaar wurde schütter, aber es war immer noch tiefschwarz, ebenso seine Augen, aus denen er uns kalt entgegenblickte; berechnend. Ein Rechtsverdreher auf höchstem Niveau eben.

Wir traten ein – der dicke Anwalt war unbewaffnet – und noch bevor wir unser auswendig gelerntes Sprüchlein – »Guten Tag, Mr. Farquharson. Wir hatten einen Termin« – aufsagen konnten, flog die Tür hinter uns zu.

Dann ging alles sehr schnell. Ich nahm aus dem Augenwinkel eine Bewegung war und wollte meinen Strahler ziehen, aber etwas Schweres traf mich am Kopf, ich ging sofort zu Boden; die Waffe glitt mir aus der Hand, der Visor rutschte mir von der Nase. Die nächsten Sekunden nahm ich nur verschwommen war. Jemand rief meinen Namen. Irgendein Tumult drang durch das dumpfe Rauschen in meinen Ohren an mein Bewusstsein, das kurz davor war, sich zu verabschieden.

Dann klärte sich das Bild und aus dem Nebel, der sich über meine Sinne gelegte hatte, traten wieder allerhand Eindrücke hervor. So schnell kriegte man mich nicht klein. Nur bewegen konnte ich mich noch nicht.

Ich spürte eine warme Flüssigkeit langsam an meinem Nacken hinablaufen. Der Kerl, wer immer er war, musste mich verletzt haben. Ich hörte zischende Schüsse und jemand rief etwas, das nach einem Fluch klang.

Das Gefühl kehrte in meine Glieder zurück, leider auch in meinen Kopf. Dennoch hievte ich mich hoch, versuchte, mich zu orientieren. Mir wurde auf der Stelle schwindelig, doch zum Glück nur kurz.

Zwischen mir und dem Schreibtisch, hinter dem der fette Anwalt Deckung gesucht hatte, kämpfte Yoshi gerade mit einem Mann wie ein Panzerschrank. Er maß etwa zwei Meter – so wie es viele meiner Kumpels auch taten. Und er schien ebenso stark. Yoshi wich seinen Schlägen aus, trotzdem befürchtete ich auf einmal, dass der lebende Panzer ihn ernsthaft verletzen würde, sollte Yoshi einen Fehler machen.

Plötzlich schnellte die rechte Faust des Panzers nach vorne. Statt den Schlag abzublocken, was Yoshi wahrscheinlich den Arm gebrochen hätte, packte er von unten zu und zog den Mann mit einer Drehung an sich vorbei. Und während er ihn auf sich zukommen ließ, riss er den Ellbogen hoch und zurück, und platzierte ihn damit genau im Gesicht seines Gegners. Als Yoshi ihn losließ, taumelte er zurück, bis er sich an einem Regal festhalten konnte.

Auf der Stelle fuhr Yoshi zu ihm herum und nahm in einer fließenden und kontrollierten Bewegung eine mir bekannte Position ein: die rechte Seite dem anderen zugewandt, die Arme erhoben – den einen nach vorne, den anderen an seiner Seite – seine Hände wie zu Krallen gekrümmt. Wie ein Tiger schien er bereit, sein Gegenüber zu zerreißen. Gebannt starrte ich ihn an.

Auch sonst hatte sich die Atmosphäre im Raum verändert. Sie war zum Zerreißen gespannt. Der Riese, dessen Nase nun schief in seinem Gesicht saß und aus der ein dünnes, blutiges Rinnsal floss, richtete sich auf und wandte sich meinem Partner zu. Sein Gesicht verriet unbändige Wut. Er war wohl noch nie von einem Kleineren geschlagen worden. Meine Erfahrung mit verärgerten Panzerschränken sagte mir, dass er nun auf keinen Fall mehr davor zurückschrecken würde, Yoshi einfach umzubringen. Und in mir keimte Furcht.

Yoshi hingegen schien überhaupt nicht beunruhigt. Mit ausdrucksloser Miene verharrte er in seiner katzenhaften Pose und rührte sich nicht.

Ich nutzte den Moment, die Lage zu überschauen. Fünf Mann standen noch: Yoshi und sein Gegner, meine Wenigkeit, Farquharson und ein weiterer Leibwächter neben ihm, der recht entspannt wirkte angesichts dieser grotesken Situation. Er verbarg sein Gesicht hinter einer Sonnenbrille, daher war es nicht möglich, seine Absichten vorauszusagen. Aber er sah – wie alle anderen auch – zu Yoshi. Ich tastete nach meiner Waffe. Sollte auch nur einer eine falsche Bewegung machen, würde ich ihn grillen. Doch das Halfter war leer. Hektisch sah ich mich um – was ein Fehler war. Sofort fing mein Schädel wieder an zu pochen und das Bild vor meinen Augen verschwamm. Mir wurde übel und ich ging in die Knie.

Der Panzer warf sich plötzlich mit einem Schrei nach vorne. Er wollte Yoshi zerquetschen, dieses kleine Insekt zu Matsch verarbeiten. Aber Yoshi wich blitzschnell aus, und der Panzer stolperte unbeholfen an ihm vorbei. Yoshi setzte ihm nach und schlug ihm, als er sich wieder umdrehte, den Handballen ins Gesicht und unter die sowieso schon gebrochene Nase. Seine Kraft nahm er dabei aus der Drehung, aus seinem tiefsten Inneren, aus dem ganzen Körper und der Hüfte. Der Getroffene stöhnte auf und brach zusammen.

Wahrscheinlich würde er nie wieder aufstehen. Mein Herz machte einen Satz. Yoshi konnte töten. Ohne mit der Wimper zu zucken. Von wegen Anfänger.

Mein Blick wanderte zu Farquharson und seinem Leibwächter. Der straffte sich und zog moderne Nunchaku aus seinem Gürtel: tödliche Waffen, die zwar wie ihre altertümlichen Vorgänger aus Holz und Ketten bestanden, an ihren Enden aber wie Taser wirkten – nur stärker.

Und direkt neben dem Kerl auf dem Boden lag meine Waffe. Stimmt, ich hatte sie verloren, als ich gestürzt war. Plötzlich wurde mir bewusst, wie hilflos ich hier herumhockte. Sobald ich mich zu bewegen versuchte, kamen der Schwindel und das Dröhnen in meinem Schädel. Yoshi sah kurz zu mir herüber. »Geht es dir gut?«

Er klang besorgt. Ich nickte. Was mir wieder eine wertvolle Sekunde Aufmerksamkeit raubte, denn mein Blick trübte sich erneut. Es behagte mir nicht, dass Yoshi alles im Alleingang machen wollte. Und dass man hier offensichtlich vorbereitet gewesen war, behagte mir auch nicht. Ich hatte Angst. Angst, dass Yoshi etwas passieren könnte.

Der jedoch war immer noch die Ruhe in Person. Er taxierte sein Ziel und zog dabei Finger für Finger seine Handschuhe aus. Dann nickte der Mann mit den Nunchaku und griff an. Sie kämpften, wie ich es aus den antiken Martial-Arts-Filmen kannte. Genauso schnell, genauso präzise. Es war anstrengend, ihnen zuzusehen.

Um mich wenigstens ein wenig nützlich zu fühlen, visierte ich unser eigentliches Ziel an: Farquharson. Doch der grinste nur dämlich.

Yoshi und sein Gegner tauschten Schlag um Schlag, Tritt um Tritt. Keiner traf, sie schienen ebenbürtig. Ich versuchte mir Gedanken zu machen, wie wir hier wohl wieder rauskämen. Wahrscheinlich war schon eine ganze Brigade Staatsbullen im Anmarsch. Der Anwalt hatte sicher einen Alarmknopf unterm Schreibtisch.

Vielleicht hatte unsere Rückendeckung auf dem gegenüberliegenden Gebäude ja schon was bemerkt. Der Anwalt stand mit dem Rücken zum Fenster, absolut perfekt. Warum drückte denn keiner ab? Plötzlich wurde mir klar, dass wir in einen Hinterhalt getappt waren. Oder sogar geführt worden waren?

Egal. Wir waren hineingeraten und mussten irgendwie wieder raus. Am besten, indem wir unseren Auftrag erledigten. Ich musste es riskieren und an die Waffe gelangen.

Ich bemühte mich, die Entfernung noch einmal genau abzuschätzen und das Pochen im Schädel zu ignorieren. Ich war schließlich ein Auftragskiller und kein Jammerlappen. Mit einem Satz hechtete ich zu der Waffe – und verlor, wenn auch nur für einen Moment, das Bewusstsein.

Als ich die Augen wieder öffnete, blickte ich direkt in die hässliche Visage des Anwalts. Und er hielt mir den Lauf meiner eigenen Waffe an die Schläfe.

»Pech gehabt. Bist wohl doch nicht so gut in Form.« Eine Welle von Scherz brandete gegen meine Schädeldecke. Ich presste die Kiefer zusammen und schluckte ein Stöhnen herunter.

»Hey du!«, rief er nun Yoshi zu. »Wenn du lebend hier rauskommen willst und vor allem deinem Kumpel nicht *Good Bye* sagen möchtest, solltest du jetzt lieber aufhören, meine Männer umzubringen. Ich gehöre zwar zu den Guten, aber einen Abzug kann ich auch betätigen.«

Ich schaute Yoshi an, der verbissen kämpfte. Mein Dienst war hier beendet, aber er war zu jung, um jetzt draufzugehen. Ich wollte es brüllen, aber ich brachte nur ein leises »Hau ab!« heraus.

Verzweifelt sah Yoshi zu mir herüber und dann zwischen Farquharson und seinem Gegner hin und her. Ich betete, dass er die Flucht ergreifen würde. Dass ihm nichts passierte. Es war wichtig. Ihm durfte nichts geschehen. Sonst würde ich keinen Frieden finden. Komisch, dass mir das gerade jetzt klar wurde. In mir zog sich etwas zusammen. Mein Herz, meine Eingeweide, alles schien zu revoltieren bei dem Gedanken, ihn nun verlassen zu müssen. Es war absurd. Ich hatte mich in den Anfänger verknallt. Diese Erkenntnis traf mich wie eine Ohrfeige ins Gesicht. Seine ruhige Art, die lächelnden Augen. Wir hatten auf ihm herumgehackt, er hatte es lächelnd ertragen. Er war zu hübsch. Fast wie ein Mädchen. Doch auf seine eigene Art sehr männlich. Das nächtliche Training. Sein Anblick, als er im Anzug vor uns getreten war. Ich hätte beinahe gelacht. *Sully, du bist schwul, du alte Sau.* Aber das war ja jetzt auch egal. Hauptsache er kam hier raus.

Aber Yoshi dachte nicht im Traum daran, sich davonzumachen. Er wandte den angstvollen Blick von mir ab. Blickte entschlossen auf den Gegner. Begann, eigenartige Zeichen mit den Händen zu formen. Gleichzeitig murmelte er einige Worte, vermutlich japanisch. Die Luft im Raum begann zu knistern. Plötzlich glühten seine Hände bläulich. Und sein Blick wurde eiskalt.

Die Waffe an meinem Kopf begann zu zittern. Farquharson wurde nervös. Nicht, dass er abdrückte, bevor Yoshi fliehen konnte. Der Leibwächter fuchtelte wieder mit seinen Nunchaku herum. Was weiter geschah, konnte ich nicht erkennen. Es ging zu schnell. Plötzlich verschwamm Yoshi zu einem Schemen und es waren nur noch Lichtblitze zu sehen. Dann brach sein Gegner tot zusammen.

Den Augenblick nutzte ich, die Waffe beiseitezustoßen, um Yoshi genug Zeit zu geben. Farquharson quiekte erschrocken auf und taumelte zurück. Und noch ehe ich mich umdrehen konnte, war Yoshi über mir und ich hörte ein hässliches Geräusch: ein Krachen, gepaart mit einem Reißen und einem zischenden Geräusch, als würde Luft entweichen.

Ich drehte mich vorsichtig um, schaute auf und erschrak über den Anblick, der sich mir bot: Farquharson stand mit dem Rücken zur Wand, die Augen vor Entsetzen weit geöffnet, aschfahl. Yoshi stand genau vor ihm, sein linker Arm war bis zum Ellbogen im Brustkorb des Anwalts versenkt. Es stank nach verkohltem Fleisch. Dann brach unsere Zielperson zusammen und riss Yoshi mit sich nach unten.

Er hatte offensichtlich Mühe, seinen Arm aus der Leiche zu befreien, doch während ich es schaffte aufzustehen, ohne dabei erneut das Bewusstsein zu verlieren, riss auch er sich los und stieß den toten Körper von sich. Keuchend kam er zu mir. Er zitterte und von seinem Arm troff Blut.

»Alles okay?«, fragte er atemlos.

Ich schüttelte vorsichtig den Kopf. »Warum bist du nicht abgehauen?«, fragte ich und versuchte dabei sauer zu klingen. Insgeheim war ich erleichtert.

»Weil ich Kameraden nicht im Stich lasse. Und … egal.« Er errötete. »Komm mit.«

Damit legte er einen Arm um meine Hüfte und meinen Arm um seine Schulter und bugsierte mich zur Tür.

»Das Ganze hat viel zu lange gedauert. Wir hätten nach einer Minute wieder raus sein müssen«, keuchte ich und krallte mich an ihm fest.

Yoshi zog mich fester an sich und murmelte leise: »Keine Angst. Ich bring dich hier raus.« Dann schleppte er mich aus der Tür und mir wurde wieder schwarz vor Augen.

Ich kam wieder zu mir, als Yoshi mich in die Seitengasse zu unserem Versteck hinter der Mall schleppte. Er keuchte vor Anstrengung und war schweißgebadet. Ich hatte keine Ahnung, wie er mich aus dem Gebäude herausbekommen hatte, vielleicht über die Feuertreppen.

»Da bist du ja wieder«, ächzte er mir ins Ohr, während er die Tür öffnete und uns hindurchbugsierte. »Versuch bitte, bei mir zu bleiben.«

Ich lächelte. Es war schön, dass er mir so nah war. Mir schwirrte die Frage durch den Kopf, ob ich ihm jetzt vielleicht sagen musste, was mir in dem Büro klar geworden war.

Yoshi schleppte mich eine Treppe hoch und setzte mich dann ab. »Warte hier.« Er war außer Atem. Total erschöpft. »Ich hole die Jungs. Was immer die treiben.«

Und schon war er verschwunden, weitere Treppen nach oben und fort aus meinem Blickfeld.

Ich lehnte mich gegen die Wand und stöhnte. Ich konnte es nicht glauben: Dem Erfahrensten der ganzen Söldnertruppe war der Schädel eingeschlagen worden, und ein schmächtiger Anfänger hatte in kurzer Zeit drei Leute gekillt. Und dann seine Hände. Sie hatten geglüht, ich hatte es genau gesehen. Trotz meiner Verletzung. Trug er deshalb diese Handschuhe? Damit niemand sah, dass etwas mit seinen Händen nicht in Ordnung war? Und hatte ich mir wirklich eben eingestanden, dass ich verliebt war? Unmöglich. Ich war eine Killermaschine – wenn auch gerade eine arg lädierte. Aber warum hatte ich dann diese Panik gehabt, dass ihm etwas passieren könnte?! Klar machte ich mir Sorgen um alle meine Kameraden, wir waren ja schließlich eine Truppe. Doch wer bei einem Auftrag zurückblieb, der war eben nicht gut genug gewesen. Aber Yoshi war gut genug. Besser als die anderen. Viel besser. Jetzt verstand ich auch, woher die Schmauchspuren an dem Baum gekommen waren. Auch wenn ich nicht verstand, wie er das machte. Egal. Hauptsache Yoshi kam bald zurück. Mein Zeitgefühl war völlig hinüber.

Dann polterte er in einem Affenzahn die Treppen herunter – alleine.

»Sind alle tot«, bemerkte er knapp. Er hatte ein Medikit dabei und verband notdürftig meinen Kopf. Er wirkte hektisch und seine Hände zitterten, aber sie waren angenehm kühl. Dann zog er mich vorsichtig wieder auf die Beine. Auf der Stelle verschwamm die Wirklichkeit; nur seine Stimme drang noch zu mir durch.

»Ich bring dich zurück. Keine Sorge. Uns erwischen die nicht.«

Bevor ich auch nur den leisesten Weigerungsversuch unternehmen konnte, schulterte er mich und trug mich aus dem Gebäude zurück auf die Straße. Ich spürte, wie er vor Anstrengung zitterte.

»Setz mich ab«, brachte ich hervor. »Ich schaffe das schon. Bin doch viel zu schwer für dich.«

Doch er schüttelte den Kopf. »Das hat nichts mit deinem Gewicht zu tun.«

Ich fand, er schuldete mir schon eine ganze Menge Erklärungen.

Dann setzte er mich neben einem kleinen Privatgleiter ab und schaffte es mit zwei winzigen Handbewegungen, ihn aufzubrechen.

Kurze darauf glitten wir sanft dahin. Langsam kam mein Kopf zur Ruhe und meine Gedanken wurden wieder etwas flüssiger. Ich durfte nur nicht aus dem Fenster sehen. Aus den Lautsprechern dudelte irgendetwas von einem Cowboy an einem Feuer und Sehnsucht. Yoshi fluchte.

»Was ist los?«, fragte ich ihn matt.

»Das ist alles meine Schuld. Ich hätte euch da nie mit reinziehen sollen. Und jetzt bist du verletzt. Die hätten dich beinahe umgebracht.« Er presste die Kiefer aufeinander, dass seine Zähne knirschten.

»Ist doch mein Job«, wollte ich ihn beruhigen.

»Es tut mir Leid. Das ist … wirklich meine Schuld. Ich wollte nicht, dass irgendjemand verletzt wird. Das alles war schlampig geplant.«

Es verwirrte mich, dass er sich die Schuld daran gab. »Aber die Planung haben wir doch gar nicht gemacht. Wir führen doch nur Befehle aus.«

Yoshi verzog das Gesicht, als wüsste er mehr als ich. »Ich darf darüber eigentlich nicht sprechen.« Er machte eine Pause. Dann schüttelte er den Kopf. »Farquharson war von Anfang an mein Ziel. Ich wurde von meinem Dorf geschickt, ihn zu eliminieren.«

Nun verwirrte er mich vollkommen. »Aber ich dachte, du hättest noch nie …«

Er unterbrach mich: »Ich habe nie gelernt, mit Schusswaffen umzugehen. Das ist bei uns nicht üblich. Wir kämpfen auf altmodische Weise, meist sogar effektiver als mit Schusswaffen.«

Mir kamen die Blitze und das Knistern in der Luft wieder in den Sinn. »Ja, das habe ich bemerkt. Wer oder was zur Hölle bist du?«

»Das kann ich dir leider nicht sagen.«

Jetzt beleidigte er mich. Ich hatte ihn erwischt, ihm den Rücken gedeckt, ihn gerettet, mich für ihn entschieden. Aber ich hatte es ihm nicht gesagt. Wie auch? Wann auch? Und würde er es verstehen? Wahrscheinlich würde er mich einfach zum Teufel jagen. Ich hätte es noch vor einer Woche getan. Ich hatte wieder Angst. Diesmal davor, dass er angeekelt von mir sein könnte oder mich einfach ignorierte. Ich schluckte, bevor ich heiser antwortete:

»Hey! Du hast mir den Hals aus der Schlinge gezogen. Und jetzt verrätst du mir nicht mal, wer mein Retter ist?«

Yoshi rang sich ein Lächeln ab. »Du klingst wie ein Mädchen.«

Und genauso fühlte ich mich auch. Schwach, aber gut. Weil er neben mir saß.

Er schwieg eine Weile. Dann sagte er plötzlich: »Ich mag dich. Du bist … ein netter Kerl.«

Nett. Ich schloss die Augen. Ich war tot. Tot und schwul. Was Schlimmeres hatte ich mir nicht vorstellen können.

»Du magst mich, oder?«, fuhr er fort.

Verwirrt sah ich zu ihm rüber. »Wie meinst du das?«, fragte ich vorsichtig.

»Na, dein Blick. Männer wie wir erkennen sich einfach.«

Ich war mir immer noch nicht sicher, was er damit sagen wollte. Aber etwas in mir rührte sich. Eine leise Hoffnung, dass ich vielleicht doch eine Chance hatte.

»Warum bist du nicht abgehauen, als du die Gelegenheit dazu hattest?«

Es dauerte einen kurzen Moment bis er antwortete. »Weil man Kameraden nur im Stich lässt, wenn es gar nicht anders geht. Wenn sie eh tot sind. Außerdem war mein Auftrag noch nicht beendet. Und … weil ich dich einfach nicht zurücklassen konnte.«

Ich schloss die Augen, um eine anrollende Schmerzwelle zu unterdrücken. In den Schmerz hinein sagte ich: »Ich verstehe das nicht. Ich habe noch nie sowas gesehen – sowas wie eben. Dieses Licht. Deine Geschwindigkeit. Die Art, wie du Farquharson getötet hast. Diese Kerle haben mir zwar was über den Schädel gezogen, aber ich kann immer noch Realität und Phantasie voneinander unterscheiden. Das war eindeutig echt. Außerdem hat irgendjemand unsere Kumpels ermordet. Wir wurden in eine Falle gelockt. Und du gibst dir die Schuld daran?« Mein Ton wurde lauter. »Sag mir jetzt verdammt noch mal, wer du bist und was das Theater hier soll!«

Er hielt den Gleiter an und verbarg das Gesicht in seinen – mittlerweile wieder behandschuhten – Händen. Er sagte nichts, rührte sich nicht. Und ich hatte das unbestimmte Gefühl, einfach warten zu müssen. Ich würde schon Antworten bekommen.

Nur der Rundfunkempfänger durchbrach die Stille. Ein Schnulze aus dem vorletzten Jahrhundert. Es handelte von zwei Liebenden, denen alles um sich herum egal war und die selbst über das Meer lachen und über Gebirge fliegen konnten, einfach weil sie sich hatten. Ich war bereit, für ihn zu fliegen. Jederzeit.

Dann nahm er die Hände runter. Er sah unglücklich aus.

»Ich bin *Ninja*«, begann er. »Es gibt uns seit fast fünfhundert Jahren. Wir sind Söldner wie ihr. Es gibt nicht viele Unterschiede zwischen uns beiden. Wir kämpfen anders. Ich bin Nahkämpfer. Was du da eben gesehen hast, war meine eigene Art zu kämpfen. Aber wir nehmen Aufträge an wie ihr auch. Sie reichen von Einkaufen für ältere Damen über Personenschutz bis Meuchelmord. Wir spionieren auch. So eine Art mietbarer Geheimdienst.« Yoshi lachte, aber es klang verzweifelt. »Hast du ein Problem? Bring Geld mit und wir erledigen das – aber auf unsere Art. Farquharson war einem unserer Kunden im Weg, hat nach und nach alle seine Geschäftspartner hinter Gitter gebracht. Jemand muss mich verraten haben. Sie wussten ja schließlich von unserem Kommen.« Er starrte das Steuerpult an. Als wäre es ihm peinlich mir das alles zu sagen. Seine Stimme war belegt, als er weitersprach. »Es ist eine Menge Geld geflossen, damit der Erfolg der Mission garantiert ist. Ich gehöre zu einem Sonderkommando. Wir erledigen die schwersten und die wichtigsten Aufträge. Unsere Erfolgsquote liegt bei neunundneunzig Prozent. Entweder wir erreichen unser Ziel oder wir sterben.«

Dieses Verfahren kannte ich auch. Aber wenn bei uns jemand Mist baute, wurde er abends von den Kollegen verdroschen – falls er überlebt hatte. »Du hast dich bei uns eingeschleust?«, fragte ich. Etwas kratzte in mir, in meiner Brust. Ein fieses Nagetier begann darin etwas aufzufressen. Alles war gelogen gewesen.

Yoshi nickte. »Das war mein Auftrag. Ich konnte nicht ahnen, dass daraus so ein Fiasko würde. Ich wollte dich nicht verletzen. Es tut mir Leid.« Eine Träne rann über sein Gesicht und er sah nach unten, wohl um sie zu verbergen.

Er weinte wegen mir? Das Nagen in mir hörte auf. Vorsichtig hob ich meinen Arm und legte meine Hand auf seine Schulter. Er zuckte unter der Berührung zusammen, ließ mich aber gewähren.

»Ich muss dir ja vorkommen wie ein Waschlappen«, meinte er dann.

»Wieso denkst du das?«

»Meinst du, ich hätte eure Spitznamen für mich nicht mitbekommen? Und dann heul ich hier auch noch rum, weil zwei getötet wurden.«

»Nein«, entgegnete ich. »Du bist kein Waschlappen. Im Gegenteil. Ich habe noch nie jemanden so kämpfen sehen. Wie hast du das mit den Blitzen gemacht? Verrätst du es mir?« Ich war neugierig. Und ich wollte ihn auch etwas ablenken.

Yoshi war blass und irgendwie auch kraftlos, seine stahlblauen Augen schauten mich müde und traurig an, aber da war auch noch ein anderer Ausdruck, ein warmes Glitzern, das ich nicht zu deuten vermochte; etwas Vertrautes, das ich aber vor Urzeiten vergessen zu haben schien.

»Der große Unterschied zwischen uns und euch sind die Waffen. Wir verwenden unsere Körper als Waffen. In uns allen schlummert unsere Lebensenergie, unser *Ki* oder *Chi*, wie man im *Kung Fu* sagt. Je nach Mensch und Tier unterscheidet sich diese Energie in Stärke und Art der Ausprägung. Jeder gehört einem bestimmten Element an, könnte man sagen.« Yoshi winkte ab. »Das ist für Außenstehende kompliziert. Wir lernen dieses Grundwissen in der Schule. Es kann Jahre dauern, bis man das richtig verstanden hat, um es umzusetzen. Jedenfalls, wir können uns diese Energie zu Nutze machen. Wir können sie mit Absicht in bestimmte Bahnen lenken und so Dinge tun, die anderen wie Zauberei vorkommen. Daher rühren auch die Gerüchte, *Ninja* könnten sich unsichtbar machen und übers Wasser laufen. Aber das stimmt nur zum Teil. Es sind Tricks.«

Meine Hand lag immer noch auf seiner Schulter. Und Yoshi machte keine Anstalten, sie herunterzuschieben oder sich abzuwenden. Er redete einfach weiter.

»Ich kann meine Energie nur zum Teil kontrollieren. Etwas davon strömt quasi dauerhaft aus meinen Händen hinaus. Das, was meine Kollegen mit Hilfe von bestimmten Techniken und Konzentration hervorrufen müssen, funktioniert bei mir von ganz alleine. Ich muss diese Handschuhe tragen, um nicht alles zu verbrennen, was mir unter die Finger kommt. Sie sind aus einem speziellen Material gefertigt, das es mir ermöglicht, damit fast alles über einen kürzeren Zeitraum zu tun. Sogar Metalle anzufassen. Denn die reagieren besonders unangenehm mit meinem Fehler.«

Fehler? Was redete er da? Er war perfekt. »Darum hast du mir beinahe die Kirsche weggeballert, stimmt's? Weil du das Gewehr nicht anfassen konntest. Es wurde dir zu heiß.«

Yoshi nickte. Die Traurigkeit schwand aus seinem Blick und ich entdeckte einen leisen Anflug des Lachens, das mir so gefiel.

»Genau. Ich bin aber in der Lage, diese Energie bewusst zu verstärken. Wenn ich besonders viel davon brauche, dann sieht das so aus wie eben. Als könnte ich mit meinen Händen Blitze schleudern. Es ist pure Energie. Nur leider ist diese Technik extrem kräftezehrend. Besonders, wenn ich dann noch Kraft für meine Geschwindigkeit aufbringen muss.«

Er hatte alles gegeben, um uns beide zu retten. Um die Mission zu Ende zu bringen. Um mich nicht zurücklassen zu müssen. Und er war total am Ende. Ich fühlte mich ihm absolut unterlegen.

»Wow.« murmelte ich leise. »Und wir haben dich einen Anfänger genannt.«

Meine Hand ruhte immer noch auf seiner Schulter, jedoch wollte sie dort nicht liegen bleiben. Ich wollte sein Gesicht berühren, seine weiche Haut spüren. Wie er kämpfte, war mir eigentlich egal, aber das Sprechen hatte ihn wieder auftauen lassen. Das Lachen war in diese blauen Augen zurückgekehrt. Nur war ich nicht sicher, was ich nun tun sollte. Das war alles so neu für mich. Meine Finger hoben sich von seiner Schulter und berührten seine Wange. Sein Blick wanderte kurz nach unten, dann sah er mich wieder an.

»Danke, dass du es verstehst«, sagte er sehr leise.

»Ich muss«, antwortet ich. »Ich kann gar nicht anders.«

Mein Blick strich über jeden Quadratzentimeter seines perfekten Gesichtes.

Er sah mich fragend an, doch dann erhellte ein Lächeln seine Züge.

Er beugte sich zu mir rüber und legte seine Hand an meine Wange.

»Ich bin noch nie jemandem wie dir begegnet«, meinte er. Ich spürte, wie mir das Blut ins Gesicht schoss und ich errötete. Und dann küsste er mich. Zuerst kurz, dann länger, intensiver.

Nun konnte ich wirklich fliegen. Meine Kopfschmerzen waren wie weggeblasen. Ich hörte nichts mehr, sah nichts mehr, fühlte nichts mehr bis auf diesen unglaublichen Kuss.

Dann löste er sich von mir und lehnte sich an mich. Ich schloss meine Arme um ihn. Eine Ewigkeit sprach keiner von uns ein Wort. Wir lauschten dem Atem des anderen und auf die letzten Takte des Liebesliedes aus den Boxen.

»Wir bekommen mächtig Ärger, wenn man uns erwischt«, traute ich mich irgendwann zu sagen.

Yoshi zuckte mit den Schultern. »Das ist mir egal«, meinte er. »Dann werden wir eben gemeinsam liquidiert.«

Irgendwie war es erschütternd, dass er das so einfach aussprechen konnte. Ich wollte gar nicht daran denken, dass einer von uns sterben könnte. Nicht jetzt. Wo es doch gerade erst anfing. Als wollte ich ihn nie wieder los lassen, drückte ich ihn an mich.

Als wir die Kaserne erreichten, bestand Yoshi darauf, mich wieder zu stützen. Ich hätte mich gerne widersetzt, denn er war mit seinen Kräften wirklich am Ende, aber während ich mich aus dem Gleiter kämpfte, begann die Welt sich wieder zu drehen. Ich hatte keine Wahl. Und außerdem konnten wir so noch eine Weile zusammen sein, ohne dass es verdächtig war.

Sobald unsere – meine – Kameraden uns sahen, kamen sie uns entgegengeeilt. Man packte mich und schleppte mich in unsere medizinische Versorgungsstation, wo sich jemand um meinen Kopf kümmerte. Danach durfte ich mich waschen – oder eher waschen lassen – und dann ins Bett. Man verzichtete auf eine Befragung. Ich vermutete, dass der Arzt dahintersteckte.

Den halben Weg zwischen Yoshis letzter Berührung und der Krankenstation hatte ich schon nicht mehr mitbekommen. Nun war ich mit allerhand Drogen vollgepumpt, die mir meine Schmerzen nehmen sollten.

Abends lag ich dann zugedröhnt und deshalb extrem glücklich im Bett und bewunderte die Muster an der Decke. Die anderen Söldner löcherten mich mit Fragen – es kam nicht oft vor, dass ich verletzt wurde, erst recht nicht so schwer –, gaben es aber bald auf, da ich nur noch lallen konnte. Ich hätte schlafen sollen, aber die Ereignisse des heutigen Tages hielten mein Hirn trotz des Rausches wach.

Yoshi kam erst sehr spät zu uns. Die anderen schliefen schon. Er war frisch geduscht und ziemlich erschöpft. Er schleppte sich zu seinem Bett und ließ sich darauffallen. Seine Rettungsaktion hatte ihm offensichtlich mehr Kraft abverlangt, als ich gedacht hatte.

»Hey«, flüsterte ich. Meine Zunge war noch immer schwer.

Mühsam stemmte er sich hoch und kam zu mir rüber, um sich auf meiner Bettkante niederzulassen.

»Wo warst du so lange?«, fragte ich.

»Plaudern und dann beim Arzt.« Er war aschfahl. »Die haben mich ausgefragt, was passiert ist. Ich habe ihnen das für sie Wichtigste gesagt. Am interessantesten fanden sie wohl das Blut an meinem Ärmel.« Er lächelte schwach. Ich grinste dämlich.

Yoshi lauschte kurz den Atemzügen der anderen, dann strich er mir einmal mit der Hand über die Wange. »Schlaf gut.« sagte er leise.

In seinem Gesicht spiegelte sich ein leiser Ausdruck von Verzweiflung. Wir würden uns in Zukunft nur heimlich und alleine sehen können. Die Einheit zu verlassen war nur auf dem Weg unter den Rasen möglich. Uns irgendwo anders ein Leben aufzubauen, war unmöglich.

»Werd schnell wieder gesund.«

Damit stand er auf und taperte zu seinem Bett, um sich ebenfalls schlafen zu legen. Ich malte mir aus, dass wir uns Gute-Nacht-Küsschen gaben und schloss die Augen. Meine Wangen wurden heiß bei dieser albernen Vorstellung. Erst recht, weil um uns herum der Raum voller Soldaten war. Mit einem seligen Gefühl – einer Mischung aus Schmetterlingen im Bauch und drogenbunter Welt vor Augen – schlief ich schließlich ein.

Ich erwachte früh am Morgen mit den ersten Sonnenstrahlen. Ein dumpfes Pochen malträtierte meine Schläfe. Die Medikamente hörten auf zu wirken. Zunächst konnte ich nicht glauben, was der gestrige Tag gebracht hatte, aber je wacher ich wurde, desto intensiver wurde mir bewusst, dass alles Realität gewesen war. Neben mir quietschte es leise. Ich drehte den Kopf und schaute zu unseren Spinden hinüber. Einer stand offen, die Tür schwang in einem Luftzug quietschend hin und her. Er war leer. Es war Yoshis Spind.

Wie von der Tarantel gestochen sprang ich aus dem Bett, raste zur Tür. Mein Adrenalinspiegel war so hoch, dass ich die Kopfschmerzen auf der Stelle vergaß. Er durfte nicht weg sein! Nein! Das würde ich nicht zulassen. So grausam konnte er nicht sein. Ohne ihn konnte ich nicht fliegen.

Ich stürzte hinaus und sah mich hektisch um. Als ich ihn, schon fast bei den Hügeln, entdeckte, schluchzte ich vor Enttäuschung und Erleichterung. Er hatte seinen Rucksack geschultert und schlich sich weg. Vorsichtig, um nicht erwischt zu werden.

Ich sprintete los. Ich wollte seinen Namen rufen, aber man hätte uns gehört.

Als ich ihn beinahe erreicht hatte, drehte er sich um und kam mir mit erstauntem, aber auch entsetztem Gesichtsausdruck entgegen. Seine Wangen waren feucht.

»Was tust du hier? Du gehörst ins Bett!« Er versuchte streng zu klingen, aber die gewollte Härte wurde von seiner belegten Stimme überschattet.

»Und du gehörst zu mir«, keuchte ich. Mein Schädel wollte explodieren, aber ich nahm das Gefühl als unwichtig wahr.

Yoshi schüttelte den Kopf. »Es tut mir Leid. Ich kann nicht bleiben. Mein Auftrag war es, Farquharson zu töten und dann in mein Dorf zurückzukehren. Ich kann dich nicht mitnehmen, weil unser Dorf ein verstecktes Dorf ist. So wie diese Kaserne hier. Es ist verboten, jemand Fremden in den Standort einzuweihen. Darauf steht der Tod.«

»Dann bleib bei mir, bleib hier in der Einheit«, versuchte ich ihn zu locken. »Die werden vielleicht denken, du wärst umgekommen und suchen gar nicht nach dir. Dann kannst du hierbleiben.«

Er zögerte einen Moment und schüttelte dann den Kopf.

Plötzlich ertöne eine Stimme hinter uns: »Sully? Was machst du hier? Du solltest doch eigentlich im Bett …« Der Blick des Wache schiebenden Söldners fiel auf Yoshi und dessen Rucksack. Es war Johnson. »Eh. Wo wollt Ihr hin?« Seine Hand wanderte zu seiner Waffe. Yoshi wich einen Schritt zurück.

»Stehen bleiben!«, rief Johnson.

Yoshi wirbelte herum und rannte in Richtung Hügel davon. Ich stürzte mich in einem Anfall von Wahnwitz auf Johnson, der Yoshi hinterher feuerte, und riss seinen Oberkörper runter. Gleichzeit zog ich mein Knie an und platzierte es genau auf Johnsons Brustbein. Er keuchte und ließ die Waffe fallen. Dann riss ich ihn hoch und schlug ihm mit der Faust ins Gesicht. Johnson brach bewusstlos zusammen.

Eine Welle von Schmerz brandete gegen meine Schläfe. Aber ich musste sie ignorieren. Sollten sie mich jagen und ächten. Ich wollte Yoshi auf keinen Fall verlieren. Ohne ihn war ich verloren. Ein alternder Söldner ohne Zukunft.

Spätestens seit Johnsons Rufen und den zischenden Schüssen musste irgendwer bemerkt haben, dass etwas nicht stimmte. Ich schnappte mir den Strahler vom Boden und rannte Yoshi hinterher. Die Luft brannte in meiner Lunge und ich sah kaum noch, wo ich hinlief. Aber ich würde ihn finden. Ich musste ihn finden. Hinter mir in der Kaserne brach Chaos aus.

Als ich den Wald hinter den Hügeln erreicht hatte, packte mich jemand und zog mich in den Schutz der Bäume. Yoshi.

»Bist du wahnsinnig?«, raunte er. »Du hättest ein ruhiges Leben mit denen da führen können.«

»Ich will aber ein Leben mit dir verbringen«, keuchte ich atemlos und lehnte mich an den Baum. Mir wurde schlecht.

»Du bist unmöglich«, lachte Yoshi verzweifelt. »Wenn ich dich mitnehme, werden wir beide vermutlich getötet. Du, weil du unser Dorf entdeckt hast und ich, weil ich es verraten habe.«

»Na und?«, brachte ich mühsam hervor. Jetzt nur nicht übergeben! Das wäre mehr als unangemessen gewesen. »Wie du schon sagtest: dann sterben wir eben gemeinsam.«

Yoshi nickte, nahm mein Gesicht in beide Hände. »Also gut. Wir finden schon eine Lösung. Wir schaffen das.«

Ich versuchte zu lächeln. Die Schmerzattacke war noch nicht vorbei und so brachte ich vermutlich nur ein dummes Grinsen zustande. Yoshi strich mir über die Wange und küsste mich. Dann stütze er mich wieder, und gemeinsam gingen wir tiefer in den Wald hinein. Jetzt lächelte ich wirklich. Wir würden übers Meer und über Berge fliegen.

HINTERLAND

**Dirk C. Fleck**

# V2-Schneider

Dirk C. Fleck (*1943 in Hamburg) studierte an der Journalistenschule in München und war lange Jahre Redakteur und Autor (u.a. *Hamburger Morgenpost, Die Welt, Berliner Morgenpost, Tempo, Merian, Die Woche, Spiegel, GEO*). Flecks journalistisches Augenmerk gilt vor allem dem Thema Ökologie. Die *taz* nannte ihn 1992 nach Erscheinen seines Romans *Palmers Krieg* den „Vater des deutschen Ökothrillers". Der Roman *GO! – Die Ökodiktatur* wurde 1994 mit dem Deutschen Science Fiction Preis ausgezeichnet; das zweite Mal erhielt er den DSFP 2009 für den Roman *Das Tahiti-Projekt* (Pendo), der einen Ausweg aus der derzeitigen Ressourcenverschwendung schildert.

Malin zuckte erschrocken zusammen, als sich der Intercity mit dumpfen Knall in den Wirbel eines entgegen kommenden Zuges warf. Kurz darauf aber fand der IC aus kurzer Erschütterung wieder in seinen schwebeartigen Zustand zurück. Langsam, wie bei einem Aderlass, wich der Schreck aus Malins Gliedern. Am Fenster raste fauchend ein endloses braunes Band vorbei. Als sich seine Augen zu gewöhnen begannen, lehnte er sich an die Scheibe und sah so weit es ging voraus. Er konzentrierte sich auf einen Wagon in der Ferne und versuchte nun, ihn so lange wie möglich im Auge zu behalten, was nicht immer gut gelang, da sie ihm rasend schnell entzogen wurden. Nach drei, vier Versuchen hatte er immerhin herausgefunden, dass es sich um Viehwagons handelte, ihm war sogar, als hätte er einem in die Gitterstäbe geklemmten Schwein in die Augen gesehen.

Malin lehnte sich zurück. Erst jetzt bemerkte er, dass die Aufzeichnung weiter gelaufen war, dass sie sich lediglich wie eine Kuchengabel unter die Torte der greifbaren Realität geschoben hatte. Er drückte die Ohrstöpsel zurecht und lauschte wieder dieser hilflosen Stimme. Sie tat ihm leid, sie wusste nicht, für wen sie sprechen sollte. Es stand kein Mensch hinter ihr, der sie mit seinen Gefühlen hätte fordern können, hinter ihr stand das sprachlose Monster der Unschuld: SS-Unterscharführer Gerhard Schneider, vernommen und auf Band festgehalten während der Frankfurter Auschwitzprozesse im Jahre 1964.

*»Sie sind angekommen in Viehwagons, immer drei- bis viertausend Menschen, alle aus Warschau. Dazwischen sind aber auch noch Züge gekommen von anderen Orten, die hat man, weil die Stalingradoffensive im Gange war, hat man die Judentransporte an einem Bahnhof stehen lassen. Und noch dazu vielfach in französischen Wagen. Die waren aus Blech, also so, dass es war, dass in Treblinka angekommen sind fünftausend Juden und davon waren dreitausend tot. Ausgeladen hat man Halbtote und Halbwahnsinnige. Die Toten hat man aufgeschichtet. Aufeinandergeschichtet, so hoch. An der Rampe. Die waren aufgeschichtet wie Holz.«*

Eine Dame gesellte sich zu Malin ins Abteil. Sie trug ein leichtes, geblümtes gelbes Sommerkleid und weiße Handschuhe. Sie nickte kurz und nahm ihm gegenüber am Fenster Platz.

*»Der erste Eindruck in Treblinka für mich und meine Kameraden war katastrophal. Weil man uns nicht gesagt hat, wie und was, dass dort Menschen getötet werden, das hat man uns nicht gesagt. Man hat gesagt, der Führer hat Umsiedlungsaktionen angeordnet, das ist ein Führerbefehl, verstehen Sie? Man hat nie gesagt töten. Na, dann hat uns der Spieß, hat uns das Lager gezeigt. Und als wir hinauf kamen, gingen gerade die Türen auf von der Gaskammer und die Menschen fielen heraus wie Kartoffeln.«*

Malin drückte die Stopptaste. Ihm zur Seite schwang sich eine Hochspannungsleitung in eleganten Sätzen durch die Landschaft, die Weiden waren mit Kühen besprenkelt, welche wiederkäuend im Matsch lagen. Seine Begleiterin hatte die Augen geschlossen, das einfallende Sonnenlicht wärmte ihren Schoß. Sie atmete tief und regelmäßig, als hielte sie die Zügel ihres Tagtraums fest in der Hand.

Er verließ das Abteil und zündete sich auf dem Gang eine Zigarette an. Der Zug legte sich in die Kurve. Das Lichtquadrat kroch von den Oberschenkeln der Frau auf den freien Sitz neben ihr. Im gleichen Tempo, in dem die Beine in den Schatten gerieten, erlosch das Lächeln auf ihrem Gesicht, das sie in den letzten Minuten so betörend zur Schau gestellt hatte. Es kehrte erst wieder, als die Sonne günstig stand. Mit jedem Zentimeter, den sich das scharfkantige Lichteck auf dem textilen Blumenfeld zurück eroberte, schien die Frau aus ihrer kurzfristigen Starre zu erwachen. Malin sah der Wiedergeburt der schönen Unbekannten fasziniert zu – sie war hinter Glas ausgestellt, wie eine Ikone der Sinnlichkeit. Als das warme Sonnengold zwischen ihre leicht gespreizten Beine fiel, warf sie den Kopf nach oben und öffnete die Lippen, als würde sie schreien. Er konnte den Schrei nicht hören, aber er sah ihn. Für einen kurzen Moment begegneten sich ihre Blicke. Die Frau strich hastig ihr Kleid zurecht und drängte kurz darauf an ihm vorbei Richtung Speisewagen. Malin öffnete das Fenster und gestattete dem Wind, ihm peitschend in die Haare zu fahren. Als er an seinen Platz zurückkehrte, fühlte er sich von einem Duft umhüllt, wie ihn kein Labor der Welt herzustellen vermochte. Bevor er sich seine Ohrstöpsel einsetzte, inhalierte er die flüchtige Essenz wie ein Lebenselixier.

*»Das waren die heißen Augusttage. Das Erdreich hat sich bewegt wie Wellen, durch die Gase. Der Geruch war infernalisch. Das hat furchtbar*

*gestunken, dass man es kilometerweit, überall, je nachdem wie der Wind ging, so war der Gestank, verstehen Sie? Die Juden haben es geahnt, die haben es geahnt ... Sie waren vielleicht im Zweifel, aber manche werden es gewusst haben. Zum Beispiel waren jüdische Frauen, die haben ihren Töchtern in der Nacht die Adern geöffnet und sich selbst, andere haben sich vergiftet, weil sie doch das Rattern der Motoren von den Gaskammern gehört haben. Da war ein Panzermotor in dieser Gaskammer. In Treblinka hat man nur Auspuffgase genommen.«*

Zwei elegante alte Herren in offenen Kaschmirmänteln öffneten die Tür zum Abteil. Ein kalter Hauch umwehte sie, ähnlich dem, den eine einfahrende U-Bahn in die Station drückt. Sie mochten um die achtzig sein, wuchteten ihre Koffer aber erstaunlich behände auf die Ablage. Malin blickte in ihre gebräunten, mit Altersflecken gesprenkelten Gesichter. Er hatte sich im Laufe der Jahre die Fähigkeit erworben, die Physiognomien der Menschen auf der Zeitspur sowohl nach vorne als auch nach hinten bewegen zu können. Hinter jeder Physiognomie steckte eine Mutterpflanze. Das wahre Gesicht sozusagen, das auf dem Schüttelrost der Zeit allerdings die aberwitzigsten Verrenkungen erfährt. Und diese Männer machten ihm Angst. Ihre blauen Augen, die gescheitelten silbergrauen Haare, die scharfkantig geschnittenen Kinn- und Wangenpartien legten sich in der Verjüngung wie eine deckungsgleiche Folie auf das Bild, das man sich hierzulande einmal vom Herrenmenschen gemacht hatte.

*»Und da so viele Leute anfielen, lagen tagelang ganze Haufen von Menschen vor der Gaskammer. Unter diesen Menschen war eine Kloake, zehn Zentimeter hoch, Blut, Würmer, Dreck. Es wollte das niemand wegräumen. Die Juden, die haben sich lieber erschießen lassen und haben dort nicht arbeiten wollen. So gingen wir selbst hinauf und ließen Riemen schneiden, die hat man den Leichen um die Brust gelegt und hat sie weggeschliffen ...«*

Malin drückte seine Schläfe gegen die Fensterscheibe, deren kühler Stempel ihm gut tat. Sie passierten den Bahnhof von Wittenberge, wegen Gleisarbeiten hatten sie das Tempo extrem gedrosselt. Er warf einen Blick in die tristen Straßen. Kinder hockten apathisch im Rinnstein, zerlumpte Gestalten mit Handwagen zogen stumm an ihnen vorbei, sie beachteten die toten Körper nicht, die auf den aufgeworfenen Gehwegen lagen. Die Menschen bewegten sich wie in Gelee gegossen. Aber plötzlich, als hätte man ihnen einen Stromschlag verpasst, flüchteten sie in Hinterhöfe und Hauseingänge, manche verkrochen sich in der Kanalisation. Kurz darauf bogen zwei Männer in schwarzen Uniformen um die Ecke, sie scherzten miteinander wie auf einem Sonntagsspaziergang. Vor der unbekleideten Leiche eines jungen Mädchens hielten sie an. Während der eine mit der Stiefelspitze gegen ihre Brust stieß, zog der andere seine Pistole und feuerte auf das letzte intakte Fenster in der Straße. Gelangweilt setzten sie ihren Weg fort. Hinter ihnen hoben sich die Gullideckel. DAS IST DIE LÖSUNG! stand auf einem Plakat.

In weniger als einer Stunde würde er Simon Goldstein gegenüberstehen. Der 97jährige war der letzte seiner Art, der letzte bekannte Überlebende eines deutschen Konzentrationslagers. Malin hatte es sich zur Aufgabe gemacht, die Geschichte dieses Mannes aufzuschreiben. Mit Goldstein würden die Opfer ihre letzte Stimme verlieren, aber jedenfalls sein Vermächtnis sollte erhalten bleiben.

»Sieh an,« bemerkte einer seiner Reisebegleiter, »Schneider ist draußen!« Er faltete die Zeitung mit der entsprechenden Meldung mehrmals zusammen und reichte sie seinem Gegenüber. Dann griff er in die Tasche seines Jacketts und setzte sich eine Sonnenbrille auf.

In Malins Ohren dröhnte es, als müsse ihm jeden Moment das Herz aus dem Halse springen. Er schnappte seine Tasche und mühte sich an den alten Männern vorbei auf den Gang. Auf dem Weg zum Speisewagen rempelte er mehrmals gegen die Abteiltüren, was ihm den einen oder anderen bösen Blick bescherte, besonders von den älteren Fahrgästen. Wer um Gottes Willen hatte dieser Generation bloß den Filter des Vergessens ins Gesicht gezogen?

Endlich erreichte er den Speisewagen. Ein Zweiertisch war frei, er musste erst kürzlich verlassen worden sein, denn weder Teetasse noch Eisbecher waren bisher abgeräumt worden. Unter der Zuckerdose lugte ein weißer Handschuh hervor. Malin zerknüllte ihn in der Faust und führte ihn an die Nase.

»Entschuldigen Sie,« hörte er eine sanfte weibliche Stimme sagen, »haben Sie auf diesem Tisch zufällig einen weißen Handschuh gefunden?«

Er schüttelte den Kopf und verharrte in dem betörenden Duftbad, bis der Zug den Hauptbahnhof von Berlin erreichte.

## Siegfried Langer

# Berlin, Nachklang

Siegfried Langer, (*1966 in Memmingen, Allgäu), lebt seit 1996 in Berlin. Sein 2008 erschienener Debüt-Roman *Alles bleibt anders* über ein Drittes Reich, welches das Jahr 1945 überdauert hat, wurde für den Kurd Laßwitz Preis und für den Deutschen Phantastik Preis nominiert. Davor entstanden zwei Hörspiele und etwa zwei Dutzend Kurzkrimis für TV-Programmzeitschriften und Illustrierte. Siegfried Langers neuer Roman, ein Psychothriller, erscheint voraussichtlich 2011 bei Ullstein.
Webseite: www.siegfriedlanger.de

HINTERLAND

*»Let's dance, put on your red shoes and dance the blues.«*

Paul schreckt hoch.

Er ist verschwitzt, am ganzen Körper. Rasch strampelt er mit den Beinen seine Bettdecke von sich. Sie gleitet am Fußende des Bettes zu Boden.

Durch das geöffnete Fenster strömt frische Luft ins Zimmer und kühlt seine nackte Haut.

Es kribbelt ihn, die wenigen, dünnen Härchen an seinem Körper stellen sich auf.

Was war das?

Ein Traum?

Sein Blick wandert hinüber zur Digitalanzeige des Radioweckers auf seinem Nachttisch: 04:53 Uhr.

Eine ungewöhnliche Uhrzeit. Er ist es gewohnt, durchzuschlafen. Durchzuschlafen, bis um 07:30 Uhr das Alarmsignal des Weckers ertönt.

Er schließt seine Lider und reibt sich mit den Fingern den Schlaf aus den Augen.

Ist es ein Geräusch gewesen, das ihn geweckt hat?

Er öffnet die Augen wieder.

Etwas ist anders in seinem Zimmer.

Er sieht prüfend umher, zu seinem Schreibtisch, zu seinem Bürostuhl, zu seinem Sofa, zu den Dali-Repliken an den Wänden.

Alles ist an seinem angestammten Platz, soweit er dies im Dämmerlicht beurteilen kann.

Auch seine Kleidung liegt als unordentlicher Haufen an der Stelle des Parketts, an der er sie am Abend zuvor ausgezogen hat.

Und doch ist etwas anders!

Dann erkennt er es: Alles ist in einen rötlichen Schimmer getaucht.

Woher kommt er, dieser Rotton?

Jetzt entdeckt er den Ursprung: das Schlüsselloch.

Es wirkt gerade so, als leuchte jemand mit einer Taschenlampe hindurch.

Zudem glaubt er, den leisen Klang einer Melodie vom Flur her zu vernehmen.

Er steht auf, zieht sich seine Hose und sein T-Shirt an und tippelt

barfüßig hinüber zu seiner Zimmertür.
Vorsichtig öffnet er sie.

***

04:53 Uhr.

Marianne und Emil starren sich geradewegs in die Augen.

Man sagt Katzen einen sechsten Sinn nach, denkt sich Marianne, während sie die geweiteten Pupillen ihres Katers mustert.

»Alles bleibt gut, Emil«, flüstert sie ihm zu, während sie ihm beruhigend über den Rücken streichelt. Doch das Fell an seiner Wirbelsäule sträubt sich. Es verharrt in seiner aufrechten Position. So hat Marianne ihren Kater selten erlebt.

»Was hat uns beide geweckt, Süßer?«

Emil steht auf, entzieht sich Mariannes liebevollen Berührungen. Er springt in einem Satz vom Bett, hält seinen Kopf nach oben und schnuppert in der Luft. Dann verzieht er sich unters Bett, die Ohren angelegt.

Marianne kann von ihrer liegenden Position aus geradewegs den Vollmond sehen, der durch die Fensterscheiben sein Licht in ihr Zimmer schickt.

Plötzlich vernimmt sie dieses Lied. Nicht ihre Ohren hören die Melodie, die Töne entstehen direkt in ihrem Kopf.

Das Lied stimmt sie traurig, und dennoch überkommt sie die Lust zu tanzen. Sie wundert sich darüber, denn es ist nicht die Art von Rhythmus, nach der sie üblicherweise gerne ihren Körper bewegt.

Sie sieht sich um, ist immer noch auf der Suche nach dem Grund für ihr und Emils Erwachen.

Das Dämmerlicht im Zimmer verändert sich, es wechselt zu einem sanften Rotton.

Erneut sieht Marianne zum Mond, doch dieser ist nicht die Ursache der Veränderung.

Jetzt dreht sie den Kopf zur Tür. Diese läßt Marianne stets einen Spaltbreit offen, damit Emil nachts in der Wohnung spazierengehen und auch sein Katzenklo im Bad erreichen kann.

Hier fällt das Licht ein, es kommt aus dem Flur.

Sie kann sich nicht entsinnen, dass irgendwo in der Wohnung eine rote Lichtquelle wäre.

Erschrocken sieht sie, wie Emil unter ihrem Bett hervorkriecht und geradewegs auf den Türspalt zutappst. Seine Ballen sind angespannt, seine Krallen treten leicht hervor und erzeugen leise, klackende Geräusche auf dem Parkettboden. Die Töne erklingen im Takt der Melodie in Mariannes Kopf.

Angst kriecht in ihr hoch, Angst um ihren Kater.

Gleichzeitig üben der Türspalt und das rote Licht eine unglaubliche Anziehungskraft auf sie aus.

Sie steht auf und schreitet in ihrem geblümten Nachthemd hinüber zur Tür.

***

04:53 Uhr.

»David Bowie«, sagt Lisa völlig unvermittelt.

»Was?«, fragt Hatice, ohne sich zu Lisa umzudrehen.

Sie liegen eng aneinander geschmiegt in Löffelchenstellung in Lisas Bett, Hatice vorn.

»David Bowie«, wiederholt Lisa im gleichen Tonfall.

»Ich verstehe nicht.«

Vor noch nicht einmal zwölf Stunden haben sich die beiden kennengelernt. Seither sind sie zusammen, seither haben sie keinen Schlaf gefunden. Sie hatten auch keinen finden wollen, sie liegen wach, sie genießen ihre Nähe.

»Du kennst doch David Bowie?«, fragt Lisa.

»Klar kenne ich David Bowie.«

»Er hat hier gelebt.«

»Ja, ich weiß, dass er einige Zeit in Berlin verbracht hat.«

»Nein, nicht nur hier in Berlin. Er hat in dieser Wohnung gelebt. Gelebt und geliebt.«

»Echt?«

»Mein Schlafzimmer war sein Schlafzimmer.«

»Das wusste ich nicht.«

»Das war fast ein halbes Jahrhundert vor unserer Geburt.«

Die beiden Frauen schweigen kurz, spüren ihre Körper.

»Warum denkst du gerade in diesem Moment an ihn, Lisa?«

»Ich weiß es nicht. Er tauchte ganz plötzlich in meinen Gedanken auf. Genauso wie dieses Lied.«

Lisa beginnt zu summen, Hatice stimmt sofort in die Melodie mit ein, unterbricht sich nach wenigen Sekunden.

»Seltsam. Ich habe dieses Lied auch im Kopf. Aber es sagt mir nichts. Ich weiß weder, wie es heißt, noch, wo ich es aufgeschnappt haben könnte.«

»Mir geht es ebenso.«

»Das Licht, das du für uns eingeschaltet hast, ist sehr stimmungsvoll. Du bist eine außerordentlich romantische Frau, Lisa.«

»Welches Licht? Oh, hier ist ja alles so rot! Ich hatte die Augen geschlossen. Seltsam. Ich habe keine Ahnung, woher das Licht stammt.«

Augen und Ohren richten sich auf die geschlossene, doppelflügelige Tür.

»Es fällt durchs Schlüsselloch!«

»Ich höre Schritte auf dem Flur.«

***

Zwischen 07:00 Uhr und 08:00 Uhr.

Frederik stapft schwerfällig die Treppenstufen des Schöneberger Altbaus nach oben. Seine Nachtschicht im Krankenhaus hat ihn ausgelaugt. Doch seine anstrengende Arbeit in der Klinik ist nicht die Ursache seiner Traurigkeit.

Vor der Wohnungstür hält er inne, kramt umständlich seinen Schlüssel aus der Hosentasche hervor.

Von irgendwoher ertönt leis eine Melodie. Er dreht sich um, doch er kann nicht ausfindig machen, aus welcher Richtung die sanften Töne erklingen. Sie verstärken seine Schwermut.

Er schließt auf.

Unmittelbar steht er in rotes Licht getaucht.

Frederik fragt sich, ob einer seiner Mitbewohner die Glühbirne im Flur ausgewechselt hat. Doch dann erkennt er, dass das Licht nicht von oben, sondern von unten kommt; vom unteren Ende seiner Zimmertür, die sich unmittelbar hinter der Wohnungstür befindet. Sein Blick gleitet an der Zimmertür hinab, er entdeckt die Lichtquelle.

Ein paar rote Tanzschuhe.

Er hat die Schuhe noch nie zuvor gesehen und weiß doch, dass sie für ihn bestimmt sind.

Er zieht hinter sich die Wohnungstür zu, geht in die Knie und zieht seine weißen Turnschuhe aus.

Dann greift er nach den roten Tanzschuhen und schlüpft hinein. Sie passen ganz vorzüglich.

Die Schuhe hören sofort auf zu leuchten.

Ob seine Mitbewohner schon wach sind?

Dann würde er ihnen die traurige Nachricht gleich erzählen.

Langsam aber zielstrebig schreitet Frederik durch den Flur zur gemeinsamen Küche, das Lied in seinem Kopf begleitet ihn.

Als er im Türrahmen der Küche ankommt, sieht er all seine Mitbewohner versammelt.

Der Küchentisch steht zur Seite gerückt. In der Mitte des Raums tanzen Marianne und Paul eng zusammen zu der unhörbaren, aber deutlich zu vernehmenden Melodie. Lisa wiegt sich mit entspanntem Gesichtsausdruck zusammen mit einer Frederik unbekannten, türkisch aussehenden Frau ebenfalls im Takt.

Alle vier tragen rote Tanzschuhe.

Auf der Fensterbank liegt Mariannes Emil und beobachtet die Szenerie aufmerksam.

»Ihr habt es also schon gehört«, sagt Frederik.

Paul hebt eine Augenbraue, die anderen tanzen unbeirrt weiter.

Frederik fühlt den Drang, es auszusprechen, um es selbst zu realisieren: »Er ist tot. David Bowie ist tot. Vor etwa zwei Stunden gestorben. Eben haben sie es im Radio gebracht.«

Paul nickt.

Er und die drei Frauen wissen es bereits.

*»Let's dance, put on your red shoes and dance the blues.«*

# Danksagung

Dieses Projekt wäre nicht möglich gewesen ohne:

David Bowie. Offensichtlich. Ihm gilt unser besonderer Dank.

Ein großes Dankeschön an Reinhold Kleber – er hat uns auf www.davidbowie.de ein virtuelles Hinterzimmer eingerichtet, in dem ein paar von uns die Hinterland-Idee entwickeln und die ersten Geschichten diskutieren konnten. In diesem geschützten Raum entstand auch die größenwahnsinnige Idee, weitere Autoren zum Mitmachen einzuladen. Es war schön zu sehen, wie viele von ihnen Bowie-Fans sind.

Danke an Armin Rößler – er hat beim Verlag Fürsprache gehalten und den Kontakt zu Ernst Wurdack hergestellt, der einfach mal spontan »Ja« gesagt hat. Jetzt haben wir tatsächlich dieses Buch auf die Beine gestellt. Ist das zu glauben?!

Unsere Homepage www.hinterland-stories.com hat bibo Loebnau ins Leben gerufen. Danke für Deinen Einsatz!

Danke auch den Übersetzern ins Englische, die Anna Janas für uns gefunden hat: Aiden O'Reilly, Heike Kurtz, Michael Erle, Peter Pagel, Regis C. Shields, Simone Metge, Tanya Quintieri und Tommi Brem.

Simon Clark
Vampyrrhic

Deutsche Erstausgabe
Klappenbroschur
448 Seiten

ISBN 978-3-938065-55-6

www.wurdackverlag.de

Leppington, England. Ein kleiner, beschaulicher Ort, in dem das Leben in geregelten Bahnen verläuft. Aber der Schein trügt. Denn tief unter den Häusern der Stadt lauert das teuflische Böse; vampirähnliche Kreaturen, deren Hunger sie zu neuem, unheiligem Leben erweckt. Seit Jahrhunderten haben die Blutsauger auf ihre Rückkehr gewartet, um auf göttlichen Befehl hin das Christentum gnadenlos vom Antlitz der Welt zu tilgen. Und niemand soll sie dabei aufhalten!

Mit Vampyrrhic hat sich der britische Horror-Autor Simon Clark des klassischen Vampirthemas angenommen. Doch wer die Werke des Autors kennt, weiß, dass seine Romane stets auf erfrischende Art und Weise von der Norm abweichen. Clarks Vampire sind nicht die typischen Vertreter der Nosferatu – von ihrer Gier nach warmem Blut und ihrer Grausamkeit einmal abgesehen –, sondern eine Mischung aus bizarren Parasiten und höllischen Geschöpfen, deren Ursprung tief in der nordischen Mythologie verwurzelt ist. Clark blickt hinter die Fassaden einer scheinbar normal wirkenden Gesellschaft und zeigt dabei menschliche Monster, die den blutrünstigen Vampiren häufig in nichts nachstehen.